荀彧

长篇历史小说系列

唐佳新 著

上

辽宁人民出版社

© 唐佳新　2023

图书在版编目（CIP）数据

荀彧 / 唐佳新著 . —沈阳：辽宁人民出版社，
2023.2
（长篇历史小说系列）
ISBN 978-7-205-10567-9

Ⅰ . ①荀… Ⅱ . ①唐… Ⅲ . ①长篇历史小说—中国—
当代 Ⅳ . ① I247.5

中国版本图书馆 CIP 数据核字（2022）第 170746 号

出版发行：辽宁人民出版社
　　　　　地址：沈阳市和平区十一纬路 25 号　邮编：110003
　　　　　电话：024-23284191（发行部）　024-23284304（办公室）
　　　　　http：//www.lnpph.com.cn
印　　　刷：北京长宁印刷有限公司天津分公司
幅面尺寸：165mm×235mm
印　　张：36
字　　数：450 千字
出版时间：2023 年 2 月第 1 版
印刷时间：2023 年 2 月第 1 次印刷
责任编辑：贾　勇　赵维宁
封面设计：乐　翁
版式设计：一诺设计
责任校对：吴艳杰
书　　号：ISBN 978-7-205-10567-9
定　　价：99.80 元（全二册）

目　录

第一章

唐秀娘芳心暗许　荀文若初露锋芒

东汉光和二年（179）是个风调雨顺的好年头。春日的颍川郡，十里长堤，柳绿花红。

颍阴县城内热闹非凡。因为这一天是县里士族荀家的"小神君"娶亲的好日子。通往荀府的街道两侧，被百姓挤得水泄不通，大家纷纷议论着这场婚礼的男女双方和聘礼嫁妆。

只因为这一段姻缘的来龙去脉，早就被好事者打听得清清楚楚。

这新嫁娘是当朝的宦官中常侍唐衡的女儿。据说那宦官唐衡本来是要将女儿嫁给汝南傅公明的。那傅公明是什么人？那是殷商时期"圣人"傅说的后人，怎么可能娶宦官之女？

唐衡在傅公明那里碰了钉子，转而就打上了颍川荀家的主意。荀家当时是荀绲当家，他忌惮宦官的权势，不得不应了下来，以小儿子荀彧求娶。

也幸亏荀彧自小熟读诗文，七八岁就能吟诗作赋，颇有其祖父"神君"荀淑风范，十三四岁竟然就承了其祖父的名号，被尊称为"小神君"。靠着这等才名，大家虽然是议论纷纷，说那唐衡仗势欺人，却不说荀家阿谀逢迎当朝权宦了。

此刻，百姓们议论最多的还是那嫁妆。唐家女儿出阁，嫁妆足足陪送满了六十四抬，外加十六只樟木箱子。

最前边是一架楠木雕花六柱床，六根立柱落在床沿四角和床前圆形雕花台座上，那台座左麒麟张牙舞爪，右彩凤展翅欲飞，前方挂檐镂空浮雕着人物、花鸟、鱼虫，无不是栩栩如生。跟着梳妆台、红橱、床边柜、卧榻、画桌、琴桌、八仙桌……全都是红木制作，雕刻着精细的花纹，色彩分明，春凳上还放置着大红的被褥，贴着喜花。

大件足足走了三十二抬，接着就是八抬的铜器、八抬的银器、八抬的瓷器、八抬的锡器，然后就是十六只樟木箱子。那箱子全都是打开的，露出里面的合欢被、鸳鸯枕、龙凤巾，再就是各色的丝绸布帛，最后两个樟木箱子里竟然是整整两箱子的书，最上面的醒目位置就是儒家的《论语》《孟子》《大学》《中庸》，还有老子的《道德经》……

真真是十里红妆。

荀家此刻朱门大开，前来贺喜和观礼的宾客们络绎不绝。

荀家族长荀绲官封济南相，济南王刘康虽然没有亲自前来观礼，但是派管家送上了一份厚礼。与荀绲同朝为官的同僚，颍川的乡绅大户，纷纷前来。大门口荀绲的长子并管家亲自迎客，只听着唱喏的声音连绵不断。

"南阳何颙，前来给荀相道喜了！"大门口，何颙双手奉上拜帖，管家急忙通报，荀绲亲自到门口相迎。

"相国大人，恭喜恭喜。"何颙先是一揖。

"见过长史大人。"荀绲急忙还礼道，"长史大人快快请进。"

说着亲自挽了何颙的胳膊："本以为长史大人还在洛阳，赶不及小儿的婚礼。"

何颙哈哈笑道："久闻'小神君'大名，一直无缘相见，我一听说小郎君好事将近，这不就急忙忙赶回来，幸好这一路车马顺当。"

荀绲谦虚道："小儿顽劣，都是乡邻们抬举。"

会客厅内，颍川几大士族的家主和荀绲的同僚都在，又是一场热热闹闹的互相引见，新郎官荀彧也穿着大红的新郎袍从内室出来。

荀彧年方十六，正是少年意气风发之时，长眉斜飞入鬓，明眸光彩照人，红袍衬托下玉树临风，进了会客大厅内先缓缓作了一揖，朗声道："晚生见过各位大人。"

人还没有走近，已经带过来一阵香风。

却是这荀彧自幼就喜欢熏香，起居所在一日不可无香，久而久之，身上就带了香气，行走坐卧处，余香不绝。

众人这才落座，又纷纷站起来还礼，只看着少年意气风发，纷纷赞道："果然是虎父无犬子，小神君颇有乃祖父之风。"

荀绲听着这赞许之词，心中很是受用，拉着小儿的手，一一为荀彧介绍这些长辈。

到何颙这边时，荀绲含有深意道："何长史年轻时游学京师，显名于太学。彧儿，你若是得长史一句提点，当受用无穷。"

荀彧哪里听不出父亲的深意，立刻躬身长长一揖道："晚生见过长史大人，晚生曾听家父言明，长史大人渭以泾浊，玉以砾贞。物性既区，嗜恶从形。乃晚辈等楷模。"

何颙闻言，心中大喜，他亲自挽了荀彧的手，细细看去。见这少年身形虽然还没有完全长开，眉宇中却已然带着书生气概，眼神清明，言辞恳切，顿时生出了爱才之意，起了提拔之心。

从汉武帝时候起，就出现了由下向上推选人才为官的制度，这种被推举的人才，必然是要德行、才学和能力兼备，还要有名门望族的名士举荐，此时，正是个好时候。且荀绲也有此意，何不成人之美？

何颙再端详片刻，频频点头，赞道："文若（荀彧的字）少年英才，他日必将是王佐之才啊！"

荀绲大喜。他只盼着何颙能看在荀彧大喜之日的面上，给一两句提点，不想，何颙竟然给出了"王佐之才"的评价。这一场婚礼之后，何颙的这句评价将迅速被传播开，荀彧的名声，将如日中天。

在座的宾客也都大惊。何颙的这句评价，给了荀彧极高的赞誉，若不是了解何颙的为人，大家当以为这是阿谀逢迎之词。

但正如大家对何颙的评价：渭水因为泾水浑浊才显出它的清澈，美玉因处在碎石当中才显出它的坚贞。何颙人品高洁，又怎么会轻易为了一小儿，而失了自己的身份？

"吉时到——接新人了——"门外高声唱喏，新娘的六十四抬嫁妆已经抬进了门，整整齐齐地摆在院子的一侧，新娘的花轿也到了门前。

鞭炮声声，唢呐阵阵，荀彧此刻是真正的意气风发。他握着牵红的一端，看着牵红另一端从花轿上盈盈走下来的新嫁娘。繁复的嫁衣隐藏不了她婀娜的身段，红盖头遮不住她如凝脂的肌肤。手指纤纤如嫩荑，牵住了牵红的另外一端。

这是他的新娘，今天他已然成家，明天就可以立业了。荀彧温柔地望着他的妻子，隔着大红的盖头，唐秀娘感觉到了荀彧热烈的视线。

"过火盆——"

"跨马鞍——"

"一拜天地！二拜高堂！夫妻对拜——"

宾客们凝神屏气，喜庆的唢呐声中唱礼声余韵未尽，接着大家纷纷恭喜起来。恭祝新郎步步高升的，恭喜荀家双喜临门的，赞扬荀彧少年高才的，预测荀家当平步青云的……恭喜声中，荀彧和新娘被送入了洞房。

秤杆挑起了红盖头的那刻，荀彧的心脏停跳了片刻，他的呼吸一窒，凝神地看着他的新嫁娘。浓密的乌发如堆雪一般盘成了飞凤髻，长长的步摇插在发髻的两侧，红宝石镶嵌在金丝上，轻轻地摇摆，映着少女娇嫩的脸颊妩媚嫣红。

唐秀娘低垂着眼皮，好一会儿才偷偷抬起眼皮，悄悄看一眼她的新郎官，双目注视那一刻，双颊再次荡起了红晕。朱红色新郎服下的少年，洁净而明朗，一双黑宝石般的眼睛，熠熠生辉，她的心在怦怦乱跳着，一颗芳心，在这一刻的注视之下，悄然暗许。

这场婚姻，在这之前并非世人看好的一桩良配。唐秀娘知道她是宦官的养女，在世人的眼中，娶了她的男人，无不是趋炎附势之徒。她曾经被养父许配给汝南傅公明却遭到拒绝，那一次她已经被天下人嗤笑不已。她对最终娶了她的荀家并不抱希望，不过趋炎附势之徒而已。但是在荀彧明亮璀璨的双眸里，她忽然对未来生出了希望。

"啊呀呀，这真是郎才女貌啊！"

"小神君与这位小新娘，真都是人中龙凤，比翼双飞！"

"荀小神君刚刚被何颙长史亲口赞誉了'王佐之才'，这新嫁娘如此美貌贤良，真是天作之合啊！"

一句句赞誉被唐秀娘听到了心底，她再次偷偷看了一眼她的夫婿，荀彧也正转头凝目而来，四目相对，爱意与怜惜，互相碰撞。

就在这场婚礼的前一个夜晚，父亲荀绲与他秉烛而谈，从京城动荡的局势、宦官当政、外戚专权，到荀家所面临的一切。荀家正因为是颍川望族，才陷入政治斗争中，荀家从仕多年，已经无法安然抽身而退了。娶宦官的养女，于荀彧名声上或有诋毁，然而为了给荀家留一条后路，为了不树立政治对手，这场政治婚姻是必然的。

"桓帝时，中常侍唐衡受命，与宦官单超、左悺、具瑗、徐璜合谋诛灭外戚梁冀，已显示其狠辣的一面。之后宦官专权，唐衡为人贪婪暴虐的一面，逐渐显露。我荀家全副身家都在颍川，所有族人的安危都身系在这场联姻上啊。"

而如今，看着娇美的新嫁娘脸上的羞意，眼神里的爱慕，荀彧生发出无限大丈夫气概。纵然这是一场政治联姻，对他的新嫁娘而言，也是陪送了整个一生。如今坐在他身边的，是倾慕他爱慕他的女人，是将人生系在了他身上的女人。

在这一刻，荀彧成长起来。

敬酒结束，闹洞房的客人们也都散了，洞房内只有新婚的夫妻二人。

"郎君吃了酒，可要喝点茶？"烛光下唐秀娘盈盈站起，亲手斟了一杯温茶，送到荀彧的面前。

荀彧喝了些酒，眼睛亮得吓人，他一把捉住了秀娘的手，就着她的手，喝了半盏香茗。

"秀娘，你也饿了吧，我吩咐了厨房，一会儿就会送来碗点心。"荀彧拉着秀娘的手，坐在床边。

秀娘的脸色绯红，她大胆地抬起头看了荀彧一眼，只一眼，就好像要被荀彧明亮的眼眸灼伤了般。

厨房送来了一个托盘，上面是两小碗的元宝汤圆，还有两样点心，暗喻着新婚的小夫妻团团圆圆，甜甜蜜蜜。秀娘红着脸，将汤圆捧到了荀彧的面前。荀彧拿起汤匙，舀了一个汤圆，送到了秀娘的口里。

红烛闪烁，芙蓉帐暖，雪白的喜帕上，落下了点点朱红。

新婚的第二天一早，天还没有亮，秀娘就悄悄地起了床，在外间洗漱过后，带着她的丫头春桃一起去了内厨房。

荀家有两个厨房。一个是外厨房，负责整个荀府所有大大小小的主子、管事、下人的吃食。还有个内厨房，是专门做精致宴席的，也是家里的夫人小姐们一时兴起，在厨房施展手艺的地方。

内厨房一年四季一天十二个时辰都不歇灶，哪怕是半夜，也至少有一个灶台温着水。这时候天还没有亮，厨房的人就都已经上工了。挑水的将整整一排水缸全灌满了水，几个大灶上的大铁锅里全是热水，只等着时辰到了，主人们醒来，就会送到各个院子里。

秀娘进入厨房，将浸泡好的红枣、红豆、芝麻、小米、大米亲手清洗了一遍，放入锅内，又洗手和面，做了精致的点心放到锅内。此刻天已经大亮，她留着春桃在这里看着火候，再返回了室内。

荀彧已经醒了，正在丫头的服侍下净面，秀娘亲手接着毛巾，为荀彧拭干面上的水痕。

新婚的第一夜过去，秀娘红润的面庞上并不见疲色，明媚的眼眸里流波溢彩，双手温柔地轻抚过荀彧的面庞，让他的心再荡起一片涟漪。

只是新婚第二天，一早还要拜见父母兄嫂，荀彧轻轻地咳了声，面色含笑，领着自己的新婚小妻子，一起往上房去。

上房荀绲夫妻两个已经收拾停当了，听说新婚的第二天一早，新妇就亲自下厨做了五福粥和点心，心里稍感到安慰。

那唐衡为人如何不说，唐秀娘懂规矩、知进退就足够了。

稍后荀彧偕唐秀娘前来问安，接着唐秀娘亲自到内厨房捧来五福粥和点心，侍奉公婆和夫婿用了早餐。

荀家开祠堂，拜祖先，焚香祷告，至此，唐秀娘正式成为荀家的一员，百年之后，将以荀彧正妻的身份，牌位伫立在荀彧牌位的一侧。

第二章

举孝廉任守宫令　弃官位为颍川人

新婚伊始，荀彧与唐秀娘着实过了一段甜蜜而无忧无虑的生活。

白日里，荀彧仍然在荀氏文馆里读书。因为何颙的那句"王佐之才"，荀彧名声大振，"小神君"的名声传遍了颍川郡十七县。荀氏文馆本是荀家私塾，最初只招收荀氏家族子弟，后来乡邻大户子弟纷纷慕名而来，而荀彧作为荀家同一代子弟中年纪最小的弟子，在新婚不久之后，就开始给文馆内初学者启蒙了。

秀娘此刻作为新嫁妇还没有持家，时常会跟随荀彧一起到文馆内。荀彧讲学，善于以简单明了的语言，将晦涩的典故讲述得通俗易懂，不但文馆的学生们喜欢听，秀娘也很是喜欢。她常常在文馆荀彧讲学的隔壁，一边做着针线，一边倾听。荀彧上午讲学，下午就与文馆学员一起读书。学业从容，应答如流，理明词畅。

时常有邻县的才子慕名而来，荀彧熟读史书，朝廷若发生大政事，众人往往请荀彧分析一二，荀彧总是能引经据典，引古论今，但凡他的见解，众人全都引以为重。

荀家子弟荀攸与荀彧最为交好。荀彧与荀攸虽然为叔侄，但荀攸年长荀彧六岁，秀外慧中，内藏英知，已经有颍川名士之称号。

荀攸幼时，就曾以聪慧著称。在他十三岁的时候，祖父荀昙去世，有人主动找来要求为荀昙守墓。那人名叫张权，曾经在荀昙手下做过小吏，当时人都称张权重义，荀攸却察言观色，断言说："这人来时神色惊慌，前来守墓，面上却不见多少悲伤，我猜他一定是做了什么奸恶的事情，借此躲避。"经过盘问，果然这张权是因杀了人逃亡在外，走投无路之下，想要借守墓之名，隐匿身份。

从此人们对荀攸另眼相看。这年荀攸虽然还未出仕，但是在荀家和颍川人眼里，荀攸早晚都得到洛阳扬名。

与荀攸交好，也让荀彧的才名更上一层楼，叔侄俩在荀家，隐隐有当家之意，只是荀攸毕竟是晚一辈之人，处处以荀彧为先。

荀彧成亲以来，这两年颍川风调雨顺，但是在第三年头上，颍川却隐隐有天灾的征兆。

这一年夏天，雨水颇多，一直到秋收时才干爽了几日。才入了冬，就大雪纷飞，冰冻三尺，整个颍水全线上冻。

颍川以颍水而名，自设立以后一直是京师之外最为繁华所在，也是人口最多的地方。光和五年（182）冬季才开始，温度就骤然而降，大雪封山，竟然有冻死之人。

每年的冬天，颍川士族大户都会在城门口施粥。这一年更是早早地，在第一场雪的时候，城门口就支起了煮粥的棚子，每天从早到晚，粥棚内热粥不断。然而骤然而降的温度，几十年不曾有的寒气，也让颍川所有人的心里蒙上了阴影。

秀娘从嫁到颍川，也是第一年遇到这等天寒地冻。她每天都到城门口，亲手给难民盛上一碗热粥。见到难民衣不裹体，寒风凛冽中身体被冻得发僵，更有襁褓中的幼儿在冻饿之中哇哇大哭，心有恻隐，不但将自己的旧衣送给难民，又从自己陪嫁中典当一些首饰，换成成布棉衣。虽然都是旧布成衣，但内里的棉絮却是当年新棉，针脚也都缝补得细细密密，秀娘更亲自穿针引线，夜夜晚眠。众人都以为这是荀彧持家有度，教妻有方，此时，大家早已经忘记了荀彧之妻也是中常侍唐衡之女。

世人只看到眼前冬季寒冷，只盼着来年春暖花开，荀彧却心有忧虑。冬季大寒，颍川之水冰冻三尺，来年开春，若是温度骤然升高，上游流水堆积着未能及时融化的冰块顺流而下，势必要让颍水下游产生冰汛。颍阴县城虽不依山，然而傍水，若是冰汛产生，沿途汹涌而至，县城上下游势必遭灾。

然而冰汛是否存在，并未得知，荀彧与荀攸商议，以防患于未然。这一年严冬，二人带着手下侍从，从颍水下游一路往上游前进，沿途凿开河水冰层，查看冰层厚度。所谓冰冻三尺非一日之寒，然颍水河冰层最厚之处，已经达到了五尺有余。其中流经郾县、临颍、颍阳、颍阴、许县颍水河边，冰冻最为严重。

这一路走来，每到一处，荀彧与荀攸都拜访当地县令，商议来年可能出现的灾情、预防的方法，以保护住农人的春耕。果然，来年春季，颍水上游忽然转暖，山区上游冰凌消融河水汹涌顺流而下。由于下游各县早有防备，在河面狭窄与冰层厚重之处，每隔三五十米开凿冰层，中间以炮仗火药填之，早早引爆冰层，使冰水提前溶解。待到河水汹涌而至时，只有少数冰块被推涌上岸，个别处虽有小灾，并未酿成大祸。

各县避免了冰汛之灾，并未将功劳据为己有，荀彧大才，各郡县俱闻其名。来年荀绲召集家中大小议事，大事小情，多过问荀彧，荀彧隐隐有家族族长风范。只不过荀彧年纪还轻，上有父兄，这族长的位置还是暂时由荀绲担任着，但荀家上下全都知道，只待荀彧稍长，族长之位，指日可待。

中平六年（189），颍川荀家发生了两件大事。一是大将军何进秉政，征海内名士，荀攸就在这二十人之中，官拜黄门侍郎。二就是荀彧得乡邻拥护，名士推举，被举孝廉，任守宫令，负责掌管皇帝的笔、墨、纸张等物品。

荀彧与荀攸几乎同时上任，不日抵达洛阳。当时少帝刘辩称帝，刘辩年少，何太后临朝称制，国舅大将军何进手握兵权，荀彧就任守宫令的时候，正是何进外戚集团和宦官集团的矛盾愈演愈烈的时候。同年九月，董卓废少帝立献帝刘协。十一月，董卓自封为相国，赞拜不名，入朝不趋，剑履上殿。

所谓赞拜不名，就是求见皇上的时候不用直接报名字，只报官衔，表示皇帝对大臣的尊重。入朝不趋，就是拜见皇上的时候，不用弯着腰小步快走，可以正常直着腰走路。剑履上殿，就是不用脱掉鞋袜，也可以携带兵器就能觐见皇帝。这是皇上赐予大臣的格外殊荣。

荀彧与荀攸商议，以为董卓此举无道，必然会祸乱天下，欲辞官归乡。荀攸却与议郎郑泰、长史何颙、侍中种辑、越骑校尉伍琼等人商议，欲刺杀董卓以谢百姓，然后借皇帝的诏令来号令天下。可惜事未成就被人发觉，与长史何颙一起入狱。

荀彧不等荀攸事发，就弃官回乡。

荀彧第一段仕途生涯，虽然只有短短的几个月便结束了，但是，正是这短短几个月的时间，开阔了荀彧的视野，让他对前途和局势有了更加深刻的认识和明确的见解。也从这时候起，荀彧开始走上了政治舞台，开启了他波澜壮阔的宏图伟业，成了东汉末年著名的政治家、战略家——这是后话。

中平六年（189）的一个傍晚，天色还没有完全暗淡下来，荀家门口，一个风尘仆仆的青年人跳下马，将缰绳随意扔给身后的下人，急匆匆走进大门。

这正是弃官归乡的荀彧。这一路上他几乎是日夜兼程，不仅仅是因为弃官归乡的原因，还因为心底压着一块沉甸甸的大石。

董卓引吕布杀丁原，掌握了洛阳的所有军权，废少帝立献帝，自拜相国，权倾朝野，洛阳局势已经岌岌可危。荀攸与何颙等人商议诛杀董卓的大计还被泄露出去，已然入狱。天下面临大乱，已经初见端倪。

他心系天下，更心系颍川。

颍川是荀氏的故里，荀氏从祖辈就世世代代生活在这里。然而颍川四面平坦，无险可守，又土地富饶，粮产丰富，兼有颍水流经，也是商旅交通要道，一旦天下局势不明，发生战乱，就会成为兵家必争之地，战祸丛生。

这一路上他殚精竭虑，思前想后，心内计划已经隐隐有了初步的雏形，只是计划里牵涉甚广，非他一人之力可以完成。

荀彧才进入大门，荀谌就匆匆从内门走出，荀彧急忙施礼，不等礼成，荀谌就急忙扶起荀彧道："文若快起来，父亲和三哥已经等在书房了。"

荀彧和荀谌疾步向书房走去，路上遇到的下人们纷纷避在一旁低头施礼，只觉得一阵香风从面前飘过，人已经走远。

荀彧一走进书房，便向上首坐着的荀绲拜下去："父亲大人在上，孩儿不孝，未与父亲商议，私自做主，弃官回乡。"

荀绲一摆手道："起来说话。"

荀彧又与荀衍见礼，荀衍倒了一杯茶递给荀彧道："你我兄弟，不用客气，先喝杯茶再坐下来慢慢说话。"

荀彧接过茶杯一饮而尽，这才坐在下首处道："父亲、三哥、四哥，洛阳恐怕有变。"

洛阳兵变，董卓废少帝立献帝，已经通告天下，连国号都要随之改变，荀家早已经知道，只是不知道其中细节，而荀攸与何颙已经入狱这事，也还不曾知道。

荀彧当时身在洛阳，大将军何进如何与何太后发生矛盾，何进如何想要废宦官而何太后不许，当日何进被宦官谋杀，中常侍段珪等如何劫持皇帝逃走，又如何被董卓发兵救回，以至于董卓如何不喜少帝刘辩，立刘协为帝，及之后自拜相国，赞拜不名，入朝不趋，剑履上殿。

荀彧口才极佳，这段故事被他讲述得惊心动魄，也让书房内荀家父子三人听得心惊胆战。当听到荀攸与何颙等人试图诛杀董卓大计未成反而入狱的时候，荀衍一掌击在了桌面上："这是效仿齐桓公、晋文公那样的霸王之举，可惜竟然走漏了风声。"

荀彧点头道："当日我还在宫中，待我知道消息的时候，已经迟了。"

荀绲道："董卓已经把持了朝政，这等诛杀大罪，便是你知道了，也不过是白白再搭上一人而已。"

荀彧道："我此番匆匆回来，并非担心自己因此获罪，一同被关入牢中，而是心有大事，要急于赶回家中，与父兄商议——且公达（荀攸的字）所谋之事虽然已经泄露，但是大事还未定，只在几人谋划之中，我以为以公达的智谋，或有脱身之策。"

荀谌急忙问道："文若，是何大事？"

荀彧深深地吸了一口气，看向荀绲问道："父亲，当初荀家祖上选择在颖川落户，其意为何？"

荀绲不假思索道："颖川是洛阳之外最大的郡城，是除洛阳外人口最密集也是最繁华的郡城。当年，黄帝生于此，夏禹建都于颖川，我荀家祖上选择在颖川落下祖宅，定居颖川，也是因为这里物产富饶，人们安居乐业。以至于现在，我们荀家从你祖父这一代起来，已经成了颖川乃至中原最有影响力的士族了。你问我当初祖上是如何选择在颖川落户，在荀家祠堂之内，我是如何教导你们的？"

说到后边一句，声色颇为严厉。

在荀绲反问那句的时候，荀衍、荀谌和荀彧就都站起来，垂手低头，聆听教诲，待荀绲话音落下，荀彧才微微抬头，迎着荀绲的视线道："所以，父亲，颍川如此富饶，又是四战之地，如果天下有变，我们颍川，应该早做打算啊。"

这一席话说得荀衍和荀谌满面震惊，他们一起抬头看着荀彧道："文若慎言，天下如何再有变？"

荀绲也看着荀彧，荀彧沉默片刻道："董卓掌握兵权，权倾朝野，一旦不足，会如何呢？"

荀绲乃"神君"荀淑后代，与兄弟八人并称"八龙"，曾经担任济南相，在政治上也颇有见解，闻言，他沉默半晌之后道："董卓为人凶悍难制，对权势的贪求，已经超过了常理，既然始乱，必将凶国害民。已经造难，震荡京畿，其后……难料。"

第三章

避战祸举家迁离　荀友若说客冀州

在国家大事见解上，荀衍与荀谌全没有其父和其弟明辨，二人互相看看，皆面色凝重，沉默不语。

荀彧诚恳地看着父亲，拱手道："父亲大人已经知道董卓必将祸乱京师，与其等到董卓生战祸波及颍川，不如现在就趁早做考虑。父亲，儿子以为，君子不立于危墙之下。我们荀家乃至颍川百姓，不能坐等天下大乱，到时候呼号无门。"

"你是说……"荀绲面上虽然平静，内心已经震惊。

"父亲，荀家虽然在颍川立足，然而，国都能迁都，荀家如何不能将祠堂迁往他地？"荀彧掷地有声。

这一夜书房的灯直亮到了深夜。直到子夜时分，荀彧才带着一身疲惫回到了后院。

唐秀娘已经得到了夫君回来的消息，荀彧才一进门，就迎了过去，招呼着下人上了热水，待到荀彧沐浴洗去一身尘土之后，桌面上已经摆上了几样宵夜。

"郎君快吃点，更深露重，仔细了身体。"唐秀娘亲自为荀彧盛了一碗小馄饨，摆放在他的面前。

荀彧与父兄商议了一个晚上，书房内虽然有点心，但是在父兄面前，又是商议国事家事，他们几个人除了茶点，谁也没有碰。此刻闻到小馄饨的香气，才觉得饥肠辘辘。荀彧挑了一个馄饨吃下，荠菜鲜肉热乎乎的，五脏六腑都妥帖起来。之前在书房里的忧国忧民，忽然就被眼前的秀娘占据了。

这是他的妻子，嫁给他已经是背井离乡，如今又要随着他颠沛流离。

"秀娘，你也坐下，陪着我用点。"荀彧轻声对秀娘说道。

秀娘挨着荀彧坐下，为他布下一羹匙的小菜："郎君深夜才匆匆归来，这是有大事发生了？"

荀彧点点头："秀娘，若是我身上没有了官位，你会如何看我？"

秀娘浅浅一笑："郎君既然是妾的夫君，就是妾的天，郎君有官位是天，没有官位也是天。"

荀彧朗声大笑，伸手搂过了秀娘："秀娘，为夫一定会为你挣来一片天的。"

荀彧弃官归乡的消息，第二天就传遍了族里，接着又传遍了颍阴县城。随后的几天，一大早荀彧或是与父亲一起拜会乡邻，或是接待来访的世家子弟，竟然是每天早出晚归，傍晚之后，往往还要在书房停留很久，只有夜色深重，才能够回到房中。

秀娘操持家务，每日里都安安静静地等候着荀彧，他回到房里不论多晚，房间里总是会有一盏灯亮着，总是会有热水备着。

这一日天才刚刚擦黑，荀彧就面带忧色地回到房里，秀娘急忙迎出来，见到荀彧神色很是不好，先递了热毛巾，又捧了热茶。

“郎君可是有为难之事了？”在房中坐下，秀娘轻轻地为荀彧捶着后背，问道。

荀彧手指按着眉心，好一会儿才叹息一声："洛阳董卓权倾四野，枉顾朝纲。今日传来消息说，侍御史扰龙宗拜见董卓时忘了解除佩剑，董卓借题发挥，下令将其活活打死。又指使人将何太后的母亲舞阳君杀害，甚至将何太后的遗体从坟墓中挖出来肢解扔在园林之中。董卓如此残忍，然而乡邻仍然是不舍故土，不愿意迁离。我与父亲已经尽力说服了，但是大家还是……"

荀彧在心里重重地叹息了声，他抓住秀娘的手，将她的手放在自己的肩上："秀娘，我心里已经预见到未来的危机，然而人微言轻，不能说服大家，我心，很是难过。"

秀娘转到荀彧的身前："郎君忧国忧民，已经尽了自己最大的努力，乡人眼界狭窄，只看到眼前利益，不懂得趋吉避凶，不是郎君的错处。郎君尽力了就好。"

荀彧长叹一声道："冀州牧同郡韩馥已经派了人来，总还要尽力说服乡邻。"

荀彧并不看好冀州韩馥。韩馥也是颍川郡人，董卓入主洛阳之后，封韩馥为冀州牧，而袁绍因废帝问题与董卓决裂，逃往渤海，被董卓封为渤海太守，受韩馥节制。然而韩馥生性怯懦，缺少主见，冀州在韩馥的手上，必然不会很久，荀家迁往冀州，也只能是暂时避开战乱。

袁绍对冀州已经虎视眈眈，不久之后，就会兵临城下，冀州也难逃战乱。只不过冀州偏僻，韩馥手下兵甲甚多，号称百万，物产丰富，连年风调雨顺，粮草富足。不同于颍川郡，即便发生战乱，也是易守难攻之地。且荀家虽然举族迁移，也并非全都要固守一地，就在几天之前，荀彧的四哥荀谌已经启程投奔袁绍，若是能在袁绍处立足，也为家族日后的安全，多了一份保障。

只是这些话无须对后宅的妇人细说，平白惹她们忧心。

举家迁离，尤其又是荀家这样的大家族，岂是说说几日时间就能动身的。这期间荀谌果然在袁绍处站稳了脚跟，成了袁绍身边的谋士，也正因为荀谌的缘故，本来可以早日进行的迁移，在荀谌的暗示之下，荀或有意拖延了一段时间。

这一段时间又发生了很多事情。

董卓残暴传遍天下，挟天子以令诸侯，弃洛阳迁都长安，所过之处，杀伐无数。也是在这一年，韩馥的部将麹义反叛，韩馥与麹义交战，结果失利。袁绍已经与韩馥交恶，就与麹义结交，并想要夺取冀州，便派手下的谋士去劝说韩馥让出冀州。当听到是派遣荀谌前往冀州劝说韩馥的那刻，荀或抚掌大笑，如今，这迁离颍川之行，终于可以实施了。

荀或对局势的判断没有错，荀谌到达冀州之后，袁绍已经写信给公孙瓒，要他率兵前往，明里打着讨伐董卓的旗号，实际上直取冀州。

荀谌这个时候到了冀州，一见到韩馥，寒暄过后，立即就道："公孙瓒正一路从南前来，谌听闻，所过之处，各郡都积极响应。袁将军也率领军队向东而来，冀州不免腹背受敌。荀家与你一贯交好，听闻此事，彻夜不眠，我私下里也是焦急不安，为你担忧啊。"

韩馥其人，正如荀或判断的一般，性情很是怯弱，听到荀谌这样说，立刻就害怕了，忙道："这可如何是好呢？"

荀谌正等着韩馥这话，立刻拱手，带着歉意，却又恳切地道："谌这里还有一问，请问韩将军，在宽厚仁爱、招揽贤才、让天下人归附方面，阁下比起袁绍将军来如何呢？"

这个时代的人，以谦虚为美德，以仁义为做人根本，成大事者至少都在对外上是谦虚仁义的。更何况当时袁绍的声望正如日中天，韩馥哪里敢将自己与袁绍相比。

韩馥满面惭愧，摇着头道："我不如车骑将军。"

这车骑将军是袁绍的代称——此时袁绍正担任关东联军首领，带兵讨伐董卓，自号车骑将军。

荀谌又问："袁绍将军以面临危难时出奇制胜，为人以智谋勇气著称。这方面您与将军比，又如何呢？"

韩馥沉默片刻，再摇着头道："我不如将军。"

荀谌再三逼问道："袁将军出身'汝南袁氏'，四世三公。世代普施恩惠，广施恩德，使天下各家得到好处，您比起将军来又如何呢？"

比起出身来，天下又有多少人敢说在袁家之上，韩馥只能再摇着头叹息着道："我不如将军。"

三个不如，已经将韩馥的士气降到了极点。

荀谌乘胜继续道："渤海在袁将军统领之下，蒸蒸日上，虽然可以与州媲美，但实还是为郡。现在将军您在地势、威望、出身上均不如袁将军，但地位和官职上却长期居于袁将军之上。袁将军是当代的豪杰，怎么肯长期在您之下啊。且公孙瓒带领燕、代的精锐师兵卒，其兵锋不可抵挡。冀州自古以来就是天下重镇，如果袁将军与公孙瓒两支军队合力，会师城下，将军您的危亡立刻就会到来。"

韩馥闻言，已经是心情大乱，只拱手对荀谌道："友若（荀谌的字）教我。"

话说到这个时候，荀谌心里已经是大定。

他握着韩馥的手，推心置腹道："我这里倒是有一计，将军不如将这个冀州让出去。"

不待韩馥反应，就接着道："将军您与袁将军是故旧，又是共同讨伐董卓的同盟，如果您能将冀州整个让给袁将军，袁将军必然对您感恩戴德。您已经将冀州让给了袁将军，那公孙瓒也就没有理由再同您相争了。这样，将军既有了让贤的名声，自身的地位自然就比泰山还要稳固。谌此番说法，全是为将军考虑，将军千万不要疑虑啊。"

荀谌这一番话有的放矢，是专门说给韩馥听的，若是换个人也难以奏效。偏偏韩馥性情怯懦，将这一番话全听进去了，当场就答应了荀谌。

其后在与荀彧的书信中，荀谌将这一番话原原本本地写给了荀彧，荀彧当日回信说道：

冀州地理位置虽然狭小，然而能披甲上阵的士卒有百万多人；且冀州多年来风调雨顺，年登岁稔，粮食足够支撑十数年。袁绍外来入侵，军队穷困，到了冀州，正要仰人鼻息，好比婴儿在大人的股掌上面，一旦断奶，立刻可以将其饿死。韩馥这点都看不明白，竟然就白白将冀州送给了袁绍。

荀谌回信说：当时韩馥的长史耿武、别驾闵纯、骑都尉，得知韩馥的决定也是这样劝说的。甚至韩馥的从事赵浮、程涣知道这个情况，立刻率领一万能开硬弓的精锐士卒从驻守的孟津飞速赶回，请求抵御袁绍。然而韩馥却说，他过去就是袁氏的属吏，而且才能比不上袁绍，估量自己的德行而谦让，这是古人所看重的美德。这么做不是很好吗？

看到这话，荀彧一笑置之。

韩馥美德或许高尚，然而在带兵统帅、驻守一地方面，确实是只有美德是不够的。

袁绍几乎是和荀彧同时得到了这个消息，袁绍立刻带兵进入冀州。而荀彧也加快了荀家迁移之行的步伐。

唐秀娘此时刚刚诞生下次子，满月不久，也走出家门，开始拜访亲朋好友，讲述董卓的残暴已经超出常理，一定会祸及百姓，劝说大家跟随着荀家一起迁移。然而故土难离，且战祸距离颍川还远，世人目光短浅，只看当下不看未来，并不以为然。其间居然还传出来种种说法，唐秀娘宦官之女的身份被众人重新记了起来，说她先是舍弃了宦官的父亲，如今又来挑唆夫家离开故土，四海为家。甚至还有反过来劝唐秀娘的，要她劝说荀彧不该背离祖先定下的宅地，不背弃祖先，才是正途。

唐秀娘虽然不通诗文，也是跟着荀彧在家族学堂内启蒙过的，也知道孟母三迁的掌故。昔日孟母都能为了儿子的教育，三次搬迁，如今战乱将至，荀家如何不能举族迁离。至于乡人的诋毁言辞，她只将之当作无知乱语，并不曾与荀彧分说。

这一年多来，荀彧处理事务极为果断，将荀家在颍川的良田尽数发卖，大多数店铺也都卖掉，只留下少部分店铺，作为将来有可能还要利用颍水运输时候的打点。同时也派人在冀州购置了房产和铺面，只是在田产方面，还有些麻烦。

当时各州牧的田产，少数落在地方豪强手中，大部分还是在各州牧的手上，尤其是良田。而民以食为天，手里没有田产，就等于断了自己和族人的口粮。

然而搬迁已经决定，好在荀谌此刻再有书信送来，说袁绍得知荀家将要举族前来，极为欢迎。

这一切更加坚定了搬迁的决心，初平二年（191）年底，在丰收过后，荀彧带领整个荀家宗族老小，正式开始了搬迁。

荀家外迁，不仅仅在颍川，在当时环境下的整个汉朝，也是一件大事。不过这件大事，很快湮没在豪强割据的战乱中。

处在战乱中的荀家众人，也终于在这一年的年末，举家进入冀州。此刻，前来接应荀家的仍然是韩馥的手下，而冀州已然易主。

第四章

摆宴席待为上宾　早断言不成大事

荀彧落户冀州，举族刚刚安置，就接到袁绍的请帖，邀请他前往冀州府邸一叙。

袁绍刚刚得了冀州，正是踌躇满志，听闻荀彧前来，大喜过望，递过请帖之后，第二日不但派了车马前去迎接，还亲自在府邸门口相候。荀彧才下了车马，他就已经迎到荀彧身前，上下打量。

荀彧此时不到而立之年，头戴进贤冠，身着青锦袍，眉如远黛，眼如点星，尤其身有异香，闻之心神俱畅，袁绍一见极其喜爱，待荀彧拱手揖礼时，急忙上前搀扶，笑道："免礼免礼，文若终于来我这冀州了。"

荀彧立起身来，也打量着袁绍。袁绍身长貌伟，相貌英俊，静则沉静肃穆，动则行步有威，有豪杰盖世之相，武勇超群之形。还没有言语，心下已经有折服之意。

再拱手说道："见过车骑将军，车骑将军威名远扬，彧折服将军威名已久。"

袁绍大笑，伸手请荀彧入内，自己却先走在了前面，他身材高大，步履矫健，荀彧紧随了两步，才勉强不露出窘迫之意。那袁绍自己却还没有觉得，只将这府邸景色介绍给荀彧，言辞之中，对不费一兵一卒就得来整个冀州很是得意。

只是这时天色已经接近入冬，府邸内只余枯枝残叶，不过几座假山乱石很是应景，荀彧少不得赞扬了几句。

进入正堂，二人分宾主落座，荀谌也在客座上作陪，侍从下人送上清茶。荀谌细看，见侍从下人进入正堂虽然弯腰弓背，然而目光下视之余，左右扫视，便知道袁绍为人宽厚，御下不严。

袁绍举茶相让，互相客气了几句，袁绍就笑着道："文若前来，我心甚喜，如今正有一事，想要向卿讨教。"

荀彧向主位拱手谦虚道："彧才学浅薄，不敢当讨教二字，愿意与将军一起商议。"

袁绍便放下茶盏，正色道："如今董卓那贼臣作乱，毒杀何太后，窃取文陵，甚至亵渎亡者的尸骨。且废先天子立少帝，挟持天子以令朝廷西迁。董贼把持朝政，残暴不仁。我袁家四世三公，世代受宠，我袁绍乃是名门后代，岂能坐视那董卓逆贼坐大？我早已经决心竭尽全力歼灭董贼，兴复汉室。然而，齐桓公如果没有管仲就不能成为霸主，勾践没有范蠡也不能保住越国。我想与卿同心协力，共安社稷，不知卿有什么妙策？"

袁绍这番话自视甚高，先搬出了董卓残暴，又突出了自身的名门望族出身，自然是打着号令群雄以得天下的打算。

荀彧初来冀州，正是有投奔袁绍的打算，听闻此问，沉吟片刻道："将军年少入朝，就扬名海内。当日宦官祸乱朝纲，是将军列兵朱雀阙下，诛杀宦官亲党，以正朝纲。董贼废天子立少帝之际，自认天下大小事，非他莫属，唯有将军横刀立目，发扬忠义，针锋相对。将军弃官单骑出走，董贼手握大权，掌握大军，却忌惮将军四世三公，不敢通缉，唯恐将军召集豪杰，群雄都会乘势而起。"

只这三件事情，袁绍已经是听得频频点头，面露微笑。

荀彧又道："将军渡河北上，则渤海俯首听命；举一郡之卒，而聚冀州之众。将军威震河朔，名望传播于天下！"

这话，并非荀彧奉迎之词，而是真心赞美。

袁绍年轻有为，不到二十就已经出仕，其后因为丁忧隐居在洛阳。中平元年（184），黄巾起义爆发，才应何进之邀结束隐居。在与董卓针锋相对之后，弃官而行，董卓不但不敢通缉，担心激起民变，甚至还任命袁绍为渤海太守，这才有"将军渡河北上，则渤海从命"之说。而袁绍在关东郡起兵声讨董卓之时，也不过只拥有一郡的兵卒，但冀州四郡立刻群起响应，推举袁绍为盟主，天下皆知。

董卓之所以挟持献帝，驱赶洛阳百姓迁都长安，也是因为袁绍所号令的关东盟军声势浩大，但董卓的残暴不仁却是他天性使然，与他人无关。

袁绍闻言，微微叹息。

荀彧再道："天下所望，必将大势所趋。黄巾虽猾乱，然将军举军东向，则青州可定；还讨黑山，则张燕可灭；回军北征，则公孙必平；震胁戎狄，则匈奴必从。"

说着，向上拱手，面色诚恳："如此，您将可拥有黄河以北的四州之地，收揽天下之英雄才俊，集合百万大军，迎天子于西京，复宗庙于洛阳。将军以此号令天下，这天下未服之众，谁又能与将军您争锋，谁又能抵御得将军您呢？"

袁绍大喜。荀彧的这席话，正是袁绍毕生心愿。还有什么比平定天下逆贼，讨伐反叛之众，震慑周围宵小，降服外族更让人热血沸腾的事情呢？且他只是渤海太守的时候，就可以振臂一呼，应者云集。如今他已得冀州，得九州之首，如果号令天下，谁能不服！

荀谌也是不敢置信地看着荀彧。这一年多来，荀彧弃官归乡，足不出颍川，却能上观天下，下察民情，不但将家族老老小小迁移到冀州，安排几乎妥当，还能与袁绍将军当面畅谈国事，侃侃而谈。如果他这最小的弟弟也能追寻袁绍将军，他日袁绍将军统一河北，乃至平定天下，当指日可待。

这一日袁绍摆下宴席，将荀彧待为上宾，荀谌和同为颍川人的辛评、郭图一直作陪。酒席之间，袁绍言辞宽容，频频向荀彧请教，荀彧知无不言。又提及初平元年（190）正月，关东州郡起兵讨伐董卓之事。那时候袁绍亲自领兵，自号车骑将军，与河内太守王匡屯兵河内，韩馥留守邺州，供给粮草。豫州刺史孔伷屯兵颍川军，兖州刺史刘岱、陈留太守张邈、广陵太守张超、东郡太守桥瑁、山阳太守袁遗、济北相鲍信与曹操屯兵酸枣——各有军队数万。

只因为袁绍起兵，董卓就将袁家留在京师的宗族全部杀死，接着又派大鸿胪韩融、少府阴循、执金吾胡母班、将作大匠吴循、越骑校尉王瓌，晓谕瓦解关东联军。袁绍同盟岂可被瓦解！王匡杀掉了胡母班、王瓌、吴循等人，袁术捕杀了阴循，而韩融因为德高望重，袁绍免其于一死。

提起前尘往事，未免唏嘘，荀彧举酒劝说道："将军不可多悲。如今天下各路豪杰纷纷前来归顺，即便是那路途遥远，与将军未曾谋面、未得一言的豪杰，也难受于将军一家遭难，人人都想要为您报仇。天下人也想着将军您能杀到洛阳，匡扶汉室，解救少帝于水火之中。"

袁绍先是频频点头，然而听到"匡扶汉室，解救少帝于水火之中"时，神情微妙。

当日广东州郡虽然聚集，起兵共同声讨董卓，然而其中还有少许内情，却不足与荀彧明言。各州郡虽然听命前往攻打董卓，却又各怀异心，只屯兵驻扎，保存实力。甚至听闻酸枣驻军的将领每日大摆酒宴，谁也不肯去和董卓的军队交锋。更可气者，在酸枣粮尽后，所驻军兵卒竟然作鸟兽状一哄而散，一场讨伐竟然就如此不了了之。

也就是因此，袁绍心中萌生了另外一个念头。董卓不仁，挟持少帝，他又如何不能抛弃董卓所立的少帝，另立新君，以便于驾驭呢？他心中早就有了合适的人选，乃是汉宗室幽州牧刘虞。只是与荀彧毕竟初见，交浅不能言深。

且看荀彧的态度，说到"匡扶汉室，解救少帝于水火之中"时，言辞恳切，神态激昂，怕是自己心内的一番筹谋，并无法说动荀彧。

这一次酒宴宾主尽欢，只待日落西山，荀彧才得再三告辞离开。荀谌跟随既是为相送，也是为了回家看望宗族父老。

这一日归家已然是夜色沉沉，一家数人却再一次齐聚在书房，这一次多了荀彧的侄儿荀攸。

荀攸当日与何颙、郑泰等人密谋，劝说董卓亲近的越骑校尉伍孚担任刺客，试图刺杀董卓。然伍孚事败，当场身死，何颙与荀攸都被牵连入狱。何颙在狱中忧惧自杀，荀攸忍辱负重，终于在董卓迁都长安之际寻机逃走，此刻也一同前来冀州。

书房内五人在方案前落座，提起今日之事，荀谌首先将袁绍与荀彧的对话一一道来，尤其说到荀彧对袁绍将军的评价之言时，荀绲、荀衍与荀攸无不点头，深以为然。

然而听到酒席之上，袁绍对前期关东州郡兵卒吞并各处之时，荀彧微微一笑，摇头说道："四哥既然是在袁绍将军身边，对关东州郡各路驻军的布防，当是清清楚楚。宴席之上，彧只说了部分话，没有说的，也正是将军不喜听的。那酸枣驻军竟然如同乌合之众，各怀异心，拖延时日，就为保存实力。而在粮草消耗殆尽之时，竟然一哄而散。此乃袁将军军纪不严，法令不能确立，所以士兵虽多，却不能巧为任用，以至于功败垂成。”

荀谌闻言，长叹一声道：“将军心怀仁义，胸怀宽广，所以并不计较曹操等延误军机，不然若是董卓……哼！”

荀谌虽然追随袁绍只有一年有余，然而袁绍对他极为器重，荀谌也感怀袁绍的知遇之恩，心中早有肝脑涂地以报的想法。且荀家宗族已经全都迁入冀州，尽皆要在袁绍羽翼之下，不论是从宗族安危还是个人信念上，他都不允许自己诋毁袁绍。

提到曹操，荀彧颇有耳闻。

曹操年少时就机智警敏、任性好侠、放荡不羁，二十岁时，就被举孝廉，授洛阳北部尉。入职则禁令分明，法纪严肃。当时宦官蹇硕的叔父违背禁令，宵夜禁行之后仍然出行，被曹操抓获。曹操毫不留情，以五色棒将蹇硕的叔父处死。此事让曹操一举成名。之后中平元年（184），黄巾起义爆发，曹操临危受命，官拜骑都尉，大破黄巾军，更是名震天下。

而荀谌所说的酸枣乌合之众中，还真有曹操的士卒。但与荀谌所说不同的是，当时关东联军惧怕董卓，全都聚集在酸枣，无人敢向董卓西凉军所在的关西推进。只有曹操独自引兵向西进入荥阳汴水，与董卓手下大将徐荣交锋，但不幸落败，不但士卒死伤大半，自己也被流矢所伤，以致之后他提议在镇守要塞的同时，大家再分兵进击，继而围困董卓之事，竟然没有得到响应。最后的粮草消耗殆尽，引发了联军之间的摩擦，士卒溃散，就与曹操无关了。

荀彧对曹操的关注，还在另一个微妙的点上，就是何颙对曹操的评价：汉室将亡，安天下者，必此人也！

荀彧还记得他大喜之日，何颙的那句“王佐之才”，曹操的安天下，岂不是更能比袁绍让人折服？不过此时，曹操已经在东郡大败于毒，被袁绍封为东郡太守，隶属兖州，便是荀彧有心，也暂时不得而见。并且兄弟之间不能因外人引发争执，尤其是在父亲面前，因此荀彧听到曹操二字，只是心有所动。

荀攸却说道："四叔所言或有道理，然而袁将军军纪不严，却是事实。"

荀谌闻言也实属无奈道："袁将军胸怀宽广，不忍因为粮草不足，责罚下属……"这话说着，他自己也有些心虚，半晌，才叹息了一声。

荀绲沉吟片刻道："袁将军名动天下，以宽厚得民心，但毕竟是布衣豪杰，能聚揽人才，却不会用人。谌儿你追随袁将军已久，袁将军对你有知遇之恩，你自当追随。你能跟在袁将军麾下，我荀家宗族得以被袁将军庇护，我心也安。只不过天下大乱，局势不稳，彧儿今日对袁将军已经是肺腑之言，忠言切切。"

荀彧不想这几句话，竟然就被父亲看透了心思，他脸颊一热。

他心中实在是还有一句话，一直没有言说：袁绍终不能成大事矣。

第五章

奔曹操得封司马　颍川人遭遇战祸

　　荀家落户冀州，得荀谌从袁绍之故，也因为袁绍宽厚的名声，必然会善待荀家。

　　荀家迁移大事落定，荀彧转而思考自己的人生。

　　古人云：男子当成家立业。他成家十三年，长子已经出生。他如今二十有九，距离而立之年只有一年了。然而袁绍不足成大事，他的人生走向，又该选择谁，或者说是同谁一起走上并立之位呢？

　　曹操的名字，再一次浮现在荀彧的脑海里。

　　已经是半夜，书房的灯还在亮着，荀彧正在挥毫笔耕，浓黑的笔墨氤氲在雪白的宣纸上，他的身影也映在窗纸上。

　　秀娘亲自托着一个红木托盘，轻盈地走进了书房。她将托盘放在旁边的案几上，纤纤玉手执起松烟墨条，在石砚上轻轻碾磨。浓黑的墨迹逐渐融化开来，又被狼毫毛笔沾染上，落在柔软的宣纸上。

　　半盏茶的时间，荀彧放下了狼毫毛笔，秀娘笑着回身，揭开托盘上小碗的碗盖："这是妾身为郎君熬制的红枣羹。"

荀彧看着秀娘，脸上露出温和的笑容："秀娘，你才生产不久，要仔细自己的身子，这等事情吩咐下人去做就好了，莫要劳累。"

"妾身不累。"秀娘侧身坐在荀彧的身边，"倒是郎君先前为宗族奔波，如今又夜夜在书房晚归，妾身很是担忧。"

荀彧舀了一勺红枣羹，自己没有吃，却送到了秀娘的口边："你也吃点，如今正是夜深露重的时候。"

秀娘脸色微红，吃了一口，就不肯再吃，荀彧朗然一笑，盛了一勺送到口中。红枣羹入口即化，温热的感觉直通向肺腑，五脏六腑都舒坦起来。

"秀娘，为夫我近日要离开几天。"荀彧放下碗碟，看着秀娘道，"刚刚搬迁过来不久，家族中大事小情不断，俣儿（荀彧次子）才刚刚出生，你又要受累了。"

秀娘的脸上浮现出担忧："如今天下未定，郎君刚刚来到冀州，就还要离开吗？"

荀彧微微点头："我本来是要投靠袁绍，可惜天下未平，袁绍空有大志，却不是能共成大事之人。我此番前去投奔的人，与我也算是有些因缘。秀娘，你可记得我们成婚之日吗？"

秀娘的脸上浮现出一抹嫣红："记得，那一天也是郎君大喜的一天。我记得盖头挑起的那刻，就听人说，郎君是'王佐之才'。当时郎君的眼睛亮亮的，就那么看着我，我心里很为郎君喜悦，也为我自己高兴。我的夫君是顶天立地的大丈夫，我唐秀娘得此夫君，此生无憾！"

荀彧感叹地拢着秀娘的肩膀，将她带到自己的怀里，怀中温香软玉，让荀彧也想到了新婚的那一天。那一天他不但得到了一个贤妻，还得到了人生第一个最高的评价。

荀彧叹息道："当日名士何颙一见到我，就给了我这个极高的评价，可是我这十三年，一事无成——"

唐秀娘不等荀彧话说完，就伸手捂住荀彧的口，急忙道："郎君怎么可以如此亵渎自己？郎君为荀家的安危一直奔走，之前弃官也是为了家族宗室，郎君万万不可如此说。"

荀彧笑着抓住秀娘的手："秀娘，得妻如此，我此生也无憾事。"

油灯的灯火跳跃着，映着书房内依偎在一起的两个身影。

荀彧接着道："秀娘可能不知道，名士何颙还曾为另一个人给出极高的赞誉：汉室将亡，安天下者，必此人也！大丈夫当安天下，也将与安天下者共事。所以我此番打算去见见此人，他现在就在扬州。"

三天之后，荀彧只带着一个随从，轻车简从，一路前往扬州。沿途秋色已尽，落叶萧条，虽然秋收刚过，路边就已经能见到拖家带口衣衫褴褛之人。而经过的县城之内，乞讨的老少，更是随处可见。

但一接近扬州，景色就为之一变，同样是秋末，田地已经收割，但田地里绿意仍在，村庄房屋砖瓦整齐，萧瑟之意竟然少了许多。

县城大门两侧贴着征兵的告示，有兵卒在给过往的精壮讲解，有报名征兵的，即刻就能领到铁质五铢，或者布帛金粟。荀彧观之暗暗点头。

扬州归属丹阳郡，丹阳以精兵辈出而闻名，所以此地兵种号称丹阳兵。曹操在酸枣落败，只有亲信数人一同逃生，还能在此地征兵，当是因为曹操的父亲与此地太守关系甚佳。

荀彧正看着告示，忽然有人拦在面前，客气地询问："请问先生可是颍川荀小神君？"

"小神君"这个称谓，荀彧已经很久没有听到了，当下微微一笑，谦虚地道："不敢当神君之称，在下正是荀彧。"

那人大喜道："主公吩咐小的在城门口等候多时了，先生快快随我来。"

荀彧面露诧异之色问道："你家主公是……"

"我家主公名讳上曹下操，字孟德，之前追随张邈攻打董贼，现在正在此处征兵。"那人说着，身边就又有一人已经飞跑着进入县城。荀彧微微一笑，不再相问。

距离府衙还有一箭之地，就见到府衙内飞奔出来一人，老远地就向荀彧奔来，临到近前，一把抱住荀彧的手，拦住荀彧的施礼，叫道："先生，吾终于将你等来了！"

荀彧再三施礼，却被曹操攥住了手臂。曹操自幼习武，文武双全，攥着荀彧的手臂，荀彧就再不能动分毫。

荀彧终于大笑，却还是微微躬身道："见过将军。"

"快快免礼。"曹操这才松开荀彧的手臂，也改口道，"听闻先生做客冀州，窃以为能有与先生相见之时，只是征兵在此，不得分身，烦劳先生舟车劳顿了。"

两人客气了几句，携手进入府衙。

曹操此刻身上的箭伤刚刚愈合不久，但行为举止已经与常人无异。进入正堂，他屏退下人，亲自为荀彧烫茶。只这一动作，立刻就让荀彧心生好感。

荀彧欠身双手接过茶盏，却先放下，从怀中取出拜帖，上面正是自己的名讳，双手奉送。曹操忙亲手接过来，郑重收起——这是全了上门拜见之前的礼仪。

曹操先开口道："先生远来是客，吾本来应该先请先生休息，只是如今董卓逆贼倒行逆施，威凌天下，每每想来，夜不能寐，恨不得食其肉啖其骨。可恨之前关东联军屯兵酸枣，众人却忌惮董贼精锐战力，保存兵力，不肯同盟攻守，以致败退，功败垂成。"

荀彧微微一笑劝解道："董贼的残暴已经超出常理，倒行逆施的后果必然是无所作为，因祸暴毙，将军不必引以为虑。"

曹操从酸枣落败之后，虽然来到此地招兵买马，意图东山再起，然而心情也一直郁郁寡欢。荀彧一句虽然只是开解，却正说中曹操心思，他心里虽然还有郁积，神色却缓和不少。

荀彧再道："酸枣之战，将军独率部下引军西进，一战虽然有所损伤，但将军讨伐逆贼，匡扶汉室的名声，震动天下。彧偏居颍川，也听闻将军壮举，内心十分为将军折服。"

这番话也是荀彧的心里话，是他前来投奔曹操的原因之一。当日袁绍组织的联盟军队，人数众多，然而良莠不齐，正如曹操所言，众人为保存兵力，不肯同盟攻守，更有韩馥负责粮草，却担心袁绍坐大，故意供给不足，以致联军不是被外来强敌击退，而是从内部自行瓦解。这中间也唯有曹操率众与董贼战了一场，虽败犹荣。

曹操面上却更显忧虑，只举茶相敬，沉默不语。

荀彧轻轻品了口茶，这才又徐徐说道："将军不必因为一时的胜负心有挂怀。胜负乃兵家常事，且将军盛名已经传开，将军他日振臂一呼，必然响应云集。眼下只是游龙潜水，等待时机而已。"

曹操拱手，向荀彧正色道："先生一番话正说中吾心事。吾来扬州征兵，便是想要他日再能讨伐董贼，只是……"

他沉吟片刻，才道："吾身单力薄，虽然已经举家族之力，倾尽家资，也兵力不足。"

荀彧微微点头："彧有一计，可说于将军。将军虽然兵力不足，但精锐未失，可以往冀州投奔袁绍将军。袁绍将军刚刚得到冀州，北有公孙瓒虎视眈眈，西有黄巾叛乱占据黑山，远还有董卓逆贼猖狂作乱。公孙瓒本来就对冀州有志在必得之心，必然会以小事对冀州兴兵，袁绍将会顾此失彼，难全首位。将军如今已有兵马，再聚集旧部，正可一鼓作气，领兵讨伐黑山，谋个前程。"

曹操自己思索片刻，面露喜色。

荀彧已经接着说道："只要将军得到一郡，便是站稳了脚跟，之后徐徐发展，不愁大业不成。"

两人相视，荀彧想起南阳的许劭对曹操评价：君清平之奸贼，乱世之英雄！

曹操审视荀彧良久，站起身来，对荀彧深深一揖："先生真乃吾之子房也！"

荀彧也深深地还了一礼，口称"主公"。

这一天二人相谈甚欢，夜半抵足而眠，天明之后，曹操任命荀彧为别部司马。

荀彧时年二十九岁。在这一年冬天到来之前，他为他的后半生作出了重要的决定。从这一天起，他奉曹操为主公，与曹操共图大业，为光复汉室，兴盛天下，殚精竭虑，鞠躬尽瘁。

荀彧上任别部司马之后，几天之内，就为曹操制定了一个短期的计划。

曹操带着新近招收的三千丹阳兵，离开扬州前往冀州，沿途与其兄弟夏侯惇、堂弟曹洪会合，兵力直逼一万。这一万人马前来冀州投奔袁绍，袁绍果然大喜。

当时，黄巾军黑山分军首领于毒，带领白绕、眭固号称十万之众，攻打魏郡、东郡，东郡太守王肱不能抵御，节节败退。袁绍当即命曹操出兵东郡，曹操欣然领命，荀彧随军出征。

初平二年（191）冬天，曹操率领五万大军，正式进入东郡。初平三年（192）春天，曹操听从荀彧之计，屯兵顿丘，于毒果然率兵攻打东武阳，曹操趁机引兵从西进入黑山，直接攻打于毒的大本营，此乃围魏救赵之计。于毒听闻，慌忙弃武阳返回黑山，半路遭遇伏兵，直接落败遁走。随后曹操出兵，将白绕困于濮阳，不日大败白绕。又乘胜追击，战败了眭固，甚至将背弃盟约的匈奴于扶罗赶了出去。

这一战正是之前荀彧给袁绍所献计谋，然而此番被曹操所用，给了黄巾军重重一击，将黄巾军彻底赶出了东郡。这一战也是曹操近年来的第一次大获全胜，并且将东郡全县囊括手中——正如荀彧所言——袁绍因此命曹操为东郡太守。

荀彧给曹操定下的计策，是稳扎稳打，全力扩军。扩军的背后，必然是要有充足的人手、充分的粮草。

然而，刚刚进入东郡，荀彧就听闻一噩耗。

前一年，孙坚所带领的军队在鲁阳屯兵，被董卓率领数万步骑兵突袭，孙坚从容应战，率领军队入城防守，董卓因此未敢贸然攻城。但是就在第二年，也就是荀彧与曹操转战东郡黑山之时，孙坚也带领军士转战梁县，不幸被董卓的部将徐荣所败，孙坚率领残兵退守阳人，董卓派遣吕布、胡轸率五千步骑围攻阳人。

阳人之战，是一场拉锯战，双方均有胜负，但是孙坚依仗着城池坚守，吕布久攻不下。在这种情况下，董卓派了李傕为使者前来游说孙坚，意图与孙坚和亲，并许以高官厚禄，被孙坚怒斥。李傕大怒之下，转战中牟，夺得中牟之后，一路长驱直入，直奔陈留、颍川。大军所过之处，烧杀抢掠，无恶不作。陈留与颍川两地，无辜平民百姓被斩杀无数，尸横遍野，余下的幸存之人，无不背井离乡，逃亡在外。

荀彧的族人在这场屠戮抢劫之前就已经迁离了颍川，进入了冀州，现在在袁绍的庇护之下，但是颍川留下的乡邻，无不死于这场突如其来的战乱中。

得知此消息，荀家族人无不暗中庆幸，荀彧扼腕痛惜，对董卓之流的残暴恶行更加愤慨。

然而如今刚刚入主东郡，百废待兴，只能将此仇恨暂时压在了心底。

第六章

黄巾军势力大盛　曹孟德初败菏泽

在东郡原有官员仓促的迎接中，曹操入主东郡，荀彧来不及松一口气，立刻就马不停蹄地开始了各项事情的安排。

东郡府邸无须改建，然而曹操的家眷即将前来，因为曹府的总管也还没有到来，曹操府邸各处的修建，少不得也要由荀彧做安排。好在有荀家宗族的迁移在前，这些琐事的打理上荀彧游刃有余。但是在曹操再次招兵买马，以为后事准备中，荀彧却是大费周章。

在招收丹阳兵上，曹操已经倾尽了家财，如今不说身无分文，也再拿不出余财。且才在东郡上任，东郡经过战乱，府衙内可用物资几乎不剩点滴。荀彧少不得写信给冀州荀家，一方面招荀衍与荀攸前来，另一方面也是要他们将家族中还有的积蓄带上一部分，更是要带着家族中能主事的擅长经营的下属一并前来。

身为曹操座下的别部司马，还有诸多公事需要处理，这期间还发生了一件不大不小的事情。就是曹操的家眷在前来的途中，忽然遇到河水暴涨，洪水从上游突然冲下，曹操的家眷被冲散。此时有残存的黄巾军埋伏在岸边，射杀了多人。好在曹府中的子弟几乎个个能征善战，在片刻的慌乱中就开始了反击，只损失了几个下人、护卫。少不得荀彧加派了人手，派人前去接应。曹操因此又派出士卒，以濮阳为中心向外推进，以确保整个东郡境内，再无一黄巾军余部。

这一日荀衍和荀攸接到消息赶来，果然带来了荀府的大量余财，还有善于经营之人，让荀彧有了左膀右臂，这才腾出时间，将入主东郡之后发生的政务写上具折，送报袁绍。这是态度问题，曹操刚刚进入东郡，这只是一个开始。同样的具折还写了一份送往兖州刺史刘岱处，同时讨要各种军事物资。另外还有征讨于毒、白绕、眭固、匈奴于扶罗等人时伤亡将士的抚恤。

诸事忙乱中也算有序，堪堪半个月时间，曹府家眷到来，又是一番安置。虽然有曹府自己家人打理，但荀彧少不得亲自前往过问，又将荀衍和荀攸带来的家中钱财送上一些。曹操对家人教育颇为严格，曹府之内众人进入，立刻就令行禁止，内外森严，一切都井井有条起来。少不得让荀彧也感叹一番家风森严。

袁绍的抚恤赏赐，也随后送过来一部分，东郡当地的税收也一并开征。然而东郡一郡的税收和袁绍的赏赐，养不起曹操的五万人马，且黄巾军也正在青州大肆发展，已经号称百万之众，对兖州虎视眈眈。需要银子的地方很多，还要筹备之后的粮草，好在有荀衍和荀攸帮忙，在荀彧的支持下，他们很快在兖州各郡中都开起了商铺，也接管了盐政，让荀彧得以放下俗务，专门与曹操商议接下来的大计。

曹操的声望，也逐渐兴起。

曹操早年经历就颇为丰富，年轻时的他任性好侠、放荡不羁。举孝廉后，任洛阳北部尉时，就棒杀了不守宵禁禁令的蹇硕叔父；在任职济南相之后，还做了一件大事，就是禁绝淫祀。

非其所祭而祭之，名曰淫祀。就是指不合礼法制度、不应当祭、虚妄不实、泛滥无度的祭祀。曾经，因为"城阳景王"协助刘氏一族重掌大汉江山，功劳巨大，下属的封国就纷纷建立祠堂，以表彰和纪念他的功勋。这本来是一件好事，但是封国之外的各郡也纷纷模仿起来，兴起了建立祠堂的风气，不仅仅是为城阳景王建立，只要稍有功勋，就纷纷设立，甚至有了生祠的现象，就是这个被祭祀的人还活着，祠堂就已经建立了起来。

祠堂的出现，推行了大肆祭奠的风气，有的被别有用心的人利用，成为可以鼓噪民众的神主牌位，产生各种混乱的民间组织，对朝廷的安稳造成威胁。且借助这种不正当的祭祀，有人大肆搜刮聚敛钱财，扩大自己的势力。而最为可怕的是，民众也渐渐地适应了这种淫祀，为之奉献自己的钱财不说，甚至无心农作，让田业荒废。

曹操上任济南相之后，立刻拆除并毁掉一切不合乎规矩的淫祀场所，发布命令，严格禁止治下一切官员和民众的淫祀行为。同时大力整饬，罢免长吏，一夜之间，那些贪赃枉法、无所顾忌之行就几乎全部消失。当时济南上下震动，政教大行，一郡清平。

这件大事，当时就已经震动地方，传到了天子京城所在，如今被荀彧再次提起，大肆宣扬。自来民众就对肯做实事，有魄力有能力之人倍加推崇，而曹操这一"禁绝淫祀"的政绩，更让他的人格魅力提升了一个层次，更不用说之前还大破于毒黄巾军，将东郡的黄巾军赶了出去的辉煌战绩。

一时间，曹操在兖州的声望，甚至超过了兖州刺史刘岱，也让刘岱感觉到了威胁。

初平三年（192），青州黄巾军大获发展，以"天公将军"张角为首的"太平道"张氏三兄弟，声势逐渐浩大，他们攻城夺邑，焚烧官府，沿途不断招收流民，收容绿林，扩张兵力，已经号称有百万之众，开始向兖州进发，将任城相郑遂杀死，转入东平。

刘岱急于得到政绩，以压制声望日盛的曹操，不顾属下鲍信劝阻，一意孤行，带兵出击，反而兵败被杀。一时，整个兖州陷于危难之中。

荀彧得到刘岱战死的消息，立刻就知道这是一个绝佳的机会，他派遣曹操部将陈宫前去州府，劝说兖州别驾、治中拥立曹操。果然，鲍信闻信，亲自前往东郡迎接曹操，请他出任兖州牧。

出任兖州牧的时间，比荀彧预期的要早，然而形势刻不容缓，不论是从天下大局上看，还是从曹操个人利益上讲，时机都不容错过，而此时，曹操和荀彧还即将面临着他们得到东郡以来，最艰巨的战斗。

黄巾军一路扩张，号称百万之众，虽然其中大部分是老弱妇孺，但是有战斗力的青壮中，大半是曾经的流民、绿林出身，这些人曾经衣食无靠，生死不知，加入黄巾军中，只要作战勇猛，就可以衣食无忧。且他们也知道，进，生死不论，但是退，就一定是死亡，所以，黄巾军士卒作战异常凶猛，一旦短兵相接，就是不管不顾。曾经的兖州牧刘岱就是因为轻敌，以为自己有数万军队，视黄巾军为乌合之众，一定可以大获全胜，却被黄巾军斩杀在战场之上。

曹操得任兖州牧后，立刻就召集了夏侯惇、夏侯渊、曹洪、曹仁、鲍信等，鲍信首先言说："现今黄巾逆贼足有百万之众，从青山一带一路前来，打着劫富济贫的旗号，沿途烧杀抢掠，百姓不明所以，以为张角是活神仙，恐惧其兵卒凶悍，又震惊其人气力量，便是沿途的各郡州府，大小将士，对上张角的主力，也全无斗志。"

当时夏侯渊颇不以为然道："鼠辈以法术、咒语欺瞒无知百姓，望风而随，其实就是一群乌合之众，那所谓的天公将军、地公将军、人公将军，不过是自封而已，不过是众贼鼠辈相随，奉迎而起的名号。主公刚刚入主兖州，正应该给黄巾军迎头一个痛击，以挽回整个兖州的士气。"

鲍信闻言，低头不语。

荀彧便道："虽说打击黄巾军是必然的，但也不可一味莽撞。黄巾军士卒众多，粮草必然不足。我们只需要在此地固守，避免正面交锋，时间一长，其众必然士气衰竭，且为了粮草，也会呈土崩瓦解之势。那时候我们只需要派出精锐，针对其要害，各个击破。"

荀彧的这番话，让鲍信抬起头来，这本来也是他的想法，当初为刘岱，他就是如此进言的。大家听闻，也觉得有理，只是不战一味地在此地固守，不是武将的风格。

曹操沉吟片刻，断言道："黄巾军虽然号称百万之众，但是其中大多是不能上阵的老弱妇孺，且他们并无辎重，也无补给，沿途只依靠抢掠为根本。如果我一味退却，必然会让黄巾内贼士气高涨，增加其膨胀机会，这只是其一。其二就是，我们兖州的百姓，也必将遭到黄巾军的荼毒。岂不闻黄巾逆贼所过之处，鸡犬不留，颗粒不剩。所以，必须要先给黄巾逆贼一个迎头痛击！"

这话说来，在座众人皆士气高涨，即便是荀彧也有热血沸腾之向。他心里虽然觉得不妥，但是却没有再行阻拦。

曹操说得对，如果现在一味固守，日后虽然可以稳固胜利，但是在这期间，兖州百姓必然身受战乱之苦。这一刻他想到了留在颍川的乡邻，想要再劝阻的话，全留在了心里。

他佩服曹操的勇敢果决，明知道拖延时日，就可以徐徐获胜，却仍然以一颗为国为民的赤诚之心，敢于讨伐多于自己十数倍的逆贼。这一战不论胜败，都将写进史册。

次日，曹操亲自领兵，与鲍信合兵一处，轻骑在前，步卒在后，从菏泽西进，准备正面迎击黄巾军。

当时，黄巾军刚刚大胜原兖州刺史刘岱，正是士气大振，也是骄兵之时，曹操以为骄兵必败，准备以奇兵先行进发，挑战张角主力，并将张角主力吸引进菏泽以西，以步卒围困。不想曹操与鲍信亲自所带的先锋骑兵部队与张角主力接触之后，一路佯装败退到菏泽以西山谷所在，本来应该前来接应围困张角主力的步卒却因故迟迟未到。不得已，曹操与鲍信所带的只有数千人的骑兵，直接与张角的主力碰撞上。

这一战直战斗得天昏地暗，山谷内血流成河。曹操所带领的军队虽然勇猛，然而兵卒的数量太少，反而被张角主力包围。鲍信为曹操断后，曹操殊死搏斗，才得以溃退突围，曹操的骑兵受到了重创，大半战死。虽然随后步卒赶到，曹操率众回击，但时机已经错过，鲍信也已经战死。

然而这一战也给了张角率领的黄巾军一个迎头痛击。曹操与鲍信合力只带着数千的轻骑，就胆敢应战数十倍于自身的张角主力。正如曹操所言，这一战虽败，士气却不降反升。而黄巾军主力也是首次受到迎头痛击。

当日黄巾军若是乘胜追击，不顾一切，历史有可能就会被改写，可是明明围困了曹操本人，却又被其突围而走，正说明黄巾军中士卒战斗力之差。而其后得知应战突围之人，是战胜过于毒、大败白绕，又战败了睢固，将背弃盟约的匈奴于扶罗赶走的曹操本人之后，张角的军队竟然在原地固守起来。

这一固守，给了曹操喘息时间，也给了荀彧重新认识自己、反思自己，并重新制定战略的时间。

荀彧深深地认识到，他在军事布局上、策略上是正确的，然而军队的战斗，时机瞬息万变，战场上需要步步谋划，小节都不可错过，却是他所不擅长的。他可以为之谋略，却不擅长在瞬息万变的战场上亲力亲为。但这一次，他们必须也是必定要战胜黄巾军的主力，使之溃散的。不然，就对不起迎接他们的兖州的百姓，也对不起为曹操断后战死的鲍信。

而这一次，曹操也冷静了下来，听取了荀彧的建议，以骚扰和断绝黄巾军粮草供给的方式，步步瓦解。

不得不说，荀彧在谋略的制定上，抓住了先机，准确地判定，作出了详尽的作战部署。

蚕食，如同蚕一点一点地吃掉桑叶那样，依靠这从外到内的逐步侵占，一点点开始瓦解黄巾军的力量。

第七章

荀司马巧提妙计　黄巾军溃败青州

兖州所辖一共六郡二国，当日陈留郡、济阴郡、东平国大半都在黄巾军势力范围。黄巾军庞大的军队中，几乎没有辎重，他们秉承着走到哪里就抢到哪里、吃到哪里的作战方针，行进途中就如蝗虫过境，且不断接收沿途的流民、山贼匪患，队伍不断庞大，最多的时候号称百万之众。然而这百万之众中，近乎七成是没有战斗力的老弱妇孺，他们一样混杂在军士中，虽然壮大了军队的人数，但也拖累了军队前进的速度。

按照荀彧的指点，这一次曹操率领的队伍开始了稳扎稳打的策略。面对数量上的绝对劣势，曹操将士卒化整为零，每一小股军队的人数只有百人。他们依仗着优秀的装备，灵活的进攻与退守手段，不断骚扰最外围的黄巾军，烧其粮草，断其与内地的联系，却又将其与外界的通道留出来，给出其逃生溃退的道路。

自来松散的队伍战斗时，虽然有时候会勇猛凶残，但一旦发现对方势不可当，自己处在绝对劣势面前，就会如同一盘散沙。最先出现逃亡的是本来就被裹挟在内的百姓。

这一次荀彧仍然没有留守兖州牧府衙，还是以司马的身份，跟从曹操一起作战。他们往前推进的速度很慢，每天都能听到黄巾军小股的势力被击溃逃散的消息，每天都有衣衫褴褛的百姓，满面或是麻木，或是惊恐，对着包围过来的士卒跪地求饶。

"文若，今天我们派出去的十数股骚扰小队全都传来了捷报。"曹操掀开军帐，兴致勃勃地对案几后边正在察看地图的荀彧说道，"那黄巾军残暴不仁，裹挟的妇孺十之七八。这些妇孺我已经安排就近的郡县开始接收，文若，我们的战力现在也在增加！"

荀彧从案几后边站起来，将主位让给了曹操，微微拱手笑道："恭喜主公，贺喜主公。如此，不出半年，黄巾军就可以大破，兖州有望和平，将军大业指日可待。"

曹操哈哈一笑，摆摆手，自己坐在侧位上："文若还是太保守了。据我估算，用不上半年时间，就能将这股黄巾内贼的主力彻底打散。"

荀彧笑着坐回了原位道："若是想要提前得胜，也不是不可。"

曹操眉梢一挑，看向荀彧："司马可是有何妙计？"

荀彧笑道："我方士卒已经是化整为零，每一小队的人数虽然不多，但个个都是以一当十的精锐，且都已经养精蓄锐多日，正是想要一鼓作气，将那黄巾匪患剿灭的时候。那黄巾匪患如今人数虽然众多，却已然如惊弓之鸟，每日里惴惴不安。如今我们大可以将所有的士卒全派出去，日夜骚扰，虚虚实实。俗语说得好，只有千日做贼，哪有千日防贼。日夜下来，只要偶尔冲锋见血，其余时候虚张声势，就可以让黄巾贼人坐卧不宁，提心吊胆。"

曹操闻言眼睛一亮，拊掌大笑道："对啊，如今那黄巾贼人本来就已经是疑神疑鬼，只要有个风吹草动的，立刻就都拿起兵器首尾不顾。就是歇息下来的时候，也是心惊胆寒，夜不能寐。如此，只要我们日夜不停，天天盯着，一旦碰到贼人松懈的时候，就一举进攻，定能砍得他人仰马翻，也让剩下的贼人吓得抱头鼠窜。"

两人相视，都哈哈大笑。

荀彧接着道："如此，现在就还要通州周边郡县，准备大量接纳人口，尤其是那些老弱妇孺，需要妥善安置。天气已经逐渐转寒，却还有大片的庄稼等待收割，百姓们应该尽快安居乐业起来。这一块事体重大，松懈不得。"

曹操拱手道："司马随我出征，为军事之力已经殚精竭虑，又要操劳百姓安置，着实辛苦。"

荀彧还礼道："为主公分忧，是我等该做的事情。只是君子当瞻前而顾后，黄巾军尽破之日，也是兖州六郡二国正式归顺之时，这政务管理经营，却也离不开人来。"

曹操闻言，叹息道："吾与司马并肩作战，当战无不胜。然而自古以来攻城容易守城难。吾既离不开司马，兖州更离不开司马。然司马若是留在兖州，谁与我随军是好？"

当日荀彧千里赴扬州，与曹操会面，畅谈一天半夜，就已经定下了之后的基调。所谓的曹操以在外军事战斗为主，荀彧则负责辅佐管理。然之前不过是才得到一东郡，所以荀彧随军出征。但随着曹操的军事战斗力量得以逐渐提升，后方的管理也日渐提上了日程。曹操和荀彧全都知道，无论如何，这一场大战结束之后，荀彧都要为曹操留守后方，处理政务了。

荀彧道："我有一侄儿，名攸，字公达，内藏英知，颇有才名，可以担主公谋士之任。"

荀攸字友若，乃是荀彧的侄儿，比荀彧年长六岁，和荀彧同一年入仕，曾与何颙商议刺杀董卓事败，在董卓威逼少帝迁都长安之前，得以从狱中脱险回到冀州，在曹操入主东郡时，才被荀彧招来。此时正在东郡替荀彧处理政务。

荀彧为人，举贤不避亲，而曹操更是用人不避嫌，听闻荀彧介绍，立刻大喜："我听说过公达大名，恨久不能谋面，多谢司马为我举荐。"

荀彧与曹操打算得好，可世事难料，就在二人离开东郡前往剿灭黄巾军时，荀攸刚刚被袁绍征召，升迁为任城相。荀攸已经推辞，然推辞不过，只好接了蜀郡太守一职，此刻写给荀彧的书信正在半路，而荀攸已经起身前往蜀地。

曹操自去重新部署兵马不提，单说荀彧这边，立刻写下书信，分别给其他几郡太守，言说准备收留大量流民，不但要广集粮草，还要积存药材，预防时疫。更要有计划有组织地开垦荒地，让流民得以安家乐业。

果然随着军帐的向前推进，大量的黄巾军士卒溃散逃窜，最多时候，曹操军中只有数百的步卒，就可以让数千的黄巾军士卒溃败投降。那时节每一天里，都有成百上千甚至更多的逃兵散将被俘获，更是有人数众多的老弱妇孺原地哀号无门。

这些老弱妇孺拖家携口跟随着黄巾军，只是为了能有一口饭食果腹，日日跟随大军迁移，夜夜担惊受怕，终于有这被官兵剿匪的一日，上天无路，入地无门，愁云惨雾，哀鸿遍野。那身体稍微强壮一些的，就要被征为民夫，无外乎送军粮修工事。真正的老弱，一路被驱逐着送往各地。虽说沿路有一日二餐供应，但供应的不过是粥水，又要赶路，又有人拖家带口，真是好不凄惨。已经有所防范，也有小范围时疫暴发。也幸亏当时秋收就要到来，且这一年风调雨顺，大获丰收，若干流民才可以妥善安置。

如此，真正的兵荒马乱，在这一年秋季还没有结束，黄巾军的溃败突然开始加速。

起因在一场遭遇战中，黄巾军首领"天公将军"张角被流矢击中手臂，伤口感染，竟然在随后几天病死在军中。黄巾军立刻大乱。

黄巾军之所以能凝聚起来，主要在于张角其人。张角原本只是一个道士，善于用法术和咒语到处为人治病，因为有许多生病的百姓喝下他的符水之后，都不药而愈，被百姓信服，称之为活神仙，因而大开山门，广收弟子。后又到处传教，威信甚高。张角一旦病死，活神仙的名号不攻自破，黄巾军的凝聚力瞬间消失，各部黄巾军开始各自为战。

曹操乘机加大攻击力度，不但日夜不停地小股骚扰战斗，还不断收编俘获的黄巾军青壮，自身队伍不断壮大，同时采取分化瓦解，各个击破的战术。

黄巾军虽然人数众多，然而队伍人员混杂，纪律涣散，很快就被逐个击破。从曹操在菏泽小败之后，到采取荀彧的计策以蚕食为主，分化主力，张角受伤病死，才不到三个月，黄巾军最后的主力，就只剩下张燕率领的最后几十万大军。

而这时，才是这场战斗最关键的时刻。

孙子曾说：不战而屈人之兵，善之善者。说的是让敌人的军队彻底丧失战斗能力，这样己方就能够达到完胜的目的，这才是战斗的最高精髓。

黄巾军的最高领袖张角已经死去，凝聚力已经消失，黄巾军群龙无首，节节败退，几十万大军困兽黑山，陷于落魄之中。曹操终于派出了所有兵力，将这支大军困住。

宛城，是进出颍川的交通要道，也是兖州陈留国出入的一道防线，当时被张角手下大将韩忠占领。曹操亲自率领大军，三次攻下了宛城，三次又被黄巾军夺取，战斗进行得十分惨烈，也给了曹操所带领的军士沉重的打击。在这个情况下，荀彧献计，曹操军队北退，先攻打孤山的波才。

波才山匪出身，缺乏军队作战经验，依草结营，曹操趁夜纵火偷袭，一场大火足足烧红了半边夜空。波才惨败，大火中不知去向，数万兵卒要么葬身火海，要么投降。

而同时，荀彧派出曹洪游说韩忠。曹洪是曹操的堂弟，与所有曹家人一样，都是能文善武之人。面对曹洪对局势的严谨分析，战争胜负大局已定的说法，韩忠动摇了。而此刻，曹操的军队大破波才的消息传回，韩忠彻底动摇了，宛城终于失守，最后的黄巾军向精山转移，沿途不断被斩杀。

曹操军士士气大盛，乘胜攻打广宗，张梁固守广宗。这年的冬季分外寒冷，十月天已经是冰雪交加，缺衣少食的黄巾军在严寒的天气下不断出现逃亡士兵，这些人纷纷被曹操收编。终于，在一个冰雪之夜，曹操率大军偷袭张梁军营，黄巾军最后的将军张梁战死，黄巾军彻底群龙无首。

漫长的三个月，又是短暂的三个月，曹操从菏泽的小败，到最后广宗的胜利，彻底将黄巾军主力全部消灭。当时平定了青州的黄巾军，收编青壮三十万人，号称"青州兵"，这支军队也成了曹操日后发家起业的重要力量。

同时，兖州、青州也补充了百万人口。这些人口也因为这一场战役，摆脱了随军流浪朝不保夕的日子，安顿下来。

对黄巾军这一场耗时三个月的战斗，也让曹操的声望上升到一个新的高度。

青州兵原地休整，曹操率领精兵亲卫与荀彧返回东郡鄄城。还没有到达鄄城，一封家书已经送到了荀彧手里。荀彧的第一个女儿，已经于月前诞生。

荀彧与荀家的家书，青山剿匪的时候，中断了三个月，此时收到家书，看到女儿出生的消息，当是双喜临门，心潮起伏。他立刻修书一封，派人送回到冀州老家，书信中既有对未来的雄心壮志，也有对父老妻儿的牵挂。大丈夫自古忠孝难以两全，书信中，是对父母妻儿满满的愧疚。

书信才刚刚寄出去，就收到了袁绍正式任命曹操为兖州牧的消息，这一消息让曹操等人都极为振奋，可是荀彧的神情里却不见半分喜悦。曹操在青州大战黄巾军之前，兖州刺史刘岱已经殒命，曹操得鲍信接应入主鄄城。袁绍的这个任命，不过是在曹操事实占有了兖州的基础上，合法化而已，目的是将曹操与袁绍紧紧地绑在一起，也加剧了兖州的内部矛盾。

曹操此时的声望，如日中天不假，但是兖州六郡二国，实际上握在手里的，也只有东郡。而整个东郡就有二十余县，人手远远不足。此刻，他想到了程昱。

黄巾起事时，当时的东阿县县丞王度烧掉县城的仓库，投奔黄巾军，以致当时的县令不得不携带父老乡亲弃城而逃。是程昱联合当地县中大户，收拢逃窜的吏民，找到逃亡的县令，凝聚军心，返回县城，打败了前来攻城的王度等人，守护住了县城老小，东阿由此得全。

程昱此人，值得招揽。

第八章

求贤士招揽程昱　曹族人殒命琅琊

春日开始转暖，田间冒出了嫩芽。曹操和荀彧一起站在刚刚返青的田间地头，看着田地里劳作的农民、远处泛出绿意的青山，心旷神怡。

"吾年轻的时候曾经发下宏愿，愿意穷吾毕生，为吾治下的百姓造福。如今，吾虽然还做不到让整个兖州安居乐业，但是至少做到了解救青州数百万人于水火之中，文若，我心兴奋，不能自已。"曹操已近不惑之年，一身戎装，黑色长髯随着微风飘起，精神奕奕，英俊威严。

荀彧站在曹操的身边，虽然春日刚到，桃花还没有盛开，却满身的清香扑鼻。大约是经过了一场残酷的战斗，青年的眉眼里带上了些许的忧意，但是在春风轻拂中，这点忧意很快就被不经意扬起的眉峰替代了。

"主公，难得有闲，不如我们去东阿，瞧瞧程昱去。"

程昱正在东阿县城内。

东阿县城，东依泰山，南邻黄河，是依山傍水之地，农牧业和渔业极为发达。且县城虽然不大，却地处交通要道，城墙厚重，易守难攻，是兵家必争之地。

荀彧向曹操举荐程昱，曹操本来准备修书一封，派人送到东阿县程昱手中，荀彧此言，让曹操立刻就动了心。春光如此，连年征战，难得偷闲，也正好可以亲眼看看被荀彧举荐的程昱，在这春日里做些什么。

二人立刻翻身上马，带了随身的亲兵，往东阿方向飞奔而去。这一路只见农田大量荒废，远处残垣断壁，却还有饥民沿街乞讨，两人眉峰里的喜悦，都渐渐消失。

随着接近东阿，田间劳作的人就忽然多了起来，大片大片的田地里，都开始有了农忙，等到了东阿县城附近，就看到田地里的越冬小麦已经泛黄，接近成熟。这一年的战乱竟然没有影响到东阿的生产，整个东阿，都在即将到来的丰收之中。

曹操心里暗暗称赞，只觉得荀彧为他推荐的定然是个能人，心情立刻就转好起来。二人催马加快步伐。第二天正午时分，两人就来到了东阿县城。本来以为东阿的县衙一定是牌匾高悬，富丽堂皇，没想到却是一副年久失修的模样。程昱此时却不在县衙内。

程昱虽然协助县令治理东阿，但此时还是一介白丁。他早年曾经被刘岱招揽，但却以身疾拒绝。冬日上协助县令守住了东阿，程昱心情大好。正逢春日，便到了郊外踏青。正欣赏春日美景，就见家中下人匆匆跑来，说是有贵客临门，那贵客的拜帖上竟然是上曹下操两个小字。程昱立时就怔住了。

鄄城距离东阿飞马也要两日的路程，这新近上任的兖州牧竟然到这东阿县来了？程昱急匆匆赶回家中，却在客厅之外，听到其内说话声。其声铿锵有力，他不觉站在了门外。

就听着那门内之人唱道：天地间，人为贵。立君牧民，为之轨则。车辙马迹，经纬四极。黜陟幽明，黎庶繁息。於铄贤圣，总统邦域。封建五爵，井田刑狱。有燔丹书，无普赦赎。皋陶甫侯，何有失职？嗟哉后世，改制易律。劳民为君，役赋其力。舜漆食器，畔者十国，不及唐尧，采椽不斫。世叹伯夷，欲以厉俗。侈恶之大，俭为共德。许由推让，岂有讼曲？兼爱尚同，疏者为戚。

程昱听着这歌声，只想要拊掌大赞，不觉高声叫道："可是兖州牧曹将军？"说着推门而进。

声音停下，曹操转头看向门口，只见一个人正走进门来。他身穿着一件青色的长袍，只在头上戴着一块同色的方巾，足蹬木屐，身材清瘦，年已经接近知天命，然而目光清澈，凤目修眉，举止风雅，见到曹操和荀彧，先拱手说道："在下程昱，见过曹将军。"接着看向荀彧，眼神就是一亮，"这位可是有王佐之才之称的小神君荀文若吗？"

曹操和荀彧同时拱手还礼，荀彧含笑："不敢当小神君称呼，在下正是荀彧。"

曹操笑道："在下曹操，听闻先生足智多谋，善断大事，今日前来拜访，还请先生赐教。"

程昱忙再次施礼道："适才还没有进门，就听到将军高歌，好一个'车辙马迹，经纬四极。黜陟幽明，黎庶繁息'。"

这话中赞誉之意如此明显，曹操的脸上也不由露出欣喜来，荀彧也赞道："主公之愿望，当四海升平，百姓安居乐业。"

曹操专注地看着程昱，再道："先生可愿意帮我？"

听闻曹操那一首高歌，程昱就已经有了追随之意，待曹操虚心求问，忍不住便道："将军非常人也，来日必成大业。昱自当尽心尽力，以助将军大业早成。"

曹操上前握住程昱的手道："能得先生相助，吾之幸。"

当日，三人移居程昱书房，曹操直接拿大事请教："吾刚刚平乱青州黄巾，兖州各郡尽皆归于我属下，然而土地富饶，民却不安居乐业。青州军崇尚武义，青州百姓民风多为凶悍，教化不行，当如何治理？"

青州军打仗凶悍，然而青州百姓流民民风也是如此，不思作业，颇让曹操头疼。

程昱含笑道："青州山高水远，物产丰富，百姓习惯了靠山水吃饭，因而彪悍。又因为黄巾风气，染上了恶习，不事生产。将军若是想要教化愚民，当以大兴文脉开始。"

服民以道德，渐民以教化。说的就是要以高尚的品德使人民顺服，用教育感化使人民逐渐受到感染。程昱的道理虽然简单，却给予问题一个完美的解答。

曹操闻言大悦。又以一府县管辖请教，程昱均侃侃而谈，说出自己的见解。

曹操终于再次拱手道："先生金玉良言，吾受教颇深，愿意以县令一职以待，请先生接受。"

程昱欣然领命，站起来拱手施礼："愿意为主公分忧。"

荀彧含笑向两人拱手："恭喜程先生得遇明主，恭喜主公得心腹之人。"

当天，程昱就收拾了行囊，与曹操、荀彧一同返回鄄城。曹操招揽得到程昱甚为喜悦，当即任命程昱为寿张县令，协助荀彧总领政务。

曹操在鄄城刚刚站稳了脚跟，正打算图谋生产，养精蓄锐，整顿兖州，就得到了袁绍军马出现危机的消息。

曹操出兵黄巾军时，袁绍正调派军队攻打董卓。当时公孙瓒没有得到冀州，本来就已经愤愤不平，他的弟弟公孙越被袁绍派出协助孙坚作战，不幸在作战中被流矢射中身亡，公孙瓒怒不可遏，新仇旧恨同时涌上心头，本来也在青州镇压黄巾军的他立刻策马回头，攻打袁绍。公孙瓒攻势凌厉，威震河北，冀州各郡县纷纷望风归降。

而同年，袁绍的弟弟袁术忽然向袁绍开战，与公孙瓒联手，前后夹击。彼时，刘备屯兵高唐，单经屯兵平原，也都是公孙瓒的同盟，一同向袁绍逼近。

荀彧当机立断，对曹操进言道："主公刚刚得到三十万青州兵，正是声势大振之时。然青州兵刚刚归降，人心不稳，急需一场胜利稳固军心，也使之有归属感。且如今兖州还在袁绍治下，袁绍关东同盟联军虽然有瓦解之嫌，但袁绍打击董卓声望还在。主公当立刻回兵支援袁绍，东取刘备、单经。那刘备、单经兵力加起来五万余人，怎可能是主公您三十万大军的对手，且刘备极惜兵力，有可能听闻主公攻打，就半途而逃。"

果然，曹操军队长驱直入，与袁绍大军会合，刘备、单经带兵不战而走，公孙瓒的盟军顷刻瓦解。

初平四年（193）春天，曹操在匡亭六百里追击，大败袁术、黑山军、南匈奴，徐州牧陶谦却率军攻入兖州南部的任城，曹操马上回师征讨陶谦，攻克徐州十余城。

然而曹操还没有来得及享有这场胜利的果实，危机就在不经意间悄悄降临。

曹嵩这几天只觉得右眼皮一个劲儿地跳，总有种不祥的预感。

曹嵩是曹操的父亲，早年携带全族家眷居住在徐州的琅琊郡，着实过了几年的安稳日子。只是这几年战祸越来越多，最近隐隐有向徐州发展的危险，让他担心徐州也不安稳了。

这一天从早起，就觉心惊肉跳，果然才过上午，派出去打探消息的侍从就急匆匆地跑了回来，脸色煞白，才进屋就大喊起来："老爷，不好了！"

曹嵩的心一激灵，顾不得先呵斥侍从的无礼，急忙问道："何为不好？"

那侍从上前一步，还没有说话，声音里就带着哭腔："老爷啊，大少爷起兵了，起兵攻打徐州了！已经打下来徐州十好几个城池了！"

曹嵩只觉得眼前一黑，已经被侍从扶着坐到了坐榻上："老爷呀，这可如何是好啊！"

曹嵩的心里阵阵发寒，强作镇静问道："你那大少爷的军队，现在打到哪里了？"

那侍从看着曹嵩的脸色，一时竟然支支吾吾起来："大少爷，现在，现在……"

曹嵩使劲一拍大腿，气道："现在什么？你倒是说啊！"

"现在已经班师回去了！"

曹嵩闻言，这一次是真的眼前一片黑暗，就差晕倒了。

他这个大儿子，屡次为他惹祸，以前他可以为之善后的，可这一次，怕是他倒是不用自己善后了，他这是要断了他的命啊！

"老爷，咱们可怎么办啊？"

怎么办？曹嵩的心里也在发苦。能怎么办？

他抓住侍从的衣领，问道："你可打听清楚了，你那大少爷是真的回去了？"

侍从一个劲儿地点头："打听清楚了，大少爷回去了，咱们的徐州牧听说也正在带兵往回赶呢，不日就要回来了。"

曹嵩一听，噌地站了起来，可腿又一软，坐回到了榻上："赶紧的，赶紧找管家过来，赶紧将小少爷也抱过来！"

看着侍从惊慌地跑下去，无力感从曹嵩的心里升起。

曹操出兵攻打徐州，可他这一家子老小都在徐州啊！如果徐州牧陶谦回来，还能放过他们一家老小？这里，绝对是不能待了。管家匆匆赶过来，递给曹嵩一封曹操的亲笔信，曹嵩急忙将信扯开，那信件里说，要他即刻起身，赶往兖州泰山郡，他已经给泰山郡太守应劭去了信，应劭也已经派人正在前来接应。那信件的日期却已经是一月之前，不知道如何走了这么久才到来。

曹嵩这边立刻收拾行囊，只带着细软和家人，趁着陶谦还没有回来，马上离开。说是马上，哪里那么容易即刻就走，家中的细软需要收拾，家里的老小也需要有车马乘坐，沿途兵荒马乱，还要带上食水等物，等到车马准备好出了门，已经是两天之后。只盼着陶谦能晚点班师，让他们顺顺利利地离开徐州地界。

　　曹嵩得到曹操书信的时候，陶谦的大军已经返程了，等到曹嵩收拾了行囊匆忙离开琅琊郡时，第一时间，陶谦就收到了消息。陶谦被曹操一连攻打下来十几个郡县，早就一把火烧在心里，如果不是曹操粮草不够，估计剩下的郡县也都要被他打下来，整个徐州都会易主。他本来是没有想到曹操的父亲曹嵩一家还在徐州的，可是听说曹嵩星夜带着家眷逃离，怒火陡然升起。曹操夺了他十几个郡县，他就杀了曹操的父老，以报此仇！当下发下军令，令数千骑兵即刻追杀。

　　那边泰山郡应劭接到曹操的书信，也并没有放在心上，自己并没有亲去，只是派兵前去接应。然而世事难料，接应的军队竟然与曹嵩的人马错开了，待到发现路途不对，转道而行，已经晚了。

　　曹嵩一家老少就差半日的路程走到兖州泰山郡的地界时，被陶谦派来的数千轻骑追上。曹家人虽然个个英勇善战，但是寡不敌众。这是一场单方面的屠杀，陶谦将对曹操的怒意，全都发泄在了他家人的身上！当应劭前来迎接的骑兵赶到的时候，只看到尸横遍野……

　　消息传回到曹操大营之内，曹操心中大痛。

第九章

卞夫人激发斗志　报父仇血洗徐州

卞夫人一身白衣，走到书房门口。书房的门紧闭着，荀彧站在外边，看着暗黑的书房，见到卞夫人走过来，微微躬身施礼："主公在书房内，谁也不见。夫人你，劝劝吧。"

荀彧从下午就站在书房外边，曹操关闭书房房门，他也没有试图推开。现在的曹操心里有多难过，他能想象得到。荀彧微微躬身，后退几步，转身离开。

卞夫人上前几步，站在书房的门口，看着紧闭的房门，轻轻敲了敲："将军，是妾身。"

她是曹操的续弦，因为是续弦，曹操对她尊重几分，她知道这个门是能敲开的。但是头一次，书房内静悄悄的，没有一点回应。

卞夫人低声说道："荀司马已经走了。将军，外边只有我一个人。"

书房内依然没有声音，卞夫人的手抬着，还想要再敲，却只是放在房门上，轻轻摸了摸，好一会儿才轻声道："我不是劝将军节哀的。只是公公尸骨未寒，将军若是再……天下大事，妾身一个妇道人家不懂，妾身只是不知道，公公的大仇，要何时去报。"

书房的门忽然打开，曹操就站在门口，只半日的时间，他就满脸憔悴，眼睛发红，眼睛里全是血丝。卞夫人走进房门，才回手将房门关上，曹操就忽然伸手，搂住了卞夫人，一声压抑的啜泣，随着呼吸泄露出来，卞夫人的脖颈，忽然凉了一下。

自古大丈夫流血不流泪，那是因为没有到伤心处。卞夫人张开手，也抱住了她的夫君。屋子内暗黑，闷热，蚊虫在他们耳边嗡嗡叫着，却好像被他们的悲伤感染，迟迟没有落下。

卞夫人感受着曹操胸膛急促的起伏，她轻轻地摩挲着曹操的后背，低声道："将军，府邸已经挂了白幡，就等着公公的法体回来落葬。将军是公公的长子，还需要将军守灵。公公的大仇还等着将军去报。"

曹操依然还抱着卞夫人，力道却已经有些松下来，卞夫人轻轻挣开，后退半步，仰头看着曹操："妾身嫁给将军，敬佩将军铁骨铮铮，纵马疆场。将军，男儿有泪不轻弹，妾身等着将军为公公报仇，等着将军拿着仇人的头颅，祭奠公公！"

曹操看着他的妻子。这并非他的结发妻子，却是最了解他最支持他的妻子，最了解他心意的女子。他定睛看着卞夫人，手慢慢地抚在她的脸庞上："夫人，并非我心中软弱，而是我……"

曹操的视线凝聚在卞夫人的眼睛上，却好像透过了她的眼眸，看到更深远的所在，泪水，凝聚在他的眼睛里，只是这一次没有再滴落："夫人，你且放心，你且等着，此仇必报。"

曹操的心中，不仅仅是伤痛，还有怒火，还有委屈。他不知道他的父亲仓皇逃亡泰山郡的路上，是不是有后悔生了他这个儿子，他的心里是后悔了。他后悔因为军情，没有早早地将父亲一族老小接到身边，后悔没有将兖州牢牢地抓在手里，以至于不敢轻易将父亲接过来涉险，后悔只是给父亲一封书信，没有派过去士卒……只是这话，他只能埋在心底。

荀彧没有离开，站在曹操书房院子的门外，他出神地看着天边的弯月，忽然看到一个亲卫急匆匆过来。

"何事？"他拦住亲卫。

"司马将军，您让小的打听的事都打听到了，现在外边纷纷传言，将军他……"那人停顿了下，低声道，"将军他根本不管自己老父的安危，只为了自己的名声，说将军他不孝……"

荀彧一怔，就听到身后传来脚步声，他心说一声坏了，转回身来，就见到弯月下，曹操一身戎装，满眼血红，卞夫人一袭白衣，脸色愤慨。他们分明是听到了亲卫说的话，听到了天下人的传闻。

"将军，"荀彧急忙说道，"天下人不知道主公心为天下，不知道将军心也系着家族的老父幼弟，他们不知道将军已经派去了人——"

"是啊，天下人并不知道。"曹操打断了荀彧的话。

荀彧的心一震："将军……"

"文若，"曹操忽然向荀彧一揖，荀彧急忙还礼，"我已决定，我要为我父亲和幼弟报仇，鄄城，就托付给文若了。"

杀父之仇若是不报，曹操何以面对天下？荀彧纵然有万般话也无法阻拦，只能深深地点点头："主公放心，有我文若在，就有鄄城在。"

此刻，荀彧并不知道他这句话的分量，也不知道之后曹操会在愤怒之下做出什么样的事情，更不知道曹操心中本来没有熄灭的伤痛和怒火，因为亲卫的那句"将军他根本不管自己老父的安危，只为了自己的名声，说将军他不孝"将要爆发，更不知道，接下来他要面临的，不仅仅是守住鄄城这样一件大事。

曹操大步向院子外走去，片刻之后换了一身雪白的盔甲，进入到灵堂。灵堂内挂满了白幡，灵位伫立在白色的烛火中间。曹操在灵位前重重地跪下，一言不发，只磕了三个头，然后站起来转身出去。

星夜，曹操集合三十万青州军，个个头扎白巾，他一身雪白战袍，带领三十万大军，直冲向泰山郡方向。他不是想要对泰山郡太守做些什么，他只是想要亲口问问，他那么放心地将父亲一族人托付给他，他为何会辜负他的托付？他只要借路通过泰山，取道琅琊，也想要亲眼看看父亲一族殒命所在，路上亲自接应父亲的遗体，归于家中。但他带着三十万大军，也不仅仅是震慑之意。他要杀向徐州，取了陶谦的首级，祭奠他的父亲。

三十万大军一路跟随，早早接到消息的应劭立刻就吓破了胆。他畏惧曹操的名声，更因为辜负了曹操的托付而恐惧，得知曹操大军正在往泰山进发的消息，立刻带领着自己的家眷，连同所有的兵卒，弃泰山往袁绍所在逃去。待到曹操引大军来到泰山郡之后，迎接他的是父亲一族大大小小数百个棺材。

曹操怒发冲冠！原来他在天下人的面前，竟然是这么一个名声吗？他愧对父亲，已经是不孝，却连着曾经共事的泰山郡太守，也以为他会迁怒于他吗？他只是想要问问，想要问问他的父亲如何就被陶谦杀了，只是想要听应劭亲口对他说明。

只是，他只是想要天下人知道，他曹操并非是弃父亲不顾的人啊……然而，他看到的只是父亲一族孤零零的棺木，天下人根本就不会知道这一切的真相，他也失去了可以为他正名的人。

也罢，既然天下人都不知道，就不必知道了！既然天下人皆负我曹操，那我曹操也要负天下人了！

极度愤怒，让曹操失去了理智，作出了一个本来不应该也不可能作出的决定，他要杀尽父亲殒命那片土地上的人，让那片土地上所有的人都要为他的父亲陪葬！他要追着陶谦不尽不休，要让陶谦在仅剩下的时日里，日日寝食不安，日日活在痛苦的煎熬中！他堵不住天下人的悠悠之口，就要让天下人全都惧怕他！

在父亲的棺木前，他写信给荀彧道：文若看到吾这封信之后，随后必将传来吾之恶行。天下人将会唾骂于吾，然宁可我负天下人，不可天下人负我！

荀彧收到这封信的时候，还很是惶恐，不明所以。随后，就传来曹操大军进发徐州的消息，首先就是琅琊郡。

琅琊郡东边临海，三面内陆，风景秀美，物产丰富，是一处富饶所在。这一天天色大亮，田地里已经有农耕的人群。忽然，遥远的大地发出震动，那震动愈来愈快，愈来愈强烈。农田里的农人们迷惑地抬起头来，远处的尽头，隐约出现一面大旗，那大旗雪白，上面写着一个黑色的大字：曹。然而农民不识字者居多，并没有人认出那个大字，也并不知道那个大字的主人，就是一天前还挂在他们口边的，被他们津津乐道的，杀灭了大半黄巾军的主人。更不知道，这位曾经解救青州百万民众的英雄，如今正举起屠刀，向他们杀过来！

喊杀声忽然传来，无数头扎白巾的兵卒，在一位满身白色盔甲的将军带领下，杀了过来。农田里的农人根本就没有反应过来，当他们反应过来后丢下农具转身逃亡的时候，身后，一把把大刀劈了下来，一根根长枪穿了过来。惨叫声在农田里响起，远远地传到农家小院里。

白日的农家小院里，只有些妇孺和老弱留在家中，忽然就听到大地震动，喊杀震天，有人惊慌地跑回来，高声大喊着："官兵杀人了！快逃啊！"妇孺老弱们惊惧地关上了院子大门。他们天真地以为只要关上了院子的大门，躲在屋子角落里，就能躲过灾祸。

一匹骏马轻盈一跃，跳进了院墙之内，马上的青年随手一枪从窗户中刺入房间，一声惨叫从房间里传来，骏马的前蹄一扬，踢开了房门，一矮头，骏马连同马上的兵卒一起踏进了房间。两声惨叫再传来，骏马在房间内转了一圈，奔出房门。

几个举着长刀的汉子踹开院子门冲进去，院子中一个妇人正抱着一个孩子，惊呆在院子内。一个兵卒冲上去一把从她的怀中抢走了孩子，使劲向地上一摔，可怜的孩子才刚刚哭出来一声，就闭过气去。那妇人哭叫了声"我的儿"，然而话音未落，一把长刀砍了过去，瞬间，从妇人的肩膀斜劈下去。鲜血迸飞，溅在兵卒的脸上。

只有数百名兵卒参加了对这个村子的屠戮，数十万大军直接越过了村庄，杀向前方的县城。县城内一片歌舞升平，完全没有任何防守，只有城门口几个兵卒懒洋洋地靠着城门闲聊。忽然远处尘土飞起，万马奔腾，喊杀声随之传来。兵卒们惊呆了。他们惊慌地向后退去，惊慌地想要关起城门。无数箭矢已经飞射过来，狠狠地扎在他们的身上。

骏马奔腾，踩在他们还有些气息的身上，接着纵身奔向城中，手里闪闪发光的长刀，闪着血色的长枪，向着无辜的路人，所有居住在县城内的人杀了过去。

这是琅琊县城，一个本来繁华而富足的县城，曹操的父亲曹嵩曾经居住的所在。这个县城内还有不少座深宅大院，居住着些小有名望的人，谁也不知道，一夕之间，他们的鲜血将会染红这座县城。

整整一天的时间，万名兵卒杀进了县城，见人就砍，见活物就杀，因为他们得到的命令是屠城！是鸡犬不留！是真正的屠戮全城人口！真正的鸡犬不留！

三十万青州军，参与这场杀戮的只有一万，余下的青州军列队在县城外，静静地等待着。他们身体里的杀戮因子正在跳跃，他们嗅着县城内传来的血气的味道，杀意沸腾！他们曾经在黄巾军的队伍里，就因凶悍狠辣而闻名。而这里并非他们的故乡，这里的人并非他们的故人，他们等待着，等待着下一场轮到他们的杀戮，他们必将遵循着命令，杀他个天翻地覆，血流成河！

半日不到，昔日繁盛的县城陷于尸山血海之中，到处都是破碎的砖瓦、不完整的尸首，大街上，角落里，房屋内，就连同家里隐秘的地窖，都被翻过。

曹操一袭银白色的盔甲上，溅满了血红的鲜血。鲜血顺着他手里的长剑落下来，一滴滴地掉落在泥土中。他站在曹府前，站在昔日父亲的府宅前，看着门楣上大大的"曹府"二字，看着躲避在里面，以为曹府宅院可以庇护他们的父亲曾经的乡邻。

既然你们曾经是父亲的乡邻，那么，就随着父亲一同去吧，到阴曹地府之内，还做父亲的乡邻。

"烧！"

熊熊大火从四面八方燃烧起来，"曹府"二字，连同里面的人群，全湮没在火海里。

大军越过琅琊，直取徐州各郡！

第十章

昔好友密谋背叛　谋先机鄄城布防

"报——八百里加急，将军屠戮琅琊县城！"

"报——八百里加急，将军血洗整个琅琊郡！"

"报——八百里加急，徐州两郡十二城被屠城！"

"报——八百里加急，将军命令，尽屠徐州！"

荀彧的手里，曹操的信件掉在了桌上。

这封信荀彧已经翻来覆去看了好多遍，他猜不透曹操所说的"恶性"会是什么，他想要从字里行间看出来这所谓的"恶性"，想要知道曹操如何会负天下人。现在他全都知道了。听着一件件八百里急报，他似乎看到了曹操的怒火倾泻到无辜的百姓身上，也预见到了可能会出现的危机。

荀彧扼腕长叹！曹操之所以能入主兖州，靠的就是他之前为国为民、剿灭黄巾军造福青州百姓的威望，然而杀父之仇，天下人对曹操的不公评论，让他失去了理智，铸成大错。屠城，这本不该是曹操这般的英雄所做的！他这一屠城，刚刚追随他的，还没有稳定的兖州各将，怕是会蠢蠢欲动起来。

荀彧料想的没有错。陈留府衙内，陈宫、张邈、张超跪坐在书房的案几后边，每个人的面前都放着一份奏报。这三人以张邈为首，其他二人都看着张邈。张邈却是低头看着面前的奏报，心里反复盘算。

"哥，你倒是说句话啊！"张超拍了下案几，着急地道，"当今天下纷争，雄才四起，哥你也算是一方豪杰了，以前屈居曹操那厮手下，是因为曹操也算个响当当的英雄好汉，值得我们追随。可哥你看看如今曹操做的是什么事啊，他可是在屠杀徐州数十万的无辜平民。他，他简直比之前的黄巾军还要凶残！还要没有人性！"

张邈抬起头来，看一眼自己的弟弟，微微摇头道："这奏报，许是夸大其词了。"

张超怔怔，举起手里的奏报："夸大其词？就算是夸大其词了，他曹操也是屠城了，也是烧杀抢掠了。就他带着的那些青州军，三十万啊，这后方任何粮草都没有支援的，那三十万大军吃糠咽菜也要有东西吃不是？哥啊，你年轻的时候可是以侠义闻名，谁不知道你能倾尽家产地接济贫穷，那些投靠我们的壮士，谁不是因为你的义举。但现在哥你再跟着曹操，你早年赚下的名声，就全要被他连累败坏了啊。"

这话，让张邈心有所动。他注重自己的名声，胜于自己的生命。然而，曹操于他也有救命之恩。当初他因为直言上谏得罪了袁绍，袁绍要曹操杀他，是曹操保下了他。就在去年曹操征讨陶谦的时候，还将自己的家人托付给了他，曹操对他的信任如此深厚，"背叛"二字写起来容易，做起来却是难上加难。然而曹操这一番屠城，已经不是明主所为，必将遭到天下所有人的背弃和唾骂，还真要追随这样的人吗？

见到张邈似乎心有所动，陈宫开口道："孟卓，从你离开袁绍之后，本来已经自立一方了。想你孟卓也是人中豪杰，本来可以拥有一州宽广的土地，只是因为仰慕曹操威名，才会将兖州拱手相送，宁可委曲求全，受制于人。但眼下还是如此，有损你曾经侠义的英名啊。"

陈宫摇着头，神色里满是愤慨："想当初，你我也都是铁骨铮铮的英雄好汉，难不成从今以后只能做那缩头的乌龟，在天下人面前抬不起头吗？是我们没有人马，还是我们自己的威望不够？还是我们没有结盟之人？孟卓，昔日你曾经与吕布将军立下过结盟的誓言，如今，正是你践行誓言的时候。"

提到吕布，张邈神色有所触动，昨日种种，仍然历历在目。当日吕布离开袁绍，向他告辞时，两人惺惺相惜，手拉着手立下了结盟誓言。之后阴差阳错，一直没有再碰面的机会，直到去年他迎接曹操入兖州，才放下与吕布再次相会的念头。

陈宫见张邈似有所动，继续劝道："现在曹操引大军东征，兖州城内空虚，将军你手里还有十万大军，待将吕将军迎接而来，就可以先占了兖州，暂时静观形势，然后相机行事，以你我的威望，加上吕将军的支持，说不得也能做出一番大事来。"

张超急道："哥，我知道你顾全大局，不想让兖州再有战火，可是这大局只有掌控在自己手里，你才能决定兖州的进退存亡啊。哥，今天你无论如何都要下定决心了。和你说实话，前日里我得到了消息，荀彧的家眷从东郡过来，正经过我们陈留，我已经派了人去，以你的名义将荀彧的家眷接过来了，现在怕是已经落脚在我们这里了。"

张邈眼眉一立，怒道："二弟，你敢劫持了荀先生的家眷？"

张超气急："我好好地派人接了来的，怎么说是劫持？我已经再三吩咐了，还让我内人亲自安置荀彧的家眷。"

陈宫笑着道："孟卓不要着急，我倒是觉得令弟这番做法是很好的。如今兖州空虚，难免还有漏网的山贼匪患，荀先生的家眷独自在外行走，也是危险的。我们先接到这里，再派人请荀先生来接，也正好可以和荀先生当面共商大计。"

张超哼了一声："哥，反正人已经接来了，现在就住在我们这里，你就看着办吧。"

张邈长叹一声："我不愿负孟德，然而孟德负天下人，我张邈，今天就反了！我这就修书一封，二弟你亲自跑一趟，送到吕将军手中。"

吕布被袁绍暗杀未遂之后，带兵一路通过河内跑到了洛阳，途中经过陈留，与当时的陈留太守张邈一见如故。到了洛阳之后，因为作战勇猛而被董卓欣赏，收为义子，正是要立下战功的时候，收到张邈的亲笔信大喜。他素来不喜曹操，与曹操也没有什么交情，更对曹操那一套自以为的仁义颇看不进眼里。曹操在徐州屠杀的消息，也早就传到了洛阳，他正要落井下石，张邈的信来得绝对是时候。立刻，他点兵十万，一路奔向陈留。

这边，张邈和陈宫已经开始做迎接吕布，联合兖州各郡县，一起反了的准备了。陈宫修书，一份份送到兖州各郡县，而张邈却修书一封，写给荀彧："吾得知曹公进发徐州，追击陶谦一路深入，深感忧虑。数月之前，曹公刚与陶谦厮战，却含恨而回，今曹公与陶谦已结大仇，不死不休。曹公斩杀徐州城百姓，徐州上下已然凝聚同心，陶谦必然背水一战，解救徐州大部。然曹公只有新近接收之三十万青州军，轻涉险地，唯恐后续无力。吾已写信予洛阳吕布。吾与吕布曾有深交，吕将军已经答应带兵增援曹公，不日大军就到。借兵增援，已穷吾与吕将军情分，粮草之事，还望荀先生操劳。同为曹公，望先生早做准备，迎接吕将军前来。"

这封信送到鄄城荀彧手里后，荀彧当即召集鄄城程昱、荀衍还有若干同僚前来。张邈的信被传阅了一遍，大家多日阴郁的心情，都豁然开朗，府衙之内，连日来第一次有了笑容。

"果然还得是主公的好兄弟。"荀衍赞道，"我听说昔日曹公斩杀青州军，曾经托孤于张太守。太守果然不负主公重托。"

程昱也道："主公孤军奋战，又有杀名，之前先生还担心兖州有变，如今有这些大军前来支援，先生可以放心了。"

荀彧却摇着头："张太守其人，少年时就以侠义著称，曾倾尽家财以救人水火。前日与鲍信投靠主公之时，正逢主公歼灭黑山于毒等人，声望如日中天的时候。然现在主公在徐州造下杀孽，屠城罪行，可以说是罄竹难书，各位以为，张太守还会甘心臣服于主公麾下？"

荀衍与程昱对视，二人皆沉默下来。

荀彧又道："初平三年（192），主公入主兖州，平定兖州黄巾军，边让曾经诋毁主公，被主公斩杀。陈宫其人性情刚直，足智多谋，年少时与边让结交。今主公之行为，怎不让陈宫想起当日之事？怕是，请吕布前来增援是假，想要谋取我们的粮草在先，让兖州易主在后是真。"

"这……"荀衍失声道，"难道是张太守要引狼入室，借助吕布之手，夺得兖州？"

荀彧沉吟："若只是借助吕布之手夺得兖州，我等还有充裕时间，只要联合兖州其他各郡国一起，将吕布拦在兖州之外就可。但怕的是兖州各郡已如张邈、陈宫二人一般，都已经反了。"

荀衍失手将案几上的茶杯碰翻，茶水洒落，茶杯滚落在地上。

程昱脸色一变，也叫道："那，夏侯将军，东阿县城，岂不是……"

荀衍的声音都有些发抖了："主公的家眷可还在鄄城啊，濮阳一旦失守，下一个就是我们。"

夏侯惇镇守的濮阳离陈留张邈太近，吕布一旦进入兖州，濮阳就将变成孤岛，而濮阳夏侯惇的手里，还留有曹操走时留下驻防的兵卒数万人，这些兵卒若是丢了，只依靠鄄城的这点守备，完全拦不住吕布的大军！

荀彧神情肃穆，稍稍思虑片刻，向枣祗道："还要烦劳先生先行前往东阿，东阿是我们整个东郡的粮仓，是主公三十万大军的后备资源。还望先生能倾力守护住。"

枣祗与荀彧同为颍川人，是当日荀家举族迁移中，跟出来的为数不多的乡邻。

枣祗立刻站起来躬身道："先生放心，在下必然会竭尽全力，为先生、为主公守住东阿。"

当下，枣祗只带了数百兵卒，轻装出发，即刻赶往东阿。

荀彧立刻修书一封，派出亲信快马加鞭，送往濮阳夏侯惇处。

荀彧又下令立刻关闭鄄城城门，派出兵卒严守城门，只待夏侯惇赶来，同时将曹操家眷接到府衙，亲信兵卒将府衙团团围住。一道道命令下发出去，鄄城全城戒严，主要道路尽皆封锁，因为荀彧知道，这个鄄城之内，一定还有张邈、陈宫的人。鄄城上下，立刻就陷入了紧张的气氛中，路上几乎不见行人，却也有神色匆匆之人，从这一高门大户中出来，进入另外一高门大户中。

几道命令下达，荀彧端坐在府衙之内，忽然见到亲随带进来一人，正是冀州城内家中一下人。那下人一见到荀彧就哭倒在地："少爷啊，主母她被太守扣下了！"荀彧大惊，这才知道就在一月之前，远在冀州的秀娘，只带着一些下人，千里迢迢地赶往东郡来，走到陈留的时候，被陈留太守张邈接进城内。秀娘几次要离开前往鄄城，都被张邈借故留住。这个下人趁着守卫不注意，偷偷地跑了出来。

"少爷，这是主母写给您的信，让小的务必亲手交到您的手里。"下人翻开衣襟，撕开内层的夹衣，拿出一块缝在内层夹衣内的手帕，那手帕上一行行秀丽的小字，正是秀娘的亲笔：郎君离家万里，妾身多有牵挂，才辞别家中父母，前来照应。现人在陈留，一切安好。望郎君切勿以妾身为牵挂，郎君安好，妾身便是安好。

"少爷，主母让小的对您说，家里的几个小少爷和小小姐都好着呢，老爷和老夫人喜欢着呢，都亲自带在身边教养着。主母说让您安心，不用牵挂家里，让您千万千万不要去陈留接她。"下人痛哭流涕。

荀彧捧着手帕的手不住地发抖，他的心也颤抖起来。这是他的发妻，他的秀娘啊！

可他没有能力去接了秀娘出来，现在手里也没有军队可以为他所用，他作为秀娘的丈夫，秀娘心中的天，现在却什么都做不了，甚至没有时间要为秀娘多做考虑。因为就在这时，吕布的军队很可能已经进入了陈留。

是的，就在荀彧接到秀娘手书的时候，吕布的军队已经进入了陈留，稍作停留，吕布就亲自率领着大军，杀向濮阳。

第十一章

吕温侯入主兖州　夏侯惇星夜驰援

　　吕布其人，弓马娴熟、骁勇尚武，有飞将之称。因为他有一良驹赤兔，能够腾跃城墙、飞跨壕沟，且速度奇快，因而他带领的兵卒，就以轻骑为主，大部步卒人马，却只能带着辎重，徐徐在后。从接到张邈的书信，他就点齐兵马，给张邈的书信才送出，已经带着数千轻骑和大队人马从洛阳出发。

　　一路星夜兼程，还没有到陈留，张邈、陈宫就收到了消息，两人心情大振，带领亲兵出城十里相迎，远远地就见到旌旗招展，尘土飞扬，接着马蹄声声，大地都好像在颤抖，接着大批的骏马飞奔而来，最前方一面大旗上书一个"吕"字，旗下一匹火红的战马上，一员小将身着白色铠甲，头绾高冠，斜眉凤眼，手持方天画戟，威风凛凛。远远看到张邈、陈宫的旗帜，那一队轻骑速度放慢，只有那骏马一路奔来，等到了近前，那小将翻身下马，正是吕布，口中叫道："孟卓兄，可是想煞我也！"

张邈、陈宫远远一见，就心驰神往，两人一同翻身下马。吕布已经抢上前来，抱住了张邈："接到兄长信件，我即刻点兵，星夜赶来，唯恐耽误兄长大事。"

张邈使劲拍拍吕布的后背道："奉先这一路必定舟车劳顿，快快与我进城休息，我已经准备了酒菜，款待奉先及所带的兵马。我给你介绍下，这位是我的好友陈宫陈公台。"

吕布曾听说过陈宫大名，立刻抱拳施礼："久闻先生大名，今日才得以相见，幸会。"

陈宫一见吕布长身玉立，贵气逼人，就有欣赏之意，待见到吕布身后三千骑兵肃立，彪悍劲爽，刀枪在阳光下闪着寒芒，已为之折服，立刻还礼道："将军多礼了。在下曾听闻将军素来勇猛过人，英勇善战，如今只看将军麾下骑兵，进退有度，法纪森严，就知道将军也是善于用兵之将才。"

三人相视，都哈哈一笑，携手入城。

陈留府衙内果然已经摆下宴席，吕布暂时将盔甲褪下，换上了一身月白儒袍，便从一介威风凛凛的将军变换成一个英气逼人的少将。当下张邈主位，吕布客座，陈宫作陪，还有张邈、陈宫手下官员在下座陪客。酒过三巡，菜过五味，张邈放下酒杯感叹道："昔日曹公大义，禁绝淫祀，斩黑山于毒，救黎民于水火之中。我敬佩曹公，才将兖州拱手相送。可曹公如今因为一己之私，竟然尽屠徐州百姓，犯下罄竹难书的罪行。我心痛苦不能自已。我恨不能身代黎民，免去其骨肉被杀。"说着情动于心，潸然泪下。

陈宫叹道："曹公入主兖州之后，大分土地给黄巾军余孽，对名士豪族大开杀戒，昔日我好友边让也因为'轻侮之言'被斩，现在徐州百姓也竟然无辜被牵连。我与孟卓每每谈起，都悔不当初。"

张邈、陈宫手下都纷纷附和。

吕布闻言，英眉已经立起，愤慨道："天下动乱，此时正是安民兴邦之时。曹操为了安稳他的三十万青州军而斩杀宗门世家，是为不义。父还在徐州琅琊陶刺史治下，他就出兵攻打徐州，连破十几城之后掉头，罔顾父族百十人还在对手手中，以致父亲一族被拖累斩杀，是为不孝。天子还在洛阳，为天下子民忧虑，曹操却为一己私怨，屠杀徐州百姓，分明是在明告天下，天子识人不明，这是不忠。这等不义不孝不忠之人，怎么值得二位兄长追随？他曹操愧对二位兄长啊！"

说着按着案几，正目张邈："我听闻曹操所过之处，徐州人烟尽灭，尸横遍野，血流成河，鸡犬不留，心中愤慨，恨不得追上徐州，斩曹操于剑下。"

陈宫和张邈对视一眼，两人全都向吕布拱手，张邈道："如果奉先能斩曹操，解救徐州万民，我愿意将兖州拱手奉上。"

陈宫也道："吕将军勇猛过人，胆量超群，某也愿意为将军出谋划策，助将军一臂之力！"

吕布拍案而起："看我先为二位兄长夺得濮阳，拿下东郡。"

张邈和陈宫齐齐站立："静候佳音。"

吕布穿战袍，牵赤兔，抓起方天画戟，号令三千兵马，杀气腾腾向濮阳进发。

却说濮阳城内，驻守在濮阳的夏侯惇见到荀彧书信，面色立变。他身为武将，知道战机稍纵即逝的道理，那吕布若是带兵直奔陈留，必然过平丘、长恒，直奔他夏侯惇这里，先要将他手里的兵马连同濮阳打下。他若是坚守濮阳，是能将吕布拒之城外，但是鄄城就会立刻失手。

荀彧坐镇鄄城，然而鄄城的兵力，不足濮阳城内三成。鄄城内却有主公曹操的家眷，全部跟随主公出兵的将领的家眷也都在鄄城。主公出兵，一旦鄄城失手，就等于将主公及将领的家眷们拱手让于对手手里。夏侯惇立刻点起手里的五万兵马，只带着两天的军马口粮，弃了濮阳，直奔鄄城。

数十斥候当先驾驭战马，向大部队将要行进的方向飞奔而去，随后的兵士轻装进发。只出发半日行程，就有斥候来报，吕布带着数万兵马，其中三千轻骑，出了东明，也还有半日时间，就要迎头与他五万大军碰上。

夏侯惇横眉立目。吕布军马从洛阳赶来，一路已经疲惫，竟然敢马不停蹄，兵不卸甲，并不直取濮阳，而是想要拦截于他，岂不知兵法有云：疲兵必败。忽然一阵凉风吹来，看风向这正是一阵东风，再看天际，东方天际尽头，一大片黑云正向这边徐徐而来。夏侯惇大手一挥，命令立刻就传了出去。大半兵士立刻下马卸甲，埋锅造饭，暂作休息。而少部分兵士继续前进，且每人携带一根树枝，拖在身后，战马的马尾也绑上了树枝，远远望去，烟尘四起，只做大部队进发的模样。

兖州地势，尽皆平原，从濮阳到鄄城之间，一马平川，不过有些树林草木地势稍高。大兵赶路，还有小股队伍骑着马奔向侧方，那吕布斥候远远看着，就好像大部队正在全部全速前进。这乃是夏侯惇疑兵之计。

吕布听闻，立刻驱使着大部人马全速前进，务必要将夏侯惇的兵马拦截在通往鄄城的道路上。夏日热风下赶路，人马尽疲，如今凉风袭来，吕布兵马速度大增。

而夏侯惇大部队正在养精蓄锐。不多时战马喂足，人也吃饱，军令一下，所有人整顿战衣，趁着凉风，向前行进。再不到一个时辰，斥候再报，吕布兵士距离已经不足一个时辰的路了。此地正是大片的平原所在，一马平川，几乎可以看到极远处升起的烟尘。

夏侯惇立刻再传令，骑兵下马休人养马，步兵结阵。最前方三排弓箭手，盾牌手守护，长枪队在后，左右翼分别布置成尖刀阵容。

阵法布置，所有兵士原地休整，养精蓄锐，待听到大地震动，前方军队旌旗招展的时候，夏侯惇战旗扬起，所有军士精神抖擞，站立在原地。最前方，弓箭手已经拉弓引箭，弓箭手之后，长矛闪闪，骑兵们骑在骏马之上，尖刀队虎视眈眈。

吕布军队千里奔袭，担心让过了夏侯惇的军队，这半日里更是一路急行军，已经有疲惫姿态，待见到夏侯惇兵士早已经严阵以待，不由心生疑惑。

就在这时，乌云已经盖顶，天际间忽然划过一条长长的闪电，霹雳乍起，豆大的雨点瞬里啪啦从天而降，瞬间狂风大作，雨点乱飞，下起大雨来。旌旗猎猎作响，在风雨中飘摇，护旗的兵士使劲地抓住旗杆，拼命地掌握住战旗。雨点落下，战马们忽然骚动起来，唏律律嘶鸣声不断响起。风大得令人睁不开眼睛，本已经疲惫的队伍里竟然有些许骚动。

反观对面夏侯惇的队伍，竟然仍然安静异常，骑兵们肃穆庄严，步兵们尖刀长枪布阵的队形丝毫不乱，而那些最前方的弓箭手和盾牌手们，整齐地一层层半跪站立着。而这中间一匹战马上，一位武将在暴雨中丝毫不乱，挺立如山。

吕布生性多疑，一见之下，只怀疑夏侯惇早已经将兵马布置在这里，就为了和他迎战。回头看自己的兵士，战马在大雨中不安地打着响鼻，再看兵士的脸上，疲态尽现，不由就一阵后悔。兵法有云，疲兵必败。他带兵一路长途跋涉到陈留，不及休整就又往濮阳进发。夏侯惇却是以逸待劳，且夏侯惇兵马数量并不少于自己。却是他大部队军士还正在后边缓缓而行，如今也才到达陈留附近。

当下竟然升起退意。命令下达，后队变前队，前队变后队，徐徐向后退走。此刻大雨倾盆而下，夏侯惇眼看着吕布的兵马旌旗一阵摇晃，竟然向后缓缓退去，立刻再派出斥候探看。

大雨隐藏了斥候们的身影，且他们居于本地，道路熟悉，只见大雨倾盆中，吕布的军队足足往后退了有三里的路程。

这边，待吕布的军队开始后退，夏侯惇的军队也是后队变前队，但前队仍然伫立在大风大雨中。

这场大雨足足下了半个时辰，大风大雨雷声掩盖了兵马的撤退，待到风平雨静之后，斥候来报，吕布才知道中计了。夏侯惇的兵马已经撤出到五里之外，两厢相隔有接近十里。且他的兵马在大雨过后疲惫不堪，无力追赶。怒气之下，他只能原地休整，然后带着兵马转道濮阳，也算是全了他答应张邈、陈宫夺了濮阳的话。

这边夏侯惇再次得到斥候的禀报，吕布已经率领兵马徐徐向濮阳进发，他不再吝啬兵力，全军全力向鄄城前进。此刻的他心急如焚，恨不得插上双翅，直接飞到鄄城城内。

而鄄城城内，暗潮涌动，小股的反叛已经出现了。十几户高门大院的护院亲兵，连同一些地方官员，忽然兴兵，一部分封锁了主要街道，一部分向县衙挺进，还有一部分直奔城门，妄图夺取城门守卫。

荀彧坐镇县衙，县衙大门紧闭，三千名兵士驻守在县衙大门前，忽然喊杀声响起，街道两旁，射出来一支支火箭，火箭上绑着的油布，熊熊燃烧着，一落到县衙附近，就立刻烧灼起来。

"走水了——"

"走水了——"

兵士们在将领的带领下，立刻向两边杀了过去。

城门前，一个商队牵着马车，推着手推车走过来，远远地，有兵士举着长枪，将人马拦在城门之前。打头的商人赔着笑，和士兵们说着什么，还试图往士兵们的身上塞点什么。士兵们举着枪将人隔开。后边有人跟过来，试图理论，大家一时就推搡起来。一辆车的马忽然惊了起来，拉着车辆冲过了人群，向着城门口横冲直撞过去。

商人们喊着急忙要追赶过去，士兵们忙着躲避惊马，就在这时，马车的车厢忽然被踢开，一支支箭矢射了出来，追赶的商人们也忽然从身边的货物中拔出了长刀，向守城的军士们砍去。就在街道的尽头，一队人马也在喊杀声中杀了过来。守城的兵卒猝不及防，立刻与这队人马展开了厮杀。长刀举起，箭矢飞落，有人趁乱奔向了城门。

城里忽然喊杀声四起，叛乱开始了！这些叛乱的人群首要目标就是府衙和城门，只要将这两处夺了过来，就等于夺得了整个鄄城。

府衙内，荀彧安然坐在府衙的大厅里，外边的军队已经按照他的布置，将整个府衙团团包围住。府衙内也安排了士卒，在前后门守卫，在围墙周围巡视。就是曹操的家人和下人们，也都拿起了兵器，守候住后院。荀彧的身边是程昱和荀衍，三个人偶尔有低声的交谈，如果凑到近前，就能听到他们是在分析整个兖州的局势。

鄄城城内已经出现了叛贼，整个兖州诸城，大都应该响应了张邈。他们现在能够做的，只是尽量拖延时间，等待夏侯惇带着大兵前来，一旦夏侯惇到了，鄄城的危机立刻就解除了。

"报司马大将军！夏侯惇将军已经从南城门进来，从叛军手中夺得了城门，现在正在镇压城中叛乱！"

荀彧噌地站了起来！

第十二章

唐秀娘明义自尽　义为先单骑赴约

　　唐秀娘被关在房间内。其实也算不得关，她可以走动，出去就是小院，府内还有个后花园，可是再出去就出去不得了。她从被接到这里已经有半个月的时间了，几次提出来要离开去夫君所在的鄄城，都被推诿，每次的理由都相同：外边战乱，很不安全。她虽然只是后宅中的一个妇人，却知道自己家夫君是做什么的。大丈夫是做大事的，她被困在这里，就是有人要借她和夫君作对。

　　下人带着她的书信溜走之后，她也就放下心来。心中虽然暗暗盼着夫君能如天神一般忽然赶来接走她，但是也暗暗打定了主意，绝对不能因为自己而坏了夫君的大事。她是想要来照顾夫君的，不是来给夫君添麻烦的，大不了……她看着梳妆台铜镜里自己的妆容，轻轻整理了下耳边的秀发。

　　"夫人，您来了啊。"门外是桃红的声音。

　　"做了点小食，给你家主母送过来。"一个温婉的声音传来。

唐秀娘站起来，亲手掀开门帘："夫人快请进来。"

王氏笑着走进来，身后的丫鬟托着个托盘，盘子里是几样精致的小食。

"听丫头们说你午食进得少，没的是天热吃不下什么，我这里让厨房准备了几样小点心，还有刚刚在井里冰过的西瓜。只是这被井水冰过的寒气也重了些，我们妇人吃不得太多。来，尝尝。"王氏从丫头手里接过托盘，放到案几上，亲自端起放着红瓤西瓜的小碟，送到秀娘面前。

唐秀娘福了下身子道谢道："这些时间给夫人添麻烦了。"

"不麻烦的，前个妹妹教我的花样子，我很喜欢，还正想和你再学学呢。"王氏拉着秀娘的手坐下来，"妹妹不嫌我烦就好。"

唐秀娘微微笑笑道："骚扰了这么多日，秀娘很是不安。夫人，敢问，秀娘什么时候才能离开，去找夫君？"

唐秀娘就是不问，王氏这次来也是有目的的，她笑着道："妹妹这么个可人，我可是舍不得你离开的。不过我们妇人家，是不能离开夫君太久的。"

"我能走了？"秀娘激动起来。

"妹妹不要着急。"王氏还拉着秀娘的手，轻轻拍拍，"秀娘啊，你千里迢迢地都走到这里了，离鄄城也不远了。不如就写一封书信给司马将军，请将军来接你如何？"

唐秀娘微微低下了头："夫君日理万机，我一介妇人，不能为夫君排忧解难，怎么好还给夫君添事。"说着摇摇头，"我也还带了下人，还是不要烦劳夫君了。"

王氏静默了一会儿，叹口气道："现如今，姐姐也就和你说实话了。实不相瞒，现在外边着实乱着呢。那些大事上姐姐我一个妇道人家也不懂，就知道如今在那徐州里，曹将军正在屠城呢。听我家太守说，曹将军的命令是鸡犬不留。"

唐秀娘猛然抬起头来，满脸震惊。她是知道她家夫君跟着曹将军的，那曹将军不是个顶天立地的大英雄吗？

"现在啊，兖州各地的官员们全都反了呢，都说曹将军屠城，这是犯了天大的罪孽呢。我家太守留了妹妹你住在这里，是想要我劝劝你，你也劝劝你家司马，那曹将军跟不得了，再跟着，岂不是要被天下人唾骂吗？"

王氏叹息一声："我们妇人啊，嫁了人，就是一辈子的事情了，谁不愿意嫁的夫君能顶天立地？妹妹，姐姐也劝你一句，你也劝劝你家司马，不要跟着那样的曹将军了，一起反了吧。"

唐秀娘张口结舌，好半天心才怦怦地跳起来："反？"

王氏点点头："是啊，我家太守说了，你家司马自小就有'小神君'之称，还是王佐之才，跟着曹将军背负着骂名，未免可惜了。我也是替妹妹难过呢。"

说着又轻轻拍拍唐秀娘的手背："妹妹可能还不知道，那曹将军入主兖州之后，杀了好多高门大户的名士呢，还将好多土地都分给黄巾军的余孽，现在曹将军又造下了杀业，屠城啊那是，比当初的黄巾军还要可怕。我这听着心里也怦怦地跳着。好在太守已经迎接了吕将军过来，咱们兖州啊，说不得又要打起仗来。妹妹，听姐姐的劝，给你家司马写封信，劝他另投明君吧。"

王氏还说了什么，唐秀娘全听不见了，她的脑海里全是"反"这个字。她的夫君，怎么能反了呢？她的夫君，怎么会做那等背信弃义的小人之事呢？王氏什么时候离开的她都没有注意，当她醒过神来的时候，只看到面前案几上摆放的几盘小食。

"夫人，这可怎么办啊？"桃红的眼睛都红了，"我听王夫人的丫头说了，太守是铁了心不会放夫人你离开的，说是只要你在这里，少爷他就肯定会过来的。只要少爷来了，他不反也得反了。"

秀娘怦怦乱跳的心慢慢静了下来，她若是没有前来，该多好，就不会成为夫君的拖累了。她太了解她的夫君了，她让她的夫君两难了。她，不该成为影响她夫君想法的人，她不能让夫君因为她而背上骂名。唐秀娘的心安静下来，她微微笑着道："没有事的，你家少爷啊，不会有事的。"

又笑笑道："刚刚夫人过来，说喜欢我的花样子，我那箱子里还有几张，你找了送过去，就说刚刚怠慢了。"

桃红答应着，翻了箱子找到花样，唐秀娘待桃红离开，从箱子里拿出三尺白绫，只往房梁上一扔。白绫飘扬，飞过了房梁，又落在了唐秀娘的手上。她登上了绣凳，攥住白绫。

她所有要与夫君说的话，都写在之前的信件上，她这一生得以有夫君，此生已无憾事！

她的脚用力一蹬，绣凳翻倒。

鄄城内，荀彧的心忽然出现悸动，他的手按在心脏上，仿佛有什么重要的东西正在从心上离开。

他并不知道，他守住了鄄城，守住了曹公一家老小，守住了鄄城的百姓平安，却没有守住自己的妻子。就在夏侯惇杀进鄄城的这一刻，他心爱的妻子撒手西去。

夏侯惇星夜驰援，连夜诛杀谋反叛乱者数十人，才安定了军心。但不过一天时间，豫州刺史郭贡就领数万大军兵临城下。

却说吕布在濮阳与鄄城之间，被夏侯惇的兵马吓退，虽然回头就夺了濮阳，但是只得到了一座空城。那夏侯惇临走之前带走了所有的兵士，只留下一些辎重在内，吕布着实吃了一个闷亏。他一边派人给张邈、陈宫送信，只说是大雨阻隔了路程，没有拦截住夏侯惇，但是得到了濮阳，一边暗自庆幸。

早在他离开洛阳的时候，就修书一封与那豫州刺史郭贡，只说他不忿曹操逆行，想要抄了他的老巢，不过他为人不贪，只要占了濮阳就可以，那鄄城就送给郭贡占了。算算时间，郭贡若是出兵，也差不多该到鄄城附近了。就算还有几日，他是不想追到鄄城了，不单单是因为兵士疲惫，还因为他对夏侯惇有了忌惮。且自古攻城战都是攻城的那一方损耗颇重，他这一路前来都是轻兵，骑兵居多，本就不善于攻城，更不用说攻城需要大量的器械没有随身携带。

郭贡数万大军兵临城下，刚刚安定的鄄城立刻又陷入危难之中，那郭贡却没有马上攻城，而是修书一封，派人送到荀彧手中。信中先是对曹操的所为表示了愤慨，然后点名荀彧，要荀彧出城一谈。荀彧略微沉吟，便答应下来。

这一下，夏侯惇等人着急了。夏侯惇乃是曹操的兄弟，知道荀彧于曹操而言，于整个东郡以至于兖州意味着什么，立刻就阻拦道："那郭贡带领着大军前来，对我鄄城有志在必得之心。邀请先生前去，一定不怀好意。先生您是一州的屏障，无论如何不能轻涉险地。"

程昱和荀衍也纷纷阻拦，程昱自告奋勇，想要替荀彧前往。

荀彧却道："郭贡久居豫州，与张邈、陈宫平素并没有往来。现在张邈刚刚邀请吕布前来，郭贡就从豫州到了这里，如此及时，怕不是张邈的主意。既然郭贡还没有与张邈联合起来，那我就更要走这一趟了。我一定能够劝说郭贡，就算不能帮助我们，也能保持中立。如果现在就怀疑郭贡与张邈联合，拒而不见，怕是会因此惹恼了郭贡，反而与张邈、陈宫联合。"

在张邈、陈宫背叛之后，是荀彧当机立断，召夏侯惇离开濮阳进军鄄城，才保住了夏侯惇手下大量的兵士，也免除了夏侯惇被濮阳内应与吕布里应外合的险状，夏侯惇对荀彧十分佩服。而荀彧在鄄城城内及时布兵，提前一步将曹操一家老小接到府衙，在鄄城城内大大小小官员谋反叛乱之后，坚守城门和府衙，等到了夏侯惇的驰援，也是荀彧的反应机敏，谋略及时。而程昱和荀衍更是亲自看到了荀彧一道道命令的下发，对他的一次次正确的判定佩服得五体投地，因此再想要阻拦，竟然找不到理由。

荀彧安然笑道："郭贡也是君子，既然点名邀我前去，必然遵循古礼，不斩来使。各位无须挂怀。"言毕只带着亲随几人，出城而去。

郭贡所在的豫州与兖州最近，距离鄄城足有三百里。郭贡一路带兵前来，进入兖州之后，就发觉兖州州内一片混乱，颇像是群龙无首，大家纷纷想要在兖州分一杯羹的样子。只是兖州这么大片的土地，各郡国要是吃得下，哪里还会有之前曹操入主的事情？他接到吕布信件之后，一时冲动带兵前来，走了一半，才想起他已经是豫州的刺史了，就算拿下了鄄城，难道还能占了在兖州的鄄城不成？便有些后悔一时的冲动。

他早闻荀彧王佐之才的大名，这一路前进，就一路派出斥候打听，果然兖州各郡国反了，荀彧却将鄄城还牢牢地握在手里——那濮阳城内的夏侯惇据说是得到荀彧的命令，星夜离开濮阳，半路与吕布交锋，吕布竟然不战而退，夏侯惇带着几万兵马安然进驻鄄城。

郭贡对荀彧很是钦佩。所以一到城下，点名要与荀彧一谈。此刻，他心里还没有确定接下来他要做的事情。但见到荀彧竟然真敢前来，且只带着三两个随从，就更是佩服了，亲自在军中大帐前迎接。两人见面，互相行礼，好一会儿才礼让着进入大帐。

分宾主坐下，荀彧先拱手道："久闻郭刺史大名，奈何郭刺史远在豫州，彧跟随曹将军身在兖州，今日能在兖州见到郭刺史，实属难得。"

郭贡打量着荀彧，见荀彧面色沉静，似乎胸有成竹，不禁问道："那张邈、陈宫已经联合兖州上下反叛了曹公，且又邀请了洛阳的吕布入主兖州，司马大人怎么还能如此心平气和？"

荀彧笑着摇摇头道："说是兖州上下，也不过是些墙头草。今天曹公入主兖州了，就能追随着曹将军，明日那吕布前来了，又要投靠吕将军，后日曹将军班师回来，立刻就会笑脸相迎，实在是不足为虑。就说前日里，鄄城内就有谋反叛逆之人，待夏侯将军入驻，杀了十数个领头的，其余众人立刻就作鸟兽散，鄄城百姓继续安居乐业，城内一片祥和。"

荀彧相信郭贡的斥候已经探听到这些情况了。他就是想要再与郭贡强调一遍：此刻鄄城内一切安好，所有的内奸都已经被铲除了，内乱被平息了。且还有夏侯惇这个将军领兵在内，驻守城池。

接着又摇摇头道："说起来夏侯将军来鄄城之前，还和吕将军的军队迎头碰上，可惜了，吕将军不战而走。"面上竟然有惋惜之色。

这惋惜之色自然是做给郭贡看的。当日夏侯惇与吕布两厢平原对阵，夏侯惇虽然是有备而防，但那吕布若是用三千轻骑冲击，势必也会给夏侯惇造成一定的伤亡。幸好大雨突如其来，夏侯惇占据了天时，让吕布不战而走，也让夏侯惇趁着雨势撤军，才及时赶回鄄城，解了鄄城的危机。

第十三章

无惧意舌退郭贡　说靳允范县平安

荀彧神态自若，说起这几天发生的事情，语气平缓，仿佛之前不曾经历过任何惊心动魄，之前种种，尽可在笑谈之中。

郭贡却也摇着头道："司马所言只是一面之词。陈宫、张邈已然反叛，兖州各郡国纷纷响应，就算是东郡，司马还能掌控在手里的也不过只有这鄄城吧。我如今兵临城下，鄄城已经岌岌可危。夏侯惇从濮阳带回来的，可有三万兵马，可守得住鄄城几日？"

荀彧微微一笑，却道："郭刺史远在豫州，虽然不是千里迢迢，但豫州与兖州也是泾渭分明。且不说守城容易攻城难，就算如刺史的意得下鄄城，难道刺史还能占了鄄城不成？"

这话说到了郭贡的痛处，郭贡也是出兵了几日才恍然明白自己的冲动，但他哪里肯在荀彧面前承认这点，不由得哼道："占不得，总还是要带走些什么的吧。"

荀彧竟然点头道："郭刺史远来是客，本来我们鄄城应该尽地主之谊，好生招待的，且我们兖州，也一向是与豫州有着交情的。倒是那徐州的陶谦，我听说前些日子上表给洛阳，说是推荐那刘备当豫州刺史。我家主公与陶谦已经是死敌了，俗语说，敌人的敌人就是朋友，不知道郭刺史愿不愿意交我们这个朋友？"

郭刺史闻言，心中一惊，刘备前些日子被曹操打跑了之后，是到徐州一段时间，难不成那时候就与徐州的陶谦交好了？可恨陶谦竟然敢上表推荐刘备为豫州刺史，将他郭贡置于何地？

荀彧看着郭贡的面色，徐徐道："我家主公最是豪爽之人，对敌人毫不手软，对朋友肝胆相照。实不相瞒，我家主公的家眷就在鄄城之内，刺史是想要结交我家主公，还是想要树个强敌呢？"

郭贡听说陶谦上表刘备当豫州刺史，已经对陶谦心有恨意，且这鄄城一旦得来，曹操家眷又如何处置？曹操只听说陶谦杀了他的父亲幼弟，就疯子似的做出了屠城之事，此时那陶谦怕是万分后悔。听说青州军在曹操的手下异常凶悍，若是因为自己的一念之差，让豫州百姓也陷入万劫不复之中，自己就成了豫州的千古罪人。心内退意顿生，只是面子上还不好过。

荀彧察言观色，已知郭贡心中所想，拱手说道："今郭刺史如果能退兵，鄄城上下自然感激不尽，主公家眷得以保存，鄄城百姓得以安居乐业，主公必然深感刺史大德。日后刺史但凡有任何差遣，必然星夜兼程，倾尽全力。"

话说到如此，郭贡叹息着赞叹道："曹将军得司马，真是如虎添翼。"

这一场本来万分凶险的危机，竟然被荀彧一番唇舌劝消。当下郭贡拔寨起营，带领数万大军，班师而归。

鄄城解除了危机，民心大振，大家的脸上都露出了久违的笑容。但鄄城的危机，并不等于完全解决。探马来报，从濮阳城内出来了近万人的军队，一队由陈宫亲自率领，从目标上看正是东阿，另一队由氾嶷带领，直取范县。

范县和东阿，是兖州唯二没有出现叛乱的县城，其中范县地处交通要道，更是鄄城和东阿之间的枢纽。而东阿乃是东郡的粮仓所在，是曹操三十万大军归来时的保障，如果这两个县城失守，那么，曹操的军队一旦返回兖州，将无立足之地。

鄄城内守城大将只有夏侯惇，夏侯惇若是带兵离开，鄄城立刻就会成为吕布的下一个目标。此刻荀彧身边还能用的人只有程昱了。从荀彧和曹操亲自到东阿迎程昱为寿张县令之后，寿张一地就被程昱管理得井井有条。张邈反叛之后，程昱被荀彧召到了身边。所谓养兵千日用兵一时，东阿是程昱的故乡，程昱在东阿颇有声望，虽然枣祗已经带兵前往东阿，但总不如程昱本人。

荀彧当机立断，请程昱亲自前往东阿，沿途经过范县，便宜行事。程昱领命，夏侯惇分出一部分兵马给程昱带领，离开之前，荀彧郑重地对程昱说道："兖州叛乱，如今只有鄄城、范县和东阿没有参与其中，张邈、陈宫势必会以重兵临城。如果我们不能同心协力，这三城必然要遭受大难。还请先生全力以赴，不负主公重托。"

程昱拱手施礼："司马将军但请放心，知遇之恩，没齿难忘。有程昱在，东阿就在，东阿不在，程昱必亡。"

范县此刻，已经进行了一场战斗。吕布部下氾嶷带着轻骑攻打范县，先抓了靳允的老母妻儿，未费一兵一卒就进入了县城内，以靳允的老母妻儿为威胁，胁迫靳允背叛。靳允正处于两难之中。程昱只带着两个随从潜入县城内，直接就进入了县衙，来到靳允面前。

兖州全州几乎全都背叛曹操之时，只有范县和东阿没有参与，程昱深知靳允为人，这才敢只身入内，靳允听说，急忙迎了程昱进入内室，吩咐周围不得走漏风声，这才大惊道："先生不是在鄄城驻守，如何离开了郡城，来到这里？"

程昱见到靳允，不及寒暄，单刀直入道："我听闻吕布那厮抓了君之老母妻儿，可有此事？"

靳允的神情立刻沉重下来。

程昱一见，便知道此事确凿无疑，叹息道："我听闻此事，心急如焚，所以才急忙忙进入城内，与君商议。母亲被抓，用以胁迫，这是孝子绝对不可以忍受的。"

靳允低头，沉默不语。

程昱感慨道："天下大事，当在做大事者之间决绝，吕布此举，非君子所为，这样的人，怎么配称为天命所归？如今天下大乱，群雄并起，然而天命所归，能平定天下安定天下的英雄，绝对不可能是那等以家眷胁迫他人归顺的人。"

这一席话说得靳允抬起头来。

程昱看着靳允，目光炯炯："自古天下，都是得明主必然昌盛，失明主注定灭亡。陈宫他背叛曹公，迎接吕布进入兖州，兖州众多郡城都去响应，好像能凭借此有所作为。但吕布何人，君此前不知，现在只看他部下如何，便也能够知道他的为人了。吕布粗鲁而六亲不认，刚愎而横蛮无理，不过是匹夫之勇罢了，这样的人如何能作为明主，如何能值得我等追随呢？"

靳允似有所动。

程昱乘胜接着道："陈宫、张邈借助吕布之势暂时合作，却任凭吕布的人抓了君的家人胁迫你，非让人信赖啊。他们的士兵虽然多，然而行事龌龊，失道最后必然寡助。而曹公的智慧韬略受上天眷顾，世所稀有，这样的英雄才是我等该追随的。范县只要有君，就一定能守得住，而我也一定会守住东阿的。现在是两条路在君的面前：一条是如田单那般为曹公收复失地，创建功劳；一条是违背忠义顺从恶人，最后导致母子双亡，妻离子散。"

说着停顿片刻，才感叹道："相信君一定会有个正确的选择啊！"

没有人甘心情愿受人胁迫，且以家眷胁迫的背叛，也让自己的名声出现污点。就如程昱所说的那样，他此刻若是背叛了曹操，曹操一旦率领大军回归，他与他的老母妻儿，不但同样会殒命，他还会落得个违背忠义的恶名。

靳允站起，向程昱拜道："感激先生前来教我，不让我误入歧途，我心已经归属曹公，绝不敢怀有二心。"当下召来亲信，当着程昱的面吩咐下去，只说有请氾嶷前来商议归属问题，却在氾嶷必经之路上布下伏兵，将之一举杀灭。

范县已安，程昱心下立定，即刻出城，带领一千轻骑，快马加鞭，直奔黄河的仓亭津渡口。夏末时节，正是黄河水汛时期，河水从上游一路暴涨，滚滚而下，漫延到河道岸边。程昱带领轻骑抢先一日到了黄河岸边，立刻就占领了通往东阿县城的仓亭津渡口。

仓亭津渡口在黄河浅水处，这里河水平缓，沿岸有一座高地，将渡口合围成葫芦状，外窄内宽，易守难攻。轻骑占据了高地，以大石堵住下方大路，又堆砌石块，砍伐大树在山道处，埋伏下弓箭手。果然一天之后陈宫引大军前来。

陈宫为人足智多谋，一见这地势，就知道是伏兵之处，迟迟不敢发动进攻。程昱安然渡河，直达东阿。东阿兵民已经在枣祗的带领下，关闭城门，在城墙上坚守，见到程昱带领援兵到来，方松了一口气。

鄄城那边，却迎来了吕布的第一次攻击。

吕布派遣氾嶷夺取范县，本来以为能收到氾嶷的捷报，不想等来的却是氾嶷轻敌被伏兵射杀，且豫州的刺史郭贡也从鄄城返回的消息。陈宫已经引兵去攻打东阿，他不好缩在濮阳不动，范县太远，也只好取道鄄城。

算算鄄城的兵力，为数仍然不少，待兵临鄄城，只看到城墙高大，青砖垒积足有十几丈的高度，城墙上旌旗招展，守卫森严，就知道鄄城攻之不易。

鄄城之内，荀彧给夏侯惇定下了计策，不管吕布如何挑战，只高挂免战牌，坚决不出兵应战。因为那吕布勇猛过人，方天画戟之下，不知道落了有多少性命了，且他胯下赤兔战马，据说能够腾跃城墙、飞跨壕沟，单人匹马与之交战，胜者未有。

夏侯惇虽然能武能文，但是对荀彧言听计从，城楼高挂免战牌，只要有兵临近，就是一片箭雨落下。吕布每天驱使兵卒到城墙下，不得城内应战，就驱使着士兵骂战。那吕布士兵只将曹操的屠城劣迹喊出口，城墙上的士兵也不甘落后，扯着嗓子只是大骂吕布反复无义。

吕布其人是有污点的。他早年在并州刺史丁原麾下，得丁原信任，却又在董卓入京之后，斩杀丁原，投靠董卓，还认了董卓为义父。时下人重义气轻性命，吕布这个污点，被荀彧编写出来大段刻薄文字，只让军士中嗓门大的士兵日日在城墙上骂出来，只将吕布骂得火上心头。

鄄城兵马充足，粮草丰厚，不论吕布如何挑战，都坚守不出。要说骂战，对面的夏侯惇和荀彧找不出来骂点，骂那曹操，曹操又远在徐州，根本是听也听不到。反而是吕布自己，那点点的污点破事成天被城墙上的士兵翻过来覆过去地骂。偏偏荀彧文采极好，每天都能写出不同的新词来，今天骂他不忠不义，明天就骂他三姓家奴，今天说他如何杀丁原卖主求荣，明天就讲他看中了义父的女人而杀董卓，简直就是一个不忠不义不孝没有人性的"典范"了。

这般骂阵，还没有打，吕布就已经输定了。他的军心已经不稳了。这种状况下，强行攻城也不可能。没有人愿意为一个不忠不义不孝骂名在身的人送命。如此士气之下，吕布只得带着兵撤回濮阳。

所谓不战而屈人之兵，就是这个道理，在兖州大部分郡国都已经反叛的情况下，荀彧、夏侯惇、程昱将鄄城、范县、东阿牢牢地守住。只等得到消息的曹操引领大军返归。

而这时候，鄄城还来不及庆祝又一次危机解除的欢乐，秀娘的棺木被送到了城外。荀彧悲痛欲绝。

他还没有来得及接回他的发妻，他保得住鄄城的百姓，却没有护住自己的妻子，甚至都没有见到妻子最后一面。荀彧抚棺痛哭。这一刻他深深体会到了曹操当日的愤怒，体会到了曹操血洗徐州的怒火，他恨不得立刻就点齐余下的所有兵马，冲向陈留，杀向张邈。

棺木被停放在鄄城荀府的院子内，这是他准备与秀娘共同居住的地方。整个院子内的布局，都是按照秀娘的喜好布置的，是她最喜欢的江南园林的风格。而如今，秀娘再没有机会看到这一切了，看到这一切的只有这一具孤零零的棺木。

荀彧仍在，佳人已逝，徒留回忆耳。

第十四章

平原战骑兵冲阵　青州兵溃不成军

这一年是兴平元年（194）的夏末，这个夏末，荀彧迎来了他政治、军事生涯中的第一个挑战，他迎接住了这个挑战，却失去了他心爱的妻子。远在冀州的三个儿女，也失去了他们的母亲。荀彧也无法亲自抚棺将妻子的棺木送回冀州。

很多时候，国与家的取舍就在眼前，为国就不能为家，虽然为国也是为家。

这个夏天，远征徐州的曹操，几乎将徐州刺史陶谦逼迫到了黄河边上，将所过之处徐州数十万人口屠戮殆尽。这个夏末，曹操也终于接到了兖州荀彧送来的密报，得知兖州大部分郡国背叛，终于收兵。

兖州大部分郡国背叛，曹操并不放在眼里，因为他入主兖州之后，就忙于攻打黄巾军，各郡国都是口头上的归顺，支援的几乎没有。整个兖州，他也只将东郡抓在了手里。现在东郡的濮阳虽然失守，但鄄城、范县、东阿还在，这三座城池在，曹操就有了东山再起的保证。

三十万青州军在徐州烧杀抢掠，也心满意足，沿着原路，从琅琊郡返回泰山郡，进入兖州。来的时候，一路繁花似锦，回程时残垣断壁，满目苍凉，饶是曹操的心中，也生出了悔意。而曹操带领大军离开，陶谦才松了口气，引领剩余的残兵败将返回徐州，只看到这一番人间地狱，立时就病倒在路上。这一切的根源都在于他杀了曹操的父族一家，内疚与痛恨，让陶谦这一病再也没有起来。

得知曹操回兵，荀彧一直提着的心也终于放下，他站在舆图之前，视线在泗水和泰山之间看过。吕布虽然被张邈拥作兖州牧，名义上得到了一州的地盘，但是也不过是占据了濮阳以西。鄄城以东大量的土地，短时间内吕布还不及染指。曹操回军，三十万大军定下来是要走旱路，那就要走亢父、泰山要道，这一路兖州的叛军必然不敢出兵阻拦。之后在鄄城附近横渡泗水，就会给濮阳的吕布带来极大的威胁。

荀彧的视线在泗水停留了片刻，吩咐亲卫请夏侯惇将军前来。不多时夏侯惇前来，互相施礼过后，荀彧说道："主公不日将从泰山、亢父要道返回，张邈十万军队还在陈留，陈宫投奔吕布现在在濮阳。泰山、亢父要道，吕布、张邈鞭长莫及，近处的泗水却是主公返回鄄城的必经之路。陈宫、张邈一直不敢沿泗水一路推进阻拦主公大军，因为只要战线拉长，我们鄄城完全可以出兵，从泗水断了他们的粮草补给。但恐怕是在跃跃欲试，准备在主公大军返回之后，两面夹击。"

兖州几乎全境平原，且多水路，粮草辎重远途运输，必须依靠水路，节约人力和牛马之力。鄄城与濮阳、陈留呈三角之地，不论是从濮阳出兵，还是从陈留出兵，鄄城的军马都可以沿着泗水将其后备运输掐断。

荀彧接着道："张邈在陈留，我们鞭长莫及，不过濮阳就在左近，主公回来之后，必然先要夺回濮阳。我想请将军亲自带领城中轻骑，在泗水两岸巡视，密切注意濮阳吕布动态。"

夏侯惇立刻领命，点兵而去，荀彧面上却不见喜色。三十万大军回归，粮草将是未来的重中之重。夏末已至，距离秋收的日子不远了，秋收之前，必须要将吕布的军队从濮阳赶出去。可今年的秋收也未见得能养得活三十万大军，明年呢？怎么能从地里收割到更多的粮食呢？

曹操引领三十万大军星夜兼程，果然一路畅通无阻地通过了泰山、亢父要道，过泗水直奔鄄城。距离鄄城还有三十里，荀彧和夏侯惇两人一起前去迎接。只有不到三个月的时间，再次相见，已经物是人非。经过这样一次血的洗礼，曹操的眉眼之中多了一份威严与狠辣，只有在见到荀彧之后，才稍稍柔和下来。荀彧的双眼也熬得通红，曹操离开多久，他就跟着殚精竭虑了多久。

"先生节哀。"曹操上前，看着替他守候住鄄城、东阿和范县的荀彧，一时只觉得千言万语，也无法说出内心的感受。

"主公安好就好。"荀彧的眼眸里有着浓浓的悲伤，神色却还平静，"主公回来的正是时候，吕布占据濮阳已久，正以逸待劳等待着主公。我已经与驻守在东阿的程先生说了，一旦主公与吕布交手，牵制住他的兵力，三十万大军的粮草立刻就会从东阿运过来。"

曹操挽着荀彧的手走进大帐："郡城现在如何？"

荀彧说道："主公还请放心。当日夏侯将军及时带领兵马前来，将鄄城叛乱的大小官员斩杀，之后夏侯将军驻守鄄城，吕布前来挑衅过一次，无功而返。"

夏侯惇在一旁笑着道："主公有所不知，那吕布见我等高挂免战牌，并不出城应战，只派出士兵前来骂阵。还是先生写了文章，我那些兵士背得熟了，什么三姓家奴，卖主求荣，强抢继母，将那吕布直接就骂了回去。"

曹操听着，只觉得心中一阵畅快，大笑道："我有文若，当有半壁河山。"

接着轻蔑地道："吕布那小儿，轻狡反复，唯利是图。自古及今，这等小人注定就是覆灭的下场。"

说话间几人进入大帐，铺开舆图，荀彧道："张邈与吕布已经结盟，陈宫也驻在了吕布那里，但是我看两人未必赤诚以待。"

说着指着舆图上泰山、亢父这条路道："吕布现在有轻骑八千，步卒八万，张邈手里有十万军队，再联合上兖州其他各郡国，如果在主公返回的必经之路上阻拦，我虽可以在其后断其粮草，但是对方也能将主公的三十万大军阻拦在徐州，以耗尽粮草。"

曹操点头："吕布就算得到了兖州牧这个名头又能怎么样？他照样得不到整个兖州的地盘，不能号令兖州各郡国，也不敢进军东平切断我回来的必经之路。对付这种鼠目寸光之辈，我们赢定了。"

曹操三十万大军，在徐州经过了血的洗礼，沾染了一身彪悍血气，曹操的心里，现在也杀意正浓。更何况对于荀彧夫人的离世，他还有愧疚之心。

荀彧倒是很平静地说道："吕布以逸待劳，张邈大军也已经集合在泗水南岸，主公这一场仗，是硬仗。"

曹操豪放地说道："我青州军经历了大小几十场战役，战无不胜，况且我三十万大军，就是踏，也将吕布小儿的军队踏平了。"

荀彧微微点头，几人看着舆图，好生商议了一番。

曹操能文能武，往往亲自带兵打仗，荀彧却是书生一个，更善于出谋划策。当天夏侯惇带兵重返鄄城守护，荀彧就留在曹操的兵营之内。第二日，青州军稍作休整，就徐徐向鄄城方向进发，过鄄城而不入，绕过城池，向濮阳进发，在距离吕布大军五十里处安营扎寨，曹操亲自点兵派将。

曹仁率领五万大军在左翼，乐进带领五万大军在右翼，曹洪做先锋带领五万大军冲锋，曹操亲自率领十万军队接应，其余军队在于禁的带领下，驻守军营。这一番吩咐下去，休整一夜，第二日大军分别由将领带领，向吕布大军压去。

吕布军营早有准备，吕布亲自带领八千骑兵，胯下赤兔马，手持方天画戟，一身银色盔甲站在最前列，后边是黑压压的步兵，整装待发。远远看去，曹操大军旌旗飘动，兵卒们喊杀阵阵，阵阵鼓声一阵一阵地滚滚传开，吕布扬起手上的方天画戟。

"咚、咚、咚！"身后战鼓声陡然响起，方天画戟上刀锋在阳光下闪动着雪亮的光芒，赤兔马兴奋地原地踏步着，所有人都等待着冲锋的命令。

吕布望着远远而来的曹操大军，头盔下的眼睛雪亮，他的唇轻轻地抿着，就如看到猎物的虎狼，身体里的血液喧嚣着奔腾着，高举的方天画戟陡然一扬。头顶的旗帜高高挥舞起来，战鼓的声音陡然一急，密密的战鼓声就好像敲在心上，一声震天怒吼"杀——"忽然从队伍中冲了出来。

八千骑兵忽然同时高声怒吼着，一催胯下战马，犹如一支利箭，向曹操围拢而来的步卒冲了上去！吕布一马当先，冲在最前边。

迎面，赤兔马扬起的前蹄一脚踢在了对面步卒的胸口上，那步卒一口鲜血吐出，人向后仰倒下去。马背上吕布的方天画戟横扫，一大片步卒鲜血飞溅，翻倒在地，被后来的战马毫不留情地践踏在脚下。战马冲锋，刹那就将前方的步卒阻拦住。

如果站在高处往下看，就能看到曹操这方五万先锋大军缓缓上前，吕布的八千骑兵疾速奔驰，就好像一支利箭冲进步兵阵营，接着见步兵阵营被撕开了一个口子。两侧的兵士正在奔跑着，向内侧合拢，想要将冲锋过来的骑兵包拢在包围圈里。

只是那骑兵的速度极快，被阻拦的步兵不断翻飞着成片地倒下去，区区八千骑兵刹那就将迎面而来的五万先锋冲出了一个缺口，马不停蹄，竟然不管后方的数万步兵，直冲出去。骑兵所到之处，所向披靡，杀声阵阵，气势非凡，扬起的"吕"字大旗，不断深入。

这第一次冲锋，在曹操率领的大部还没有接应上的时候，竟然让吕布的这支骑兵直接从五万先锋的前部，冲击到后方。吕布攻势不减，战旗一挥，鼓声一变，骑兵忽然一分为二，竟然在战场上横冲直撞起来。

骑兵的马力，岂是步兵的人体可以抵挡的，骑兵的这一冲撞，直接将前锋左右翼的包围彻底打散，吕布后方的步兵忽然全面压上，跟在骑兵的后边只负责收割，战场上刹那间大乱起来。

青州兵是悍不畏死，但是那是在必胜的情况下，是在他们向别人举起屠刀的情况下，忽然被骑兵轮番冲击，只看到前后左右好像都是敌人的骑兵，高举着的屠刀，刹那间内乱起来，向四面八方奔逃出去。更有在队尾的士兵，还没有接触到吕布的大军，就转身向后方逃去。

逃跑是会传染的，只要身边有一人逃跑，就会传染十个人，十人逃跑，就会引发百人的溃退，曹操带领的大军正要缓缓压上，就冲撞到前边自家军队溃逃的人群。前方十五万大军，被吕布的骑兵冲垮，溃不成军，刹那间，就将曹操自己的军队也湮没裹挟其中。曹操猝不及防，迎面而去的大军还没有进入攻势，就被裹挟着动都不能动。

此刻什么擂鼓助威全都不管用了，所谓兵败如山倒，忽然旌旗受到冲击，摇摇欲坠，前方喊杀声正近，而自家的青州军呼啦一声，竟然跟着四散溃逃起来。曹操的战马也被夹带其中，不由得就向后方奔去。曹操紧紧地勒住战马，战马长嘶，前蹄腾空而起，但是他一人的力量根本就扭转不了这个已经落败的战局，不得已一阵锣声响起来，听到那鸣金收兵的声音，所有的兵卒呼啸着向身后的大营溃败下去。

这一仗几乎还没有打起来，就被吕布的骑兵一举冲击，将曹操的二十五万大军冲散，漫山遍野几乎都是青州军逃窜的身影，身后是跟着的收割他们人头的骑兵。

青州兵一路逃窜，曹操和手下几员大将一路收拢着溃退的逃兵，待到将逃兵收拢大半，士气早已经消失。只见到远处吕布的骑兵与步兵会合在一起，那吕布银色的铠甲几乎染成血色，胯下赤兔仍然威风凛凛，那方天画戟上的刀锋，在刺眼的阳光中闪着血色的光芒。身边骑兵聚拢，身后大军汇集，竟然是尚有余力。

曹操冲锋受阻，士气失落，眼看着在徐州内凶悍冲杀的青州兵，初次与吕布交手竟然溃不成军，不禁大怒。他压下怒气，只吩咐后队变前队，前队变后队，向兵营撤退过去。

那吕布也不恋战，鸣金收兵，打扫战场，带着缴获的战利品，留下漫山遍野的尸体，得胜班师。

第十五章

曹孟德偷袭得胜　吕温侯反围曹军

曹操带兵返回兵营，心下大怒，黑着脸进入大帐。

荀彧已经听到战果，进入大帐之内劝慰道："主公何必为一时的胜败挂怀。我观天象，今夜凌晨当有大雾出现。"

曹操听到荀彧的劝慰，神情缓和了些，待听到今夜凌晨必有大雾，心头一喜道："果真？"

荀彧道："是的。"接着伸手示意曹操来到舆图之前，这舆图却是另外换上了一幅，图上只有鄄城、濮阳和二者之间大片的平原。

荀彧手持毛笔，在濮阳之前画上一片大帐："这里是吕布的兵营，他们今天得胜班师，正是士气大振之时。不过兵士们白日里获胜，骑兵步兵都竭尽全力，还要整理战利品，消耗也颇多，据闻吕布颇为惜兵，入夜兵卒就会休息。今夜凌晨当有大雾，主公可以趁大雾起来之时带兵偷袭。那吕布白日得胜，冲击了主公的兵马，必然以为我军士气大溃，多日之后才能提起士气整兵待发，肯定想不到主公能当日趁夜偷袭。"

曹操大喜道："今夜大雾，正是千载难逢的机会，若是运行得法，今夜就能将吕布那厮的兵营冲击了，也报了我这白日军队被冲散之仇。"

荀彧看着曹操问道："主公可有想过，主公兵马在徐州战无不胜，为何回到兖州，这第一场战斗就不战而败？"

曹操面色微微发沉。

荀彧接着道："主公的青州军一贯凶悍，可在徐州悍不畏死，并不等于在兖州就一样愿意出生入死。只因为徐州是异国他乡，地势不熟，环境也不熟悉，且兵卒烧杀抢掠，并无民心，只能依附大军。而在兖州境内，家眷老小就在本地，人必然也存着居家团圆之心，就存了畏惧的心理，不战，先少了士气。"

曹操闻言面色一红。

"所以主公当吩咐手下将士，将兖州夺回，百姓才能安居乐业，青州军百万家属也才能安稳地在兖州生活。将这些说与兵卒们听，兵卒们才会卖力征战，因为他们胜利了，他们身后的家人们才能够得到保全。"

曹操看着眼前这位智囊，他远走徐州，将自己的身家老小都托付给的人，此刻眉眼间还有着失去了家人挚爱的悲伤，但整个人眉目凛然。大抵是这些时日忧患甚多，眉心上出现了浅浅的皱纹。曹操只觉得负荀彧甚多，他深深地吸了口气道："先生放心，我定然要提了张邈的头，告慰先夫人的在天之灵。"

荀彧看着曹操，眉眼中是全然的信任，他点点头道："主公尽快布置下去吧。"

曹操摇铃，召集部将入帐，吩咐各部将收集残兵道："我青州军从成立以来，除了今日，未曾有一败。大抵是因为身回故地，就失去了斗志。岂不闻他们身后就是他们的家人，难道他们想要徐州发生的一幕，也发生在他们家人的身上？青州军一旦战败，他们在徐州做下的行迹，谁敢保证不会有人用在他们的家人身上？这些话大家尽管转告下去，务必传到每一个青州兵的耳里，只让他们想想再溃败的后果。"

这番话说下去，那些将领无不点头。

曹操接着吩咐各部将收集好兵马，提早埋锅造饭休息。荀彧却是看着舆图，眉头微蹙，在上边星星点点勾画着。兵卒士气，可以因为一场败仗低落，也可能因为一场胜利就大涨。吕布用兵一贯谨慎，其人也勇猛善战，且刚刚得到战报，张邈也已经率领十万大军，兵临泗水，这一场雾中偷袭，能冲撞了吕布的大营，却要防止被吕布和张邈的军队合围。

曹操已经先行部署，荀彧还有些后手需要安排，众兵士开始养精蓄锐，准备夜晚一击必中，荀彧大帐内的灯光却一直没有熄灭。

曹操一觉醒来，已经是夜晚子时过半，出了大帐，果然见雾气正从远处弥漫过来，心中大喜。立刻吩咐埋锅造饭，只待雾气侵入，开始偷袭。

就见到荀彧走过来，身边跟着一个彪形大汉。那大汉形貌魁梧，双臂肌肉高高鼓起，显示其膂力过人，荀彧笑着介绍道："这位壮士乃典韦，原本是张邈手下，在张邈与主公决裂之后，投奔了夏侯惇将军。守卫鄄城时，随夏侯将军多次转战，颇有战功。今我将他从夏侯将军处要来，就跟在主公身边，为主公尽力。"

典韦生性豪爽，有大志气节，当日曾经随着张邈追随曹操与黄巾军作战，对曹操很是仰慕。张邈背叛曹操之时，他就在濮阳城中，立刻就随了夏侯惇一起，现被调到了曹操身边，甚是兴奋，立刻就上前施礼道："典韦见过将军，愿追随在将军麾下，为将军效犬马之劳。"

曹操平素最喜欢招揽英才，见到典韦身材魁梧、威风凛凛，很是喜欢，又听说曾不齿张邈背叛行径，反叛了张邈，投了夏侯惇，立下战功，就更欣喜，再听典韦愿意效忠，当下上前，双手扶起典韦笑道："得壮士，我心甚喜。"

有典韦跟从护卫，荀彧略微放心，少不得又仔细叮嘱典韦几句，让他一定以主公为主，且不可离了左右。

此刻，大雾已经弥漫过去，斥候来报，二十里之外吕布的兵营已经全数被雾气湮没。曹操立刻点兵。战马马蹄裹布，骑兵在前，步兵在后，曹操亲自领兵，趁着夜色和雾气，离开兵营。

此刻丑时过半，正是夜间睡眠最为香甜的时候，半夜的雾气悄然升起，到处都影影绰绰，看不清方向。吕布大军白日里大获全胜，回营庆功，此刻大半都在酣睡中，只有值守的士兵还在尽职尽责。但谁也不曾想到，白日里被击溃的曹兵，会在大败之后的当夜就前来偷袭。

军营都沉浸在黑夜中，只有大营门前的火把还噼里啪啦地燃烧着，火光在雾气中朦朦胧胧，连火把下的士兵身影，都看不甚清晰。远远地，好像传来些微的声音，值守的士兵们睁大双眼，看着栅栏外的雾气，有人走过来，勾着头看着外边。

雾气里好像传来些窸窸窣窣的声音，忽然，前方出现影影绰绰的黑影，一排排利箭带着火舌，从雾气中扎了过来。接着，大雾之中鼓声阵阵，马蹄声重重敲打着地面，犹如闷雷滚滚，无数的兵马从浓雾中呐喊着冲了出来。

"偷袭！偷袭——"值守的士兵们大喊着，声音立刻就湮没在马蹄声中。大批的骑兵仿佛利刃穿过云海，凛冽而来，冲撞进兵营内。一支支带着火焰的利箭从浓雾中射出，兵营的大帐立刻就燃烧起来。从大帐内惊慌跑出来的士卒，迎面就遇到了长枪刀剑和箭矢，有的被钉在了地上，有的被砍中了肩膀，一时号呼声大作。营帐燃烧起来，吕布的兵马惊慌失措，慌乱而逃。

到处都是马蹄声、呐喊声、哀号声，有人大喊着收拢着兵士，有人大叫着灭火，火光中，最中心大帐内，吕布穿着战袍冲出来。这时，一支火箭带着怪异的响声扑面而来，吕布手中的方天画戟一横，将火箭扑飞，火箭扎在地上，尾羽不断颤动，兀自燃烧着。又一支火箭飞过来，正扎在大帐上，大帐瞬间就燃烧起来。

"主公，上马！"护卫牵来赤兔马，吕布飞身上马，带着身后的护卫，呼喝着向外冲击出去。浓雾中陡然遇敌，根本分不清敌我双方，兵马们撞在了一起，有人胡乱地砍杀着，甚至在刀剑落下的时候，才分辨出并非敌人，一时心惊胆寒，只互相践踏着，向外突袭奔跑。

吕布凝神静听，听到军营的四面八方全是马蹄声，全是喊杀声，只是雾气朦胧，根本看不清敌我，不知道有多少敌军正在冲击。他提起缰绳，辨别方向，带领着身后的轻骑们向泗水河的方向杀过去，一路不断吆喝着，收拢残兵。白日里他才打败了曹操，将曹操的军队冲击得溃不成军，夜晚里他就尝到了白日里曹操军队溃败的滋味，只恨得吕布咬牙切齿。

曹操亲自率领士卒偷袭，他也身先士卒，一路直奔向兵营中心大帐，才到近前，就见到大帐熊熊燃烧，大帐周围倒卧着几具尸体，并不见吕布人影，知道吕布已经逃脱，心里叫了声遗憾。

却说那吕布一路鸣金，收拢着逃出的兵士，竟然收拢出大半的人马。这些人马大都是骑兵，兵营刚一被偷袭，就带着马匹逃跑出来。吕布收拢残兵，只看着身后起火的大营，怒目圆睁。那大营的火势阵阵，火光冲天，竟然将雾气驱散了不少。

忽然有人来报，张邈带领着十万大军已经渡过泗水，正在赶来，吕布闻言大喜，亲自去迎接张邈。

张邈听说吕布军营夜间被偷袭，喊杀阵阵，死伤不明，正在担心，见到吕布，心里一松。张邈这一次带领着自己的十万大军全军出击，与吕布的军队一会合，立刻就准备反击。此时星光就要散去，黎明隐隐就在眼前，正是黎明前最黑暗的这一刻，可远处兵营的大火，就是他们指路的方向。

吕布一边收拢着残队，一边与张邈布局，就在天明之前，张邈的十万大军，连同吕布收拢而来的数万残队，从三面向军营压了过去。一支支火箭冲天而落，射向了军营，吕布和张邈的军队，对着曾经属于吕布的兵营和兵营里曹操的士兵，开始了反攻。

曹操的士兵，以步兵为主、骑兵为辅，这场偷袭，曹操带来了足有十万人马，而大部队的人马支援，也正在从后方赶过来，却在半路上遇到了陈宫带领的士兵，被阻拦了下来。

此时曹操并不知道自己的援兵被阻拦，他带领着已经鏖战了半夜的士兵，开始迎接吕布、张邈大军的进攻。清晨，天边刚刚露出点鱼肚白，夜晚的厮杀才刚刚停了一个时辰，战斗就再一次开始。

吕布手下高顺、张辽带领着一万步卒，对曹操的兵营展开了冲锋。曹操麾下的曹仁，也率领一万步卒奋力抵抗。第一轮攻击双方互有死伤，高顺、张辽的步卒才撤下来，宋宪、侯成就已经带着兵再压上去。另两个方向，张邈的十万大军，也分批压上来。

这些军队轮番攻击，三面包抄，只想要将曹操的军队压向濮阳，只要曹操的军队一离开兵营，向濮阳靠近，守候在濮阳的郝萌、曹性就会出城，对曹操形成四面包围。

十几个回合的冲锋，从清晨战斗到中午，从日头高高升起，战斗到太阳西斜。战场上双方丢下了数不清的尸首后，双方的军队出现了短暂的平静，大家都开始埋锅造饭，养精蓄锐，等待着最后的决战。曹操的军队，半夜二十里行军偷袭，已经厮杀了几个时辰，兵力逐渐衰竭，几番厮杀之后，不见援兵到来，知道援兵被拖住，决定开始突围。

曹操的铠甲上满是鲜血，黑色的长须也染上了红色，一双眼睛里燃烧着浓浓的怒火，他从歼灭黄巾军以来，未尝败绩，却在遭遇吕布的初始，就遇到了两场迎头痛击。

前一日里是他轻敌了，以为青州兵永无败绩，但这夜晚的偷袭明明得胜了，却仍然抵抗不住吕布大军的反扑。这一刻他深刻地认识到了吕布不仅仅是骁勇善战，吕布治军的才能，飞将的名声，名不虚传。

　　"主公，我们现在只剩下六万步卒，两千余骑兵，对面吕布、张邈兵力，估算十万有余。对面兵力也正在埋锅造饭，大概之后就会是又一轮冲锋。"曹洪近前禀报，"斥候来报，我方援军才离开兵营，就被陈宫带兵拖住。"

　　临行之前，荀彧再三嘱咐，要曹操偷袭得胜之后不得恋战贪功，立刻返回。荀彧之前的担心，果然成真。

　　曹操深吸了一口气，吩咐下去："征集先锋，务必冲出一条路出去。"

　　身边典韦闻言上前一步，怒发须张，拱手说道："属下典韦，愿为先锋，为我主冲锋。"

第十六章

猛典韦矛戟冲阵　荀司马妙计救援

却说曹孟德星夜偷袭吕布兵营，一击得手，因为贪功，没有乘胜归还，而吕布的援军已至，三面围抄。当时吕布亲身搏战，所向披靡，双方从清晨到接近日落鏖战数十回合，曹操大军几次冲锋，都被围困在内。曹操甚急，临时征集先锋杀出一条血路，刚刚开口"谁为我先锋"，典韦就上前道："属下愿为我主冲锋。"

典韦其人身材魁梧，臂力过人，擅长使用长矛撩戟。他自荐为先锋，率队数十人，全都是身材魁梧之士，每人全都是身着两副铠甲，从头到脚护卫住自己，抛弃了盾牌护身，一手长矛一手撩戟，将自己当作人肉盾牌，数十人连成一片，发一声大喊，冲向吕布大军，身后曹操大军，呼号跟上。

曹操骑上战马，周围亲卫紧紧护住，跟在典韦身后，只见那典韦手持长矛撩戟，只一戟击出，就将吕布军十余支长矛尽数摧毁，一矛下去，就洞穿二人。吕布军弓弩齐发，箭矢如雨，典韦竟然无视，奋勇突进，所过之处，人仰马翻，血肉横飞。鏖战了一天半夜疲惫至极的军士们跟在身后，见典韦如此勇猛，爆发出阵阵欢呼声，紧随其后。

吕布远远看到典韦冲锋，战旗挥动，擂鼓冲锋，大军齐向典韦所在冲锋过去。典韦一路前冲，遇马斩腿，遇人砍头，只视大军如无物，吩咐随从道："贼军来到十步之内，便告诉我。"那随从们跟着典韦一路冲锋，看着越来越多的敌军冲过来，而典韦越战越勇，也士气勃发。只待冲锋而来的敌军接近十步，才有人大喊道："十步了！贼军十步了！"

典韦只顾得冲杀，长矛一挑就挑翻一人，丢下去再砸翻两人，长戟一横，就带倒十数人，引得敌军互相践踏。听得喊声，匆忙中才抬头，只见十步之外的贼军密密麻麻，他却犹嫌距离过远，不能一矛斩杀殆尽，大吼道："五步之内再告诉我！"

五步之内，那就是近身肉搏了，这般近的距离若是被敌手接近，极为危险。随从眼看着围困而来的敌军越来越多，心声畏惧，立即就大喊道："贼军来到了，五步了！"典韦听到，不及抬头，拔出身后十余支小戟，大喊一声，向敌军投掷过去。十余支小戟脱手而出，一起飞向密密麻麻的敌军，刹那，十几个敌军痛呼一声倒地，众人士气大振，大喊一声，冲锋上去。

曹操跟在典韦身后，心中大振，擂鼓助威，战旗指引下，兵士们随着典韦蜂拥而至。那典韦杀红了眼睛，仗着身穿两件铠甲，刀箭不入，长矛撩戟所到之处，血肉横飞，一旦敌军过近，就是小戟投掷，每一次都能命中十数人。力战多时，竟然杀出来一条血路。

吕布大怒！他和张邈十几万大军，竟然阻拦不住曹操手下一员大将！他催动赤兔马，拍马前来，手持方天画戟，冲向典韦！此时，金乌正远远要落于山下，将璀璨的红光最后洒落人间。夕阳西下之前火红的背景下，吕布红马银甲，就如天神下凡而来。他身后跟随的尽皆骑兵，轻骑所到，马蹄阵阵，喊杀震天。

典韦抬头一看，正是主公仇人！典韦生性率真忠义，见到那吕布，就如见到自己的仇人一般，当下提着长矛撩戟，迎上吕布的方天画戟！"当"一声巨响！马上吕布只觉得双手发麻，那方天画戟差一点脱手而出，不禁面色微变。马下典韦双臂一振，长矛撩戟交叉架住方天画戟，双腿就如磐石一般稳稳地踏着大地。只是他以下迎上，稍处下风，脸色涨得通红。

曹操在身后看到，大喝一声，催马上前，长剑向吕布拦腰斩去，吕布双臂一抖，推开了典韦的长矛撩戟，方天画戟一横，拦住曹操长剑。两匹战马一错分开，典韦和曹操立刻就将吕布围困。典韦长矛上挑吕布，撩戟下斩赤兔马腿，曹操长剑雪亮，不离吕布左右。吕布方天画戟架住典韦长矛，赤兔马纵身跳跃避开典韦撩戟，方天画戟乘势斩向曹操。一时三人两马战在一处，周围兵士混战一起，皆无法取胜。

这边曹操数万大军被围困，竟然靠着典韦所带数十人杀出一条血路，典韦与曹操二人并战吕布，一时吕布竟然还占上风。那边夏侯惇率领的援军，被陈宫大军拦住，陈宫大军的目的就是阻拦夏侯惇大军的救援，两万兵马排成方阵，与夏侯惇的大军对峙着。

荀彧久等曹操大军不见回营，收到斥候消息，吕布得张邈军队支援，全线反扑，立刻点出三万兵马，亲自带领，沿小路绕过对峙中的夏侯惇和陈宫，飞奔而来。这一路荀彧心急如焚。吕布所领的西凉兵骁勇善战，吕布手下又多骑兵，所幸他将典韦派到了曹操身边，这让荀彧的心里稍稍有了点安慰。终于在夕阳西下之前，赶到了双方交战所在。

远远地，荀彧站在一个小山坡上，居高临下，只见远处兵营内密密麻麻的帐篷大半都在燃烧着，黑烟中一面旌旗上书"曹"字，正向军营外冲出，而军营一箭之地所在，双方兵士密密麻麻，厮杀中，两匹战马、一员步将正战得火热。

荀彧心中一惊，那白马上长髯将军不是别人，正是曹公！地下那一员步将，双手长矛撩戟，正是典韦。而对面枣红色战马上，双手持着方天画戟的，正是吕布。放眼望去，军营三面全是"吕""张"旌旗，只有正面那一面"曹"，正在向外冲击混战。

"荀"字战旗忽然升起，就在吕布大军的身后，战鼓忽然"咚咚"敲打起来，三万兵马分作三路，一路兵马潮水般向冲杀中的吕布大军杀过去，另外两路一左一右，拦住张邈增援过来的兵士。

曹操与典韦一起合战吕布，一时占据了下风。那曹操胯下战马虽然也是宝马，却如何能比得了赤兔马的腾跃飞跨，也幸亏有典韦的长矛撩戟不断攻击，但虎口也被吕布的方天画戟震得发麻。正焦急中听到战鼓擂起，远处喊杀声震耳，匆忙中抬起头来，只见到"荀"字战旗正在飘动，立刻精神大振，叫道："儿郎们，援兵来了，冲啊！"

典韦久冲不出，早就暴怒于心，听到曹操喊声，也跟着大喝一声，将手里的撩戟奋力向吕布投掷过去。吕布方天画戟一架，饶是在马上，也被这大力一震，赤兔马竟然也被震得后退了一步，前腿高高抬起，唏律律叫了一声。周围的兵士们也大喊一声，十几支长矛架在一起，向吕布和赤兔马一起冲去。

吕布方天画戟一摆，撩戟飞出，赤兔马前蹄落地，方天画戟同时架住了十几支长矛。就在这时，典韦已经抢到了曹操的马前，仗着全身两副铠甲，只持着长矛向前横冲直撞过去，竟然被他撞出了一条通路。曹操骏马紧随其后，兵士们蜂拥上前，刹那将曹操和吕布远远隔开。

吕布看着曹操的白马越跑越远，心下愤怒，忽然一批带着火苗的火箭呼啸而来，却是荀彧带领的精兵，已经接近。三路兵马撞击在一起，混乱起来。火光中，夕阳西下，最后一点余晖也沉入了天际中，一时间战场上人影绰绰，分不出敌我，就连战旗都看不清楚。一眨眼的时间，吕布竟然就找不到曹操人在哪里，耳边杀声阵阵，前后左右全是奋力厮杀的士兵。

荀彧站在高处，眼看到典韦在前边开路，曹操的白马紧紧相随，手一挥，鼓声一变，三路兵马忽然全都向内集合起来，让过曹操、典韦，将身后的追兵和曹操的军队全都合围在一起，喊杀震天。

一支响哨忽然升到了天空，在高空中炸开，迸放出璀璨的焰火，远在后方正与陈宫对峙的夏侯惇看到这焰火，立刻就知道荀彧已经与主公曹操会合，当下一催胯下战马，来到两军阵前，直接挑战陈宫。陈宫派出吕布手下大将郝萌应战。

夏侯惇与郝萌的兵器全是一把长枪，两人阵前才一对峙，双方的战鼓声就轰鸣起来，胯下战马被鼓声催动，对冲出去，两匹战马还没有接近，双方的长枪就已经架到了一起，上扎脖颈，下挑马腿，随着擂鼓助威之声，一来一回，就战了三四个回合不分胜负。

荀彧带兵从小路离开之前，给夏侯惇下的死命令就是拖住陈宫的这支大军，务必不能让这支军队有回头包抄的可能，直到收到他的响哨信号，那时候就可以全力迎敌。夏侯惇已经拖延了半日，眼看着夜幕到来，荀彧的信号发出，这才发动攻势。

夏侯惇乃是曹操手下一员猛将，随着曹操出生入死，手下功夫十分了得，眼看着与郝萌交战数个回合不分胜负，只虚晃一枪，转身拍马便走。郝萌不知道是计，催马追来，夏侯惇却将长枪挂在马鞍侧边，伸手摘了一侧的长弓，抽出一支箭矢，张弓拉箭，回首忽然就是一箭。郝萌猝不及防，只猛地向后一仰，倒在马背上，就看到一支响箭正贴着鼻尖飞驰而过，一刹那魂魄俱飞。

才一直身，又一响箭劈面而来，他长枪在面前一挡，"当"一声碰撞出火花，就见到第三支响箭也扑面而来。刹那缰绳一抖，左脚脱开马镫，人向马右侧面一伏。这一箭堪堪躲开，却正是夕阳落下，余晖消失那刻，两边军士只看到郝萌忽然从马背上消失，只以为中箭。就听到夏侯惇这边兵士忽然欢呼一声，擂鼓声骤然急促，发出了攻击的命令。

"冲啊——"

"杀啊——"

郝萌还没有来得及从马背上立起，夏侯惇就已经带着身后的士兵冲杀上来，胯下战马受惊，忽然向战场之外奔跑出去。陈宫这边战旗一挥，一大片箭矢从高空射过来。夏侯淳长枪上下翻飞，挑落流矢，当先冲到对面士兵面前，身后是呼号而来的士兵，以势不可当之势，与陈宫的军队碰撞厮杀在一起。

古来两军对垒，将对将，兵对兵，将胜则士气盛，将亡则士气衰。郝萌本来只是躲避夏侯惇箭矢，却因为夜幕降临，被误以为被射杀，他这边的军士们失去了冲锋的机会，只被动地在原地迎接夏侯惇军队的厮杀。

而夜幕降临，战场的指挥只依靠鼓声和锣声，一旦两军短兵相接，黑暗里所有的战术就全施展不开。士兵周围全是士兵，火把掉落在地上，野草燃烧起来，双方士兵只知道冲锋，杀敌，杀敌，冲锋。夏侯惇谨记着荀彧的嘱托，务必要牵制住陈宫的军队，不能让他有转身合围的可能。他只命令着自己这边，不断地擂鼓、擂鼓！

双方的战鼓声交织在一起，好像敲击在所有兵士的心头，忽然，在陈宫后队远处，出现了一丝火光。那火光开始还只是星星点点，一线排开，跟着就大盛起来，陈宫看到，心头就是一跳。那方向正是吕布的兵营驻扎所在，是吕布、张邈反包曹操的所在，这燃烧之处，可是……兵营？眼看着火光冲天，连成一片，而火光背景衬托着，似乎有无数人马正从火光之处赶来。

"报——吕将军大营被烧，曹军已经突围出来！"斥候的声音惊怒了陈宫，可还没有等他下令后队准备迎敌的时候，一小股兵士忽然从黑暗中的一侧掩杀过来。却是荀彧留在小路上的五千兵马，这五千兵马在黑夜中同时呐喊着，无数的战鼓也同时敲响，黑夜中根本就分辨不出来有多少人马。

前方夏侯惇的军队越战越勇，侧边偷袭的不知道有多少人，身后，曹军已经突围，正杀过来，黑夜也正在袭来，敌我不分。陈宫本来想要阻拦鄄城的援助，让吕布、张邈困住曹军，不料现在他自己陷入了三面受敌的状态。

当下只能鸣锣收兵，带着军队徐徐向濮阳城的方向撤退而去。

第十七章

探伤兵击节感叹　望星空夜半情伤

从白日进攻被冲散，到夜晚的偷袭成功，到反被吕布、张邈围攻，典韦拼死冲锋，荀彧亲自带人救援，足足两天一夜，曹操骑马走进自家兵营的时候，还有种不真实的感觉。他这些年带兵征战，败绩不少，但从杀灭黄巾军之后，他少有的两次失败，全在吕布身上，当下怒气满脸，跳下战马，缰绳丢给护卫，一言不发走进大帐。

身边侍从急忙送来热水，为曹操解开铠甲，那鲜血却渗进铠甲之内，沾染了内侧的衣服，手伸到水里，忽然感到刺骨的疼痛，才发现不知道什么时候，掌心出现一大块的擦伤，大片的皮肤被蹭掉，被热水一激，疼痛难耐。

侍从忙喊来军医，荀彧听说了也急忙走进大帐，正看到军医将黄色的金疮药撒在曹公的掌心，再以干净的布条包扎上。曹操身上还有些细碎的小伤口，却不耐烦军医的包扎，只挥着手将军医赶出去。

"伤亡如何？"曹操问荀彧道。

这三十万青州军是曹操的心血，他的立足之本，一点点伤亡都让他感到痛惜。

"昨天白日里跑散的兵卒大部分都已经回归，伤亡人数还在清点中，大约损失有三万兵马。"荀彧的语气有些沉重，"陆续还会有伤亡报上来。不过我们初步估算，吕布、张邈和陈宫的兵卒，损失应该在三万之上。主公烧掉了吕布的兵营，也烧掉了他们的一部分辎重，后续吕布大军应该就驻扎在濮阳城内，城外这大片土地就都是我们的了。"

曹操神色稍稍缓和，点头道："今夜还要提防吕布那厮偷袭，烦劳先生辛苦了。"他厮杀了一夜一天，此时有些撑不住了。

荀彧自然应承，外边留守军士早已经埋锅造饭，当下几样吃食端过来，荀彧坐下稍稍陪了几口，就先行告退。

兵营外火把闪亮，不断有受伤和阵亡的士兵被救助抬回来，呻吟声不绝于耳。这些伤病中有的是曹操的青州军，也有陈宫的兖州兵马，被分别安置着。没有受伤的士兵们捧着饭食，就地而坐，大口大口地吃着，然后只将碗筷往边上一放，就地睡觉。荀彧和夏侯惇一起巡视了半个兵营，兵营内鼎沸的人声就渐渐消失了，只不时传来几声伤者的呻吟。

"先生，与陈宫交战的战场已经打扫干净了，一共俘虏伤兵两千余人，陈宫士兵亡者四千余人。"夏侯惇和荀彧说道。

荀彧应了声道："今夜还要烦劳夏侯将军多辛苦一些，外围的巡逻队伍多安排上去，以防止吕布的偷袭。"

夏侯惇道："安排上了，斥候都出发了。"

正说着，有斥候消息来报，却是吕布、张邈大军全都进驻濮阳城内。夏侯惇松了口气："看来吕布那厮的损失也很严重，我听斥候来报说，整个军营几乎都烧毁了。"

荀彧点头："主公在看到我接洽之后，火烧军营，吕布这一场损失不小，既然退回了濮阳，短时间内应该不会有偷袭了。不过我们也不能懈怠，巡逻还要加强，以防万一。"

夏侯惇自然答应。想起曹操偷袭反而被吕布、张邈军队围困，也是心惊不少，也幸亏荀彧安排他拖住陈宫大军，自己亲去救援。他二人只要有一方没有得手，不是曹公再被围困，就是军营被冲击。不论哪一种，曹操军队的损失都是巨大的。

二人最后走到伤兵营。整个兵营的灯火都已经熄灭，唯独伤兵营这里还是灯火通明。每一个大帐内都躺着重伤的兵卒，有些轻伤的无处休息，就靠在大帐外的草堆上，此时正是盛夏，夜晚的外边蚊虫甚多，但是大家疲惫加上伤痛，却顾不得那么多了。

"明天一早，先安排轻伤病患进入鄄城内休息。伤重不宜移动的，暂时留在此处。"荀彧看着，不忍地说道。

身边的大帐内忽然传来一声惨叫，跟着有人匆匆地端着一盆血水出来倒掉，又端了一盆热水进去。荀彧站在大帐门口良久，终于还是迈着沉重的步伐离开。

战场上，一个优秀的决策者是不能有妇人之仁的，不能有太多的仁慈怜悯之心。他所能做的就是将抚恤发下去，可以后呢？健全的人尚且不一定能养家糊口，这些身有残疾的人再也上不了战场之后，他们又以何为生呢？

"我不能放过吕布那厮！"第二天清晨，才吃过早饭，曹操就和荀彧还有几员大将一起坐在议事大帐之内，曹操拍着面前的案几，气愤至极。

"主公之言甚是。"荀彧赞同道，"如今吕布与张邈、陈宫会合，尽蛰伏在濮阳城内，濮阳城城墙坚固，易守难攻，且张邈从陈留前来，也带来了不少粮草，攻打濮阳，是一场硬仗。"

"硬仗也要打！必须将吕布那厮从濮阳城赶出去，将东郡夺回来！"曹操使劲一挥手，"今天起从鄄城、东阿和范县召集工匠，加派人手，制作攻城的工具。"

荀彧点头："我正要给程县令修书，让他将东阿的粮草送过来。"

正说着，就有兵卒来报，说程昱亲自带人押解的粮草已经到了鄄城城外十里处。

曹操和荀彧闻言立刻站起来，荀彧脸上露出喜色道："必然是程先生得知了主公大军归来，担心鄄城粮草不足，这才提前送来了。"

曹操脸上也露出喜色道："走，我们一道去迎接程先生。"

程昱在听说曹操大军从徐州城返回的时候，就计算着日子。曹操大军从兖州进发徐州的时候，并没有带多少粮草，进入徐州之后，一路烧杀抢掠，也不用后方的粮草支援。远程返回，想必也将徐州的存粮消耗得差不多了。鄄城虽然也有粮草，但是三十万大军一天的消耗就颇为可观。锦上添花不如雪中送炭，何况他也想要回鄄城探望荀彧。

他听说了荀彧夫人的亡故，听说到现在荀彧夫人的棺木还只能停在城外的义堂内，不得入土为安。而前来的路上，也听探报说前一日发生了大战，虽然不知道具体如何，只荀彧亲自带兵前往，还是让程昱深深地感动了。在荀彧的身上，程昱看到了积德累行，怀忠念治，与曹操勠力同心，忠恪祗顺。荀彧的亲身历险，让程昱佩服。他押送粮草，恨不得星夜兼程，送进鄄城，为荀彧分忧，为曹公分忧。

前一天他已经派人往鄄城送了信，今天清晨天还没有大亮，押送粮草的车队就已经趁着晨起的清凉起程赶路，只有将这些粮草平安地送进郡城，他才能了却一大心思。

正想着，远处传来马蹄声，前方的队伍忽然停下来。程昱心中一紧，吩咐就地戒备，骑马迎上，就见远处一队骑兵飞奔而来，临近了，看清那骑在马背上的几人，心里蓦然一阵激动。

程昱拍马上前，临近滚落马下，拜下去："见过主公。"

曹操急忙下马，亲手扶起程昱，握住程昱的双手感叹道："先生无须多礼，我还要感激先生。若非先生倾力相助，替我保全东阿、范县，我就无处可归了。"

程昱站起来，再拱手道："昱不敢贪功，是司马大人指挥得当。"

曹操哈哈大笑，反过来也抓着荀彧的手道："我得二位先生，如虎添翼。"

已经在鄄城范围内，一行人先行入城，荀彧提早就派人通知了曹府的家眷，卞夫人亲自站在府门口迎接。曹操先见了家眷，到灵堂祭拜先父。荀彧与程昱开始清点交接粮草，午餐也只是在府衙简单吃了两口。好一番忙碌，才将粮草入库，荀彧又亲自前往伤员休息的地方查看，见到轻伤病人都已经得到了救治休息，这才放下心来。

回到府衙，就见曹操手下前来邀请，曹操已经在府中布置下宴席，荀彧和程昱欣然前往。

曹操主位坐下，主位之旁卞夫人作陪，荀彧与程昱左右客座，还有前一日出战的几位将领。互相寒暄一番，酒席摆上，举杯对饮三杯之后，卞夫人取了琵琶，亲自为在座的将军抚琴一曲。琴声先是慷慨激昂，宛如战场杀敌，之后却曲艺委婉动听，隐含着淡淡的哀伤。琵琶声停，却好像仍然余音绕梁，不绝于耳。

众人将杯酒放下，昨日战场仿佛再现，冲杀喊杀声中，交织着伤者的痛苦呻吟，咚咚前进的鼓声中，似乎有累累白骨倒卧其中。

曹操站起来，击节唱道：

自惜身薄祜，夙贱罹孤苦。既无三徙教，不闻过庭语。
其穷如抽裂，自以思所怙。虽怀一介志，是时其能与！
守穷者贫贱，惋叹泪如雨。泣涕于悲夫，乞活安能睹？
我愿于天穷，琅邪倾侧左。虽欲竭忠诚，欣公归其楚。
快人由为叹，抱情不得叙。显行天教人，谁知莫不绪。
我愿何时随？此叹亦难处。今我将何照于光曜？释衔不如雨。

这一天荀彧喝得微醉，这是他从新婚那日微醉之后的第二次喝醉，他被送到曹府的客房内，却没有半分睡意。夜色已经深沉，荀彧披着上衣，走出客房，站在院子内，看着天上的繁星。据说每一颗星星，都代表这地上的一个人。地上有一个生命陨落，天上便会有一颗星星坠落。而地上有一个生命降临，天上就会有一颗星辰出现。他已经找不到代表着他的秀娘的星辰，也就找不到哪一颗星辰代表着他自己。

夜色逐渐浓重，庭院一侧似乎传来些声音，荀彧沿着环廊，缓缓走到侧院内。这里他来过，是曹家的祠堂，停留的是曹府百余人的灵位。他站在祠堂之外，看到祠堂敞开的大门内，一个孤独的身影，跪坐在祠堂内。

荀彧缓缓地后退几步，将自己的身影藏在了祠堂外一株老树的阴影之下。他想他的秀娘了，他的秀娘还孤独地停在城外的义庄内，她一个弱女子，那么孤独地停在那里，不知道会不会害怕。

他好久好久没有去看秀娘了。

其实不久，毕竟秀娘离开他的时间也不久。

天终于亮了。一夜的时间，足以将夜间所有孱弱的思绪抚平。当旭日东升之后，所有的过去都成了昨日。

一日一夜的休整，大部分的兵马都得到了恢复，两场大战中被冲击逃亡的兵卒们，也陆续都回到了军营之内。重伤的伤员也开始安排牛车，送往鄄城城内。程昱没能回到东阿，被曹操留在了鄄城内，他的家眷，也被曹操派人接到了鄄城，曹操同时上表，为程昱请封为东平相。

攻打濮阳城的准备，也开始大刀阔斧地准备起来。

攻城战中离不开云梯、巨木、弓箭，士兵们被派出到山林中砍伐巨木，再以牛马拉拽而出，颇为损耗马力。荀彧便使人在凸凹不平的地面上先铺设门板，再在其上铺设数根光滑的圆木，使巨木可被拖曳在圆木上滚动前行。果然牛马都轻松不少。

又建造巢车数辆，攻城木幔数十台，横跨壕沟护城河的壕桥，也准备了若干。其中必不可少的弓箭，更是不计其数。所有的士卒都被安排起来，整个鄄城、东阿和范县的工匠们也全都集中在一起。

这边曹操大军轰轰烈烈地准备攻城，那边吕布带兵回到濮阳，只觉得两次得胜曹军，却没有抓到曹操本人，甚是郁闷。吕布其人骁勇善战，善于带兵，几乎不曾有过败绩。竟然在与曹军两次交战中，虽然打败对手，自己也损失惨重，是他平生罕有。

还没有回到濮阳，半路陈宫也率领兵马回撤，两军会合，陈宫当即就进言道："曹贼兵败回撤，一天一夜征战，士卒疲惫不良于行，将军可在夜间偷袭，冲击曹操军营。"

吕布生性多疑，摇头拒绝道："曹贼半夜偷袭于我，自身必然也会防备偷袭，说不得正布置下陷阱，引我深入。"

陈宫再劝道："即便曹军有所准备，然而兵疲力竭，我军只有一战，虽也有疲惫，却强于曹军。机不可失啊。"

第十八章

曹家军兵临城下　吕温侯被困濮阳

对于陈宫的劝谏，吕布并没有采纳，直接带领大军返回濮阳城内，关闭城门，驻守在内。只吩咐多准备巨石滚木，应对即将到来的攻城之战。

几日之后的一个清晨，濮阳城外忽然传来了震耳欲聋的擂鼓声，吕布披挂整齐站在城墙之上，就见城下远处密密麻麻的曹军，步兵在前，骑兵在后，如潮水一般滚滚而来。密密麻麻的步兵方块阵中心，一辆巢车正徐徐升起来，巢车之上一人身着儒袍，头绑襆巾，面容甚是陌生，不由问陈宫道："那是何人？"

陈宫往巢车上看去，正与巢车上荀彧对视，二人都是学士出身，本应该惺惺相惜，却只在一面之缘后，就反目成仇，此刻陈宫心里百感交集，只说道："那人乃颍川荀家神君之孙荀彧荀文若。"

吕布讶然道："就是那有王佐之才的小神君？"

当日何颙对荀彧的赞誉，早就随着士族子弟传播出去，吕布虽然未曾与荀彧谋面，却也听说过荀彧大名。一时只对曹操嫉妒万分。想荀彧既然有王佐之才，辅佐曹操，那岂不是说曹操有帝王之相？可洛阳内明明还有个少年天子在，汉家的江山难道会易位不成？忽然想到之前被自己斩杀的董卓，也是有了不臣之心，这天下大乱，那少年天子能否保得住他的王位，却不好说了。心下这么想着，只对曹操恨之入骨，恨不得立刻就杀灭了曹操，得了荀彧，辅佐左右。

荀彧站在巢车之上，那巢车高高升起，很快就高出对方城墙，只往城墙内看去，就见宽厚城墙城楼上站着三个人。正中间一人身长七尺开外，面似傅粉，斜眉入鬓，俊目皂白分明，一身银白色铠甲，端得是宽背细腰，手持方天画戟，正是吕布。左边张邈宽眉立目，右边陈宫身着儒袍，正对吕布说着什么。再看城墙内军士，整齐划一，旌旗飘飘，不觉暗暗点头。

那吕布虽然为人不仁不忠，反复无常，但是在带兵打仗上颇有章法，只是可惜，吕布所带的兵士，骑兵甚多，善平原攻势，这守城，于吕布而言却是弱项。却见对面城楼上张邈忽然弯弓搭箭，箭矢正对着巢车上的荀彧。荀彧并不惊慌，只看着张邈。这般距离，就算张邈有典韦之力，也难以将箭矢射到巢车之上。却又见到吕布抬手，按下张邈，看着自己，对张邈说了句什么。

荀彧稍微一想，就明白吕布的意思，他微微一笑，吕布那等三姓家奴，竟然妄图得到自己的效忠，他真是太将他自己高看了。

"攻城！"荀彧话音刚落，身边小兵双手就挥动战旗，下方战鼓猛然擂起，咚咚的鼓声中，最前方的兵卒们举着盾牌，推着壕桥，叫喊着冲到了护城河旁。十数辆壕桥搭在护城河上，城墙之上忽然箭如雨下，无数箭矢飞向壕桥前后的士兵，更有火箭狠狠地扎在木制的壕桥上。

那壕桥全是原木所制，在壕桥的四周顶端有的蒙上兽皮，有的钉上了木板，正对着城门的那座巨大的壕桥上却是全无遮拦，就如一座桥梁铺在护城河上。桥上，十几个士卒正在盾牌的掩护下，全身铠甲护身，推着一辆巨大的撞车。

箭雨纷飞，全对着城楼下的撞车，那推着撞车的兵卒们只挡住了头脸，呐喊着将撞车推过护城河。一队队士兵跟着冲上去，他们高举着盾牌顶在头顶，护卫着推着撞车的士兵们。擂鼓咚咚，仿佛敲在了所有人的心上，城墙上兵卒们不住地往下射箭，曹军这边的弓箭，也一排排飞上城墙。

"冲啊——"这一声喊几乎盖住了鼓声，撞车的车轮快速地滚动着，撞车之上巨大原木包裹着铁皮的尖头，狠狠地撞击在城门上！"咚！"城门震动，其内侧落下的锁石也跟着狠狠地颤动了下。

"放落石！"吕布厉声叫道。

大块的石块被搬到了马面台上，忽然一声响箭冲来，一个士兵应声倒下，大石刹那不稳，就要往城墙内侧落下。吕布剑眉一挑，方天画戟猛然挑起巨石，往前一拨，那本三人合力推起来的巨石，在这一挑之力中轰然向下落去。

"轰！"大石落在了撞车前，挡住撞车的去路，跟着无数的大石纷纷从城墙上落下，撞车四周的兵士们叫喊着四下逃命。却也有不怕死的兵卒冒着被大石砸中的危险，继续推着撞车向前。

其他的壕桥上，一排排的兵卒举着云梯冲了过去，护城河之外，盾牌之后，三排弓箭手不断地向城墙上射击。战鼓声声，犹如巨雷在士兵头顶滚动，士卒喊杀阵阵，空气中忽然升起血腥的味道。

"将军，箭矢无眼，且先躲避。"陈宫向吕布说道。吕布抬头，深深看一眼巢车上的荀彧，向后退入到城楼内。

一排粗壮的长矛被床弩强劲的冲势射上了城墙，带翻了躲闪不及的士兵，一批云梯飞快地架上了墙头，士兵们悍不畏死地爬上云梯。城墙上早已经埋伏着更多的士兵，手持砍刀，等待着收割最先上来的敌人。

"唰——"一批弓箭齐射到城墙上之后，忽然，十几架云梯上跳进来十几个士兵，埋伏在城墙内的士兵们忽然蜂拥而上，数十把大刀砍向跳上城楼的敌人。躲在箭垛内的弓箭手们此刻也万箭齐发，对准在云梯上腾不出手反击的敌人。

攻城战，损失惨重的往往就是攻城的一方，只片刻时间，城墙上就血肉横飞，最先上来的十几个士兵身首分家，被斩落在城墙上。又一批士兵跳上城墙，城墙上出现了短暂的肉搏，接着这些登上城墙的士兵再次被推出了城墙之外。

越来越多的士兵从云梯爬上城墙，越来越多的守护城墙的士兵也冲上去厮杀。热油和滚水也被运了上来，从箭垛内倒下去，愤怒的喊杀声、痛苦的号叫声和战鼓声交织在一起，浓重的血气弥漫整个城墙上方。

防守是不惜代价的，在留下一批尸体之后，第一轮的攻击停止。大军缓缓后撤，在距离濮阳城三里所在，就地休息。

临时搭起来的军帐内，早就准备好了热水和午食，荀彧和曹操净手之后，坐在案几旁。

曹操笑着对荀彧道："先生这是第一次见到攻城吧？"

确切地说，这是荀彧第一次真正参与到战斗中，真正见到血肉横飞就在眼前。和前几天的救援不同，那时候他远远地站在山坡上，在夜色里指挥战斗，虽然战场残酷，却算不上亲临。而这一次，他站在巢车上，亲眼见到攻入城墙上的士卒被利刃砍在身上，亲眼见到血溅三尺、血肉横飞。

曹操接着说道："攻城就是如此，就是用士兵的血肉去搏杀，用士兵的生命去填，看谁舍得起士兵，谁就能取胜。"

荀彧叹息道："我守郡城的时候，生怕城墙不够高，不够厚，城门不够牢固。攻濮阳时，又恨不得城墙低些，薄些，城门也脆弱一些。站在不同的角度，所盼的也都不同。"

曹操不以为意道："濮阳城墙再高再厚重，我的士兵也能攀上去，城门再牢固，我的撞车也能撞翻。今天的攻击只是牛刀小试，等我大军吃饱喝足，我就让吕布那小儿看看我们的厉害。"

荀彧劝说道："攻城之战，还要攻心为上，如今我大军围住濮阳，城内纵然有兵力、军备、粮草，兵士民众也会恐慌。我们大可以围而不攻，每日里只派军士佯攻，消耗城内军备，等到城内箭矢供应不足，粮草消耗过多之时，自然不战而败。"

曹操对荀彧几乎是言听计从，闻言立刻点头答应。二人匆匆吃过午食，就在军帐内商议，不多时传令下去，召集将领，听荀彧细细讲述。

午食过后，曹军内军士变动，不多时出现了一个方阵。那方阵是由十数辆辒辌车组成。这辒辌车为四轮无底木车，其上蒙有牛皮，可以抵御城上的箭矢，中间是空的，士卒们藏于牛皮下推车前进，可以抵近城墙。这些士卒却是得到了吩咐，只做佯攻，目的就是消耗对方的箭矢，掩护撞车。

推着撞车的士兵们也是全副武装，每人身边都另有一士卒提着盾牌护卫，另有弓箭手分作三排，弩车一趟在其后，这才缓慢向城门再次压近。不多时距离城门只有一里开外，鼓声再起，十数辆辒辌车组成的方阵接近护城河，立刻城墙上方箭如雨下，纷纷落在辒辌车的牛皮上。辒辌车缓缓通过了护城河，跟着就是撞车。

弓箭手此刻才开始向城头上射击，一排排弩箭也飞上城头，曹军们大喝着助威着，粗重的原木包裹着铁皮，一下下撞击着厚重的城门。撞击城门的士兵有中箭倒下的，立刻就被拖进辒辌车内，辒辌车内就会也跑出来一个人，继续推着沉重的原木撞击城门。

忽然有人发声喊，推着原木的士兵们立刻就向身后的辒辌车跑过去，同时一排排箭矢也急速飞向城头，城头大石忽然滚落，随着还有几个中箭的士兵从城墙上摔落下来。箭矢压住了城头上的反攻，一大群士兵忽然从辒辌车内跑出来，他们抱着一堆柴火堆积在城门下，点燃了柴火。

火光冲天，忽然身后又有士兵大喊着，扛着云梯潮水般涌过来，城墙上方再一次箭如雨下。远远地冲在前边的士兵们忽然向后逃去，城门忽然燃烧起来。沙土一袋袋运上城墙，又一袋袋地被丢下去，不断有士兵中箭被抬下去，就有新的士兵冲上来。

这又一次的攻击，还是以曹军后撤停下来，这一次曹军的伤亡几乎可以忽略不计，护城河内外大片大片的箭矢被辒辌车的士兵们捡拾走，远处的士兵们欢呼叫好。

吕布铁青着脸站在城楼上，看着曹操的大军在城外五里处安营扎寨，埋锅造饭，做出围城的打算。心下盘算着，要不要趁着夜色，出城偷袭。

他这边才有这个想法，却在夜色刚刚来到的时候发现，曹军竟然再派出人来攻城。吕布还没有休息，就披挂上阵，站在城头，夜色里看不分明，只见到城外黑影绰绰，战鼓声声，喊杀震天，分不清到底有多少人在攻城，是真的攻城还是佯攻。

这攻城也是虚虚实实，实实虚虚，箭雨落下，喊杀声就减弱，一旦箭雨停止，喊杀声就震天，其中不时还有撞车撞击城门的声音。城墙上火把雪亮，一有人影出现，就会迎来箭矢的攻击。这更让守城的士兵们看不分明了。

不多久攻城的士兵忽然退去，吕布一阵心烦，走下城楼，可才回到府衙内还没有解开盔甲，就听到城外再次传来战鼓声音，新一轮的夜袭又已经开始。这分明就是不给守城的士兵休息的时间。

这一夜的攻击都是虚张声势，直到接近天明，才安静下来。可安静不过一个时辰，只给了城里士兵一点喘息的时间，曹操的大军就再次压上来。

吕布、张邈和陈宫这一夜都几乎没有休息上，就又都披挂上了城头，就看到曹军内巢车再一次升起，荀彧悠然地站在巢车上，向城内看去。

城墙外，数不清的兵士扛着云梯，推着辎辒车、撞车冲过来，城墙上三人看着巢车内的荀彧，都恨得直咬牙。

曹操三十万大军前几日损失了数万，还有二十多万大军压在城外。城墙上的吕布三人看得分明，前方参与攻城的只有不足五万大军，后方的军队正在原地休息。他们分明打的就是车轮战。

荀彧打算的不仅是车轮战，还是虚实战。只要对方的防守稍有松懈，只要城门有占领的可能，后方的大军随时可以冲上来，冲进濮阳城内。

随后几天，荀彧这方占尽了上风。他们将吕布和张邈的大军围困在濮阳城内，不分昼夜地进攻，逐步消耗着他们的军备、粮草，也让守城的兵士们疲惫不堪。而曹操的近三十万大军背靠鄄城，粮草充足，士气高涨。

第十九章

濮阳城诱敌设计　断退路火烧东城

曹军摆明了围城的架势，白天派出大军分批次地攻城，夜里也断不了骚扰，偏偏哪一次攻城吕布都不敢轻视，生怕曹军以虚做实。就算吕布体恤士兵，让兵卒轮班歇息，做好持久战的准备，也将城里的丁壮们都征集了，为军队输送巨石滚木，运送物资，但是守城的士兵也不断出现伤亡，逐渐呈现疲态。

吕布一开始遇到曹军围城，一直忙着守城，已经有焦头烂额之状，这一天晚饭的时候，面对着一桌的佳肴，只觉得没有半分胃口。偏偏正在饭碗端上的时候，城墙之外又传来咚咚的鼓声，曹军又趁着晚饭的时间前来攻城。也不知道这一次是虚还是实，偏偏不管虚实，吕布都不敢掉以轻心。他将碗筷一推，穿上战袍，再次登上城楼，就见到陈宫已经在城楼上，正往远处眺望。城外曹军密密麻麻，还是足有数万，在战鼓声中不疾不徐地压上来，在五百米开外摆下了阵仗。

这些天都是完全一样的阵仗，巢车瞭望指挥，辒辒车掩护兵卒，撞车撞击城门，架上云梯。那云梯烧毁了一架又一架，曹军内部似乎还有源源不断的云梯，眼瞧着就有几十架被扛着冲锋过来，吕布剑眉紧锁，抓着方天画戟，就想要冲出城门，与曹操大军决一死战。

陈宫握住吕布的胳膊道："将军不可。那曹操军队足有近三十万人马，这些时日每日派出五万兵卒，轮番攻击，大部分兵卒趁机休养生息。我军守城，虽然也是轮换，但多有疲惫，贸然出击，就中了曹操的计了。"

吕布何尝不知，然而日日被这般围着打着，还是他从来没有过的事情。他怒道："就任凭曹贼这般戏弄我？"

这么说着，城外的士兵们已经扛着云梯跑到了城墙下，城门也被咚咚地撞击着。明明知道这有可能又是一次佯攻，守城的士兵们却都不敢懈怠，大声呐喊着，箭如雨下。

待这攻势稍稍停了下，陈宫方道："将军此刻与曹贼正面交锋，便是杀灭了曹贼的兵马，那曹贼还可以在兖州大肆招兵买马。曹家家财万贯，都在曹操手中，荀家为颍川世家，我听闻荀彧已经成为荀氏族长，可以调配荀家所有钱财。曹操财力已足，损失些兵卒并不会在意，所以这些时日来才日夜不停派兵骚扰。"

吕布恨恨地哼了声。他带兵前来，是因为张邈的盛情邀请，是奔着兖州牧来的，来的时候已经说好，是兖州供养他的兵马，如今张邈、陈宫并没有食言，但二者的财力确实是无法与曹操相比。

陈宫又道："曹操此举，是为消耗我们的耐心和军备人马，我们切不可遂了他的意，我这几日倒是有了些浅见……"说着凑到吕布耳边，低声道来。

濮阳城内有几个大户，田氏为其中大姓。吕布刚刚占领濮阳的时候，就与田氏的族长田煜见过面，那田煜为张邈旧识，自然就顺势投靠了吕布。他以为吕布定然是能占了兖州，将曹操赶出去。吕布以濮阳为根据驻扎下来，他还心中窃喜，以为有了依仗根基，哪里想到战火竟然烧到了濮阳城，现在竟然还让曹操大军兵临城下。

这几天田煜的右眼不住地跳着，让他一天天的心神不安，总觉得有什么事情要找上来。从濮阳被围困之后，他就派了人出去每天打探战事，天天都是攻城、死伤，城里的丁壮被征召。虽然还没有征召到田家这样的大户人家来，但是战线如果拖长，也是早晚的事情。到时候不单单是丁壮，怕是粮草也要从他们这些大户人家征集。

这些猜测并非都是胡思乱想。天下大乱之时，他们这些大户士族也会受到冲击。曹操当日进驻兖州的时候，也曾杀了边让和几个士族大户，在徐州更是杀戮甚重，据说鸡犬不留。如果濮阳城破，他们这些曾经支持过吕布的士族，怕是也难逃毒手。这里虽然是内城安全所在，听不到外城的咚咚鼓声，可他仍然觉得自己的心跳如鼓。

正坐立不安时，下人来报，说吕将军前来拜访，那跳了好几天的右眼忽然间就不跳了，只是心口重新又擂鼓般地剧烈跳动了几下。他急忙定定神，一边吩咐着快请，一边整理了下衣着，迎了出去。

田煜只在迎接吕布大军的时候远远地见过吕布一面，此时见吕布虽然满面寒霜，却是一表人才，见到他时竟然露出和煦的笑容，急忙躬身施礼："老身见过吕将军。"

吕布笑容满面，伸手扶起田煜，温声说道："无须多礼。"

旁边有人忙着介绍陈宫，田煜又再拜了下去。自然也是被陈宫扶起。

客气了一番这才入内，坐下上茶之后，下人们躬身退下，房间里只有吕布、陈宫、田煜三人。田煜心里七上八下，看看吕布，又看看陈宫。

陈宫先开口道："这些时日曹贼军队围攻濮阳，让濮阳城的百姓跟着不安了。"

田煜跪坐着欠欠身道："我等百姓得吕将军庇护，心中甚为感激。"

吕布微微一笑道："曹军兵临城下，然濮阳城坚实稳固，易守难攻，只要城中粮草充足，濮阳城自然是守得住的。"

听到粮草充沛几个字，田煜的眼皮又跳了跳。濮阳大户人家都备有存粮，田家自然也不例外，难道这是前来征粮了？多年族长下来，田煜很是沉得住气，面上丝毫不露，坦然地看着吕布道："城中家家户户多少都储备有存粮，若是将军粮草短缺，我愿意召集城中富裕人家，为大军征集粮草。"

该来的总是会来的，濮阳城内的粮食其实也不能算作充足，但濮阳毕竟是大城，城中人口众多，百姓富足，田煜所说的家家户户都有储备存粮并非假话。更何况这存粮他们就算不上缴，当军粮，军队难道不会强行征用吗？战时都要以军粮为先的，有粮草，城池才能守得更长久些。否则一旦城破，徐州境内发生的惨状，虽然不会重现在濮阳城内，但是他们这些拥立吕布、张邈的大户人家的前景，就不堪设想了。

田煜的坦诚，让吕布很是高兴，他看了陈宫一眼，陈宫笑着道："将军很是感激城中百姓的拥护，愿意与濮阳共存亡。眼下军中粮草供应还算充足，不必向百姓人家征集。"

田煜听闻此言，心却没有放下。不是粮草，那所为何事？

陈宫继续道："将军怜悯百姓在城中受苦，想要尽早结束战争，还濮阳城百姓安宁，因此定下一计，还望先生能协助。"

田煜的心终于怦怦地跳动起来，他面色终于再无法保持沉静，迟疑着道："老身只是一介白丁，不懂得军务，如何协助将军？"

陈宫道："烦请先生修书一封与那城外曹军，只说城内大肆征集壮丁，从百姓手里征集粮草，百姓苦不堪言，你等大户人家暗中联合，已经选派出死士，只等与曹操大军里应外合……"

田煜听着，忍不住汗从额头上渗了出来。

当夜，从东城门转角处，一个箩筐被从城上放下，一个穿着黑色夜行衣的男子惊慌地跑离了城墙，没入到黑暗中。很快，曹操的斥候抓住了这个从濮阳城内跑出来的男子，搜到书信一封，即刻，这封书信连同男子被送进了大营。

荀彧修长的手指点着书信道："田氏乃濮阳大户，张邈反叛之时，曾经作为内应，若不是当日夏侯将军当机立断，连夜带兵离开，极有可能被困于城中。我听闻吕布进驻濮阳城内之后，与城内士族大户走得很是近便，那陈宫也一向与士族交好，且我军围困濮阳不过数日，濮阳城内粮草还充足，断不能现在就征集民间粮食。这封信此时派人送来，一定有诈。"

程昱此时跟在军中，看了这书信后道："吕布治军严密，我军又不分昼夜地攻城，城墙上守备森严，怎么能容得外人混入军中，还能从城墙上坠绳而下？那男子既然能为田氏送信，当为田氏心腹，可问到田氏如何联系城中大户，如何召集死士的时候，只一味推诿全然不知。分明是吕布、陈宫设下的陷阱，想要引我军入城围困。"

曹操冷笑道："我正愁破不开濮阳城门，吕布那小儿就给了我这么一个机会，我若是不利用，岂不是对不起这天赐良机？"

程昱急道："若是有诈呢？"

曹操伸手捋着长髯，细长眼眸眯起："只要赚开城门，我大军便一举入内，他吕布再有什么诈，两军交战，也使不出来了。我们将计就计，我要亲自带领大军进入濮阳，将吕布那小儿赶出兖州。"

曹操当即修书一封，再给那人带上，却又是趁着夜色，翻过护城河，城墙一角果然有箩筐坠下，将那人拉了上去。

彼时，陈宫也知道曹操定然能判断出这是假意投诚，然而以曹操为人，明知道这是陷阱，也会跳进来。果然之后几天夜间的攻势虽然不断，却全是骚扰，双方都在暗自布兵，等待着约定日子的到来。

这一日月黑风高，半夜子时刚过，正是人困马乏的时候，曹操亲自率领着五万人马，趁着夜色摸到濮阳东城门外。夜色中只见到城墙上灯火通明，映照出守卫的士兵年轻的面容。不时有巡逻的士兵扛着长矛大刀经过，与哨兵之间的对话都清晰可闻。五万兵马藏于夜色中，侧耳倾听着发生在南门的攻城战事，静静地等待着。

忽然，一道响箭腾空而起，南门城破了！曹操手一挥，数十架壕桥同时搭在了护城河上，无数的士兵仿佛神兵天降般突然出现，扛着数十架云梯向城墙冲了过去，也同时开始了攻城。

东城门处，一队黑衣人紧张地埋伏在这里，他们是前来接应曹军的"内应"，只等着攻城到了关键的时刻，才会打开城门，引曹军入内。这一队黑衣人根本就不是田氏家族的死士，全是吕布军中的好手，而更多的兵马就埋伏在内城内，同样等待着。

濮阳城内，田煜一个人在偌大的厅堂内，忐忑不安，坐卧不宁。今天是他与曹操约定作为内应破门的一天，他不住地在心里祈祷着，祈祷着吕布埋伏下的军队，会将曹操一举抓获。不然……他将不敢想象，一旦吕布兵败，田氏一族怎么承受曹操的怒火。

远处似乎传来了喊杀声和鼓声，侧耳细听，却又只有夜风吹来的声音。树影在窗前晃动，他终于在屋子里坐不下去了，站起来走到了房门前。濮阳城东方，依稀出现火光，城门这个时候该打开了。

东城门确实已经打开了，曹操的大军从城门口蜂拥而至，城墙上也爬上了曹操的大军，喊杀阵阵，东城门陷入肉搏战之中。曹军不断涌进城门，将城门口的守卫们砍翻，控制住东城门。大军长驱直入，立刻和内城的军士战在了一起。

曹操亲自率领士卒冲进城内，待控制住东城城门之后，立刻下令放火焚烧东城门，熊熊火焰燃烧，吞噬了厚重的城门，燃烧的火焰冲天而起，断绝了曹军的退路。曹军只能勇往直前，破釜沉舟，背水一战。城门燃烧，曹操自断后路，正遂了吕布之意，大军就埋伏在内城内，就等着将曹操军队引入内城，合而围之。

城门的大火，就是信号，就在曹操的兵马尽数进了内城之后，忽然喊杀声冲天，各个街道的房屋顶上冒出来成百上千的弓箭手，刹那间，箭如雨下。无数曹军士卒中箭，惨叫连天。箭雨才住，房屋顶上的弓箭手忽然消失，接着大片的液体忽然从空中喷向曹操军队，空气中立刻就传来刺鼻的味道。接着一支支火箭被从远处射来，那液体沾染上火光，立刻燃烧起来，几乎是片刻，民宅与街道就全都在熊熊烈焰之中。

这一大片的街道不知道堵塞着多少曹军的兵卒，全都陷于火海之中。火光之中忽然传来爆炸的声音，残肢断臂随着浓烟一起飞向了天空。

第二十章

曹孟德败走城东　程县令为女求媒

曹操知道田氏的内应八成是个陷阱，知道城内会有伏兵，所以今日南门的攻势也是猛烈的，将吕布的军队分走足足大半，且他在士兵尽皆进入东门之后，烧毁东城门，破釜沉舟，背水一战。但没有想到的是，吕布还是在东门布下了大量的伏兵，虽然南门都已经破守了，也没有回军。

眼看着前头的军队冲入了街道，最密集的军队挤压在街道内的时候，突然开始了火攻，刹那间就将曹操的军队斩断为两截，中间的军士们死伤大半，哭号声惨叫声不绝于耳，惨不忍睹。曹操怒目圆睁，火光冲天中拍马就冲上去，身先士卒，奋力击杀。

忽然一支骑兵从夜色中出现，旋风一般冲向了混战中的人群，那领头的银甲小将正是吕布，他手中方天画戟上下翻飞，不断收割着曹军士卒的性命。身后的骑兵们个个手持长刀，每一刀落下，就是血溅三尺！

见到吕布亲自前来东门，曹操心底咯噔一声。他前几日和吕布有过交手，和典韦合力，在吕布手下都呈败相，此刻哪里能让吕布看到他的身影，掩面便走。不防所有街道的尽头，全都涌入吕布的军队，这些士卒尽皆骑马，手里全是闪亮的长刀，高声叫着"活捉曹操"，便冲了上来。

曹操的兵卒们虽然勇猛，可也被骑兵冲撞着立刻转身就逃，刹那间曹操左右就被冲散。曹操的马匹受惊，将他从马背上掀了下来，他大惊之下一个翻身刚要站立起来，但此时，两把雪亮的长刀已经同时架在他的头顶，就要劈过来。

曹操惊惧之下不由大喊一声："你们要抓的曹操就在那边！"

两把长刀顿时停下，有人大喝道："哪边？谁是曹操？"

"那边！"曹操随手一指，就见到远处一匹战马的影子一闪，立刻叫道，"那匹黄马！骑黄马的就是曹操！"

那两人来不及将刀落下，拍马就追过去，曹操一骨碌爬起来，将自己隐没在街道房屋的阴影下，只觉得心跳如鼓。他从来没有如此接近死亡，死亡从来没有距离他这么近！眼看着到处都是吕布的兵卒，入目竟然找不到自己的兵马。曹操心中升起悔意，转身就向刚刚进来的东城门跑去。

"抓住曹操啦！"

"活捉曹操啦！"

身后忽然传来兴奋的呐喊声，曹操手里的长剑差一点落下。回头看去，才发现呐喊是从远处传来，心下才一松。

"活捉曹操""抓住曹操"的呐喊声刹那就传开，只要听到的人无不高声呐喊起来，很快就由东门传到了南门口。南门正在城门厮杀的曹操兵卒们闻言全都心下大骇。随着吕布士兵们兴奋的大喊声，不知道谁发了一声喊，当先向后逃去，随即，大片的士兵也争先恐后地往城外逃去。

曹操被活捉的消息，很快就从溃退的士兵口中传到了督战的荀彧耳里，荀彧身子一晃，几乎要晕倒，眼看军士由胜转为败相，他心中也再无战意，只命令鸣金收兵，收拢残队，减少损失。

喊声很快就从城门传到了城内，内城里有人兴奋地跟着大喊起来。

城内田氏大宅内，管家急忙忙一路小跑地跑到内院，正看到田煜站在门前，立刻上前顾不得喘息叫道："老爷，曹操被活捉了！"田煜悬着的心，倏地落下。

此时，东城门的大火还在熊熊燃烧着，厚重的城门连同城楼燃烧成一片火海，火海映照着城门下力战而亡的士兵的尸首，身后的喊杀声越来越近，曹操咬着牙，向火光处奔去，忽然身后传来马蹄声，一个熟悉的声音高叫道："主公，主公在这里！"

曹操差一点魂飞魄散，回头就见到夏侯惇带领着十几个人冲上前来，当先夏侯惇一个翻滚跳下战马，将缰绳往曹操手里一甩："主公快走！"

旁边又跳下来一个亲兵，将自己的马让给夏侯惇，夏侯惇和曹操同时翻身上马，带领着这一小队人马向燃烧的城门冲过去。火焰炙热，刹那间就蔓延过来，马匹惊叫着，被驱使着从烈焰中穿过去。身后一支支利箭带着响声飞过来，曹操只将身体放低伏在马背上，看着眼前的火光越来越近。

"轰！"城门在烈焰中摇摇欲坠，就在曹操的战马堪堪冲出去的刹那，倾倒下来。夏侯惇手里的长矛奋力一挑，胯下的战马差点吃不住力量，人立起来。城门的一大块燃烧的门楣被挑翻的刹那，士兵们冲了出去。最后一人忽然冲上来，双手拦住正在往下掉落的燃烧的木头，大喊一声："将军快走！"夏侯惇深深地看了一眼那个士兵，纵马过去。

"轰隆！"一大块厚重的木料砸了下来，将那最后的士兵和身后的追兵拦截在城门之内。

这一小队人马在曹操和夏侯惇的带领下慌不择路，冲向了黑暗。

城南，荀彧已经收拢大军，全军在沮丧压抑下急速后撤着。所幸是在夜间，濮阳城内吕布的士兵并没有乘胜追击，只是从城门开始封锁，将被围困在城内的曹军，彻底绞杀。

兵营内，所有的将领全都在荀彧的大帐之内，脸色阴沉，沉默无声。荀彧无言地坐在中间，心中全是懊悔。

他们明明看穿了这是田氏的诈降，明明知道吕布会设下伏兵，还是轻敌自投了罗网，连曹操这个主帅都被吕布抓获。

"先生，"程昱看着荀彧道，"如今军中没有主帅，我们接下来……"

"我们……"荀彧话音还没有落下，就听到外边远处传来喧哗的声音，接着有人高声叫道："主公回来了！"

所有人一下子都站起来冲出了大帐，就见到十几步开外两匹骏马正飞奔过来，马背上正是曹操和夏侯惇。二人身上的铠甲满是鲜血，发须皆是被灼烧的痕迹。荀彧抢步上前，声音颤抖着叫道："主公！"

曹操利落地跳下战马，看着眼前震惊地望着自己的众位将军，哈哈大笑道："我曹操回来了！"

这一仗简直比之前所有的战斗都要凶险，比前一次与典韦合战吕布还要危险万分。如果不是曹操当机立断地大喊，头顶的大刀就要直接落下，他将要身首异处。

曹操大步走进大帐，将头顶上的头盔摘下来狠狠地摔在了地上，转身对着他所有的手下，狠狠地道："抚慰三军，再做攻城器械，我曹操要将这濮阳城围个水泄不通，我就不信，我曹操还能在吕布这小儿的手下，一败再败！"

曹操还在，主帅仍在的消息安定了军心，曹操大军短暂地休整之后，全线压上来，将濮阳城四个城门死死地围困住。同时曹操开始对两次战斗中冲锋陷阵的士兵论功行赏，提拔典韦为都尉，带领亲兵数百人，负责近身守护，封夏侯惇为济阴太守。

夏侯惇、夏侯渊、越紧、曹仁等人继续带兵围困濮阳，曹操和荀彧、程昱等人暂时返回鄄城。

曹操、程昱家眷都在城内，唯独荀彧形影孤单只有一人，回到空落落的庭院之内，看着盛夏时节的假山绿水，满园芬芳，却倍感孤寂。这些时日的战斗，让他暂时忘记了秀娘，但是回到家宅中，看着冷清的内院，孤灯一盏，忍不住伤在心上。

他在庭院内站了一会儿，就转过身，只带着一个亲随，慢悠悠地离开了宅院，走向城外的义庄。才离开不久，程昱登门，听闻荀彧只身离开去往外城，立刻就明白了，沉默了片刻，心中慢慢浮现出一个念头，他转身慢慢地往回走去。

荀彧时年三十有二，正是青年有为的大好年华，年轻丧妻，家中没有个女主人，倍感凄冷。程昱感念荀彧的举荐，有心将自己的女儿许配给荀彧。只是男婚女嫁，需要媒妁之言，自来都是男方登门求娶的，没有女方上门说媒的。

程昱的女儿程氏一十有八，在未婚的女孩子中年龄已经偏大，前几年曾经说了一门亲事，只是亲事还没有定下来就逢战乱，男方家庭举家迁移，这亲事也就放下来，程氏的亲事也因此耽搁下来。程昱回家与夫人商量一番，虽说是给荀彧做续弦，但是娶妻娶贤，嫁人嫁才，荀彧从人品到地位上，都是程氏高攀。只略略一说，程夫人就同意了，自去内院说给女儿程氏，那边，程昱亲自登门，请曹操说媒。

按说这婚事，通常都是内宅夫人们的事情。只是程昱家眷刚刚来到鄄城，与鄄城人家都不熟悉，且荀彧独身在这边，内宅空空，并无主事之人，便是程昱的夫人求到曹操的夫人处，也没有卞夫人亲自给荀彧说媒的道理，少不得程昱亲自与曹操来说。

曹操才回到家中，来不及与卞夫人亲热，就听到程昱求见，以为有大事发生，匆匆迎接程昱进来，就见到程昱似乎满腹心事，先开口道："先生何事这般为难？"

程昱叹口气道："刚刚我到司马门前，得知司马一人前往城外祭奠亡妻。"

提到荀彧故去的夫人，曹操的神色也沉下来。兖州叛乱，曹操自觉无愧天下人，可愧对为他保留住鄄城、范县、东阿的荀彧。若是没有荀彧殚精竭虑，考虑周全，他曹操从徐州退兵之后，将失去兖州所有，连个安身所在都没有。但荀彧的夫人却因此被张邈半路劫持，自尽身亡，以致荀彧形影孤单，孑然一身。

"我愧对司马啊！"曹操叹道。

程昱也叹息一声："主公为父报仇，所做虽然有过，有情可原。司马曾与我们谈起主公徐州之行，只有为主公声望担心，从没有埋怨之意。都是那张邈、陈宫二人，枉费主公对他们的信任，竟然趁机迎接吕布小儿，反叛主公，罪该万死。"

曹操抚案道："早晚有一日，我要取了张邈的人头，为荀彧祭奠他的夫人。"

程昱道："正是，不过我今日前来，还有一事，想要相求主公。我有一女，年方一十有八，未有婚配，待字闺中，我有心将女儿许配给荀司马为妻，只是恐怕司马夫人新丧，我这边就前来提亲，对司马大人不敬。"

古来丧妻之后遵从礼法，至少都要服丧一年之后方可以再娶妻室。然荀彧妻子去世才不过两月，此时就提亲，未免不敬，程昱也是守礼之人，说着这话时，脸上已有赧色。

曹操闻言，就知道程昱心意，他站起身来，对程昱深施一礼道："先生为司马着想，就是为我着想，请先生受我一拜。"

程昱慌忙站起来回礼道："主公不要嫌弃我唐突就好。"

二人施礼过后坐下，程昱也就直言道："小女为人谦恭有礼，自小受我夫人教导，略通文字，熟读《女训》，懂得三从四德，我也是看中了司马的人品，只是不知道司马意下，且我这边毕竟为女方。"

曹操听到这里，已明白程昱意思，笑道："先生放心，这媒人，就让我来做了。"

当下程昱拜谢离开，曹操回到内宅，将这事情与卞夫人细细说起。当日程昱接家眷到鄄城，卞夫人曾经设宴招待，席间见过程氏，还有印象，点头道："那女孩子妾身见过，端庄大方，温婉恭顺，是个好女孩。"

曹操大喜，恨不得立刻就做得了这桩媒。卞夫人笑着劝说道："将军不可这般着急。虽说荀司马如今是单身，程家女孩也是云英未嫁，但毕竟荀夫人过世还没有百日，怎么也得等到小孝除了，才可以上门提亲。妾身以为，这一段时日，可以请荀司马与程先生一家来府里做客，也让他们双方彼此见个面。虽说是父母之命媒妁之言，但总是要双方都认可的，才是美满姻缘。"

曹操点头道夫人辛苦，卞夫人谦逊不受，只道将军才是辛苦，又亲自洗手做羹汤，为曹操准备了晚餐。之后写了请帖，只说是家宴，遣人分别送到了荀彧和程昱的手中。

第二十一章

花园内荀彧思妻　家宴上程氏生情

濮阳城战败，荀彧很受刺激。回到鄄城，形单影只，又想到了秀娘。与秀娘成亲以来，也曾分别数次，然而这一次分别即为永别，想起秀娘的音容笑貌，荀彧的心再一次酸楚起来。他在城外的义庄直到天色泛黑，才返回城内住宅，却再独自坐在书房内，等待着沉沉的黑夜到来。

"少爷，夜深了。"管家站在书房外，向内说道。

荀彧岂不知夜已经深了。忙于军务的时候，他还能暂时忘记掉秀娘，忘记心中的伤痛，一旦沉静下来，悲哀就如潮水一般笼罩，让他喘不过气来。

"王伯，你先休息吧。"荀彧站起来，走到书房墙壁上悬挂的舆图前，"我过一会儿就去休息。"

老管家在心里轻微地叹口气，还是说道："少爷，夫人若是还在，见你如此不顾及自己的身体，也会伤心的。"

这话说到了荀彧的痛处，让他本来就受到创伤的心再次鲜血淋漓起来。他缓缓地抬手按住心脏，感受着心脏有力无力的跳动，想起那一年也是在书房内，秀娘夜深时候的每次前来，都会端着一个托盘，上面是她亲手做的小食。那一切都不会再有了。

他转过身，吹灭了书房的灯火，似乎这样，就能让秀娘的魂魄进入这里来。月光透过书房的窗棂照射进来，书房内的一切都蒙上了朦胧的月影，眼前依稀好像有秀娘的身影。他伸出手来，微微颤抖的指尖轻轻触碰着黑暗中的虚无。

他的秀娘没有来见他，连梦里都没有来过。

"王伯，这里，本来是为了秀娘修建起来的。"荀彧走出书房，从黑暗中走到了月光下，"秀娘最喜欢花草了，所以书房外边这里，我也让人种了花。"

"是的。"王伯跟在荀彧身后半步远，"这花是杜鹃，春天开起来的时候红艳艳的一片。夫人说，少爷在书房的时候多，累了，看一眼窗外，看到花开，心情就会好的。"

"王伯，你陪我走走吧。"荀彧说着，向后花园走去。

"是，少爷。"王伯从身后的小厮手里接过灯笼，照在荀彧的脚下。

"我和秀娘成亲时才见到第一面，挑起盖头的时候，我看到秀娘的眼神是炽热的。后来她告诉我，她听说过我，知道我被誉为'小神君'，婚礼时候，又听到了何颙对我的评价，王佐之才。那时候她的心里就有了我，她是想要陪着我一辈子的，一直陪着我的。"

掀起盖头的那一刻，荀彧是惊艳的，在见到那炙热的眼神的时候，他还不知道秀娘已经悄然无息地走进了他的心里。更不知道这么早，他们就会阴阳两隔。

"夫人最是牵挂少爷了。少爷离家之前，夫人还叮嘱我一定要照顾好少爷的饮食，说少爷总是在书房里看书到半夜。少爷很是辛苦。"王伯看着荀彧单薄的背影，心疼地说道。

"我本来以为她是权宦的女儿，会很娇气的，可新婚的第二天，她就亲自下了厨房，之后日日晨昏定省。她总是起得比我早，晚上也陪着我，那时候我从来不知道珍惜，现在想要珍惜，却是阴阳两隔，再也见不到了。"

荀彧站在后花园的水池边上，这里，大片的牡丹还在盛开着。

"我曾经想，秀娘在家要操持一大家的家务，很是辛苦，我也想她，其实我是贪恋秀娘对我的照顾。贪恋每到夜深人静，总还有在等着我的一盏灯，灯下的人。如果不是我……"

荀彧的声音陷入悲伤中。如果不是他贪恋这些，秀娘怎么会离开冀州，千里迢迢，最终却客死他乡，到现在尸骨也无法入土为安。是他没有能预见到可能出现的危险，是他没有派人接了秀娘前来。

"不怪少爷的，夫人的在天之灵若是知道少爷自责，也会难受的。都是那张邈、陈宫的反叛，害了夫人。"王伯的声音也有些哽咽了。他是看着秀娘进门的，看着荀彧与秀娘夫妻恩爱的。再看到荀彧如此伤痛，他也跟着难过起来。

月光倾泻下来，落在荀彧孤单的面容上，他看着满园的景色，看着池水微微荡起的涟漪，缓缓闭了下眼睛。也只有在自己的庭院内，在这样一个夜深人静的夜晚，他才允许自己软弱这么片刻。也因为只有这样的夜晚，他才能借助黑暗，让他的心沉浸在对秀娘的思念中。而天明之后的他，不仅仅是荀彧，还是荀司马，他的心里，不能只装着秀娘，还要装着主公和主公的千军万马，主公的事业。

浮云飘来，遮住了月色，让荀彧将柔软沉在了心底，将对秀娘的思念也一并封在了心底。

曹府家宴的日子就定在了两日之后，这一日午前，荀彧就来到了曹府，和曹操一起才在书房坐下，程昱就携带家眷也来到。

那程昱夫人携带了大女儿程氏，只远远地看了荀彧一眼，就先被下夫人邀请进了内室。卞夫人年轻时风尘出身，现在风韵犹存，且待人接物极有分寸，谈吐得当，很快就赢得了程昱夫人和程氏的好感。

三人在内室坐下，卞夫人只询问程氏日常的喜好，那程氏是个极为爽快的女子，从不因为自己年龄偏大未有婚配而不安，笑着回答说只喜欢庭院内的事务。

程昱夫人笑着说："家里虽然人口不多，也是上有老下有小的，一大摊子的事务。我儿早早就帮我管理家务，如今家里上上下下的内务，大半都是我儿在打理。"

彼时男主外女主内，只要进了大门，内院的一切事务就都是家里女主人打理，听说程氏年纪还小就能管家，卞夫人眼里露出赞赏，又询问程氏可曾读过什么书。

程氏落落大方地道："幼年时候跟着父亲读了《三字经》《百家姓》《千字文》，年长了之后，跟着女先生读过《女训》，近年来倒是未曾再读过什么。"

卞夫人看着程氏越发喜欢起来，拿了一副崭新的头面送给了程氏，道："虽说女子无才便是德，但是我们做女人的，还是多读些书，多懂得些道理的好。"

正说着，前边有人来报，家宴就要开始了。也没有外人，既然是家宴，卞夫人就携了程昱夫人的手，程氏跟在了后边，一同进入了宴客的大厅。曹操、荀彧、程昱都在，当下分宾主坐下。曹操、卞夫人在主座，右边程昱、程昱夫人和程氏客座，左边只有孤零零的荀彧一人。

见到程昱携带夫人和大女儿前来，荀彧就猜出了用意，只看着对面的程氏。那程氏年方二九，正是青春年华最美丽的时光，又因为年岁已长，虽然云英未嫁，却少了寻常小女子的羞怯，见荀彧打量过来，也落落大方地回视过去。

程氏却是知道父母的用意的，也并没有因此作出小儿女的扭捏姿态来，她看着这位年长她许多的男子，从这位温文尔雅的男子身上，看到了些与他父亲身上一般的学识、骄傲，她的一颗芳心，悄然而动。荀彧的视线一触即收，心底再次缓缓浮现秀娘的身影。这一次家宴上他的视线只是礼貌地落在程氏身上几次，也看到程氏的视线几次落在他身上。

既然是家宴，谈论的就都是风月之事，曹操说起在徐州的一些山水见闻，有意避开了他对徐州的屠杀。程昱也说起少年之时，经常梦到自己登上泰山而两手捧日，这也是他名"昱"字的由来。荀彧也讲解了一番颍川当地的风土人情，不免说到了当时举家离开颍川之时的心酸，说起当时家族中对自己的支持，以及不多时之前颍川惨遭战火的痛楚。

说到这些，心中未免想到了秀娘。只是这里是曹府，正是三家的家宴，他的悲伤不合时宜，因此强行压下，只做笑颜。程氏女儿心态细腻，将这一切都看在了眼里，心底对这位被誉为"王佐之才"的青年也从好奇中渐渐生出了好感。

交谈中渐渐就有了对现在局势的看法。卞夫人与程昱夫人并不参与，只有程氏睁大眼睛认真地听着，待听到对粮草不足的感叹的时候，程氏若有所思。她从一十三时就学习管家，经过战乱，举家迁离过，也曾见过青黄不接的时候。此刻不由在心中想着，若是她的家中忽然多了若干下人，要如何安排。

管家之人，管的是人，不能因为家中的下人多起来，就无法管理使唤了。只有人丁兴旺，家族才能兴旺。这兴旺的不仅仅是主人家，还有家中的下人。她自家才搬到鄄城，偌大的庭院内还没有打理，下人也不够，这一两天只整理了内宅，接下来也要多采买下人，打理庭院了。

这么想着，就听到荀彧说道："还有一月有半，就是秋收的季节了，到时候兖州内就又是一派丰收景象了。"说是丰收，眉宇之中的忧色还是清晰可见。

曹操笑道："我兖州得自黄巾军的百万人口，等上了这么许久，也终亠可以吃上饱饭了。"

程昱笑着道："主公高见，这些流民才能有自己的家园。"

说到丰收，对未来不免有美好的憧憬，卞夫人取来古琴，在一旁轻拢慢捻，悠扬的琴声入耳，家宴平添了些温馨。曹操看着备受他宠爱的夫人，心情大好。程昱也转头看着他的夫人。程昱夫人是他的原配，一直陪伴在他的身旁，两人感情颇深。而这中间只有荀彧形单影孤。

程氏一双妙目落在荀彧的身上，对这个眉眼中依稀还带着忧郁之色的男子渐渐生出了些心痛的感觉。她还不知道这是她心中生出了感情，只知道她恨不得亲手抚平荀彧眉心上的皱纹。他还那么年轻，不应该早早就生出了皱纹的。

家宴之后，程昱携夫人和女儿告辞，曹操将荀彧留了下来，二人自去书房坐下，下人送了清茶退下之后，曹操笑着说道："文若觉得程氏女可还好？"

荀彧既然知道程昱心意，便坦诚说道："程家女儿性情温婉，落落大方，是极好的品行。只是我夫人新丧还不足百日，且我年岁大程昱女许多，怕不是良缘。"

曹操收了笑容，深深地叹了口气道："尊夫人的早逝，我深有愧疚。"

荀彧闻言，立刻站起来道："主公何出此言？主公为父报仇，天经地义。拙荆的早亡，是那张邈、陈宫背信弃义逼迫的结果。"

曹操叹息着请荀彧就座道："文若，如今你孤身一人，无人照料，程县令与我都甚为挂念。这些时日我们大多数时间都要在鄄城，文若若是不抵触，可与那程氏多接触接触，待到为令夫人报得大仇，再考虑迎娶新妇如何？"

荀彧心头，秀娘音容笑貌浮现。他知道秀娘的在天之灵在看着他，知道秀娘也不忍他形影孤单，但是他又如何忍得下忘记秀娘，另结新欢？

"文若，你现在是我的司马，未来当是兖州的统领之一，身边总是需要人照顾的。你的幼子幼女，也需要一位母亲的。程县令与你我是深交，他的女儿知书达理，也是良配，文若不可辜负了啊。"

曹操的话，便是程昱的意思，荀彧为这两位知交好友的心思所感动。想起家宴之时看过来的那一双落落大方的眼睛，他默默地点点头。

见荀彧终于点头答应下来，曹操的心也落了下来。接下来的媒人上门，下定彩礼之事，就全可以委托给卞夫人了。不过荀彧这边没有个主事之人，只有个管家在此，多为不便。

荀彧却是想着，待到夫人的大仇得报，就要送夫人的灵柩回家，让秀娘入土为安。这之前，濮阳的战事还是尽早结束的好。又想到了即将到来的秋收。

再有一月有半，就到了秋收的日子，濮阳的战事也还吃紧。他看着曹操书房墙壁上的舆图，看着舆图上鄄城与濮阳城之间广袤的土地。丰收在望，到时候濮阳城能夺回到手中吗？

第二十二章

兖州内秋日蝗灾　吕温侯濮阳退兵

在鄄城的日子比起与濮阳的交战，无疑是轻松的，荀彧也有了更多自己的时间。他接受了程昱的邀请到家中做客，也与程氏有了些微的接触。程氏与秀娘截然不同的大方，也深深地吸引了荀彧。也终于有一天，荀彧邀请了程氏一起到城外游玩。

此时已经是夏末，城外树木的叶子还是深绿着，偶尔有枫叶微微泛红。夏风在白日里还很炙热，吹着人身上热腾腾的。荀彧与程氏弃了马车，只在田间漫步。

"听闻小姐的家里采买的下人，都是小姐在安排家事。"荀彧很少过问内宅的事情，但是也很奇怪一个女孩怎么能将家业打理得明明白白的。

程氏笑着道："大事上都是家母做主，我只安排些杂事，且家中大事小事上早就各有分配。"

荀彧只看着程氏笑着不言语，程氏脸色微红道："家里搬了大的宅院，需要的下人也就多起来，但彼此之间若是事务不通，不免推诿，若是不见利益，做起事情来也未免不尽心力。"

说着他们走到一处荷塘，盛夏已过，荷花凋谢，只有莲蓬还在，在夏风中颤颤巍巍，很是引人注目。

两人站下，程氏指着这一片荷塘说道："家中花园不大，却也有这一片荷塘，夏日里荷花盛开，甚是漂亮，现在也结了莲蓬。以往在东阿家中，只有不大的小片荷花，秋日里就可有好几日的莲藕食用，我就想着这么大片的莲藕，浪费了可惜。荷塘边还有一片竹林，冬日有冬笋，春日里也有笋尖，日常也是需要人打理的。下人们若是不委派，难免主人家就要日日盯着——哪里有那些闲暇时间，不若将这些荷塘啊竹林啊都分了出去，平日里下人们只要尽力打理，到了收获的季节，一半的收获归了公中，另一半就当作了下人们的辛苦银子。本也不值得多少铜板，白白丢在水里地里也是浪费了，主家可以尝个新鲜，下人们得了些辛苦的银子，且有了自己的收获，必然也会尽心尽力，何乐而不为呢。"

荀彧开始听着，只觉得程氏女儿家心思细腻，园子内的一点出产都看在眼里。可听到后边，不由就神色郑重起来，露出沉思的表情。

程氏看着荀彧的神情，只继续说道："母亲常常教育我们要节俭，一粥一饭都来之不易。园子内的出产虽然不多，下人们的劳作也是心血。其实留给下人们的那一半也不是他们独吞了去，也要拿出来三成分给其他人，不然，人人只看到管理荷塘竹林有点收获，就只觉得他们自己也是尽了分内之事，却无半分额外的铜板，就觉得不公平了。而充作公中的一半，其实也不算多。因为不仅仅荷塘竹林是公中的，就是下人们需要的劳作工具也是公中的。"

说着转头看着荀彧道："先生大才，这些都是内宅小事，说给先生听，要让先生笑话了。"

荀彧深思道："从小家可以见到大家，小姐所言，给了我极大的启发。我一直在忧虑兖州数百万人口的口粮，日日殚精竭虑，即便秋收在望，也深恐下一年民不聊生。"

说着转身向程氏深深稽首道："小姐所言，解决了我一个大难题。"

程氏面颊泛红，忙俯身还礼。

曹操击破了黄巾军，新得到的人口有百万之多，再加上青州军三十万大军，所需要的口粮数目极为庞大。然而这百万人口都是流民，即便安家，也是家徒四壁，哪里有田地田产可以傍身。程氏的话，让荀彧忽然生出个新的思路——是否可以将流民整合在一起，开垦荒地？

今年的秋收，可以解除民众的饥饿，但却无法彻底缓解军粮短缺的现实。现今不仅整个兖州，就是鄄城、东阿和范县附近，也还有大量的荒地没有开垦，也有大量的流民没有土地，还需要忍饥挨饿。如果也按照程氏管理程家下人的方式，将这些流民与荒地一同管理起来，不就从根本上解决了粮食紧缺的问题？

荀彧的心沸腾起来，看着程氏的眼神也热烈起来，可忽然，他的眼神越过程氏，在她的身后凝滞住了。天空中不知道什么时候出现了一小片的虫子，正嗡嗡叫着盘旋着。程氏也转过头，二人都疑惑地看着那些虫子盘旋着扎进附近的田地里。

一个不妙的预感出现在荀彧的心里。

这一年夏季缺少雨水，只在刚刚入夏的时候，下过一场大雨。向来大旱之后就会有虫害，难不成这些虫子就是蝗虫？荀彧和程氏急匆匆走向就近的农田，就见到刚有些泛黄的麦田上，正有零星的虫子啃噬着还没有完全成熟的麦穗。两人相视，荀彧急匆匆召来跟着的下人，让人立刻去询问农人，果然那田地里的正是蝗虫。

荀彧即刻和程氏一起返还鄄城，将程氏送回程家之后，便和程昱一起赶往府衙，同时派人相请曹操、夏侯几位，不多时人都聚集在府衙内，听说城外已经出现了蝗虫，俱都大惊。蝗虫的出现，意味着接下来没有丰收的年景了。蝗虫会吃掉还没有完全成熟的麦穗，甚至会让大片的田地颗粒无收。让大家期盼的丰收年景，变成了灾荒年份。

蝗虫的出现，对战局也会带来决定性的影响，没有秋收，带兵在外的吕布军队，也将会得不到足够的粮草，濮阳的危机有可能不战而解。曹操和夏侯惇几人立刻牵马赶往濮阳外，与围困吕布的大军会合，程昱随军，荀彧独守鄄城。

鄄城此刻并无战乱危机，然而压在荀彧心头的并非战乱，而是即将到来的虫灾和虫灾之后的民生。虽然东阿和范县城内还有存粮，但这些存粮绝对无法承受曹操三十万大军一年的口粮。

不过一日时间，蝗虫就突然冒出来一般地增多了，几日之后，已经呈现铺天盖地之势。田地里到处都是啃噬着还未成熟的庄稼的蝗虫，农人们全都离开家门，去田地里抢收庄稼。然而地里的麦子并没有完全成熟，即便是抢收了，也只是未曾成熟的麦穗。田地间哭号声一片，肆虐的蝗虫飞舞，农人们的心都碎了。

濮阳城内，吕布烦躁地从城墙上走下来。前一次活捉曹操的大好良机错过之后，濮阳城就被曹操的大军围困得铁桶一般，时不时地攻城骚扰，让他们疲惫不堪。本来以为可以耗到曹操三十万大军没有了粮草，不想，最先缺少粮草的却是他自己的军队。

他带兵从洛阳出发，轻车简从，几乎没有带任何辎重，更没有后续的粮草运输。从到了兖州，只得了个空头的兖州牧，除了占了濮阳，还没有得到任何实惠。之前张邈、陈宫送来了粮草，又从濮阳城里得到了些辎重，可以度日。但眼看着粮草耗尽，秋收迟迟不到，兖州城外竟然还出现了蝗灾。蝗灾最早是在陈留出现的，现在已经发展到了濮阳城外，很快就会蔓延到整个兖州。现在他的粮草就吃紧了，等到蝗灾彻底蔓延，他的数万大军就会粮草断绝。

陈宫面色凝重地迎过来。濮阳城内的粮草仅能维持不足半月，陈留等地的蝗灾早一步就出现，当地已经成灾，只有大户人家还有些存粮。

他早半个月就已经派人催粮，但刚刚得到回报，只征集了不多的粮草，半路上被灾民几次哄抢，颗粒不剩。

吕布本就心烦，闻言更是不快，难不成他从洛阳而来，全无半点收获，两手空空地返回洛阳？

陈宫进言道："主公少安毋躁。我已经打听到了，乘氏县群山环绕，挡住了蝗虫，不曾出现虫害，田地大获丰收。我们可以暂时放弃濮阳，率大军取道乘氏县，既可以征粮，也可以让兵卒们暂时休整，等到来年春季，再行反攻。"

吕布看着身后疲惫不堪的守城士兵，心内虽有不甘，还是点点头。

这时，城外程昱也给曹操进言，濮阳城吕布兵卒守城良久，城内逐渐空虚，如果再行围困，恐将逼迫吕布大军破釜沉舟，背水一战。莫不如暂时撤军，给吕布留下一个东进的通道——东边乘氏县三面环山一面傍水，蝗虫无法翻山过水，今年应该是丰收年景。陈宫为当地人，对这个情况当能了解，应该能劝说吕布东进乘氏县，以为大军征粮。

那乘氏县县正李进手下，据说有食客数千人。这些食客有文有武，能征善战，向来养兵千日，用兵一时，为守乘氏县平安，李进当能不惜代价护卫乘氏县。我等正可以坐山观虎斗，借乘氏县县正之手，削弱吕布兵力，也正可趁此时机，休养生息。

程昱还有一句话没有说，就是鄄城、东阿和范县蝗灾已定，现有存粮已经无法供养曹操的三十万大军。如若再次开战，兵卒必然损伤，且抚恤的发放都将成为问题。

曹操屡次在吕布手下吃了败仗，心有不甘，却也知道逼迫太甚，吕布恼羞成怒之下，有可能破釜沉舟。他虽然有三十万大军，但这几个月来损耗不少，真若大战，必然两败俱伤，遂采纳了程昱的意见，带领大军徐徐撤防。

那吕布、陈宫见到，又派出斥候多方打探，见曹操军队撤回鄄城之外，再行驻扎，便星夜弃了濮阳，向东一路进发。曹操见到吕布果然往东行走，立刻派了李典连夜出发，疾驰奔向乘氏县城。那李典本来就出于乘氏县的李氏，他的叔父李乾为人颇有英雄气概，与县正李进为堂兄弟。李乾得到李典来报，立刻就集合手下食客数千，加入乘氏县的保卫战里。

乘氏县县城之内大部分人家出于李氏，保卫乘氏县，不仅是保住县城，也是保住李家。吕布军士擅长平原作战，不善于攻城，面对有备的乘氏县民众，久攻不下。而其后曹操大军也跃跃欲试，整装往乘氏县方向行进，竟然要与乘氏县呈里应外合包抄之势。吕布无奈之下，舍弃了乘氏县，转而往山阳驻扎。

濮阳空虚，曹操此刻不费一兵一卒，重新将濮阳纳入囊中，回首看这百余日以来濮阳城内外的数次交战惨败，心有余悸。对吕布其人在军事上的本领，也是敬佩。却并不知道，几次交手几次惨败，虽然必然要将吕布从兖州赶走，心里却对吕布早已经有了忌惮。

秋季如约而至，蝗灾却以无法抑制的趋势弥漫大半兖州。在人与蝗虫的争夺战中，人类注定不是这些漫天遍野的蝗虫的对手。虽然是秋天丰收的季节，地里能成长到成熟的麦穗却屈指可数。甚至山岭上的树木，农田边的绿草都被蝗虫占领。一时粮价飞涨，便是举曹操、荀彧家族之力，也无法供养曹操三十万大军的口粮。无奈之下，曹操竟然第一次开始取消募兵，并将刚刚征集的还没有上过战场的新兵遣散。此举虽然稍微缓解了曹操军队中的粮草紧张状态，却给社会增添了负担。

兖州蝗灾的消息很快就传到了邺城的袁绍那里，袁绍听闻这消息后，哈哈大笑。袁绍与曹操曾经交好，那时候曹操还是袁绍手底下一员大将。当时他派遣曹操攻打黄巾军，曹操从一众军将中脱颖而出，屡次战败对手，最后竟然收编了三十万黄巾军，这之后才开始脱离了袁绍的掌控。

袁绍对曹操颇为欣赏，有意将曹操再次收入麾下。只是曹操羽翼已丰，不好掌控。现在恰逢时机，简直是天助，立即修书一封，送至曹操手中。书信中回顾之前与曹操的过往交情，对曹操如今在兖州的情况表示了深切的同情和慰问，也对兖州眼下的蝗灾表示了遗憾。他在书信中诚恳地邀请曹操举家前来邺城，并许诺会出兵帮助曹操将吕布从兖州赶出去。

袁绍的意思再明显不过了。曹操的家眷前往邺城，在袁绍的手下，固然比在鄄城安全许多，但这也是牵制曹操的一个手段——当初曹操的父亲人在琅琊，不就是因为曹操攻打徐州，而被陶谦杀害的吗？

第二十三章

逢大灾战事暂停　筹粮草初定屯田

曹操接到袁绍书信的时候，刚刚率领大军进入濮阳，身边只有程昱。程昱见到袁绍书信，劝言道："主公如今虽然困难，然而还是兖州牧，兖州统帅，在地位上与袁绍比肩。如果将家眷迁入邺城，之后行动上难免要受到牵制。事无大小，都要以袁绍马首是瞻。即便收回兖州，兖州也屈居邺城之下。以后世人当只知道袁绍，不知道曹公矣。"

程昱的后一句话，说到了曹操的心里。男子汉建功立业，哪里有不为了名利的，若是一直在袁绍手下，也就得拥戴袁绍了。但如今已经打下来一片天地，怎么可以就此拱手让人？曹操才些微动了的心，被程昱这一席话说得立刻消散了。

曹操也修书一封，先谢了袁绍的好意，然后委婉地表明他如今在兖州也还好，不日当能将吕布从兖州赶出去，将兖州彻底收回。当然，信中也诚恳地邀请了袁绍一同出兵兖州，对吕布呈首尾包抄夹攻之势。将书信请来人带回去，曹操也没有认为袁绍会出兵帮忙。

与吕布的战事虽然暂时停止，但整个兖州还不在他的手里——也幸好不在他的手里，这次蝗灾造成的损失，鄄城、范县和东阿三城相对于整个兖州，损失还不算大。尤其是东阿枣祗处还有部分存粮，足够曹操剩下的精锐部队度过整个冬天。是年十月，曹操带领大军离开濮阳，向北经过范县，到达东阿，在东阿县城外驻扎下来。这一年的冬天，兖州迎来了一个相对平和的没有战乱的冬季。然而兖州的民众，不久之后就陷入了饥寒交迫之中。尤其是贫苦百姓，饿殍千里，甚至出现了人食人的现象。

也幸亏荀彧与程昱、夏侯惇一起，在夏季之前就保全了鄄城、范县和东阿三地，在这三地贮存了大量的粮草，才使得这三地在大旱与蝗灾之下，免于沦落到人食人的地步，也因此让曹操的青州兵精锐尽数留下，不至于遣散。

随着白雪落下，冬日的到来，蝗虫也不见了身影，曹操治下的三城也出现了难得的和平。冬季对农人来说是休养生息时节，在荀彧、程昱和枣祗这一干官员这里，却还要忙碌着。这一日三人聚集，荀彧将早早就有的想法说给二人。

"主公初入兖州之时，为了让流民得到土地，很是得罪了当地士族的利益。之后张邈、陈宫背叛，兖州一直在战乱之中，流民虽然安置，但大部分土地仍然把握在士族手里，流民并无田产，以至于即便是秋季丰收，也流离失所。"

程昱点头道："我范县在夏季收拢了几万流民，这些流民至今也只有一房可以遮风避雨，没有田产，就谈不上安居乐业。"

荀彧再道："前几日我从程先生你家里下人的安置中得到了些启发，有了点浅见。"

说到程先生家这几个字的时候，荀彧的脸上露出了久违的笑容，这笑容带着些许的温柔，虽然一笑即收，也落入了程昱和枣祗的眼眸中。

枣祗笑着道："先生谦虚了，先生快快说来，这些流民让我等都伤透了脑筋。"

荀彧收起笑容，正色道："濮阳、郡城、范县和东阿周围，有大片的良田。但这些良田都被士族占有，我和主公都曾想从士族那里拿出些良田出来，但是实施起来万分困难，士族们几乎全体反对。陈宫当日反叛，与此举也未尝没有关系。"

程昱、枣祗纷纷点头。在场的三人中，荀家也是士族大家，他是倾举家之力来协助曹操的，因此对在自家田产上安排流民，并无意见。不过荀家的产业多数都还在冀州，鞭长莫及，纵然有这个想法也无法实施。然而换位思考，将自己代入兖州的士族，若是要他以全族之力供养袁绍，他自然也是不肯的。程昱是东阿的大户，在东阿颇有名望，也有土地若干。但这些土地还要支撑程家上下大小的开支，别说无法被曹操征用，就是想要献出来给曹操，曹操也不可能要的。三人中唯有枣祗虽是名士，却在东阿并无田产，因此在田产这块上，说不上话来。

荀彧接着道："这几城周边的良田都已经被占用，但是远些却还有大片未曾开垦的荒地，这些荒地大多远离县城村镇，是真正无主的，若是得以开垦，不但足以养活流民，还能为主公的军队提供足够的粮草。"

程昱和枣祗的眼睛都是一亮，可跟着就眉头微皱。程昱说道："那些荒地都在荒山野岭处，周围几十里内都无人居住，是真正渺无人烟之地，那些荒地如何能有人开垦得起来？"

枣祗也微微点头。

荀彧说道："家有产业的，自然不肯抛家舍业，可若是那些居无定所的流民呢？他们会不会肯迁往此处居住，开垦荒地，另建家园？"

程昱眉头紧锁，沉思不语。他心底是不赞成此举的。他是东阿的本地人，了解整个兖州的地势，荀彧口中所说的荒地，无不远离城镇百多里远，是真正的荒野一片。怎么可能有人会愿意离开城镇，到那般荒芜之地开垦土地呢？

枣祗却道："大部分流民自然是不肯放弃城镇繁华所在的。不过如果让流民有安居所在，再加上一定的强制手段，强行将流民迁入，分得荒地，自行开垦，也未为不可。"

荀彧徐徐点头道："不错。所以，可以在必要的时候，对那些还处于壮年的，又不肯被招募到军中的男丁，加上一些强制手段。今年恰逢灾荒年，本地居民也不过勉强糊口，大批流民都吃不起饭了，我听说陈留等地已经出现了人食人的现象。我们这几城眼下还可以支撑，但是如果不加以干预，等不到春季，就也有可能出现卖儿卖女之事。我以为，不若趁着大雪到来之前，将所有没有产业的流民强制迁移，形成民屯。"

说到这里，就见到枣祗眼神明亮起来，道："若是可以将流民编组成屯，我倒是有一个去处。就在东阿县城外不足百里的许都，有大片平原，土地辽阔肥沃，正适合耕种。"

程昱担忧道："许都倒是个不错的去处。不过现在已经临近冬季，那些流民中老弱都有，荒野之地并无遮拦，怕是会激起民变。"

枣祗看着荀彧和程昱说道："我有个主意。如今主公大军驻扎在东阿城外，休养生息。看兖州局势，整个冬季难有战事。不若将大军分为两部分，将那些有家眷在的兵卒挑选出来，和他们的家眷编织在一起，一同迁往许都。一则可以协助家里老弱建设房屋，冬季砍柴打猎维持家用。二则可以从军中带走自己的那部分口粮贴补家用。三则可以让他们的家眷有所依托，不会生出再行逃走之心。"

程昱拊掌道："此计甚妙。之前司马所言，我就是担心那些流民见荒芜之地，便民不安居，四散逃去，反而影响主公军心。如东阿令这般，不但稳定了民意，也稳定了军心。只不过流民身无余粮，手无工具，又如何开垦荒地？"

荀彧早有准备，道："之前主公曾从黄巾军手里缴获了大量的耕牛、农具，我们可以将这些农具和耕牛租赁给农户，所有租赁的费用，在秋季收获的时候，一并从农产里扣除。"

这一阵，荀彧派人统计了当时曹操的收获，农具很多，都分门别类地堆放在库房内，耕牛一直由当地大户人家代为饲养。因为是代为饲养，还要从公中给这些大户人家饲养费。如果能分给流民使用，不但节约了这一笔费用，还节约了流民的人工成本，也给秋收后公中增加了收入。

枣祗思虑片刻，向荀彧拱手道："我出身农家，对耕种开荒颇有些经验。这些年来跟随主公，也在管理上有了心得。愿意总揽招募流民，开垦荒地之事。"

荀彧大喜道："那就有劳东阿令了。"

当下，三人坐在一起，细细研究如招募流民，多少土地可以安置多少户流民之事。枣祗对此果然很有心得，他说："许都以平原为主，一眼望不到尽头，可开垦土地无以计数。我以为，可以在冬季之前，将军队同时安置在许都军营之外，可协助流民修建房舍，以使之安居。"

荀彧和程昱纷纷点头。程昱道："此举甚善。兵卒中大部分士兵都有家眷在此地，协助流民，就是协助自己的家眷，自然是尽心尽力。"

荀彧也道："如果不出意外的话，整个冬季将没有战事，只留少部分精壮守卫鄄城、濮阳，大部分兵卒都可以抽调募边。"

枣祗就再道："如此，我想修正刚刚的想法。就是屯田还是以军屯和民屯分开为好。军屯，便是在没有战事的时候，以军为民，每六十人为一营编织。如遇战事，这一营士兵立刻就可以抽调，或可抽调五十人，只余十人照顾田地。甚至还可以安排伤病残疾不能作战的士兵，以田地作为抚恤。"

这话，枣祗只可以作为建议，最终的决策还需要荀彧做主。荀彧闻言，思虑了片刻道："伤残的士兵，便是分以荒地，即便是有耕牛辅助，也难以独立耕种田地。我以为可以将伤残士兵送还家中，所负责土地数目依旧，但是可以酌情减少缴纳公中的收获。"

枣祇点头道："是我考虑不周了。"

程昱笑道："哪里能事事都考虑周全，所以才要大家一同商议。那民屯又怎么解说？"

枣祇说道："民屯可以以五十人为一屯。这五十人是按照劳力所算，老弱可按半人计算。若是编入了伤残兵士，这兵士便不可按照老弱计数。夏商之时，田以九分，八为私产，一为公产。如今我们屯田，我以为，所有开垦的田地皆为公产，民众只有开垦耕作的权利，不得享有地契，也不得将田产买卖。不过这样，秋收之后，我们无法杜绝流民流失的现象。"

荀彧摇着头道："不然。田产虽然不归自己，但是只要不离开，房产却是可以永久居住的。流民动荡已久，盼望的就是一个稳定的住所，能够凭借自己的劳作养家糊口。且一旦居有所在了，便也不仅仅依靠田间的劳作为生，山里可以打猎，宅院里可以养鸡养鸭，这些都是私产，公中不会征集。"

枣祇松了口气道："那么就是秋收之后的分配了。我以为，不论军屯民屯，在收成上都要一致。农具是消耗品，不妨分发给民屯农人。耕牛就是公中所有了。若使用官牛，田间收获官六民四；使用私牛者，收获官民对分。且屯田农民，三年之内不得离开屯田。这样以收成论分配，多劳多得，少劳少得。民将不会生怨。"

大部分的规矩定下，余下的就是些细节琐碎之事。军队的调拨分配，荀彧要与曹操商议。许都的大片荒地的数量需要调查，以确定可以安置的兵卒和流民数量。还有农耕工具的数目分配，耕牛的收回。最主要的就是招募流民。

兵卒在预计的时间内迁往了许都，只留下部分兵马还在东阿之外。但是流民的招募受到了阻碍。听说许都那里荒地一片，渺无人烟，大部分流民宁可在县城附近忍饥挨饿，也不肯迁往许都。也有少部分人听说士兵也先一步到了许都，可以协助先行进入的农人修建房屋，且越先去的农人，越可以先挑选住处和农具，也能分到一部分过冬的粮食。

后一个，才是让流民们动心的条件。

这个冬天到来之前，曾经被收留在濮阳、鄄城、范县和东阿的流民们拖家带口地开始了他们的迁移之路。他们从战乱中一路逃生，颠沛流离，居无定所，盼望着这一次能有一个固定的居住所在。

提出这个屯田制想法的荀彧和枣祗的初衷是好的，既可以解决流民的生存问题，也可以开垦荒地，恢复农业生产，缓解社会压力。但是，制定政策的人的意愿落实到民众头上的时候，往往不会全都按照制定政策的人的想法去做。

第二十四章

众将军质疑军屯　荀司马答疑解惑

"司马，我李典是来打仗的，怎么要我带着我的士兵去山窝里建什么房子？"李典怒气冲冲地冲到府衙，对着荀彧叫道，"还让我听东阿令的调配！我是武将，我是打仗的！"

荀彧笑着从案几后边站起来道："曼成（李典的字），来来，先坐下说话。"

李典气愤得脸色涨红，冲着荀彧叫道："我哪里还坐得下！司马，你给评评理，我李典打仗哪一点不行，如何就得带着兵去山沟里砍树挖石头造房子？"

"哦？"荀彧笑着道，"谁说我们李典将军打仗不行了？前一阵还是李将军你单骑走马前去乘氏县报信，让乘氏县早做准备，拦住了吕布的抢粮大军。这份忠勇大家可都是看在眼里的。"

李典怒气稍稍消退了一点，可还是愤愤地道："我还等着这冬季带兵演练，开春了非得将吕布赶出我们兖州的，可现在却让我的兵马卸下盔甲，去山窝子里。司马，你给评评理，我那可都是精兵啊！"

荀彧从案几后边走出来，拍拍李典的肩膀，然后推着他走到一旁，按在案几的后边，吩咐伺候的人送了茶来，这才走回到自己的座位后边坐下。李典抓起茶杯，一口饮尽，放下茶杯，才要开口，就见到荀彧笑吟吟地看着他问道："我记得攻打濮阳城的几场战斗中，曼成的兵卒也曾经作为主力，冲锋陷阵。"

李典脸上的怒气再散去不少，露出笑容道："我那些士兵，打起仗来都是不要命的，就上一次最先从南门爬上城头的，就是我的士兵。"

那次荀彧和曹操分别带兵，同时从濮阳城南门和东门攻城，南门最先登上城头的，确实是李典的士兵，不过那一次东门被吕布设伏，曹操差一点失手被擒。

荀彧笑着点头道："曼成的士兵勇敢威武忠诚，与曼成一般无二，主公也常对我称赞。"

李典闻言，脸上笑容更甚了。

荀彧接着道："所以，这一次前往许都，设立军屯，我和主公首先就想到了曼成你。"说着伸手向下按按，示意李典暂时听他说话，"据我了解，在前几次濮阳攻城战之前，将军你也曾带领士兵伐树挖石，建造了不少攻城的器械。据说你那兵营中还有一部分士兵在攻城器械制作上已经很娴熟了。"

李典"啊"了一声，听荀彧这么表扬他，有点不好意思。

荀彧再道："所以呢，我和主公选了你的士兵，就是看中了你士兵娴熟的手艺，这是其一。要知道现在是秋末，眼看着冬季就要来临，在第一场雪下来之前，务必要砍伐出来足够建房的树木，还要烧出来一定数量的土砖，不然，待到第一场雪下来的时候，那些迁往许都的农人，可都要露天席地了。"

李典的口张开，忘记了合上。

"其二呢，就是你的士兵中，包括曼成你在内，大都是本地士兵，在咱们兖州当地长大，对环境比较熟悉，更能判断出在哪里适合建设军屯、民屯，派你带着人去，能比其他将军更早一步找到适合居住的所在地，为后续农人的迁移，争取出来时间。"

李典不由得点点头。若是说因为他的兵卒更会砍伐树木多少有些牵强，在选址建房方面，他的士兵是多少占据着些优势。

"今年兖州先是大旱，跟着就遇到了虫灾，灾荒年景已现。因为粮草的原因，前一阵不得不解散了招募的新兵，你也知道吧？"

李典再点点头："知道。"

荀彧叹息一声："曼成啊，主公手里的兵卒，大部分是青州军，其中大半还有家眷就在兖州内。若是因为那些青州兵的家眷缺衣少食，军心势必受到影响。可我们若是给这些士兵的家眷一个稳定的住所，给他们提供来年可以耕种的土地，你说这些士兵会如何想呢？"

李典不假思索道："必然对主公更加忠心。"

荀彧赞同道："是的。所以，我们才有了这屯民的想法，将这些青州兵的家眷和流民集中到许都，开荒种地，不但可以养活他们自家老小，还能为我们来年种植出粮草。但这之前，我们首先要解决他们住处的问题啊。曼成，主公和我知道你打仗可以做先锋冲锋陷阵，留守可以做好后勤，不让主公担忧。这份信任，你不可辜负啊。"

李典眨眨眼睛，他觉得荀彧说得很有道理，可是……

荀彧注视着李典，又温声说道："其实这也是派你为先锋。你的士卒为先头部队，先一步到达许都，给其他将军腾出些时间，让他们可以统计手下士兵中家眷情况，待统计好，确定了军屯的人数，自然就要前去接应你的。曼成，你放心，你和你的士兵都是我们最勇猛的士兵，主公和我不会让你留在许都建城的。"

李典听到这里，咧嘴笑起来："司马，要是早这么说，我不就带着人就走了。这我就放心了，司马，你和主公也放心，我李典这就点兵去许都，绝对不会误了主公的大事的。"

荀彧站起来，扶着李典的胳膊一路相送到府衙门口，叮嘱道："屯田事宜，我安排东阿令全权处理。将军若是有问题，可与东阿令商议，将军切不可辜负了主公和我的信任啊。"

待李典离开，荀彧转身回到府衙内，就见到曹操正在室内，惊讶道："主公何时来到的？彧竟然不知。"

曹操大笑道："我闻李典气势汹汹而来，唯恐文若招架不住，急匆匆赶来，听到了文若循循善诱，让李典那小子都心服口服地离开了。"

荀彧笑着摇摇头："曼成并非不服从军令，只是以为他的士兵要长久留在许都，心有不甘而已。如今知道只是一时的调任，自然就领命了。"

曹操点着头坐下道："听闻屯民迁居一事，进展得不是很顺利？"

荀彧收起笑容道："当初我荀家为躲避战祸，举族外迁冀州，尚且无法说动乡邻跟随。更何况如今从城镇迁往许都那等荒野之处。前日东阿令与我商议，准备给最先入住的农人们先修建房屋，同时也在统计军队人数，尽快将能够成为军屯的士兵人数统计出来。结冰期还有一月不足就要来临，留给我们的时间不多了。"

曹操也感叹道："兖州连年征战，又逢大旱虫灾，乡民们实属不易。这屯民屯田的策略，对没有田地的百姓来说，也是一件实实在在的好事。百姓愚昧，不愿意背井离乡，少不得也要有些高压政策。先生不可一味心善不忍。"

荀彧苦笑道："主公以为下边执行命令的军士们可能怀柔，挨家挨户地劝说不成？说不定我们在这里说话的时候，那边已经是鞭子棍棒威胁都用起来了。现如今底下百姓们估计已经怨声载道了。不过等到明年有了田地，秋收之后有了收获，就会感念这次的搬迁了。"

两人又说了几句闲话，曹操说起这次来意："东郡袁绍派臧洪到东武阳做了东郡太守一事，先生怎么看？"

荀彧道："袁绍想以主公家眷来制约主公的目的没有达到，也还想着在兖州分一杯羹，明摆着就算得不到兖州多少，也要给主公你添点堵。不过臧洪占据了东武阳，虽然是得了半个东郡，暂时对主公的威胁也不大，倒是会让吕布再行出兵的时候，多些麻烦。"

曹操气道："吕布那厮退兵到山阳，与濮阳、鄄城尚隔着泗水，与那东武阳更是隔着好远，怎么会给吕布出兵带来麻烦？分明就是袁绍对兖州并未死心。一个东郡太守哪里能满足得了袁绍，他就是想再要个兖州牧去。"

荀彧沉吟着道："主公大军拦住泗水，将吕布与臧洪远远隔开，不过吕布若是绕路陈留，再取濮阳，就要忌惮身后的臧洪。袁绍将军既然封了臧洪为东郡太守，必然不能眼睁睁地看着吕布再夺濮阳。便是那时臧洪不肯出兵，就在原地，也有震慑之意。"

曹操冷笑道："想当年我投奔袁绍，以为他出身'汝南袁氏'，四世三公，振臂高呼，必然能讨伐董卓，匡扶汉室，哪里想着他日会有刀剑相对之时。"

荀彧微微一笑道："天下大势，尚且分久必合，合久必分，何况乎人。主公不必在意。"

正说着话，夏侯惇、曹洪、乐进等几人也结伴前来，进来之后大家纷纷见礼落座。荀彧先行问道："各位结伴前来，可是有事相商？"

荀彧与曹操都在府衙，虽然是曹操主位，荀彧侧坐相陪，但是荀彧说话的分量，俨然已经与曹操一般无二。且在政事上，几乎都是荀彧做主，只要荀彧定下的，曹操从无否决。此刻荀彧相问，众人对视一眼，视线就都落在夏侯惇身上。

夏侯惇对荀彧是极为佩服的。曹操出兵徐州之后，将鄄城交给了荀彧守候。张邈、陈宫背叛曹操，多亏了荀彧提醒，才让他星夜带了士兵离开濮阳，避免了被吕布和张邈的内应里应外合。之后荀彧派程昱、枣祗守住了范县、东阿，又单身出城会郭贡，说服了郭贡退兵，让他对荀彧更是尊敬。曹操出兵徐州之时，荀彧俨然就是兖州的屏障，他们镇守兖州的主心骨。他本不想来的，可架不住大家相劝。

夏侯惇咳嗽了声道："大家都是听闻了东阿令颁布的屯田令，心里有些疑惑，特来向司马请教的。"

曹操眼睛眯了眯，斜眼看着夏侯惇几人道："既然是东阿令颁布的屯田令，你们不去找东阿令，如何来找司马的？"

夏侯惇几人再互相看看，夏侯惇无奈再道："这不是若没有司马的支持，那屯田令不也颁布不下去的嘛。"

荀彧笑起来："屯田令于军于民都是好事，几位将军可有何疑惑？"

夏侯惇看着荀彧道："于民是好事，这我们都懂，可让我们手下的兵卒也屯兵起来，好好的士兵不操练打仗，却要种地，这……大家想不通。"

曹操斜眼看着夏侯惇道："想不通就不用想，听司马的吩咐不会吗？"

夏侯惇半低下头没有作声。

荀彧笑着道："几位将军想不通，就不想守那屯田令了吗？"

夏侯惇忙抬起头来，正色道："军令如山，既然是军令，哪里有不守的道理。我等已经吩咐下去了，正在统计人员名单，不日就会将名单人数呈上来。只是心里疑惑不解，来司马这里也是求个明白。"

曹操的神色这才缓和。

荀彧微微点头道："各位将军能做到令行禁止，我甚是欣慰。各位对民屯并无异议，我想要知道，为何就对军屯有异议呢？"

曹洪说道："主公，司马，我等治下多是来自黄巾军的青州兵，士卒能征善战，甚为彪悍，也以为兵卒为荣，以战场杀敌为荣。如今却让他们解甲归田，拿起锄头侍弄田地，与农人无异。别说是那些兵卒不解，我等也是不解的。"

乐进也道："是啊，若是说咱们没有农人，人力不足还好说，明明咱们之前接收了不下百万的流民，虽说是分散到了兖州各郡城，但咱们现在这四个城内，十几万人也是有的。有这些流民应征屯田令足矣，何必还要我们兵卒也参与屯田令呢？"

荀彧看着夏侯惇道："夏侯将军也是这个想法吗？"

夏侯惇脸色微微一红道："上马为兵，下马为农，这个想法肯定是好的。只是长此以往，兵卒们少了练兵的时间，耽搁农业，也会少了锐气。就怕下马为农容易，再上起马来，就不是我们原本的骁勇善战的士兵了。"

曹操听到这话，微微点头。这也是他心里一直担心的。但是只要是荀彧的主张，曹操轻易不会开口反驳，更别提是在这些下属面前。他只是看着荀彧，等着荀彧的解释。曹操相信，荀彧的心里一定是有主张的，荀彧一定不会让他骁勇善战的兵卒成为只会扛着锄头的农人的。

第二十五章

解纷说众人折服　微服访酒楼闲话

夏侯惇等几位将军的担忧，荀彧不是没有考虑过。上马为兵，下马为农，说起来容易，实际操作起来，还是有一定困难的。士兵除去打仗的时间，还要练兵，这个是不容置疑的。不过要说除了打仗时间之外，全要务农，也并非这个意思。

荀彧听了夏侯惇、曹仁、乐进的话之后，微微点头，然后徐徐道："各位是担忧兵士的战斗力。这个担忧是应该的。"

几人都看着荀彧，连曹操都投以探询的眼光。

荀彧接着说道："不过屯田令之所以有军屯和民屯两部分，就是为了将士兵与普通农人区分开。农人的土地和居住所在，与兵士负责的土地和住所全都分开，彼此相隔也甚远。这就是为了不让农人的生活影响到兵卒们的血性。兵卒们仍然按照军队的编制在一起，这个冬天，不过是将军营移到许都。且并非全部兵卒都迁到许都。难道在鄄城外可以练兵，在许都就无法练兵了？"

这话说得几位将军都哑口无言。练兵，自然是没有固定地方的说法的，且荒野上练兵，更适合排兵布阵，更能发挥士兵的战斗力。

夏侯惇道："许都大部分是平原，地势平坦，适合步兵操练，可以练兵。"

荀彧点点头："几位将军都在，我这里还有个关于兵士的疑问，就是我大军在徐州屡战屡胜，战无不克，是一支真正的虎狼之师。为何回到我兖州，几次战斗，都处于劣势，甚至在回到兖州的第一场战斗中，竟然不战而走？"

夏侯惇几人不防荀彧提出这么一个尖锐的问题，先是面面相觑了片刻，接着都低下头沉思，半晌，曹仁说道："因为在徐州，可以放开来厮杀？"

这个回答，有些触动曹操。曹操当日冲冠一怒，做出了虽然并不后悔，却实属冲动的屠城劣行，如今冲动过后心静下来，也觉得自己做得过了。只是他心里知道自己过了，表面上是绝对不肯承认的，听到荀彧这么问，曹仁这般回答，心里颇不是滋味。

荀彧自然知道曹操是如何想的。但是徐州之战已经发生，事实摆在那里，回避又有什么意义？且徐州大战与在兖州的战斗，也正是一个强烈的对比。

夏侯惇跟随曹操多年，虽然没有跟着曹操进入徐州，但深为知道曹操的心理，也开口道："可是因为徐州之战，是全体士卒为主公报仇，大家同仇敌忾？"

曹操看着夏侯惇，心里少许安慰了些。他也是担心部下对自己颇有微词的。

荀彧又看着乐进问道："乐将军曾随主公攻打徐州，又参与了濮阳的几次交战，可有何见解？"

乐进沉吟着道："我大军进军徐州，并无携带粮草，士兵当奋勇杀敌，为自己夺得口粮。且每攻打下一个城池，城中大户人家的金钱珠宝尽夺，这，也是促进士兵奋勇杀敌的原因。"

攻城之后烧杀抢夺，尤其是针对敌对的富裕人家的掠夺，几乎是破城之后的惯例，乐进说起来很是自然。

荀彧也没有反驳，微微点头道："三位将军所言很有道理。在徐州士兵可以放开厮杀掠夺，在兖州内却不能如此。但为何呢？为何徐州内就可以拼死厮杀掠夺，兖州就不可以？归根到底就是因为兖州有这些兵卒的家眷。"

荀彧看着几位将军，见到他们都睁大眼睛看过来，接着道："家眷就在身边，且家眷并无房屋田产，没有财物。他们就算打败了对手，也无法抢掠，那么他们是为了什么战斗呢？什么才能让他们拼尽全力，甚至舍弃了生命呢？就因为那些军饷吗？"

荀彧停了下再道："兵卒们为了我们冲锋陷阵，可他们身后的家人却食不果腹，他们怎么愿意舍身忘我？可如果身后有他们的家眷，他们的房屋田产需要保护，他们还会退缩吗？如果他们自己也有土地也有田产，还会退缩将财产拱手让人吗？屯田的目的，不仅仅是给百姓一个安居乐业的所在，也让我们士兵们有一个归宿，有个在战斗中尽心尽力的理由。"

夏侯惇几人闻言，都面有愧色。他们只是想到了士卒的战斗力，却没有想到更深远的地方。

"且我们自从到了兖州之后，若是无东阿的存粮，今年冬天怕是熬不过去的。主公收服黄巾军，得到兖州，是为了让兖州民众富足，百姓安居。可我们的军队也要吃粮，士卒也要有粮草。丰收年景，粮草都难以富足，遇到灾荒年景，难道我们还要从百姓的口里夺粮食吗？让我们自己的军队士卒，从他们的家人口里将糊口的粮食都抢过来吗？屯田，不单单是为了百姓，更是为了供养我们的大军，为了日后我们的军队不去骚扰百姓。"

荀彧看着几人道："李典已经带人先行赶到许都伐木挖石，先行建造房屋，你等手下到了许都之后，就可以帮助迁往许都的农人建造民屯。帮助那些农人，就是帮助了他们自己的家眷，大家一定都会努力建造民屯，并因此感激主公，在以后的战斗中奋勇杀敌，舍生忘死。"

夏侯惇站起来对荀彧拱手道："是我等考虑不周了。"

曹仁、乐进几人都站起来，躬身施礼道："我等惭愧。"

荀彧站立起来，伸手虚扶："几位将军请起。将军们有不明之处，前来询问，也是应当。"

曹操哈哈大笑道："还是先生这番话说得明白，连我这几位大将军都无话可说了。如此，屯田令还需要尽快推广下去。"

待几位将军离开之后，曹操接着就下令，任命枣祗为屯田都尉，全权负责屯田事宜。

将士遵从了命令，荀彧对屯田政策的尽快实施，还是很放在心上。府衙中暂时无事，荀彧便换了便装，才要想去程昱府上邀请程昱一同下去走走，就想起来程昱也因为屯田令的事情去了范县。他想了想，还是去了程昱的府邸。

从上次在郊外踏青之后，他已经有几日没有见到程氏了，忙起来的时候还好说，闲暇下来，程氏的面容竟然隐约就浮现在脑海里。那个大气爽快的姑娘，已经不知不觉就落在了荀彧的心里。他步出府衙，往程昱府邸的方向走过去。

程昱去了范县，家里只有程氏和她的母亲。家里的事务都已经安排得井井有条，程氏平日里无事，就躲在自己的院子里绣花。她与荀彧之间虽然还没有正式说媒，但彼此也算是过了明路，只等着荀彧原配夫人过了百日，荀彧就会前来说媒了。说媒之后，就该给荀彧做双鞋了。

他们老家，有女子在成亲之前，给未婚的夫婿做双鞋的习俗。上一次见面的时候，她已经估算出了荀彧鞋面的大小。她想了想，放下了手里的绣活儿，打开箱子，找出做鞋底的面料。比画了下，动手裁剪出来。

鞋底需要细细地缝纳，针脚越细密，鞋底就越结实，穿起来就越舒服。程氏才裁剪出鞋底，就听到身边丫头来报，说荀彧正在大厅内，要请程氏一起出去走走。程氏的脸微微红润，换了身衣服，在镜子面前整理了下容装，随着丫头来到前厅。

荀彧正负手站在大厅中央，看着门外，听到程氏从身后走过来，便转过身来，瞧着程氏只觉得眼前一亮，施礼道："前一次与小姐出去，算起来有十几天没有见面了，小姐勿怪。"

程氏小小打扮了下，脸上上了一层薄妆，更显得明艳动人起来。她笑着回了一礼道："先生公务繁忙，小女子如何会怪罪先生呢。"

荀彧还是便装，但今天的便装与程氏的衣着分外相称，就连荀彧自己都有种郎才女貌的感觉。荀彧笑着道："前几日是繁忙了些，今天稍微轻松，就想去街面上看看，小姐若是得闲，可一起走走？"说着做了个请的手势。

程氏大大方方地点点头道："我也是好几日没有出门了。"

两人一起往外走去，出了大门，就看到荀彧的马车，荀彧抬手，程氏扶着荀彧的胳膊跳上马车。马车晃晃悠悠的，马车里两人的心也晃晃悠悠的。在众位将军面前一向能侃侃而谈的荀彧，在程氏的面前忽然不知道该说什么好。他心中其实是有很多话的，那些话是只能与家人说，不能与幕僚们说起的。以前那些话也是说给秀娘的，可他也很久很久没有与秀娘说话的机会了。

虽然和荀彧见过几次面，也一起游玩过，但坐在马车里，程氏的心也怦怦跳着。她也是有许多话想要与荀彧说的，她想要问问屯田的事情，想要了解外边的大事。她不喜欢被束缚在宅院里，只做后宅的女人。她其实也只是想和荀彧说说话的吧，只要是荀彧说的，她都想听。但荀彧不说话，她也不好意思先开口，随着马车的晃动，偶然地转头，就总能看到荀彧专注看过来的视线。这视线让她的脸微微发热，她喜欢，又有些难为情。她想要说些什么打破马车中的安静，可在这样的视线之下，她开不了口。

"屯田令下达了，小姐听说了吧？"荀彧终于开口道。

"听父亲说了，"程氏点着头，"父亲去范县，也是为了屯田令的实施。"

荀彧也点着头："这还是前次听小姐说的安家举措得到启发，才生出来的想法，说来屯田令的实施，还有小姐的一份功劳。"

程氏脸色再次泛红道："后宅管家而已，哪里有先生说的那么厉害。倒是先生这么短的时间内，就想出屯田令来，家父说了，先生是大才。"

荀彧侧头看着程氏道："令尊这么以为，小姐呢？"

程氏看着荀彧，大大方方地道："小女子心里也以为先生是大才。"

马车在酒楼前停下。荀彧先跳下马车，接着扶程氏下来。荀彧此番出来，一是想要看看街面上民众的态度，二才是与程氏相会，因此到了酒楼登上二楼，没有要包厢，只要了窗边的位置，几样特色酒菜。酒菜才摆上来，就听到楼梯噔噔噔作响，又有几个人上楼，都是做经商的打扮，正坐在二人隔壁。

点菜的声音稍稍有些大，随着小二上了茶水之后离开，隔壁的几个人就聊了起来。

其中一人说道："老李，听说你去年走商，就经过许都，那里怎么样？"

听到许都二字，荀彧正想要说什么，就停下来，看了那边几人一眼。

就听那老李道："许都？就那么一点点大，几个小村子所有人家加起来都不足百家。"

旁边有人就问道："那不是穷山沟里了？"

老李点头道："就是穷山沟。"

开头说话那人就又道："那穷山沟如何安置下许多人？听说只要是没有田地的农户，全都要迁过去的。"

老李道："不会吧？我才从东阿来，东阿那边征集的都是流民。老赵，你哪里听说的，没有田地的农户都要迁过去的？"

"大家都这么说啊。说不去都不行，全家都得去。我前条街上有一家就是，他家没有田产，家里男人每到农忙的时候，就出去打个短工的，平时就靠婆娘给人家缝补衣裳过日子的，这次就给报上去了，一家人正在家愁眉苦脸着呢。"

"不会吧，这不是在鄄城里的人家吗，不是就征集农人的吗？"

"那家人就是流民，是去年还是前年来我们这的，房子都还是租赁的。"

"这样啊，说不定也是好事呢。听说军队先过去给盖上房子的。"

"有房子住有什么用？荒山野岭的，除了房子和地，啥都没有，哪里有城里待着舒服。不过对我们来说是好事，这些人迁到许都，那边可什么都没有，他们需要点什么，都得靠我们走商走过去。"

"你想着好事吧。他们人都是迁走的，人生地不熟不说，就许都那荒山野岭的，自己活着都费劲，咱们走商过去，就是有东西，他们也得有银子来买。"

"欸，这你就不知道了，你一路来没听说吗？这些人都不愿意去许都呢。那边给了房子住都不愿意呢。你没想想为什么不愿意？我听说……"

那人压低了声音："那些人大多都是以前黄巾军的流民，跟着黄巾军的时候，烧杀抢夺的事情没少干，哪个人手里都有点家底，要不，怎么会留在城里不肯去许都呢。"

"对啊，当初那黄巾军可都一个个富得流油的。徐州你们知道吧，也被抢得干干净净的了，那些士兵抢来的东西除了上缴了，留手里的不都给了家里人了？这我们就得琢磨琢磨了，等到上冻之后，就走一批商过去试试。"

酒菜上来，这些人的话题就演变到走商要带着什么东西了，声音也渐渐大起来。程氏看着荀彧，荀彧摇摇头，露出些苦笑出来。

第二十六章

品屯田心有无奈　诉衷肠两情相依

荀彧知道屯田令下发之后，下边执行的时候，为了完成任务，多少会有些出入。他此番出来，就是想要听听民间对屯田令的看法的。酒楼这几个人只寥寥数语，就将外边是什么情况大致说得明白了，荀彧对此心里有数。

隔壁的人吃得很快，很快就喊来小二结账离开，荀彧这才笑着对程氏说道："小姐对刚刚几人所说怎么看？"

程氏想想道："我听父亲说，屯田令于民于军都是好事，只是大家住在一个地方习惯了，对搬离住所，到另外一个陌生的环境里就会心生畏惧。我觉得父亲的话很有道理。当时父亲带着我们搬家的时候，我也很舍不得的。"

程氏说着，脸上露出回忆的神情："东阿的房子还在，院子里还有我亲手种的花。我还记得小时候父亲抱着我给小鱼喂食。也不知道还能不能再回去看看。"

荀彧闻言，温和地道："以后，你也可以常回你父母的家里，我不会阻拦的。"

程氏怔了下，才明白荀彧话里的意思，脸色涨红，心里却生出甜蜜。荀彧这是在暗示婚后的生活，他这是要准备提亲了。

"我不是这个意思。"程氏小声地说道。

"我知道。"荀彧安慰道，"但我就是这个意思，我的父母孩子都在冀州，短时间内都不会过来，我军中若是繁忙，以后你未免会觉得孤单。"

程氏的脸颊更红了，她微微抬头看一眼荀彧，看到他专注地看着自己，微微有些慌乱地低下头："现在说这些还早呢。"

"你若是愿意，等到屯田令实施下去，令尊大人再回鄄城来的时候，我就上门提亲。"荀彧盯着程氏，"你知道我有原配夫人，你嫁进来是继室，委屈你了。"

程氏只觉得脸上的热辣就没有消退，她想说没有关系，又觉得羞死个人，只是低着头，用筷子一点点地点着碗里的米饭。

荀彧继续温声道："屯田令实施之后，整个冬季大约就再没有什么大事了。原本，我是想要等秀娘的大仇报了，才去提亲的。可又觉得本来做了继室，就已经委屈你了，哪能还要你再等着。过了这个冬天，春季到来之后，说不定又重新燃起战火，说不定就会要你等更久。我不想你等了。"

程氏微微抬头，看着对面的荀彧。他的眼睛里还有着提起秀娘时的悲伤，但是看着自己的眼神却是明亮的。与荀彧的接触说不上很多，但程氏从一见面之后就喜欢上了这个男子，他因为秀娘去世的悲伤不但没有让她嫉妒，反而让她感动。她不知道该说什么，不知道该怎么表示她并不介意——不，她也并不想等了。她想抚平他眉眼里的愁绪，但是现在的她什么也不能做。

"当时从颍川搬到冀州的时候，我也遇到了很多阻力。"荀彧转移了话题，"当时家族里只有我的父兄支持我，大家都不愿意离开故土，其实我心里何尝愿意举家迁移，背井离乡呢。我荀家在颍川是当地士族，根基已深，搬离故土，一切就要都重新开启。只是后来证明了搬家是正确举措，我们搬离颍川之后不过半年，颍川就遭遇了战乱洗劫。"

这番话荀彧很少与人说，颍川遭难的时候，他已经离开了冀州，现在想来，明明只有两年多的时间，却恍如相隔了很久。

"初到冀州的时候，虽然我们荀家是大户，一切从头再来，也颇多忙乱，之后不久我就离开了冀州，又一路辗转，最后在这里定居下来，如果不出意外，我大约会一直住在鄄城内。但一切也不好说，你跟着我，也许还会颠沛流离，居无定所。"

程氏终于抬起头看着荀彧，她这才明白荀彧这番话的目的，他在担心她的未来，担心她跟着他受苦，担心她会不适应跟着他频繁搬家的生活。

"先生，你认为什么是家？"程氏问道。

"家？"荀彧重复着，眼前却恍如浮现出一盏灯，灯下一个身影，然后那个身影逐渐消失了。

"是的，什么是家？"程氏也重复问道。

"家，大约就是……一盏灯，不论你回去多晚，都会还亮的一盏灯吧。"荀彧觉得他的声音有点遥远。

"对我来说，家就是不论多晚，都会有人回来的地方。"程氏的声音，将荀彧的感知从遥远处唤回来。

两个人的答案是相反的，也是互相补充的。一个是渴望一盏等候他回家的灯，一个是渴望着归来的人。程氏的面庞和秀娘的融合到一起，秀娘的身影又渐渐消失，面前重新是温婉大气的程氏。以荀彧的聪慧，怎么能不明白程氏这是在告诉他，未来，她会在家里等着他，她在的地方，将会是他的家，他回去的地方，也才是她的家。

两人从酒楼走出来，风已经微微地凉了，带着冬日即将到来的感觉，然而正午的阳光仍然是明亮的，照着人身上暖融融的。鄄城内看不到任何战乱的痕迹，街道两侧的店铺让这里满是繁华。这繁华背后的穷困是荀彧能看到的，却不是程氏能看到的。

　　鄄城最繁华的街道也并不长，两人从这边走到那边，也不过是半个时辰不到。转过了繁华的街道，就是普通的民居，荀彧才要招手叫来自己的马车，就见到两个士兵小跑着从前边路口经过。荀彧微微蹙眉，和程氏稍微加快了步伐向前边走去。转过街道，先听到哭喊，跟着就见到一户人家家门大开，一个婆娘抱着孩子坐在地上痛哭，一个男人正弯腰躬身地对两个士兵哀求着什么，旁边十几个围观的人，有的窃窃私语，有的劝说着。

　　荀彧和程氏还没有走上前，就听到兵卒的声音："这是军令，所有没有田产房产的，都要应召。州里分给你田产和房产，不比在这里租赁房屋得好？早就通知你们了，再不收拾，直接就人跟我们走了！"

　　另一个兵卒也叫道："啰嗦什么？赶紧的赶紧的，还有下一家呢。快点快点——你再不收拾了，就这么走吧。"说着就上手拉着那个男人。

　　男人哀求的声音湮没在嘈杂中，接着男人转身进了屋子，不多时挑了个扁担出来，两头的箩筐里满满当当的东西。那女人也从地上站起来，孩子紧紧地拉着女人的手，胆怯地看着周围。一家人跟着士兵走了，围观的人却没有散去，大家叹息地评论着，也不外乎是一家人可怜了，女人跟着没有田地的男人可惜了，却没有人提起"屯田令"三个字。

　　屯田令对这些在城里有家有业的人没有半分影响，对那些住在城边缘有地的农人也没有影响。这些没有房产没有固定工作的人被拉走集中，对城里人的生活只有好处。大家甚至希望这些人被迁移走，这样城里的治安也会安定许多。可怜也只是可怜那一对母女，要跟着男人受苦了。然而终究是别人家的事情，是茶余饭后的一点谈资而已，说说也就散了。

"我以为……"程氏低声说了半句，又停下来。

"小姐以为会出现反抗？"荀彧温声说道。

程氏摇摇头："不是，我以为先生会讲些道理，让那一家人心安。"

荀彧笑起来，做个继续走走的手势，转过身时才道："我同意屯田令发布，征集的确实都是流民，和少数没有田产，愿意迁移搬家的农人，这样一户已经在当地安家的人家，是不在屯田令下的。这一家人在城里能租赁上房屋，生活应当是过得去的，我又如何能告诉他们，到另外一个偏僻的荒野中另建家园，会好过这里？"

程氏转头看着荀彧，眼神里全是疑惑。

荀彧的神情中带着些淡淡的怅然："然而，谁又能知道，日出而作日入而息的生活，可能会更适合他们？在许都安定下来，一心务农，就不愁吃用，可能会比现在的日子更好过。屯田令才刚刚下达，一切都还没有开始，我给不了他们任何保证，我也无法用欺骗让他们安心。"

荀彧也转头看着程氏道："但是我必须要保证屯田令的实施。必须要保证来年春天的时候，有足够的人手能耕田种地——这些人如果还留在城里，这个冬天也许要乞讨为生，也许要靠抢劫过活，也许什么都不做也能过得很好。他们未必不安心。你看他们已经收拾好了行李，做好了离开的准备，只是如你之前所说的那样，不愿意离开熟悉的环境而已。"

程氏的脸上浮现出若有所思的神情："我明白了，先生是不愿意用空洞的话语来安慰他们，先生也不明确，究竟如何才是对他们好。"

"是的。"荀彧沉声道，"对他们这样一个家庭个体而言，我无法明确利弊，但对整个迁移的群体而言，我敢说是有利的。至少这个冬天，在屯田令实施发布的城池内，不会出现饿殍千里，在民屯所在之处，我不敢保证人人吃好，但至少能保证人人可以果腹。"

成大事总要有所损伤的，对比屯田令带给未来的好处，有些事情也只能看着而已。他无法苛求下边执行命令的所有人都会将命令贯彻得不折不扣，他甚至还要奖赏这些将命令执行得彻底的兵士。终究，他没有更多的时间等待，冬天就要到了，第一场雪之前，他要保证所有的人都住在许都的房屋里。

程氏听懂了这些，也听懂了荀彧没有说出来的那些意思。她也管过家，大家和小家，在某种意义上是一致的。她望着荀彧，温柔地笑笑道："但我相信先生的举措是对他们最好的，也是对我们兖州百姓最好的。我相信先生。"

在这最后的秋日里，程氏的信任，驱赶走冬日提前到来的寒风，让荀彧的心火热起来。屯田令虽然是枣祗全权负责，但是荀彧的心里也一直在筹谋思虑。不仅仅是为了屯田令的实施，还是为了实施过程中被牵扯到的百姓。归根到底，这些被聚集在一起要送往许都的百姓，也都是他治下的子民啊。他是多么盼望他治下的所有城池都是太平盛世，希望所有的子民都能安居乐业。

两人不知不觉走到了城门口，城门口两侧的告示前还围着人，这里的人开始议论起屯田令来，告示前站立的士兵们，也一次次大声地宣读告示，为周围的人描绘许都未来美好的前景。

"我们的大司马已经派李典将军带着人前去给大家建造房屋去了。李典将军大家都知道吧，那是收服濮阳城时冲在最前方的将军，他麾下的士兵能征善战。这么能征善战的将军和士兵都给我们大家盖房子去了，大家一到许都就有房子住，就有粮食分。开春就有属于自己的土地耕种，只要勤劳，来年就是大把的粮食，再也不用担心挨饿了……"

第二十七章

接任命鞠躬尽瘁　众将军携手支持

从屯田令颁布，枣祗被任命为屯田都尉之后，就没有睡过一个安稳觉。军屯与民屯的建立，不过是第一步，真正要将屯田令完整实施，将屯田的作用发挥到极致，也不单单是开荒撒种种地这么简单。许都大部分是平原荒地，建造房屋之后，接下来就是勘探土地，将能够开垦出来的土地规划出，并且分配给就近的军屯和民屯，然后下一步就是怎样让这些荒地被开垦之后，发挥出所有的作用。

李典带领着士兵来到许都的时候，就看到一座小山包旁已经盖了几间茅草屋，在茅草屋旁边，勾画出几道浅浅的沟壑来，枣祗正站在沟壑旁边，见到李典，快步迎上来。

"李将军，我正等着你们到来。"枣祗说着拱手施礼。

李典还礼之后，看着左右道："都尉，这一片就是我们要建筑房屋所在？"

枣祗点点头，指着茅草屋周边的土地道："这里我计划建造第一座军屯，每一座军屯建造大屋六间，每间可容纳十人居住。每十座军屯建造一间大厨房。地址我都勘探好了，李将军看如何？"

这座军屯的位置毗邻一条小溪，溪水有一丈多宽，水流平缓，清澈见底。小溪的另一侧就是一望无际的平原，一马平川。

李典点头道："都尉已经选好址了，我这就吩咐儿郎们开工。"

李典不但带着兵卒来，连砍伐树木、烧制砖窑的工人也都带着，当下数千人就在李典和枣祗的安排下，热火朝天地行动起来。军营的帐篷先搭建起来，接着有上山砍伐树木的，有就地从山坡取土制作泥坯的，有在选址上开始动手挖地基的，也有负责后勤的，当下就埋锅造饭，还有人牵着马匹到小溪饮水的。

枣祗和李典巡视着士卒劳作，然后踩着小溪上的石块，走到对岸，到了高处站下。从这里能更清晰地看到整座平原的概貌：广袤，深远。

"都尉，这种地，也不是简单地就将人聚集来就成的吧。"李典的人主要负责军屯民屯的建造，但是在看到这么大片荒荒的土地的时候，心里也生出担忧来。

"是啊。"枣祗感叹道，"不过这地虽然还是荒地，却很是肥沃。我计算了下，等到人上来之后，抢在大地上冻之前，就先烧荒，松一次土。也能将这片地里的野味收收，给留在这里的人打打牙祭。若是时间允许，还要开挖水渠，兴修水利。"

李典也看着大地，往枣祗身边凑凑，问道："都尉，这些活儿，就都靠那些流民？"

枣祗笑了："自然主要是依靠李将军了。李将军不会没有得到命令，到了这许都，就要全听我这屯田都尉指挥的吧？"

李典叹息了声道："司马将我派了来，倒是没有说时间限制，不过主公给我下了令，要我全权听都尉的安排，我一听就知道肯定不能马上离开。"

枣祗笑着道："这，还要多辛苦李将军了。"

李典哼了声，不过跟着就又笑起来："辛苦也不是辛苦我一个人的兵马，告诉都尉一个好消息，过不了几天，夏侯将军、乐进将军和曹洪将军也会带着人过来。他们才要叫苦呢，这军屯是给他们几个将军建的，来年开春我的人马都能撤出去，他们的，怎么也要留下来两成。"

枣祗也笑起来："那敢情好，有几位将军的配合，民屯也能尽快地安顿下来，我这就要仰仗李将军和几位将军了。"

枣祗虽然说笑着，心里的压力并不轻。他要安排下来的不是几百几千的人口，而是十几万人口。最关键的是现在还没有确定下来民屯的具体人数。选址和备用地址的确定，更是迫在眉睫的事情。

眼见着李典的兵马开进来不过半天，山坡下就堆起来一摞开采出来的原木，那原木上所有的树枝都已经砍伐下来，就丢在秋日的阳光下暴晒着，几座烧制土砖的砖窑也粗具规模，一大片的土坯也脱了出来。接下来几天，李典亲自陪同着枣祗，走了几十个军屯的地点，每一处都安排了兵卒开始建设，听着枣祗对土地的规划，和有经验的农人一起探讨水渠的开挖走向，接着是民屯的所在，民屯的建造。

白天的时间越来越短暂起来，太阳升起得也越来越晚，降落得越来越早，夏侯惇、乐进、曹洪的兵卒先后赶来，许都这片平日里清冷的土地上，彻底沸腾起来。终于，第一批迁移过来的流民，风尘仆仆地出现在遥远的地平线上，而此时，一座座民屯已经粗具规模。然而，这新建立起来的房屋内，终究是只有一座土炕，一个灶台，其余尽皆空空。好在这一路前来，还有黏稠的粥米可以免费喝到饱，到达的当天，每人甚至还都分到了一块野味的肉。这一小块肉安慰了这些疲惫的人，也抚慰了他们，让他们对在这里的未来，生出一点希望出来。

鄄城内的府衙，荀彧正在看枣祗送来的公文，曹操大踏步地走进来。荀彧忙站起来，要将主位让给曹操，曹操摆摆手，自在侧位坐下，道：

"枣祗那边现在如何了？"

荀彧将枣祗的公文递给曹操，道："大部分居民已经安置在房屋内了，还有少部分的房屋正在建造。田地也初步规划出来，枣祗在公文上说，还有两天就组织第一次烧荒，主公可有心情一起去看看？"

"去。"曹操一目十行地将公文看了一遍后放下问道，"迁移过去的居民粮草可够？"

荀彧点点头："想要吃饱不容易，不过那边军士们每天都能猎到野味，可以改善一二。我这边也在联系商队，商队的人比较有经验，能判断出来咱们军屯民屯里都需要些什么，我看看能不能让他们再赶过去些羊群，争取在这个冬天里，让许都的人每隔几天能吃上一块肉。"

曹操点头道："卞夫人前一阵出门上香，与奉屯田令前往许都的流民遇到，见那些流民中不少人食不果腹，生了恻隐之心，回来就拿了自己的私房钱，要我收些粮食，带给许都的难民。她还不知道现在的粮价有多高，不知道城里很快就有吃不上饭的了。"

荀彧道："我这几天也在联系城里的大户，要求他们在第一场雪之后开始放粮施粥。不求人人温饱，但求这个冬天城里没有饿死的人就好。"

"怕是很难。我刚来之前，城里的李氏还找上门来诉苦，说家无余粮，总得留够让家里度过明年春天的粮食。"曹操摇着头，声音里逐渐就有了怒气，"他当我不知道他家城外庄子里的粮仓都是满的，地窖里也都是存粮。就等着城里粮食告罄之后，好奇货可居。"

李氏是鄄城的大户，前几天求见荀彧，被荀彧拦了没有见，不想门路也广，竟然求到了曹操那里。荀彧道："商人逐利，这是本性。我不怕他奇货可居，就怕他到时候拿不出那些粮食。"

曹操好奇道："文若有何妙计，能让这些人乖乖地将粮食吐出来？"

荀彧笑了笑，笑容又收了起来："从许都回来，我就准备向程县令提亲了。"

曹操拊掌道："这是好事。文若可定下婚期？"

"还要与程县令商议，如果没有异议，我想要尽快。"

曹操点着头，很是为荀彧高兴："文若，尊夫人故去，我心很是难受。没有能提着张邈的头来祭奠尊夫人，一直是我的心病。文若你孤身一人，连个照顾你起居的人都没有，我更是感觉有愧。你能再成亲，我这心，也稍稍安慰了些。说实在的，我真怕你一直沉浸在悲痛之中。"

荀彧神色动容。秀娘的离世，是秀娘的选择，他并没有怪罪任何人，真要怪，他也只会怪自己没有亲自派人先接了秀娘。曹操第一次对他袒露心中的歉疚，让他感动。

曹操接着道："提亲你可自己提，婚事上其他要做的，我要下夫人和你的管家一起商议。少不得要办得喜庆热闹，让整个鄄城都沾沾你的喜气。"

荀彧笑起来："托主公的福。"

曹操站起来："走走，我们这就往许都去，早去早回。"

许都此时正是第一次烧荒。远处的田野上一缕缕的轻烟升起来，一片低矮的火苗烧过田地的杂草，地面很快就落上一层灰黑。这些土地上已经分配了耕种的农人，都拿着锹耙冲进田地，借着燃烧的余温将土地翻起来，将扎在地面下杂草的根挖出来，收拢到一起。荀彧与曹操赶到许都的时候，见到的就是这么一幅生机勃勃的景象。

翻起的土地又将燃烧的草木灰埋在地下。这些草木灰在来年之后，都会成为本来就肥沃土地上的肥料。偶尔有田鼠从巢穴中被挖出来，立刻就被几铲子拍下去，揪着尾巴绑起来丢到了一边。远处忽然传来欢呼，却是几只肥大的兔子被从巢穴中惊扰了出来，被开荒的农人们抓住。欢声笑语立刻就环绕在田地的上空。

枣祗从田地里匆匆赶回到田边，远远地小跑几步，临近了就向曹操拜下去。曹操忙上前挽住枣祗的胳膊，哈哈大笑着道："我一路前来，还想着这里会是怎么样凄苦的模样，不想却这般热闹，这般热烈，我心也要跟着沸腾起来。"

枣祗笑道："是主公与司马的英明决策，是众位将军的鼎力支持，才有许都今天欣欣向荣的一幕。"

曹操拍着枣祗的肩膀道："这些时日都尉要辛苦了。"

枣祗道："辛苦的是这些农人。他们才到这里，还没有来得及布置自己的家园，就先要忙着将地开垦出来一次，还有这些士兵，这些时日着实劳累了。"

三人沿着田间地头往里走去，走到地边，枣祗蹲下来捧了一把泥土道："主公、司马，你们看这泥土，都是黑色的，肥沃得很，我敢保证，来年春天种子撒下，小苗很快就能成长起来，秋日一定是大丰收。"

曹操也从枣祗手中抓起一点泥土，在指尖细细地碾过。泥土中草木被烧灼之后特有的味道，在秋末的阳光中，带着对丰收的期盼。

"都尉，我们这次过来，还带来了一个商队，需要什么，你尽管和商队说，司马已经和商队谈好了，他们会来往跑商，将许都需要的东西运过来，费用由司马在鄄城负责。还有一个好消息要告诉你，就是再过半个多月，会再有一批粮草给你运过来。"

枣祗的眼神都明亮起来，兴奋地道："太好了，我这边百废待兴，农人需要的东西琐碎得不行，我正愁着呢，能有商队和粮食进来真是解了燃眉之急。"

可忽然又有些疑惑起来。曹操的军队能有多少粮草他心里有数，因为那些粮草还是他从东阿守下来的。这些粮草能保证曹操兵卒整个冬天不挨饿就不容易了，哪里有余粮匀给迁往许都的农人。

荀彧也笑呵呵地道："都尉在这里辛苦，后顾之忧自然是要我们来解决的。不过，我也就只有把握弄来这么一次粮食，能不能让农人们安然度过整个冬天，还是要都尉费心的。"

枣祗用力地点点头："司马放心，主公和司马将这些农人交到我的手里，我就有责任让他们安安稳稳地度过这个冬天。"

正说着，一阵凉风吹来，他们不由都抬起头，看向风吹来的方向。遥远的天边，出现了一抹并不浓郁的黑色，黑色正顺着北风一起涌过来。凉风猎猎，掀起了他们的衣摆，吹着地里烧灼的轻灰也扬了起来。风忽然就冷下来，地里干活的农人们都直起腰来，收拢着衣裳，向风来的方向看过去。有人吆喝着赶快干活，大家急忙忙再弯下腰来。

枣祗的眉头微微皱起。寒气比计划里好像来得早了些，他顾不得曹操和荀彧就在身边，告罪一声，急忙几步跑回到田地头，招来有经验的农人们询问，接着很快再招呼着人过来，极快地吩咐了几句，那些人匆匆忙忙四散跑开。

第二十八章

忆少年风华正茂　赶寒潮人定胜天

寒流比预料的时间早来了几天。田地才划分出来一部分，划分出来的这一部分的田地才开始烧荒，预期的第一次翻地，也需要持续两天的时间才能完成。但是风向忽然就变了，北风吹起，眼看着温度开始降低。

曹操和荀彧在田边看着，就见那些农人听着枣祗的吩咐，急匆匆地跑开。枣祗这才回头，走回到曹操和荀彧身边，面上就带了些忧色道："我刚刚听有经验的老人说，忽然刮的北风，很容易将霜气带过来，今天晚上有可能出现霜冻。一旦霜冻，地面就要结实了，我们的烧荒，就一点成果也看不到了。所以我刚刚安排人将这两天砍的野草都运过来，又将牲口也都准备好了，一旦寒气过来，就将干草烧起来，断绝寒气，也赶着将地面都先翻一次。"

在农业上曹操和荀彧都是门外汉，听枣祗这么说倍感新鲜。曹操还在打仗的过程中见过霜气袭来的过程，荀彧就只在早晨推开房门看到过霜降的痕迹。听说今晚会有霜降，起了兴趣。当下就让枣祗自己忙去，和曹操回了地头，这么一会儿工夫，风就更凉了，太阳也隐没到云层后边去。

一桶桶的热水送到了地头，很快就凉成了温水，不断有农人上来舀一瓢水咕咚咕咚喝下，顺便又看看远处一排房屋，那里是临时的厨房，香气正从中冒出来——这一阵都是集中供应饭食，一旦农田里的活计结束了，就要自家开伙了。天渐渐黑下来，火把燃烧起来，大桶的黏稠的粥和一筐筐的馒头送到地头。粥是杂粮粥，馒头也是杂粮的，但胜在管够。荀彧和曹操也坐在田边地头上，捧着粥和馒头，还有一筷子的咸菜。

"这边临时不好准备特别的吃食。"枣祗有些歉意，他是邀请曹操和荀彧前来的，可是两人都到了，他才想起来没有给二人特别准备吃的。

"都尉这几日也都是吃的这些？"曹操问道。

枣祗点点头："从来许都，白天我都是在田里边的时候多，有时候就近睡在不拘哪个屯子里，吃住都和大家一样。"

枣祗觉得这很正常。冬季已经到了，他根本没有时间浪费在往返的道路上，且他给自己准备的住处就是茅草屋，还不如屯子里的房屋遮风。就是回去，也不过是躺下睡一觉，在哪里睡觉其实都是一样的，躺下就睡着了，张开眼睛就要往田里来。

曹操点点头，举着杂粮馒头咬了一大口。杂粮馒头口感粗糙，但细细地咀嚼，也能感觉到粮食特有的香气，配上一根萝卜条咸菜，咯吱咯吱的，很是下饭。然后再喝上一大口黏稠的粥，只觉得风都不那么凉了。

枣祗吃得很快，大口大口的，就和田边的农人一样，曹操和荀彧看着，都受到了感染，也跟着大口起来。许是这一天舟车劳顿，胃口开了，也许是这杂粮偶尔吃着很是新鲜，更有可能是大锅熬制的粥，味道就是不同，至少荀彧就感觉这碗粥，是他从离开冀州之后吃得最好的一次。他的脸上，也浮现出久违的真正的笑意，田间的这顿不能更简单的晚餐，让他感觉到了久违的热闹和温馨。

夜幕降临，本来该是休息的时候了，可是这一天谁也没有离开田地，大捆的干草被立在田边，火把的光亮中，大家都在看着远处。远处，随着黑夜的来临，寒风再起，冷飕飕的风吹来，呼出口的气息，冒着白雾，也看得清楚起来。

帐篷立在田边不远处，曹操和荀彧坐在帐篷里一边喝着浓茶一边谈天。两人很久很久没有闲情逸致了，这一次竟然没有谈及公事，而是回忆起少年风华正茂之时。

"我在少年的时候，常常在离家不远的水潭里游泳。我还记得那条水潭名字叫作龙潭，一个猛子扎进去都碰不到底。少年的时候，我胆大异常，也常以胆大而感到优越。一次到龙潭游泳，突然遇到了一条凶猛的鳄鱼，向我张开大口就游过来。也是奇怪，那时候一点也不觉得害怕，也没有惊慌逃走，只是面对着鳄鱼，一点点地向后游去，直到双脚触碰到水底，一步步后退着走上岸，瞧着那鳄鱼好一会儿才游走了，也没有放在心上，后来听说大人因为看到一条蛇而恐惧，我还觉得好笑，才说出曾经在龙潭游泳遇到鳄鱼。"

曹操说起少年之事，仍然意气风发："我在少年的时候就胆大，也因为胆大胡作非为过。我年少的时候就与袁绍相识，那时候我们还曾经相约长大后一起做游侠。游侠没有做，捣乱的事情做过不少，我们还半夜里一起去看人家新婚，还想着劫持新娘子逃走。哈哈，我和袁绍差一点被人追上。若是当时真被追上了，少不得是一顿打。我还好说，当时袁绍家里的人，可对他不怎么样。"

袁家虽然出身"汝南袁氏"，四世三公，但是袁绍本人却是庶出，后过继给大伯一家，撑起了一家的门户。因为庶出，又是过继的，幼年和少年的时光，并不算太好过。当时真要是如曹操所言被人抓住，挨上一顿打是不可少的，回到家族里也是要被罚的。

"文若少年时候就有'小神君'的称谓，当没有做过这等无法无天的事情了？"曹操端着茶碗喝了一口茶，笑眯眯地瞧着荀彧。

"哈哈，主公说笑了。彧年少的时候，家教甚严，每日鸡鸣就要起床，洗漱之后，就要到书房背书。从幼年读《三字经》开始，每一本读过的书都务必要做到倒背如流，便是那《三字经》也是从读、背、抄、默都过了四百遍，更何况其他。当时年纪毕竟还小，早起不久就会犯困，母亲就总在我读书的书房中为我点上一根熏香，每天的香气都不同，也算是我幼年时候除读书之外的一点乐趣了。"

荀彧说着，眼神里带着一点回忆，那是幼年时候的一根冒着袅袅轻烟的熏香，也是从幼年的时候，他就喜欢上了熏香的味道，便是逐渐长大，这个喜好却没有改变过。

曹操闻言笑道："难怪文若所过之处，余香三日不绝。原来是从小就在熏香的陶醉中读书，人都说书中自有颜如玉，书中自有黄金屋，到文若这里，便是书中自有绕梁香。"

荀彧也笑起来："少年的时候，还因为身上这等香气苦恼过，当有了'小神君'的称号之后，反而觉得这香气是我苦读书的荣耀，以后也就渐渐淡忘了，但是熏香这个习惯，却保持了下来。读书的时候，还是喜欢点燃一根熏香，似乎这香气更能让我保持头脑的清醒。"

两人聊起少年的事情，越发觉得亲近起来。曹操从荀彧投奔以来，就将荀彧当作自己的智囊，几乎就是言听计从，也给予了荀彧极大的权力。曹操在，不会反驳荀彧的任何决定；曹操不在，整个后方就全由荀彧做主。这不单单是重托，还是全无芥蒂的信任，是只有博大胸怀才能有的信任。而荀彧也不负重托，居中持重，谋能应机，还为曹操举贤纳能。两人相识还不到三年，却结下了深厚的友谊与相互信任。

这时门帘挑开，枣祗走了进来，带进来一身的寒气。荀彧忙请枣祗坐下，为他倒了一杯热茶，问道："是降温了？"

枣祗双手接过道："是，温度下降，凌晨不久，就会有霜降。外面的干草都已经准备好了，守夜的人也都安排下了，只要霜气飘过来，就会有锣声示警，到时候就会将干草点燃，以热气化去寒气。"说完才捧着茶杯，一口气喝下去。

荀彧点头："古人云：人定胜天。以往只觉得这话颇为夸大其词，如果这一夜能将霜降寒气驱赶走，这才是应了古人的话，我等也见识到了奇迹。"

曹操也哈哈大笑道："人定胜天这话在别人那里如何，我不知道，但在我与荀司马这里，定是必然的。这一夜我们就在这里守着，我也要看看我们的都尉是怎么做到人定胜天的。"

枣祗眼睛雪亮雪亮的，看着曹操道："有主公在这里守着，就算上天再降下困难，我等也一定要将那些困难赶走的。主公放心，这次的霜降我们定然能够摆脱，之后天气也会有所缓解，至少在两三日内，不会再有降温的时候了。"

此刻已经接近午夜，大家在天黑时吃的那点干粮早就消化干净了，只觉得腹内空虚。枣祗早在进来之前就做了安排，几人话语才不久，外边就传来声响，两个兵士端着食盒进来，食盒的盒盖打开，上面是三大碗手擀面，面条上还卧着个荷包蛋，荷包蛋旁，是两根绿油油的青菜。热气和香气一起扑来，让人食欲大动。

"许都万事简陋，夜里也只有这么一碗面了。"枣祗带着歉意说道。

"好香。"曹操说着，先伸手端起来一碗，拿起筷子挑了下，"都尉百忙之中，还想着给我们准备份夜食，多谢了。"

荀彧也捧了一碗道："正好腹中饥了，这面闻起来也煞是香了。"

两人平日里的饮食都很是金贵，此刻挑着面条大口吃下，却觉得比平日的饮食美味了许多。一大口下去，腹中热乎乎的，口舌也得到了很好的满足，忍不住又挑了一口吃下去。枣祗看着两人吃得甚是香甜，放下心来，也风卷残云般吃起来。

稍后兵卒上前收了碗筷，重新捧上新沏的茶水，三人坐在帐篷里，听着枣祗说着到许都以来的琐事，不觉时间就过了午夜，忽然，外边的远处，隐隐传来敲锣的声音，三人对视一眼，枣祗急忙忙站起来，抢先出了大帐。

大帐外边，听到锣声，不少农人也都从房屋里走出来，不约而同来到地头，就见到极远处明亮的月色下，一排排火把的光亮中，一道白茫茫的雾气，远远地飘过来。

"霜降了——"

"霜降了——"

"赶霜了——"

"燃火了——"

呼号的声音从远处传来，仿佛是地平线处，先是一个个火点燃烧起来，接着就是一整排，然后，就如烽火一般，近一排的干草也被点燃，然后是再近一排的干草。大家都站在田地不远处，凝神屏气地望着远方的那片白雾，心也不由得都提到了嗓子眼。这是他们来到许都之后的第一次开荒，也是冬季之前的唯一一次开荒。地开出来了，春天的时候就更容易耕种，来年就更容易丰收。这地就是大家的命根子，因为从踏上这块土地之后，所有人的希望就与这土地联系到一起了。

"赶霜了——"

呼喊声再次响起，伴随着敲锣的声音，似乎这喊声和锣声就能将寒潮驱赶走，将严霜扼杀住一般。田间的农人们也跟着吆喝了起来，仿佛人多喊声重，就也能将声音化为力量，将严寒驱赶离开。

"赶霜了——"

枣祗跟着大家唱和了起来，他满眼期盼地看着远处的火焰和燃烧的火线，虔诚地祈祷着。这是他跟随主公以来筹划的第一件大事，他迫切地想要做出成绩来，为主公的大业增光添彩。虔诚的声音在耳畔响起，感染了曹操和荀彧，两人不由都开口，随着锣鼓的声音，也唱和起来。

"赶霜了——"

这声音惊醒了沉睡的野鸟，同燃烧的一道道火焰一般惊动了远处的白霜。白霜在接触到第一道火焰的时候开始消融，但后续的白雾接着弥漫过来。

"赶霜了——"

"赶霜了——"

更为高亢的声音一同响起，大家都面对着远处的白雾，将心中的所愿唱和出来。

第二十九章

荀文若提亲程氏　曹孟德亲为媒人

燃烧的火焰舔舐着蔓延过来的寒气，火焰的热量将寒气消融，再将热量传递出去。更多的火焰燃烧着，伴随着锣声，呼喊的声音蔓延过去。白雾弥漫，被升腾的火焰逼上半空再消散，扑面而来的风似乎带上了暖意。更多的干草燃烧起来，冲击着寒潮，烟气袅袅地飘上半空，与寒气融合在一起。

"退了！寒气退了！"不知道谁先高喊了一声，刹那间，整个田野上全是呼喊声，大家高声叫着，吼着，宣泄着心里的兴奋与喜悦。

"主公，寒潮退了！霜降退了！"枣祇兴奋地张开双手大喊起来，他此刻就和周围的农人一般喜悦，"主公，我们胜了！我们将寒潮赶走了！"

"是的。"曹操的手用力地拍在枣祇的肩膀上，"我们胜了，人定胜天，在我们这里实现了。"

荀彧的眼睛微微有些湿润，他看着欢呼着兴奋地跳起来的人群，看着远处弥漫的轻烟，忍不住深深地吸了口干草燃烧后特有的香气。他忽然觉得人生没有什么可再艰难的了。他们连天降的寒霜都能够驱赶走，还有什么会做不到呢。这个冬天会难过的，但一定不会是预期中那么难过的。

这个夜晚，几个人都没有休息，他们走过了没有被寒潮光临过的土地，来到了寒潮飘来的方向，看着远处地面上白色的寒霜，眼看着寒霜下面的土地湿润而逐渐冻住。这片土地是未曾开垦过的，不在计划里的，因为要烧荒，所以也被割了干草。天明之前，这块土地的地表就会坚硬起来，直到太阳升起，正午的烈日才能将土地上的寒气驱散开一点。但也不过一两个时辰，就会因为地面更加潮湿而冻得更快一些。

"天亮，牲口们就会下地。三天时间，大部分地都会耕种过一遍。因为抢时间，这次就不分军屯民屯了，军马也下了地。不过主公放心，士卒们都心疼军马，不会让军马失了大力气的。"枣祗也心疼军马。军马都是该上战场奔跑的，不是要套上缰绳下地的。然而现在顾不得这些了，耕牛不够用，时间还有限。

曹操点点头："一切就都交给都尉了。"

此时已经是寅时三刻，正是夜深时分，田野里的农人们都已散去，补上一觉，等待着天明的劳作。三人也回了帐篷内。枣祗这些天辛劳，倒下就睡了，曹操的帐篷内的灯光也熄灭了，只有荀彧还坐在案几前，正在奋笔疾书。很快荀彧完成了书信，等待书信晾干的时候再从头读了一遍，才将书信折起，封在信封里，再在信封上写了几个字，喊进来侍卫，吩咐将信送出，静心再思虑了片刻，才吹熄了火烛。

天明之后，曹操和荀彧就离开了许都。他们两人在这里，枣祗就要腾出时间来陪着他们。上冻之前的时间是宝贵的，禁不起浪费的，而许都也还有许多事情在等着枣祗去做。曹操和荀彧看过了许都，也终于都放下心来。起程返回的心情比来的时候轻松了许多，也许是因为前一夜曹操与枣祗的谈天，也许是因为半夜里他们也曾跟着枣祗和农人一起振臂高呼过，返程时两人一路谈天说地，这一年征战带来的积郁，一点点消散。

前方传来急促的马蹄声，一个士兵骑马飞奔过来，老远就滚下战马，丢下缰绳疾步跑来，到曹操车马前半跪，举着信件高叫："报——主公，徐州急件！"

随从急忙接过信件递给曹操，曹操就在马上展开信件，一目十行看过，不禁大笑道："真是天助我也，司马，徐州的陶谦，亡了！"

徐州军民被曹操率三十万大军屠杀，陶谦也一路逃亡北上，如果不是陈留太守张邈背叛曹操，迎吕布入兖州，陶谦大约要一直逃回到丹阳老家内。曹操虽然离开了徐州返回兖州，但徐州十数个城池被攻下，几十万人口惨遭屠戮，让已过花甲之年的陶谦日暮途穷，承受不住打击，一病不起，并在这个冬季到来之前，溘然长逝。

陶谦亡故的消息让曹操既高兴又难过。高兴的是杀父仇人终于死掉了，难过的是他没有能亲手割下陶谦的头，没有能亲手报仇。但大仇已报，且徐州现在正是群龙无首之时，夺得徐州，扩充地盘，指日可待。他恨不得立刻就回到鄄城，重整士卒，再次杀上徐州。只是想到了粮草，心里不由得长叹一口气。

荀彧接过信件，从头到尾看了一遍，然后抱拳道："恭喜主公，大仇得报。"

曹操长叹一声，"只恨不能手刃了陶贼，让他得以在床榻上善终。"

荀彧安慰道："虽然是如此，但那陶谦被主公追赶之时，终日惶惶不得安宁，在悔恨中度日，虽然亡于床榻，也与被主公亲手斩杀相差无多。"

两人快马加鞭，赶回到鄄城，荀彧陪同曹操赶往祠堂，告慰曹操父亲在天之灵，之后曹操留荀彧在宅内，摆下酒席，两人一番畅饮，都微微有些醉意。曹操亲自送荀彧离开府邸，看着荀彧坐上马车离开，转回到内室，卞夫人已经捧着醒酒汤在等候了。

曹操微醉，仍然没有忘记荀彧的大事。早在回来的路上，就已经派人去请程昱回郡城来，他还要做荀彧与程昱家女儿的大媒，婚事的操办，还要卞夫人帮着应酬。就着卞夫人的手，曹操喝下了醒酒汤，待卞夫人将空碗放下，曹操捉住了卞夫人的手，细看着卞夫人。卞夫人从二十岁嫁给曹操，先是为妾，之后扶正，一直谦虚好德，将曹操的后宅打理得井井有条，如今年过三十，却仍然风华正茂，甚得曹操喜爱。

曹操将卞夫人拉到身边坐下，道："我常年在外打仗，家里的事情烦劳夫人操心了。"

卞夫人从托盘上取了热的手巾，为曹操轻轻擦拭着面庞，笑着说道："将军是做大事的人，妾身将后宅管理好，让将军没有了后顾之忧，才是正事。"

曹操轻笑了声，捉住卞夫人的手，将毛巾扔在了托盘上，道："如今还有一事要烦劳夫人。荀司马明日要向程家提亲，求娶程县令之女，他在鄄城的宅子里只有一个管家，婚事的操办，还要夫人辛苦一二。"

卞夫人闻言，脸上也露出笑意："司马终于肯向程家提亲了，这可是个大喜事，妾身先恭喜将军了。"

曹操奇道："荀司马提亲，我何喜之有？"

卞夫人站起身来盈盈俯身道："荀司马是将军的臂膀，肱股之臣，对将军忠心不贰。将军对妾身说过，荀司马追随将军以来，殚精竭虑，从不会让将军有后顾之忧。然而众位将军家眷皆在身边，唯有荀司马夫人为节自尽。这些时日将军一直为荀司马难过，妾身都看在眼里。如今荀司马终于肯向程家提亲，就表明司马相信不久的将来，将军一定会提着那张邈的人头，让荀司马告慰夫人在天之灵。妾身这是提前恭喜将军，在不久的将来，旗开得胜。"

曹操闻言大喜，扶起卞夫人搂在怀里，回身吹灭了火烛，拉上了床帐。

第二日辰时才过，荀彧果真就亲自前来曹府，请了曹操做媒，一同前去程府。程昱收到曹操的信，早一日回府，这天早早就起床，里外收拾妥当，听说荀彧与曹操前来，亲自到门上迎接。三人既为好友，也是君臣，曹操又亲自给两位属下做媒，当是天大的面子。

这时期娶妻需要"六礼"齐全，这"六礼"的第一步就是纳采，就是男方家请媒人到女方家去提亲，如果女方同意婚事，那么，男方家就得带上礼物去女方家，女方家收下，称之为纳采，就可以进行第二步问名了。男方家会请媒人询问女方的名字和生辰八字，然后到祖庙占卜吉凶，只有占卜到吉兆，才能将婚姻进行到底。然后是纳吉、纳征、请期、亲迎，走完了这六步，婚姻关系才算是正式确定的。

三人进入室内，分宾主落座，曹操作为媒人，一丝不苟，代表着男方，欠身向程昱道："荀氏文若青年才俊，为人伟美有仪容，听闻贵府贵女温柔贤淑，知书达理，前来求娶，虽然没有金山银山，但有一片赤诚心意，荀氏愿意与程氏缔结连理，喜结秦晋之好。"

程昱也欠身答道："愿将小女嫁与荀氏，共结良缘。"

荀彧也站起身来，捧着礼单，双手奉上。

程昱本来也是荀彧下属，但此刻却是荀彧的岳父泰山，当然是要稳坐在位的，因此也只是欠身双手接过礼单，象征性打开看看。但这一打开，心下就是一惊，这礼单之上的礼品，丰厚至极。程昱将礼单放下，荀彧向后落座，此刻已经完成了六礼的第一步纳采，按说应该是媒人收了女方的谢礼，就可以告退了。不过荀彧与程昱两家对于婚事基本上是过了明路，所以这第一步的纳采和第二步的问名，就在这同一天完成了。

曹操当下按照规矩，求得程昱之女的名讳与生辰八字，程昱早已经准备好了写有程氏名讳和八字的纸张，封在信封之内。只因为当时女子多数只有闺中小名，只有亲近的人才能知道，且女子的生辰八字也为隐秘，不得为外人得知，所以依照规矩，封于信封之内。这第二步的问名就此完成，曹操双手接过信封，回头就直接交给荀彧，荀彧郑重收在袖内。程昱又取来谢资，封在一个红包之中，曹操笑着收下，与荀彧拱手告辞。

荀彧家族都还在冀州，祠堂也建立在冀州，这边没有祖庙，但拿着两人的生辰八字占卜吉凶这一步，必不可少。不过祖庙没有，也可以请了人到家里占卜，荀彧和曹操回到荀彧家中，家中已经准备好了占卜的事物，请的人已经等候在堂前。双手接过两人八字，看上一眼之后口里念念有词，不多时面露笑容，口说恭喜，两人八字相合，是天定的姻缘。当下荀府内众人全是笑容满面，老管家拿来早就预备好的红包，送给媒人与占卜之人，荀府内所有下人也全收到红包，一时满府的喜气。

曹操立刻拿着占卜的批示，带着荀家的礼单和礼品，二次返回程家，这是第三步的纳吉，表示要正式缔结婚姻了。通常这第三步纳吉总也要在几天之后，一天之内就定下来实属匆忙。荀彧与程昱本来都不着急，无奈做媒的曹操却比两人都要着急，他恨不得一天就想要荀彧与程氏完婚，让荀彧不再一个人冷冷清清。

程昱才送了曹操离开，回转在房内不久，就又亲自到门口再次迎接，只因为这个媒人的身份了不得，他是一点点不敢懈怠的。这次的礼单同样也让程昱吃惊不小，看着这一天之内的两份礼单，程昱不由忧心起来。求娶之时的礼物就如此丰盛，聘礼不知道还会如何。程昱虽然早就给女儿准备了嫁妆，现在看来，那嫁妆必然准备得要不够了。

曹操又收了一个红包，心满意足，他媒人的身份却还没有完成，当下又拿过来一张纸展开，上面写着三个日子，都是适合婚娶的良辰吉日，递给程昱道："本来应该先送上聘礼的，荀司马已经在家中准备了。不过我着急了，就先请了三个好日子。这三个日子都是良辰吉日，先生可以先挑选一个，回头告知荀司马，也不耽误他准备聘礼。"

　　程昱看着那上边第一个日子，饶是早有心理准备，也颇为无语。这第一个日子竟然就在三天之后。虽说是六礼一样不会缺少，但是纳采、问名、纳吉在一天也就算了，请期也放在一天，也勉强说得过去了，婚期定在三天之后，这就说不过去了。

　　再看第二个良辰吉日，却是半月之后，也觉得时间匆忙，往后看向第三个日期，就是在明年春季之后了。春暖花开倒是个好日子，程昱刚想要定下这个日子，忽然想起来局势，微微一顿。

第三十章

送聘礼吉祥如意　迎粮队锦上添花

明年春天，春暖花开之际，也是曹操大军再次征伐吕布，将吕布从兖州赶走之时，那时候战事再起，怕是没有时间再行婚礼大事了。程昱沉吟片刻，想起小女与荀彧已是两情相悦，且婚期虽然临近，以荀彧为人，必然也不会委屈了程氏，当下将日期选定在半月之后。曹操得了这个日期，本就是预料之中，笑容满面。

身为媒人的任务基本完成，曹操心满意足地收下了选定婚事时间的单子，便再次告辞。程昱还是第一次见到曹操如此心急，送曹操到门口，转身之后也颇为好笑。知道这一天曹操和荀彧都不会再来了，就进了后堂，程夫人果然在等候着，问了时间，只觉得有些匆忙。

程氏的嫁妆都已经准备了，但是也要看男方的聘礼有所增减的。程昱吩咐夫人拿来嫁妆单子，细细查看。程氏老宅原本就在东阿，家中富足，给女儿准备的嫁妆颇为丰厚。原本想荀彧老家在冀州，只身一人在这边，又才建了荀府不久，没有积累多少财富。今天见了荀彧送来的礼物，一次比一次丰厚，怕是聘礼也会只多不少。那自己给程氏准备的嫁妆就不够了。

如此一说，程夫人就担心起来。嫁妆不够，女儿在夫家的地位未免不稳。尤其女儿嫁过去还是填房，那荀彧也已经有了几个孩子，不免也在心里再斟酌着嫁妆，只觉得半个月的时间实在太少，想要再给女儿打造些大件出来，时间却来不及了，一边埋怨着程昱没有早些与她商议，一边谋划着只能采买些现成的成品来。好在今年遇到了虫灾，城中粮食大涨，其他物品的价格不涨反跌，便开始斟酌着修改着嫁妆单子，着人采买。

荀彧这边的聘礼早早就已经准备了，是正正经经的三十物。除金钱之外，便是有着祝颂之意，象征并祝福夫妇好合的玄纁、羊、雁、清酒、白酒、粳米、稷米蒲、苇、卷柏、嘉禾等物，又有象征着长命百岁、如胶似漆的长命缕、胶、漆、五色丝、合欢铃等物，取吉祥与福禄的禄得、香草、凤凰、舍利兽、鸳鸯、受福兽、鱼、鹿、乌、九子蒲、阳燧钻等物，凡二十八物，又有丹为五色之荣，青为东方之始，加一起共三十物。这三十物中，虽说大多都是平常的东西，但是若要凑齐了，也是不菲的银子。而其中的金钱，是要铸成金饼的，却是不计数的。

荀彧自从对程氏有意之后，就已经着管家采买准备了，着实准备得充分，尤其是金饼，足足准备了两担。一担百斤，两担就是二百斤，是寻常的二倍。即便如此，荀彧也觉得不足，又吩咐在粳米、稷米蒲、苇、卷柏、嘉禾等物之内埋了银锭。这才找了黄道吉日，请人吹了唢呐，敲了锣鼓，在所有的聘礼上全都绑着红绸，一路招摇送到程府。一路吸引了不知道多少闲汉品头论足，当下，荀彧与程府结亲，不日将举行婚礼的消息立刻就传开了。

程昱亲自带着人在门口迎接荀彧，见到那两担金饼，还没等咋舌，下人们先欢天喜地起来，程昱才请荀彧进门落座，摆上酒席，就听到管家来报，说在米、苇、卷柏、嘉禾等物内都埋有银锭，数量颇多。论地位，程昱在荀彧之下。论婚嫁，程氏是填房。这份厚重的聘礼，表示的是荀彧对程氏的心意，也是荀彧对程氏的重视，对程昱这位岳父的尊敬。而银锭埋在米物中，分明就是补贴嫁妆的意思。并非荀彧瞧不起程家，实在是想要拿出来与聘礼对等的嫁妆，也是不易。

荀彧前一次成亲，事无巨细，都是家族操办，他只是跟着走个过场，这一次大事小情他都亲自过问，便也知道聘礼准备烦琐，那嫁妆准备起来，对家族也是个负担。他荀彧成亲，身份地位在这里摆着，断不能寒酸，程氏的嫁妆自然也寒酸不得，所以才有这番暗地里赠送银锭，也是补贴嫁妆的意思。

程昱心中明白，承了荀彧的情，也大张旗鼓地采办起来，那金银饰物，非精美不采买；布匹锦缎，也挑选江南最华美的，成匹地抱进府上；还花了重金，将坊市内的一套做镇店之宝的家具定了来，从席、床、屏风、镜台到桌、椅、柜等无一不是精品。又将自己书房内的藏书整理了部分出来，充作嫁妆。总算在婚礼举行的前一日，将嫁妆准备好了，满满当当地摆在院子里，供宾客观看评析，然后就要抬到荀家。

这一日程昱的亲朋好友们都会收到请帖前来"添妆"，曹操也偕卞夫人前来，添妆的礼物是一座色彩绚丽的珊瑚。这珊瑚被摆放在礼物堆里最醒目的位置上，曹操手下大员，程昱的同事们也都纷纷前来，程府上下热闹非凡。

荀彧这边也做好了迎接嫁妆的准备，就见到管家激动地跑过来叫道："少爷，荀攸少爷来了，还带来了一个车队！"

荀彧眼睛一亮，急忙走出府门，就见到宽敞的府门外，停着一个车队，车队远远地延伸着，一眼竟然没有看到尽头。荀攸正从马背上跳下来，见到荀彧就先施礼道了声"小叔"。

荀彧上前一把搂住了荀攸，惊喜道："公达，怎么是你来了？"

荀攸笑道："一月前接到小叔的书信，我就和族里讨了这份差事，才进了城，就听说明天是小叔你大喜的日子。我这一路紧赶慢赶的，还真赶上好时候了。"

荀彧使劲拍了下荀攸的肩膀，看着远远的车队，颇为无语地道："你就将车队这么赶到我府上了？没看到夏侯将军？"

荀彧在书信发出去不久，就着夏侯渊前往冀州与兖州必经之地接应，此刻却没有见到夏侯渊将军，这才一问。

荀攸狡黠地眨眨眼睛："早就见到夏侯渊将军了。本来将军要带着车马停在城外的，这不是听说你婚礼了么，我就和夏侯渊将军说了，我赶着车队先进城，就作为主家给小叔你成婚的贺礼了。"

荀彧立刻就领会了，赞赏地点点头道："有你的了。来来，礼单给我拿来，这些车队……管家，你着人先送到府衙处，安排车马休息。"

引着荀攸进门，问道："我父亲可好？"

荀攸从怀中掏出书信，双手奉上道："叔公安好，临行前叮嘱我转告小叔，家里一切安好，不用牵挂。又说，这些人马回程的时候，会一并带着小婶娘的灵柩，让小婶娘尽早入土为安。"

荀彧接过书信，脸上的笑容有片刻的凝滞，眼神里浮现出哀伤，但很快就消失了。荀攸先行洗漱休息，荀彧走进书房，打开书信，熟悉的字迹出现在面前，他缓缓地看着，眼角微微地湿润了。

一月之前，在蝗灾刚刚出现的时候，他就派人给远在冀州的父亲去了信，一是禀明秀娘去世、自己即将续弦的消息，二就是恳请父亲从冀州购买粮食，并派人押运过来。信虽然早已经送出，荀彧的心里却并不踏实。荀家所在的冀州，还在袁绍的控制之下，曹操此时虽然没有与袁绍翻脸，但是早晚会有与袁绍逐鹿中原的时候。袁绍不愿意看到曹操发展壮大。

兖州发生如此大的变动，袁绍只派了臧洪带着五千人驻守东武阳，名为帮忙，实际还有觊觎之心。兖州蝗灾，袁绍清清楚楚。曹操兵马粮草不足，入不敷出，是袁绍所乐见的。这等时刻，荀家大肆采买粮食，一路往兖州来，不知道多引人注意。荀攸这次能安稳地将这么多粮食送过来，他的父亲在其中不知道耗费了多少心血。

荀彧将书信从头到尾再看了一遍，再看到信末尾处提及了秀娘的灵柩，又一次微微红了眼睛。他离家在外，让家中父老为自己操心，又连累了自己的妻子殒命，让白发人送黑发人，实属不孝。荀彧压下心头的哀伤，将书信仔细叠好，安静地坐了一会儿，再站起来时，眼眸中已经不见半分波澜。

吹吹打打的声音临近了，府中只有他一人主事，嫁妆到了，也自然是他亲自迎接。荀攸也已经洗去了一身的疲劳，换了衣服，赶到门前帮助接应。这嫁妆又是满规格的六十四抬，最前边的是曹操赠送的添妆礼——一座上好的彩色珊瑚，尤为引人注目。大约因为是续弦的原因，之后的樟木箱子只有十六只，但就是这样，也足以引得一路跟随看热闹的人谈论不休。

又有人说起之前刚刚前来的车队，就有荀彧安排好的人混在人群里，说这是荀彧主家送来的新婚贺礼。因为兖州刚刚经历了虫灾，缺少粮食，所以荀彧早早地就打了招呼，这次的新婚贺礼不要金不要银，就要粮食。荀彧的主家就特地不远万里，从冀州押送来一个车队的粮食。听说荀彧要将这些粮食全留给鄄城、范县和东阿的百姓，要保证这三城的百姓安然度过这个灾荒年。

为什么没有濮阳呢？因为那程县令老家是东阿的，又是范县的县令，荀家与程家结亲了，当然要顾着岳家的老家和管事的县城了。那濮阳也不是不管的，总得要排在这三城的后边吧。就又有人赞起这一车队的粮食了，不知道就从哪里传了出来，说荀司马已经开口了，这次婚礼的礼金不收金银不收珠宝，只收粮食。

这话不知道怎么就传开了，一会儿工夫就传到鄄城的一些大户人家那里。那些大户人家与程昱不很熟悉，荀司马的婚礼，怎么都要意思意思地送些礼金上来的。听到家中下人传过来这等消息，本来不信，着人再去打听，果然是从城外才来了几百车的粮食，听说都是从冀州荀司马的主家送来的，押送的就是荀司马的侄儿。又有荀彧门上的人说，府内管家已经得到吩咐了，说司马的婚宴，绝对不收城中大户人家的礼金。

这话传回来是一模一样，听的人就听出其中的味道了。说是不收城中大户人家的礼金，可之前几天，荀司马婚宴的请帖就送来了。哪里有参加婚宴不送礼金的？这分明是在暗示他们，不，是明示了，礼金只要粮食，不要其他。

若是寻常的年景，送出些粮食不算是什么，可这是灾荒年啊，这时节，鄄城内的粮价已经高达一斛五十多万钱了。就算荀彧主家送来了几百车的粮食，可军队要吃粮，许都的农人要吃粮，轮到鄄城、范县和东阿的粮食，根本就不足。那些百姓以为这些粮食是给他们吃的？那是在做梦，荀彧就借助这些粮食做幌子，为的就是这三城大户手里的存粮。说不定那几百辆马车里装的也不全是粮食，就是一袋袋的沙土。

但这话也就是在心里想想，谁也不敢说出来。明日就是荀司马的新婚大喜日子，谁敢在这个日子里触荀司马的霉头。偏偏时间临近，就剩下半天的时间，想办法都来不及。

不去婚礼？收到请帖后不去？那是等着被秋后算账穿小鞋的。他们这些自诩为士族的大户人家，也做不来这种收到请帖不登门的事情。难道还真的就捧着礼金上门？都说伸手不打笑脸人，荀家该不会做出失礼的事情吧。可万一真是拒收礼金，这面子可就下不来了。

当天晚上，几个大户人家的家主凑到了一起，商议半天，都不得要领，谁也不愿意做那出头的鸟。在人家大喜的日子里碰钉子，给人家添堵，自己也难受。说得大家连夜查点家中余粮，算计着可以作为礼金的数量。不过也都做了两手的准备，之前准备的礼物和清单仍然带着。说不定这不收礼金就是谣言。

这以粮食作为婚礼礼金的，实在是前无古人啊。

第三十一章

思秀娘义庄探望　披红袍再做新郎

嫁妆都摆放在侧院，等待新嫁娘到来之后，有的登记入库，有的是要按照新嫁娘的喜爱，重新布置到新房中去的。此刻的荀府内，张灯结彩，下人们还在为第二日婚礼的宴席做着准备。

荀府里只有一位管家，荀彧又是新郎官，荀攸才过来这边，对宾客家人都不熟悉，未免手忙脚乱。好在白日里嫁妆送过来的时候，卞夫人就已经遣了身边有经验的婆子过来帮忙安置嫁妆，又担心荀府人手不够，还派了些亲卫家丁过来，守在院子四周。至于厨房，那是几乎将曹府上从负责买办到厨师遣过来了一大半，还从鄄城内最大的杏花村酒楼里请了大厨，专门料理几道酒席大菜。又听闻了荀彧打算收的礼金，担心第二日门前出现混乱，干脆又将账房派过去几位。至于婚礼上的司仪、迎亲的喜婆、全福人等这些琐碎的事情，也早早就安排了人，全交予管家听凭吩咐。

荀彧在天黑之前走了一圈，竟然没有他可以插手的事情，反倒被管家劝着早些休息。

荀彧哪里能休息得住。他并非第一次结婚，新婚有喜悦有期待，但是在这一天里，他更多想到的是秀娘。明日里他就要热热闹闹地迎娶新人，只留着秀娘一个人孤单地在义庄内。夜色降临，荀彧站在窗边良久，还是带着侍从离开府门，前往城外的义庄。

从城门到义庄的这条路，荀彧很熟悉了，他来过许多次了，每一次都是孤身一人。但这应该是他最后一次孤身一人前来了，下一次就要带着程氏一同前来。

义庄建在一处荒废的寺庙外，不大的义庄内摆放着十几具棺木，秀娘的棺木单独摆放在一个小院内。棺木前的供桌上点着一盏长明灯，供桌上供奉的食物都不见了踪影。侍卫们从手中的食盒里将贡品一一摆放上，再点燃了香火，退出到门外。荀彧痴痴地看着棺木，看着棺木前袅袅的香烟，闪烁的长明灯，半晌，蹲坐在地上，捡起一旁的黄纸，送入火盆中。

一张张黄纸燃烧起来，火苗跳动着，荀彧只觉得心中有无数话想要与秀娘说，可看着这跳动的火苗，又觉得眼睛热辣辣的，一句话都说不出来。他想要对秀娘说程氏也是个好姑娘，和秀娘一样会对他好的，让秀娘放心。想要对秀娘说很快他就会将她送回冀州，牌位供奉在祠堂内。想要说他会带着程氏一起来看她，也让她看看程氏……还想要说，这个婚礼他感觉很对不起程氏，因为他也利用了这个婚礼，要为鄄城的百姓筹集粮食。

荀彧再捡起一张黄纸，丢在火盆中，抬头看着黑色的棺木。棺木里躺着他最爱的女人，也是最爱他的女人。这个为了他而死去的女人，他再也见不到了，甚至再也不能到她的棺木前来看她了。

"少爷，三更了，就要到明日了。"侍从从院子外悄然进来，在荀彧身边低声说道。

211

还有半个时辰就到明日了，就到他大喜的日子了，他实在是不能再在这里停留了。荀彧将最后一张黄纸丢在火盆里，站起来看着棺木，终于，他微微闭上眼睛转过身来。他走出院子，将棺木留在了身后，一直到离开义庄的大门，都没有再回头看一眼。

新婚的日子终于来到了，荀府内从一大早就开始张灯结彩，所有的下人全换上了崭新的衣服，喜气洋洋，荀彧也换上了新郎的红色服装，满脸的喜气。他亲自站在大门口迎接来往的宾客，夏侯惇、乐进、曹仁几位将军结伴同来，连枣祗都从许都赶过来了。

管家在一旁接过礼单，笑眯眯地高声唱着贺礼，荀彧与大家拱着手互相道喜，只等着吉时来到，就从家门出发，迎接新娘。

许氏是鄄城大户，祖上曾经在秦时做过地方官，也勉强算作名门望族。一大早，许氏的家主许期就穿戴整齐了，准备前往荀府道喜。他准备了两份礼单，一份是中规中矩的玉石摆件，一份是十斛粮食。十斛粮食就是百斗，这在丰收年景，与玉石摆件完全无法相提并论，但是今年是灾荒年，这十斛粮食就弥足珍贵了。这些粮食卖掉的银两，足以抵得上这个玉石摆件。

可即便是如此，看着礼单上十斛粮食这几个字，还是觉得单薄，觉得无法与华贵的玉石摆件相提并论。他都穿戴好了，可对着这两张不同的礼单，还是犹豫了。思忖片刻，许期喊来管家，犹犹豫豫地吩咐了几句，又重新提笔写了第三份礼单，这才将礼单放在袖口内，步出家门。

鄄城没有经过太多的战火，城内依然繁华一片，但是荒年带来的后果已经浮现出来。冬日的第一场雪迟迟没有落下，逃荒的人就已经出现，城内乞讨的人也多了起来。看来过不了多久，就要开仓放粮了。一想到还要在城门口赈粥，许期就觉得心口都疼。就觉得二十斛粮食还是太多了，还是十斛吧。

临近荀家的街道口，看到前边正走过李家的家主，许期吩咐车马慢一步，派个下人跟在李家家主的车后，眼看着在荀家门口李家家主笑呵呵地进门，他吩咐车马停下，靠在马车里闭目等着。表面上很是耐心，心里实则七上八下。等了好一会儿，下人气喘吁吁地跑过来，将马车的车帘掀开，喘着粗气道："老爷！我在门外看到了，那李老爷先是递上了一个礼单，被管家给退回了，又摸出了一张礼单，赔笑着半天，那边才唱出礼单来，是二十斛小麦。"

许期闻言没有吱声，半晌才挥挥手，示意将车帘放下，在无人的车厢里长长地叹了口气。看来，他准备的另外两个礼单没有用了。他又将帘子掀开，对候在外边的下人低声吩咐了几句，这才吩咐马车继续向前。等到马车在荀府门前停下，他掀开车帘的时候，已经换上了最灿烂的笑容，精神抖擞地跳下马车，向在门口迎接的人点点头，从怀中摸出礼单，却在送上前的时候还是再看了一眼，确认了一遍，才松了手。

就听到门口高声的唱和声，荀彧身着红色新郎礼袍，亲自前来迎接，彼此拱手，许期说着恭维话，心中的石头这才落在了地上。

对于送上粮食为礼金的客人，荀彧不介意亲自前来迎接。他了解这些士族文人，他们注重名声胜于一切。能让荀司马亲自在大门口迎接待客，是十分有面子的事情。荀彧也愿意因为二十斛粮食，对这些士族大户的家主们折腰。而每迎接到一个城中大户的家主，荀彧脸上的笑容都是真实的。

"荀司马，真有你的。"荀彧转身，就看到枣祗亮晶晶的眼睛，那双比荀彧还要年轻几岁的面庞上，全是崇拜，"之前主公还说等半个月就有粮草下来，我还想着怎么能弄来粮草，莫非是要强征，司马你这一手，绝了。"

荀彧忍着才没有大笑道："这效果好得很啊，看来咱们这一冬不用过得太辛苦了。"

枣祗竖起大拇指道："司马大才，司马大义。"

荀彧笑着拍拍枣祗的肩："粮食我给你弄到了，你那些人好好给我管着，明年大军的粮草，就全靠你了。"

枣祗使劲点点头："司马放心，定不负众望。"

吉时已到，荀彧步出家门，骑上枣红色骏马，带上花轿，前往城府方向迎亲。街道两侧挤着看热闹的人群，还有小孩子跟在花轿的后边叫喊着。荀彧看着这繁盛的街道两侧，看着喜气洋洋的人群。视线穿透人群，也看到缩在墙角乞讨的人。空气中带了凉意，风吹过来也是冷飕飕的了。这几天逃荒进城的人明显多了，城门口处，应该施粥了。

明天就该安排施粥了。

骏马停在了程府的门前，荀彧翻身下马，走上台阶。朱红的大门敞开着，一路往里，他的新娘正等在那里。

程氏一大早就早早起来，先沐浴更衣，接着有喜娘过来，替她开脸，然后就是穿衣打扮。一层层的粉敷在脸上，眉毛画得弯弯的，唇也涂得鲜红，她看着镜子中的自己戴上华丽的头冠，穿上大红的秀袍，含羞带怯，美艳得不可方物。原来新娘新婚那一天，果然会是一生中最美的一天，这一天的她，也是这么美。喜娘送来了红色的盖头落下，挡住她嫣红的双颊，明亮的双眸，从这一天起，她将成为荀彧的新娘，荀彧的妻子，和他共度一生。

喧闹的锣鼓和唢呐声临近，就在大门前停下来，程氏端坐在绣房的床上，心咚咚地跳着。耳边有人说话，她被扶了起来，一步一步走出绣房，走到正厅，拜别父母。她看到身边有一个同样颜色的衣角，跟着她一起下拜，口中称呼岳父岳母。她的眼角有些发酸，嘴角却又有些想笑。她被扶着站起来，口里含了一块甜滋滋的饴糖，再被扶着向大门走去。

她看不清道路，只能看到脚下熟悉的一小块地方不断挪动着，也看到身边跟随着的一双男人的脚，那脚上穿着的鞋子分外熟悉。那是她亲手一针一线缝出来的，如今就穿在她身边这个男人的脚上。程氏的脸在大红的盖头下越发红润起来。

坐上喜轿的那刻，程氏的心再次随着喜轿的摇晃而晃动起来。唢呐喜庆的声音，也好像吹到了她的心里，一声声的锣鼓，也好像敲在了她的心上。她终于出嫁了，嫁给了她喜欢的人，她忍不住悄悄掀起盖头，悄悄将喜轿的帘子推开一点点的缝隙，透过缝隙，她看到端坐在高头大马上的她的新郎，背影那么高大。

"一拜天地——"

程氏牵着牵红的一端，虔诚地向上天拜下去，她心里无比感谢上天，赐给她这个夫君。虽然她是继室，是续弦，但她还是感激上天，给了她成为这个人妻子的可能。

"二拜高堂——"

面前的两把椅子空着，改为摆放着荀彧家祖宗的牌位，程氏随着荀彧盈盈下拜，心中仍然虔诚地感激荀彧的父母，将荀彧教导成人，才让荀彧有机会来到她的身边。

"夫妻对拜——"

程氏面向荀彧，缓缓地跪拜下去。从今天起，她将是荀彧的妻子，她将要照顾他，辅佐他，为他养儿育女，为他操持家务，她将任劳任怨，甘之如饴。

"礼成——"

这一刻，程氏知道，她终于成了荀彧的妻子，成了荀家的一员。

顺着牵红的方向，程氏随着荀彧走向自己的新房，她的家，她未来将要与荀彧携手一生的家。当她端坐在喜床上的时候，心情已经平静下来，听到喜娘在说着恭维话，看到秤杆的一端，轻轻挑起盖头。

眼前乍亮，红色的烛光跳跃着，映红了他们身上的嫁衣，也一定映红了他们的脸颊，因为她面颊火热，而荀彧的面颊也是微红，她仰头看向荀彧，正看到他明亮火热的眼睛。

余下的事情她记不太清了。她只记得被喂了一个没有熟的东西，然后被询问"生不生"，她下意识地回答着"生"，惹来一阵阵善意的笑声。手里又被塞了一个杯子，与荀彧一起饮了合卺酒。然后再被安置在喜床上，有人将她和荀彧的一缕黑发，打上结。

这就是结发夫妻的意思吧。

结发夫妻。程氏将这四个字在心里重复了一遍，又重复了一遍。

她转过头，荀彧也正转头看着她，四目相对，彼此的眼眸中都迎着红烛跳动的火苗的影子，彼此在对方的眼里，都是最美的时刻。闹洞房的人在说笑着什么，程氏都没有听清，她的眼里只有荀彧的眼神，荀彧的微笑，她和荀彧结在一起的秀发。

那一缕秀发被小心地剪下来，装入一个秀囊中，这秀发将会被供奉在祠堂中，直到他们有一方去世。程氏的心忽地跳了下，就在十几年前，也有一个女孩怀着和她一样的心思嫁给眼前这个男人，那个女孩一定没有想到，她会先一步离开。

第三十二章

红烛夜新婚燕尔　付真心城门赈粥

婚礼热热闹闹的。这一天的荀彧，终于可以暂时卸下肩上的担子、身上的责任，做一个不问世事的新郎官，只等着酒宴结束回到新房，好好和新娘共度良宵。从同僚的酒桌走到士族大户的酒桌，荀彧这一路喝下来已经微醉了。还好有荀攸为他挡了一部分酒，让他能向所有前来捧场的人都敬了一杯酒。

这些人中，有些人未必是真心情愿地想要来参加这个婚宴的，甚至会在私下里讽刺他在这么一个灾荒年中，还要筹备这样的婚宴，在穷人们都吃不起饭挨饿的时候，操持出这么个排场的酒席。对比起来，他当作礼金收上来的那些粮食，多么讽刺。微醉中的荀彧也知道，现在整个鄄城，包括范县、东阿和濮阳城内，甚至兖州的其他城池中，一定会流传着各种各样的谣言，其中一种，当是他荀彧借此机会在大发国难财。

荀彧站在庭院中，将这几日已经做好的安排，再次考虑了一遍。荀攸替他送客了，想要闹洞房的人也都被劝走了，偌大的荀府忽然安静下来，只有仆役们来来往往收拾着桌椅碗筷。那些充作礼金的粮食都已经清点收到公中的库房里了。明日中午在城门口赈粥也已经安排好了。因为他的大婚，荀府要一连在城门口赈粥十天，这是早就安排好的事情了。如今收了这么多粮食，也可以多加几天。

荀彧慢慢地往新房的方向走去，直到走到小院的门口，思绪才从公事中脱离开来。看着小院门前两盏大红的灯笼，荀彧脸上浮现出温柔的笑容。程氏还在等他，从今天起，只要他回去的地方，就不再漆黑孤零零的了，那地方不论多晚，都会亮着一盏灯，灯下都会有个人在等待着他。

程氏已经换上了另外一套常服，也是按照新婚的规矩是大红的，头上沉重的珠宝首饰也卸下了，只别了一个发簪。她是个闲不住的人，新婚的第一天不适合动针线，就从陪嫁的书籍中随意翻了一本，正巧是一个不知道什么人写的游记，她以前读过，便随意翻开，不觉就看入了神。

烛光微微跳动，程氏放下书籍，拿起剪刀，轻轻剪掉一点烛心，重新稳定的烛火，映着她的面颊红润润的，她一手执书，一手托着香腮，这一次不知道为什么，心思忽然就不在书上了。临嫁人之前，母亲拉着她的手，絮絮地说了好久，大体就是公婆不在身边，她嫁了过来就要直接当家做主母，千万要操持好家务，不要让荀彧分心。也正趁了荀府这边人丁单薄的时候，好好熟悉了家务，也要仔细着，因为一旦战事稳定，荀彧一定会将之前的几个儿女接到身边。她嫁人过去就直接做了母亲，一切就要早做准备，尤其是前房的儿女用度上，万万要仔细。

程氏放下书，吩咐门口站着侍奉的丫鬟去厨房端一碗醒酒汤，自己站起来，对着梳妆镜再看看自己的仪容，就听到院子门口传来丫头的问候声，荀彧回来了。她的脸颊蓦地热辣了起来，忍不住转头看着房门口，又忙慌乱地转身坐在床边，端正地挺起后背，她忘记了前一刻还在看书，书页还摊开就放在桌面上。

荀彧轻轻推开门，一眼就看到大红的喜床上端坐着他的新娘。新娘已经换掉了繁复的新娘礼服，穿着另外一身红色的嫁衣，头上只别着一个发簪，在烛火的映照下，面颊红润。听到门声抬头看来，一双大大的眼睛水润清澈，长长的睫毛忽然闪动了下，荀彧的心，忽然就被熨烫了般舒坦起来。他的视线转移到红烛下的一本摊开的书籍上，一时好奇，他先走到桌边，打开的书籍那页，一句"河海浩瀚"映入眼帘。

"夫人喜欢游记？"荀彧拿起书，先看了一眼封面，确定这本是自己没有看过的，才转身看着程氏。

"夫人"这个称呼，让程氏的面颊再次起了红晕："平时无事的时候，妾身会在父亲的书房里找些书看，这本以前就看过，刚刚恰巧就拿来了。"

荀彧放下书道："我书房内也有不少藏书，夫人喜欢什么，可以自取。"

书房，一向都是家中男主人的领地，是与关系密切之人商议大事重事的所在。尤其是荀彧这样一个身份，能进入他书房的，必须都是极为信任的人。新婚的第一天，荀彧就将书房的大门对程氏打开，这不仅仅是将程氏当作了他的妻子，也当作了可以信任的人之一。程氏的心一下子火热起来。这火热很快就传递到了荀彧的眼里、心里。

门外，丫头从厨房捧来了一个食盒，食盒里是几样小点心和一碗还热着的醒酒汤，但是新房的房门是紧紧关着的，本来应该站在房内的丫头，都守在了门口，一个个垂目盯着自己的脚尖，面颊微红。那捧着食盒的丫头也站在门外，听着门内不时传来的响动，面颊也腾地红了起来。似乎过了好久，里面的动静才轻下来，跟着有个声音说道"传水"。门口的丫头们才醒悟过来，急忙将早就准备好的热水送了进去。

新房的红烛一直跳动着烛火。新婚第一天的红烛是不能吹灭的，只能缓慢燃烧，一直到尽头。床边的红烛一直尽职尽责地见证着这场婚礼的最后时刻，一直到夜深处。

新婚的第二日，正常是要早早起床梳妆打扮拜见公婆，吃了早饭，便要再去祠堂见过祖宗牌位，只有见过了祖宗牌位，才是被宗族正式承认了。但荀彧只身一人在鄄城，父母和荀家的祠堂都在冀州，这道程序就省略了，然而程氏依然依照着母亲的教导，天明之前就起了床，梳洗打扮了，才服侍着荀彧起床。两人一起吃了新婚之后的第一顿早餐，接着管家召集来荀府内所有的下人，荀彧将程氏正式介绍给荀府的所有人，将家中库房所有的钥匙都交到了程氏的手上。

荀彧知道程氏在娘家的时候就管过家，说起来屯田制的起因还是受到程氏管家的启发，他相信程氏能将他这个荀府打理得明明白白的，他也想看看程氏会怎么打理荀府。不过荀彧很快就没有这个时间了，管家来报，赈粥的摊子已经在城门口支起来了，粥也熬起来了，只等着午时到来，就开始赈粥。

第一天赈粥，荀彧不论是作为荀家的男主人，还是作为鄄城的管理者，都要亲自去看看。新婚第一天，他也不能做出将新娘子一个人丢在家里的事情，他坐在旁边，陪着程氏熟悉家里的下人、事务，待到程氏安排午饭的时候，才对程氏说道："今天的午饭我们在外边用。"

两人回房间换了衣裳。荀彧的外袍低调，看起来一点也不像是位堂堂的司马，程氏新婚，带来的都是新做的嫁衣，一时竟然找不到可以匹配荀彧外袍的服饰，只好挑选了一身相对简单朴素的长裙，只在发髻上插了一根银制的发簪。即便是这样，刚刚受到新婚滋润的程氏，站在荀彧的身边，仍然明艳动人。待到出门的时候，荀彧看到跟随的下人们手里捧着香烛、燃香等物，才恍然明白程氏心内所想，他没有纠正这个想法，只是亲自扶了程氏，坐上马车。

虽然冬日的第一场雪迟迟没有来到，然而北风已经凛冽了，马车内提前点燃了银炭，掀开布帘，温暖的热气就扑面而来。程氏和荀彧相对而坐，抬头时，程氏的面庞又微微热了起来。她才知道，原来成亲是如此美好，而这种美好的感觉，是面前这个男人带给她的。街道的人声，透过布帘传进来，让马车内安静的空间，也仿佛热闹起来。程氏喜欢这种宁静中透着的热闹，这种热闹，让她感觉到安全、温馨。

"城门口在施粥，以我们的名义。"这样温暖而又温馨的环境中，荀彧徐徐说道，"事先没有与你说，但是我想你是会同意的。"

程氏的眼神里露出微微的惊讶，她惊讶的不是荀府的施粥，而是用了她和他的名义，他们两个人的名义。她第一次深切地感受到她已经和荀彧紧密地联系在了一起，两个人荣辱与共，紧密相连。

"今天是第一天施粥，我想，第一碗粥，应该是你亲手盛的，给那些需要的人。"荀彧的声音并不大，但在并不宽敞的车厢里环绕，就好像在程氏耳边说的一般。荀彧身上特有的香气也随着他的声音一起传来，让程氏的眼睛明亮起来，心也热切地跳动起来。

"先生……"程氏低低地呼唤了声，她忽然不知道要说些什么，才能表达自己的感激之心。

她不必说什么，聪慧如荀彧，只看着程氏明亮的双眼，就知道她在想什么了。

"你我夫妻一体，这些都是我该为你做到的。"马车忽然停下，将荀彧还想要说的话打断了。

"少爷，少夫人，城门口就要到了。"外边传来说话声，荀彧应了声，布帘被掀开，荀彧先跳出马车，回头扶着程氏也从马车上下来。

城门口处热闹极了，除了城门前那一处地方有人守着，稍微远一点，就是各种摊位，只是稍稍细看，就能发现，摊位上更多的是柴火、布鞋、吹糖人、小手工制品，甚至还有杂耍的，以往最常见的米糕吃食的小摊子，全不见了。

程氏跟在荀彧的身边，走过各种摊位，视线却没有在摊位上多瞄一眼，她更多的是看着身边的男人，顺着他的视线看向摊位，或者是城门口。随着城门口的临近，心跳也越发剧烈起来。她从来没有亲自参与过施粥，在她看来，施粥是一种距离她很遥远的事情。而如今这个事情就要发生在自己身上。

城外的喧闹终于传来。城外不远搭着一个宽大的棚子，棚子内几个大大的灶台上热气腾腾。虽然施粥还没有开始，在棚子前就已经排了长长的队伍，几乎一眼看不到尽头。队伍里的人多数都是老弱，还有不少怀里抱着孩子的母亲。早有人得到了消息，荀彧和程氏才一露面，就被迎接了过去。迎接的人说了很多话，程氏都没有太听清，她第一次近距离地接触到灾民，第一次看到灾民脸上的麻木和望着热气腾腾粥水时的热切。

荀彧走进棚子，亲自动手掀开锅盖，拿着勺子在粥里搅动了下。粥是杂粮粥，米的分量很足，搅和着很是黏稠，锅盖才一掀开，粮食的香气就传开，长长的队伍里传来骚动，也传来孩子啼哭的声音。荀彧转身，将勺子递给了程氏，温和地说道："这是为了我们新婚搭建的粥棚，这第一勺粥，就由夫人来开始。"

程氏的眼睛有些潮湿，她笑着，将心内翻腾出来的感激压下，郑重地双手接过勺子。勺子并不重，她却感受到其中沉甸甸的分量。

"鄄城荀氏赈粥了——"

随着这一声喊，沉重的粥锅被两人端起来，倒在一个大大的木盆里，立刻热气蒸腾，又被凛冽的寒风吹散。程氏拿着木勺，使劲地在粥盆里搅动了下，用心地盛出第一勺满是浓稠米粒的粥，倒在身前那个带着豁口的大碗中。

"谢谢夫人了！"

"谢谢大善人！"

"好人啊，好人啊！"

"谢谢夫人，愿上天保佑夫人平平安安！"

一勺勺的粥送出来，换回来一声声的感谢和祝福，还有一张张感激的面容。程氏只觉得手里的勺子越来越沉甸甸的了，心却越来越感觉到祥和安静。这些陌生人口里的感谢，是她新婚得到的最好的祝福。而这一切都是她的夫婿为了她而做的。程氏感觉到荀彧的目光就落在她的后背上，也穿过氤氲的热气落在长长的等待着一碗热粥果腹的人群中。

一只大手伸过来，从她手里接过了勺子："夫人先歇息下。"

第三十三章

到义庄拜见原配　自荐报知遇之恩

粥棚足足熬了三大锅的粥，荀彧和程氏为大家盛了第一锅粥后，也一人捧着一只大碗，盛了粥，就在粥棚后边找个避风的所在，大口大口地喝了起来。许是因为寒冷，又或者大碗大碗地盛粥也是力气活儿，抑或是大锅熬出来的粥就是好喝，两人一人一大碗粥竟然都喝了下去，腹部饱了，却还有种意犹未尽的感觉。

"少爷，"粥棚施粥的人弯腰过来，凑近荀彧的耳边说道，"排队的人里，有不少是城里的人，还有人看着像是谁家的下人。"

"嗯？"荀彧露出诧异的神色来。

"咱家施粥，粥米黏稠，用料足，所以……"下人的意思不言而喻。

虽然是杂粮粥，那粥可黏稠得很，用料十足，一碗粥就喝得饱饱的了，寻常人家里平日也未见得熬制这么黏稠的粥。不过将家里的下人派出来盛粥，这行为还是荀彧不曾想到的。

"着人打听下。"荀彧简单吩咐道。

程氏看过来，担忧地问道："城里也有人家断粮了？"

荀彧沉吟了一会儿才道："今年秋季丰收在望之时，遭遇了蝗灾，大片田地颗粒无收。城中大户人家也未见得有多少存粮，小户人家里，现在就断粮了也不见得，但米价日益昂贵，这都是现实。不过我没有想到城里还有人家也会前来领粥，尤其这才是第一天开始赈粥。我原打算只赈粥十天的，昨天想着我们新婚，收了不少米粮，富裕不少，就增加几日。看来还是不够。"

荀彧说着站起来看着领粥的队伍，正看到队伍后边几个人畏畏缩缩地伸着脖子往前看来，他们的衣着虽然旧却不脏，也没有打补丁，可见平日里生活还算富足。尤其是他们的面色并无饥色，这一点将他们与灾民很鲜明地区分开来。

盛粥的速度很快，很快这最后几人就来到了粥棚前。木盆里的粥还有大半盆，兀自热气腾腾，荀彧注意到排队的这几人的手指甲里很是干净，接粥的碗也很是干净。这几人盛了粥道了谢，就护着粥碗退开了，并不知道有人在暗地里看着他们。

他们走到了一个偏僻的角落，那里有人拿着一个木桶，木桶里已经灌了半桶的粥，这几碗粥倒了进去，几个人的脸上都露出喜色来。

"这些回去兑上水，足够一大家子的晚饭了。"其中一人低声说道。

"嘘，嘴可要紧了，若是让老爷知道了，仔细你们的皮。"另一个管事模样的人说道，"赶紧走了，明天再来排队。"

荀彧的人在他们身后远远跟着进了城门，拐了几个弯，走过了几条街，眼看着那几人进了一户高宅大院之内，站了一会儿，就往周围看看，找了最近的一家商贩聊了一会儿，才快步往城门口走去。

城门口的中午赈粥已经结束，荀彧和程氏又坐了马车，这一次马车摇摇晃晃地在城外走着，是往义庄的方向走着，马车内程氏只是出神地看着窗外。窗外树木枯叶落尽，只剩下干枯的枝条，风吹起，路面就会扬起一层轻灰。道路外开始出现荒芜的田地，田地的远处是村庄，在寒冷中落寞萧条。

马车很快驶离了正路，走上一条不甚平缓的小路，马车也开始微微地颠簸起来，不多时，一座孤零零的庄子出现在视野内。庄子没有大门，只是围墙外留有一个很大的空场充作大门的位置。围墙的两侧挂着几道白幡，在微风中摇摇晃晃的，尽显凄凉。程氏跳下马车的时候，一眼就看到风中的白幡，心中刹那酸楚起来。

那个曾经与荀彧同床共榻的女人的尸骨，如今就孤零零地停在这义庄之内，孤零零，一个人。在站在那口漆黑棺木前的时候，程氏的心甚至生出愧疚，仿佛是她抢走了这个女人的夫婿，才让她孤零零地躺在这里。

"秀娘，我带着程氏来看你了。"荀彧站在棺木前，温声说道，"她很好，对我很好，你可以放心了。"

程氏慢慢走上前，站在荀彧的身边，她缓缓地伏下身去，在棺木前庄重地行个大礼。这是她作为继室在原配棺木前该行的大礼，以示她对原配的尊重。荀彧伸手搀扶起程氏，两个人一起将带来的祭品摆在供桌上，点上香火，燃烧黄纸。平日里荀彧一个人独来的时候，总是觉得倍感凄凉，而今天他的心里很宁静安和。他知道是因为程氏陪在他的身边，他的身边从今往后，又有了关心他的人。

他们没有在义庄停留很久，程氏新婚，不适合在这里停留太多时间。回去的时候，荀彧一直握着程氏的手，感受着掌心的一团温热。回程马车上的温热，驱散了义庄内带来的寒气，在城门口马车停了片刻，荀彧下了一次车，再上来的时候，手里拿着一个糖人。那是一个吹成小兔子形状的糖人，比起吃，观赏的意味更浓。程氏的心暖了起来，她的面颊重新绽放出欢快的笑容。

荀彧将程氏送到家，就直接去了府衙。新婚第二日他本可以在家里逍遥的，但是听到侍从打听出来的消息，荀彧坐不住了。他无论如何也没有想到，鄄城内的情况比他想象得还要严重。今日混在施粥队伍末端的几人，竟然是城中不小的一户人家的仆从。那户人家在鄄城内虽然不算是士族大户，但是族里也出了几个读书人，而如今这户有着斯文人的人家，竟然也要到了揭不开锅的地步，甚至家里的下人瞒着主家去接受施粥，只为了能让家中上下在晚上喝上一碗粥水。

荀彧到了府衙，派人请了程昱和枣祗，见到荀彧新婚第二日就出现在府衙，程昱满脸担心。

"先生无须担心，我刚刚和夫人前往城门口施粥，遇到一事。"荀彧也知道今日行为有些不妥，但现在不是顾及这些的时候，忙将在施粥中看到的事情和两人说了一遍，接着道，"我原以为只有城外才会出现灾民，如此看来，不久之后城中大部分人家也会断粮。我今日还是第一日施粥，城内听说的人不多，怕是明日城内会有更多的人到城外排队领粥。如此下去，我昨日收的那些米粮，可不能分派出去了。"

荀彧新婚收的米粮贺礼，计划里也要随着荀攸带来的粮食送往许都，但眼下看来，鄄城城内之用都要不够。

枣祗忙说道："我在东阿还有部分存粮，足够支撑东阿民众过冬，如果仔细些，还能有些富余。且东阿大户大部分人家里全都有贮存粮食的喜好，今年收成虽然不足，也不至于如鄄城这般。我这一两天也计算着，司马从冀州运来的粮草颇丰，许都百姓若是只求个温饱，暂时从东阿调配粮食过去就可以。只是大军粮草的缺口甚大。"

荀彧点头道："大军的粮草我也考虑了。如今许都军屯民屯都建造完毕，与其耗费人力物力将粮草运到许都，不如就让大军回撤。"军队上还会有其他的安排，但这就不用与程昱、枣祗说了。

枣祗没有想太多，立刻就道："留守在许都军屯的兵卒大部分已经确定下来了，我明天就押运一部分粮草离开。"

程昱却看着荀彧道:"范县的粮食还有不小的缺口,我也已经安排下去了,等明日小女回门,后日我就赶回范县,立刻就开仓赈粥,务保范县和周边民众不会离开家园。只是如此,濮阳还有不小缺口吧。"

濮阳从夏季开始就被吕布占据,到吕布撤离的时候,就已经将城里能够带走的东西搜刮干净,连城中大户人家也未能幸免。鄄城内如今都有人要挨饿了,濮阳城内的情况只会更加恶劣,因为吃不起粮食而逃荒的人,不仅鄄城外有,距离较近的范县也有。

荀彧点头,神色严峻道:"我如今只能保住我们这三城,濮阳,只能听天由命了。"

程昱和枣祗听了,也都跟着长叹一声。他们心里全都清楚,这三城能保下来,荀彧已经是竭尽全力了。

"先生,"荀彧向程昱道,"我已经分出一部分粮草,待后日先生离开的时候,一并带回,为防止中途出现意外,我请了夏侯惇将军沿途押送。"

程昱闻言,脸上大喜。三人商议已定,枣祗先行告辞,荀彧再和程昱坐下,彼此抛开同僚的身份,就是翁婿,程昱瞧着荀彧笑道:"小女在家时多有娇惯,初为人妇,若有纰漏,万望贤婿多有担待。"

荀彧忙欠身道:"岳丈大人多虑了,令爱温婉贤淑,甚得我意。"

程昱本来也是客套话,但得了荀彧这话,脸上还是浮现出笑意来。

程昱转了话题:"虽然有冀州送来的粮草,但是大军粮草的缺口还是很大,鄄城本身也要消耗一定的粮草,司马可有什么打算?"

荀彧的神色微微凝重下来,他开口道:"鄄城内的缺口我准备交给城中大户,从荀府放粮赈粥之后,城中大户都要参与,就安排在十天之后在城内设立施粥点,如此,也能让鄄城百姓这一冬能安稳一些。至于大军,说不定,就要以战养战了。"

以战养战,是荀彧最不愿意大军做的事情,且时令进入天寒地冻之时，一旦发生大战事，兵卒就会损失惨重。但现在，若是想要所有军马安然度过这个冬季，以战养战就是必不可少的。

程昱微微点头："以战养战，既可以锻炼兵力，也可以贴补部分粮草，还避免了军队长时间整顿出现懈怠。司马打算将军队派往何处？"

荀彧冷笑了声："吕布携陈宫带兵退入山阳，陈留大片土地，只有张邈带领数万人守卫。陈留地大物博，蝗灾并不严重，这个冬天若是让他们安安稳稳的，也太过惬意了。我打算与主公商议，派出小股士卒，每千人为一队，以骑兵三成，步兵七成，骑兵突袭，步兵伏击的战术，不断骚扰陈留，迫使张邈大军分散。"

程昱才听荀彧这般说，便鼓掌叫了声好："小队兵卒不但可以骚扰，还可以配合起来。若是陈留兵力不足，就地歼灭，若是遇到大军追击，便可以快速撤离。如果张邈置之不理，我们正好以战养战，若是想要还击，护住陈留民众，必然会让陈留大军分散。如此过不了多久，陈留大军就会陷入疲于奔命状态。"

"不错。我要的就是陈留大军无法在冬日里得到休整，疲于奔命。长此以往，军力就会疲劳倦怠，只要出现自顾不暇之态——"荀彧的手掌向下一斩，冷然道，"我大军就可以倾巢而出，全力追杀，将陈留收于主公麾下。"

也会为我秀娘报仇雪恨。这句话荀彧没有说出口，但是程昱的心里完全明白。

男人成家立业，驰骋疆场，不能保护妻儿，已是奇耻大辱。这杀妻之仇，如果不报，荀彧这一生都将无法安宁。程昱本就多谋，善断大事，心下微微思忖，就已经决定下来。他拱手道："我跟随主公、司马已半年有余，范县民众现已经安居乐业。我留在范县所能做的事情不多。如今小女婚事已成，家眷又尽皆在鄄城，我已无后顾之忧。还向司马请战，容我在春季大军行动之时，跟随主公。"

荀彧闻言，心中喜悦之时，更加感动。春季之后，曹操大军必然要与吕布决一死战，这将会是一场持久的、不死不休的战斗，曹操大军必须在随之而来的战斗中，将吕布彻底从兖州赶出去，这样才能将兖州彻底收到手中。荀彧要留守鄄城，无法随军出征，就需要更多的谋士在曹操和各位将军的身边。荀攸这次能押运冀州粮草过来，他就有将荀攸留在这里的打算。程昱若是也能随曹操出军，做一谋士，与荀攸两人共同辅佐曹操，他便能放下心来。

想到此处，荀彧站起身来，一揖到底，道："如此，有劳先生了。"

第三十四章

施妙计不惧人言　占吉卦困龙得水

　　荀彧所料不错，新婚第三日他陪同程氏回门的路上，就听到侍从来报，早早地，等待施粥的队伍就排出去很远。队伍里显然多了很多城里住户，有些不论是从衣着还是从相貌上，家境都该算是可以，至少还不应该到挨饿的程度。

　　施粥的意义，是让断粮的人能有一口粥果腹，不至于因为饥寒交迫而亡。城里的一些人家还远远不到出现饥荒的时候，这是另一种未雨绸缪了。三日回门也是大事，荀彧只吩咐下去增加灶台，务必保证灾民都能喝上一碗热粥，便随着程氏先上了马车。程府与荀府距离不远，马车不多时就已经到了程府门前。卸下礼物，陪同程氏进门，荀彧只稍稍坐了片刻，就先行告辞，约定晚些时候再来接程氏回府。

　　不说程氏回门见到父亲母亲如何亲热，单说荀彧出了程府上了马车，直接往城门口方向去，还没到城门口，就遇到得到信前来迎接的管家，荀彧弃了马车，和管家并行。

管家比荀彧早一些得到消息，也再打听了，满脸都是担忧："少爷，今天前来领粥的人数比昨天多了一倍不止，我已经按照少爷的吩咐增加了灶台，但明天若是增加，就……我们的粮食也会不够的。"

管家是沿着排队等待施粥的队伍，从前走到最后的，一个人一个人面上仔细看过的。哪些人是真正的忍饥挨饿，哪些人是想要贪些便宜，哪些人是不得已，以他管家的眼光，看得分明。他知道，若非无奈，大部分人是不会为了一碗粥舍弃了脸面的。可荀府虽然借婚礼收了些米粮，但也不够这么施粥的。

荀彧点点头道："我知道了。"

说话间，又有好几个人急匆匆地说着话从他们身边跑过，风里传来些声音，隐约是"人多粥少"之意。

"少爷，之前的准备，我们坚持不了多少天了。"看着那些人的背影，管家轻轻地叹息一声。

两人来到城门外，站在粥棚不远处，果然看到长长的队伍排得见不到踪影，施粥还没有开始，队伍里甚至已经出现了拥挤的现象，粥棚里熬粥的人满脸怒气地瞪着队伍中几个面色红润之人。

荀彧看着拥挤的人群半晌，招手让身边的侍从过来，道："去，吩咐盛粥的人，待米粥熬好了之后，当着众人的面撒一把土进去。"

那侍从惊讶地看着荀彧，以为自己听错了："撒一把土？"

"去吧。"荀彧笑着点点头。

侍从莫名地听到这个命令，不解地往粥棚跑去，边跑还边回头，似乎是等着荀彧喊他回来。

管家也不解地道："少爷，这往粥锅里撒土，可不是损害了您的声誉，灾民们若是因此闹起来……"

荀彧笑着道："无妨。你且看着。"

不远处，一大锅的粥热腾腾地倒入木盆里，排队的人蓦地拥挤起来，好几只碗争先恐后地伸过来，全不像前一日那般有纪律。接着就见到侍从走过去，和那粥棚的人说了几句，粥棚的人明显诧异了下，跟着就有人蹲下，从地上抓起一把土，当着所有人的面撒在了木盆里。顷刻，前边排队的人骚动起来，有几个人瞪大眼睛不敢相信地看着，一下子就从拥挤中脱离开来，后边的人立刻就拥挤过去。

管家看着，轻轻地叹口气。

荀彧轻声道："粥里撒土，不是君子所为，但是那些真正的灾民，又怎么会在意粥里的一点土呢。走的，必然还不到需要接济的程度。"

荀府施粥，却在粥里撒土的行为，很快就传遍了鄄城，也传到了许期的府里。许期听着下人绘声绘色地道："老爷，那排了长队的灾民啊就等着这一碗热粥果腹呢，这粥才倒在木盆里，管事的就从地上抓起一把土，就那么撒在粥里了。那可是一大盆热腾腾的杂粮粥啊，撒的不是香灰也不是烟灰，是土，就是地上的土，一下子就全糟蹋了。当时就有好几个灾民不干了，端着碗就离开了。老爷啊，你当时没有看到啊，那几个离开的人嘴里骂骂咧咧的，现在，全城的人都知道了，那荀司马府上的管事，往赈济灾民的粥里撒土了。这不是诚心羞辱人么！"

许期的眼皮往上瞭了那下人一眼，哼了声道："你懂什么！"

"啊？"那下人疑惑地看着许期，"老爷，难不成这给粥里撒土还是对的？"

许期看着下人问道："我且问你，今天领粥的人与昨天相比如何？"

"那，那是多了一倍都要多啊。那排队的人一眼根本看不到尽头。"下人尽量往两边伸手，比画出长长的意思。

"那我再问你，一天的时间，往咱们鄄城的灾民，就真多出这么多了？"许期又问道。

下人一个劲儿地摇头："那也多太多人了，哪能那么多！"

许期再道："那你可看到那些因为撒了土，就不肯领粥的人，最后去了哪里？"

下人搔搔头发道："这我可没细看，啊对了，我见到有人进城了。"

许期敲敲下人的头："那你再想想，你若是灾民，都要饿死了，会不会在意粥里有土？"

那下人"啊"了一声，恍然大悟道："难道是，难道是那些人里有不是灾民的？"

许期笑着道："还不算太笨。"

下人愣了会儿，想了想道："可，可……"

"可什么？你以为今年还同往年是丰收年景吗？今年遇到了蝗灾，是灾荒年，你看看城外的那些灾民，都饿红眼了，别说那么大一盆粥里就撒一把土，就是一碗粥里撒一把土，他们也会饿急眼地吃掉。那荀司马，是有大才的啊！"许期感慨道。

"可是，他总归是在粥里撒土了。"下人嘟囔着，"他可是司马啊！"

许期挥挥手，让下人下去，心里却是由衷地佩服荀彧，只这么一把土，就将那些想要贪图便宜的人给驱散了。至于名声，在懂的人心里，荀彧这把土撒的，只会让他的名声上升一层。至于那些因此得不到好处的人，你就是将粥捧到他面前了，他也只会埋怨你，为什么只给他一碗杂粮粥，而不是一碗粳米粥。荀彧是不会在意那些人的看法的。这是一个做实事，为了民众不考虑自己名声的人，是一个值得佩服的人。

这件事情很快就传遍了全城，当晚天黑之前，荀彧到程府去接程氏的时候，程府的人也都听说了。程昱在门口迎接荀彧，见到他不由得笑着直摇头，此刻他们为翁婿也是同僚，眼看着荀彧这么一把土就解决了与灾民争抢食物的问题，程昱也松口气。

荀彧的新婚，城门口施粥撒土，着实让鄄城里的人津津乐道了一阵。随着寒冬的降临，鄄城也出现了粮荒，不少人家里也开始揭不开锅来。荀府原本计划的半月赈粥，也延长了时间，城里的几个大户，也都分别在城内不同的地方开始施粥。然而僧多粥少，眼看着灾民越来越多，包括荀府在内，赈粥的大锅里米粥却越来越稀薄。

依靠冀州救助而来的粮食消耗得很快，不过在外以战养战的兵卒里，却不断传来好消息。小股士卒组成的军队，对陈留地区不断骚扰，竟然成功地牵制住了张邈的主力，收复了成阳、句阳，只等着收服定陶。恰逢年节到来，荀彧才与曹操商议暂停了战事，让兵卒们也都能热热闹闹地好好过年。

虽然是灾荒年，但真正吃不上饭的只有逃荒的灾民，几座城池内的大户人家都只是比往日稍稍紧张些，还达不到缺粮的程度。鄄城内早早地出现了过年才有的喜气。因为年到了，也就意味着春季很快就要来到，灾荒也快要结束了。

在民间，腊月二十四有扫尘的习俗。这一天家家户户都要洒扫庭院，掸拂尘垢蛛网，疏浚明渠暗沟，清洗各种器具，拆洗被褥窗帘。因为"尘"与"陈"谐音，年前扫尘有"除陈布新"的意义，是借"扫尘"，把一切穷运、晦气统统扫出门，以祈来年清吉。年节也就是从这一天的扫尘正式开始。

一大早，荀府内就热闹起来，主人的房间内虽然一直都是干干净净的，这一天也要象征性地再彻底打扫一遍。荀彧微笑地看着热闹的荀府，又看着也换了干练衣裙的程氏，心里暖洋洋的。荀府的热闹，家的感觉，是程氏带给他的。从程氏嫁过来的第一天起，荀府就不复冷清。

鄄城府衙这一天也要扫尘，所有的宗卷也都要整理一遍，虽然这些事情都有侍从来做，作为府衙的主人之一，荀彧也要象征性地动动手。他早早地来到府衙，府邸的官员们也全都到了，说了几句场面话，大家就都一起动起手来。荀彧亲手掸去公文宗卷上的一点浮尘，很快掸子就被侍从接过去了，他和曹操走到另外一间已经打扫干净的房间内，坐在案几后面。房间角落里燃着上好的银炭，散发着热气，每人的面前都是一杯清茶，茶香袅袅。

"这几个月闲得我发慌。"曹操端起茶杯，轻轻拂去上边的茶叶，饮了一口，长叹道，"兖州战事出乎我意料，困得我太长时间了。"

荀彧笑着道："恰逢今日扫尘，我也为主公占卜一卦。"

曹操意外地道："先生还懂得占卜之术？"

荀彧微微点头："昔日文王圣卦之前，必先得提到'五行断易'，以六爻生克变化来断休咎吉凶。我虽然不及文王能断天地之术，也稍懂六爻推演。"

说着取来占卜的用具，送到曹操的案儿之前。这占卜的用具，却是筮草，长短不一，一共六支。曹操从其内任意拿出一支，每一次复又放入之内，重复六次。荀彧提笔，依次在纸张上画出对应的六爻，凝目细看之后，大笑道："恭喜主公，此乃上上卦象，名为'困龙得水'。"

曹操只听得"上上卦象"四字，面上就是一喜，急道："是做何解？"

荀彧笑道："此卦乾者健也，刚健不屈中正之谓，有困龙得水之象。夫困龙得水，得以雷鸣而起，任意飞腾。占此卦者，当时来运转之吉兆也。"

曹操闻言，哈哈大笑道："我从徐州返回兖州，只有先生为我保全鄄城、范县和东阿三城，兖州全郡背叛，更引来外敌吕布虎视眈眈。我这半年来被阻拦在濮阳之外，可不是犹作龙困渊中。先生这一卦为我推演得好，困龙得水，得雷鸣而起，任意飞腾，岂不是说在来年春天，惊蛰之日，兖州局势将有惊天动地的变化，我当能从春季之后，打败吕布，收复兖州。"

荀彧拱手道："然卦象虽然如此，却事在人为，主公可以早做绸缪，为春日收复兖州早做准备。"

曹操点头应道："是该如此。这几日休兵之前，我就已做打算，待年节过去之后，便出兵收复定陶。只是定陶一战，吕布必定要出兵解围。

我一人出兵在外，难免有首尾不顾之时，先生居于鄄城，乃为我固守后方，居中持重，不能与我同行，还请先生为我举荐谋士，能与我战场筹谋对敌。”

荀彧道：“荀攸内藏英知，行事周密低调，虽然为我侄儿，然而举贤不避亲，可随主公出征。”

曹操点头应是，却犹是不放心，再问道：“一人为谋，终无可商议之人，先生可还有人举荐？”

荀彧笑道：“主公身边还有一人，相知甚深，只是放于闲职，不得施展才华。主公不若带在身边，以谋臣待之，也可让其才华尽显，为主公所用。”

曹操闻言疑惑道：“先生所言何人？”

荀彧应道：“范县县令程仲德。”

曹操抚掌大笑道：“当日以范县县令委于仲德，是以军中战事以濮阳为主，只要烦劳先生足可以应对，倒是让仲德清闲了这半年。今日却不如往日，战事将逐渐扩大到整个兖州，之后，仲德当不得悠闲了。”

第三十五章

曹孟德意图徐州　荀司马推心置腹

兴平二年（195）正月十五这一天，曹操亲率大军，以程昱、荀攸为谋士，携夏侯惇、曹洪、乐进向北攻打定陶，数日就将定陶北部攻下，济阴太守吴资退守定陶南城，奋力抵抗，曹操大军暂时放弃定陶南城，以定陶北城为根据，向东西推进。

吕布收到济阴太守吴资的求救，派手下大将张辽带兵西征，曹操和荀攸、程昱早有谋划，派夏侯惇半路设下伏兵，将张辽击退。伏兵只伏并不乘胜追击，却是曹操与荀彧之前就商定的计策。只因为吕布此人行军打仗以勇武为名，一向以骑兵奇袭、横冲直撞为打法。荀彧却是要给吕布以曹操善于设下伏兵这个念头，只要将这个打法深入吕布心中，之后吕布在战斗中，必然要疑心甚重，从而束手束脚。

吕布兵退之后，曹操并没有乘胜追击，缓过来之后立刻再发兵往定陶，曹操仍然是在半路设伏，将骑兵从中间斩断，以火攻分而围之。春节草木刚刚生发，空气潮湿，火势不猛，烟雾极大，吕布兵马自相践踏，死伤不少，四散奔逃。这般并不正面交锋的打法，只以伏兵诱敌，果然有效。

与吕布兵战了大半年，再有春季这两次小战，曹操逐渐熟悉适应了吕布的打法，也找到了吕布骑兵的弱点，在战斗中扬长避短，不再和吕布正面冲击，竟然在几次战斗中都大胜。这给曹操及其手下增添了信心，也让吕布更是恼火，不久之后征集所有军士，再入定陶。曹操早有准备，分兵三路：一路以夏侯惇为首，设下伏兵；一路以曹仁为首，二次伏击；第三路却是他亲自带领，设下三面包围口袋，等待将被放入阵法中的吕布大军最后消灭。

吕布大军吸取了前两战的教训，以步兵先行探敌，骑兵居中，步兵断后的阵势进发。夏侯惇让过了前边的步兵、居中的骑兵，对断后的步兵以滚石烈焰展开猛烈的攻击，待吕布的骑兵飞马营救之前，就带领自己的士卒撤退，只留下吕布步兵一并伤员。

伤员在战场上是要耗费大量兵力救助的，轻伤伤员还可以自理，一个稍微重些的伤员至少要消耗两个战斗力来相救。这一次吕布是狠了心要一鼓作气，他扔下后方的步兵伤员，率领骑兵重新往定陶进发，夏侯惇探得骑兵离开，便又带兵返回，将吕布留下的步兵和伤员几乎一网打尽。

前方吕布兵马又遇到曹仁伏兵。曹仁伏兵却放过了吕布步兵，只对骑兵发动突袭。骑兵来往奔袭已有疲倦，又遇到伏兵，当下大乱。曹仁听从曹操指令，待吕布兵马稍有整顿迹象，立刻撤军。吕布经过两次伏兵，自觉已经摸透了曹操的战法，不顾骑兵几番往返，刚刚又被伏兵惊扰，重整队伍，再次往定陶方向进发。不防就在菏泽，遇到了曹操亲自带领的主力。

菏泽是一处大湖，湖畔常年湿地，曹操在之前几天，就开挖沟渠，将湖水引出淹没大片土地，湖水退却，这一大片土地却被淹没得透彻了，泥泞异常，曹操将主力大军伏兵设在这里，以正面和右面阻拦，却留出了南方。吕布兵马从东而至，第三次遇到伏兵，整个军队被埋伏在此的曹操军队驱赶着往菏泽方向奔跑，大部分兵卒连同骏马立刻就陷入泥泞中。

这些陷入泥泞中行动迟缓的兵士成了箭矢下的亡魂，大量士兵举起双手投降，吕布不得已引残兵退回东缗。曹操收拾了吕布的残兵，转身一鼓作气，将定陶南城收回，至此，整个定陶及其周边地区，全在曹操的掌控之内，曹操将目标放在了济阴郡的巨野。

五月，曹操亲率大军前往巨野，对吕布的部将薛兰、李封发动攻击，吕布再次亲自援救。这一次曹操仍然占据了主战场，横断吕布与巨野之间，将吕布援军击败，吕布不得已撤走，曹操大军歼灭巨野守军，斩薛兰、李封，乘胜进驻乘氏，获得了济阴郡全部所有权。

此刻，兖州主战场虽然只在济阴郡，但是兖州全境几乎都陷入了困境之中。连续的战争，让天灾人祸接连在了一起。而在这时，曹操忽然收到了消息，陶谦去世之前，已经将徐州托付给了刘备，刘备正前往徐州，接任徐州牧。

曹操大怒。他一年前攻打徐州，若不是后方张邈忽然叛变，徐州都已经收入囊中，他一个夏天的辛苦，却让刘备从中捡了便宜，白白得了徐州，这让他如何能咽下这口气。当下曹操返回鄄城，就要重整军队，二入徐州。

曹操心中所想，荀彧尽知。曹操父丧徐州陶谦手中，他一怒之下三十万大军发兵徐州，所过之处鸡犬不留，寸草不生，虽然是为报父仇，却也因此让他的名声有了污点。如此这般的消耗，成全的却是那刘备，换任何人也不会善罢甘休地将徐州拱手相让，更不用说曹操志向不仅仅在于兖州。

然而开春以来，曹操与吕布的战事节节领先，从去年一个夏季打不下濮阳，到现在已经开始占据上风，收回了济阴郡大部，兖州局面正在向好的方向发展，如果现在放弃兖州，转而举兵徐州，这几个月辛辛苦苦打下的局面就要付诸东流。

二人在鄄城府衙坐下，荀彧屏退了所有人，只与曹操对面。两人面前一杯清茶散发着缕缕清香，荀彧明知故问道："将军刚刚打下巨野，兖州局势大好，匆匆赶回鄄城，所为何事？"

曹操心下盘算得好，只等与荀彧知会一声，就发兵徐州，但荀彧这么一问，心下就踌躇了。曹操带兵多年，勇谋皆有，对局势也有判断，兖州的局势还是他亲手打下来的，他如何不知。只是就此放弃徐州，心有不甘，当下道："我闻刘备要接手徐州，心有不甘，打算趁眼下兖州局势初步稳定，刘备还没有站稳脚跟之时，先进军徐州赶走刘备。回来之前我就已经想好了，兖州就要多辛苦先生为我操劳了。"

荀彧闻言沉吟片刻道："我知将军志在安天下，然天下安定，必然要先巩固后方基地，进可胜，退可守。昔汉高祖为保中央集权，陵定关中；光武帝占据河内，从容坐大。前期苦难重重，历经曲折，然而后方基地稳定，可周详运筹，从容计划，最终都能完成大业。将军进入兖州之后，平定了山东黄巾军祸乱，百姓无不心悦诚服。且兖州地大，跨黄河、济水，是天下要冲之地，虽然还没有完全收入手中，但也以鄄城、范县、东阿为根据，足以自保。兖州此地，俨然已经成为将军您的关中、河内，稳定兖州，已成迫在眉睫之事。此时将军却说要放弃兖州，发兵徐州，我心甚为不解。"

曹操闻言沉默不语。

荀彧继续说道："如今将军已经斩杀了李封、薛兰，断了吕布的一只臂膀，如果分兵东击陈宫，陈宫必然不敢西顾。我们则可以抢用这段时间，组织兵卒收割麦子，储备谷物，以壮大军队，再出兵往东，必然可以一举破吕布军队。之后向南联合扬州，共同讨伐袁术，以控制淮水、泗水一带。则兖州大部，就囊括手中。但如果现在放弃了吕布不打，东攻徐州，兵力去留就先有困难。多留守兵，则东攻徐州兵力不足；然少留守兵，战事再起，就要强征百姓以守城。百姓守城，便不能打柴拾草，收拾田地。吕布若是乘机侵扰居民，民心将更为恐惧。如此，这些时日以来得到的兖州大半，将不得不放弃，只能保全鄄城、范县和东阿三处，将军辛辛苦苦收复的济阴郡，将再度被吕布、陈宫占据。这般，就等于我们第二次失去了兖州。"

曹操听到这里，神色微动。开春以来，他带兵征战，数次打败吕布，夺得济阴郡大部，并已经安定下来，只要他大军在这里，济阴郡不久之后就会整个收入囊中。但那时候刘备怕是也已经在徐州站稳了，再要夺取徐州，必然不会如意。

荀彧察言观色，知道曹操已经心有所动，只是放弃徐州，心有不甘，便再道："这还是以将军出兵，一帆风顺为前提，如徐州久攻不下，将军将安身何处？陶谦虽然已经亡故，但是短时间内拿下徐州，也是不易。徐州因为以往的失败，对将军心生畏惧，必然要紧密联合，内外相应这是其一。现在东方正开始麦收，为阻拦将军，当会施行坚壁清野之策。如此，将军久攻不下，又抢掠不到粮食，不出十日，十万军马尚未开战，就会先自困乏，这是其二。其三，前次将军讨伐徐州，威罚相并，暴力相惩，徐州子弟前有父兄被杀的耻辱，现有人人自危的处境，必然会誓死奋战，不敢投降。如此，即便将军能攻打下徐州，也无法安然占领啊。"

话说到这里，向曹操拱手道："事固有取舍，然以大换小犹为可，以安易危也可行。权衡一时之势，不顾及根本尚不稳固，也是可以的。但现在三者全无一利，望将军深思熟虑，细细权衡。"

荀彧推心置腹，从汉高祖保守关东以为根基，到现今徐州与兖州的局势，话虽然不多，但字字珠玑，全说到了曹操的心里。曹操思前想后，想起去岁在徐州的屠戮，才成今日徐州局面，虽心有悔意，已不可挽回。再想到兖州局势，现今光明在望，一片大好，如果真由此放弃，不但之前一片辛苦付诸东流，百姓也将会再次遭受战乱之苦。之前想要一举得到徐州的心终于淡了下来。

荀彧不但劝阻了曹操东进徐州，还指出了曹操眼下一个迫在眉睫的大事，就是秋小麦已临近成熟，兖州的战事，要先行暂停，以抢收粮食。

从去年夏季到现在，曹操以鄄城、范县和东阿为根据地，与整个兖州集团鏖战，在兵力上，曹操还很强盛，但是在经济上，双方都已是强弩之末。荀彧已经从冀州运来大批的粮草补充军备，曹操从徐州抢掠来的金银财富，也全都投入战争中了，几乎到了山穷水尽的地步。而吕布的大军前来，并未如张邈、陈宫计划里那般速战速决，为将曹操打垮，也将陈留多年的积蓄消耗殆尽。去年兖州大部经历了蝗灾，今天小麦大获丰收，不论是曹操还是吕布、陈宫，都得先将战事放一放，先行秋收。

但吕布与陈宫真的会这般为兖州百姓着想吗？

陈宫曾经深受曹操信任，是曹操的挚友，曹操甚至还曾经在出兵之前将自己的家人托付给他。但是陈宫仍然在曹操最困难的时候背叛了他，且带给曹操更大的困难。陈宫或者会为兖州百姓着想，但是在兖州百姓与自身安危冲突的时候，陈宫会将谁放在前边，不言而喻。

陈宫也是了解曹操的。曹操胸有大志，心怀天下，心系百姓。在徐州屠城之前，曹操身无污点，反而因为为百姓多做善举而备受尊敬。这时候恰逢秋收，丰收在望，在战事和秋收之间，曹操会选择什么，陈宫自信他判断得对。

但是陈宫漏算了一人，忘记了曹操的身边还有一个"王佐之才"，比曹操更了解陈宫，也比陈宫更了解曹操。陈宫也忘记了这半年来，曹操大军对战吕布屡战屡胜，且还以数次的伏击战，给吕布以深刻的印象。这一次，陈宫与吕布点齐了万余人马，再次从东缗出发，意图在曹操全力抢收小麦之时，给曹操一个迎头痛击。

陈宫已经打听清楚了，曹操所部大半军队都已经前往许都抢收粮食，曹操本人也已经前往许都。

第三十六章

抢麦收许都定计　吕温侯败走徐州

许都，是枣祇建设军屯民屯所在，去年冬天，军屯民屯开荒数万亩，这数万亩良田今年大获丰收，抢收时间就在临近。确如陈宫打探的那样，曹操离开鄄城，亲率大军赶往许都抢收小麦。临行之前，荀彧又与曹操细细商议了半日，曹操这才整顿兵马离开往许都进发。一路跋涉，在半路上就得知吕布与陈宫一起带领了万余人马，也往许都前来。

曹操带领人马赶到许都之后，正赶上粮食丰收，大片的小麦全部成熟，只等待人手收割。枣祇已经将所有的劳动力全赶到了田里，但是人手还是不足。从去岁的冬季开荒之后，枣祇在开春又征集了部分农人，增加了民屯的数量。且种植小麦，只有开春播种耕种与收割时才需要大量人手，在开春的时候，枣祇与荀彧商议，要了不少军士进行春耕，因此军屯的耕种面积也大幅度增加。曹操军队的到来，立刻解了枣祇的燃眉之急。

为了抢在陈宫、吕布大军到来之前收割完小麦，曹操立刻将军士几乎全都放入到军屯中，营地只留下不足千人守卫。营房空虚，连枣祇都心有不安，前来劝慰。曹操却向枣袛讨来妇孺，吩咐这些妇孺穿上士卒服装，只在兵营中走动。这是临行之前与荀彧商议的计策，这计策中还有一计，就是曹操临时营盘的设立之处。

营盘设立之处，西面有一处长数百丈、高达数丈的大堤，盛夏雨水充足时节，大堤之后河流汹涌，如今秋季正逢雨水稀少，大堤后便露出大片土地，足可以伏兵在此。只是现如今兵士都被派出到田地里，此处并无伏兵。营盘南边就是一大片树林，树木繁茂，植被丰富，也是设立伏兵的大好之处。

临行前荀彧说道："吕布几次败于主公，都是因为主公设下伏兵。只要主公将营盘建设于这两处之中，吕布必定疑心，不敢轻举妄动，就足以给主公时间调兵遣将。"

虽说如此，曹操仍然不敢掉以轻心，亲自镇守兵营，稳定军心，同时派出斥候，打探陈宫、吕布大军动向。陈宫、吕布大军很快来到许都，也派出斥候打探，得知曹操兵营空虚，只有数千守兵严阵以待。陈宫进言道："曹操大军正在抢收麦子，军营空虚，将军可立即发兵，直取军营，打曹操个措手不及，活捉曹操。"

吕布却言道："我与曹操几次交战，曹操诡计多端，擅长伏兵。你看他将军营建于平地，军营西面却是一条大堤，南边就是森林，曹操必然要在此两处设立伏兵。"言毕下令引军南行，距曹操兵营十里处安营扎寨。同时派出斥候进入大堤与森林查看，却见大堤后江水浩荡，渺无人烟，森林内也并无埋伏，知道是自己多疑了。然而兵马已经在安营扎寨，吕布心知错失良机，也只能闷闷不乐。

曹操留在兵营内，听闻吕布、陈宫前来，表面上稳如泰山，心里也在发虚，如果吕布、陈宫直接杀过来，他兵营内能战之兵不过千人，营盘万万是守不住的。不想荀彧的疑兵之策果然奏效，吕布、陈宫引大军十里外扎营，正给了曹操喘息的时间。曹操立刻通知大军返回，连夜在大堤后设下伏兵。吕布万万想不到，他来的那一日，大堤之后只有滔滔河水，而第二日，就有步兵埋伏在此，等待着对他彻底的围攻。

休整一夜，第二日清晨，吕布、陈宫拉出全部军马排成阵型，前来挑战。曹操派出轻骑应战。双方阵营内，金鼓齐鸣，喊杀声如江翻海沸。曹操这边派出的是勇将典韦，吕布那边是大将张辽。典韦与张辽全都是手持长戟，战鼓一响，就冲到两军阵前，两柄长戟就交在一起。那典韦身材魁梧，力大过人，张辽擅长的是骑行，是马上将军，两人一人在马上，一人在马下战在一起，典韦忽然一戟钩住张辽战马一拖，那马腿受伤，将张辽摔于马下。吕布这边立刻抢上来数十兵士，要将张辽抢回。曹操这边趁势擂鼓，刹那间，整个骑兵一起冲杀上前。

这是从开春以来，曹操第一次与吕布正面交锋，且交锋就派出骑兵对应吕布骑兵。两支骑兵冲撞在一起，展开厮杀，而在这战场之外数里不远，就是曹操设立的屯田，田地内不见兵卒，只有百姓还在抢收麦子。喊杀声震天，传到田地里，让田间收割的农人们都忍不住直起腰来，往喊杀处观望。枣祗在前一天就知道曹操所有兵马全都撤回，知道战事将近，如今听到喊杀震天，忍不住心潮澎湃，恨不得也立刻披挂上阵，与吕布、陈宫决一死战。

骑兵混战，步兵往往要退居一边，那典韦却起了杀性，全不顾自身，竟然在骑兵中也能横冲直撞，一双长戟上挑骑兵，下斩马腿，所过之处犹入无人之境。吕布发起狠来，将所有军士全部催动压上，曹操骑兵立刻不敌。吕布大喜，可就在这时，忽然见曹操处战旗挥动，接着又是一阵鼓声从大堤后响起。吕布大惊。他昨日已经派出斥候，并不见大堤后有伏兵，谁知道一夜之间，曹操就将大半军士埋伏在大堤之后，只等待他将全部兵马压上，便从侧边一拥而上，与正面军队合而围之。

果然，前方骑兵稍一撤退，让出战场给埋伏已久的生力军，自己却下马以歇马力，只见战场上曹操步兵与吕布骑兵步兵混战在一起，步兵混杂，骑兵举动受困，无法施展，战马践踏也不分敌我，吕布兵士也有伤于自家骑兵处。且曹操这一次伏兵的数量，竟然远远大于吕布探得的数量，曹操竟然将原本军屯里负责耕种的士兵也一并拉到了战场上。

曹操在远处观战，哈哈大笑，亲自操持战鼓，为士兵擂鼓助威。鼓声阵阵，犹如惊雷，曹操军士士气大涨，喊杀阵阵。天边忽然刮来大风，南边森林内树木晃动，俨然草木皆兵，吕布心中大骇。他屡次败于曹操手上，皆因伏兵，如今只觉得南边森林也还会有伏兵，马上就要围攻过来。再看战场局势，也觉得不稳，不觉心有怯意，立刻吩咐鸣金收兵。

曹操等的就是吕布鸣金收兵这一刻。鸣金，军士听闻就会后撤，然而战场胶着之势已成，曹操哪里会给吕布退军的机会，当下战鼓声一变，声声紧迫，本来已经退出战场休息的骑兵再次上马，上前冲锋。此时，曹操投入战场上的军士足足是吕布兵卒的二倍，且骑兵都已经休整过，体力完全恢复了，压上战场，立刻所向披靡。吕布正逢收兵之时，恰如兵败山倒。

吕布一袭白甲，亲上了战场，周围十步，一人不留，但他一人勇猛，抵不过战场上的千军万马，只被败退与追及的兵士裹挟，就只能一路向回。曹操军士乘胜追击，直追到吕布兵营处。陈宫远远收到战报，亲自带兵从兵营出发，接应吕布。曹军这才止步于兵营外。

这一战，曹操以二倍的兵力，设下伏兵，将吕布、陈宫最后一点军事力量几乎完全击溃。此后几天，曹操引兵亲临吕布兵营之外挑战，大部分人马仍然抢收麦子。吕布与陈宫却如惊弓之鸟，唯恐曹操挑战在先，大军伏兵在后，不出几日，曹操麦子已经收割完毕，真正要大军压境了，吕布与陈宫这才知道大势已去，带兵转身，一路往徐州方向而去。

至此，曹操终于将吕布赶出了兖州大地，也将整个济阴郡收入了掌中。发生在濮阳周围的战役全部结束。而济阴郡也成了曹操得以在兖州站稳的稳固后方。

这一年，枣祗带领下的军屯和民屯大获丰收，收获的小麦不计其数，让饱经战乱和灾荒的济阴郡粮仓顿时丰足起来。曹操后方稳固，便分别派出将军开始收服兖州各县，自己亲自带领军士围攻雍丘。不久城破，斩杀吕布手下大将张超，张邈也被部下所杀，人头献予曹操。曹操终于带着张邈人头给荀彧。距离唐秀娘被张邈胁迫自尽，时过一年，曹操也终于替荀彧完成了夙愿。

荀彧得到张邈人头，亲自带之到义庄秀娘棺木前祭奠，时隔一年，秀娘音容笑貌犹在眼前，然而阴阳两隔，终究再不复相见。兖州逐渐安定，唐秀娘大仇已报，荀彧终于可以派出人扶唐秀娘灵柩归乡。临行那一日，荀彧与程氏一身素服，一起送秀娘棺木十余里之外，再目送着护送棺木的队伍，遥遥远离。

这一年以来，曹操带兵在兖州各处打仗，几度战败，又几度站起来。从濮阳城外与吕布交战屡败屡战，到开春这一年来的屡战屡胜，正迎合了荀彧之前那卦象"困龙得水"，也足以证明了曹操的带兵治军足够严谨坚韧和曹操其人强大的个人魅力。而其中，也有荀彧在鄄城的殚精竭虑，为曹操稳固后方，留有基业的功绩。这一年以来，曹操与荀彧之间也建立了更为深厚的友情，让两人在今后更加携手并进，共同建立丰功伟业。

然而，兖州局势稍有稳定，兖州周边，却开始战火连连。就在曹操与吕布最后在许都征战之前，袁绍派儿子进驻青州，将驻扎在青州的公孙瓒打败，公孙瓒龟缩在易县里，灭亡指日可待。

这一日荀彧收到信件，看完之后不由大笑，恰逢曹操前来，见荀彧如此开怀，诧异道："何事让司马如此开心？"

荀彧笑着对曹操道："前些时日听闻公孙瓒大败于鲍丘，兵卒被斩杀两万余人，手下背叛，不得已避于易县。主公可知那公孙瓒近日在易县做些什么吗？"

曹操道："那公孙瓒作战勇猛，曾经以强硬态度对抗北方游牧民族，威震边疆，如今虽然战败，避于易县，当养精蓄锐，征召兵士，以图东山再起。"

荀彧哈哈大笑道："主公以己推人，以为人人都如主公般有雄心壮志，不畏前途艰险。"

曹操奇道："难不成那公孙瓒一蹶不振了？"

荀彧笑道："也并非完全一蹶不振，他到了易县之后，竟然在易县建了一座五六丈的高楼，以铁为门，只与自己妻妾住进里边。据说此楼男人七岁以上不得入内，连其部下与左右都不得进入。"

曹操闻言，震惊得张开嘴，半天都合不拢："公孙瓒昔日北扫乌桓，南灭黄巾，何等的英勇气概，怎么可做如此小儿之举？"

荀彧微微摇头："英雄迟暮吧，昔年的丰功伟绩，经历了重重战火，屡次战败，已经转变为了心灰意冷。公孙瓒大约以为天下群雄顿起，能人无数，而他不过是其中微不足道的一位。据闻他在易县休兵屯田，在高楼附近建数十营楼护卫，并屯有三百万斛粮食，只等待粮食吃完，天下大势已定，再寻后路。"

曹操瞠目结舌，半晌摇头，以他对公孙瓒的了解和历年征战经历，完全不理解这位昔日战场上的英雄，如何成了现在这般萎靡不振的模样。

荀彧也唏嘘不已，再看曹操，对比当下各路英杰，只觉得曹操其人才是勇猛异常之人，胜不骄败不馁，他能与曹操结为同盟，并肩作战，实为幸事。

转身再拿起一封信件道："今上已经从长安平安返回洛阳，我已经以主公的名义，向洛阳进表，以求掌管兖州，名正言顺。"

这多半年来，汉献帝刘协在长安并未一帆风顺，先被李傕劫持，与郭汜相攻数月，长安死者数万，几乎变为一片废墟。才摆脱了李傕、郭汜的控制东归，下诏让各路诸侯勤王。荀彧也趁此上表，陈述兖州战乱缘由，曹操如何匡扶正义，歼灭叛乱之人，还兖州一个清平天下。

第三十七章

平兖州百废待兴　丰收年程氏有喜

　　兖州平定，曹操为兖州牧已为事实，上表今上，也表明曹操匡扶汉室之心。曹操对那少年天子本没有放在心上，闻荀彧这般说，只是一笑。荀彧知道曹操眼中并无那位远在洛阳的少年天子，便也将这话略过。二人谈及兖州建设，曹操深感人手不足，荀彧却是早有准备，言说已经发往颍川书信数封，相信不日兖州将会人才济济。

　　荀彧出身颍川，荀家是颍川有名的望族世家，彼时战事四起，士族大家都以效忠能者为荣。荀彧在颍川当地名声大盛，追随曹操在兖州闯下了大业被宣扬出去，一时，收到荀彧手书的名士们，无不跃跃欲试。兖州战事平定，百废待兴，人才缺乏，到兖州正好可做番大事。荀彧自己也忙了起来。

　　兖州虽然战乱接近一年，但战事主要发生在濮阳周边，大多数本地士族并没有受到影响。荀彧已经占了许都大片荒地，再想要从士族手中将土地收到州里，却不容易了。荒地虽然没有耕种，但也在各士族的势力范围内，这些土地是他们圈禁起来留给家族后代的。兖州初平定下来，荀彧急于稳定兖州经济，保障民生，就要在整个兖州范围内推广屯田。

一连数日，荀彧一直忙着轮番接见各郡的太守，听着各郡太守诉说民生民情，大多是诉苦，因为战乱以致民不聊生。然而一提及在各郡推广屯田，却全都开始推诿起来，不肯应承。饶是荀彧一直耐着性子与各郡太守周旋，也忍不住火气上涌。

这些太守一方面哭诉各郡饱受战乱之苦，民不聊生，恳求荀彧能降低赋税。另一方面却又对能增产增粮的屯田制度加以抵制。只因为降低赋税可以保障士族的根本，而屯田制他们得不到任何实惠。只让老百姓丰衣足食，只能给州郡的府衙增加收入，当地的乡绅士族却得不到半点好处的事，太守们根本不打算做。因为这些太守也都出身士族，大家盘根错节，利益相关，得罪士族大家，就是得罪他们本身。

这一日荀彧见过了山阳郡的太守之后，脸色很是难看。在荀彧劝说曹操将吕布赶出兖州的时候就已经计划好，在今年就要在兖州全线施行屯田，尽可能快地将田地利用和种植起来，这个阶段最适合种植的就是荞麦。荞麦从播种到收获，生长周期不足三个月，而冬小麦收割完毕到秋季种植期间这一段时间恰好三月有余。兖州战事已停，但是还有大量流民的存在，即便是佃户，这时候的日子也不好过。这几个月田里没有农作物，佃户也没有收获，也是坐吃山空。且荞麦的种植，对荀彧来说也是迫在眉睫的事情。

与吕布的数次交战，不论是曹操还是荀彧都看出了骑兵的重要性，但是中原地区并不盛产骏马。荀彧已经派人前往北部匈奴购买马匹，这就需要提前为骏马准备出足够的饲料。种植荞麦，已经是迫在眉睫的事情。荞麦种植，几乎是最不耗费人力的了，且荞麦本身口感很不好，一向都是喂养禽畜的饲料，也只有贫困人家才会当作口粮。所以，少有田地的主人，会大面积种植荞麦。

荀彧不想等了，他也没有时间等了。他已经好言好语地讲了道理，可既然这些士族不将州牧放在眼里，他也没有必要再迎合这些士族了。兖州是需要这些士族家的子弟来管理，但是很快，他身边就不缺乏人才了。他召来枣祗，写下公文，授权枣祗在兖州各郡国全面实施屯田。

屯田，首先就要手里有田，兖州各郡国田地的数量，已经随着曹操的征战统计上来，其中已开垦土地占四成，绝大部分由士族大户占有，未经开垦的六成荒地中，也有近八成在士族的手上。荀彧下令，限定在十天之内，将各州郡未能开垦的荒地一律收归到州里，同时在各郡国招募流民，任何流民，哪怕之前曾经为黄巾军，全都收留。

枣祗是带着荀彧的命令去各郡国的，也是带着荀彧给派的兵马下去的，每到一处，城门张贴告示，城内外全有士兵在公布屯田政策，招募佃农，承诺由军队保护安全，以自愿为原则。且每招募到流民，当天就会吃上一顿饱饭，当晚就会送到住处——那屯田所在已经有兵士在建设房屋了，田地也已经划分出来，甚至连农具都已经为他们准备出来，落地，就立刻可以开垦土地。

且在种植之前，就定下了规矩，田地里所有的收获，都是按照比例分成，佃农们多劳多得，少劳少得，只要付出辛勤努力，收获中的一半就归他们个人。若是要租用耕牛，也只需要再付出一成的收获就可以。最主要的是他们还没有开始劳作，就先得到了一份口粮。这些口粮会在收获的时候，再行抵扣。这让这些佃农喜出望外。

佃农们一向是不吝自己的劳作和汗水的。以往他们租种田地，都是固定的税率，按照租种土地的多少、租用耕牛的数量，明码标价，无论丰收还是灾年，秋收都是固定的粮食。这就是所谓的"计牛输谷"。对土地的主人来说，方便计数。也尤其方便州牧征收赋税。但是对佃农来说，丰年还好说，一旦遇到荒年，则一年的辛苦收获就要全上缴出去。

但现在枣祗与荀彧商议的"分田之术"，将在许都的经验完全推广出去，将屯田的好处落实到了每个佃农的头上，立刻就调动了所有佃农的积极性，在军事的高压政策与对佃农利益的倾斜双方面实施下，屯田在兖州各郡国迅速推广起来。

荀彧只是开垦了荒地，并没有占用各郡国士族的土地，招募的佃农，也并不是已经租用士族土地的佃农，但此举还是侵犯了士族的利益。虽然屯田制度下，佃农需要上交五成甚至六成的地租，但是屯田也保障了灾荒年里佃农的利益，另外，佃农的土地受到军队的保护，不用担心秋收季节被抢劫，从长远看，对佃农是有益的。

如果说屯田制还只算侵犯了士族的利益，荀彧下一个举措，可是大大惹恼了士族乡绅。随着屯田制同时进行的，还有在兖州各地城镇开办的公办私塾。私塾由各郡国府衙成立，面向社会贫苦大众子弟，学习所需要的一切费用，全都由府衙负担。荀彧的这个举措，让士族的关注点立刻就从屯田转移出来。要知道在当时，读书识字是士族子弟的特权，穷苦人家的孩子是没有资格读书识字的。而让贫苦人家的子弟读书识字只是表面，根本上，荀彧这是要扩大教育，让贫苦人家的子弟有朝一日也有机会和士族子弟站在一起，有机会参与到郡大事，以至于站在朝廷上。

第一座公办私塾，在鄄城最先成立，跟着范县和东阿也成立了私塾，荀彧不惜拿出大量的钱财，甚至将自己的财富也拿出来。他深感对程氏的愧疚，谁知道程氏听闻荀彧的举动，也将自己的嫁妆打开，她说她虽然是一女子，但是自小受到父亲的教育，读书识字，深感到读书识字的重要，她愿意为此尽自己微薄的力量。荀彧大受感动，亲自为程氏取字为文倩。

公办私塾，是荀彧对兖州士族的试探，也是转移士族对屯田制的注意。果然士族的注意力都被吸引到公办私塾上。一时，兖州各郡国对公办私塾的反应不一。有响应的，也有观望的，大多数是在大城镇设立一个，能进入公办私塾中去的学生，也都是各城镇里稍微有头脸的人家。但这样也可以了，荀彧深知，将教育推广到所有平民百姓人家暂时是不现实的，未来能否做到这点他自己也不知道。但读书识字的人多了，懂得道理的人也就多了，日后能为他所用的人也就多了。

这期间，曹操兵马不断将兖州全境内残余的小股黄巾军势力歼灭，或者赶出兖州，兖州逐渐一片清平，形势大好。但不论是荀彧还是曹操，都没有将自己的目光只放在兖州上。一年前张邈、陈宫的背叛仍然历历在目，张邈虽然已经殒命，陈宫还在，以陈宫为代表的士族阶层，荀彧几次三番想要动，却也无法撼动根基。

在长远规划中，荀彧再次劝说曹操先行放弃徐州，将目标放在了豫州上。豫州下辖颍川郡、汝南郡二郡，梁国、沛国、陈国、鲁国四国，县九十七个。其中颍川郡为四战之地，饱受战乱，当年荀彧高瞻远瞩，预测到颍川不久将迎来战火，将荀氏全族迁往了冀州，保全了整个荀氏。但颍川仍然是荀氏的故土，是荀彧的家乡。荀彧希望有能重新回到颍川的一天，重新将颍川握在手里。

在战略上，颍川所在的豫州也是比兖州更适合发展的所在。因为在这几年的战乱中，颍川在李傕军队的摧残下，当地的本土士族遭受了严重的打击，或者流亡，或者消亡。且豫州还有未曾歼灭的黄巾军余众聚集在颍川。这些黄巾军余众如果在颍川发展壮大了，早晚会将视线落在隔壁的兖州身上，会对兖州形成强大的威胁。

而在经济上，颍川也有着兖州所给不了荀彧的地方。颍川土地肥沃，上等良田占总面积的四成以上，另有五成为中产田，低产的土壤不足一成。且颍川地处豫中平原，地势平坦开阔，颍水、濮水、汝水都从颍川境内流过，河床宽浅，水流缓慢，无论是种粮食还是运粮食，那都是相当方便。最主要的是，颍川士族衰败，这些土地现今都是无主的。放着这样的宝地任其饱受战乱之苦，于公于私，荀彧都不会情愿。

曹操被荀彧说服，开始招收兵马。荀彧派往匈奴的人也没有带回来多少好消息，他们一路艰辛赶往北匈奴，却只购得了牛羊上万和几十匹劣马，连一匹骏马的影子都没有见到。几万只牛羊，荀彧的家底立刻见空。好在同年秋季，种植的荞麦大获丰收，荀彧不但收取了一半荞麦为租金，还以市价从佃农手中以小麦换取荞麦，为这批牛羊储存出了大量的饲料。同时，冬小麦的种植也开始了。

　　这一年十月，洛阳的刘协正式下表，拜曹操为兖州牧，曹操名正言顺，成为兖州最高的统帅。

　　这一年的秋冬季，应该是兖州近几年来最为祥和安定的了。经历了上一个年头的蝗灾，这一年兖州算得上风调雨顺，国泰民安。荀彧的脸上也难得地露出了笑容。这一日早些回到了府上，就看到程氏正在卧房内缝制着什么，见到他走过去，放下手里的针线，站起来。

　　"文倩，天已经暗了，还不掌灯。"荀彧说着吩咐下人点了灯，就拿起程氏之前缝制的东西展开，正是一件幼儿小衣的雏形，衣衫已经裁剪出来了，大样也缝制出了，只差着袖口。

　　荀彧脸上露出惊喜，转身看向程氏的腹部，问道："可是有喜了，可请过大夫看了？"

　　程氏的脸上露出羞怯的笑容道："今日刚请了大夫看，说是两个多月了。"

　　荀彧大喜。他与程氏成亲已经有接近一年，程氏的肚皮一直都没有动静，忽然就有喜了，还都有两个月了，荀彧急忙扶着程氏的手臂，让她坐下道："你才有喜，前三个月最是不稳的时候，一定不要劳累了。也仔细伤了眼睛。"

　　说着大手抚摸着程氏的小腹。那小腹还是扁扁平平的，什么都摸不出，荀彧只感觉到掌心微热，内心也火热火热的。

　　程氏的脸上浮现出红晕来，她的手盖在了荀彧的手背上，悄声说道：

"才两个多月，什么都感觉不出来呢。我知道了，心里喜悦，就想着给咱们的孩儿做一件小衣裳。我亲手做的，我们孩儿穿着一定会开心。"

第三十八章

占先机书信董昭　得商道提点许氏

　　虽然胎儿现在才只有两个月，完全感觉不到腹中的任何变化，但程氏还是尝到了初为人母的喜悦。更因为看到荀彧眼睛里的欣喜和对自己的疼爱而格外开心。她抓着婴儿的小衣，在案几上将皱褶抚平，说道："先生，夫人的灵柩已经运回去了，我想将几位小少爷和小小姐接到身边来，和你一起抚养着长大，先生看可好？"

　　荀彧的脸上露出感动的神色。他和程氏成亲才只有一年，程氏数次提起他远在冀州的儿女。只是兖州战乱，路途遥远，他们都知道孩子们在冀州祖父身边，比千里迢迢投奔兖州要平安。现在兖州初定，程氏自己还怀有身孕，她就再一次惦记起他的儿女们，和他提起要将儿女们接到身边抚养。

　　平心而论，荀彧怎么不想念自己的儿女啊，最小的女儿从出生到现在，他还没有见过。只是现在还不是时候。荀彧沉吟着说道："兖州虽然安定，却不是长久安定之地，再等等吧，等到开春，我必定给你个安定的所在，到时候再将他们接过来，我们一家人团圆在一起。"

"怎么？"程氏从荀彧的怀中坐起来，看着荀彧道，"我听闻母亲说，父亲跟着曹将军这半年来南征北战，已经将兖州都平定下来。先生前些时间不也在兖州推广屯田，又开办了私塾，兖州如何不是长久安定之地？"

荀彧叹了口气，坐在程氏身边道："兖州现在已经逐步安定，但是将兖州完全抓在手里，让各郡国上下齐心，听从州牧的安排却很难。我这几天正在与主公商议，准备北征颍川，待到颍川收复之后，我们府衙就会搬迁过去。"说着笑着凝视着程氏，"到时候我们会有个新府邸，文倩，你喜欢什么样的住处告诉我，我按照你的喜好着人修建。"

程氏听着眼神里露出神往："我在《大禹记》中看，说颍川曾有凤凰、神爵出现，所以才造就了那里的繁华和富足。古有颍水泛滥，才有大禹治水，又因为禹传位于启而得盛名。若我们的孩儿在颍川出生，得沾染了颍川的钟灵毓秀，一定也会像他的父亲一样，聪慧有大才。"

荀彧闻言哈哈大笑："借夫人吉言。这是我们两个的第一个孩子，若是男孩，就取名诜，若是女儿，就小字灵。"

程氏闻言，脸上浮现出温柔的笑容。她将两个名字都重复了一遍，轻轻地抚摸着自己的腹部。这是她孩儿的名字，她的孩儿还没有降生，已经有名字了。

"夫人还没有说我们的府邸要什么样子的。"荀彧知道程氏平日里寂寞，今天兴致高，就逗着程氏说话。

程氏想想道："一定是要有个大的书房。孩子们都大了，要和他们的父亲学习道理，书房内一定得又大又敞亮。两位小少爷的院子不能小了，他们正是好动的年纪，院子小了，圈不上。小小姐的院子要与我们的院子近便些，最好就先住在我们的院子内，等到大了些再分出去。我们还要有个私塾，给孩子们读书识字用。"程氏说着声音慢慢地轻下来。

"你呢？"荀彧握住程氏的手，"你喜欢的呢？"

程氏看着荀彧道："我啊，我们院子正房的窗户要大，冬日里能让阳光洒满房间，我就满意了。"

程氏喜欢阳光，喜欢阳光洒满房间的样子，喜欢房间因此而明亮。她想象里，在那样的房间内，她的孩子们可以在阳光下玩耍，她到时候就坐在一旁要么做针线，要么给孩子们读些故事，只要一想到那样的房间那样的场景，她就忍不住期待起来。

果然两天之后，曹操就再一次重整兵马，带着程昱和荀攸二人杀向颍川，荀彧仍然坐镇郡城，总理后方。兖州已定，但不论是曹操还是荀彧的大局观里，兖州都只是他们的起点。若是想要在内乱中真正站稳脚跟，就要在各路兵马中脱颖而出，站在最高处。兖州牧只是曹操名正言顺得到的第一个头衔，随着曹操兵力的扩张，地盘的扩大，很快就要有第二个封赏。这让荀彧再一次想起董昭。

董昭是兖州人，投奔袁绍的时候，恰逢他的弟弟董访在张邈军中，张邈接曹操为兖州牧，这让袁绍对董昭也怀疑起来。董昭见势不妙，借去关中觐见皇帝离开袁绍，先去了河内张扬那里。而董访也在张邈叛乱的时候，投奔了曹操。之前荀彧与今上联系，请求册封曹操为兖州牧，还是走了董昭的门路，是董昭劝说张扬为荀彧的人通报放行。眼下曹操到汝南、颍川一带讨伐黄巾军何仪、刘辟，又是一件功勋，如今的功勋，可都要上报朝廷传播天下，以让大家逐渐忘记曹操以前在徐州的屠城之举。

荀彧提笔，洋洋洒洒写了一封信件，信中提及曹操忧国忧民之心，同时感谢董昭、张扬之前的帮助，又说明兖州前一年的屯田举措大获成功，如今屯田制已经在兖州全州施行，兖州将不再有流民和饥民。信中的内容荀彧点到为止，相信董昭和张扬看到信后，会有所领悟。接着荀彧又置办下礼物，随同信件一起派人送往董昭、张扬处，只说是新年临近，提前送的年礼。刚送出去年礼，就有侍从来报，说是城中士族许期前来拜访。

许氏是鄄城士族大户，在荀彧新婚之时，还曾送上二十斛粮食为贺礼，之后荀彧查看了，这二十斛粮食都是当年的新麦子，这份情荀彧承了——凡是在去年雪中送炭送上粮食为贺礼的士族，今年的赋税都减免了一成。听说许期来访，荀彧忙吩咐有请，亲自来到门前迎接。

许期年近五十，常年保养，让他看起来还年轻，见到荀彧在门前迎接，忙快走几步，离着还远，就躬下身来，口里称"拜见大司马"就拜下去。荀彧忙伸手虚扶，二人在门前互相见礼，礼数周全，这才进入堂内，荀彧吩咐沏茶，二人分宾主坐下。

许期先开口道："将军与先生只用一年时间，就将兖州战乱结束，且大兴屯田制，解决了兖州百万流民饥饿之苦，又开办私塾，大兴教育，是真正为我兖州子民造福。"

荀彧谦逊地笑笑道："将军为今上亲拜的兖州牧，兖州的子民也是将军子民，为民造福，让黎民百姓过上安定的生活，是将军应该做的。"

许期赞道："如今城内城外都在赞叹将军之举，即便是黄口小儿不懂得这些，只因为能吃饱了饭，不用担心挨饿，看到父兄脸上的笑容，就也跟着欢呼雀跃。我等看在眼里，无不生出也要为兖州为黎民百姓为将军尽一份力的心思。"

荀彧知道许期这是有话要说了，微笑着，亲自为许期斟了杯茶道："先生有话请说。"

许期伸手虚扶，谢过荀彧道："这些时日我们是亲眼见到将军的队伍将那叛乱的张邈、陈宫打败，将吕布赶出兖州，也亲眼看到将军的队伍战无不胜。也听说就在月前，将军派往匈奴的商队带回来一些牛羊……"

许期微微停顿了下，看看荀彧的脸色，荀彧只是微笑着看着许期，脸上并没有多余的表情。许期的心扑棱了下，觉得他这话僭越了，只是话已经说出口，开弓没有回头箭了。

他定定神接着说道："不瞒先生，我许家也曾经有一商队，经年在南北方往返走商，只不过前两年黄巾军占了商道，走商的货物还没有到家，就被抢劫一空，因此这两年就歇了脚。今年兖州大定，又闻将军已经派了商队往来了一路，因此就再兴了走商的想法。"

许期提到走商，在荀彧来说有些意外。士族子弟中能文能武的人不少，供养这样大的一家族的人，只凭借土地的收入，想要维护住繁华并不可能，便是荀家也有人开办店铺经商，但是走商这种，也只是在中原几个州郡之间来往，要行走到北部匈奴所在，便不会是每年只行走一次，来往的货物种类也必然繁多。荀彧只在心中一想，就能想象到许家之前商队的规模。

这才徐徐点头道："先生商队曾行走匈奴，想必在匈奴也有熟悉的商队与之交接？"

许期笑道："这个自然。之前许家与之交道的是北匈奴的车胡，他的家族出身匈奴单于帐前侍卫，单于帐内需要的货物几乎都是我们商队包下的。我们商队也可以买到寻常商队买不到的东西。比如牛羊、马匹。还有一些被淘汰下来的军马，价格很是便宜，拉到我们这边就是赶车用，也是上好的。还有些劣马，也是匈奴那边不要的，我们这边就可以用作耕种，虽然比耕牛的耐力差点，但是一样好用的。至于运到他们那边的，不外乎是些首饰茶叶瓷器香料布匹锅碗瓢盆等物。"

说起来走商的货物，许期侃侃而谈。他本人还不是族长的时候，曾经有一次跟随商队前往北匈奴，路途遥远艰辛不必说，待看到北部风光，见到一眼望不到尽头的牛羊马匹的时候，他才知道匈奴会给他们许家带来多少富足。在中原并不值钱的茶叶和粗瓷香料贩卖过去，换回的就是厚重的牛皮羊皮，赶回来成群的骏马牛羊。只可惜这两年走商都停了，坐吃山空。

许期接着说道："如今我许家想要再度走商，商队原本也都是现成的，商路也熟悉，只是出了兖州，沿途难免不够安全。所以才想得到先生的庇护，允许我许家的商队跟随着州牧的商队一起。许家愿意将北匈奴的车胡介绍给先生，这生意可以一起做。"

最后一句才是荀彧想听到的。荀彧初次尝试与匈奴做生意，还没有门路，能带回来万头牛羊已经不易了，如果真如许期所言，他们许家的商队能接触到单于帐前侍卫，能购买到军马，哪怕是淘汰下来的军马，对现在的中原来说也是宝贵的财富。如果能购买到骏马、种马，那……荀彧的心热起来。

这一天他与许期相谈甚欢，话题多数都围绕着商队走商。许氏在鄄城算是大家族，但是在整个兖州并不能排上名号。只因为当时人们重农轻商，士族家族中虽然也有经商之人，但都是旁支在做。就比如荀家也有经商，但是家族正经子弟是不沾手的，所有买卖上的事情，都是族里安排，再由各家中的下人管家在打理。

荀彧接手族长之后，也曾参与到这些经商的俗务中，但毕竟经商不是他所擅长的，所以只有些许了解。许期的到来，正解了荀彧的燃眉之急。曹操大军连年征战，几乎将曹家和荀家的家底全都搭进去了。若不是有枣祗负责的屯田获得了丰收，购买大军粮草的钱财都要拿不出来了。若是能打通兖州到北匈奴的商路，往来经商，将那南边不值钱的茶叶瓷器贩卖过去，换回来的就是牛羊，即便没有骏马，也是一本万利的买卖。

慢慢地，话题又提到了许家子弟身上，许期长叹一声道："家族经商重利，子弟们虽然学业也有所成就，却被家族拖累了，以至于同为青年才俊，却只能偏居一隅，无法为朝廷为州牧效力。"

荀彧闻弦知雅意，微一沉吟笑道："我这里正有一桩好事。州牧之前在各城镇兴办私塾，以为让更多百姓学会读书写字，懂得道理，更容易感化。私塾成立容易，不过是房舍一间、笔墨纸砚，然先生请来却不易。

教化百姓，造福一方，扬名声显父母，本就是流芳百世之大事。先生对此可有想法？"

　　许期闻言，眼神一亮。他为许氏子弟博名声想方设法，不如荀彧的一句提点。这是兴许氏家族的大事，又岂是区区商队利益所能得到的。当下郑重向荀彧施礼，拜谢他提点之恩。

第三十九章

得提点广开私塾　寒风起再行赈粥

时下，平民百姓想要入仕，是需要引荐的，这引荐便是"举孝廉"。是由本身就有名望有地位的人推举引荐，被引荐之人也要有一定的才华和过人之处。荀彧最初走上仕途就是从"举孝廉"开始，而这之前，早早地就有"小神君"之称，还有南阳名士何颙"王佐之才"的称赞。

现在许期为许家子弟将门路走到了荀彧的身上，为此不惜拿出与匈奴的商路，尤其是匈奴单于侍卫车胡的这条路，可谓是下了血本。荀彧也为许期指出了一条明路，这条路既简单又会在最短的时间提高声望，还有一点是荀彧和许期心照不宣的，那就是许家子弟的学生，就是许家的门生，和许家是一家人。儒家思想中，一日为师终身为父。许家如果真如荀彧提点的那样，广开桃园，他日势必桃李满天下，这些学生中只要有一人入仕，就会拉扯着自己的同门一起往上爬，也不会忘记教导他们的许家。

许期站起来，再次深深地拜谢下去。

荀彧承了许期的大礼，复又请许期坐下，再留许期在府衙中吃午餐。荀彧的午餐本来就是简单的两菜一汤，那两菜也是一荤一素，因为许期的做客才加了一道菜。许期没想到荀彧这般权势的人用餐也这般简单，大感钦佩。

席间荀彧多次问及匈奴事情，许期自然知无不言，说起匈奴一眼望不到尽头的草原，草原之上同样望不到尽头的牛羊马匹，说到当地汉子的热情豪爽。许期眼里的匈奴人是他的朋友，因为来往走商，他见到的都是汉人们的内战，没有见过匈奴的扰掠，他交往的匈奴人都当他是朋友。他也说起匈奴最缺的就是铁器，车胡几次提出要高价购买，但汉朝之前律法严明，他不敢违背。之后战乱迭起，他又暂停了走商。

说到铁器，许期也想起了一件事情："我曾经听车胡说过，他们曾和贡县的商队交易过生铁矿石，只不过匈奴人不善于冶炼，那些铁矿石只能提炼出生铁，打造的兵器并不耐用。"

荀彧闻言，禁不住身体前倾问道："贡县？可是冀州境内？"

许期点头："据闻是冀州境内，但那贡县的商队是不是在冀州发现的生铁矿，我就不清楚了。"

荀彧暗暗记下。连年兵战，武器的损耗也是十分大的，所有损坏的刀剑和箭矢的箭头都会回收，重新回炉打造，但还是入不敷出。如果能得到铁矿，军备将得到极大的补充，军力就会再上一个层次。这许期真乃他荀彧的贵人。当下和许期约定走商之时双方各带的货物。那许期才是深藏不露的大户，连年兵战，家中竟然还能拿出许多财帛来，他坦然说会置办一些茶叶布帛过去。茶叶轻便，运送到匈奴那边的茶叶不论好坏都能很快贩卖出去。而匈奴人不善手工，布帛是他们最喜欢的东西，若不是中原服装烦琐，少有人缝制匈奴服装，贩卖成品会更受欢迎。

荀彧这边能拿出手的东西就很多了。他们手里钱财不多，但是珠宝首饰这些东西还有不少，尤其是名贵的饰品，在战乱时期并不值多少银两，还不如粮食值钱，还有珍珠玛瑙这些华贵的东西。荀彧也打听到匈奴人多喜欢艳丽华贵的饰品，更常有贵族在武器上镶嵌宝石以为珍贵。荀彧便吩咐手下赶制了一把弯刀，刀柄上镶嵌了一颗硕大的玛瑙，那弯刀的刀鞘上更是一排密密的红色玉石。这般安排下去，待到商队整合，货物备足，已经是初冬。又安排了身体强壮的士兵换上镖局的服装，派了亲信锗卫跟随商队，务必要将那镶满了宝石的弯刀送到单于帐前，以打通购买骏马的关节。

这一年虽有战乱，南北却都风调雨顺，是个难得的丰收年景，草原春节出生的马驹牛犊羊羔都已经长大，会在冬季严寒到来之前卖掉一批，这时节才往匈奴去走商稍微晚了点，不过荀彧与许期的商队目标是单于帐前，走的是大商，因此并不在意季节。荀彧安排了商队离开，同时也给冀州家中去了信件，一方面是新年临近，思念家中父母儿女，一方面也是托在冀州的父兄们打听贡县的生铁矿。

许期果然如荀彧希望的那样，派出子弟开始在私塾任教不说，还以许家的名义开设私塾，不分贫富，广收弟子。且那贫穷人家的孩子若是有悟性肯努力的，还会免去束脩，甚至提供部分笔墨纸砚。这举措立刻在士族大家中引起反响，不少士族大户甚至开始效仿起来，纷纷在家族中也开设私塾，请家中识文断字的长者教授些粗浅知识。

冬季如期而至，曹操带领着军队征伐颍川，其余将领分散在兖州各处领兵，兖州内局势充分得到了控制。秋季的耕种已经完成，整个兖州所有人都将在冬季到来的时候得到休整，待来年春天与春草小麦一般焕发勃勃生机。去年的这个时节，荀彧刚刚完婚，荀家在鄄城城门处第一个设立了施粥所在。今年虽然是丰收年景，早早地程氏还是将一切都准备出来，在和去年同一天开始赈粥。

这一天一大早，程氏就收拾好了自己，不顾身孕，来到了城外。她亲眼看着粥棚内的炉灶升起火，看着浸泡了一夜的杂粮米被下入锅内的滚水中。水花泛起，长长的勺子缓缓推动着锅里的杂粮，让每一粒杂粮都能在锅里均匀受热。她上前伸手接过勺子，才推了一下，就有一只大手从她的手里将勺子拿了过去。程氏抬头，不防看到的是荀彧温和的笑容，她有一瞬间的失神。她没有想到荀彧也会来到城门口，参与施粥，她明明没有同荀彧说起赈粥的事情。

"夫人还有身孕，这力气上的事情还要少动手。"荀彧温和地说着，缓缓地推着勺子。热气从锅里散发开来。

"先生怎么也来了？"程氏的脸上荡出红晕，笑容在脸上绽放。

荀彧侧头，看到程氏脸上笑容的时候，神色定了下，然后将手里的勺子交给旁人，自己抬手扶了程氏到一边坐下，这才道："去岁的今天，我们一起在这里施粥，我还记得第一碗粥就是夫人亲自盛的。"

程氏也笑着道："我也记得，去岁啊，我和先生也一人喝了一大碗的杂粮粥，只是后来再喝，就喝不到之前的那种感觉，那种味道，总觉得不尽如人意。想来是因为劳动了半日，辛劳了，这粥也就觉得好喝了。"

"还因为是我们新婚之后的第一次赈粥，第一次为流民做的善举，因为夫人心善。"荀彧轻轻拍拍程氏的手背，看向城门外，"去年这里饥饿的人群排成的长队一眼看不到尽头，今年这里只有寥寥无多的流民。我心大慰。"

城门只有这一个施粥的棚子，虽然安排了三个灶台，但今天只有一个灶台开火了。满满一大锅的粥，外边却只有不多的人在等待着施粥。这些人中大多数是老弱，别说青壮，连青年女子都没有。战乱结束，还有屯民的政策，流民的数量锐减。

程氏也看着周围道："是啊，我平日里上街，听到最多的就是感慨今年的好收成，今年的平安，祈祷如今的生活岁岁如此。大家都在说是将军将叛乱的贼子们赶跑，是先生给了大家丰衣足食的生活。还都在称赞先生开办了私塾，让普通人家的孩子也有可能读书识字。还说——"

程氏停了下，荀彧侧头问道："还说什么？"

程氏看着荀彧，眼神明亮："还说要上天保佑先生平安，保佑我们荀家平安。"

荀彧笑了，他从这些质朴的话语里感受到百姓们对平安的渴望，对如今生活的满意，对更加幸福的日子的期待。荀彧知道他做得并不多，是百姓们受苦受难太多，便太容易满足了。而荀彧也知道他本可以做得更多，他完全可以将兖州当作扎实的根基，让这里百姓的未来过得比今日更好。但他只能保证让这里的百姓不再经受战乱，让今年的富足得以继续维持。因为未来需要他的地方更多，为了让更多的百姓过上富足的生活，让更多的战乱消失，他必须要有一个比兖州更让他安心的所在。而那个地方已经在他心里了。

荀彧轻声说道："上天也会保佑兖州的百姓平安，保佑天下的百姓都平安。"

杂粮粥的香气浓郁起来，随着锅盖的掀起飘散开，有老人拄着树枝，端着粗瓷大碗，蹒跚地走来；有妇孺牵着幼儿的手，也走过来；也有人拖着断肢过来。这些人面颊上都看不到肉，衣服上满是补丁，瑟缩在还并不十分寒冷的冬风里。荀彧微微动容，他站起来亲手拿起羹勺，盛上满满的热粥，倒在碗里。

"谢谢老爷，谢谢大善人。"

那已经看不出年岁，只能看到岁月留下的痕迹的老人不住地叨念着，对着荀彧不断地弯下已经直不起来的后背。他捧着碗走了几步，就急忙忙地喝了一口，顾不得粥还滚烫着。那牵着孩子的妇孺，腾不出手来，荀府中的下人亲自帮忙捧着粥，送她们坐在粥棚的一旁，又拿了一个碗，给孩子也盛了一碗粥。那断臂的人却坚持着不用人扶，自己一个人端着粥沉默地走到一边。

程氏看着这些，眼角微微红了，她又看着荀彧，眼神里满是敬仰和感激。正因为有了先生，才让更多的人免除了挨饿，也因为有先生，才给了这些人温饱所在。往年三大锅的粥都不够，今年一大锅还剩下了不少，下人们按照去年的惯例，也为荀彧和程氏盛了两大碗杂粮粥过来。碗里的粥还冒着热气，香气也扑鼻而来，程氏小小地喝了一口。

还是去年的那个味道，一模一样。转头看去，却见到荀彧端着粥碗，正微微出神。

"先生！"程氏轻轻叫了一声。

荀彧回过神来，微微一笑，端着碗犹如那些流民一般喝了一大口。热热的粥进入腹中，五脏六腑也妥帖了很多。

"先生刚刚在出神。"程氏说道。

荀彧笑了笑："我刚刚想起才收到的书信。"

荀彧想到的是书信中所说的今上。

就在今年春节，曹操发兵攻打定陶的时候，西凉军也起了内讧。郭汜开始跟李傕争权，与樊稠一起在长安形成三足鼎立。三月，李傕杀樊稠，与郭汜在长安城中各自拥兵相攻，今上刘协派人调停，郭汜却打算挟持皇帝为人质。听闻消息，李傕抢先出手，派人劫持了皇帝、皇后和宫人、大臣们，与郭汜在长安征战数月，长安几乎成为废墟。之后两人和解，皇帝辗转往洛阳行进，其中的艰苦自不必说，之后还有数次交战也正常，但最后临近洛阳的时候，竟然有段时间不得而入，堂堂皇帝，身边还有皇后、宫人和大臣们，竟然无人供养。又赶上了当地的蝗虫大起，大旱无收，别说维持体面，据说连饭都有时候不应时。且上朝的时候，就有白波军（东汉末年农民起义军的一支）士卒扶着篱笆往内观看，品头论足，天子威严尽失。甚至一言不合，白波将帅就打死献帝的尚书。

他之前出神就是想到了这些。兖州流民尚且有浓稠的粥果腹，兖州平民百姓还能有烙饼点心，稍微富足一些的大户，虽不至于山珍海味，也是大鱼大肉。而那远在洛阳的皇帝，现在可有兖州百姓的富足？

这一天荀彧给自己放了一天假，他陪着程氏施粥结束之后，就回到了荀府，下午当程氏休息的时候，荀彧坐在书房内仔细思忖。未雨绸缪，才能有备无患，他将要在颍川下一盘好大的棋。这棋盘已经铺开，棋局已经开始，就看之后的棋路了。荀彧要在这广阔的棋盘上走一条不寻常的棋路，所以他要好好想想，再仔细想想才好。

第四十章

开商路交易匈奴　得封号建德将军

转瞬又是一年春季，建安元年（196）正月，曹操大军推进豫州汝南，大军所到之处，如入无人之境。正月里兵临武平，拿下了城池，袁术的陈相袁嗣投降。同月，汝南、颍川黄巾军何仪、刘辟、黄邵等部各数万，与杨袁呼应，共同抵抗曹操大军。然曹操对抗黄巾军已经得心应手，从分化瓦解到逐个击破到招安，只用一月时间，刘辟、黄邵就临阵被斩，何仪大败后投降。战况比荀彧设想的还要顺利，从去岁冬季出兵豫州到现在，不过数月，就拿下了豫州的半壁江山，占据了汝南、颍川。

消息传回到兖州郡城，荀彧虽然有所准备，但战事推进之快，仍然出乎荀彧预料，他立刻上表洛阳皇帝，将曹操歼灭黄巾军详细说明，并派人送信给董昭，务必要为曹操在皇帝刘协那里讨得一个封号。书信发出，荀彧便着手将府衙迁往颍川。就在这时，前往南匈奴的商队也返回了，带回来一个上好的消息，许氏的族人循着以前的路子，找到了匈奴单于帐前侍卫，引荐锗卫，锗卫献上了那柄镶嵌着宝石的弯刀，这弯刀就被进献给了侍卫统领车胡。

车胡如今掌管单于大帐安全，有相当权势，锗卫只说自己是中原富商，想要做马匹的生意，马匹不拘良莠，都能在中原有市场。如果能有骏马给自己撑起排面，也可以组织一支卫队亲兵，再以后来往走商的时候，就不惧怕沿途的土匪抢劫。中原战乱匈奴早有耳闻，锗卫出手大方，人也豪气，这一趟还带着中原的美酒，这美酒却不是做生意用的，而是日日宴请时候喝的，车胡喝人嘴短，当下就做主卖给了锗卫一批军马。

所谓军马，并非就一定是战马。战马是经过精心的饲养和照料，筛选出来的。能作为战马的马匹，体质非同一般，往往可以长途奔跑数百里之后，还能进行战斗冲锋。战马经过专门的训练，还会冲撞人类，在战场上才能所向披靡，且上惯了战场的战马，一旦闻到血腥的味道就会兴奋，也不会惧怕对手的尖刀。而只要在军中服役的马，都叫军马，军马的用途范围更广，有驮运粮草的，拉车的，专门负重的。而卖给锗卫的军马足足有三百匹，这中间还有十匹真正的战马。虽然也是从战场上淘汰下来的，但是这些战马也一个个膘肥体壮，正值盛年。唯一遗憾的，作为军马都是经过阉割的马，无法繁殖，锗卫试着询问可否购买几匹种马和母马，立刻就被拒绝了。

就如汉民族严格禁止将兵器卖给匈奴一样，种马和母马也是匈奴严格禁止出卖的。所有交易到中原的马匹，必须都是阉割过的，哪怕是劣马。锗卫并没有再提起，仍然是感谢了车胡的这些马匹的交易。三百匹马在匈奴人看来只是个小数目，锗卫带来的珠宝首饰也只花出去不到三成。锗卫还带着好多美酒，与车胡交易结束之后，就在匈奴当地又拜访了几个大户，购买牛羊。锗卫出手大方，还有许氏的族人引荐，秋季已过，那些大户中的牛羊正是膘肥体壮价钱好的时候，如果不趁此时候出售，冬季不但要消耗大量的草料，来年春天还会掉一层膘，当下锗卫又换得了数百头牛和上千头的羊。

这么多的牲畜想要赶回来就不容易了，锗卫就又出钱请了匈奴的汉子帮忙驱赶。匈奴人行动离不开马匹，锗卫私下里许了匈奴大户的好处，在那些牛羊中竟然夹带了数十匹的种马和母马，由这些匈奴人帮着赶了回来。荀彧不但派遣了商队，也派了军士沿途接应，幸亏有军士前来迎接，震慑了贼寇，交易来的骏马才能被快马加鞭地先行送回来。只是后边的牛羊商队还在缓缓而行。

荀彧收到信件后哈哈大笑。虽然三百匹军马对曹操的整个骑兵队伍的建设是杯水车薪，但是带来了数十匹种马和母马，才是这些马匹中的宝贝。这些种马不但可以改良现有的马种，公马与驴交配之后所产的驴骡，还体质结实，肢蹄强健，耐力十足，易于驾驭，可以转运粮草，是军中不可多得的马种。而一匹公马一年可配种百余次，就可以诞下百余个后代。所以种马才是最宝贵的。这一次还交易了数百头牛，这些牛将会在之后对颍川肥沃土地的耕种上，做出巨大的贡献。也幸亏是荀彧早有准备，在夏季的时候套种了一次荞麦，正好在冬季给这些牛马加餐补膘。

锗卫交易了牛马羊，许氏交易的则是大量的毛皮。匈奴人的毛皮更加厚实保暖，在中原根本不愁销路，他还带回来一些草原上特有的药材、干货，回到兖州，这些东西立刻就被换成了金银。锗卫还带来了一个消息，就是匈奴想要采购大量的粮食，并且是长期有效的采购。车胡还提出了一个要求，就是可以以铁器换取骏马。

然而中原大地上还有饥饿，虽然兖州在前一年获得了丰收，但随着战事的推进，粮草的消耗也是巨大的。粮食交易虽然能换得骏马，然而没有马匹人也可以打仗，没有粮食人就要挨饿。而铁器、武器，更是不可能交易给匈奴人的。从汉武帝时代，汉朝就颁布了法令，严格禁止与匈奴人交易武器。这几年来，这项法令虽然已没有人提起，但是在汉人与匈奴人边界所在，也曾经历过几次交战，就在初平二年（191），曹操还引兵大败匈奴於夫罗于内黄，汉民族与匈奴人的战争，从来没有停止过。

与匈奴的经商，刚刚找到这么一条门路，荀彧并不着急。中原有大量匈奴缺少的东西，只要打开了商路，就是没有铁器、粮食，还有茶叶、布匹、金银珠宝，总有匈奴人需要的东西。当下锗卫稍作休整，再行带着货物前往匈奴，自此，荀彧有了前往匈奴的商路、自己的商队，随着时间的推移，这条商路将越来越平坦，从匈奴带回来的牛马羊将更多。

三月，因曹操在豫州汝南、颍川打败黄巾军何仪，斩杀刘辟、黄邵，停留在洛阳的皇帝刘协下表，拜曹操为建德将军，而此时，荀彧已经先行带人赶往颍川。一到颍川府衙，就见到曹操大步从中走了出来，双方不及见礼，曹操就上前来，使劲在荀彧的肩膀上拍了一下，大笑道："司马，是你给我从洛阳讨得的建德将军封号？"

荀彧施礼后微笑着道："这称号将军暂且收着，过不了多久，将军就会换个称号。"

建德将军只不过是随意的一个称号，没有实际的官衔，名号也不怎么辉煌。荀彧的本意并非这个称号，但是天子给了这个封号之后，就等于曹操有了上达天子的能力，为荀彧日后的打算铺条路。曹操并不在意这个称号，不过这称号是荀彧为他上表得来的，这之中一定还要有不少周旋，曹操是领情的。

曹操这将军府是由原来的一个县衙仓促改建的，如今也只是将前边议事的和后边歇息所在匆忙修缮了一番，至于库房、下人休息的所在、马房等也都很简单，其他的都还没有来得及整理。荀彧才到颍川，曹操便给荀彧和各位将领举行了盛大的宴会，既是给荀彧的洗尘宴，也是给众位参战将军的庆功宴。

待到宴会中途，曹操已经微醺，看向荀彧，举杯道："当日先生投奔我来，我与先生一见如故。从先生到来之日，我曹操几乎未闻败绩，先在东郡大败于毒、白绕，又在兖州击破青州黄巾军，得精壮军卒三十万，近百万人口。进兵徐州，屠城百姓，乃我一生污点，与先生无干。却因我如此，兖州张邈、陈宫叛乱，引外敌吕布进入，幸有先生替我保全了鄄城、范县和东阿三城，让我还可以返回兖州，有立足之地。之后先生为我谋划，于濮阳城外解救我大军危机，在我进攻濮阳城失利的时候，保全我兵马，在其后与吕布的对决中，殚精竭虑，设定计谋，数次打败吕布，让吕布小儿闻我大军就如惊弓之鸟。更是在去年的秋收季节里，设计拦住吕布、陈宫军队，让军士既抢收了粮食，也将吕布彻底打怕了，将他从兖州彻底地赶出去。又为我从今上请表兖州牧，得名正言顺，攻伐豫州汝阳、颍川黄巾军余孽，又得建德将军。先生如我子房，如我福星。得先生，是我平生幸事。"

说完将杯中酒一饮而尽。

荀彧大为感动。当日他投奔曹操，与曹操一番交谈，彼此引为知己。几年来两人肝胆相照，他尽心辅佐曹操，以报知遇之恩，从不敢懈怠，也从不曾居功。他知道曹操将他的一言一行都看在眼里，对他的每一个谋划都十分看重，只要是他提出的建议，无不采纳，所以才更加仔细，几乎是每日三省吾身。曹操这番话，几乎让荀彧热泪盈眶，他举起手中的酒杯，也一饮而尽。

荀彧很快就投入到对颍川的发展建设中。荀彧几乎将在兖州的人马全部带了出来，这些人中，必不可少的就是枣祗。

枣祗在兖州的屯田大获成功，也从中积累了大量的经验，到了颍川之后，立刻开始征召流民，丈量土地，建立民屯。与在兖州不同的是，颍川为四战之地，饱受战乱之苦。荀彧曾经举家从颍川迁往冀州，之后不久，董卓派李傕等出关东，掳掠各地，至颍川，颍川当地士族惨遭杀戮，曾经属于各士族的大片土地成了无主之地。枣祗来到颍川，立刻将这些地占据为公有，同时在整个颍川全境推广屯田。荀彧也将从匈奴购买的牛群交给了枣祇，以做耕牛，并在颍川建立了马场，派人精心照料种马。

荀彧自己腾出手来，接连数日，忙着接见颍川、汝南各地的官员，听取各地民生，荀彧已经将颍川作为未来长久的根据地，便不肯草率行事。颍川面积辽阔，人文历史雄厚，古建筑众多，具有悠久历史的古城镇更多。荀彧很快便将未来的政治中心选择在了许县。

许县历史悠久，从尧舜时代，就有部落氏族在这里繁衍生息。商朝、周武王时代、秦朝时期，都有着重要的历史地位，且人杰地灵，适宜居住。更有一点，就是许县在颍川的东北部，靠近兖州，如今兖州已经稳固如铁桶，许县便是有了更稳固的后方。荀彧亲自前往许县，到许县之后无暇休息，只用一天时间，就确定了许县的大体勾画。

许县的正中央，原本的县衙，将改建成一座宫殿。宫殿规格不必太高，建筑也不必奢华，但是在规制上要达到标准，有前、中、后三座正殿，每一座正殿两侧都设有偏殿，在宫殿的后方还设立后花园。宫殿四周围墙数米高，均要以青石垒砌。宫殿图纸荀彧早有准备，只不过此刻正值春耕，地里离不开人，这修建宫殿一事，竟然不能马上开工。

曹操这一日遍寻荀彧不见，才听说人在许县，已经停留数日，心下奇怪，便带着随从打马而来。寻到许县的时候，正看到荀彧身边围着几个官员，说说笑笑很是热闹。荀彧面前却只有一片被战火侵蚀过的废墟，心下奇怪，对荀彧道："先生在这般废墟处，是要做甚？"

荀彧笑道："主公一路前来，看许县这处，地理位置如何？"

曹操抬眼四望道："许县人杰地灵，辈出人才，是块风水宝地。且距兖州只有一日路程，在此处可兼顾颍川、兖州，是个便利所在。"

荀彧喜道："果然是心有灵犀，我也看好了此处，正要将此处好好谋划。"

第四十一章

落许县荀彧选址　荀三兄千里来投

荀彧心中的构想还只是雏形，他正在脚踏实地一步一步地将构想做成事实，他挥挥手，身边的官员们分散开。

荀彧指着不远处保存还算完好的一片建筑道："主公，县城最中间的这一处县衙，我打算翻修一下，以原本的几间房子为中心，向四周延伸翻盖，将左右隔壁两家都扩进来。后边也延伸出去建个小花园。这周围的房屋损坏也严重，就都拆除了，看起来也宽敞些。四周土地平整了，修成大路，不过这不着急，可以慢慢来。"

荀彧又指着刚才他站着的位置说道："这一片我打算修建成将军府，前院留作将军府衙，后院便是主公家眷住处，图纸已经提前就设计出来了，跟随我们过来的工匠也将砖窑修好了。就等着春耕结束，人手上来，两处就可以同时施工。"

曹操听到县衙翻修，还以为是作为将军府，但听荀彧所说的翻修规模和制式，却有些过了，待到看到脚下这片土地，才知道这里才是将军府，心中疑惑顿生，问道："那翻修的县衙，是为何人准备的？"

曹操了解荀彧，知道荀彧绝对不会越过自己，去给他自己修建那么高规格的府邸。且不说制式不对，但就荀彧的为人，他也不会那么做的。所以，那个将要翻修的县衙，一定是给特别的人准备的。可放眼周围，曹操实在是找不到谁能配得上在县衙原址上翻修的住所。且周围还要平整出场地，分明是给地位极高的人准备的。

曹操心中越发有了怀疑，心中忽然出现了一个名字，他迟疑着道："先生莫非是要……"

荀彧道："今上从被董卓立为皇帝之后，先在洛阳担惊受怕，接着被挟持到了长安，有皇帝之名，并无皇帝之实。董卓性格暴烈，专断朝政，天下人无不对其愤恨。从吕布弑杀董卓之后，今上又被李傕、郭汜等挟持，甚至被逼迫离开长安，再返回洛阳，一路担惊受怕，食不果腹，连手下大臣都无法护卫。"

荀彧面色微微露出忧郁："汉家天下从楚汉相争后成立，到如今近四百年，已不复昔日光辉灿烂。然我等位极人臣，便要为家国天下尽一份绵薄之力。主公驰骋疆场，所为天下百姓能安宁，也是为了大汉江山稳固。现兖州已定，出兵豫州，不日还会发兵徐州。豫州、徐州早晚都要在主公的手里。大汉江山十三州，这就有三州名属主公。"

荀彧转头看向曹操道："如今主公北有公孙瓒、袁绍，南有张绣、袁术，东有刘备、吕布，西有刘表。袁绍四世三公，励精图治，占据冀州、青州、并州、幽州地区，统一河北，交好北方蛮夷，势力已经达到顶点。张绣凉州豪族，官封宣威侯，名正言顺。刘表远交袁绍，近结张绣，据地数千里，带甲十余万，称雄荆江。且还有吕布在一侧虎视眈眈。主公如今已经名动天下，不日将有豪杰名士追随而来。主公盛名之下，必然引人忌惮。"

曹操闻言，沉思不语。

荀彧微微一笑接着道："主公如今也不过只占了兖州，半个豫州，今上拜为兖州牧，再赐封号建德，犹为不够。我想为将军请表为有名号将军，并袭父费亭侯之爵位，就要做出些姿态来，之后也才好让将军出兵连占三州有个名目。所以这制式规格都不差，只是不够奢华，同时将军府也在建造，才不会落人口实。"

曹操这才恍然大悟，佩服道："先生盖世之才，经天纬地。我得先生，三生有幸。"

荀彧深深地道："为主公效力，不敢不尽全力。"

荀彧这么说的，也是这么做的。这一日荀衍前来，荀彧大喜。荀衍乃荀彧三兄，平日里与荀彧关系最为密切，多年来一直在家里奉养父亲，直到颍川落入曹操手中，才被其父打发过来，协助荀彧。荀衍的到来，让荀彧更能腾出手来，这给天子建造的宫殿，和给曹操建造的将军府，正好可以托付给荀衍。

当天晚上，荀彧为荀衍设宴接风，宴后进入书房，屏退下人，只有他二人的时候，荀彧与荀衍推心置腹道："三兄前来辅佐我，当是我左膀右臂，只要做出些成绩来，必然也会得到主公的倚重。我这里正好有一桩差事，是需要我心腹才放得下心来。这差事说重，是当差的人必然要口稳心细，却也不能急躁。三兄没有来之前，说不得我只能自己兼顾着。如今三兄来了，我就想要交到三兄的手里。"

荀衍正色道："为兄临来之前，父亲就嘱咐于我，要我在你面前，切不可摆兄长的架子。且弟虽为我弟，但也是我荀家族长，又为曹公身边之人，这些年历经数次大战，为曹公出谋划策，运筹帷幄，为兄只怕不能完成你嘱托，拖累于你。"

荀彧摇头道："三兄肯来帮我，我已经喜不自禁，我也知道三兄心中自有沟壑。当初在颍川老宅中时，我就知道三兄并非池中之物，只是三兄孝顺，不舍离开父亲，倒是我这般不孝，早早就离开了父母，不能尽孝于父母身前，如今还要将三兄也从父母身前夺走。"

荀衍道："弟这般说，让为兄我就心有惭愧了。弟今日有这般作为，正是扬名声显父母，光宗耀祖。为兄也望能为弟竭尽全力。"

荀彧拱手，向荀衍拜谢后才道："当初在家中，家中对外的经营，家宅房舍的修缮，族里新舍的建立，大都是由三兄掌管。我想这些年来，三兄在这方面也积累了不少的经验。如今我在这范县，正要立两座大府邸。"

荀彧说到府邸之后，微微停顿，只看荀衍的神色。荀衍道："府邸？弟可有了图纸？"

荀彧微微一笑，从身旁拿出图纸，铺在了案几上。图纸徐徐展开，一座小有规模的建筑图纸，展现在荀衍面前，图纸上房屋线条、构造落入眼底。这图纸正是荀彧要为今上建造的宫殿图纸。

荀衍只一看，就微微心惊，这建筑构造，在荀衍的眼里，僭越了。

荀衍看到这图纸，心中先是一惊，但是立刻就镇静下来。如今他是来帮助荀彧的，说真格的，就是要奉荀彧为主的。别说荀彧只是拿出一张稍有僭越的图纸，就是再做出什么僭越的举动，他这边也应当只做视而不见。且他也相信，荀彧这般做一定是有其道理的。当下他只是细细查看图纸，见第一张图纸上是宫殿全景图，第二张就是分部的细节，微微点头。

从头到尾这几张图纸都看过了之后，荀衍眉头却微微蹙起："四弟，这图纸地面部分很是详细，但是地下排水部分，我怎么没有找到？"此处地处中原，从春季开始之后，雨水量就偏大，到夏日时候，还会出现瓢泼大雨。排水处理不好，一旦出现大雨，房屋积水还是小事，积水之后排水不畅，就会将地基泡得松软起来，房屋不稳倒塌皆有可能。

荀彧闻言，心中点头，三兄果然是他心目中最好的人选，这般图纸一张张看过来，很容易疏忽掉细节，荀衍却一眼就看到了问题的所在。

他说道："正要与三兄商议。设计这图纸的匠人是子承父业，偏偏他只承了地面之上部分，地下部分家中另有人掌握，但家逢动乱，家中其他人在动乱中殒命，他侥幸逃生，投奔了我。这地面部分设计得出来，地下部分只能出地基，排水却是万万不敢涉猎的。"

荀衍闻言沉思了会儿道："地基决定建筑的稳固。我观这图纸布局，能行动其中的，非富则贵。所以这房舍的建造，万万不能掉以轻心。若是想要免除水患，当有几点。其一是让这三处正殿处在地势最高处。我看这正殿所在，均有三级台阶，高度适中，无须改动。其二就是房舍外路面要有一定倾斜，以产生落差。不过这落差不能太过明显，不得妨碍贵人行走。其三就是要设立纵横交错的明沟与暗渠。明渠可设立在房屋周围，暗渠就要设立在每一座房屋院落的地下了。其四就是，地面青石之下，还要有一层泥土，以起到快速吸收水分的作用。我以为，这青石砖不要过大，只要密密铺了，自然足够美观，也可能更好地排水。"

荀彧听了拊掌道："三兄果然是行家，几句话就将这图纸缺乏之处点拨出来。"

荀衍却摇着头道："我虽然明白道理，但是这图纸上房舍面积太大，布局比我寻常接触的要复杂得多。我这边倒是想起一人来，人当时随我们一同离开颍川到了冀州，一直就住在咱家中做个门客，擅长奇巧技艺，这般排水在他眼里不过是雕虫小技。四弟可以写书信将他请过来。就是不知道这一去一回，是否耽搁了四弟的大事。"

荀彧微微一笑道："能有擅长此技的人正好，至于时间，大可不必觉得不够。如今春耕正在开始，人手都在地里忙活。且建造房屋，需要大量砖石圆木，器材上筹备就需要些时日。这些时间里，正好可供三兄你从容谋划。说起来三兄毕竟是我兄长，以后早晚都要在主公身边奔个前程，这第一件差事就给兄长出了难题，兄长莫要怪我。"

荀衍大笑，还如在家时候般，拍着荀彧的肩膀道："四弟尽可放心，为兄必将竭尽全力，务必要做得尽善尽美。"

这边荀彧给家中写信要人，派人快马加鞭送信回去，那边荀衍得了图纸，自回到住处，先做了估算，大致需要的材料、工期、民工，还要估算这些民工的吃住费用和地点，还有荀彧所说的烧制青砖的砖窑所在，其中还需要专业的木匠、泥瓦匠、铁匠，尤其是地下排水的排水管道，最好也要烧制的成品。一连谋划了数日，想到的点子就立刻记在纸上。只用三天时间，就交给荀彧一叠厚厚的纸张，上边依次写着所需要的人手工匠的种类和数量，先期需要烧制的青砖等材料，还有用作排水管道的瓦管。

荀彧看了，立刻安排人手供荀衍调配。转眼春耕已过，地里的农活立刻就少了起来，荀衍所需要的所有人手，几乎都可以到位了。唯独那位冀州家里的门客，还没有赶到。这几天荀彧也将将军府的图纸交给了荀衍，虽然没有特意嘱咐府邸的建筑更要重视，但只从"将军府"三个字上，荀衍就清楚了。

砖窑和瓦窑都已经就位，青石砖和瓦片还有荀衍画出来的管道，也都开始烧制起来。宫殿和将军府原址上的废墟也开始清理，土石被开挖出来，一车车地运到远处。最下面的地面是要平整之后夯实了的，这些活计都可以同时开始。开工的第一天，荀彧请了曹操专门前来，在工地前给土地公上了贡品，点燃了清香。

从开工的那天起，荀衍就吃住在工地上。他手里掌管着荀彧给他的钱粮，在工地上权重位高，却为着给荀彧节省钱粮，也为着不劳民伤财，不让民夫工匠的工钱和口粮被克扣了，便与民夫工匠吃的是同样的饭食。民工工匠们之前听说是新来的大将军要建将军府，不敢不来，来了也兢兢业业，生怕干不好活，挨打受罚。见到管事的大官亲自与他们在一处，虽然做工要求严格，但不曾少了他们一点吃食，工钱签字画押，许诺不会少一文钱。又有每天两顿饭食管饱，每顿饭食里都还有一大块肉，这是经历了战乱，缺衣少食的他们所没有过的待遇。因此在干活上都不惜力气。

不日那位擅长奇巧技艺的门客来到，荀衍有几天时间都与门客在一起，勾画图纸，改进烧制陶管的尺寸，增加陶管的规格。几日没有在工地上，这工地上就发生了一件不大不小的事情。

荀彧

长篇历史小说系列

唐佳新 著

下

辽宁人民出版社

第四十二章

筑基业杀伐果断　再得封镇东将军

　　之前的管事，曾经是原本许县一个大户人家的管家，后来自立门户，娶了曾经县令的妹妹，因为有些管理经验，荀衍就用了人来做工地的管事。不想荀衍才离开工地几天，就出现了克扣民工伙食的事情。工地上这般事情本来也是常事，大家被克扣了饭食，也敢怒不敢言，偏偏荀衍这天回到工地的时候，正赶上午饭时间，才一看工匠手里的饭碗，立刻就看出了差距。

　　那碗里的米一看就是水放得多了，那菜里的肉，也比之前的小了一圈。他不动声色地也拿了碗筷去领饭食，那位管事一看到荀衍，脸色就白了点，忙亲自上前，请荀衍到另一处坐。荀衍跟了过去，见另一处大锅里炖着大块的肉，几位管事都坐在一起，见到荀衍过来，忙站起来让座。荀衍看着几人，面色一变，当下吩咐人进来，将几个管事全押了起来，亲自调查这几日的伙食。荀衍平日里看着就威严，如今端起神色来，那几位管事没等问就全说出来了。他们只是跟着开了几日的小灶，这在工地上本来就是正常的，那位管事也只是将米面拿了点给自己家中，实在是家中妻儿好久没有吃过饱饭，更没有尝过肉味了。

荀衍并非不通情理之人，但是没有规矩不成方圆。今日他若是可怜这管事一家老小吃不饱饭，任凭他们贪墨了工匠的伙食，他日那些工匠若是以吃不饱饭为借口，砌成不合规定的房屋呢？当下将主谋的管事剥去了外袍，当众打了二十大板。其余从众者当众观刑。不说被打的人哀号不已，这些观刑的人一个个面色惨白，不住发抖。接着又让人抬了挨打的管事绕着工地行走了一圈，沿途大声将克扣伙食之事说上一遍。从这之后，工地上再无人敢克扣民工伙食，更无人敢贪图便宜，从工地上顺走任何东西。

荀彧闻言，与身边人道："我三兄最重规矩，曾掌管家中钱粮，分毫不差。但凡制定下规矩，便一丝不苟。他日若有征战，当以监军随行，必将恪尽职守。有他随行，当无玩忽职守之人。"从这之后更加放心，工地之事全权委托荀衍。

整个许县并无人知道同时施工的两个工地都是给谁建造的，猜想也不过是为曹操和荀彧建造的。只因为在众人心目中，曹操位高权重，荀彧虽然是曹操的谋臣，但地位并不低于曹操，且曹操对荀彧几乎是言听计从。又因为这两处建筑从工地上看规模几乎是一致的，一时，曹操将会在颍川建立权力机构，日后必夺豫州的传闻不胫而走。

荀彧却在此时又执笔写下书信一封，送给董昭，信中说曹操一直牵挂天子安危，只因为人微言轻，又战事连连，不得有觐见天子，以窥天子龙颜的机会。如今将军已经将洛阳以东平定，许县正在大兴土木，且颍川全境已经开始实行屯田，所有开垦的土地上都已经种植上作物，只等待秋季丰收。随信寄出的，还有一匹骏马。相信以董昭的聪明，看到这封书信，立刻就会明白荀彧的用意。

董昭收到信件之后，再看到随信而来的骏马，果然是明白了荀彧的用意。其实没有这骏马，董昭也要给自己找条好后路了。董昭本来是袁绍的人，曾经协助袁绍夺得巨鹿之时，就用了雷霆手段。之后又协助袁绍打下黑山匪徒，功劳不小，可惜袁绍为人多疑，因为他弟弟董访投靠曹操的原因，他不得不离开袁绍投奔了张扬。他投奔张扬之后，得有与皇帝身边亲信结交的机会，此刻看着这又一封信，他心中明白，如果这次的事情做成了，他便是曹操那边的人了——至少，他未来多了一个出路。当下收起书信，却以曹操的名义，亲笔写了另外一封书信，送到皇帝身边当时兵马最强的杨奉手中。

信中说：吾与将军闻名慕义，便推赤心。今将军拔万乘之艰难，反之旧都，冀佐之功，超世无畴，何其休哉！方今群凶猾夏，四海未宁，神器至重，事在维辅；必须众贤以清王轨，诚非一人所独建。心腹四支，实相恃赖，一物不备，则有阙焉。将军当为内主，吾为外援。今吾有粮，将军有兵，有无相通，足以相济，死生契阔，相与共之。同时，将苟彧送来的骏马，也转赠给了杨奉。

这信中完全是以曹操的口吻，将杨奉的功劳与解救天子于艰难，辅佐天子还旧都联系在一起，直接就将杨奉抬到了一个很高的位置，并称赞他的功劳"超世无畴"。接下来又说如今群凶扰乱中原，四海不宁，天子朝廷的至尊至重，全要靠臣属的维护与辅佐，这般重任艰难，必须要有众位贤明之士一同努力，不是一人之力能独立完成的。同时再次强调杨奉在京城中的重要地位，但缺少外部援军。最后才是曹操能拿出手的东西：他曹操有足够的粮草，而杨奉有强大的军队，如果能互通有无，互相接济，将同生死，共患难。

杨奉见到信后大悦。杨奉出身黄巾军，后投靠于李傕手下，兵马逐渐强壮，遂脱离李傕，自立门户。只不过他并非本地豪族，缺少外援，常孤军奋战，一直引以为缺欠。连年的兵乱，杨奉手底下有兵，可缺少的就是粮草。他早就听闻曹操在兖州大搞屯田，前一年就收获粮食无数。

兖州战乱一停，则民生立刻恢复。而曹操入主颍川，也一定是看中了颍川的土地肥美。

杨奉早就想要搞粮食了。但是他保护天子在左右，有兵权却没有其他权力。且这一两年来随着天子从洛阳到长安，中间又几经辗转，落脚之处不足月余又要开拔，沿途各地早就因战乱所致民不聊生，他甚至都见到了人吃人的惨状。便是想要抢，也无从下手。董昭以曹操口吻送来的这封信，让杨奉立刻就感觉地位的提高、未来的可期。

当下将此信与手下将领看过，道："如今天下大乱，群雄并起，我等担负着保护天子的重任。然天灾不断，我等虽然有兵，却无足够养兵的粮草。如今曹操书信前来，我等也都听说曹操在兖州囤粮无数，兖州已成粮仓。若与曹操联手，则我等手中就有兵有粮，天下家国也就有了仰仗。"

众位将领虽然是跟在天子的身边，然天子都做不到丰衣足食，他们有时候连饱腹都成为奢望。这一听说会有粮草，眼睛都要绿了。他们立刻纷纷赞同。只是天下没有白得的午餐。曹操已经为兖州牧，不过却不曾有爵位。当下有人想起曹操之父曹嵩的爵位，提议联系各位将领，一同上表举荐曹操为镇东将军，继承曹嵩的费亭侯爵位。

将军之位，是要靠战功，实打实打下来的，爵位却是可以家族继承的。年初曹操被封为建德将军，对比其消灭黄巾军余部，实属低了些，如今这镇东将军，才是真真正正重要的军事职官称号，寓意掌征伐背叛、镇戍四方。

董昭这边却也与荀彧写了书信，将一切据实告知，又道：所谓将在外君命有所不受。如果来往书信商议，时机转瞬即逝，所以才先行行事，一片真心全为将军。还望恕罪云云。信中再提及张扬。

说起张扬，这之中关系颇为复杂。张扬的河内太守是董卓之前封的，且与吕布也曾有过一段密切关系。曹操最早的兖州牧是袁绍代为上表的，且与吕布征战一年，遍传天下。张扬虽然与袁绍没有太多交情，但是与曹操就更没有交情了，似乎因为吕布的原因，反而有交恶的可能。不过在董昭的劝说下，这次也一同上表于天子举荐曹操。

因为董昭说：袁绍、曹操现在虽然还是一家，但是从长远上看，他们势必不会联合很久了。曹操眼下弱一点，但是这一年来风头正盛，已经展露英雄本色。这样的英雄，大家全都会抢着与之结交的。现在正有机会，可以帮助曹操与朝廷建立联系，如果上表举荐，一是可以与曹操示好，免了因为吕布而生的隔阂，二就是只有千里送鹅毛，才能看出来深厚的情分。

董昭明言，他已经打动了杨奉与张扬，只等着天子降下拜表了。

荀彧收到信之后，心中有数。杨奉在天子左右，有护卫职责，颇有功勋，是天子身边能说得上话的人之一，与之交好，有利无弊。张扬其人，占据了河内有利的地形，是颍川到洛阳的必经之地之一。董昭先后说明与这两人关系已经打通，便是暗示着已经将天子与曹操之间的道路打通，若是曹操想要上洛阳觐见天子，完全有可能。

如此，荀彧心中的计划开始落实。

一旦天子能再降下拜表，对曹操封赏，曹操就可以借此名义，请表上洛阳觐见天子，从而彻底摆脱袁绍对其的掌控，以与袁绍并立的身份出现在大众的视野中。而之后，荀彧心里的图谋，才能落到实处。而这个图谋，从选址许县，在许县以天子的规制建立宫殿时就打算了。便是打算有朝一日，将天子奉迎到这里，以让天子不再有颠沛流离之苦，也让天子能有大汉皇帝的威仪。只是这个举措，未必会得到军中将领的支持，且也没有水到渠成的时候。但如今，荀彧心内已经稳定了，曹操的封拜，不日就将到来。

六月的颍川，春日落下的种子，在夏季已经有丰收的迹象，到处都是一派平和丰收的景象。荀衍早在几日前就发来消息，许县两处府邸的建筑，都已经粗具规模，只等待十五这日上梁。上梁乃房屋建造中的大事，房屋主人或者主事负责的官员必须到场，荀衍不敢僭越，请荀彧前来主持上梁。这一日荀彧便和曹操一起早早出发，前往许县。

从洛阳前来的公文，也在这一日进入颍川，与他们在路上相遇。却是在之前不久，天子刘协经众人举荐，下表封曹操为镇东将军，袭父费亭侯之爵。荀彧得此消息，开怀大笑。虽然镇东将军之后还会有镇南、镇北、镇西将军，这镇东将军的封号一出，不久之后可能还会另外出现三位将军，与曹操并驾齐驱。然荀彧为曹操打算的，并非只是这镇东将军，也并非只是这袭了其父的费亭侯之爵位，而是一个飞黄腾达的未来，一份建功立业的霸业。

曹操需要的是位高权重，是需要通向天子朝堂的平坦大道。而这条大道，在他的处心积虑、兢兢业业的铺就下，终于在一帆风顺的方向上行进了。这镇东将军，代表着曹操的一切战绩都受到了洛阳天子的承认，且他之后的每一次出兵，都将名正言顺。

第四十三章

上中梁家财兴旺　程文倩喜得贵子

喜事必然要成双。许县地界上，两座大宅子已经平地筑起，其中一座大宅院只有前中后三座大殿，与周围偏殿结合成整体大院，初具宫殿规模。三座正殿以青砖墙为大殿主体，每座大殿都有前后各六根立柱，立柱为整根原木所立，两人才能合抱。这三座正殿都起到了顶，这一日正是上梁时候。

上梁，是将屋顶最高一根中梁托举上顶的过程，这最高一根中梁位置最为重要，起到连接整个房屋构造根本，沟通天地神灵与人之间关系的作用。上梁也是建造房屋最重要的一环，通常会选择月圆之日。上梁前也有祭神一说，荀衍早早就准备好了祭品：全猪一头，五色食物各一份，干果和新鲜水果若干盘置于供桌之上。"上梁文"是荀彧亲笔撰写的，由曹操朗诵，以祈求根基牢固，诵祝房舍平安长久。仪式开始，前、中、后三座正殿的大梁同时被抬起，在号子声中稳稳地立在了该在的位置，此刻，"上梁文"也才朗诵结束，一时鞭炮声响起，预示着大梁成功落顶。

这一日工匠们将不再施工,所有人都要庆祝房屋这道大梁的顺利安装,也是为了犒劳匠人们的辛苦。不过荀衍却不得马上休息,因为一月之中只有这一日是十五,这边宫殿的大梁上了,将军府的大梁也是这一日上梁。荀衍先一步赶去将军府准备,荀彧与曹操不紧不慢地离开还在建造的宫殿。

身边的从人们牵着马匹不远不近地追在两人身后,曹操这才问起封号的事情。荀彧道:"董昭如今在张扬处已经站稳了脚跟,与天子身边的近臣也有了交情。是他联合了天子身边的近臣,一同向天子上表举荐。主公不可忘却其人的功劳。"

曹操道:"我正想到这里。我得了镇东将军的封号,为表忠心,当出兵平定洛阳以东之天下,也可让董昭等人在天子面前多有话说。我打算出兵张绣,平定淯水,先生以为如何?"

荀彧道:"年初张绣因军中缺粮,与张济一起自关中引兵入荆州地界,如今正与刘表交战。我以为我们现在正可坐山观虎斗——那张绣兵马不足,粮草不够,远征荆州,非败不可。且看他二人落败之后如何,我等再做决定就好。眼下,主公正是发展颍川,拓展人脉的大好时机。且现在正是将军府上梁之日,上梁前后,不宜远行。主公还是少安毋躁的好。"

曹操连年征战已经是习惯,打下颍川之后休息了四月有余,就想要再驰骋疆场,但荀彧以上梁为缘由,说出不宜远行,曹操只能是一笑。他心里知道,荀彧一定是有了新的主意,只是还需要仔细思忖。

将军府的上梁仪式,规格上丝毫不差于天子行宫。不但是一样的全猪和五色食物,干果水果若干,连"上梁文"也是荀彧另外写了一篇。这上梁文里不但是按照习俗要求行文,还加上了镇东将军的名号,并上承天子鸿恩,下感百姓相助。且在正梁放置平稳之后,有匠人将一"五谷彩袋"搬到屋顶，放置在正梁的正中，以寓示五谷丰登。鞭炮声中，匠人们将干果、食物以红布包裹，抛撒到曹操手捧的箩筐之中，寓意接住财宝。

这边还开了流水席，从上梁那个时辰开始一直到天黑，所有工匠与工地民工管事全都放假半日，酒菜管饱，曹操和荀彧以及跟随而来的官员也另有宴席。一方面是庆贺将军府上梁，另一方面是庆贺曹操得获天子所封镇东将军封号，位袭费亭侯之爵位。一时众人纷纷贺喜，杯酒觥筹，好不热闹。当天晚上返回颍阴，卞夫人也携几个侍妾为曹操另设了家宴，曹操的几个儿子、侄儿也纷纷向曹操道喜。

荀彧家眷只有一人，便是程氏文情，是直接跟随着荀彧前来颍川的。程氏身怀六甲，马上就要足月了，行动不甚方便，也在当日晚间，亲手为荀彧做了几个小菜。荀彧回到家中，就见到程氏扶着腰，在侍女的搀扶下，站在院落里等着他。所谓的家，所谓的那一盏不论多晚都亮着的灯，灯下的人，这一刻全鲜活起来。

荀彧急忙上前扶住程氏道："天色已晚，夫人如何还不安歇？"

程氏笑道："产婆说了，要多走动走动，生产的时候才会有力气，胎儿下来得也快。且我也歇息了一天了。倒是先生一直劳累。"

荀彧轻轻抚摸着程氏的腹部，只感觉掌心下轻轻动了动，喜悦油然而生。他虽然已经有两子一女，但这腹中孩儿却是他与程氏的第一个孩子。已经为人父的荀彧知道，女子生产是极为危险的事情，尤其是头胎，他心中喜悦并担忧着，只扶着程氏进房。待看到桌面上熟悉的小菜，尝到熟悉的味道的时候，内心更是感慨。

他在军中一向是操心劳心之人，要顾及整个军中上下大小事务，习惯了关心身边周围的人，却在这一刻尝到了被关心被重视的滋味。这是从细微中来的关心，是只有将你看作比自己还重的关心。荀彧拿起筷子，亲自为程氏布菜。程氏面带笑容，却忽然"嗯"了一声。

"怎么了？可是要生产了？"荀彧急忙道。

"是腹中胎儿踢了妾身下。"程氏笑着，抬手温柔地抚摸着腹部，"是孩子也着急要得到父亲的疼爱了吧。"

可话才说完，就又微微蹙起眉头，手撑在了身下。荀彧立刻就明白了，程氏这是要生产了。

荀彧忙召唤下人，程氏却拉住荀彧手臂道："先生不用着急。我听稳婆说过，女子的第一胎都是很慢的。先生操劳一天，快先用些饭食，莫要为妾身的缘故，耽搁了身体。"

说着又笑道："也只是微微疼了一下，不妨事的，我也陪着先生吃点，也好生产时候有些力气。"

程氏非寻常女子，在怀孕之后，早早就回门听了母亲教导，又早早请了稳婆，除了孩子出生时需要的一切都准备妥当，连同生产之前之后需要注意的事情也都了解清楚。这般腹中刚刚有些隐痛，是发作的前兆，她心里却并不如何担忧。因为不过是疼了一下，距离生产时间还早。

荀彧却哪里吃得下，当即召唤了稳婆前来，又着人请来大夫，大夫号脉之后，和稳婆说的一致——距离生产真正发动，少则一天，多则两天，此刻不急，最好趁着这时候多进些汤水，多活动多休息，以养精蓄锐。荀彧这才吩咐厨房重新整治了适合程氏的饮食，陪着程氏慢慢吃了，之后扶着程氏在院子里慢慢活动。

产房就开始布置起来，所有一应东西准备就绪，稳婆和丫头们都各就各位，荀彧本来要着人告知岳丈程昱处，被程氏拦下，只说天色已晚，莫要惊动了父母不得休息。她虽然是第一次生产，面色上却不见任何惊慌，还能安慰荀彧。

荀彧在大事上一贯运筹帷幄，执掌风云，然而在遇到妻子生产之事，竟然也有慌乱了手脚的时候。大概是因为这一次夫人临产，家中并无有经验的长者在身边的缘故。他一会儿轻轻抚摸着程氏的腹部，一会儿观察着程氏的脸色，只要程氏微微蹙眉，他就紧张起来。

　　这一晚程氏却休息得很好，但是在天明之前，阵痛忽然发作，身下见了红，立刻就被移动到产房内。荀彧身为男子，不得进入产房，在被关在产房之外的时候，心忽然一阵急促跳动。产房内是他的妻子，正要为他生下他们的第一个孩儿，他却什么也做不得，只能等在外边。荀彧焦急地在院子里来回踱步，每走一个来回，就站下看着产房的房门，他多么迫切地希望能听到孩儿诞生的哭声。

　　天才大亮，荀彧派出的人就敲开了程昱府中的房门，将程氏即将生产的消息送过去。程昱与夫人听说了，立刻就赶到荀彧家中，荀彧见到岳父岳母，立刻有了主心骨般——他从来没有这么手足无措过。他头一次尝到一切都不由他掌控的滋味。

　　曹操的府中也收到了消息，下人不敢隐瞒，直接就报到了曹操和卞夫人这里，只说荀彧夫人生产在即。曹操与卞夫人闻言展颜，吩咐下人备了礼物，也一同前来荀府，看到的就是荀彧面色焦急，来往踱步。程昱夫人却已经进了产房陪同女儿，程昱也在担心。见到曹操和卞夫人亲自前来，荀彧和程昱忙迎接过去。曹操第一次见到他身边这位王佐之才六神无主的样子，一时也变了脸色。

　　这时节妇人生产，犹如在鬼门关走一圈，如果是难产，那就有可能一尸两命。还是卞夫人经验丰富，问起什么时间进的产房，只听到是天亮之前，距现在才一个多时辰，便笑着安慰道："还没有到生产的时间，无须着急。"自己净了手，也亲自进入产房。

　　见卞夫人也进了产房，荀彧心下微微安定。就连程昱也没有阻拦。只因为程昱夫人从进了产房之后，就没有一点声音传出来，他二人一点也不知道程氏现在如何。不多时有小丫头出来，说是程氏饿了，传厨房送些好克化的粥水来。荀彧忙吩咐着厨房将东西送上来，却是从昨天晚上开始，厨房的灶台就没有封，一直有粥水熬着，还有热水都准备好了。

接着卞夫人也出来，再净了手后说道："小夫人身体康健，只是第一胎少不得要有些时间，现在才只是发动了一点，距离生产还要一些时间。你们爷们在这里守着也无济于事，反而要让人担忧，不如先去进些饭食。"

程昱、曹操都是听了消息立刻就赶来的，都没有进早餐。荀彧少不得要尽地主之谊，陪着到隔壁坐下。自己却不思饮食，只是胡乱吃了几口。这模样看得程昱既是欣慰，也是跟着操心焦急。女儿得女婿如此看重，当是女儿修来的福分。但女儿被女婿这般看重，又怕折煞了福分。曹操看着荀彧如此，想要相劝，竟然不知道如何劝慰。只是他这半生来妻妾甚多，除了第一个正室夫人没有生产过，包括卞夫人还有其他侍妾所诞下孩儿实在众多，他一向只有为人父的喜悦，不曾尝试过这等担忧。

早餐过后，荀彧再次坐卧不宁，只劝说曹操离开，自己好能陪伴在产房之外。曹操笑道："我这半生戎马疆场，万神庇佑，我当陪着先生坐镇产房外，让万神庇护，分得先生一些。"

荀彧大为感动。只因为这时候人皆认为产房污浊，便是丈夫本人也不得进产房之内。除了产妇的至亲，又哪里会有人陪在产房之外。程昱看在眼里，更是为曹操与荀彧之间深厚的情意感动。他们三人重新来到产房之外。似乎有曹操坐镇，便真会有万神庇护，荀彧的心神稳定了许多。

不多时，就听到产房内传来声音，似乎在忙乱，有人叫着传热水进去，里边传来稳婆焦急的声音。程文倩嘶哑的声音也终于传了出来。荀彧的手不觉握成拳头。时间在一点点地过去，热水传了三遍，终于，产房内传来惊喜的喊声，接着，是一声响亮的啼哭。

卞夫人从产房内出来，怀中抱着婴儿，她的鬓角落着汗意，脸上却全是微笑："恭喜先生，是一位小少爷，母子平安！"

第四十四章

袁本初痛失良机　曹孟德进京勤王

曹操得封镇东将军，袭其父费亭侯之爵位，着实在大汉十三州引发了些波动。

曹操一贯以袁绍手下自居，之前所有的封号，包括之前的兖州牧，都是袁绍代为上表洛阳天子的。可现在，曹操正在逐步脱离袁绍的掌控，先是从天子手中直接获得封号建德将军，接着又是镇东将军和袭其父费亭侯之爵位，让袁绍很是不满。只是他一直抽不出精力来理会曹操这边的事情。

这两年，受他亲封的东郡太守臧洪反叛，举东郡所有兵力与之对抗，袁绍不得已兴兵围城一年，才大破东郡杀臧洪。可还没有腾出手来，公孙瓒又兼并了刘虞，刘虞旧部集合起来攻打公孙瓒，袁绍也派兵参战，共集合十万大军，本来在鲍丘打败了公孙瓒，不想接下来相持了半年有余，粮草耗尽，士卒饥饿，不得已撤退时，被公孙瓒趁势追击而打败。原本趁曹操立足不稳，将兖州也夺到手下的打算便一推再推，直到眼看着曹操坐大，甚至开始摆脱他的牵制，直接与洛阳天子联系上，这让袁绍心中不满的情绪大大增加。

此时袁绍已经占据了青、幽、并、冀四州，将这四州稳稳地抓在了手里，只是连年征战，有些疲惫了。这时候袁绍的谋臣沮授建议他将汉献帝抢到手中，并给袁绍列举了其好处，但袁绍却犹豫了。袁绍生于世家，四世三公，以忠义匡济天下而闻名。他一直以汉帝的臣属自居，所做的一切都以匡扶汉室，以百姓为第一位的旗帜行事。但沮授的建议中让他以保护天子为名，行"挟天子以令诸侯"之事，大兴讨伐不臣之人，与他的本意相违背。

更有郭图、淳于琼也反对说："汉室衰微已经这么久了，想要重新振兴谈何容易。且我们要是将天子迎接到自己身边，那一举一动都要上表请示。服从命令就要失去权力，不服从就是违逆上意。哪里有现在这么自由。"

沮授又苦口婆心劝道："我们迎接天子前来，不仅是符合道义，还是符合当前的形势啊。我们不做，一定会有人先下手为强的。我听闻曹操夺得了颍川之后，在许县大兴土木，所建造房舍不合他规格制式，或许也有迎接天子之心。所有的决策都在于不失时机，兵贵神速，将军要三思啊。"

此时曹操正在发展壮大，然而也不过是拥有了一个不太完整的兖州，豫州的一小部分地盘，此刻绝对不会想要将天子那样的麻烦接到手中。袁绍正想要如何打压曹操。沮授这般说，反而让袁绍坚定了不想分散精力的想法。

然而在颍川，曹操却收到了董承的一封信，信中忧虑大汉天子安危，秘召兖州牧曹操前来勤王。这信，让原本就明白荀彧步步筹谋的曹操动心了。

从荀彧几为曹操筹谋，将他与洛阳天子之间的障碍一一清退之后，曹操也兴了前往洛阳觐见天子的心思。不过这想法才一出现，就遭到了绝大多数谋士的反对。大家纷纷以天子身边的杨奉、韩暹等人骄横难制，且沿路又有张扬带兵扼守住交通要道为由，不赞同曹操进入洛阳，甚至迎接天子到身边。更有人提出，如今徐州还没有收回，豫州也不过得了颍川、汝南一块，大局尚未平定，不如早日谋划出兵徐州事宜。

但是以荀彧、程昱为首的谋臣，却全力赞同曹操的决定。

荀彧道："昔日晋文公迎接周襄王返回，之后诸侯纷纷臣服；当年汉高祖东征项羽，为义帝穿素服发丧，而使天下归心。自从大汉天子蒙战乱，是将军首先倡导的义兵勤王，只是因为山东地区战乱，才不能远赴洛阳，但还是派出了将领，冒险与朝廷通信，虽然救国救民于朝廷之外，但是心无时无刻不系于王室，这是将军匡扶天下的一贯志向。诚因此时奉主上以从人望，大顺也；秉至公以服天下，大略也；扶弘义以致英俊，大德也。如此，天下虽有违逆，又如何能因此拖累于主公？韩暹、杨奉芮然跋扈，又怎么敢为害呢？然而如果不及时扶正朝廷，拖延时机，恐怕天下将会生出叛乱之师，以后即便再要考虑，也来不及了。"

私下里，荀彧又对曹操说道："大家所担忧的，不过是主公前去的安危。然沿途道路张扬处已经打通，进京之后还有董昭为内应，且主公手里还有董承的手书，带兵进入洛阳，是顺应了地利人和。此时天子饱经战乱的颠沛流离之苦，在洛阳内必然也惶惶不可终日，担心之前旧事重生。身边更有郭汜等人虎视眈眈，必然不宁。主公刚刚得天子拜表，又得镇东将军，带兵西上，一是于礼觐见天子以谢恩宠，二是于天子助威勤王。天子必然感怀主公，以主公为心腹重托。且得知许县已经为天子修筑宫殿，迎接天子，既是奉天子为先，必然心动。此为天时。天时地利人和都在主公这边，主公当顺应天意，以为时机，要知道机不可失，时不再来。"

荀彧的这番话，让曹操彻底下定了决心，就在袁绍还瞻前顾后犹豫不决的时候，他已经带领万余人马，星夜启程。而荀彧也告知荀衍，加快房屋建造速度，一切以宫殿为主，务必要尽快完工。荀衍得了此话，立刻将在将军府的工匠们抽掉了一批，所有工匠分作两部分，一部分日出即作，日落休息，另一部分申时开工，太阳落山还要举火而劳。这般加快速度之下，宫殿进度加快了一倍。

荀彧将曹操送走，心中筹谋已久的计划落地，心下并不如何担忧。只因为与曹操共事几年，彼此心怀坦荡，相知已深。他知道曹操此人最重信义，一旦答应下来的事情，便是万难，也不会轻易悔改，而他要做的就是在后方给予曹操最大的助力，让他可以放手施展。

却说汉帝刘协历经坎坷，登基之后被董卓挟持，从长安迁都于洛阳之后，就几乎无一日安宁。董卓权倾朝野，入朝不趋，剑履上殿，从来没有将他这个天子放在眼里。好容易借吕布之手铲除了董卓，然而清平的日子他没有过上几天，也没有享受过手中的权力，又被郭汜、李傕等人卷入战乱，从洛阳被挟持到长安，一路辗转，受尽了屈辱。如今虽然得以回到洛阳，仍然夜不能寐，唯恐张开眼睛，周围又有大乱，被人持刀相迫。所以，当董昭、杨奉、张扬等几位将领一起联名请求册封曹操大将军的时候，他私下里召了董昭来，细细问了曹操的情况。听说曹操只占据有兖州和颍川、汝南之时，心凉了下来。但是又听说曹操领地内兵强马壮、粮草丰厚的时候，心微微地动了。

刘协他被饿得都要怕了。

这一年来，他虽然身为天子，但是在流离的生活中，所需要的粮草有时候竟然要靠讨要才能得到，甚至即便得到的，也是粗劣的食物。哪里还有天子的威严。而身边的宫女大臣们，还有吃不饱挨饿的时候。他做梦都想着仓廪实而衣食足。然而他一介天子没有做到的，曹操一个臣子却在他的地盘上做到了。他怎么能不羡慕。而董昭又告知他一个更大的消息，就是曹操心系天子，更在许县为天子建立了一座行宫的消息，让刘协怦然心动了。

所以，他毫不犹豫地给了曹操该得的荣耀，心里也期盼着曹操能像董昭所说的那样，是一个一心为着天子为着朝廷的臣属，甚至心里也期盼着会有那么一天，曹操威风凛凛，带领大兵而来，向自己跪拜之后，站在自己身后。那时的他，必然才会成为大汉一个真正的天子，被将军保护住的天子。

毕竟，这时候的他，也只有十几岁，还是少年。

此后少年天子的梦里，就多了一个英雄人物，然而他又怎么能知道，梦中的英雄，将会是他今后被禁锢半生的噩梦。从此之后，他是衣食富足，对外有天子的尊严，有天子的脸面，然而却失去了自由，成为权势下的傀儡。但即便是他知道了这些，怕是也别无选择了。

时间在一天天的期盼下过去，形势也在一天天地恶劣下去，这一日，曹操率领的大军，终于开拔到了洛阳城外。站在城外，看着远处巍峨的城墙，犹能看到其上箭矢、落石、烈焰留下的沧桑，诉说着这里曾经经过了多少艰难的鏖战。

得知曹操前来，董昭立刻离开洛阳城，亲自到城外迎接，二人就在曹操的军帐中叙旧，彼此虽然是第一次见面，但是通过荀彧的书信，都神交已久。彼此见礼之后，曹操首先拜谢道："若无将军斡旋，我曹操岂能有近天子圣颜的机会。将军与我交心，我也必不负将军。此番我前来洛阳，就是要听将军为我出谋划策的。"

董昭已经决定追随曹操，自然是要为曹操尽力，听曹操记得他从中所做的一切，心下颇安，便推心置腹道："将军起义兵，诛杀暴乱之徒，得镇东将军，入洛阳朝拜天子，以辅佐王室，重振天子之威，这是可以媲美春秋诸侯五霸的功绩啊。如今天子身边人心各异，大家纷纷掌控兵权以控天子。将军您远道而来，未必会让他们服从于您。如果您留在这里辅佐天子，势必要成为众矢之的，行动受其限制。我以为，将军不妨奉迎天子到许都，到您的身边，您才可以发挥您最大的能力，护卫天子，重振天子之势。只是朝廷刚刚从流亡迁徙中结束回到洛阳，无论远近所有人都有一朝安定的企望。现在又要迁移圣驾，众人一定不会同意的。不过行非常之事，必然要有非常之功，不能拘泥于眼下，要有超越常规的举措和魄力，我只望将军能早做谋划，如何做才能利多弊少。"

曹操点头道："这正是我的本意啊。但是杨奉就在梁县，距离很近，且他队伍精良，如何才能够让他不成为我的隐患呢？"

杨奉虽然给曹操手书，请曹操带兵勤王，然而绝对不会同意让天子离开洛阳，脱离他等的掌控中。曹操此番前来，必然要落于杨奉视线中，一举一动都要受到杨奉的牵制，这也是董昭之前所说，希望曹操带着天子离开的原因。

董昭道："杨奉虽然兵力雄厚，但一向缺少外援相助，独来独往。将军得镇东封号与费亭侯之爵位，杨奉在其中功劳不小。我又听说他曾写信约束自己的士兵，足以看出他的诚信之心。将军应该时常派遣使者送上厚礼馈赠，以答谢他之前的好意，也能安抚住他的心思。将军可说'洛阳缺少粮食，想要将圣驾暂时移动到鲁阳。鲁阳离许县很近，粮食转运过来相对容易，足可以解决缺少粮食的忧患了'。杨奉其人勇猛有余，而思虑不足，一定想不到我们还有其他的想法，等到双方使者有了来往，这时间足够我们定下计策了。杨奉不足以成为隐患。"

曹操拊掌道："好！"先没有立刻入洛阳城觐见天子，而是立刻派遣了使者到杨奉处，送上珍奇异宝若干，还有十几辆大车的粮草。只说从许县而来，长途跋涉多有不便，粮草无有丰厚，这些暂且笑纳。杨奉得知曹操带兵前来勤王，心中喜悦，待得到这些礼物，尤其还有十几车的粮草，更感到曹操的诚意，当下恨不得请曹操亲自前来，与曹操把酒话友。

曹操这边却立刻进入洛阳城内，拜见天子。少年天子待看到曹操一把长髯，身材虽然不高大，但行动虎虎生威，进入殿堂，便疾步前来，叩首下拜，口称万岁，心生喜悦，亲自走下座位，将曹操扶起。此刻在少年天子刘协的心中，曹操虽然不是天神，但宛如天神而降，势必会带领天兵天将，结束其纷乱而颠沛流离的生活，重振其天子雄风。

第四十五章

入洛阳觐见天子　护圣驾迁都许县

  曹操进入洛阳觐见天子的这一天，头戴进贤冠，身着襜褕袍，长髯垂落，风度翩翩。将所携带礼单双手奉于少年天子，看到少年天子身上还是一袭旧衣，虎目含泪拜将下去。少年天子双手扶起曹操，神色也已经动容，两厢相望，心中生出千言万语。待请坐上茶，见那茶杯也还好，是宫中的制品，只是那茶叶品起来却不尽如人意。再看到天子眼中殷殷的期盼之意，饶是征战沙场多年的曹操，也生出了恻隐之心。

  曹操只与少年天子说起颍川的土地肥美，田地作物茂盛，人民的丰衣足食，又说起已起广厦的壮观外貌，只看到少年天子的眼神逐渐熠熠生辉，看着曹操的目光充满了渴望。第一次觐见曹操停留时间不长，即告辞离开，少年天子忍住相送的心思，只望着曹操离去的背影，内心波澜起伏。

  之后董昭求见，与少年天子细细说起曹操的军队军命严格，所带领的马匹膘肥体壮，所有的士兵满面红光，还着重说了曹操一到，就将粮草送予梁县的杨奉，只为保护天子的兵马能少忍饥挨饿。接着感叹道："可惜洛阳与许县太过遥远，粮草从许县起运，沿途跋山涉水，要走上许多路才能到不说，沿途押送粮草的兵士也有消耗，还要防备沿途驻扎兵士的骚扰抢夺。"

刘协闻言也同样感叹，遥想当日从洛阳到长安，圣驾都一路受到骚扰，何况运送粮草的兵士。董昭察言观色，知道天子已经有所触动，便道："不过那镇东将军威名颇盛，或者可以震慑沿途宵小，但就是路途遥远了。"

刘协果然是着急了。他继位天子多年，尝遍了民生疾苦，深知道粮食的可贵，被董昭这般渲染着讲述下来，那么美好的丰收景象，那般富足的一幕就在他治下的江山中，他却无法亲眼看到，不能亲临，甚至无法品尝到丰收的果实，何等遗憾。董昭离开之后，刘协坐卧不宁，等了一天之后，忍不住下诏，召曹操二次进宫，这一次曹操前来，还没有坐稳，刘协就急匆匆问起军粮的运输。

曹操已经和董昭商议好了，董昭与刘协说的，曹操都清楚，闻言面上露出忧色道："我已经派人送信回去，从许县调集粮草前来，只是许县与洛阳路途遥远，一来一回就颇费时间，且牛马车行进，本来就缓慢。"

刘协急道："就没有别的方法可想？"

曹操闻言，眉头微蹙，沉思片刻，才要说话，却看看刘协身边伺候的从人。刘协挥手，身边从人退下，曹操这才道："我有一言，不知道当说不当说。"

刘协急忙道："将军请说。"

曹操道："从今年春季我大军灭黄巾军余孽之后，颍川汝阳就开始重建。尤其是许县所在，地灵人杰，钟灵毓秀，是一个风景优美、人口富足所在。当我见到许县如此风光的时候，就想到了远在洛阳的圣驾，就想到有朝一日待国泰民安之时，圣驾若是想要在大好河山走走，许县就是一个可以落脚休息之处。所以，我私下里在许县为圣上修建了行宫，盼着有朝一日能有机会迎接圣驾。如今……"

曹操微微停顿了下，刘协脱口而出："不用等到以后。"

曹操大喜，纳头拜下道："我愿意亲自护送圣驾，保圣驾安危。"

刘协冲口而出就有些后悔，待看到曹操如此诚恳之后，心中悔意渐轻，只是叹息道："可我如何能独身一人前往？朝中还有官员大臣。"

曹操笑道："圣上无须担忧，若直说迁移圣驾到许县，未免路途遥远，心生畏惧，不如对外暂且说到颍川与荆州交界处的鲁阳，正好圣驾到达鲁阳的时候，粮草也能送到那里，圣驾可以先安歇几日再做决定。"

刘协听闻，下定决心，果然下旨说要摆驾鲁阳。这边曹操也与杨奉说明原因，自然是粮草来往运输不易。且鲁阳虽然在颍川与荆州交界所在，实则还在荆州的地界上，最主要的是洛阳无粮。种种原因交织到一起，不日，圣驾启程，带领随行官员，在曹操大军的护卫之下，离开洛阳。这一路曹操给刘协安排了最舒适的马车，马车周围骑兵护送，旌旗招展，尽显天子圣驾之威严。

然曹操带领天子到了鲁阳之后，并没有停留，一路往许县马不停蹄，待到杨奉得到消息之时，圣驾已经越过了荆州，进入了颍川地界，接近许县。荀彧早已经接到消息，亲自带人前来迎接，少年天子在马车之上，只看到远处旌旗招展，上书一个大大的"荀"字。他此刻还不知道他未来的一半命运，将会寄托在这位真正促使他来到许县的人的身上。

从曹操带兵离开颍川，到携带天子返回许县，中间足足经过了差不多一个半月，这一个半月里，许县为迎接天子修建的宫殿业已完工，就连后花园内也种植了花草树木。所有房间里的器具摆放整齐，一尘不染，只等待着它们的主人进住。而在高高的围墙外，是一圈修建平整的道路，道路宽阔足以三排马车并列，且道路之外，围绕着整个宫殿，军营整齐，足足驻扎了七百精兵。这些精兵层层围守，将宫阙完整地保护起来。所有来往进出宫阙的人，全都要有进出宫阙的腰牌。

刘协哪里见过如此威严整齐的军士，如此纪律严格的护卫队伍，他在曹操和荀彧一左一右的护卫下，走进这座为他准备的宫殿。此处的宫殿虽然没有洛阳的奢华，没有长安的巍峨，但是却让他忐忑不安的心沉静下来。他看着簇新的宫殿，犹如看到了瑰宝。这一刻，少年天子重拾了他在过去的一年当中被极大地磨损掉的大汉天子的威仪和尊严。他登上正殿台阶，站在高处回首望去，是眼前同样凝望着他的大汉的臣子们。

"吾皇万岁万岁万万岁！"

这一夜，旅途疲劳的少年天子终于安心地睡下，这一夜他的梦里没有饥饿，没有颠沛流离，甚至还生出了一种回到家了的感觉。从他九岁继位开始，到现在的八年里，几乎天天生活在惊惧当中。无数人在他身边肆意妄为，让他吃不好睡不稳，而这一年来被裹挟着往来于洛阳与长安，更是噩梦连连。现在，过去所有的艰难全都远去了，甚至消失了，少年天子在睡梦中，露出了安心的笑容。

曹操将天子刘协平安地从洛阳护送到许都，荀彧和曹操全都松了一口气。荀彧立刻就安排了兵士层层护卫起来，这才和曹操暂时离开宫殿。许都的将军府大面上都已经完工，但是还有细节需要处理。这就看出荀衍的能力了。能在如此短的时间内，同时操持两座大型建筑，将其中一座完美地建造出来，而另外一座，也在雕琢中。

曹操和荀彧暂时在另外一座宅子里入住，屏退外人，曹操笑着与荀彧说道："幸不辱命，将圣驾安全送达。"

接着说起在洛阳的见闻，摇头道："洛阳周边驻军多达数万，可是各将军拥兵自重，完全不顾及天子的颜面。我见圣驾时，天子只有一袭旧衣，天子饮用的茶水，也是次等的。我只是稍稍说了许县的近况，天子的眼神就都变了。据闻，天子一日只有两餐，两三天没有肉食是常事。

身边宫人们的衣裳还有打着补丁的。等到我接了天子来，天子在我这里的第一餐，差一点流泪。"

说到这里，曹操喟然长叹："想高祖开国以来，我大汉朝虽然最初艰难，但随后就蒸蒸日上，到武帝时代，更是打下了大片的疆土，让人赞叹神往。可如今，堂堂一位天子，竟然因为一顿饭食而落泪，为了果腹，不得不几度离开京城。"

荀彧也长叹道："汉室微末，所以更需要我等臣子忠心尽力，护卫天子，让天子免除劳心劳力之苦，让大汉重振辉煌。好在天子圣驾已到，如今我们就可以放开手脚，还汉室一个清平江山。"

又说起董昭也随同曹操前来，荀彧大喜，恭喜曹操道："主公声望蒸蒸日上，如此，很快就会有天下名士仰望主公威名，慕名前来的。"

两人再就局势细细商讨一番，说到杨奉，曹操不免忧虑道："杨奉以为我带圣驾到鲁阳歇脚，如今，可一定要气得很了。我曾派人到他军中送礼，见他军纪严明，手下行事做派颇有章法。若是震怒，不知道会做出什么事情来。"

荀彧笑道："杨奉其人勇猛有余，谋略不足，盛怒之下，极大可能是凭借本能行事。他本来就性情自傲，护卫天子期间，与韩暹、张扬之间多有龃龉。张扬已经与主公交好，那杨奉定然劝说不动。极大可能是会重新与韩暹联合。不过他们未必敢直接大军压境，强行再将圣驾抢走，也就只敢在颍川附近泄愤而已。如果真如此，倒是一个斩除后患的机会，主公也可以趁此时机立威，昭告天下，天子圣驾定居许县，所有来犯者，当以叛乱处之。"

果然，不过几日，杨奉与韩暹联合，引军到颍川郡的定陵县劫掠骚扰，曹操表面不予理睬，暗地里却派出夏侯惇带领一支奇兵，直奔杨奉的梁县军营。杨奉留守的军队没有将领压阵，立刻非降即逃，杨奉听闻这个消息的时候，梁县已失，大势已去，不得已率领残兵往东，投奔袁术。此乃建安元年（196）十月。

十一月，曹操出任司空，行车骑将军事，总揽大权。荀彧任尚书令，总领政务。

早在曹操得到颍川的时候，荀彧就发出书信招揽各大名士，只是当时时局未稳，且颍川之前饱受战乱，也在重建中。此时枣祗的屯田制再一次大获成功，颍川肥美的土地在这一年贡献了大量的粮食，秋收的粮食装满了仓廪，颍川的富足立刻就传了出去。且天子圣驾定居许县，不日将在许县定都的消息，也随之传开，之前收到信件的名士们纷纷启程前往许县。这一年，除了荀家的子弟，钟繇、郭嘉、杜袭、赵俨等四散天涯的颍川名士，回望颍川，如同望到了启明星，纷纷投奔而来。一时，"曹镇东必能匡扶天下"的消息也传播出去。镇东将军的名号，彻底响亮，并与护卫天子圣驾左右的消息，也一起传播出去。

同年，以曹操为首的谯县武将们总揽了军权，在曹操军权的控制下，以荀彧为首的颍川名士们纷纷入驻尚书台。荀攸同为尚书令，颍川名士钟繇为侍中尚书仆射。大量的人才也源源不断往许县会集而来，许县虽然还没有正式定都，也隐隐有了国都繁荣昌盛的景象。

就在曹操得司空，行车骑将军事时，将军府正式建成，从内到外全都收拾得整整齐齐，门楣之上"将军府"三个大字高悬，天子刘协亲自前来，为贺曹操将军府落成。这时的刘协对曹操心存着感激。曹操给了他一座盛大的宫殿，在他的宫殿落成之后，才有了曹操自己的将军府邸，只从这一点上，就看出了曹操将天子放在了他自己之上。

刘协知道他要仰仗曹操，大汉的平安，他的平安，也要仰仗着曹操。他不吝曹操以天子的名义，给了他自己莫大的权力。刘协知道他现在也没有能力阻止这些。他只是希望曹操是真正的忠臣，能一心为了汉室江山，为了黎民百姓。而他现在除了曹操，也没有任何人可以相信了。

但他的心里，也隐隐生出忧患。望着环绕着自己的众人，望着一同前来给曹操贺喜的众人，一种孤寂的感觉，缓缓出现，并萦绕着他，深深地包围了他。

第四十六章

汉天子心怀忧虑　定计策二虎竞食

　　将军府的规制完全在合理的范围内，前方是将军的衙门所在，两侧可供幕僚议事、办公和休息，左侧院是一个宽大的可以跑马的练武场，右侧院供将军府下设机构办公。衙门之后，就是将军府的书房、账房、将军休息和办公的所在，很是宽敞。再往后就是家眷的住处。论规格，远远不如刘协现在所居住的宫阙，但是论占地面积，内部的规划，却让刘协看得羡慕不已。他心里已经明白，从将军府落成之后，在他那里上完朝之后，所有的官员就会立刻到这将军府里二次上朝了。

　　刘协身为天子，能来为曹操的新居贺喜已经是天大的面子了，道喜过后，不方便在将军府停留，直接就返回了自己的宫殿。待看到空荡荡的大殿上只有宫人站在角落里，想到刚刚将军府上的热闹非凡，再想到在洛阳与长安时的惶惶不可终日，想到曹操接他前来的殷切，他在进入这个宫殿时的庆幸。少年天子缓缓走上正殿的天子宝座，缓缓在宝座上坐下，面对着空无一人的大殿，脑海里却仍然萦绕着将军府的人山人海与热闹非凡。他挺直了身体，幻想中前方的大殿内满是他的臣子们，正在山呼万岁，然而，另一半的脑海中，却仍然是刚刚在将军府里的热闹。

"万岁爷，该用午膳了。"皇后伏寿无声地走过来。

伏寿此前为贵人，去年才被册封为皇后，这一年来她随着刘协在洛阳与长安之间辗转，一直都陪伴在刘协的身边，不但是刘协的皇后，也是刘协的红颜知己。此刻，她违背了祖宗立下的规矩，来到这本该是朝臣们觐见皇上的宫殿，她站在本该是臣子们站立的所在，仰视着天子。她从天子的脸上看到了孤独与寂寞，看到了无法言说的积郁。她想要劝解，却不知道如何开口。

刘协的视线慢慢凝聚，落在伏寿的脸上，他沉沉地开口道："皇后，你知道现在大臣们都在哪里吗？"

伏寿脸上露出微微的笑容："今天是曹将军的府邸正式落成之日，早朝之后，朝臣们应该都在将军府庆贺。此时，午宴也该开始了。"

说着又嫣然一笑道："将军府也将午宴准备了一份送过来，那珍馐美味，妾有好些都没有见过呢。皇上，您也请用午膳吧。"

刘协从宝座上站起来，缓缓走下阶梯，站在他的皇后面前。这个皇后比他还年少一岁，也和他共甘苦共患难过，是最理解他的人。

刘协缓缓道："去岁，朕在逃亡的路上，派人向李傕讨要五斗米，五具牛骨。李傕却只送来了几块发臭的骨头。今年，朕能坐在这高堂宝座上，还有大将军送来珍馐美味，是不是该满足了？"

回想过去，伏寿的眼角微微发酸，她勉强笑着劝慰道："皇帝能得曹将军这般忠臣辅佐是幸事，皇上该高兴的。"

刘协缓缓点头："是啊，朕是该高兴的。可朕今天从将军府归来，看着这空空荡荡的大殿，却不知道该如何高兴。朕不知道，这天下还会是朕的天下吗？这臣民也还会是朕的臣民吗？"

伏寿的心一惊，低声惊叫道："莫非那曹将军也会行董卓那逆贼之事吗？"

刘协沉默半晌，木然道："朕不知道。"

伏寿忙上前两步道："皇上多虑了，曹将军一路护送，对皇上恭恭敬敬，皇上又封了他为大将军、武平侯，他应该是感恩戴德，效忠皇上的。"

刘协缓缓摇头："可他也杀了侍中台崇、尚书冯硕、议郎侯祈，如今的尚书台，全换成了他的亲信。朝中大事，先要奏请他大将军，然后才能报给朕这个天子。朕每有决策，都要思之再三，唯恐大将军不会同意。今日皇后没有看到将军府中无一摆设没有精细，无一朝臣没有贺喜。朕回到这空荡荡的宫阙中，忽然就生出担忧来。这大汉的江山，莫不是要毁于朕的手中。"

"皇上不可这么说。"伏寿上前，伸手掩住刘协的口，看着刘协不住地摇头，"皇上是个明君，只是生逢乱世，皇上断不可有此想法啊。"

刘协握住伏寿的手，心潮起伏。

伏寿平息了下自己的气息，展颜道："皇上是多虑了。皇上，午膳已经准备好了。"

刘协点点头，就这么握着伏寿的手往皇后的寝宫走去。他的手握得那么紧，仿佛想要抓住身边能抓住的一切。他不知道除了皇后，他身边还有谁能对他是真心的。而当他来到皇后寝宫，看到案几上满满的珍馐之后，心下又彷徨了。这一年多来，是曹操给了他一个天子的尊严，便是将军府第落成，还不忘给他送来丰厚的饭食。他把控了权力，却也事事禀奏，军务大事的决断，也不曾出错。身为臣子，曹操是忠心的吧。

却说将军府落成，曹操送走了天子刘协之后，就开始大宴群臣，包括这一路追随他的所有的将领。大家热热闹闹的，说着客气话，送了厚礼，一连热闹了一个多时辰，才逐渐告辞。曹操这才在后堂设宴，这后堂宴请的就全是跟着他东征西战的将领和荀彧、程昱、荀攸这般心腹。

酒过三巡，话题就逐渐说到了当今的局势上。

曹操道："刘备占据了徐州，自以为徐州牧，收留吕布那厮于小沛。这两人若是联起手来共同对我发兵，则成心腹之患，各位可有何妙计，让我解了这心腹大患？"

许褚当即说道："请主公给我五万兵马，我愿意斩刘备、吕布人头，献于主公。"

荀彧笑道："将军勇猛有余，然不善用计谋。如今天子刚刚落户许县，定都之事还需要商议，不可轻率用兵。我这里有一计。现在刘备虽然吞并徐州，然而未获得诏命，名不正言不顺。主公可以奏请皇上颁布圣旨，授刘备为徐州牧，并另行写下一道密诏，令其杀灭吕布。若是事成，则刘备就失去了吕布这员猛将的辅佐，之后再慢慢图谋徐州即可。若是事不成，吕布必杀刘备矣。此乃二虎竞食之计。"

众将闻言，纷纷折服。荀彧又道："前收到袁将军书信一事，主公如何打算？"

就在将军府新房落成前一日，曹操收到远在冀州的袁绍书信，书信里袁绍的语气很是倨傲，要求曹操将天子送到鄄城，以郡城为新国都。

曹操听荀彧提起这封书信，哈哈大笑道："袁将军这是后悔了。我听闻沮授几次三番劝告他接了皇帝去，他瞻前顾后，不肯答应。如今见我接了天子圣驾来许县，便又想要夺了天子去。我怎么能如他的意？我打算明天同刘备之事一同禀告皇帝，请皇上训斥一通。"

大家听了都笑起来，荀彧也笑着道："主公如此，袁将军他可是要好好上表为自己解释再三了。不过袁将军那里毕竟家大业大，且群雄拥护，有振臂一挥之力。所以将军之后还要好好安抚安抚袁将军，务必要容我们有发展壮大的时间。"

果然第二日早朝时，曹操就出列奏请，只说刘备在去岁便占据了徐州，但并无朝廷诏书。现替刘备请封为征东将军宜城亭侯，领徐州牧。

刘协自前一日生了怀疑之心，一夜未眠，今日早朝还心有惴惴。见曹操恭敬奏请表刘备为徐州牧，心中微微诧异。他是知道刘备收留了曹操的敌人吕布的，算起来刘备也是曹操的敌手。刚想要询问缘由，却又想起这是在早朝之上，他不可显露出对曹操的怀疑，便立刻应允。

曹操接着从怀里摸出书信一封，双手奉上道："今收到袁将军书信一封，信中责备某恭请圣驾于许都，要求天子圣驾移至兖州郡城。某不敢自作主张，还请圣上抉择。"

这话一出，群臣立刻就议论纷纷，都说刚刚落脚许县，且许县已经有国都之势，如何还要迁移？且皇帝圣体如何能一而再再而三地移动？那鄄城再好，便也与许县无异，难道是因为鄄城距离冀州袁将军处近便些的原因？但那袁将军若是要觐见圣上，理应他亲自前来圣上面前拜见，怎么可以惊动天子圣驾移动？

群臣的这番话刘协听得清清楚楚，待看到信件原文几乎一字不差，立刻以为袁绍有了不谋之心。当下怒道："袁公四世三公，今位高权重，朕似乎也要看袁公的神色行事了。"

众人纷纷下拜，刘协当即命曹操书写诏书，斥责袁绍此举无礼，并道："朕闻袁将军地广兵多，却不见其出兵勤王，只见袁将军树立私党，发兵与他人互相攻伐。"曹操几乎一言不改，全写在诏书上。

袁绍接到被天子训斥的诏书，气得七窍生烟，明明知道这是曹操在其中作乱，却也因为忠义的名头，只好上书为自己辩解。待收到袁绍上书，曹操又对天子刘协道："袁将军已经完全占据了冀州、青州、幽州、并州四个州，备受爱戴，名望甚高，圣上不宜与袁将军直面冲突。如今袁将军已经上书辩解，这正是安抚的机会，还请圣上授予袁将军太尉之职位，封邺侯。"

然太尉之职虽然贵重，地位却在大将军之下，袁绍深以为屈辱，拒不受封拜，愤愤道："曹操几次遇到危机，都是我为他化解，如今他倚仗着天子在身边，就敢假借天子的名义对我施发号令！"若不是天子在曹操身边，他恨不得立即就发兵打将过去。此时才深深后悔，没有听从沮授的建议，错失了良机。

彼时，正如荀彧所言，天子刚刚移驾许县，诸事都需要一件件商议，不宜动兵。且曹操实力大不如袁绍，颍川、兖州虽大，但东有徐州吕布、西有南阳张绣、南有淮南袁术，皆虎视眈眈。不得已，曹操派出孔融持天子符节出使邺城，拜袁绍为大将军，赐给他弓箭、符节、斧钺和一百虎贲，许他兼管冀州、青州、幽州、并州四个州，以缓和矛盾。

却说曹操奏请了天子刘协之后，封刘备为征东将军宜城亭侯，领徐州牧，果然私下里另写一封密信，要求刘备斩杀吕布。当日吕布从曹操手下落败，一路奔驰到徐州投靠了刘备，刘备当时正缺人手，便将吕布留下，替他镇守小沛。如今得到曹操的手书，要他斩杀吕布，当下是左右为难，只推诿着不肯动手。

不想袁术听闻刘备得徐州牧，大怒。他觊觎徐州已久，徐州之前落入刘备手中，然名不正言不顺，他还可以不予理会。如今得天子拜徐州牧，他怒从心起：术生年以来不闻天下有刘备。立刻发兵，攻打刘备。刘备带兵拒之于盱眙、淮阴，交战一月，互有胜负。而就在这时，吕布忽然从小沛出兵，直取刘备后方下邳，缴获几乎全部军资，俘获刘备妻子，和部曲将吏士家属。待刘备带兵急忙返回下邳，因军士家属被俘，兵力已经无法凝聚，且被袁术与吕布前后围堵，粮草军资尽失。

不得已，刘备请降于吕布，取家人返回小沛，吕布允诺，返还刘备和部下家人。然而待刘备返回小沛之后招兵买马，吕布又后悔起来，领兵杀向刘备。至此，荀彧的二虎竞食之计彻底完成。刘备、吕布反目，吕布反占据了徐州。刘备流离失所不说，心中还暗自后悔当日没有听从曹操的话先诱杀了吕布。

刘备被袁术与吕布连番追击，刚刚得到了徐州牧的称号还没有捂热，就逃出徐州，无处可去，只得奔向许县曹操处。曹操得知，开怀大笑。这二虎竞食之计不但已成，还可延续。当下破例给了刘备豫州牧的封号，再送刘备人马若干，使之回小沛，替曹操暂且对抗吕布，守住东南大门。

第四十七章

曹孟德右臂中箭　袁公路称帝建号

荀彧二虎竞食之计，短时间内解除了吕布与刘备联手前来进犯的可能，又使袁术转而攻打徐州。封拜了袁绍为大将军，周边还能引起危机的只有南阳张绣。曹操欲出兵收回南阳，又恐怕吕布突破刘备在小沛的防线。

荀彧言说："主公可遣人往徐州，给吕布加官晋职以赏赐，令其与刘备和解。吕布向来不思远谋，见利则心喜，必然允诺。"曹操听之，果然无后顾之忧，亲自率领大军十五万，讨伐张绣。

自从去年荀彧打开了与匈奴的经商之路，到如今往来经商若干次，购买良马数千匹，曹操已经组建了一支出色的骑兵队伍。这支出色的骑兵队伍中，仍然以青州兵为主。出兵之前，荀彧将荀攸、钟繇交给曹操为谋士随军，自己留守许县，以调度筹划军国之事。

许县自此迎来了大量的人口，从原本一个小小的县城，逐渐扩大繁华。城内不断大兴土木，建造府衙，荀彧也为他自己建造了府邸，这一次，终于可以安心地将在冀州的儿女们接过来。

就在几个孩子回来的这天，荀彧破例在早朝告了假，等在家中。荀彧从离家到现在已经六年多，他的长子从牙牙学语，已经出落成一个小少年。而荀彧也是第一次见到他的女儿，这个女儿从出生不久，就失去了亲生母亲，让他倍感怜爱。程文倩亲自为荀彧的长子和次子收拾了庭院房间，又将小女儿接到自己的院落里，和她才刚刚半岁多的儿子一起抚养。

待儿女们洗去长途跋涉的疲惫，程文倩安排了家宴，一家人正式团圆，连才半岁的荀诜也被抱在程文倩的怀里。看着儿女满堂，夫人在侧，还有襁褓中的幼子牙牙学语，荀彧不由得想到了他的发妻秀娘。他借举酒，掩饰了眼眸中的一瞬间难过，放下杯子时，面颊中已经浮现出温和的笑容。程文倩看在眼里，却没有点明，只是在家宴之后，吩咐在家中设立了一个小的祠堂，将秀娘的灵位供奉上，以让她的三个孩儿能时刻祭拜，不忘母亲。

之后，荀彧领两个儿子到书房，先询问了家中的情况，又检查了他们的功课，见到长子、次子的启蒙都已经结束，正在学习《大学》《中庸》，深感欣慰。如今许县俨然已成政治经济中心，人才济济，且在天子脚下，他更加不肯放松了儿子们的学业。当日考查了学业之后，立刻就安排两个儿子与曹操的孩子们一起在私塾中就读。

荀彧日理万机，从天子入主许县之后，国事几乎都由他与曹操商议决定。曹操领兵打仗，他任务更为艰巨，能抽出时间告假，实属不易。却忽然收到曹操书信一封，展开一看，笑容满面。却是曹操一路顺利进入南阳，张绣闻曹操举兵前来，立即投降。曹操不费一兵一卒，就得了南阳。

荀彧又哪里知道，就在他收到书信这一刻，张绣已经再次反了。

曹操兵不血刃地拿下了南阳之后，闻张绣叔叔张济的夫人貌美，便抢了过去，张绣知道之后，深感不满。消息传到曹操的耳中，让曹操动了杀心。只是曹操还没有动手，张绣转天夜里就偷袭了曹营，典韦为护曹操逃走，只身守住营门口，力战而亡。曹操长子曹昂、侄子曹安民为护卫曹操身亡。曹操右臂中箭，不得已返回许县。

荀彧亲自到城门十里处迎接曹操，见曹操伤势好转，这才放下心来。曹操见到荀彧之后面有愧色，实在是这一仗不该败。他就不该信任张绣的投降。从这一次的惨痛教训之后，曹操再得降将，便会立刻得其家人在手以为人质。荀彧好生安慰，然而也为典韦的亡故感到伤心难过。

典韦实则一员大将也，他身负护卫曹操的职责，从不敢松懈。他性格忠厚谨慎，常常白日里在曹操身边侍立，晚间就在曹操大帐门口处休息，很少回到自己的住处。而一旦在战场出现胶着的时候，他就会身着两副铠甲，手持双戟，冲锋陷阵，勇往直前，往往能打破战场的胶着态势，所向披靡。然而这样一个可遇而不可求的良将，却也战死疆场。

听闻曹操受伤战败而归，刘协亲自到将军府上探望，曹操正在换药，急忙掩了衣裳前来迎接。刘协亲自撩开曹操衣袖看望其伤势，想他身为大将军，亲上战场，大受感动。又听说他失去了长子和侄儿，也忍不住红了眼圈。曹操反过来劝刘协道："大丈夫征战沙场，马革裹尸都是常事，何况受伤。这只是一点小伤，圣上无须担忧。"

刘协垂泪道："国家朝堂政事多赖于将军，将军可千万要保重啊。"

刘协此刻的心是真诚的，此时曹操的心也是忠诚的。

曹操从攻打黄巾军之后，这几年鲜有败绩，且与张绣这一场交战，先不战而胜，接着却被张绣半夜偷袭，狼狈而逃不说，还损失了自己的儿子、侄儿，更痛失了大将典韦，曹操回到许县，越想越是意难平。以往战斗，荀彧即便不是追随左右，也都定下战场上的策略，曹操深以为这是荀彧不在身边的缘故，因而问荀彧道："我出外征战，然你需要居中持重，谁能替代你与我出谋划策？"

荀彧道："荀攸、钟繇可。"

荀攸，是荀彧的侄儿，年纪要比荀彧大上六岁。年幼时就聪慧异常，灵活多变。钟繇出身颍川，素有才名，曾劝说李傕、郭汜二人帮助曹操，此番在天子圣驾移动到许县的时候一并跟来，现在荀彧手下任职。曹操便将荀攸留在身边，以做军师，然心中对荀攸究竟不如荀彧。

曹操伤势不重，逐渐好转，听闻张绣与刘表联合，逐渐壮大，心有不满，待要举兵前去之时，不防此刻，豫州的袁术竟然蠢蠢欲动，生出称帝之心。

袁术与袁绍同父异母，出身同为四世三公，只不过二人一向不合。初平三年（192），袁术与袁绍曾开战，当时袁绍与曹操合击，大破袁术、公孙瓒以及陶谦的联军，此后，袁术盘踞豫州。然袁术为人心高气傲，之前就有称帝之心，他在天子刘协逃亡之时，以为汉室衰微，时机已到，就召集部下道："如今刘氏天下已经衰微，海内鼎沸，而我袁家四代都是朝中重臣，素有名望，百姓都愿意归附我。如今我想要秉承天意，顺应民心，登基称帝，各位以为如何？"

袁术一直认为袁姓出自于陈，而陈是舜的后代，以土承火，得应运之次。而又有谶文云："代汉者，当涂高也。"这就更证实了袁术有帝王之命。因为袁术字公路，公路则涂高也。而袁术又手握传国玉玺，这难道不正是顺应了天意？袁术以为他称帝的想法只要一说，就会得到拥护，不想手下众人闻言，皆不发一言。

不发一言，便是不赞同。良久，只有主簿阎象开口道："当年周人自其始祖后稷直到文王，积德累功，天下三分，可说有他们的两分，可他们还是小心翼翼地做殷商王朝的臣子。明公您虽然累世高官厚禄，但恐怕还比不上姬氏家族那样昌盛。眼下汉室虽然衰微，但似乎也不能与残暴无道的殷纣王相提并论吧！"

这话将袁术与昔日殷商王朝的周氏家族为比照，当年周氏家族的底蕴雄厚与气度超凡，与今日袁氏宗族对比，高下自然立判。且又将今日局势与昔日殷纣王对比，暗喻着当日群雄并起，是因为纣王的昏庸无道和残暴，而今日的汉室衰微，却是他们这些辅佐之人的不忠。

袁术闻言一言不发，但心下却十分恼怒，且并没有因为这一席话打消了心思。不久之后，河内人张鮍为他卜卦，说他有做皇帝的命，他更是以此为理由，还是筹备称帝。首先就是给吕布送去了一封信件，信件里称吕布于袁家有三大功劳，分别为诛杀董卓，破兖州，打跑刘备。并送米二十万斛犒劳吕布，提出自己不日将要称帝，希望为自己的太子求娶吕布的女儿。吕布立刻就同意了。

曹操得到这个消息，不得不暂时放下对张绣的仇恨，上报天子。刘协惊呆了。他只以为昔日的这些臣属只是要发展壮大自己的势力，做他手下权力最大的臣属，哪里想到还会有人有称帝之心？当下命曹操即刻出兵，镇压袁术。

曹操领命，却先与荀彧谋划，使人送信与吕布说：我欲拜将军为左将军，共同辅佐天子。然国库无有足金，我取私金为将军做印，国库无紫绶，我取私用紫绶予将军。往事都已经过去，就过去吧。今袁术罔顾人伦，必遗臭万年，将军万不可与之同流合污。

吕布其人，见利忘义，反复无常。得曹操书信之后，便被大将军吸引，颇为犹豫。时沛相陈珪在吕布身边，担心袁术、吕布结亲，徐州、扬州就会连为一体，对国家造成危害，于是劝说吕布道："曹公奉迎天子，辅佐朝政，奉天子之命，征讨八方，威震四海。将军应该与曹公合作，以为天下之安宁。如果将军与袁术结为亲家，则会有不义之名，形势则大为不利。且袁术此举，也未见得对将军有好意。"

闻言，吕布便想起之前不久发生的一事来。半年前吕布从刘备手中夺得徐州不久，他的部将郝萌军便造反，带兵包围了吕布的官府。吕布仓皇逃到高顺的军营，还是高顺带兵斩杀了郝萌，并带回了两个消息：

郝萌兵变是受袁术的指使，同谋者还有陈宫。当时吕布还需要重用陈宫，因此并没有追究，但此刻想起，便记恨上了袁术，立刻便派人追回了已经送出去的女儿，且将袁术的使者也一并带回。

正在这时，天子绶封的左将军旨意也一并到来，吕布欣喜，立斩袁术使者。命陈珪之子陈登启程前往许县，替他向天子谢恩。荀彧得之笑道："主公正可以使陈登分化瓦解吕布的队伍，以为内应。"

陈登替吕布叩谢圣恩之后，立刻前来拜谒曹操，言吕布有勇无谋，反复无常，实为小人，希望曹操尽早除掉吕布。曹操感慨道："卿之所言，句句属实。吕布狼子野心，确实是不能久留于世的。"随即宴请陈登。酒过三巡，提起吕布其人，有人称吕布为虎，如果不喂饱，必然会吃人。曹操笑道："不然，吕布是为鹰也，饿的时候自然可以来用，一旦饱腹，就会飞走。"

宴毕，将陈珪的俸禄提升到二千石，并任命陈登为广陵太守，独独没有答应吕布为徐州牧的请求。临别之时，曹操拉着陈登的手嘱托道："东边的事情，便全托付于卿了。"

陈登回转，吕布见其要求没能实现，大怒道："你父亲劝说我与曹公合作，我才拒绝了与袁术的婚约。如今你们父子地位显赫，加官晋爵，我却一无所获。我这是被你们出卖了！"

陈登面色从容，安然道："非将军所以为。我见曹公，与曹公说将军如猛虎，如不满足愿望，就会吃人。曹公却说将军以为鹰，只有饿时才会为他所用，一旦饱腹，即刻就会展翅高飞。"

吕布闻言，思虑片刻，竟然认了陈登的说法，放过了此事。

而此时，袁术在寿春称帝，建号仲氏，置公卿，祠南北郊。曹操闻之，不得已暂且放弃攻打张绣，奏明天子，亲自领兵讨伐袁术。同时以天子之名，发出讨伐公文，送于袁术所在周边，要求其即刻出兵，共同征讨袁术。

且说袁术称帝，一番布置之后，记恨吕布之前拒婚和斩杀使臣，派大将张勋、桥蕤等人与韩暹、杨奉合兵七路，步骑数万奔下邳而来。当时吕布只有兵卒三千、马匹四百，担心抵挡不住，遂迁怒陈珪道："都是你父子的计策，才招来袁术的军队，现在怎么办？"陈珪不以为然道："韩暹、杨奉与袁术不过是仓促结合，彼此之间来不及定下计谋，可离散之。"

第四十八章

寿春城兵败袁术　伐张绣无功而返

吕布采纳陈珪意见，修书一封于韩暹、杨奉道："二位将军有救驾之功，而我亲手杀掉了董卓，我们一道建立了功名，当会名留青史。现袁术反叛谋逆，我们应当一同讨伐他，你们为什么要与袁术那逆贼联手，来攻伐我呢？我们可以趁着现在这个机会联手，一起讨伐袁术，为国家除害，为天下建立功勋，此机不可失也。如若打败袁术，我愿意将袁术军中的钱粮辎重全留给你们。"

韩暹、杨奉立刻反水，与吕布联手，就在下邳反过来攻打张勋等人，活捉了桥蕤，其余袁术人马溃散逃亡，死伤无数，几乎全军覆没。大胜之后，吕布与韩暹、杨奉共向寿春进军，一路抢到了淮河边。袁术大怒，亲自带领五千军士赶到淮河边上，隔岸示威，吕布大军却在淮河北岸得胜大笑之后归还。

彼时，曹操亲率大军十七万，欲从北袭击袁术，临行之时，思慕典韦，立祀祭之，并封其子典满为中郎，收养在府。之后自统大军居中，令夏侯惇、于禁为先锋，与袁术大将桥蕤会于寿春界口。大战不过三个回合，桥蕤落败战死，袁术军队群龙无首，败回寿春。当年寿春水旱两年，人皆缺食，又生战乱，民不聊生，皆生怨恨之心，兵卒难以团聚抗敌。袁术则留大军在寿春，暂避曹操锋芒，拒不与曹军接战，只等着曹操大军断粮，自生哗变。自己带领其余将领并士卒，携带藏金宝贝，过淮河避难。

曹操领兵十七万，驻扎在寿春之外，日消耗粮草巨大。且当时诸郡县正逢旱灾，粮草接济不及。曹操领兵数日挑战，然寿春只紧闭城门，拒不迎战。曹操正焦躁之时，曹操粮草管王垕禀告，兵多粮少，不知如何。曹操心生一计，乃教之小斛分发，权且救一时之急。王垕道："若士卒抱怨，如何？"曹操只说自有计策。果然，小斛分发粮食之后，士兵无不怨恨，纷纷说大将军欺骗兵卒。曹操便吩咐王垕前来，虽心有惭愧，但也道："我想要问你借一物，以压众心，望你不要吝啬拒绝。"

王垕道："将军想要何物？但凡小人有，必不吝惜。"

曹操看着王垕，沉声道："我要借你项上人头给众人看。"

王垕大惊，心里明白曹操是欲以斩杀他来平息众怒，急道："将军明鉴，我实在是无罪的啊。"

曹操叹息道："我也知道你无罪，但是不杀你，军队必然哗变。你且放心，你死后，你的妻子儿女我一定会奉养，你无须牵挂。"

王垕还要求命，曹操早命刀斧手将之推出门外斩首，不多时将头颅高高悬挂，并出榜公示道：王垕无故以小斛分发粮草，盗窃军粮，已按照军法斩首。士卒哪里知道其中还有分说，只以为盗窃军粮的罪魁祸首已经伏法，怨恨方解。

此为慈不掌兵。

曹操斩杀王垕次日，亲自带领众位将军至寿春城下督战强攻，且亲自下马搬运土石，填壕塞堑，大小将士无不勇往直前，军威大振，当日破城而入，斩杀袁术守城大将，焚烧袁术伪造宫室殿宇、一应犯禁之物，将寿春城掠夺一空，便欲追赶袁术。

荀彧着人送信于曹操，信中道："年来荒旱，粮食艰苦，如若再行进兵，劳军损民，未必有利。不若暂回许县，待来年春日小麦成熟，军粮储备足够，再图之。"

曹操一贯信任荀彧，但凡荀彧计策，无不听从，此时却犹豫了，只因为机不可失，时不再来。袁术已为惊弓之鸟，被赶到了淮河南部，若乘胜追击，必然可一举将之斩杀。正犹豫时，荀彧第二封信送达，曹操看到信后，大惊。曹操攻打袁术之时，留曹洪在许昌镇守，然张绣依托刘表，策反南阳、江陵诸县，曹洪几次讨伐，皆败，不得已退守叶县，张绣乘胜追击，不断进攻，许县已经受到了威胁。曹操立刻率领大军返回许县。

此战，曹操将称帝的袁术打得落花流水，所有叛逆之人皆伏法。李傕、郭汜及其阖族老小皆斩于闹市，大快人心。天子刘协召集文武大臣，做太平盛宴，亲自为曹操庆功。宴席之上，有曹操手下讲述曹操亲率大军攻城，奋不顾身，身先士卒，众臣听闻，无不感动。

群臣盛宴之后，皇后伏寿亲自在后宫为天子摆下酒席，以庆贺天子手下能臣攻破寿春，赶走乱臣贼子。刘协坐于皇后与一众贵人当中，这几年来所遭受的苦难，全都一扫而光。宴席中，董贵人翩然而舞，刘协拊掌大笑，当晚，刘协宿于董贵人宫中。

而这一晚，在皇宫里的宴席结束之后，曹操与荀彧一同坐在将军府的书房内，二人面前各是一壶清茶。曹操踌躇满志，对荀彧道："与袁术寿春一战，将其打得落花流水，也解了我这半年的心头之恨。若不是袁术谋逆称帝，我已经歼灭张绣，出师吕布，哪里有现在的许县威胁。"

荀彧道："正所谓天有不测风云。袁氏一族四世三公，本应忠心为国，谁能想其中的袁公嫡子会做下如此大逆不道之事，也正说明汉室虽然衰微，但仍然是汉主天下。"

曹操心下不以为然，然并不与荀彧争论。

就听荀彧说道："听闻袁术以'赤德已经衰败，袁氏是黄帝后裔，应该顺天意、从人心'为由称帝，不知道这话袁绍听了，又会生出如何想法。"这几句话的意思，是按照"五行相生"的理论而成立的。汉朝就是所谓的火，而火生土，那么火必然是要被土所替代的。而黄帝就是土，袁家为黄帝的后代，所以，袁氏取代汉朝便是"天意"了。

曹操沉吟，忽然嗤笑了声道："我若是袁绍，必然也会动心。只不过袁绍那人一贯假仁假义，便是动了心，也不会显露出来，必然要多方试探，非得让属下几次三番、三番几次拥戴他，才会勉强为之。"

荀彧大笑道："主公形容得实在是通透。"曹操也大笑出声。

荀彧接着又道："袁绍现正在加紧攻打公孙瓒，以完全占据冀、青、幽、并四州，我只愿公孙瓒能多坚持一段时间，也好给主公多腾出些时间来。"

曹操点头道："如今这一年是关键的一年，我明日就奏请天子，带兵征讨张绣，家中还要先生多多辛劳。"

荀彧颔首："主公征战，万万小心，主公乃大将军，位高权重，勿要再亲临危险所在，以保重自己为安。"

两人军事之事说完，难得有片刻的放松，曹操举起茶杯品了一口，只觉得这茶香不同于往日。

荀彧察言观色，笑道："主公可是以为这茶色不同于以往？"

曹操笑道："可是我这些时日在外征战，好一阵不曾有好茶水品尝，所以竟尝不出这茶水的滋味了？"

荀彧笑道："这茶是今年的第一批春茶，因形状小巧似雀舌而得名。昨日才快马加鞭送到许县，我观其貌极具特色，尝其香气极独特浓郁，特特问明了，这一批是茶树上最早出现的嫩芽焙制的上等芽茶。所以特地为主公留了些。"

曹操这才细看，见那茶叶被滚水冲泡之后，片片叶子全伸展开，叶尖向上，芽头如刀剑林立，美不胜收，果然形状如鸟雀舌尖。茶汤黄绿明亮，很是喜人。再品尝一口，只觉满口生津，吞下之后，齿颊留香，余韵悠长。点头道："果然鲜爽、回甘，雀舌之名，名不虚传。"

次日，曹操上奏天子，以张绣作乱，当兴兵讨伐。天子亲排銮驾，送到城外，见曹操大军旌旗猎猎，军纪严明。这一去分明是为保护汉室江山而战，但不知为何，刘协的心里却隐隐生出些不安来。将军府落成那日，他亲自道贺归来时的情绪，再一次涌入心中。

站在城楼上，刘协看着身边左侧的荀彧，右侧的将军，皆为曹操起草任命之人，他的尚书台内所有的官员，几乎全是颖川的名士，荀彧的同乡。而随同曹操征战的，握有兵权的将领，无不是跟随曹操多年的将军。这左右除了他贴身的守卫，全无他亲信之人。而他可还有亲信之人吗？回顾群臣，这才发现，除了皇后的外戚，他身边竟然无可以称为心腹之人。一时悲从心头起。然大军正在出征，他身为天子，亲自送行，万万不可露出悲色。他忍住心中的念头，只筹谋着，如何能在身边重要位置上安插自己人。只是一时全无头绪。

曹操带领大军从许县出发，昼行夜伏，不日行走之处，见到一路麦田已经成熟。然因为大军过路，民皆逃亡山林，不敢收获。曹操命人传话给远近乡村父老，及各处官吏道："我奉天子之明诏，出兵讨伐逆贼，是为为民除害。现今是麦熟之际，不得已才出兵，大小将校，凡经过麦田，但有践踏者，并皆斩首。军法甚严，尔等无须惊疑。"百姓闻言，无不欢天喜地，称颂大军，望着尘土掀起的道路而下拜。曹操官兵经过麦田的，尽皆下马扶着麦穗，不敢有丝毫践踏。

曹操正乘马而行，田中忽然飞起一鸟，那马受惊，忽然窜入麦田中，践踏坏了好一块麦田。曹操立刻呼唤随行的主簿，商议自己践踏麦田之罪。主簿惊惧言道："将军岂可以议罪？"

曹操道："我自己制定的法制，我自己违反，若不治罪，以何服众？"随即拔出佩剑欲自刎。众人急忙拉住曹操手臂，纷纷劝阻。

郭嘉随军，劝阻道："古有《春秋》说：法不加于尊。将军统领大军，岂可自戕？"

曹操沉吟良久道："既《春秋》有法不加于尊，我姑且免死，然军法不得违背。现割发代首。"言罢，以佩剑割断自己头发，掷之于地。再命人以发传示三军说：将军践踏麦田，本当斩首号令，今割发而代。时下有言：身体发肤受之父母，不敢毁伤。曹操以发代首，让三军悚然，无不谨遵军令。

曹操率领大军赶到南阳城下，张绣固守城池，曹操白日里引军查看城池四周，见城墙牢固，护城河环绕，水势甚急，便令军士挖土以填护城河，欲行强攻。

荀攸进言道："张绣与刘表互相依托，以为强大，但张绣的军粮全靠刘表提供，时间一久，刘表必然力不能支，将与张绣产生矛盾。今不如缓兵以困，以待其变。如果急切进攻，刘表必然出兵拼死相救。"

曹操不以为然，三日后夜间偷袭南阳城，却中贾诩之计，失利败走。折损兵将数万，辎重无数。张绣果然写信给刘表，请其发兵堵截。

却说荀彧坐镇许县，每日皆收到曹操战报，深为其担忧，得知曹操败走南阳之后，立刻修书一封：刘表助张绣屯兵安众，欲断其后路。曹操回信于荀彧道：我一路行淯水而来，日只行数里，已知道身后有追兵，前方有堵截。不过我已经定下了计谋，只等到了安众，必破张绣。先生无须担忧。果然到了安秀，刘表已经在天险处设下伏兵。曹操命人黑夜里开凿山林峭壁，设下奇兵，果然大败张绣、刘表军队。一时，曹操与刘表、张绣相持于穰城。

不想，荀彧忽然得到消息，袁绍欲带领大军来犯许县，星夜派人奔驰送信相告曹操，曹操得到书信大惊，立刻拔营往许县方向返回。张绣得知，当即率领大军追及。贾诩阻拦说："不可追及，追及必败。"张绣不听，引大军追及十几里，接近曹操军队，曹操军队奋起反击，刘表、张绣联军大败返回。张绣叹息道："不听军师所言，果然败退。"贾诩却道："今日可整兵再追，必然大胜。"张绣虽然奇怪，但依言整兵再次出发，曹操军队果然大败，沿途丢下辎重奔逃。

张绣大胜而归，问贾诩道："前我以精兵追及，先生言必败。而后以败兵追及，先生言必胜。竟全如先生所言。为何先生所言皆为验证？还请教我。"

贾诩笑道："这很容易看出来的嘛。将军虽然善于用兵，然并非曹操对手。曹操军队虽然败走，但必然留有劲敌殿后，以防止追兵。且曹操为人勇猛谨慎，往往身先士卒，这殿后之事，少不得亲自率领。所以我军虽然精锐，不能抵挡，故我知追之必败。但曹操急于退兵，定然是因为许县出事了。既然破了我们的追兵，便会以为我们不会再追了，此刻我们乘其不备再追，必然得胜。"

张绣大为佩服。

第四十九章

定大计品评袁绍　试董承天子明言

　　且说曹操带兵返回许县，却收到袁绍亲笔信一封，信中骄横矜溢，极为傲慢，且极尽嘲讽之词，辱曹操之前大败于张绣。曹操大怒，这几日早朝时候，面色皆沉，退朝之后就返回将军府，闭门谢客。诸将还不知道袁绍送信来的缘故，皆以为是之前败于张绣的原因。独荀彧道："胜败乃兵家常事，以主公的睿智，怎么肯将一场败仗放在心上，诸位无须担忧。"乃亲自上将军府，求见曹操。

　　曹操闭门谢客，但是唯独不会不见荀彧的，见荀彧上门，便取出袁绍书信给荀彧看，道："袁绍欺人太甚。我欲兴兵讨伐，然力量无法与之匹敌。这几日心中愤懑，无以言表。"

　　荀彧笑道："主公言重了。自古战场成败较量的，若有真才实学，纵然兵力微弱，也能使其变强，但若无真才实学，便是军力强大，也会变得弱小。刘邦、项羽的存亡，足可以让人明白这个道理。今与主公你争天下的人，只有袁绍一人了。然而袁绍此人貌似宽容而内心狭窄，任用人才却疑心太重，主公您却明正通达，不拘小节，唯才是举，唯才是用，此为在度量上胜过袁绍；袁绍遇事优柔寡断，迟疑犹豫，往往错过良机，而主公您却在大事上一贯果断，且随机应变，不墨守成规，这是在谋略上胜过袁绍；袁绍军纪不严，法令不能明确实施下去，士卒虽多，但却不能更好地为己用，而主公法令严明，赏罚必行，士卒虽少，却都能拼死奋战，这是在用兵上胜过袁绍；袁绍凭借其名门贵族出身，借祖上的地位修饰自己，来博取名望，所以归附他的多是士族中喜好虚名、夸大其词之人，然主公以仁爱之心待人，与人推诚相见，不求虚荣，行动严谨克己，而在奖励有功之人时从无吝啬，因此天下忠诚正直讲究实效的能人便全都愿意为您效劳，这是在德行上胜过袁绍。凭借这四方面优势，主公辅佐天子，匡扶正义，一旦征讨叛逆，谁敢不从？袁绍纵然强大，又凭什么和主公对抗？"

曹操听罢，大悦，之前的烦闷积郁一扫而光。

荀彧又道："不过，不先将吕布灭掉，河北也不那么容易图谋。"

曹操点头，沉吟片刻道："诚然如先生所言。但我所忧虑的，是怕袁绍侵扰关东，引发羌、胡叛乱，向南诱惑刘璋联合，若是那样的话，我就要以兖州、豫州，来对抗天下的六分之五了。若是那样，该如何是好？"

荀彧道："关中现有将帅数以千计，还没有人能统一起来，这中间唯有韩遂、马超最强。他们见到崤山以东地区正在争战，必定各自拥兵自保。如果现在主公就以恩德招抚他们，派遣使者与他们通好，虽然不能长久安定下来，但至少在主公平定山东之前不会生变，这就足矣。至于关西所在的事情，足可以托付给钟繇，钟繇必定能平复关西。这般，主公就可以放心出征，后方无忧了。"

曹操闻言，心绪平定，暂且将袁绍之事放下。

荀彧再道："主公征讨张绣之时，我也在考虑周边形势。从我们接天子来许县之后，天下名士无不敬慕将军威名，以为将军效力，而就是为天子效力。然周边不仅袁绍虎视许县，还有不少宵小觊觎天子，以为主公是在挟天子以令诸侯。现今主公极需要一场能震慑住周边宵小的战斗，不但要对周边宣告天子建都在许县的决心，还要向天子表明主公匡扶汉室，为天下百姓造福的心意。"

曹操一直以来就对周边全是虎视眈眈之徒心烦不已，前脚他才收拾了袁术，后脚张绣就来闹腾，更让他腾不出手来收拾吕布，收服徐州。荀彧这番话确实说到了他的心里，他急需一场大胜仗震慑人心，便道："可是要打吕布，收了徐州？"

荀彧摇头道："吕布要打，徐州要收，但是之前，主公不妨先讨伐李傕。"

李傕，曾经是天子刘协身边的权臣，把持朝廷大权多年。兴平二年（195），李傕杀樊稠，与郭汜各自拥兵自重不说，还派人抢掠了天子刘协、皇后、宫人和大臣们，与郭汜相持数月，并挟持天子辗转于洛阳、长安之间。之后天子在杨奉、董承的护卫下，才摆脱了李傕的控制，逃亡回洛阳。对现今的朝廷来说，李傕也是乱臣贼子，曹操出兵讨伐，正所谓名正言顺，也可以以此震慑周边宵小，还能让周边袁绍、刘秀等看到曹操护卫汉天子的决心。最主要的是，讨伐李傕，并不用曹操亲率大军出征，曹操完全可以继续坐镇许县，震慑住周边。

曹操即刻上表天子，同时以天子诏命令关西诸将讨灭李傕，李傕本就不得人心，同时又是天子诏命，且从曹操手里发出，裴茂、段煨领命，共伐李傕，李傕在黄白城被斩，夷三族。消息传到许县皇宫内，也迅速传到了关中各处。而这时，荀彧已经上报天子，派钟繇以侍中的身份领司隶校尉，持节督察关中各路人马。钟繇到达长安之后，立刻写信给马腾、韩遂等各方势力，陈述局势，分析利害，督促关中各路豪杰归顺许县。捷报不断传回到许县，曹操、荀彧接到捷报，无不喜悦兴奋，然而许县皇宫内的天子刘协，却在早朝之后回到后宫就失去了笑容。

郭汜与李傕的先后灭亡，让他出了心头的一口恶气之后，也陷入了恐慌之中。想当初，李傕把持朝政之时，他年岁还小，并不十分明白。之后李傕、郭汜对权力的欲望越来越强烈，互相倾轧，甚至到掠夺他这个天子以为人质，他才明白，李傕、郭汜这等人并没有真正地尊他为天子，只不过是借着他的名义，为自己捞取更大的权力。与当初董卓立他为天子，是同样的目的。

现今曹操杀灭郭汜、李傕，他应该是高兴的，但是他好像隐隐看到了另外一个董卓，另外一个郭汜、李傕，可让他悲催的是，他却只能眼睁睁地看着曹操一步步坐大，甚至曹操必须要坐大，坐大到让袁绍不敢来犯他。因为他这个天子，只是一个有名无实的天子，别说曹操，任何一个将军都有可能将他从天子的宝座上拉下来，换上另外一个刘姓的人坐在这个位置上。因为当初的董卓就是这么做的。

董贵人悄然来到刘协身边，本来是笑着的，待看到刘协沉着面容，不禁惊讶了，捧着盏茶送到刘协的手边，悄声道："皇上，这是今年的新茶，听说叫作雀舌，才贡上来的，您尝尝。"

刘协接过茶盏，见雪白茶杯内片片叶子全伸展开，叶尖向上，全是欣欣向荣之色，还没有饮用，心里先是欢喜了，待送到唇边，就嗅到茶香浓郁，才要品尝，忽然想起一事，问道："这茶，可是送到大将军府上没有？"

董贵人不知道刘协这话的意思，想想道："臣妾听太监们说，这是第一批春茶，是茶芽，数量稀少，送到宫里的只有这一罐，是专门为皇上准备的，想必是大将军府上也没有的吧。"

刘协品尝了一口茶饮，只觉得回味颇为甘甜，想着董贵人见识浅薄，竟然以为这雀舌茶只有宫里才有。宫里什么东西不是将军府的人掌管的？怕是任何好东西都是将军府里的大将军先入了口，才会轮到他的吧。心里也觉得因为一罐茶叶这么想很没有意思，他又能喝掉多少茶？但普天之下，莫非王土；率土之滨，莫非王臣。按说这等好物作为臣子的是应该先要供奉给皇家，再由他赏赐给臣子的。这么想着，杯子里的茶忽然就觉得不可口了。

董贵人察言观色，问道："皇上莫非是不喜欢雀舌的味道？"

刘协摇摇头，将茶杯放下道："朕只是想起了当日逃亡时，别说这雀舌，就是随意的一盏茶有时候也讨要不到，反而要因为一口吃食，时时看别人的脸色。"

董贵人安慰道："皇上，那都是过去的事情了。臣妾听说郭汜和李傕那等逆贼都已经伏法，皇上是该高兴的，怎么会面有忧色？"

刘协沉默下来。他并非不信任董贵人，而且他现在没有任何证据能证明曹操对他有不臣之心。到许县以来，曹操似乎还没有把持朝政，大事上事事请示，且所做的决定，他也一向是挑不出毛病的。他若只是因为怀疑就说出来，也怕传出去寒了曹操的心，因此勉强道："虽然郭汜、李傕都已经伏法，然而前些日子大将军在攻伐张绣、刘表之时，朕听闻袁绍欲带兵往许县来，效仿大将军所为，心里有些担忧而已。"

董贵人笑道："臣妾听闻父亲说过，曹将军为人勇猛善战，且身边谋士云集，有大将军坐镇许县，那袁绍远在冀州，岂会来犯？"

刘协闻言点头，却转了话题道："这雀舌既然极为难得，你去取了一半，送予车骑将军。"

车骑将军即为董承，乃董贵人父，当日刘协在曹操护卫下迁往许县，董承随百官一并前往，已在许县开府。董贵人闻言惊喜万分，忙跪下谢恩。

却说这董承收到了半罐雀舌后，忙叩谢隆恩，然而捧着半罐雀舌，却有些不明白这赏赐来的意义。思虑半晌，换上朝服，亲自进宫谢恩。刘协在偏殿见了董承，说是想起董承之前在洛阳的救驾之情，正好新得了一罐茶叶，名为雀舌，是今年的新茶，很是难得，只有一罐，便分出了一半。董承只觉得惶恐，再三拜谢，回忆起一年之前的那些辗转日子，君臣两人皆唏嘘不已。

刘协感叹道："那时候只有你和韩卿护卫在朕左右，朕终日惶恐，夜不成寐，生怕哪天一睁眼，身边就不见了两位卿家。李傕每前来，朕也惶恐，担忧他对董卿你发难。"

想起过去，董承也感叹不已，道："幸得大将军前来勤王，又迎圣上及百官到许县，又奉圣上之命将李傕那乱臣贼子斩杀，还我大汉清平盛世。"

刘协闻言，沉默片刻，才喟然叹息。董承察言观色，心中暗暗猜想，试探着问道："可是圣上有何担忧？"

刘协沉吟良久才道："董卿当日为何推举大将军前来勤王？"

董承见刘协这般问，心中便知道刘协担忧什么了。他劝说道："大将军当日黑山剿匪，大败黄巾军之后，声势逐渐浩大。然进犯徐州，致使声名被累及，兖州几乎全线背叛。这般情形下，仍然只用了不足一年的时间，就几乎收复了整个兖州，且立刻就将颍川、汝南残余黄巾军杀灭。手段雷霆，周边震慑。每次有所成就，就立刻使人上表禀奏圣上，即便之前圣上只奉上一个建德将军，仍无怨言。当日臣见圣上周围群狼环伺，却也担忧赶跑群狼却迎来猛虎。因此并不敢使袁将军进京勤王。所以才有所试探。如今臣见大将军日日早朝，对圣上恭恭敬敬，每有出征，都禀明圣上，朝廷诸事，有大将军坐镇，无不妥当。前日又将那乱臣贼子李傕诛杀，为圣上出了口气，圣上如何还生出担忧之心？"

刘协再沉默片刻才道："正因为朝廷诸事，有大将军坐镇，无不妥当，所以，我担心大将军会是之前董卓，之后李傕。"

董承听到这话，忙惊慌环顾左右，刘协苦笑一声："卿心里若不如此以为，岂会有此惶恐之态？"

董承额头上渗出汗水，低声道："圣上慎言。"

第五十章

尚书令一锤定音　曹孟德斩杀吕陈

就在董承与天子刘协密议的时候，将军府上，众位将军与尚书台的谋臣们都坐在一起。就在刚刚，曹操收到了刘备的求救，正好早朝已散，大家就都聚在将军府中。曹操将刘备手书传给众人看道："吕布反复无常，攻打小沛，刘备不能敌，派人求救，各位以为可否出兵？"

程昱先说道："这次吕布反复，也是事出有因。吕布派人携重金去河内购买战马，半路上却被刘玄德给劫了。"

夏侯惇道："还有这事？"

程昱说道："确实如此，那吕布这些年来连年征战，战马损耗严重。他一向是注重骑兵，如今不得战马，必然恼怒，这一场大战，估计要与刘玄德不死不休了。"

曹操道："虽说是吕布攻打刘备，然刘备镇守小沛，却是为我防备着吕布，打刘备，就是打我许县。我欲亲征吕布，各位以为如何？"

夏侯惇开口道："主公坐镇许县，那张绣与刘表才不敢来犯，不如某带兵出征，协同刘玄德守卫小沛。"

曹仁也道："主公前次出兵袁术，张绣、刘表就来进犯，出兵张绣、刘表，袁绍就蠢蠢欲动。主公实在不宜亲征。"

大家纷纷附和。曹操便看向荀彧，荀彧这才言道："主公刚刚出兵张绣、刘表，虽未能将之击溃，然安众一战，击溃刘表军队，返回撤退之时，虽退而不败。张绣、刘表对主公已经生出忌惮之心，轻易不会再来进犯。吕布骁勇，如今攻打小沛，必然要与袁术联手。若成，则纵横江淮之间，成大祸害。沿路土匪豪强也会依附。应该趁其刚刚反叛，一举擒拿。"

郭嘉言道："吾以为尚书令所言极是，今吕布刚刚反叛，众心未附，正该迅速出兵，以出其不意。"

曹操立刻就采纳了荀彧、郭嘉的意见，当即派夏侯惇与夏侯渊、吕虔、李典领兵五万先行，自率大军在之后陆续出发，程昱、荀攸、郭嘉随行。刚刚出征，就得到军报，夏侯惇大战曹性，左目中箭，随即斩杀曹性。吕布亲率大军前来，攻破小沛。曹操立刻命曹仁率三千士卒攻打小沛，他亲自引领大军攻打吕布。此时吕布已经带兵回到徐州，闻曹操率领大军前来，立刻引兵出战，不防陈珪、陈登父子背叛，占据了徐州，吕布与曹操大军交战落败，一路返回下邳。曹操率领大军，追到下邳。

程昱进言道："吕布如今只有下邳一城，我大军围困，必然要向袁术求救。吕布若是与袁术联合，我大军将腹背受敌。主公可命人守住淮南各路，内防吕布，外挡袁术。"曹操便命令刘备带兵防守。

果然如程昱所言，曹操大军兵临城下，吕布几次出城交战都落败，便闭门不出。不得已派人向袁术求救，并以女儿许配。袁术却言道，要先见到吕布女儿才肯出兵。吕布亲自将女儿绑缚到马背上，欲强行突围，但被曹操大军团团围困，不得已再退回城中。

陈宫进言道："曹操远来，大军粮草补给不足，必然坚持不久。不若将军率领士卒屯兵城外，我率领其余兵士守卫城内，你我二人呈掎角之势。曹操大军若是进犯将军，我就出城援助。如果曹操攻城，将军则来救我。这般不足十天，曹操大军的军粮必消耗殆尽，我们就可以一举出击，落定胜负。"

吕布采纳陈宫计谋，其妻闻言道："昔日曹操待陈宫如同自己的亲生儿子，陈宫犹背叛曹操。现在将军你待陈宫远远不如曹操，却想要将全城、妻子全托付给他，独自一人带着军队离开。如果有变，将军的妻子儿女，怕就要被人掳掠了。"

陈宫再进言道："曹操大军四面围城，将军再不离开，必然受困。"

吕布道："我思来想去，离开城池远处布防，不如坚守城池的好。"

陈宫再道："我听闻曹操军队粮草消耗巨大，正派人前往许县运粮，将军可以引精兵前往截获。"

吕布心有踌躇，又听其妻哭求吕布不要孤身离开，便对陈宫道："曹操诡计多端，此取粮草，必然有诈。"却是吕布与曹操交战数次皆落败，心中已经生了惧意。

陈宫闻言叹息道："吾等死无葬身之地也！"

自此，吕布只坚守城池，闭门不出。曹操引军出征两月有余，大军驻守在外，疲惫不堪，又忧虑许县安全，唯恐袁绍、张绣、刘表蠢蠢欲动，便心生退意。荀攸劝说道："吕布屡次战败，已经毫无锐气，军以将为主，将衰则军无战心。陈宫虽然有谋，也不足以扭转局面。"郭嘉也出谋划策，以水淹下邳。

吕布自对曹操生了惧意，每日里只饮酒与妻妾作乐，军中上下离心。曹操引沂、泗二水灌城，吕布部下侯成、宋宪、魏续反叛，抓陈宫、吕布二人献予曹操。

曹操得到陈宫，想起往事，心头微怒道："我自问待你不薄，当日你为何弃我而去？"

陈宫哼道："将军心术不正，我自然要离开。"

曹操摇头："我心术不正，那吕布呢？他就是明主了？"

陈宫已有死意，便直言道："吕布虽然无谋，但不似将军你诡诈奸险。"

曹操闻言，并不以为然，道："可你平日里自称是足智多谋，但现在呢，又是如何了？"

陈宫大怒，指着吕布道："我只恨这人不听从我的话，才落得如此地步。若是听了我的话，也未见得就被你擒住。"

曹操大笑道："诚然，但今日之事当如何？"

陈宫昂然道："我为臣不忠，为子不孝，只能求死。"

曹操得到陈宫，并没有置陈宫于死地的念头。他一向爱惜人才，且与陈宫之前情意深切，但陈宫毕竟背叛了他，所以才会嘲笑几句。听到陈宫这话，笑声顿收，心中就有了悔意，乃劝说道："你死则死矣，然而你老母又怎么办呢？"

陈宫听曹操如此说，便知道曹操没有杀他之意，然曹操虽然并无杀意，他却已有死心。盖因他也是一名士，也曾声名远扬，前日背叛曹操，已有叛主之名。如今若再反复，重新归于曹操名下，便是无人以前事说话，他也自觉愧疚，无颜苟活，当下凝视曹操道："我听说以孝道治理天下的，不残害他人之亲人，我老母可否活在世上，只看将军是不是明公了。"

曹操越发不舍陈宫，再劝道："那你妻子呢？"

陈宫笑了："我听说以仁政施于天下的，绝对不会断绝了他人的血脉，我的妻子儿女能否活下来，也是在将军了。"

曹操张口，一时竟然不知道如何再打动陈宫。

陈宫坦然道："将军无须再说，我既然已经被擒，还请就戮，以明军法。"言毕，转身往外就走。态度之坚决，让两旁押解之人牵之不住。

曹操见此，再也忍受不住，泪流满面，泣不成声，站起来追了几步，张口想要再说什么，却见陈宫脚步坚决，明明听到自己起身的声音，竟然不回头一看。自来名士注重自己的名声就胜于生命，曹操此刻深悔自己之前的嘲笑，然悔之已晚。

眼见陈宫就要引颈就戮，曹操最后言道："卿可放心离开，以后你的母亲就是我的母亲，你的儿子就是我的儿子。"

陈宫听到，并不开口，坦然就刑。曹操泪目，周围昔日同僚无不落泪。曹操乃命人以棺椁盛其尸，连同陈宫家人一起送回许县。

待回到原处，正看到吕布被绑缚成一团，丢在地上。见到曹操前来，开口道："曹将军，这也绑得太紧了吧，还是给我松开些好。"

曹操正因为陈宫之死而难过，不免迁怒于吕布身上，轻瞄了一眼道："绑缚老虎，不得不紧些。"

这话也是实话。吕布骁勇善战，若是爆发，寻常三五个人都无法近身。

吕布侧头见侯成、魏续、宋宪皆立于侧，怒从心头起，怒道："我素日待诸位不薄，你们如何要反叛我？"

侯成、魏续避开吕布眼神不答，唯有宋宪应道："将军只听妻妾言论，不听我等将帅的计谋，如何称得上不薄？"

吕布一时理亏，沉默片刻，长叹一声对曹操说道："将军所患，不过是我矣。如今我愿意归降将军。从今之后，将军为主帅，统领步兵。我可为副帅，统领骑兵。由此可一统天下。"

曹操闻言，心有所动。曹操最为爱惜人才，尤其是吕布这等猛将。吕布单凭一支方天画戟，一匹赤兔马，所向无敌，且善于用骑兵，若是得到，将如虎添翼。

吕布见曹操沉默，便看向一旁刘备道："公为座上客，我为阶下囚，还请看在我曾善待你的妻儿的份上，为我向将军说句好话。"

曹操不禁也看向刘备。

刘备却是微微一笑道："将军，您是看见吕布如何侍奉丁建阳和董太师的吧。"

丁建阳，本名丁原，字建阳，任并州刺史的时候，对吕布十分亲近，甚至有传闻说丁原曾有收吕布为义子的说法，然而在利益的驱使下，吕布最后却亲手将丁原的头砍下来送给董卓。不过之后董卓这个太师，也是死在了吕布的亲手斩杀下，而董卓，却是实实在在的吕布的义父。

刘备的这句话，立刻将吕布钉在了死亡的绞索架上。

吕布闻言大怒道："当日辕门射戟，我救命于你，今日你恩将仇报，就是这么对待我的吗？"

当日吕布辕门射戟，化解了纪灵和刘备之间的恶战，虽然不足以说明吕布对刘备有救命之恩，但刘备确实是因此免除了与袁术的一场恶战。刘备闻言，面无愧色，并不辩解。刀斧手上来，推着吕布向外走去。吕布知道大势已去，回首怒视着刘备道："大耳儿刘备最不能相信也！"

都说人之将死，其言也善，这句话是吕布临刑之前留下的最后一句话，此时，曹操还有用得着刘备的地方，且刘备还是曹操的手下，替曹操守护小沛一年有余。曹操为人极重信誉，吕布这话只当是没有听到，但刘备却是记在了心上，不由暗暗观察曹操神态。却见曹操之后斩高顺，收服张辽，并无异色，才渐渐放了心。

曹操灭了吕布，刘备新近吃了败仗，手下人马只有几千，徐州终于重新回到了曹操的手中，曹操心情大悦，便想要乘胜一举将徐州所有隐患消除，让徐州整体落入自己掌心。只因为当时徐州还有一霸，乃青徐臧霸。

臧霸，土匪出身，其父曾是监狱守卫，因私杀囚犯而获罪，当时年仅十八岁的臧霸只带领着十几人，就将其父救出，还斩杀了太守。从此孝烈的名声在山东传开，有人纷纷前来投靠，便落地成匪。在黄巾军兴起之后，臧霸带着他的兄弟们投靠了陶谦，立下了战功，便光明正大地屯兵于开阳一带。因为他和他手下的人都是泰山人，手下兵卒也多是泰山本地人，因此号称泰山兵。他先后投靠了陶谦、吕布，且手下将士英勇善战，悍不畏死，因此势力颇为强大。

曹操正想着如何对臧霸用兵，一举消除徐州最后的隐患，荀彧就遣人送来书信一封。信中说，对臧霸，要以收服为主，不宜动兵。并在信中陈述与臧霸动兵的利害关系，言说若是收服了臧霸，徐州才会成铁桶一团。

不仅是荀彧，曹操也深知泰山兵的厉害。当日宛城全城溃散之时，曹操号称百战铁军的青州兵，一度也溃败逃散，唯有于禁带领的泰山兵不但军制完整丝毫不乱，还将趁火打劫百姓的青州军给教训了一顿，就是那次，让曹操认识到还有比他青州军更强大的泰山兵。对臧霸动兵，确实不如收服。尤其是袁绍还虎视眈眈在侧，此时不宜再多树强敌。

曹操立刻就采纳了荀彧的意见。而在同时，臧霸也遣人前来投靠曹操，曹操大喜，当下任命臧霸为琅琊相，将青州、徐州之间的守卫，尽托付于臧霸。

第五十一章

展武力田间围猎　大将军箭拔头筹

曹操收服徐州，更去除了吕布这个心头大患，且又将臧霸收服，整个徐州都已经收归手里。心中踌躇满志，回到许县，更是觉得扬眉吐气，意气风发。手下将领及荀彧等尚书台的官员纷纷向曹操贺喜，荀彧提议田猎，以为庆贺，也奏请天子参加。

却说这刘协自从前日里对曹操生了怀疑，心下就颇有些疑神疑鬼。曹操领兵攻打吕布，他是既盼着曹操大胜，以稳固许县安全，又盼着曹操失败，好打击一下他的锐气。待得到曹操大胜，收服徐州归来的消息之后，表面上与群臣一同兴高采烈，亲自于城楼处迎接曹操归来，心里却是各种想法七上八下。待听到荀彧提议田间围猎的时候，心里首先就往其他处想，下意识道："如今天下未定，便行田猎之事，恐寒民心。"

荀彧哪里知道刘协心中还有其他想法，只以为这是肺腑之言，因此劝说道："古之帝王，有春蒐夏苗，秋狝冬狩的说法，不仅是为了打猎，也是以武力震慑天下。当今四海犹为不平，圣上正可以以田猎来展示武力，让周边宵小不敢再蠢蠢欲动。"

春蒐夏苗，秋狝冬狩，是帝王四季狩猎的说法，说的是春天捕猎不伤怀胎的禽兽，夏季捕猎是为了保护田里的庄稼，秋季狩猎是因为家禽都在这时候长大了，要避免被野兽捕食了去，要减少农人的损伤，而冬猎，万物休息，便可以猎杀动物，增加收成，维持平衡。

刘协从继位以来，还不曾进行过任何一场狩猎，听荀彧以古来帝王之术劝说，便也动了心。他自然是明白历届帝王都有田猎的习俗，不仅仅是为了猎杀几个猎物，更是为以武力昭告四方。想起此番曹操大军刚刚收服徐州返回，也该庆贺一番，就点头应许，发下诏令，选风和日丽之日，进行田猎以庆贺大将军凯旋。并许文臣武将各携带家眷，一同参加。他也携带皇后伏寿、董贵人一同前往。

诏令下达，曹操自然是携带了卞夫人一同出猎，荀彧回到家中，告知了程文倩相随。程文倩本来就是大家闺秀，嫁与荀彧之后，独当一面，颇见过世面，当下应允。荀彧又命长子荀恽跟随，是要他多多见识一番。荀彧二子荀俣听说要有围猎，便也想要参加，荀彧一笑便允许了，只嘱咐荀恽身为大哥，一定要多多照顾好弟弟。

荀恽和荀俣从来到许县之后，就一直在曹操的将军府内，与曹操的几个儿子一起读书学习，已经熟悉得很，知道这次围猎曹丕、曹植几位年岁相当的也一定会参加，兴奋不已，早早收拾妥当，待到田猎这一日，文武百官全都随着天子的旌旗跟随在后，更有各府的家眷随行，一路迤逦，来到城外。

这田猎其实还是有说法的。自古帝王都有专门的围猎所在，通常都在山林的郊区，平日里有军士把守，寻常人不得入内。待到其内野兽鸟禽养得膘肥体壮之时，以军士将其惊动，赶下山来，进入围猎场，供皇亲国戚大臣们围猎。许县附近并没有正规的围猎场，但这时节并不缺少围猎的对象。天子刘协率领百官来到城外之后，早有帐篷搭建出来，各大臣自然是以官位大小，以天子为中心搭建。武将们此时无不摩拳擦掌，跃跃欲试，文官们自然是跟随在天子左右，并不参与。

天子刘协日日在皇宫内烦闷已久，今日得出城外，见到天地辽阔，百兽奔行，心里豪气也油然而生，当下飞身上马，持弓搭箭。左右皆不敢与天子并行，唯有曹操也骑着他的爱马，与天子几乎并头。这却是曹操领兵已久，一贯身先士卒，这打猎也是战场，早已成为习惯了。不想这举动却让刘协心中生出了不满。他乃天子，所有臣属都当站在他身后，曹操此举，是为僭越。只是心里不满，口中并不敢言说，再看周围百官，大家俱视而不见，心下不禁戚然。

却说文武百官们围猎，各家的家眷们自然是要在皇后与董贵人身前侍奉。那卞夫人早早就携了程文倩的手，分左右坐在皇后伏寿的第一下手的位置，其余百官家眷则依次第坐。然而能接近皇后身边的，也不过寥寥数人。董贵人跪坐在伏寿身后服侍，亲自为皇后斟酒，皇后伏寿年岁并不大，平日里很少出门，乍然见到这些朝廷命妇，有些不知所措，想起前些日子得到的雀舌，天子喝过了一次之后，并没有再取，便命令随行的侍从取来，只给近身的几位命妇斟上一杯。

这雀舌虽然贵重，然并非只有皇室才可以饮用，当日曹操从荀彧处得到，自然也赏赐了身边人。荀彧也曾自留了一些品尝——若是金银财宝他物，荀彧便是留下，也会转手赠送需要之人，这几年来他居中持重，从没有因为手中的权力，为自己增加任何财富。反而多次几乎是散尽家财，以为接济四方投奔而来的名士。所以卞夫人与程文倩见到这雀舌清茶，并没有露出诧异神色。

伏寿有心炫耀，向诸位命妇介绍说这新茶的来历珍贵，雀舌名字的由来，观卞夫人与程文倩只是浅尝，并没有其他命妇的珍惜之态，忽然想起之前天子的问话，不由就留了心，便给董贵人递个眼色。董贵人明白，笑着对卞夫人道："我见夫人只浅尝辄止，可是不喜欢这茶的味道？"

卞夫人虽然歌姬出身，却推崇节俭，平日里她的服装无文绣，无饰物无珠玉，即便是在这般重要场合，也只是穿着大方合体，佩戴着简单首饰，听闻董贵人问话，笑着道："妾身于茶道并无研究，常听人讲品茶讲究色香味俱佳，然妾身只以为茶水入口皆是一般的味道，并无差别。"

身后的命妇们有人逢迎道："夫人常陪伴大将军左右，天下便是再珍贵的茶叶也都品尝得到，自然以为茶水入口皆是一般的味道。我等品尝这茶，可是难得一见的名贵，入口唇齿留香，久久不散。"

卞夫人并不习惯与人争执，闻言只淡淡一笑，但那命妇的话却入了伏寿的心。她自小就是富养在父母膝下，又在后宫多年，且年岁不高，见识上自然是不如卞夫人这等曾经历过困苦生活之人，听闻那命妇之言，就已经当了真。

程文倩听了这话，暗暗看了那命妇一眼，认得那命妇是董贵人生母，听闻这话有些不满，却又不得不给董贵人面子，便岔开了话题道："如今大将军南征北战，天子脚下才一片升平，臣妾等才得以有跟随王驾田猎，见识到天子威严的时候。臣妾这里祝大汉天下福泽万里，祝天子万岁，百姓安康。"众位命妇纷纷举杯，伏寿也深深地看了程文倩一眼，才举起了杯子。

就在这时，外边忽然传来了欢呼声音，皇后伏寿忙遣人去问，不多时侍从欢天喜地进来，笑着道："适才有一大鹿冲撞皇上，大将军以箭射之，众人欢呼。"

伏寿闻言，举杯向卞夫人道贺，卞夫人欠身道："护卫天子，乃大将军职责，不敢领皇后之贺。"

这话说得很是体面，也符合卞夫人身份，但终究是驳了皇后的面子，伏寿举着杯子，一时竟然不知道如何是好。董贵人忙找补道："夫人多虑了，这一杯乃是皇后庆贺大将军首猎成功。"众位命妇也纷纷举杯，言说大将军勇武威猛，国之栋梁。卞夫人这才举杯。伏寿虽然笑容满面，但笑容也勉强了许多。

远处忽然传来少儿的笑闹声，却是荀彧之子荀恽与荀俣，正与曹丕、曹植玩闹在一起，盖因荀恽与曹植年龄相近，二人更为近便，难得来到这野外山林，便也忘记了身份，此时滚作了一团。侍从们围着两位小少爷，是拉也不是，劝也不听。

程文倩看着便笑起来，与卞夫人说道："我那孩儿平日里恭顺明礼，且少时失了亲母在旁，一向不苟言笑，这还是头一次见到他如此开怀。"

卞夫人也笑道："令郎年少，自该如此活泼。"又吩咐了人去好好看顾两位小少爷，莫要因为汗湿了衣裳着凉，务必不要饮用凉水。

伏寿看着那两少儿打闹在一起，再看着卞夫人与程夫人很是熟悉的样子，想到她们的丈夫，一位是大将军，一位是尚书令，皆为朝廷要职。那二人一文一武，据说荀尚书原本就追随大将军左右，再想到刘协平日里说话的点点滴滴，便注意到了这二人。卞夫人与程文倩并不知道，都只看着远处打闹的两个小儿发笑。

但说曹操一箭射中大鹿，群臣欢呼，曹操疆场上获胜颇多，然猎场上可不多得。纵马奔向大鹿，马头却超过天子几许，仿佛于天子之前迎接欢呼。刘协见到，只勒住缰绳侧目，曹操却并没有在意，亲自见了那大鹿，开怀不已。众人皆贺曹操说：将军神射，世所罕见。曹操转身冲刘协道："此乃天子洪福也。"方回马向天子贺喜。

刘协勉强应之，吩咐围猎之后，就在郊外设宴，众人轰然领命，四散开去，一时猎场上呼号声顿起，喝彩声不断。刘协再纵马奔驰，几次弯弓搭箭，然而他毕竟不是马上英雄，只略通弓箭，几次都没有射中，便失了兴致，转身离开猎场。站在猎场边缘，只见到猎场内不断传来欢呼声音，一行武将们驰骋田野，无数飞禽走兽惊慌失措，刘协只见到其中曹操在马上英姿，众人环绕欢呼，再看身边只有寥寥护卫，顿时觉得冷清至极，一时对那围猎场上奔跑的曹操，生出嫉恨的心理。

刘协贵为天子，然而从他登上天子宝座之后，虽然在早朝时群臣山呼万岁，然而那敬重的是皇室威严，刘协知道，那是任何一人坐在天子的宝座上都会得到的。而曹操此时的前呼后拥，却是他嫉妒的，因为那是他从没有得到过的，从没有臣子真心实意地拥戴在他周围。他这个天子在朝中的威望，还不如曹操这个臣属。而今日曹操还能尊称他一声皇上，他日呢？一旦曹操将袁绍消灭之后呢？往日董卓的骄躁，在董卓面前他不敢怒不敢言的过去，再次浮现在眼前。

围猎很快就进入了高潮，然而欢呼再多，刘协也只觉与他无关。看着进献在他面前的各种野味，刘协只能强打笑容，吩咐设宴，席间将曹操所猎的大鹿当场就烹饪了，分赏重臣，便是连后宫和家眷所在也送去了一些。后宫家眷处自然是再纷纷向皇后与卞夫人道喜，卞夫人倒也是温婉持重，也向皇后恭喜说，大汉有将军护卫，是大汉之幸。

这一场围猎轰轰烈烈，宴席直到傍晚才得结束，荀彧难得有这一天放松时间，并没有随百官一起回城，而是带着两个儿子和程文倩一起，仍然流连在城外。从荀彧与程文倩成亲之后，他们一起在郊外踏青的时间反而不如过去，尤其是搬迁到许县这里之后，程文倩初为母亲，一刻不舍得离开孩子身边，而无数军国大事等着荀彧做决定。二人携手站在郊外的田野上，看着不远处嬉戏的两个儿子，心绪竟然从没有过放松。

天边，一队大雁飞过，两人都仰头看着高空的大雁，就连嬉戏的孩子们也停下了欢声笑语。两人的视线随着高飞的大雁移动，身后忽然传来了马蹄声，两人回头，见是曹操策马奔来，荀彧不由失笑，迎上前道："主公今日围猎已经操劳，何不早些休息，来这里做甚？"

曹操跳下骏马，将缰绳丢到一边道："围猎不过是游玩，哪里有战场拼杀劳累。我观先生不在，想许县虽然安全，然这里也在城墙之外，唯恐先生身边没有多带了人，特特亲自前来。"

第五十二章

袁本初掌控四州　荀令君谋划从容

曹操所说的特特亲自前来护卫，并非玩笑话。荀彧身为尚书令，周边自然不少护卫。然他却是文官，肩不能扛，手不能提，又有夫人与两个儿子在身侧，如果真有人试图谋逆，还是要手忙脚乱的。荀彧听了曹操的话，拱手笑道："多谢大将军前来护卫。"程文倩知道曹操前来一定是有事与荀彧相商，早带着两个儿子退到了后边。

曹操见到，拍拍脑袋道："可是我打扰了先生与尊夫人的踏青？"

荀彧笑道："已经站了有一会儿了，将军不来，我们也要回去了。"

这般说着，二人并未骑马，只在田间慢慢往回走着。荀彧问道："今日围猎，我观主公性子正浓，如何现在却有闷闷不乐之意？"

曹操轻叹一声道："今日先生并没有亲身参与围猎，不知道那围猎时，因我拔得了头筹，圣上的神色很是不好。想我征战沙场，总是身先士卒，遇到过危机不计其数，从不曾后退一步。如今凯旋，却因为这围猎的一箭让圣上震怒，有了猜疑，心下也觉得不妥。"

曹操在围猎场的那一箭，是有意的。曹操知道，了解曹操的荀彧也知道。当时，天子刘协三箭未能命中，曹操身为大将军出手，可以说是为天子解围，但在他人眼里，未免有骄傲自得之意。但在天子面前炫耀武力，曹操身为大将军，根本就没有那个必要。曹操的有意，只不过是免了天子三箭不中的尴尬，也给了天子一个封赏大将军，提升君臣之间友谊的机会。只是这个机会刘协并没有看到，更没有抓到。他的眼里，只有曹操这个大将军赢得的所有人的欢呼。

荀彧笑着道："将军能征善战，有目共睹，且为兴复汉室，鞠躬尽瘁。这围猎本来就是为了庆贺主公的凯旋，主公拔得头筹，正说明主公勇猛过人。至于天子，会想明白的。"

臣不言天子过错，荀彧心下虽然能想到刘协的想法，却不以为然，只是因为天下大事甚多，当日得天子，就有挟天子以令诸侯之意，如今目的达到，天子的这些想法便不重要了。曹操却因了这事，对刘协生出了些警惕。又因为只是一箭的缘故，自己竟然与荀彧抱起屈来，也觉得好笑，遂岔开话题，只说些当日行军交战吕布之时的事情，不免说到陈宫之死，尤为感叹。又说到吕布之亡："吕布一世英雄，竟落得如此下场。"

荀彧知道曹操盖因交战多日，心有感触，只是身为主帅，又是大将军，这话不能与旁人说明。曹操能与自己说起这些，正因为彼此交心。荀彧只是默默地听着，他知道曹操只是需要有个人听，有个人能理解他。身后，远远地传来荀恽与荀俣的笑闹声，曹操和荀彧回头看去，见两个少年还在不知疲倦地追逐着，脸上也露出笑意，道："难得见到恽儿这孩子率性的时候，这性格，颇有我少年之风。"

曹操的少年时代，可比现在的荀恽胡闹得多了，荀彧笑道："小儿岂有大将军少年风范？"

两人对视，哈哈大笑。

却说刘协回到了皇宫之后，脸上立刻就失去了笑容，只觉得这一天他丢尽了人。先是三箭都不曾射中那头大鹿，接着被曹操夺去了风头，然后群臣还对着曹操欢呼，那场面简直比早朝还要热烈。

皇后伏寿梳洗过后，亲自前来服侍刘协，见刘协面色阴沉，只是坐着，一言不发，轻轻走到刘协身后，双手轻轻地按压在刘协的额头上。刘协抓过伏寿的手道："这一天皇后也累了，休息吧。"

伏寿轻轻抽回手，继续按压在刘协的额头上："臣妾不过是在外边与命妇们坐了坐，哪里就累到了，倒是皇上围猎辛苦了。"

刘协没有言语，吩咐声周围传热水，直接站起来。伏寿在原地站了一会儿，吩咐将今日伺候在皇上身边的内侍喊进来，问了今日围猎的过程，听内侍从头说起，伏寿脸上的笑容也消失了。半晌，刘协穿着亵衣亵裤，头发湿漉漉地出来，伏寿亲自拿了手巾，慢慢地给刘协擦着头发。周围的宫人们都退了下去，偌大的宫室内只有皇上刘协和皇后伏寿。

伏寿慢慢地擦着刘协头发上的水，缓缓地说道："皇上委屈了。"

刘协的眼圈瞬间红了，他掩饰地抬起手，按按额头。

伏寿轻声说道："皇上是天子，是高坐天子宝座的，并非舞刀弄棒的将军，围猎射不中猎物，理所应当。只是那大将军射中了猎物，却来皇上面前耀武扬威，非臣子所为。"

刘协本来就是这么想的，伏寿所言，立刻就说中了他的心思，他哼了声道："皇后没有看到当时群臣的欢呼场面，仿佛大将军那一箭，射杀的不是一头鹿，而是一个，一个敌首。"

伏寿换了一条干爽的棉布，继续为刘协擦拭着头发："今日臣妾宴请命妇，想起上一次的那罐雀舌，便冲泡了一壶。那雀舌如此名贵，却果然不落大将军夫人眼里。"

刘协正微微闭目，闻言张开眼睛道："必然是将军府里不稀奇的东西。"

伏寿道："是不是如此臣妾也不清楚，但大将军的夫人并不稀奇是真的。"

刘协的眼睛又闭上，他知道因为一罐茶叶迁怒，是大不应该，然而今日围猎场上曹操打马射箭命中大鹿之后的欢呼，却不断萦绕在耳旁。也许是自己多心了，大将军疆场杀敌习惯了，但那个画面却一直萦绕于心，久久挥之不去。

这场围猎后不久，传来消息，袁绍攻破幽州易京，公孙瓒杀掉妻儿，举火自焚，幽州彻底归袁绍所有。消息传到许县，天子刘协大惊，他一直知道的就是只要公孙瓒拖着袁绍，袁绍就无暇前来许县，如今袁绍将公孙瓒杀灭，下一步岂不是要前来与曹操交战了？他急忙要召集群臣商议，却听说将军府已经先一步召集了尚书台和各位将军。刘协闻说，是既放心，又恼怒。放心的是有曹操在，这等大事早晚都会有个解决的方法，曹操早晚都会要亲自领兵对付袁绍的；恼怒的是，这般大的事情，曹操却直接就召集了群臣商议，分明是没有将他这个皇上放在眼里。

将军府内，曹操居中，左侧是他手下的武将，右侧是以荀彧为首的文官，他们都是刚刚收到了袁绍胜利的消息，但具体是如何攻下公孙瓒所在的易京，并不清楚。

大家纷纷打听，谁都想要知道建造了那般堡垒的所在，又囤积了大量粮草的公孙瓒，是如何被攻陷的。

程昱先问道："当日据说袁本初进攻公孙瓒，久攻不下，曾经写信希望与公孙瓒联手，放下过去恩怨。公孙瓒自以为城池牢固，攻不可破，并未理睬。按说公孙瓒建立的那等高城，不说千秋万载，守上十几年还是不成问题的。这才区区八年，如何就落败的？"

夏侯惇言道："我听说公孙瓒很不得人心，他的部下为了他辛苦作战，久熬不过，请求救兵，他竟然以如果救了一人，之后其他将领作战，便只会想到求救，未必肯尽心尽力为由拒绝。"

众人闻说，皆露出诧异神色，只因为这番言论，闻所未闻。自来战场之上，各路兵马就是互为依托，一方有难，必然多方支援。而头一次听说还有放弃支援，是因为担心部下不肯尽心尽力的说法。

荀攸道："公孙瓒本就不得人心，如此做法，不久就会众叛亲离。不过他那城墙已成堡垒，袁将军那边是如何破得了的？"

夏侯惇说道："据说，袁将军亲自带领大军，下挖地道，上架云梯，一直到高台底部，以火焚之。"

众人皆感叹。正在这时，最新的战报又送到将军府，曹操接到手里，一目十行看过，将战报送到右手荀彧处，荀彧看过，微微点头。这战报详细说明了公孙瓒战败的经过。

当日，袁绍亲率大军，所向披靡，一路推进到易京，公孙瓒手下将领溃逃四散。公孙瓒之子公孙续与黑山军首领张燕带兵十万，分三路向易京进发。公孙瓒与其子约定，以点火为信号，内外夹击袁绍军队。这信却落入袁绍手里，袁绍将计就计，点火引公孙瓒落入圈套，公孙瓒大败，退回到易京，身边再无能战之人。随信而来的还有公孙瓒及其部下田楷、关靖等的首级，先已经一并送到许都前来邀功。但与其说是邀功，不如说是示威。如今袁绍已经稳稳地占据青、幽、并、冀四州，且耀武扬威，下一个目标，就是许县的天子，曹操的大军。

众人传看了一遍战报，皆脸色黑沉。这些年来曹操连年征战，刚刚打败了吕布，得到了徐州，还没有喘口气，袁绍那边也传来捷报，且这捷报对许县来说，直接就是压倒性的打击。

曹操看向众人问道："袁本初灭公孙瓒，下一个就是我许县。今召各位前来，就是让大家心里有个底，过不了多久，我们就会再次开战了。"

提到开战，武将们跃跃欲试，文官们却都皱起眉头。郭嘉首先说道："如今我们这边还不足以与袁将军开战。将军征战才归来，将士们都还没有得到休整。张绣、刘表、袁术都还没有消灭，且这几年征战，豫、兖、徐三州，只有颍川还有存粮，军备不足。而看袁将军那边，虽然与公孙瓒交战八年，然而只在最初几年大兵频繁出动，这几年来，士卒都得到了很好的休养，最近的这场战斗中，也不过派出了万余精兵。"

大家闻言都微微点头。

曹操看向荀彧问道："先生以为呢？"

荀彧道："打，肯定是要打的。从天子定都许县以来，袁将军那边就逐渐减少岁奉，对天子的姿态也逐渐不恭起来。天子奉袁将军为大将军后，袁将军也只是上表谢恩，并不曾亲来，如此，可以早早就看出袁将军有不臣之心。今袁将军消灭了唯一牵扯他后方的公孙瓒之后，便是完全解除了后顾之忧，想必现在就已经在图谋如何征伐我许县了。"

众人闻言，都面露焦急之色，夏侯惇急道："我们不也应该马上布置起来吗？"

荀彧颔首道："诚然如此，但我以为，袁本初真要打过来，还要有些时日，这些时日，能给我们尽快部署，定下战略的宝贵时间。袁将军虽然占有青、幽、并、冀四州，但青州我们有臧霸替我们守卫右翼，只要派军队先守住黄河南岸，同时监视袁绍军队，一旦袁绍军队出现异动，我们再出大军足矣。眼下最重要的不是袁本初，而是袁术和我们的后方河内，还有张绣、刘表。"

曹操点头道："然袁术虽然溃败，但百足之虫，死而不僵，且我听闻袁术欲投奔袁本初。他们二人毕竟为兄弟，一旦联手，又是一个劲敌。"

荀彧沉吟道："袁术称帝之后，骄奢淫逸，横征暴敛，部众多有离心。前次吕布受困多方向其求救，他却视而不见。可以先使人离间袁术手下，再命人断青州之路，袁术走投无路之下，只能重新退往寿春。那时袁术士卒将成疲惫之师，无有战力，尽可以摧之。"

曹操大赞。

荀彧再道："后方河内，就得主公派出军队，快刀斩乱麻。至于张绣、刘表，此刻不宜动兵，倘若可以，劝降收服为上。"

众人闻言，皆看向曹操。

曹操与张绣一战，不但折损了大将典韦，还失去了自己的侄儿与长子，这可是杀子之仇。却要仅凭尚书令一句话，就要将这杀子之仇抹去。众人不由都为荀彧捏了一把冷汗。

曹操闻言沉思片刻，竟然点头道："如今外敌当前，时刻要舍弃个人恩怨，一切以大局为重。"

第五十三章

惜英雄曹操重义　朝堂上挥斥方遒

　　田猎之后，天子刘协在忧虑曹操日渐壮大，名声显赫，唯恐不日又是一个董卓。曹操、荀彧与手下在商讨如何应对袁绍。刘备这边，也和关羽坐在一起，案几上是几壶小酒，几盘小菜，关羽冷着脸，将杯中酒一饮而尽，道："主公前日为何拦我？"

　　当日田间围猎，刘备携关羽、张飞跟随天子其后，亲眼见到曹操纵马，马头超越天子几许，且一箭射中大鹿之后面对群臣欢呼的骄傲之色。当时关羽就变了神色，持了手中的兵器，拍马就要上前，却被刘备拦下。此刻关羽旧事再提，刘备叹息道："云长急躁了。且不说投鼠忌器，当日大将军与天子只有一马距离，大将军周围心腹环绕，若逞一时之怒，轻率行事，倘若事不成，有伤天子，如何是好？"

　　关羽哼道："我恐日后，大将军位居天子之上。"

　　刘备闻言，吓了一跳，急切道："且不可妄言。"

　　然这二人对视，心中所想的却都是一致。

关羽再道:"主公不可在此多留,要早早有离开之计。"

刘备点头道:"现今袁绍杀灭公孙瓒,名声大振,我有心投奔,正苦于没有离开的理由。我想大将军也不会久留我,因为除了北方的袁绍,关中诸将尚在观望,南边刘表、张绣不肯降服,东北还有孙策所在,四方皆有危机,大将军一定会派我出征一方,且等等看是何方。"

这话才说,不日就传来曹操派遣史涣、曹仁出兵关中的消息,刘备知道曹操这是要准备迎接袁绍的进攻,先安抚周边了。

这一日程昱和郭嘉同时求见荀彧,荀彧请二人上座,待上了茶后,程昱首先开口道:"前日田猎之时,我听传言说刘备治下的关羽,当日看大将军神色颇为不善。这几日我思来想去,觉得刘备善得人心,怕不是长居于人下之人。"

郭嘉也道:"刘备有雄才伟略,手下关羽、张飞皆为万人之敌,肯为之拼死效力。程先生所言甚是,刘备所图谋的,怕是我们无法预测到的。我欲劝大将军斩杀了此人,先生以为如何?"

荀彧摇头道:"虽然如此,然刘备自称刘皇叔,弘毅宽厚,知人待士,声名远扬,我曾与主公提起此人,主公深念其当年追随之义。今刘备投靠主公,身为左将军,若是毫无理由就打杀了,也恐寒了一众将士的心。此话,暂且不要再提。"

曹操与刘备相识已久,当日曹操落魄的时候,身边只有刘备一路追随,陪着他回到老家募兵,曹操每一次提及此事,都念刘备的好处。所以刘备从陶谦手里得了徐州,曹操虽然生气,却忍住了没有发兵。而在吕布赶走了刘备之后,还封他为豫州牧,现今更是以左将军拜之,身份只在曹操之下。曹操是重情义之人,也是重信义之人,所以群雄才前来投奔。而眼下与袁绍开兵在即,实在是不宜对刘备下手。故荀彧劝阻了程昱、郭嘉。

却说此时,曹操正在宴请刘备,两人把酒言欢,说起往事,曹操回忆当初与刘备携手诸事，颇为感叹。刘备却是小心提防着曹操，不肯多说。话题一步步说到当今英雄，说起袁绍，刘备终于忍不住评论道："袁将军出身名门，励精图治，与将军分列南北，是唯一能与将军并列的英豪。"

曹操闻言却讥笑了声道："袁绍庶子上位，自抬身价，我却以为，天下英雄，唯君与我，袁绍这般，不足为数。"

刘备闻言大吃一惊，手中的筷子都不由落在了桌上。恰逢此时天降落雷，风云密布，见曹操侧目而来，刘备忙拾起了筷子，转移话题道："圣人云：若有惊雷与烈风，天必有变，果然是也。这惊雷一震，威力果然强大。"

曹操乜斜着刘备道："卿千军万马里也闯过，还惧怕惊雷？"

刘备哈哈一笑："忽然而来，没有提防。"

曹操也是一笑，只看外边风云突变，仿佛许县周围局势一般，瞩目良久，眉头不由紧锁。

不久之后传来消息，史涣、曹仁击破张扬旧部眭固，取得河内郡，曹操闻言大喜。然尚书台的气氛却日益紧张起来，每日早朝之后，荀彧就与尚书台众人商讨局势，部署兵马，一道道指令从尚书台直接落在将军府上，曹操无不听命，直接颁布。

不日，早朝上，刘协听到于禁大将军已经屯兵黄河南岸的消息之后，内心顿时愤怒起来。曹操用兵，不分大小，一向都是向他这里请了旨来，可这一次于禁出兵，却是兵马都已经就位，他才听说了来。不独这些，再听到在兖州的臧霸等人也已经开始讨伐青州，周边已再生出了战事，心下更是说不出的滋味。那早朝上还有人在说着战报，说的是有名为昌豨的也在东海郡反了，此人曾经跟随臧霸，然臧霸并没有派兵征讨。

早朝上顿时围绕着能否出兵袁绍和抗击袁绍的问题，辩论起来。孔融首先站出来道："袁绍占据青、幽、并、冀四州，谋臣有田丰、许攸，文臣有审配、逢纪，武将有颜良、文丑，实力雄厚，兵士勇猛，现今出兵，怕是很难战胜。"

群臣闻言，无不点头称是，刘协听到心有戚戚，忙看向武将这边，却见曹操并不以为然，双目微闭，并不言语，他身后几员大将面露愤愤之色，但都看着曹操神色，并未出头。

却等群臣议论声音暂停之时，尚书令荀彧才徐徐开口道："文举此言差矣。袁绍兵士虽然众多，但是法令不严，虽有谋臣，但田丰刚愎自用且好以下犯上，许攸贪婪而不自知，审配喜好权势却有权无谋，逢纪果决，然而自以为是，以审配和逢纪料理后方，许攸一旦有了违纪，必不会放过。二人龃龉已成，许攸必然叛变。至于颜良、文丑，不过匹夫之勇，哪里有我大将军手下骁勇善战？只要交战，必定斩杀。"

此言一出，曹操忍不住微笑。荀彧向来不会长他人志气，灭自己威风的。这些话简直就说到了曹操的心里。曹操一贯以为他礼贤下士，恨不得全天下英雄都能投奔他而来。而他也是以一颗真心对待所有投奔而来的将领，从来不肯将将士们手下的队伍合并到自己手里。

当日于禁来投，手下泰山兵骁勇善战，曹操一卒不取，尽皆归于禁所有，甚至于禁曾经因为曹操手下的青州兵不守军纪而出手惩戒，曹操都没有怨言。乐进当日募兵，手下得千余人，与曹操会合之后，当即任命为军假司马，陷阵都尉，自此统率带兵。杀吕布之日得张辽，曹操不以为降将而另眼相看，当即拜中郎将，赐爵关内侯。任俊、李典、许褚等，全都是携带私兵投奔而来，曹操全都能够以心腹用之。如今荀彧虽然没有直言夸赞曹操用兵，但直言袁绍短处，更衬托曹操的伟岸。

曹操手下将军听闻荀彧一席话，也都互相对视，面露得意之色，却是这些大将常年征战疆场，个个勇往直前，哪里是将别人放在眼里的。

刘协听闻孔融言论的时候，还面露忧色，待听到荀彧这一席话之后，也觉得很有道理。再看到曹操面有得意之色，荀彧话音落下，群臣竟然无有敢反驳之意，当下兴奋的心微微一凉。又一次醒悟，这朝堂之上，已经是曹大将军的一言堂了。

他转头看向孔融，希望这边的臣子们能有人反驳荀彧的话，然而孔融微微低了头，并不再发一言，其余群臣沉默片刻，竟然都微微点头。低声的议论声再起，然仔细听竟然是赞同荀彧话中的意思。就听到荀彧再言道："如今臧霸已经率领琅琊精兵入主青州，占领了齐、北海、东安等地，牵制住袁绍军队，护住我许都的东部。于禁已经率步骑二千屯守黄河南岸，协助东郡太守刘延，阻止了袁军渡河南下。兵力集中，扼守要隘，袁绍兵马已暂且不敢渡河。"

群臣再次议论纷纷，纷纷言道，有大将军坐镇许县，天子盛威，袁绍若是带兵渡过黄河，当为反叛，必然会被大将军诛杀。朝堂之上，竟然无人向天子请命。曹操这才开口，直言袁绍若反叛，他定然要亲率大军，诛杀叛逆之贼。正在这时，有战报送来，却是袁术正集结军队，准备往青州投奔袁绍。曹操看完战报，不及向天子请示，直接对刘备道："左将军可愿为我讨伐袁术，斩断袁术北上之心？"

刘备当即拱手道："愿为大汉尽绵薄之力。"

早朝散下之后，刘协拂袖回到后宫，面色铁青。朝堂之上曹操言语历历在目，尤其那句"左将军可愿为我讨伐袁术"不断在耳中回响。明明是为了汉室江山出兵，曹操竟公然在朝堂之上说出为他的话，如此大逆不道，群臣竟然没有反驳斥责的。他独坐在后宫，思来想去，不禁悲从中来。想朝堂之上侃侃而谈的众人，无不是曹操心腹，他堂堂大汉天子，如今竟然再一次身为傀儡，成了朝堂上的摆设。

正在这时，议郎赵彦求见。赵彦曾是刘协身边护卫，自从入主许县之后，晋升为议郎，常私下前来求见刘协。他深知刘协如今受人钳制的境遇，每与刘协相见，都替刘协分析局势，出谋划策。今进门拜见刘协后道："今朝堂之上，大将军已知袁绍不臣之心，提早布局谋划，局面稳定，然臣观圣上并不安心。”

刘协道：“那琅琊臧霸，据闻是贼匪出身，曾经杀太守占山为王。如此之人，大将军却将琅琊托付，我心里忧患，却又恐在朝堂上说于大将军，有损大将军威名。”

赵彦回道：“那臧霸虽然是匪首出身，然为人极重义气，且审时度势，之前与吕布不相刀剑，只是为一时稳定。如今既然已经投靠大将军，且大将军委以重任，必然会为大将军肝脑涂地。圣上且宽心。”

刘协冷笑一声道：“卿也是知道那臧霸是为大将军肝脑涂地。”

赵彦抬头看刘协面色已变，立刻就明白圣上心有顾虑，低声道：“圣上今不闻朝堂之上众臣的态度吗？”

说起朝堂之上，刘协脸色再变，他重重地哼了一声，良久才道：“长此以往，天下怕不是将不知道汉室仍在，只有大将军了。”

赵彦不敢就答，好久才道：“圣上若是想要励精图治，当要晓通天下之事。”

刘协闻言，殷切道：“卿可愿意与我讲述？”

赵彦叩拜道：“愿为圣上尽心尽力。”

自此赵彦更常常出入宫阙，为刘协讲述局势，自己的见解，刘协听闻，深以为然，早朝之时，偶尔也会发表些见解，群臣自然奉迎，刘协深以为自己主张正确，更想要直接参与军队部署。有一日直接颁布诏书，要调曹操手下将军，抗拒张绣、刘表。诏书落到曹操手中，当时曹操正与荀彧在尚书台商议，见到这诏书诧异道：“天子未曾与我等商议，竟然就直接颁布诏书调兵？”

荀彧笑道：“天子忧心国事也是应当，这些时日来一直在召赵彦讲学。”说着将诏书放于一侧，微微摇头道，“赵彦不过是护卫出身，见识不广，天子只是受其蛊惑耳。大将军不必忧心，与天子说明如今不宜与张绣动武的原因就可。”

曹操诧异道："赵彦？他竟敢蛊惑天子，妄议朝政，随意调配朝廷将士。如果姑息，他日我手下将士岂不是要随意被调配，我还如何领兵征战？"

言毕，命人以犯上作乱之罪名将赵彦斩杀，与赵彦时常相聚之人，一并抓捕。这道圣旨就直接压在了将军府，并未颁布。

第五十四章

衣带诏董承受命　夷三族怒震朝纲

刘协颁布了圣旨，在皇宫之内暗自喜悦，站在舆图之前看着大汉十三州万里江山，想象着有朝一日他亲自率兵收服黄河南北，统一天下，重现汉武帝辉煌盛世时代。心下越想越兴奋，命人请赵彦前来。不多时就见侍从慌慌张张而来，说大将军使人抓了赵彦，已经以魅惑君上的罪名斩杀。刘协闻言，神色大变，跌坐在地。这一日他独自坐在宫殿之上，久久地望着墙壁上的舆图，一直到天黑。

夜色渐渐降临，宫人点上了灯火，墙壁上落着个影子，越发显得刘协形影孤单。皇后伏寿在后宫听闻了皇上的难过，心下悲哀，待来到宫室，见刘协一人独坐，不过一天时间，面目就仿佛憔悴了许多，看到皇后前来，忽然眼泪就落了下来。

伏寿急忙上前，刘协抱住伏寿的肩膀，悲从中来，哽咽不能言语。伏寿忙命人绞了热手巾来，亲自为皇上净面，好言宽慰，又屏退左右，低声问道："臣妾在后宫听闻，素日往来宫室的赵彦被大将军斩杀，亲友多受拖累，可是为何？"

刘协本已经止住了泪水，闻言，泪水再盈于眼眶道："皇后，朕心伤，不能自已。朕从继位以来，奸雄并起。初被董卓挟持，后有李傕、郭汜叛乱。这些年来，寻常帝王未受的苦，朕与你全都受了。以为得到了曹操之后，就是得到了社稷之臣，可哪里想到曹操专国弄权，作威作福，竟然容不得朕对国事担忧，容不得朕参与国事。这几日朕不过是与赵卿一同探讨局势，那曹操竟然就斩杀了赵卿示威于我。如今我每想到曹操，都背若芒刺，唯恐他哪一日对我刀戟相见，我夫妻二人当怕是不知死所也。"

伏寿闻言，大惊失色道："满朝文武公卿百官，俱食汉家俸禄，竟然无一人能救国乎？"

刘协心下大哀道："有赵卿在前，谁敢冒大将军之大不韪？"

皇上与皇后对视，均悲从中来，皇后左右察看，并未见旁人，才压低了声音对皇上道："董承将军手中有兵，不知道可否能与那逆臣贼子抗衡？"

刘协闻言，定定心神道："恐怕你我身边耳目众多，话还未传到董将军耳中，就被大将军得知。"

两人面面相觑，伏寿思虑一会儿道："圣上可手写书信一封，尽数曹贼恶行，臣妾将书信缝于衣带内，董将军见到书信，当能明白皇上如今为难，当会有所谋划。"

刘协点头，当即咬破食指，以血写书信一封，皇后伏寿亲自将之细密地缝在衣带之内。第二日，刘协穿了锦袍，将衣带系于身上，召董承觐见，谈到往事，感叹董承曾经救驾之功，无以为赐，便将身上锦袍脱下，赠予董承，嘱咐其莫要辜负了这锦袍。董承双手托着锦袍，诚惶诚恐，回到舍下，只觉得此事颇为奇怪。奈何天子赏赐，金银珠宝尽可，也可有高官厚禄，唯有这锦袍，前所未闻。当下屏退旁人，只将锦袍细细查看，却看到衣带似乎有针线重新缝补迹象，遂小心拆开，便见到其内竟然是血书一封，乃皇上亲笔，信中历数曹操把持朝政，残杀无辜罪行，令董承设法诛之。

董承大惊。

当日董承召曹操进入洛阳勤王，哪里想到会有今日一幕。从天子入主许县以来，他眼见着曹操在朝堂之上越来越强势，如今能让天子密诏血书，想必是天子忍无可忍了。董承乃董贵人之父，忠心维护天子，也以为曹操权势过大，功高盖主。当下藏过血书，暗暗思忖，只觉得曹操身边守卫森严，难以下手。思来想去，想到了刘备。第二日见到刘备，便以言语试探，见刘备露出同情神色，便透露自己有皇上亲笔所写的诏书，欲让刘备兴兵出其不意，斩杀曹操。

刘备正有些踌躇，恰逢曹操军令下达，命他带兵出征截杀袁术，刘备立刻领命起程。董承又拉拢长水校尉种辑，将军吴子兰、王子服等一起密谋，却不知道他的一举一动，全落在了荀彧的眼里。

当年荀彧一步步谋划，结交当今天子身边近臣，为曹操能带兵进入洛阳一步步铺路，且将天子从洛阳接到许县自己身边，可以说是步步为营。他并没有因为天子就在身边而放松了警惕，而是更加小心谨慎。奉天子而来，是为了让曹操更可以放开手脚施展，一统天下，也是为了匡扶汉室，重振汉室威严。荀彧自认他对汉室的心是忠诚的，他要尽快统一天下，还汉室一个清平山河。诚然，荀彧也是对汉室忠心的，他殚精竭虑，筹谋布局，掌握大权并非为了一己私利，全是为了家国。就因为如此，他也不会容忍当今天子对政事指手画脚。

在荀彧看来，汉室江山，文有他荀彧鞠躬尽瘁，武有曹操驰骋疆场，当今天子所要做的就是放手让他们施展，让他们能无后顾之忧，为汉室江山一战。但刘协前些时日竟然私自下诏调兵，触了荀彧和曹操的逆鳞。曹操的兵，只有曹操和荀彧才能调动，哪怕贵为天子，也不能私自用兵。

所以，曹操斩杀为刘协出谋划策的赵彦，荀彧并没有阻拦，他也希望此事之后，皇上能有所收敛，不要将手伸向战场用兵上。因为不论是荀彧还是曹操，都容忍不了战场中并不合时宜的指手画脚。

也因为如此，荀彧便对皇上身边出入的人多注意了些。皇上召见董承，荀彧就留了心，之后见董承开始频繁接触带兵的将军们，这几日见偏将军王子服与董承频繁相见，之后又与长水校尉种辑、议郎吴硕多加接触，荀彧几乎能断定他们正有所图谋。此时，袁绍大军业已在黄河对岸集结，身后的张绣、刘表还没有稳定，荀彧实在不想许县内部再生纷乱，忽然一日派兵搜查董承家中，正得到刘协血书密诏。诏书放在曹操面前，曹操大怒。

他为汉家在疆场上厮杀，却被天子如此怀疑，竟然以血书于衣带之内，想要诛杀他，当下，曹操令人将董承、种辑、吴子兰、王子服连同家人尽皆抓获，打入天牢，又使人将董贵人也从宫中拖出。自己怒气冲冲进了宫来，面见皇上。

进得宫来，正逢士兵们拖着董贵人往外行走，那董贵人披头散发，赤着双脚，向皇上哀呼着，刘协大怒，想要拦下董贵人，但是士兵们只听从大将军之令，并不理会刘协的阻拦。

那董贵人大叫着："皇上救命，臣妾腹中可是有了皇上的骨肉啊！"

刘协听闻，心如刀绞，正看到曹操前来，登时顾不得皇家脸面，叫道："大将军，你连我的贵人都不放过？我的骨血都不放过？"

曹操大步上前，也是怒道："臣一心待圣上，为匡扶汉室，还汉室清平江山，出生入死，无所畏惧，圣上如何却要以衣带诏置我于死地？"

自来曹操见刘协，一贯言辞恭敬，头一次有这怒吼时候。刘协眼见着自己的贵人被士兵们毫不怜惜地拖走，而听着曹操揭露他的衣带诏之事，只觉得曹操此来分明是来要他的命的，分明是大势已去。董贵人哭号的声音已经远去，身边侍奉的宫人们无不瑟瑟发抖，刘协哪里还忍得下心中的这一口恶气。想他身为天子，身份贵重，此刻却连妻子儿女都保不住，他连自己怕是也保不住了。

刘协的手在发抖，不是惧怕，而是愤怒，他怒他身为天子，却被臣属如此欺凌，他瞪着曹操，目眦欲裂，叫道："君若能相辅，则厚；不尔，幸垂恩相舍！"话音落下，君臣俱静。

四目相对，刘协第一次有了在臣属面前才有的尊严，他昂然站立，怒视着曹操，以为曹操下一刻就要唤来门外的士兵，将他乱刀砍死。这一句话说完，也几乎将刘协身为天子的骄傲用尽了，他勉力站稳了身体，不肯在曹操面前露出一点点惧色。

曹操心下震动了，他不由得扪心自问，他难道不是真心忠诚辅佐天子的吗？难道他不是真心的吗？两人对视，好半天，曹操无言下拜，叩首之后转身而出。离开皇宫内院之时，忽一阵风吹过，只见皇宫外虎贲执刃守卫，刀光森严，顿时出了一身冷汗。他一言不发，疾步离开。然而刘协的话还在耳边回响，那一声声几乎声嘶力竭，让曹操心慌意乱，他难道不是真心辅佐圣上的吗？难道不是吗？

曹操没有回到将军府，而是转到了荀彧的尚书令处，此刻曹操已经恢复了镇静，到荀彧处屏退了左右，与荀彧叹息道："先生，我今扪心自问，并无对不起汉室之处，圣上何故要置我于死地？今日竟然与我说'君若能相辅，则厚；不尔，幸垂恩相舍'。"

荀彧闻言，沉默片刻。此二人第一次心中都生出了悲戚的感觉，为自己，也是为了当今圣上，汉室江山。荀彧了解曹操，曹操其人光明磊落，一心只想要平定乱世，从不曾有谋逆之心。然而这句话之后，一切都有可能变化了，任何一个耿耿忠心的臣子被如此质疑之后，都会忍不住反思，而反思之后若是并无愧疚，那便是君臣离心了。

"先生不知道，今日我从皇宫离开的时候，见那皇宫外的刀枪林立，虽然士卒都是我带来的，我竟然也忍不住一身冷汗。文若，我忍不住想，我这么做值得不值得？"曹操的声音里满是悲愤。

荀彧心下大震。战场上曹操一向身先士卒，刀枪剑雨中从未有过惧意，今却被虎贲执刀守卫的刀枪林立惊出冷汗。那绝对不是因为虎贲执刀守卫的刀枪林立，而是因为当今天子的杀机。

"主公，"荀彧站起来，向曹操深深一稽，"主公一心为了汉室天下，光明磊落，天下尽知。圣上被小人蒙蔽，才会误会主公。今袁氏还在河北虎视眈眈，主公万万不可生有颓废之心。"

曹操看着荀彧半响，站起来伸手扶起荀彧重新坐下，缓缓道："先生深知我心。今日我进宫之时，正逢董贵人被拖出去，大声号哭着说腹中已经有了皇上的骨肉。先生没有看到圣上当时看着我的眼神，那种眼神，那种动了杀心的眼神……我在战场上见过多次了。"

曹操闭了下眼睛："我从来没有想过，会在圣上的眼里，看到要杀我的心思。先生，你不知道，我头一次感激我这些年来的征战在外，让我大权在握。"

曹操猛然睁开了眼睛，眼神里闪出怒意，他的手紧紧地握住，重重地捶了下案几："那董承连天子都护卫不住，父凭女贵，圣上凭什么能相信他？凭什么以为他才是护驾之臣？我今日本来想要放过董贵人，但是我听到了她腹中有了胎儿，反而下了决心。如今正是对战袁绍的关键时刻，周边外贼无不虎视眈眈，圣上却在这时候有了枉杀忠臣之心。圣上这是置汉室江山于不顾，是将我等忠心臣子的心直接挖出来践踏。"

曹操气愤异常，心绪不平，手按在案几上，几乎要将案几抓裂。

荀彧冷静地道："董承领伪诏，意图残杀忠臣，当夷三族，其余从属皆从之。此当杀鸡儆猴，也要让圣上看到，一味阿谀奉承之辈，并非忠臣。至于圣上身边，我会尽快安排替换人手。主公身负大事，日后也可少进宫觐见圣上了。"荀彧这话就是在提醒曹操了，他会将皇上身边的侍从都换成自己人，然而那些人毕竟都是侍奉皇上的，天长日久，容易被皇上笼络了人心。为了以防不测，从今以后，曹操还是尽量不要去觐见皇上的好。

曹操以大将军之身，没有在战场上伤了分毫，若是在皇宫里出现了差池，那便是给了天下所有人一个可以前来勤王的借口。荀彧绝对不会容忍这等事情发生，也因此恼怒了当今圣上。果然当天，皇宫内外所有守卫全都调换，皇宫内轻易不得进出。刘协连想要打听下董贵人关在何处，消息都递不出去。

再一日，董承、种辑、吴子兰、王子服等人皆被斩杀，夷三族，董贵人亦未能幸免。

第五十五章

述往事明晓大义　袁本初犹豫不决

董承与董贵人的被杀，隔了一天，刘协才得到消息。

皇宫上下所有的护卫全被换了，所有的面孔都是陌生的，名字都是不认识的。宫人还在，可是所有的宫人全不得随意外出。即便是他这个皇上想要离开宫门也被拦下。因为大将军有令，为了保护皇上的安全，皇上不得随意离开皇宫。而身为皇上的刘协想要召大臣进宫，竟然也无人为他传送消息。

早朝正常进行，然而接连两天的早朝，大将军与荀尚书令全都告假。早朝上只是些不痛不痒的消息。没有大将军和荀尚书令在，没有任何事情需要商议。袁绍的军队部署在哪里了，天子刘协不清楚，百官也不清楚。许县这边的布防到什么程度了，更是没有人知道。也许是有人知道的，只是没有大将军和荀尚书令的早朝，这种事情说起来也没有任何意义。

刘协病了。因为震怒、后怕，也因为董承与董贵人的死，更因为他终于认识到他只是一个傀儡而病倒了。太医院前来问诊，然而太医们能治疗身体上的疾病，却无法治疗刘协的心病，虽然太医们一再嘱咐圣上要宽心，然而彼此全都明白，这宽心说着容易，做起来难。

伏寿日日陪伴在刘协的身边，然而两人执手相看泪眼，只无语凝噎。这以往看起来并不如何宽阔的皇宫，如今空荡荡的，除了来往的宫人，不闻人声。便是伏寿与刘协也不敢多说话，生怕隔墙有耳，或者哪个宫人是被大将军或者荀彧收买的，他们说的每一句话都会被泄露出去。

连杀几个大臣，夷三族，并董贵人也一并绞死，荀彧的心里也并不舒服。这几天他没有上早朝，连尚书台都少去，也闭门在家中。朝中眼下没有什么大事——战报和周边的公文都会第一时间送到尚书台，并抄报到大将军府中，他不在尚书台，程昱、郭嘉、荀攸都在，重要的公文都会送到他的府上来。荀彧只是不想参加早朝，因为他不知道该如何面对天子，所以连尚书台也就不去了。

震怒之下，他同意斩杀了董承等人，将董贵人连同腹中的孩儿也一并绞死，也将皇宫上下的守卫全都更换，所有人都以为他是要软禁了当今天子，只有他自己知道究竟是为了什么。而这原因，他却不能与任何一个人说，只能放在心里。当日曹操震怒，因为是在天子刘协的眼里看到了对他的杀意。而荀彧何尝没有从曹操的言辞中，看出曹操对刘协的恨意。就因为刘协是天子，所以曹操恨却不能将刘协如何。但荀彧却不能不防。他担心天子冲动之下会做出不可挽回之事，更担心这之后曹操将和天子两难全。无论是为了汉室天下，还是为了天下的百姓，荀彧都容不得曹操有任何闪失，更何况袁绍马上就要兵临许县。

荀彧将自己关在书房内足足两天，在第三天他才走出书房，一脸平静，并在早朝结束之后，前去了皇宫。皇宫门前守卫森严，只有持有特制令牌的人才可以进入。荀彧站在后宫大门外，看着墙角的一枝盛开的梅花，平静地等待着宫人的通报。这皇宫内外的所有图纸都是他审阅过的，这皇宫内外虽然不是他亲自监造的，他也数次前来，查看监造进度。这里的每一处砖瓦的落成，每一个房间的布局，他都格外熟悉。但今后，只会越来越陌生了。

好一会儿，宫人前来请荀彧入内，荀彧在门口脱去了鞋子，只着一双雪白的袜子，跟着宫人进入到宫殿内。待进入到内室，瞧见在床榻上半靠着的刘协的时候，荀彧躬下身，疾步走过去，来到刘协面前，深深地拜下去。

"参见圣上。"荀彧的头深深地叩下去。

刘协微微侧头，俯视着跪拜在自己面前的荀彧，半晌才道："荀爱卿平身。赐座。"

荀彧缓缓从地面站起来，这才抬头注视着刘协，只几天没有见，刘协的面颊就已经凹陷了下去，面容憔悴。他吃了一惊，惊呼了声："圣上，你这是……"

刘协木然地看着荀彧道："荀爱卿告假三天没有早朝，朕想要去看看爱卿，却连这个宫门都出不去了。"

宫人悄然搬来了小几，放在荀彧的身后。

"荀爱卿坐吧。荀爱卿不来看朕，也没有人敢来看朕，除了太医和这些宫人，朕连一个人都看不到了。朕这般，大将军可满意了吧。"

荀彧心里升起的微微同情，随着这最后一句话消失。

宫人不知道什么时候都退下去，偌大的房间里只有荀彧和天子刘协两个人。房间内弥漫着药的味道，墙角内炭火还点燃着，正月的房间里却还是有些阴冷的感觉。

荀彧徐徐说道："皇上。兴平二年（195），李傕杀樊稠，与郭汜在长安城中各自拥兵相攻，李傕掠皇上和大臣宫人以为人质，这时候，大将军刚刚杀灭兖州黄巾军，平定兖州。兴平三年（196），皇上辗转返回洛阳，洛阳遭遇战乱之后，民不聊生，据闻皇上也只有粗茶淡饭果腹，朝中大臣甚至吃不饱饭。这时，大将军将豫州颍川、汝南黄巾军余部消灭殆尽，立刻大兴屯田制，广招农人，兴盛农业，同时在许县为皇上兴建宫殿，为能到洛阳觐见皇上，多方打通与董承、张扬、杨奉等的关系。下半年，大将军带兵进洛阳勤王，得见天颜。大将军曾对臣言，说当日看到圣上身着旧衣，心下只觉得凄苦，听说圣上只有粗茶淡饭的时候，眼中落泪。大将军不忍圣上在洛阳无依无靠，特接了圣上前来许县。之后为了让许县固若金汤，为了让圣上不为安全担忧，大将军几次披挂上阵，退张绣、刘表，攻伐造反的袁术，斩杀吕布。现今袁绍在黄河以北陈兵，意图攻伐许县，南边张绣、刘表还在观望。称帝的袁术还没有彻底消灭。然而，皇上却以为大将军功高盖主，起了不臣之心，以血书下衣带诏，欲斩杀对国对皇上有功之臣。皇上此举，让臣属们实在是心寒啊！"

听着荀彧一桩桩一件件地讲述过去，刘协的眼珠木然地转了转，他也想到了当初曹操拜见他时的殷切，那时候曹操在他的面前恭敬有礼。然而，几日前董贵人在他面前被拖走的一幕，历历在目，董贵人哀号的声音，犹在耳畔。这几日他每闭上眼睛，就会看到董贵人垂泪在他面前，就会听到董贵人的哀哭，想到董贵人腹中还没有出生的孩子，刘协的眼眶再一次发酸。

他移开目光，只看着对面的墙壁，无力地道："可你们连我的贵人都不放过，连我没出世的孩儿都不放过。"

荀彧的心里涌上些淡淡的哀伤，他微微躬身道："皇上，请问除了大将军，还有谁能替皇上出兵对抗袁绍呢？"

刘协张张口，却无言以对。

荀彧保持着微微躬身，再道："还是皇上宁愿重新过回过去的颠沛流离的生活？"

刘协靠在仰枕上，再次无言以对。

荀彧一动没有动，继续道："董贵人妄议当朝重臣，魅惑皇上，董承以下犯上，伪造皇上诏书与种辑、吴子兰、王子服密谋残害大将军，阴谋败露，现今已经伏法。皇上，此事就到此为止吧。"

荀彧说完，后退一步，躬身再拜了下去。

刘协闭上了眼睛，他知道他再无力扭转什么了，他什么也改变不了了。

董承等几人的死，让朝野着实震动了下，荀彧也只是告病了两日，就重新恢复了尚书台的工作。倒是天子刘协病了足足半月有余，才重新上朝，上朝的第一天，就听到一个消息，刘备反了。

就在刘协的衣带诏暴露之时，刘备就已经奉曹操之命领兵前去截杀袁术，袁术不得去青州，在返回寿春的路上抱病身亡。这消息传回来不过几天，接下来就是刘备袭杀徐州刺史车胄、占据徐州而背叛的消息。消息传到朝野，满朝文武百官皆为之震惊。刘备可是汉天子刘姓家族一脉，虽属远亲，但严格说来也是皇亲国戚，更何况刘备一贯自称刘皇叔。可这个刘皇叔竟然也反了朝廷，占据了徐州，要投奔袁绍。

朝堂天子宝座上的刘协，几乎无法承受住这个打击。他坐在宽大的天子宝座上，看着下边群臣都在窃窃私语，却没有谁站出来提出个主张来，更没有人要领兵攻打刘备，抓住那个叛逆之人。刘协的视线忍不住落在尚书台这边，荀彧正微微蹙眉，半侧身和他身边几人商议着什么。再看看大将军曹操，曹操面露威严之色，微微闭目，也是一言不发。这个早朝什么也没有决定下来，但是刘协的心里却知道，在他看不见的地方，一切都会决断下来的。

就在刘备叛乱的消息刚刚传来之后，曹操就已经命令司空长史刘岱、中郎将王忠平叛，眼下不过是在等待消息，不仅是刘备这边的消息，还有袁绍那边的。袁绍那边听闻刘备反叛，大概也要动手了吧。

袁绍那边，所有谋士、臣属正在为出兵许县，陷入争论当中。

沮授并不赞成出兵曹操，率先说道："近年来出兵攻打公孙瓒，长达数年，百姓早已经疲惫穷困，仓库也没有积余，赋税劳役正多，国家正该为此担忧。我以为，此时不宜与许县开战，最好我们先遣使者向天子进献俘虏，同时致力于农耕，让士兵得到休整。若是不能上达天听，正好可以上奏天子说曹操阻拦我通达天子的路径，便可以发兵驻守李阳，逐步经营黄河南边，多造船只，修缮武器，分派精良骑兵，骚扰其边境，使其不得安宁。而我这边正可以腾出时间休整，如此，不过三年，便可以坐定天下。"

沮授曾为冀州别驾，在袁绍入主冀州后，监统内外、威震三军，当年，他曾经劝袁绍挟天子以令诸侯，然并不被袁绍接纳，如今他坚决反对在这个时刻与曹操开战，且提出三年疲曹的战略。

郭图立刻就反对道："兵书上有云：十围五攻，敌则能战。十倍则围之，五倍则攻之。现将军神明威武，士兵军力强大，讨伐曹操易如反掌。如果放弃了现在这个机会，等到曹操发展壮大起来，就难以再图谋了。"

郭图为袁绍谋士，曾说服韩馥出让冀州牧于袁绍，很是受袁绍器重。这番话也正说到了袁绍的心里。

沮授闻言却怒道："自来救乱诛暴，谓之义兵；恃众凭强，谓之骄兵。义者无敌，骄者先灭。曹操奉迎天子，建皇宫于许县。今举兵南下攻打曹操，就等于攻打当今天子，已是违背了道义。且克敌制胜在于谋略，不在于力量的强弱。曹操军法甚严，令行禁止，士兵精明强干，非公孙瓒那种等着被包围的人。现在丢弃了万全之策，发动无名之师，我心甚惧！"

沮授这话，却惹来众人的不快。这话，分明是长他人之威风，灭自己之锐气，还没有开战，就将自己这边说成了不义之师，别说袁绍不快，审配立刻就怒了。

审配道："周武王伐纣，不为不义，我们派兵攻打曹操，难道还找不到一个正当的理由吗！再者说，主公的士兵精锐勇猛，将领们全都想着建功立业，如果不抓住这个时机早早出兵，定下基业，就所谓'天与不取，反受其咎'。当年越国之所以称霸，吴国之所以灭绝，不就是这个原因。沮监军此法，只顾着求稳，不能纵观大局，看到时局意外的变化。"

沮授大怒。忽闻刘备斩杀徐州刺史车胄，背叛曹操，田丰大喜进言道："刘备反叛正是良机，曹操必然要出兵攻打刘备，我们正可以趁机调动兵马全力出兵，正所谓出其不意。"

袁绍旁顾沮授，一时无法定夺。

第五十六章

退刘备张绣归降　郭奉孝十胜十败

不得不说，袁绍的迟疑不决，给曹操再一次争取了时间。刘岱、王忠几次攻打刘备，但都无功而返。不得已，曹操与荀彧商议，亲自带兵出征。荀彧的心里也正有此意。当下曹操亲自带兵，从官渡坐船出发，直奔刘备驻守的下邳，刘备听闻曹操亲自率领大军前来，立刻丢下下邳，不战而逃往袁绍所在的青州。曹操不费一兵一卒，收回了下邳，还将刘备这月余来征召的兵马一并收入囊中，挥师北上，直取小沛。

吕布当日镇守下邳，还苦守了几乎半年，刘备却连一天都不肯守，看到曹操的旌旗远远而来，立刻闻风丧胆，甚至都来不及派人告知守候在小沛的关羽一声。待曹操兵临城下，关羽才知道下邳已经不保。小沛几度易主，曹操也亲自攻打了几次，彼此早已经熟悉得不能再熟悉了，曹操大军在小沛城外安营扎寨后，便派人进入城中，劝降关羽。彼时刘备已经逃往袁绍处，关羽还未得知消息，且刘备的妻子也在城中。关羽无奈而降。消息即刻传回许县。

从曹操率领大军出发之后，荀彧几乎是住宿在了尚书台。每天，从许县周围都会传回来大量的公文，尤其是北部袁绍处，战报不断。这一日正听说袁绍遣人到张绣处，欲与张绣联手，荀彧心急如焚，当即以曹操的名义，书信一封，也派人送到了张绣手中。

张绣同时收到袁绍与曹操来信，召贾诩商议，以为袁绍势大，且与曹操有旧仇，欲投奔袁绍。贾诩劝说道："公可拒袁绍，投曹公。"张绣不解。贾诩道："袁绍势大，虽有豪杰投奔，然而其优柔寡断，不能容人。而曹公现今挟天子以令诸侯，名正言顺，投奔曹操即投奔天子，于名声无累，这是其一；其二曹公现今兵力较弱，更容易拉拢盟友，岂不闻锦上添花，不如雪中送炭；其三就是曹公志向远大，善待豪杰，心胸宽广，能够不计前嫌。"张绣思虑再三，采纳了贾诩的意见，率领众人归顺曹操。

此刻，曹操正带着关羽返回许县，闻言大喜，亲自前来迎接张绣与贾诩，更是抓着贾诩的手道："卿使我信誉远扬天下。"当即拜贾诩为执金吾，封都亭侯，迁冀州牧。同时拜张绣为扬武将军，并为其子曹均求娶张绣之女为妻。

当刘协还在皇宫内为袁绍挥师南下，刘备叛乱，张绣又在南边虎视眈眈而忧愁的时候，荀彧与曹操就一南一北，一以武力一以谋略，将刘备与张绣两大危机化解。待到早朝时，曹操亲自为贾诩、张绣请封，也奏明不日将迎娶张绣之女为儿媳，刘协才知道危机已经迎刃而解。群臣山呼万岁，恭喜天子得张绣、贾诩，张绣、贾诩也进殿参拜，天子刘协坐在高处，俯视着满朝文武，只觉得内心里翻江倒海，思绪万千。他看着下拜欢呼的人群，却再一次心寒不已。这天下现今还是他的天下，然而他还能坐拥这天下多久？一旦曹操收复了袁绍，这天下还会姓刘吗？

当夜，刘协夜不成寐，他辗转反侧，无法入眠。白日里的欢呼与这黑夜里的寂静形成了鲜明的对比，他耳边好像听到远处传来庆贺的声音。

刘协坐起来，赤着脚走到了门口，看向高高的宫墙之外。这高高的宫墙曾经是权力的象征，然而如今却是禁锢着他的牢笼。他依稀记得今天是曹操为儿子求娶新妇的日子，这欢呼该是夜宴的时间了吧。伏寿从身后走来，为刘协披上一件大氅，自己轻轻地靠着刘协，一起听着远处依稀传来的欢笑声。那欢笑声越是热闹，就衬托着皇宫内越是冷清。

"皇后，是朕生不逢时，还是时运不济？朕也曾想要发愤图强，也想要做个明君，想要收复大汉一十三州，想要像先祖一样创立下丰功伟绩。可如今却被圈在这小小的皇宫之内，消息不明，手足不展。这些时日我时常在想，当初如果不来这许县……"刘协的声音低了下来。当初若是不来这许县，他还可有第二条路可走？曹操便是没接到他这个天子，也一样会平定了豫州，得到豫州、兖州、徐州。而袁绍呢？袁绍从来没有想到过要勤王，即便是袁绍接了他去，难道就比在许县好过了？

"皇上是明君，只是生不逢时。"伏寿低低地劝慰了一句，自己的眼圈先红了。她虽然是在后宫，然而皇宫就这么大，前朝的任何风吹草动，后宫全都能感觉得到。从进入正月以来，整个皇宫就笼罩在阴云之中，前些时日荀彧进宫面见皇上时，她正为皇上侍疾，当时就躲在帷幕之后，荀彧说的那些话，她听得清清楚楚。

衣带诏，夷三族，董贵人……荀彧的强势，皇上的无奈，那一切都在伏寿的眼里。伏寿紧紧地抓住刘协大氅的一角，却只能劝慰出这么一句话。生不逢时，这四个字代表着多少无奈啊。

刘协仰头看着高墙外的明月，喃喃地道："皇后，你能猜猜，现在的大将军府上会有多少大臣吗？满朝文武，还有不会去庆贺的吗？我还记得上一次大将军府落成，我亲去道喜，就见到了满朝的文武，比上朝还要齐全。那次，我犹得到了将军府的宴席，将军府的……'赏赐'。"

"皇上，您不要这么说，您是皇上，您才是皇上啊。"伏寿隔着大氅抓住刘协的手臂，微微摇晃着，"无论如何，您才是当今的天子。"

刘协随着伏寿的摇动晃了下，他的身体从上一次病过之后单薄了许多，伏寿微微摇晃，他就觉得头有些发晕。他伸手扶住伏寿道："皇后莫要摇晃了，朕有些头晕。"

"皇上，"伏寿惊慌地道，"妾这就传太医。"

刘协抓着伏寿的手，缓缓摇头："大将军府上正办着喜事，朕这里却传了太医，若是传出去，岂不是会让大将军以为，是朕容不得他办了喜事？"

伏寿的眼泪唰地流下来，她转头轻轻擦拭掉，扶着刘协道："皇上，妾扶您进房间休息吧。"

刘协轻轻地叹息了声，扳过伏寿的脸，为她擦拭掉泪水道："皇后，你是一国之母，莫要轻易掉了眼泪。来，陪我在这坐一会儿，就坐一会儿。"

两人相互依偎着，就坐在敞开的大门口。清凉的夜风吹过，刘协扯开大氅，将伏寿裹在怀里。如今这个皇宫，他只剩下皇后一个人与他相依为命了。他们二人只听到远处将军府传来的欢笑，却并不知道此时又一封战报同时送到了尚书台和将军府上，随战报送过来的，还有一篇陈琳作的《为袁绍檄豫州文》。此时，就在将军府上，曹操与荀彧已经看完了战报，正在一同观看这篇檄文。

二人同时将这篇檄文看完，哪怕这檄文满篇都在痛骂曹操，曹操仍然忍不住赞叹道："好文采，好笔锋！"

荀彧哈哈大笑道："主公又爱才了，这檄文通篇可都是在骂你呢。"

曹操也哈哈大笑道："骂我？我瞧着那袁绍也不比我好多少，这里骂我那几句，若是含沙射影，也和袁绍完全对得上的。文若你看，檄文里说我'乞丐携养'，那袁绍为丫鬟生的庶子，与我身份比又哪一个高贵多少？说我在兖州杀名士边让，他袁绍在河北难道就没有杀人？说我把持朝政，大权在握，难道他袁绍若是得了天子，会一切都听凭天子做主？

至于'破棺裸尸'，他袁绍不同样'掘发丘陇'？通篇确实是句句属实，不过我若是原样骂回去就没有意思了。"

说着忍不住又从头看了一遍，频频点头道："我若得陈琳，一定要留在手中。"

荀彧忍不住摇头，从曹操手中将檄文抽回来，放在桌面上道："我观主公之前还微微蹙眉，似有不适，现在倒是神采奕奕。"

曹操诧异了下，忽然醒悟道："之前我头风发作，苦不堪言，才躲在这书房之中，刚刚陈琳这篇檄文看得我热血沸腾，透汗一出，这头风竟然不治而愈。"

两人对视，荀彧竟然有一瞬间哑口无言，半晌道："那主公可要多嘱咐手下将领，遇到那陈琳，一定要手下留情。容日后陈琳多写下几篇文章，好供主公治疗头风发作。"

两人再哈哈大笑起来。书房门忽然被敲响，郭嘉推门而入道："我在房门外就听到主公与荀令君开怀大笑，何事比主公娶了新媳还要开心？"

曹操招手道："奉孝，我一贯以为你的文采当世无人能敌，现在可看到你的对手了。来来，给你看一篇好文章。"说着将案几上那篇檄文递给郭嘉。

郭嘉一目十行，看完大怒道："出身岂能论英雄，胜负成败看长短。袁绍手下若都是这等人在，他败定了！"

曹操深以为奇道："如何就以这一篇檄文定了胜负？"

郭嘉脱口道："众所周知，项羽武力强大，然终不敌智慧超群的汉高祖刘邦。今袁绍与主公，便是如此。袁绍有十大兵败理由，而主公便有十大必胜的条件。一为袁绍礼仪烦琐，主公顺应自然，此为道胜。二为袁绍反叛汉室而征，主公以顺奉汉室而战，此为义胜。三为大汉至今失败以为政局宽松，然袁绍却以宽松来救宽松，不能震慑，而主公严明法纪，制度森严，此为治胜。四为袁绍表面宽宏大量，实则内心多为忌惮，任人唯亲，而主公不分亲疏，用人不疑，此为度胜。五为袁绍遇事优柔寡断，难以决断，主公却审时度势，应变无穷，此为谋胜。六为袁绍以世代积累的资本，沽名钓誉，归顺他的也便是那等喜好浮夸之人。"

说着，郭嘉将檄文轻蔑地扔到案几之上，接着道："而主公以一颗真心待人，投奔主公俱为真才实学之人，此为德胜。七为袁绍只有妇人之仁，却无周全之志，而主公从不拘泥眼前一粥一饭，而行大事接济四海，这是仁胜。八为袁绍大臣争权夺势，以谗言惑乱视听，而主公以大道御下，不信谗言，此为明胜。九为袁绍是非不清，而主公奖罚分明，此为文胜。十为袁绍喜欢虚张声势，用兵不得要领，而主公用兵如神，常以少胜多，但凡主公带兵，战无不胜，此为武胜。那袁绍有这十败，主公有这十胜，还愁何大事不成！"

"好一个十胜十败！"荀彧赞道。从郭嘉脱口而出之时，荀彧就以纸笔将郭嘉所言一一记录，待到郭嘉慷慨激昂之后，也正将所有言辞一一记录下来，忍不住就赞叹道，"奉孝言简意明，字字切中要害。兵法有云：国无智谋之士不强，君无智谋之士不立，事无智谋之士不成，兵无智谋之士不胜。奉孝胸有远略，主公之幸也。"

曹操也拿起荀彧亲笔所录，从头看下来，赞道："奉孝才策谋略，世之奇士啊。"

正说着，书房门外也传来了叫好声，却是郭嘉慷慨激昂，声音传到了外边，吸引了曹操的手下谋士闻声而来，只是不曾听得全些，但是只听得后边几条就热血沸腾。荀彧上前推开书房大门，就见到程昱、荀攸、夏侯惇、夏侯渊、乐进包括张绣、贾诩都站在外边，那荀攸最为着急，上前道："之前只听到奉孝从六赞主公开始，这之前如何并没有听到分晓，快与我们细细讲来。"

荀彧递过手中纸张，荀攸接过，从上到下只看了一眼，就大声朗读起来："众所周知，项羽武力强大，然终不敌智慧超群的汉高祖刘邦……"

荀攸本来也是曹操谋臣，与郭嘉同奉曹操为主，然武无第二，文无第一，一向也心高气傲，并不曾服气于郭嘉，但是见这篇文章，越读就越赞叹，越赞叹就越钦佩。他一口气将之读完，众人先是一言不发，细细品味，接着就拊掌大赞，纷纷向曹操恭喜，连一贯以智谋著称的贾诩都频频点头。

这一篇文章，让在大战之前以为低谷的将士全都振奋起来，很快，这篇激励将士的文章，就流传到整个许都，接着传到各州郡。

第五十七章

关云长阵斩颜良　观跷板触类旁通

"昨日只顾着看那声讨我的檄文，和奉孝的《十胜十败》，倒将这战报忽略了。"曹操重新拿起案几上的战报看了一遍，对荀彧道。

前一日参加婚宴晚了些，荀彧干脆就遣人告诉了程文倩，自己就留宿在将军府了。一大早，曹操和荀彧都告假没有参加早朝，就坐在将军府的书房。荀彧还记得战报内容，上面说袁绍派郭图、淳于琼、颜良在白马攻打东郡，而袁绍本人亲自带兵攻打守在延津的于禁，便问道："东郡太守刘延和于禁的泰山兵，谁能坚持得久一些？"

曹操思忖片刻道："于禁的泰山兵骁勇善战，倒是可以阻拦袁绍些时日，但白马，怕是我得亲自领兵。只是我若是这次亲自带兵，则要将许县周围所有将领兵士全都带出去，许县这里，就只有先生你自己了。"

荀彧微微点头道："许县这里，主公放心。主公此去，将公达、奉孝、仲德都带上，这三人俱都睿智，可为主公出谋划策。还有那刘备手下的关羽，也是一员猛将。"

曹操闻言叹息一声道："关羽虽然降我，然心系刘备，我曾遣张辽询问关羽，可有久留之意。关羽自言身受刘备厚恩，不可背弃，但会为我立下战功之后才会离开。我真心喜欢关羽为人，只可惜不能为我所用。"

荀彧这一刻对关羽动了杀心，他几欲脱口而出，劝说曹操杀掉关羽，但忽然想到前一日郭嘉所作的文章，上数曹操十大战胜袁绍的原因，其中一条便是能知人善用，海纳百川。劝说的话已经到了嘴边，却终于没有说出口。

曹操开始点兵，做带兵北上的准备，于禁处果然传来捷报，于禁带领的泰山兵不但守住了黄河渡口，还协同乐进率领部下五千人偷袭袁绍别营，从延津西南缘河一直打到汲县和获嘉县，火烧袁绍三十余屯，斩首俘获袁绍士卒各数千，袁绍部将何茂、王摩等二十余人投降。消息传来，朝廷振奋，一片欢呼之声。

曹操大军正要出发，荀攸进言道："袁绍兵多，主公不若声东击西。今于禁大胜，主公可先引大军至延津，佯装渡河攻击袁绍后方，使袁绍分兵向西，而主公可趁机以轻兵急行军迅速袭击在白马的颜良。"

曹操深以为然，果然率领大军自许县出发，一路只奔向延津。袁绍得知，立刻率领大军赶往延津，白马处只有颜良带兵，而曹操却悄然只带领五千精兵直向白马杀过来。距离白马还有十余里的时候，颜良听说曹操亲率大军前来，大惊之下，立刻引军向曹操奔来。曹操派大将张辽与关羽为先锋，突袭颜良。张辽本就是一员猛将，而关羽得到曹操赏赐的赤兔马，如虎添翼，远远望到颜良的旌旗华盖，竟然直冲上去，于万余敌军中，直取颜良首级。

当日，若不是有刘备妻小在身边，关羽哪怕战死也不会降于曹操，而在降于曹操的时候，他就已经明明确确地与曹操说明：受公恩，必立效报公而后去也。关羽为人，忠于汉室，也极重义气，所以这一战，关羽倾尽全力，身为先锋，身先士卒，就是为了报答曹操的不杀之恩，也成全他忠义之情。

颜良带军拦截曹操军队，哪里想到关羽竟然于万军中冲锋上前，猝不及防下被斩了首级。颜良军队立时溃散大败，被曹操大军趁势追杀，死伤大半，其余溃逃，白马之危的局面瞬息转变。曹操得了白马，立刻带领白马城民众沿河往延津转移。白马不守，程昱带领七百人马镇守的鄄城立刻就成了前线。曹操欲再留下两千人马给程昱，程昱却拒绝道："袁绍一贯自负，鄄城兵少，他必然不会来攻打，若是兵多，反而让他有了借口。"

果然，袁绍一路追赶曹操主力而来，不顾沮授的劝阻，直接南下渡河，追赶曹军，曹操却在黄河南岸另有布置。一方面，他将白马、燕县当地的所有人口迁往许昌，坚决不给袁绍留下一人一禽，还有意带着辎重沿着黄河，挑衅袁绍军队。直到袁绍派文丑带领军队渡过黄河追击，才开始一路丢弃辎重，只做逃跑状，人马却埋伏在兵营之外，却在文丑带领军士越来越近，开始抢夺被丢弃的辎重而队伍紊乱的时候，忽然带领骑兵冲杀过来。可怜袁绍留下的这支军队，颜良才被斩杀，文丑就落得大败，死于乱军之中。因为这场战役就发生在延津附近，所以被叫作延津之战。

袁绍手下大军与曹操大军才一接触，颜良、文丑就双双落败身亡，立刻，曹操军队士气大振。曹操却立刻撤兵回马，扼守住官渡。官渡之上，随即展开了一场面对面的厮杀战，曹操与袁绍几乎都投入了全部的兵力，曹操兵力不敌袁绍，不得已躲进营寨中。

荀彧人在许县，随着一封封战报送过来，也逐渐面露忧色。虽然远离战场，荀彧仍能想象到战场的残酷危机。曹操率领的全部主力都已经压在了官渡之上，牢牢地扼守住关口，拦住了袁绍的大军，袁绍以几倍于曹操的兵力，将曹操的营房团团围住。这将是一场极为消耗人心与精力的战斗，前线拼的是兵士，拼的是生命，而后方拼的是粮草，拼的是支持。他能做的，就是一定要给曹操一个稳定的后方，让曹操能无后顾之忧。

荀彧拿起最新的一份战报，这是曹操写给他的一封书信，信中说：今绍兵卒人手袋土，疾步军营前不足百步丢下，吾营皆不知所谓而观望，直到绍为高橹，起土山，射营中，士卒多死伤，营中皆蒙而行，军中惧。

读到这里，荀彧的手微微抖了下，他的心也微微一痛。曹操带兵征战数年，何时有过"军中惧"的时候？能让曹操写出"军中惧"三个字，怕不仅仅是士气低迷了，而是士兵已经无了战意。荀彧深深地吸了口气，往下看去：禁督守土山，力战，气益奋。荀彧终于长长地吁了一口气，随即又蹙起眉头。

袁绍以兵卒围困曹营，久攻不下，便在曹营外以土堆山，筑起高墙，从高处向曹营内射箭，营内若无盾牌守护，则无法行走。虽然有于禁带领兵士出击袁军，重振士气，但并非长久之计。荀彧再将信件读了一遍，蹙眉思虑了片刻，站起来来回踱了几步，思虑着袁绍军营外堆出了土山，有了地利，要如何才可破解。

程昱、郭嘉和荀攸都已经随曹操出征，尚书台也显得空落落，荀彧整理了案几上的公文，将曹操的手书收在怀里。时间尚早，然而如今尚书台内需要的工作并不多，今日的战报已经送来，再送来就会是明日了。荀彧离开尚书台，信步出门，抬头看一眼远处巍峨的将军府，心内却还是想着袁绍所筑的土石高墙。不觉走到自己的府邸门前，他微微摇头，走进家门。

这些时日来，日日早朝之后，都是夜幕降临，荀彧才会回到家中，今日竟然早了许多。他心中有事，便要往书房去，忽又想到既然回来了，还是与文情招呼一声，便往后院走去，还有些距离，就听到后院传来嬉笑的声音，那正是他的小儿与女儿的欢笑声。他驻足站立片刻，循着欢笑声走去，却在后院中看到一儿一女正坐在跷跷板的两边。他那小儿年岁还小，力量不足，那小女儿今却是三岁有余，正是活泼浪漫的时候，只见小女重重地往跷跷板上一坐，小儿便被高高地颠了起来，两手抓着板子不稳，跌倒在地上，正觉有趣，就笑起来。程文倩就站在旁边，也笑着将小儿扶起，小女却又跑过来抱着小儿一起跌倒，三人笑闹着滚作一团。

荀彧的视线却落在那跷跷板上，一个念头正在心中出现，他不及与程文倩招呼一声，转身疾步向书房走去，推开书房房门，却又站下细细琢磨了一番，这才进入书房，仔细关好房门，一边磨墨，一边再在脑海里细细勾画了一番，这才提笔，上书道：主公见信如面。今观小儿跷跷板深受启发，可以跷跷板为原型，建投石车，一方坐以大石，另一方以力击之，以石高飞绍楼击之。将信仔细折叠上，唤了人前来，吩咐立刻快马加鞭送往官渡曹营中与大将军亲启。

信使才离开，就见到程氏亲自端着一个托盘前来，托盘上是一壶刚刚沏好的茶水，散发着徐徐茶香。这书房是建在后院的小书房，以往荀彧公务闲暇的时候，多在这个小书房内给荀恽与荀俣讲书，偶尔程文倩也会来这里找些书。荀彧在家中还有外书房，那才是荀彧与身边谋臣商议大事所在。程氏将托盘放下，为荀彧倒了杯茶，双手奉上才道："先生刚到后院，就又匆忙离开，可是小儿与小女太过吵闹了？"

荀彧端起茶杯来先徐徐吹了吹才道："小儿小女正是顽皮的年龄，嬉笑吵闹才是天真，我只是看到小儿的跷跷板，想起了军中的事务，才匆忙离开。倒是让夫人受累了。"

程文倩坐在荀彧的对面，道："能与小儿玩耍是幸事，何来受累？我看先生这几日常眉头紧锁，为国事忧心，才是受累。"

荀彧长长地叹了口气，浅浅地抿了一口茶，并没有放下，只是端着道："主公领兵前往官渡，白马一战斩颜良，延津一战斩文丑，士气大振。然袁绍集四州兵力，陈兵官渡，依沙堆立营，东西宽约数十里。我虽知道主公必坚守得住，且有郭嘉、荀攸辅佐左右，但我心仍然忧虑。今听闻刘备带兵前往汝南，协同汝南郡的黄巾军余孽刘辟部叛变造反，响应袁绍，郡县多有应之。然我手中只有御林军士护卫许县，轻易不能调动。"

军国大事，程文倩偶有耳闻，闻言道："那刘辟既然是黄巾军余孽，反叛朝廷，袁绍当日起兵以'衣带诏'为由，正该派刘备围剿，如何还要协同？这岂不也是反叛？"

荀彧点头道："你以女流都能看出的浅显道理，天下人如何不知，那袁绍如何不知，只不过大难来前，各有所量。且豫州除了颍川，大部分郡县都才归顺，本也不稳。人皆为己，也是常情。"

程文倩担忧道："若是大部分郡县皆应了袁绍，如何是好？"

荀彧见程文倩担忧不已，笑着安慰道："也并非所有郡县俱都响应。"说着将茶送入口中，再品尝了一口，才将茶杯放下接着道，"汝南西界江夏军李通，就没理会袁绍，反而斩了袁绍的来使。"

程文倩这才吁了口气，拍拍心口道："先生不知道之前我这心都在乱跳了。"

荀彧笑起来："若周边真有乱事发生，我岂能安然坐在这里？"说着见案几上曹操书信，随手再折叠起来，收于书架上一盒子中。他知道程氏向来不会随意动他的书信，因此并不避着程氏。

程氏果然只是伸手再为荀彧续了茶水，问道："先生可还要在小书房内读书？妾吩咐将晚食送到这里来？"

荀彧摇摇头道："难得早些回来，有与孩儿们一同用膳的时候。"

程氏笑起来："先生也有些时日没有考教哥几个功课了。前日恽儿那孩子还说起大将军之子曹植惊才绝艳，心甚佩服。"

荀彧笑道："子建那孩子也有九岁了，与恽儿年岁相当，两人近便，颇有我与主公之风。"说着携程氏手往外走去，"我也确实有好些时日，没有过问恽儿和俣儿的功课了。"

第五十八章

稳军心力守官渡　袁本初内论不一

　　许县与官渡之间距离二百多里，其间一马平川，一旦曹操在官渡抵挡不住，袁绍大军就会长驱直入许县。所以曹操亲自率领大军，牢牢地扼守住官渡，不敢有半步后退。袁绍大军也紧紧压在官渡上，势必要将曹操的军队彻底打败。

　　曹操在收到荀彧书信之后大喜，立刻制造投石车。那投石车建造起来并不麻烦，不过几天就建造出数十架，果然，大石落在袁绍军队堆积的土堆上，力量之大，不但将其上的兵士砸死许多，还将其上建造的土墙都摧毁了。来自天上的攻击不成，袁绍军队又将对付公孙瓒时用的方法拿出来，想要从地下挖地道进入到曹操的兵营，曹操也命人在兵营地下挖壕沟，从地下拒之。双方的对峙一时陷入了胶着之中。

　　自来战争就绝对不是简单的面对面厮杀，在战场之外还有看不到的战斗。这中间曹操在兵营中竟然遇到了一次刺杀，多亏了许褚及时赶到，发现了刺客。曹操自己对刺客的刺杀还不以为然，军中的将领们全都一身冷汗，自此之后，许褚几乎就与曹操形影不离，没有再给刺客半分机会。

就如荀彧预料的那般，汝南也发生了叛乱。汝南郡是袁绍的家乡，在汝南的各个郡县中，皆有袁绍的门生、宾客，他们曾经随着当今天子和朝廷的到来而拥护曹操，但是在袁绍派人游说之下，立刻倒戈。这些袁绍的门生、宾客无一不是当地的名门豪族，在他们掌控下的百姓，受他们的影响，开始减少土地的耕种，拒不缴纳赋税，一时，汝南郡全郡都有失控的危险。不仅如此，袁绍还拉拢了汝南的残余贼匪，如刘辟、龚都、瞿恭、江宫、沈成等，在刘备的协助下开始逐步骚扰许县周边。荀彧当机立断，写信给汝南太守满宠，命令其不惜一切代价，务必要让百姓恢复劳作，田地不能荒芜，平定豪强的反叛，同时派出护卫许县的曹仁，带兵绞杀以刘辟为首的贼匪。当时整个汝南驻军并不多，太守满宠手下也不过五百余人，然而就是这五百余人却以强攻和鸿门宴的方式，一举将反叛曹操的二十余户豪强一举消灭。而曹仁也在李通的帮助下，将汝南的刘辟等叛贼一网打尽。

曹操与袁绍之间还在胶着，双方如今拼的不仅是坚守与进攻，还拼的是粮草。汝南全郡几乎都处于叛乱期间，农人不肯下地劳作，下地劳作也不肯缴纳赋税，只有李通所在的县还能正常交税，在这种情况下，荀彧代替朝廷做了决定，免除了汝南当年全年的赋税，这让汝南全郡百姓欢呼雀跃，也进一步平息了汝南的叛乱。然而却让驻守在官渡的曹操大军粮草进一步吃紧。且袁绍在与曹操大军于官渡对峙期间，还不断派出小股军士，频频袭击从许县运往官渡的运粮队伍。

这一日早朝，荀彧从容禀报在汝南的叛乱贼匪尽数被歼灭之后，刘协的心里松了一口气。荀彧再道："如今汝南暂且安稳，臣已经同意免除了汝南当年全部赋税，以保证民生，稳定汝南治安。"

荀彧话音才落，立刻有大臣道："汝南民富，和颍川同为屯田的大户，今将汝南赋税全都免除，难道只靠颍川为驻守官渡的大军提供粮草不成？"

立刻就有人附和道："汝南反叛，参与者众多，正应该借此惩戒。如今不但不惩戒，反而免除赋税，不是在鼓励反叛，让其他各郡效仿吗？"

刘协眉头微蹙，看着荀彧问道："爱卿，朕听闻往官渡的运粮道多有袁军骚扰，粮草常不能按时送往官渡，再免除汝南赋税，爱卿可能保证粮草及时运往官渡？"

荀彧向上拱手道："禀明圣上，如今朝廷正在与袁军开战，将帅士卒大部分压在前线官渡，战线绵长，后方更要维稳为主，这样才能让前方战士毫无后顾之忧，专心战斗。至于粮草，臣定当竭尽全力，保证及时送往官渡。"

例行的早朝结束，刘协才回到后宫，伏寿就急忙迎上来，亲自为刘协宽了朝服，换上了宽松的服饰，这才屏退了左右下人，悄声问道："如今那官渡与周边如何？"

刘协看左右无人，拉着伏寿的手坐在身边，将早朝众臣所说之事事无巨细与伏寿说了一遍，道："我看荀尚书胸有成竹，提起汝南和官渡，面无忧色，还能取消了汝南的赋税，看来大将军这些年来早已经筹备甚多，至少粮草是充足的。"

伏寿又问道："那大将军一定能拒袁绍大军于官渡之外了？"

刘协道："大将军出征已数月，于官渡守卫也两月有余，这些年来大将军带兵从没有败绩，我看荀尚书似乎也并不如何担忧，想必，官渡无恙。"

两人对视，对这个结论，都是又喜又忧。喜的是曹操守住了官渡，这许县安然无恙，忧的是一旦曹操大败袁绍，则这天下再无人能与曹操抗衡，这许县也当就是曹操的天下了，刘协这天子之位，更面临危机。

伏寿沉吟片刻，靠到刘协的耳边，低声说道："我们得在大将军得胜而回之前，早做布置。"

刘协微微叹息道："我观满朝文武，哪里有可能托付重任之人啊。"

伏寿低低地道："不若妾于姜父亲书信一封，言明大将军包藏祸心，欲取圣上而代之……"

后一句话出口，伏寿与刘协相向而视，刘协面色大变，低声道："皇后……"

伏寿缓缓摇着头："皇上，如果不这么说，怎么能说动妾的父亲，妾的父亲又如何能有勇气动手。那是大将军啊，身掌重兵，手握大权。且妾会与父亲说明，会等待大将军从官渡归来之后动手。也正好趁大将军不在许县时候，妾的父亲才有时间从容布置。"

"皇后可慎言，卿难道忘记了董贵人是如何死的？"想起董贵人，刘协激灵灵打了个冷颤，"如今我身边只有皇后你了，不可妄动。"

伏寿的心里却越发地坚定起来，她仰视着刘协道："若不如此，大将军一旦得胜回朝，皇上要怎么办呢？"

要怎么办呢？刘协的心里一遍遍地重复着皇后伏寿的话。他完全不知道还能怎么办。伏寿抽开手站起来，刘协的手缓缓垂下。刘协的心里清楚，皇后的信如果被曹操发现会是怎样的后果，可他心里更清楚，除了皇后的父亲，整个朝廷将再没有一个人能帮他了，一旦曹操率领大军得胜而归，曹操的声望将会达到一个顶天的高度。自古功高盖主，要么臣属推翻天子，要么天子斩杀臣属。然而他这个天子，早已经失去了控制臣属的能力了。他没有再阻拦皇后伏寿，他的心里，也隐隐盼着伏寿的父亲能替他诛杀了曹操。这封信被悄然送了出去，然后从信件送出去之后，没有一点音信传回。伏寿每日里翘首期盼着父亲的回信，然而随着时间的流逝，这期盼终于化作了失望。

荀彧和曹操谁也没有想到，在如今外敌当前的时候，天子刘协和皇后伏寿仍然继续对曹操动了杀心。在与袁绍相持了两个月之后，曹操深感到当日公孙瓒被袁绍围困时的无奈。他终于在战报之后再次提笔对荀彧道：兵少粮缺，士卒疲惫，吾欲收缩兵力退回许县。这个想法不是曹操一时兴起的，而是考虑再三。荀彧收到信之后，当即回信道：今军食虽少，未若楚、汉在荥阳、成皋间也。是时刘、项莫肯先退，先退者势屈也。公以十分居一之众，画地而守之，扼其喉而不得进，已半年矣。情见势竭，必将有变，此用奇之时，不可失也。

荀彧的回信，极大地稳定了曹操的军心。信中荀彧以楚汉当时在荥阳、成皋的对决，来对比今日的官渡。说当日刘邦、项羽谁都不肯先退，就是因为先退守的一方必定要处于被动的地位。接着分析时局，说明曹操以十分之一的兵力，坚守住官渡要塞，拦住了袁绍的十万大军，对袁绍的底细完全了解清楚了，且袁绍一方的锐气也已经散失，士气也已经枯竭，只要再坚持下去，一旦局面稍有变化，正是抓住时机施展谋略的机会，坚决不能失去。

当时张绣和贾诩皆带兵追随曹操，同守卫在官渡，曹操又询问贾诩意见，贾诩直言道：将军您在谋略、勇敢、用人、果断上均胜过袁绍，之所以相持半年不能取胜，是因为您思虑周全，稳打稳扎。相信不久之后就会出现转机，将军很快就会在官渡取得决定性的胜利。

不得不说，荀彧和贾诩的鼓励，给了曹操坚持下去的决心。但只有鼓励和决心是不够的。在这决战来临之前的关键时刻，荀彧令任峻全权负责粮草运送，从许县出发的运粮大队以千车为一部，十路纵队同时推进，并不顾朝廷百官的反对，将守护许县的禁卫军也派出去护送粮草，加强护卫，防止袁军袭击。同时，在官渡的荀攸也得到消息，袁绍的数千辆运送粮草的车辆也即将到达官渡，护送粮草的为韩猛，此人骁勇善战但轻敌。荀攸立刻建议曹操劫粮。曹操派出了徐晃和史涣带领人马偷袭运粮车队，不负众望，将袁绍的军粮烧毁。

然而，虽然任峻的粮草及时送到了官渡曹操的手上，但这一队押运粮草的官兵都已经疲惫不堪，送来的粮草也仅仅够支撑几日的时间。任峻亲自带队押送粮草，见到曹操的时候几乎要热泪盈眶，因为只有亲自带队护送才知道这一路多么不容易，多么艰辛，这并不算长的二百里道路，多少次粮草差一点就被付之一炬。曹操亲自扶起下拜的任峻，咬着牙道："各位辛苦，请各位再给我十五天的时间，这十五天内，我一定要打败袁绍，破了他的大军！"

曹操此刻心里并没有万全的计策，但看着疲惫的士卒全无斗志，曹操不得不咬牙给自己定出了十五天的时间。他困难，但他刚刚收到军粮，袁绍的运粮车队刚刚被焚烧，袁绍比曹操还要缺粮，还要困难。没有粮草，就没有了战斗的能力，这一刻曹操将自己在官渡的成败压在了短短的十五天之内。十五天的时间，面对的是全无头绪的战局，和己方的粮草缺失，后方已经没有存粮。但成败正如荀彧对曹操的劝告一样，时机总是在不经意的时间内悄然而至。

袁绍军营中的气氛此时还很轻松，虽然这一次运送的粮草被曹操的人烧掉了，但是最大的一批粮草正在运送中，距离袁军的大本营只有五六十里地了。袁绍手下监军沮授提议，请袁绍多派遣军队，在乌巢迎接粮草，防止曹操的偷袭。袁绍的谋臣许攸却请袁绍放弃在官渡与曹操的对峙，派出一支轻骑，直取许县。

两方争论，沮授斥许攸道："官渡围困曹营，已半年有余，将军虽然兵强马壮，然而兵卒征战半年，早已经疲惫不堪，哪里还有轻骑二百余里杀去许县的可能。且许县为当今天子所在之地，将军若是派兵直取，岂不是有叛逆不道的嫌疑。当今之际，务必以保证粮草的安全，稳定军心为第一位。"

许攸不与沮授理会，只对袁绍道："将军围困曹军半年有余，曹军兵力只有我军一二成，然还能坚守不退，且许县粮草也源源不断而来。我闻听曹操当日派枣祗大兴屯田制，那任峻在许县周围招募百姓屯田，连年丰收，积谷装满了许县周围的全部粮仓。甚至为了安抚汝南，曹操还下令免除了汝南的赋税。如今曹操军中根本就不缺粮草，但是曹操大军全压在了官渡，许县只有曹仁一人带兵镇守。只要主公轻骑出兵，拿下许县，曹操失去后方，必然只能落败前往兖州。将军得许县即可得到整个豫州，他日再徐徐图兖州，早晚大局定下。"

沮授闻言冷笑道："当日曹操出兵徐州，兖州叛乱，那荀彧、程昱只以鄄城、范县和东阿三城，就使之东山再起。今荀彧坐镇许县，天子百官俱在许县，将军一旦轻骑前往许县，曹操哪里不会追赶，怕是将会让将军置身于腹背受敌之地。"

许攸还要争执，忽然有人禀告，许攸的家人被留守在邺城的审配抓了。

第五十九章

得先机乌巢烧粮　败袁绍官渡大胜

却说许攸竭力劝说袁绍轻兵直取许县，沮授却一力要求袁绍多加派兵护送粮草。二人几乎在袁绍面前争执起来，袁绍颇为心烦，遂道："吾与曹操对峙多日，曹操士卒不如我，军备不如我，粮草不如我。我闻曹操军士已经士气不振，只要再围困几日，他粮草不济，士卒必定有逃亡之人。子远（许攸的字）不必再言。"却也以为粮草有淳于琼押送，必然无恙，也没有采纳沮授的意见。

许攸屡屡建议不受采纳，心里烦躁，却忽然收到邺城家书一封，信上说，他留在邺城的家人触犯了法令，被审配抓捕，许攸心下担忧，急忙前来寻找袁绍，欲请求袁绍为他说情，放了在邺城的家人。不料袁绍对许攸的提议很是不满，只推说军中有事，不肯见许攸，许攸转回到自己住处，越想就越是气愤。袁绍大举出兵，他与田丰、荀谌一同辅佐袁绍，田丰多次进言稳扎稳打，不要轻易出兵，这本是谋臣的职责，却因此开罪了袁绍，被入了大狱。他的家人不过犯了一点小过错，就也被审配关起来，他想要向袁绍求情都不得见。只剩下那荀谌身为荀彧的兄长，却还能好好地待在袁绍的身边，这一战，呵呵，就算是袁绍胜了曹操，于他又有什么益处？

他越想越是气愤，他堂堂一位谋士，跟随袁绍多年，却连自己的家人都救不得。这一战之后，袁绍若是胜了，怕不是会更加瞧不起自己？当下，只带了身边的从人，从侧边悄悄离开袁绍的军营，直奔曹操大营而去。曹操正在大营中眉头紧锁，对前途愁苦不堪之时，听到许攸前来投奔，跣足出迎，扶起拜倒的许攸大喜道："子远前来，大事可成！"

许攸哪里受到过这等隆重接待，当下恨不得一颗心都掏给曹操，与曹操入座，立刻就问道："袁将军兵力正盛，将军准备如何待之？敢问将军现今还有粮草多少？"

曹操哪里肯立刻就说了实话，笑道："粮草虽然不多，尚可支持一年。"

许攸摇头道："哪里能有这么多，说真的吧。"

曹操笑道："可以再支持半年。"

许攸也笑了，道："将军不想要打败袁绍吗？为何不肯与我说真话？"

曹操只得再改口道："刚刚开玩笑了，实在是军粮只剩下这一月的分量。"

许攸点头道："今将军孤守在这里，外无救援，内无粮草，正是危急存亡关头。而袁绍尚有粮草正囤积于乌巢，虽然有士兵防守，但并无戒备。只要将军派轻兵急袭乌巢，烧其粮草，不过三天，袁军必败。"

曹操立刻召集所有将士，将许攸的来降与建议对大家明言，众人皆疑虑，唯有荀攸和贾诩完全肯定许攸的建议，曹操敏锐地判断出，这将是官渡之战最关键的时刻，成败全在这一举，他决定亲自带兵，奇袭乌巢。

当夜，曹操率领精锐步骑只有五千人，尽皆换上了袁绍军队的服饰和旗帜，马口绑缚，人皆抱着一束干草，沿途遇到袁绍的守卫，皆说：

"袁将军唯恐曹操抄其后路，派我等增兵布防。"一路顺利地到达了乌巢，在乌巢外围放起了大火。守卫乌巢的淳于琼看到曹操亲自带兵前来，不过五千人，于是率领万余大军出营应战，曹操军队等于是背水一战，势不可当，淳于琼不敌曹操兵马，退回营地，但曹操立刻就带领兵马展开强攻。淳于琼派人送信给袁绍，请求支援。

乌巢被偷袭的消息传到袁绍大营，袁绍部将张郃主张派兵相救淳于琼，然而郭图却以为应当围魏救赵，趁此时机发兵攻打曹操军营。袁绍采纳郭图建议，派高览、张郃率领重兵攻击曹营，同时派轻骑救援乌巢。曹操听闻有袁绍援军接近，并不理会，只全力攻打淳于琼，攻破其军营，斩杀淳于琼，尽烧粮草。高览、张郃率兵卒攻打曹操军营，曹洪带兵奋力死守。正在这时，乌巢兵败，淳于琼全军覆没的消息传来，张郃、高览立刻临阵倒戈投降。

曹操乌巢归来，看到张郃归降，立刻赞其韩信归汉，封其为偏将军，并率领大部对袁绍展开最后的冲击。袁绍失了粮草，军心大乱，不得已只带着八百轻骑弃军而逃，曹操大军一直追了一日一夜直到延津，缴获武器、图书、珍宝不计其数。俘获袁绍弃兵七万余人，以其"伪降"，尽皆坑杀。由此，官渡之战，以曹操军队大获全胜而结束。

当日，孔融在朝堂之上以为袁绍不可战胜的时候，荀彧当场明言道："绍兵虽多而法不整。田丰刚而犯上，许攸贪而不治。审配专而无谋，逢纪果而自用，此二人留知后事，若攸家犯其法，必不能纵也，不纵，攸必为变。颜良、文丑，一夫之勇耳，可一战而禽也。"而如今，审配以许攸家不法收其妻子，攸怒叛绍，颜良、文丑临阵授首，田丰以谏见诛，全都见诸事实。

曹操大军得胜之日，荀彧与天子刘协亲率百官出许县城外十里相接，但看曹操兵士虽然面露疲惫之色，然而旌旗高举，士气高昂，荀彧与百官尽皆欢呼，刘协面露笑容，心里实则冰冷。当日刘协在皇宫大宴曹操，群臣作陪，从午时一直到入夜方散。

虽官渡大胜，然而不过是许县危机解除，青、幽、并、冀四州仍然还在袁绍的手中，曹操闻袁绍回冀州之后立刻扫平叛乱，重新招兵买马，他眼下却只能韬光养晦，实在是连年征战，尤其是这一年来与袁绍的对峙中，已经看出豫、兖、徐三州的不稳。

曹操人虽然回到许县，心下并不安定，因为袁绍虽然经此一败，却并没有动摇其根基。稍稍休整几日，便要论功行赏。这一日曹操与荀彧商议行赏之事，不觉就说到了汝南。曹操愤然道："我当日在官渡恶战，这些人却在背后与袁绍私通，欲置我于死地，更有军营中人暗地里投靠袁绍，将军营消息尽皆出卖。当日我已经知道，只是没有证据，不敢随意处置以防军心有乱，如今从袁绍军营中得到私下勾结的信件，证据确凿。"

荀彧却笑吟吟地看着曹操问道："主公欲如何？"

曹操怒目良久，却终于叹息一声："当日袁绍之强，我犹不觉能自保，何况众人乎。"

荀彧点头道："诚然。而今袁绍虽然兵退，但还未伤其根本。而我大军皆已经疲惫，正要休养生息，也不宜再生动乱。主公大胜袁绍，足以震慑那些不稳之人，且各县也需要人手管理整治。就如文武百官，心不在朝廷之上大有人在，不过是安置而已。"

曹操点头，却又想起一人道："汝南信件颇多，独不见李通与袁绍的信件，可我明明得知当日袁绍派了人前去李通那里。"

荀彧大笑道："当日袁绍遣人，李通当即斩杀。时汝南民心不稳，税赋不收，唯有李通所在县城仍然正常纳税，为主公你筹备军粮。还是赵俨写信与我，说明情况，我当日以主公的名义免了李通县城的赋税，以收取民心。"

曹操大叹："有先生在我身后替我固守筹谋，我将永无后顾之忧。"

回到许县三日，曹操大宴当日一同镇守官渡的将领，席间将袁绍书信搬来，观手下将领神情不一，且一笑道："从袁绍处得来这些信件，想必是袁绍有意留下，离间我与各位将士之心。"言毕一笑，尽付之一炬，众将无不折服。

消息传到天子刘协的耳里，刘协半晌没有言语。他不得不承认曹操的强大，不但在带兵打仗上，还有心智与心胸上，也看到了他和曹操之间巨大的差距。难怪皇后信件送出去良久，不见皇后伏寿的父亲有只言片语的回信，甚至连派人暗示一下都没有。至此，刘协已经是心灰意冷，每日下朝之后就在后宫与伏寿饮酒作乐。

时已到年关，许县稳固，朝廷当论功行赏，所有参与官渡之战的文臣武将，都有封赏。好一番忙乱之后，从邺城传来探报，袁绍回到邺城之后，杀掉了田丰。消息传过来的时候，曹操这边刚刚封赏完功臣，与荀彧二人闻言，都无言以对。片刻之后，荀彧叹息道："田丰遇人不淑啊。"

曹操也摇头道："袁本初竟这般不容人，难怪当日许攸反叛，张郃临阵倒戈。如此，还有何人肯与他进言？"

自来为上者就要有容人之量，海纳百川之德，能够听取各方不同意见，从中取长补短。然而袁绍因为不听田丰劝谏，更因为没有听信田丰劝谏导致失利，而怒斩田丰，这般心胸，又哪里是为上位者该有的。从田丰，荀彧想起当初的自己投奔袁绍，但一面之后，却决定另投门庭，得选曹操，这才有今日局面，不免喟然。

就听曹操问道："先生兄长友若如今可好？"

在荀彧之前，荀彧的四兄荀谌一直辅佐袁绍，为袁绍谋臣，袁绍战败，不知道可否因荀彧缘故，迁怒于荀谌。荀彧笑道："我四兄一贯聪慧，据闻官渡之战并未多出谋划策，官渡战败，当审时度势，为不牵连家中父老，当会避走他乡。"

曹操闻言，半晌才再摇摇头，竟然是不知道该如何评价袁绍其人。

荀彧终叹息道："布衣之雄耳，能聚人而不能用。"

这大概是对袁绍一生最恰当的评价之一了。想袁绍当日振臂一呼，聚群雄于身边，征董卓、讨黄巾，天下英雄无不敬佩，以投奔袁绍为荣。然而时过境迁，再回首往事，却发现袁绍身边有德有才之人竞相离去，到如今官渡一战，更是人才凋零。反观曹操这边，胸怀大度，以天下大任为己任，并不计较个人得失。所以才从一籍籍无名之辈，而成今天之大将军。

再谈起袁绍身边谋臣，说到沮授，曹操十分惋惜："我与沮授很早时候就相识，奈何彼此无缘。当日袁绍败退，沮授为我所俘，却坚持不肯降我。我虽厚待，他却仍然意图离开，不得已杀之，然而我心终究还是不舍。"

荀彧微微点头："据闻当日沮授多对袁绍劝谏，当日在你我之前，就提出接天子到邺城。袁绍渡黄河之前，曾力排众议，提出三年疲曹。官渡之战前夕，力劝袁绍缓进，后集合宗族，散尽家财。待到主公乌巢烧粮之前，还提出建议，要求袁绍增派兵力，援守军粮。这些建议别说当初，就是现在看来，若是袁绍肯听取任何其中一项，官渡之战胜负，也不会定下如此之快。今沮授死在主公之手，于沮授而言，死得其所，不然岂不是第二个田丰？"

曹操闻言，频频点头道："先生所言，句句说在理上。也幸亏袁绍为人志大而智小，色厉而胆薄，忌克而少威，兵多而分画不明，将骄而政令不一，不然，如何会有我官渡之胜。"

听闻此话，荀彧双手抱拳在胸，对曹操遥遥一揖道："但凡一战，每遇危机，主公必身先士卒。乌巢一战，若无主公亲自率领，岂可能尽烧袁绍粮草？再往前，若是无主公官渡镇守，又有哪一位将军能以十分之一兵力，与袁绍大军抗衡，力守官渡半年？袁绍固然有其落败原因，主公却更有其获胜的资本。主公不可过谦矣。"

曹操忙还礼道："先生过誉了。"

第六十章

年关至皇后有孕　尝疾苦后继有人

　　年关将至，整个许县都沉浸在过年的喜庆当中，就连皇宫内早朝的时候，刘协的脸上也多出些笑容来。周边局势正在往好的方向发展，尤其是刘协想到曹操虽然打赢了官渡之战，然而袁绍还占据着青、幽、并、冀四州，心里就舒服了好多。刘协如今想明白了，袁绍对曹操的威胁在一天，他就安全一天。至于什么雄心壮志，拿回天下的所有权，让曹操听命，刘协已经不想了。他已经看明白了，除了曹操手下的大将，荀彧尚书台的官员，其余的文武百官，不说全是为了自保，也大多数是听命于曹操的。当然也不是所有人都听命于曹操，也有人敢于与曹操争执的，然而都不是曹操对手。反正他还坐在天子的宝座上，反正这江山还是汉室江山，至于以后，那就以后再看吧。

　　离过年还有半月，负责礼仪的官员们已经张罗着如何过年了。这是刘协来到许县的第二年，曹操大军也刚刚打败袁绍，正值得庆贺。礼部官员早早地就请示了，准备在辞旧迎新的最后一天里，在皇宫里大宴群臣，后宫皇后同时也大宴群臣的家眷，以示天子隆恩。这些日子的早朝里，刘协也最关注新年前一天的晚宴，早朝结束之后，还会留下礼部的官员研究一下宴会时的酒菜，歌舞的表演，所穿的衣着。

这些天刘协的心情难得的好，回到后宫之后，和皇后伏寿说起的都是些朝中让人高兴的事情。这一日下朝之后，就兴冲冲地去找了皇后，后宫内果然也都是喜悦的气氛，皇后正在宫室内看着几件新衣，见到刘协而来，忙迎上去施礼："参见皇上。"

刘协扶起皇后道："皇后免礼，远远地就听到有笑声，何事如此开心？"

伏寿笑着站起来道："这不是快过年了，礼部送来了晚宴时候的礼服，皇上你的礼服上还有金线刺绣盘龙，妾的礼服上是银线绣的彩凤。皇上快来试试新衣。"

刘协走过去，见到架子上陈列的礼服，果然是金线刺绣，雍容华贵，再看皇后的礼服，银丝缭绕，夹杂着七色彩线，也端得华丽异常。他微微点头，张开双手，有宫人上前为他宽去朝服，换了新的礼服，待到铜镜前站立，只看到镜中之人翩翩，举手投足无不带着富贵的神态。这边皇后也换上了礼服，站在了皇上身边，铜镜中映出这一对璧人，郎才女貌。二人的视线都在镜中先看了自己，再久久地看着对方，视线在镜中久久地对视。

"皇后。"刘协看着镜子中站在自己身侧的美人，轻轻地念叨了声。

"皇上。"伏寿也轻轻地呼唤了声，忽地伸手捂住口，微微干呕了下。

刘协面色一变，立刻扶住了伏寿，急道："皇后，你哪里不舒服，要不要传太医？"

身边伺候的宫人急忙端过来一杯茶水，刘协接过来，亲自扶着伏寿喂给她喝下。伏寿喝了一口茶，面色微红，伸手抚着自己的小腹，对刘协低声说道："太医之前刚刚离开，皇上，是妾有喜了。"

"啊！"刘协惊讶了声，急忙扶住伏寿小心地坐下，惊喜道，"有喜了？多久了？有喜了皇后还不多休息，还要操劳。"

伏寿笑着道："才刚刚两个月。"

刘协忙命人服侍着皇后换下繁复的礼服，自己也脱下礼服换回了常服，小心地坐在伏寿的身边道："皇后有喜了，真是大喜事。"

说了这句话之后，竟然不知道如何表达自己喜悦的心情，要宫人重新换了温热的茶水来，又觉得室内冷了，吩咐加上一盆炭火，又生怕皇后闷了，将窗户小小地开了缝隙。伏寿笑吟吟地坐着，看着刘协忙碌地吩咐着宫人，也看着宫人们都笑盈盈地答应着。她伸手轻轻地抚摸着腹部。虽然知道只有两个月的身孕，腹中的孩儿还没有成形，却感觉到初为人母的开心。

"再有两日就是国宴了，是喜上加喜。"刘协伸手也摸着皇后的小腹，好像掌心感受到孩子的温暖。

"才两个月，太医说，要五个月才会感觉到胎儿在动的。"伏寿虽然是这么说的，但是手却轻轻放在刘协的手上，一起抚摸着她的小腹，两个人的心里，全洋溢着即将有儿女的喜悦。

荀彧的府中，也洋溢着喜庆的气氛。这一日不用早朝，但习惯了早朝的荀彧仍然早早地醒来，他没有马上起来，而是在黑暗中睁着眼睛。又是一年了，再有一天，就是新的一年了。回想这一年，竟然是风霜刀剑地过来，想起这一年的经历，好像都是在昨天。时间真过得太快了，快到眨眼间，皇上来到许县就已经四年。

他没有惊动程氏，悄悄地起床，只披着外衣来到院子里。下人们已经起来了，有下人捧来了热水，荀彧就在院子里洗了把脸，擦脸的时候，看到身后房间里的烛火点燃了。他走回到房间内问道："如何不再多睡一会儿？"

程文倩已经起来了，整理了衣裳，正在洗脸，闻言说道："今儿个是年关，粥棚要早点开，天亮了就先去城门口看看。"

荀彧闻言道："最近事务繁忙，忽略了赈粥的事情，夫人多操劳了。"

程文倩已经擦了脸，正对着铜镜梳妆，对着镜子中荀彧的身影道："先生还要对妾客气？能为先生分担一些，是妾的福分。"

荀彧站在程氏的身后，看着镜中的妻子道："这一年来的征战，许县的粮仓几乎都要空了，我又免了汝南全郡的赋税，倒是让颍川的民众辛苦了。"

程氏也从铜镜中看着荀彧道："颍川也还好，大家都有地耕种，有粮食可收获，这几年来每年我们荀家都在城门口施粥，妾是眼看着前来领粥的穷人越来越少。"说着转头看着荀彧道，"我还记得我们第一年施粥，还需要在粥里撒把土，好让真正挨饿的穷人能喝上一碗稠粥。从第二年就不用了，我听城里的百姓们说，多亏有了先生你坐镇许县，大将军打跑了逆匪，我们许县的人才不会忍饥挨饿的。"

荀彧笑着道："是因为有天子坐镇许县，天子护佑百姓。"

程文倩微微一笑，并不与荀彧争论，转而问道："今天先生可曾有事情安排？如若无事，我们一起去城门粥棚看看。"

荀彧点头答应。

荀府的早餐一贯都很简单，不过是清粥馒头小菜而已，几个孩子正在长身体，每人还都有一个鸡蛋。最小的儿子荀诜才一岁有余，已经开始吃辅食了，看到桌上的鸡蛋，也拍着手吐字不清地叫着"蛋、蛋"。荀彧拿了一个鸡蛋，掰开一块就直接要喂给荀诜，程文倩笑着道："诜儿还小，吃不了这么大块的，要小块些。"荀彧失笑，掰了小小的一块，送到儿子的嘴里，看着儿子手舞足蹈，兴高采烈地吃着，也笑起来。

转头又对长子和次子道："今日你们休沐，不用上学，一会儿就跟着为父和你们母亲一起去城门口赈粥。"

荀恽和荀俣小孩子心性，听说到城门口赈粥，只以为有玩的，立刻应了声，吃饭的速度都加快了许多。荀彧和程氏都看着好笑，荀彧也才醒悟过来，他陪伴孩子们的时间太少了。吃过了早餐，荀彧和程氏就带着两个儿子坐上了马车。两个孩子很少有在街面上行走的时候，只掀开马车的车帘，看着什么都有趣。不多时来到了城门口，粥棚内果然都已经生起了火，大锅坐在了火上。见到荀彧和夫人还有两位小少爷一起前来，粥棚的下人们忙上前躬身施礼。

荀彧客气地道了声免礼，领着两个儿子上前。当时还是有君子远庖厨的说法，然赈粥却与通常的庖厨不一样，荀彧亲自掀开锅盖，看着水微微地滚了，将米拿过来下到锅里，又拿着勺子推动了一圈，这才将勺子递给了长子，让他也试试。荀恽看着很是新奇，也学着父亲的样子，推着勺子在大锅内一圈。他此刻不过才十岁有余，个子还不高，被热气熏到脸上，扭头打了个喷嚏。荀俣的年龄还要小两岁，个子还没有灶台高，被荀彧抱着只能看着动不了手。

因为是年关，新年前的最后一天，这一天施粥虽然也是杂粮，但其内粳米多了些，还放了些干果，粥才一微开，香味就飘起来，荀恽和荀俣虽然才吃了早饭，闻到这香味就忍不住馋了起来。正在这时，城门口又传来马蹄的声音，却见到曹操骑着马，带着护卫许褚和几个儿子过来，离粥棚还有着距离，就跳下马将缰绳丢给许褚，大步走过来。荀彧忙带着儿子们过去见礼，彼此忙乱了些之后，荀彧道："主公如何前来？"

曹操笑道："今日不用早朝，孩儿们也不用上课，我就想着先生你肯定会来到城门施粥，就领着他们过来看看。"

两人转头，就见到荀恽和荀俣已经与曹丕和曹植见过礼了，正一起说着什么，然后就见到荀恽拉着曹植的手跑到粥棚内，掀开锅盖，拿着勺子推了一圈。旁边跟着的下人小心地护卫着。曹操笑道："恽儿照料弟弟习惯了，把植儿也当作弟弟看待。"

荀彧笑道："恽儿常说起植哥的文采，小小年纪就让人佩服得紧。"

就看到曹丕此刻已经有了大人的风范，缓步走到粥棚内，只是看看，询问了几句，并不上手，就接着道："子恒如今颇有主公的风范。"

曹操回头看曹丕时，眼神里就已经带上了笑意，然而仍然谦虚地道："子桓顽劣，见识不足，所以我今天才带着他们出来走走，也当看看天下黎民百姓的疾苦，当知道一粥一饭来之不易。"

却见到曹丕正在询问粥棚的下人，这粥里都有些什么，需要熬煮多少时间，这一大锅的粥可以供多少人多少碗，又询问其这些时日里前来领粥的人有多少，还有哪里建有粥棚，仔细地听着下人的回答，这才前去熬粥的大锅看了一看，又看看城门外的远处。如今正是严冬，入目处一片萧条，不远处低矮的棚子内，有人衣衫褴褛，正往这边探头探脑。

曹操喊了曹丕过来问道："刚看你问了许多，可有何想法？"

曹丕从容道："愿天下早太平，民生早安宁，愿天下再无饥饿之人，再无人背井离乡。"

荀彧看着曹丕，眼神里露出微微的惊叹。他知道曹丕不过才十三，不想这般年纪就已经胸怀大志，赞道："子桓少小即有远大抱负，可赞。"再看荀恽和荀俣与曹植玩闹在一起，与曹丕迥然不同。

随着粥的香气飘起来，粥棚前也汇集了人，也有人看起来并不如何饥饿，衣裳也还完好，荀彧对曹操道："虽说连年的征战，但民生却也在逐渐好转。我还记得第一年施粥，起了三个炉灶都不够。幸得在兖州时，枣祗就推广了屯田，而到颍川、汝南，又有严峻推广，让许县粮仓充足，也让我当日有了底气，敢免除汝南的赋税。也幸得主公拒袁绍于黄河北岸，还许县一个清平山河。"

想起这一年的征战，曹操感叹道："所谓的天时地利人和，缺一不可。想到袁绍仍然在黄河以北盘踞，与刘表勾结，我心就不安。"

正说着一阵风吹来粥的香味，就听到粥棚的人喊道："起粥了！"立时，粥棚前就多了好些人，人人手中都有一大碗。曹操惊讶地看着这些人道："许县还有这等饥饿之人？"

荀彧笑道："明日过年，从今天开始连续三日，粥棚的粥以粳米为主，更加上若干干果果仁，要比寻常百姓人家的粥还要黏稠，内容还要丰盛。所以也有百姓人家前来领粥。主公，这大锅粥的味道甚是不错，稍后也尝尝？"

曹操还从未品尝过粥棚里的饭食，但行军打仗时，冷餐硬饼也可以果腹，此刻在寒风中嗅着这粥的香气，忽然就觉得饥肠辘辘。

就见到曹丕正亲自站在大锅前，舀了一勺的粥，送到百姓的碗中。

第六十一章

贺新年普天同庆　度关山心系黎民

　　天黑之前，皇宫内就已经热闹非凡了。大臣们都聚集在平日上朝的正殿内，这里早就摆放了一排排的案几，大家按照各自上朝时候的位置都坐下来。曹操在左手第一的位置，正对着荀彧，两人从城门外一起回来，更衣之后又一起前来的，现在都和各位大臣打着招呼，就听到"皇上驾到"的声音，都从案几后站起来，躬身施礼。

　　刘协身着崭新的礼服走进大殿，登上自己的宝座之后道："众爱卿平身。"

　　刘协的眼神里还有着掩饰不住的喜悦，看着堂下的众位大臣，也觉得比寻常亲切起来。他说了几句场面话，就挥手领人送上酒水佳肴。在曹操的带领下，众位大臣纷纷向刘协敬酒，除了大将军的敬酒，刘协将杯中的酒一饮而尽，其余的敬酒他只是略沾沾唇角，但这并不妨碍他的好心情。舞姬在堂下翩翩起舞，他的视线落在舞姬的身上，却仍然不受控制地看向曹操。大家正在向曹操敬酒，听不清是谁说了什么，曹操正在开怀大笑。这开怀大笑的曹操让刘协看起来很是刺眼，他给自己斟了一杯酒，缓缓喝了一口。

歌舞暂时停下，舞姬退下，堂下有人举酒对曹操道："官渡半年，大将军身先士卒，我等敬大将军一杯。"众人纷纷附和，刘协也举起酒杯对曹操道："若无大将军，则无朕今日，朕也敬大将军一杯。"

曹操欠身举杯道："是圣上圣明，臣愧不敢当。"先举杯一饮而尽。

刘协也饮尽了杯中酒，想起过去与今日的对比，也念及了曹操的好处，忽然注意到曹操还是一身旧衣，并没有换上新的礼服。再看朝中的大臣，荀彧也是一身半新不旧的礼服，在大半衣着鲜艳的群臣中，显得很是突出。他疑惑了下，开口道："如此辞旧迎新之际，大将军何故还是一身旧衣？"

群臣大都注意到曹操的衣着简朴，见皇上亲自过问，大殿内一下子就安静下来。曹操欠身道："新衣上身，束缚颇多，臣常年征战，习惯了旧衣的舒适。"

夏侯惇在曹操下处笑着说道："启禀圣上，大将军为人颇为节俭，别说这衣裳，就是军营中的床帐，都是打了补丁的。"

刘协奇道："何故节俭到如此？"

曹操笑容微微顿了下道："这些年连年征战，在外的时候颇多，民间的疾苦也就看到得多些。并非臣有意节俭，以图虚名，而是臣以为，臣之住处、膳食、衣着，已经好过百姓许多，百姓还不曾衣食足、仓廪实，臣便不敢铺张浪费。"

刘协笑着道："大将军无时无刻不心系黎民百姓，让朕也钦佩得很，朕再敬大将军一杯。"

脸上虽然笑着，低头饮酒之时，那笑意就从唇角隐没，只是再抬头的时候，笑意依旧在，且再笑着说道："倒是朕这般，铺张浪费了。"

群臣闻言，面上都有些挂不住，荀彧笑着说道："圣上言重了，圣上贵为天子，居于庙堂之上，理应享受四方供奉。"

众人纷纷附和，刘协微微一笑，却看向曹操道："大将军文治武功，知兵法，擅诗文，朕之前曾闻大将军诗作《薤露行》，每一回想都心有戚戚。今大将军大败袁绍，得胜回朝，这庆典之上可有诗兴？"

曹操闻言，沉默片刻，高声唱道："天地间，人为贵。立君牧民，为之轨则。车辙马迹，经纬四极。黜陟幽明，黎庶繁息。於铄贤圣，总统邦域。封建五爵，井田刑狱，有燔丹书，无普赦赎。皋陶甫侯，何有失职。嗟哉后世，改制易律。劳民为君，役赋其力。舜漆食器，畔者十国，不及唐尧，采椽不斫。世叹伯夷，欲以厉俗。侈恶之大，俭为共德。许由推让，岂有讼曲。兼爱尚同，疏者为戚。"

歌声唱罢，大殿里先是静了片刻，之后纷纷赞叹。更是将首尾两句"天地间，人为贵"和"兼爱尚同，疏者为戚"不断反复提起，从这诗句中，所有人都看出了曹操的心胸，以及其为国为民的抱负。刘协也品味着曹操诗句的含义，他想要从中找出曹操贪慕虚荣博取名声的一面，然而品味着诗文，他心里不得不承认，曹操远比他看到的还要包容，还要海纳百川。他对着曹操遥遥举杯，这一次他没有吝啬他的赞美。他从内心里承认曹操的强大，在军事上，在政治上，也承认自己空有一腔抱负，却在文治武功上都不如曹操这位大将军。

刘协一杯接一杯地举起酒杯，没有大臣敢前来劝酒，更没有人敢来不让他喝酒，他一杯一杯地，让自己陷入了微醺的状态。今朝有酒今朝醉吧，也许过了今朝，眼睛一闭一睁之后，就改朝换代了。这个想法头一次清晰地出现在心里，刘协却没有心慌意乱，甚至心跳都没有加快。他看到荀彧从座位上站起来，来到他的案几前，刘协笑着举杯道："荀爱卿怎么不带着酒杯来与朕敬酒？"随即看着左右道，"来，给荀爱卿拿酒来。"

他亲自给荀彧斟酒，送过去的时候手微微一晃，荀彧急忙上前双手接过酒杯。一袭与酒香截然不同的香气忽然扑面而来，刘协忍不住嗅嗅，看着荀彧笑起来："王佐之才，荀令留香，荀爱卿，朕识得你晚了。"后一句话喃喃只如低语，好像只是一时神思恍惚而言，但荀彧分明是听得清清楚楚。他扶住刘协的手，接过酒杯，一饮而尽，接着轻声道："圣上，您醉了。"

刘协笑着看着荀彧，透过荀彧，也看到意气风发的曹操，看到满朝笑容满面的文武大臣。这些都是他的大臣，然而这些人里，又哪里还有人真心当他是天下之主呢。他笑着点点头道："是的，朕醉了。朕真希望朕能一直醉着，不会醒来啊。"

国宴之后就是家宴，后宫内皇后已经另行准备了酒菜，待宫人们扶着微醉的皇上回到后宫的时候，伏寿急忙迎上去。刘协记得皇后才有身孕，并不敢将力气放在皇后身上，只是轻轻地搭着皇后的手臂坐下。他笑吟吟地看着皇后，就着皇后的手饮下一杯解酒茶，却又看一眼伏寿的腹部问道："今日没有劳累到吧？"

伏寿面颊微红道："不过是坐在上面吃些东西，哪里能劳累得到。倒是皇上如何饮这么多酒？"

刘协笑着拉着伏寿，让她坐到身边，亲自给伏寿布菜道："高兴啊，今天朕想通了些东西，高兴，就多喝了几杯，也将皇后不能喝的酒，都喝了。"

伏寿给刘协斟了杯茶道："什么事情让皇上这么高兴？"

刘协接过茶杯喝了一口就放下，自己给自己再倒了杯酒，扣住伏寿阻拦自己的手道："我想明白了，今朝有酒今朝醉，所以就痛快，就高兴。"

伏寿听着皇上竟然自称"我"而不是"朕"，吓了一跳："皇上！"

刘协笑着摆摆手："皇后，朕只是高兴，一时忘记自称。"刘协仰头将酒一饮而尽道，"朕是真心高兴。这座皇宫虽然不大，但是朕衣食足，每天醒来都不会担心会被人抢走，性命堪忧。对外有大将军在征战，我只需要下个圣旨。"

刘协笑着，可他虽然笑着，眼睛里却分明有泪水涌上来，正顺着面颊落下来。伏寿看着刘协，眼圈也逐渐红了，两人忽然相拥到一起，痛哭出声。宫人们都已经悄悄地退下去了，整个宫殿里显得那么的冷清。这是一年中最后的一天，马上就要过子时，就要是新的一年重新开始。但他们还有重新开始的机会吗？谁会容许他们重新开始？案几上的酒菜都已经凉了，这一晚精心准备的饭菜没有被动上一口，在这样一个辞旧迎新的时刻。

"哪！哪！哪！"打更声传来，子时到了，新的一年来到了。刘协和皇后伏寿肩并肩靠在一起，听着打更的声音缓缓远去。两人互相搀扶着站起来，往寝宫走去。新的一年来到了，然而，好像与过去的一年也不会有什么区别。

荀彧的家中，荀彧已经带着妻子和儿子们在小祠堂外给先人们上了香，又给唐秀娘的牌位也上了香烛，这才领着妻子儿女们回了房间休息。忙碌了一整天，荀彧的精神还很好，回到房间内看着铺床的程氏问道："今天国宴上可有什么新鲜的事情？"

程氏铺着床的手停了下，想想道："要说新鲜的事情，大概就是皇后的礼服很漂亮。"程氏继续铺着床，然后回头看着荀彧道，"皇后也很高兴，一直在笑。"

荀彧道："今天皇上也很高兴，喝了很多酒。"他想起刘协最后那声近乎呢喃的低语"朕识得你晚了"，心中微微生出感叹来。圣上生在这样的年代，也是不容易的。然而他的心随即就硬起来。没有人容易，大家都在努力，大将军是，他也是，好不容易得来的平静，绝对不能因为一句轻言而打破。

"大家都高兴。因为大将军打跑了袁绍，许县安宁了，大家不用再经历战乱了。今天皇后敬了卞夫人几次酒，说若是没有大将军，就没有今天。"程氏坐在梳妆台前，将头上的首饰拿下来，一头乌发立刻就披在了肩上。她起身也宽了外衣，又过来帮着荀彧脱掉外衣，"大家都向卞夫人敬酒。"

荀彧站起来，顺着程氏的力道脱下外衣，转身坐在床上，拉着程氏一起躺下道："今天大将军作了首诗，我听了心中很有感慨。大将军心系天下百姓，不仅仅是从诗句中看到的，还有平素的为人。我听夏侯将军说，大将军在军营的床帐，都是打了补丁的。"

程氏"啊"了一声道："今天大家的服饰都很华丽，唯有卞夫人的衣服只有简单的双色刺绣。那外袍我看着卞夫人穿过几次了。不过宽了外袍，里面的长裙是新做的，只是还是简单了些，刺绣少了些。"

荀彧看着程氏挂在窗边的长裙道："是我疏忽了，今天你也不是新衣。"

程氏笑起来："平时我也很少出去，做了新衣也穿不上几次，平白地浪费了。"

荀彧搂着程氏，让她的头靠在自己的肩膀上："平素里家里的钱粮，多用到了打点外边上，让你跟着我受苦了。"

程氏噗嗤一笑道："家里有穿有吃的，孩子们过年也都是新衣，有什么受苦的。先生你又不用出去打仗。"

荀彧也笑出了声："是啊，有穿有吃，孩子们也有新衣，还不用出去打仗，是不苦。"

他探身吹灭了蜡烛，将被扯上来盖住两人，心里说，该知足了。

"对了，"程氏忽然想起来什么，道，"今天国宴上，皇后有过两次干呕，她很小心地拿袖子遮挡了，不过我就在下手第一的位置上，看得很清楚。皇后好像也不喜欢腥膻的味道，今天的肉食几乎都没动。我猜着，皇后可能是有喜了。"

"有喜了？"荀彧侧过身看着程氏，"你确定？"

黑暗里程氏点点头，才反应过来荀彧看不见，开口道："有几次皇后的手扶着腹部，很小心的样子，看起来是。"

荀彧道："难怪皇上今天也是很开心，喝了那么多的酒。皇上有后，是大喜事啊。"

黑暗里，荀彧的脸上也布满笑容，他想起皇上今天的开心，那笑容是他从不曾在皇上脸上看到的。忽然又想起皇上的那句话。他的笑容慢慢从脸上消失。

他总是会竭尽全力，护住这来之不易的平安。

第六十二章

再出兵收复仓亭　程文倩进宫伴后

随着冬天的过去，春天的来临，万物复苏，曹操的兵马也得到了休整。这一日忽然收到刘表派兵攻打西鄂的消息。刘表一共派遣了步兵骑兵一万人，而西鄂城池所有能负担守城的官吏百姓才不过五十余人。曹操得到这个消息，当即就想带兵南下攻打刘表。

此时，袁绍虽然在官渡一战落败，然而仍然有兵马守在了黄河南岸，且依然占据着青、幽、并、冀四州。荀彧对曹操分析道："现在袁绍失败，部下分崩离析，正应该趁此机会，一举平定河北。如果我们现今远征江汉一带，则背后兖州、豫州就要空虚，如果袁绍收拾其残部，乘虚攻击我们后方，则大事不图。"在军事大局上，曹操一向都听从荀彧的安排，更何况荀彧的见解总是一针见血，能说到点子上，曹操立刻就被荀彧说服了。

听说曹操又要举兵，刘协和伏寿的心里都再一次松了口气。从新年的国宴之后，刘协就有些怕见到曹操，甚至在曹操面前，有几次都不敢直视曹操的眼睛。曹操总算是要出去打仗了，只要曹操不在眼前，刘协就觉得日子舒服了许多。后宫内，伏寿的腹部已经显怀了，大臣们也都知道了皇后有喜，太医每天都要前来给皇后请平安脉，就连饭食，刘协也感觉到有很大的改变。这天下了早朝，刘协就急匆匆地回到后宫，听闻皇上回来，伏寿急忙将手里的针线放下，迎上前去。

刘协托起伏寿道："朕不是免了皇后的行礼了吗？"说着扶着皇后，小心地往里走去，问道，"皇后晨食用了些什么？"

伏寿笑着道："用了一碗羊乳，还吃了一个枣糕、一枚鸡蛋。妾陪着皇上再进点朝食。"

刘协早朝之前也只喝了一小碗的粥，闻言点头，伏寿就着人传了饭食，自己将刚刚的针线放在一边。刘协看着针线上的小衣服样式，很觉得好奇，拿手比量了，才巴掌大小，问道："皇后这是给我们的孩子做的小衣？"

伏寿笑着道："贴身的小衣，妾想着亲手做一件。"说着轻轻摸摸自己的腹部道，"妾感觉到他长大了，会动了呢。"

刘协将手轻轻放在伏寿的腹部感受了一会儿道："皇后不要太劳累了。"

伏寿摇摇头："哪里会太劳累了，白日越来越长了，妾在皇宫里也没有事情可做，做件小衣，还可以打发些时间。"

说着话，案几上已经摆上了饭食，虽然是早点，样式却不少，有鸡蛋、小方糕、白粥和几样小菜，都是清淡可口的，还有两小碗的羊乳。

伏寿亲自端了一碗羊乳放在刘协的面前："太医说了，多喝点羊乳对胎儿很好，妾就想着皇上早朝很是辛苦，就吩咐了，以后每日的早餐里，就都上两碗羊乳。这羊乳都加了饴糖，不那么腥膻了。"

刘协端起来喝了一口，羊乳入口软绵，味道甘甜，腥膻果然不甚重。他早朝之前只喝了半碗粥，喝了这碗羊乳，不觉得胃口大开，竟然再吃了两块方糕、一枚鸡蛋，犹觉得意犹未尽。只是刘协习惯上只食得七八分饱，所以就放下筷子。伏寿看着刘协这般好胃口，也陪着又进了个方糕，也饮了碗羊乳，这才吩咐将饭食撤下去。

"皇上今天心情很好，可是早朝里有什么开心的事情？"伏寿又拿起了针线，刘协却过去将针线从伏寿的手里拿开道，"刚刚用了些东西，不宜久坐，走，朕陪着皇后到御花园走走。"

伏寿的脸上露出惊喜的笑容。刘协很少会主动提出到御花园走走的，这一定是早朝中有让人高兴的事情了。初春的御花园中，树木才微微泛绿，然而就是这微微的绿意，才让人看着舒服。桃树和梨树也都拱出了花苞，只等待一场春雨，就会盛开。刘协扶着伏寿的胳膊，小心地走在甬道上，看着道路两侧的绿意，只觉得心情舒畅。

"大将军很快就要出征了，今天早朝的时候，大将军请旨要再征讨袁绍，将袁绍的军队彻底从黄河南岸赶出去。"刘协说着，侧头看着伏寿，伏寿的脸上也露出笑意："恭喜皇上。不知道那大将军何时出征？"

刘协道："总也得十天半个月吧。朕特批大将军出征之前无须前来早朝。"刘协扶着伏寿站下，他们身在御花园的中心，前方是池水，池水中都是红白的锦鲤，见到有人前来，锦鲤们都往岸边处游过来。

伏寿张手，宫人们递过来鱼食，伏寿将鱼食送到刘协的手上，刘协抓了一把，往前一扬，鱼食落下，锦鲤们争先恐后地争抢起来。

"皇后，朕有时候觉得自己很无能，因为朕竟然害怕自己的臣属。"刘协摇着头，将一把鱼食再扔进池塘内，看着池塘内争抢的锦鲤，无奈地摇摇头，"朕一听说大将军又要出征，就很高兴，很高兴。"

伏寿侧头看着刘协，轻声道："大将军是为了皇上的江山才出征的，皇上高兴不是应该的吗？"

刘协笑了声，忽然凑近伏寿的耳朵，用只有伏寿才能听到的声音说道："朕的心里很期盼大将军这一仗打败的，朕甚至过问了袁绍那边还有什么武将，可惜，大将军说都是无能之辈，不值得一提。"

伏寿抬眼看着刘协，刘协的嘴角还露着笑容："可仓亭还在袁绍的手里，朕真希望袁绍能派一员大将镇守。但我数了数……"刘协嘴角的笑容慢慢消失，"连吕布那般的大将都死在了大将军手里，朕真不知道还有谁能胜得了大将军。"

伏寿对前朝的事情并不了解，但吕布她还是听说过的，闻言半晌才说道："但不论怎么说，大将军出征了。只要出征，就要打仗，听说大将军常身先士卒，那就总会有危险的。"

两人相视一笑，刘协道："朕也是这么想的，所以朕早朝之后就很高兴。朕看到大臣们听说大将军出征，都很高兴，就更高兴。"

刘协将最后一把鱼食都扔出去，看着还在争抢的锦鲤道："朕当时就在想，说不定群臣中也有人和朕是一个想法。皇后，你说是不是？"

伏寿笑着拿过刘协的手，抽出手帕为他仔细地擦了手道："一定会有的。妾虽然不懂什么，但是也知道圣人说过，木秀于林，风必摧之。大将军南征北战，功劳甚重，积威甚深，忌惮的人就会更多。"

刘协轻轻笑了声道："都说人为财死，鸟为食亡。皇后，这御花园的春景，真让人赏心悦目，若是再来一场透雨，一定会更让人开心的。"

伏寿笑道："是啊，说不定这十天半个月之后，就会连着下几场春雨呢。都说春雨贵如油，珍贵着呢。"

果然，从第二天开始，连绵的春雨就落了下来，虽然雨并不大，但是淅淅沥沥地连着下了三天。这三天曹操果然是都没有早朝，刘协见不到曹操，心情就更好起来，一直到曹操离开许县的前一天，曹操忽然来参加了早朝，并向刘协禀告说，第二日将率领兵士前往仓亭一带。刘协立刻祝曹操旗开得胜，并吩咐荀彧一定要将粮草准备充足。这些漂亮的场面话刘协说得很熟练了。每一次曹操领兵出征，他都要这么说几句。前一次甚至还亲自送别大军到城墙外。然而这一次他只是站在高高的台阶之上，接受曹操和大臣们的叩拜，他脸上笑着，心里充满了恶意。

从曹操带兵离开，战报每天送到尚书台之后，都会有一份抄送到宫里。刘协每天都在等待着战报，等待着他想要得到的消息。但战报里的消息，每天都让群臣欢呼，却只是让他的脸上勉力维持着微笑。大将军挥军北上，扬兵黄河，对驻守在仓亭的袁绍军队发起攻击，一举歼灭驻守在仓亭的袁绍军队，彻底收回黄河南岸。朝廷振奋，然而这消息却无法让刘协振奋起来。一想到曹操要班师回来，刘协的心里就不可避免地恐慌。这一日早朝结束，他破天荒地将荀彧留了下来。

刘协请荀彧坐下，思忖了片刻之后问道："荀爱卿，朕听闻大将军收复了黄河南岸，心甚兴奋。大将军可有一举收复黄河北岸，将青、幽、并、冀四州也收回的想法？"看着荀彧微微诧异的神色，刘协掩饰地笑了声道，"朕知道大将军征战在外很是辛苦，但一想到袁绍那逆贼当日兴兵渡过黄河，差一点就要攻打到许县，心里就惶恐不安，深恐那袁绍养足了兵马，再一次进犯过来。朕也听闻冀州是一块宝地，常年风调雨顺，是最适合养兵蓄锐之地。朕这段时间来总是惶恐，总是想起几年前被掳在洛阳、长安辗转的时刻。深恐又会经历之前不堪一幕，所以才有这一问。"

荀彧微微欠身道："黄河南岸才刚刚平定，我大军并没有做好立刻就进入北岸的打算。且袁绍占据青、幽、并、冀四州已久，袁绍其人名望颇高，在这四州素有人气，若是贸然进攻，恐怕损兵折将，还需要从长计议。"

刘协闻言，脸上难免失望，好一会儿才道："朕以为袁绍兵败，士气大挫，当是出击黄河北岸的大好时机。不过连荀令君都不认为这是好时机，可能是朕想错了。"

荀彧再欠身道："圣上此言有理，黄河北岸我们早晚是要收回的，只是我们连年征战，才有数月的休养生息，然而袁绍上一次虽然官渡大败，但是并未伤及根本。且豫州背后还有刘表虎视眈眈，汝南也还没有完全安定。不过圣上且放宽心，待豫州完全安定下来之后，大将军一定会出兵黄河以北的，为我皇收回汉室江山。"

刘协心下虽然失望，但是也得到了他想要得到的消息，话题就一转道："皇后如今已经有八个月的身孕，行动不便，常在后宫未免无聊，可否请爱卿的夫人常常来后宫陪伴皇后？"

荀彧闻言，心里未免吃惊，忙答应道："为圣上分忧，是我等臣子该做的。之前不曾探望皇后，还请皇上恕罪。"

刘协摆摆手笑着道："爱卿言重了，朕是以为皇后与爱卿的夫人都是女人，且爱卿也有几个儿女的，也是因为这是皇后第一个孩子，很多事情都不大懂得。"

荀彧忙谦虚称"不敢"。这才想到，皇宫里的宫人们都是年轻女子和宦官，还没有老成持重的人，离开皇宫，便着人开始寻找合适的奶娘准备着，还有皇后生产时需要的稳婆和一应事务，又询问太医，知道皇后身体安康。晚上回了家中，这才和程氏说起皇上的言语，说皇上很希望程氏能进宫里陪陪皇后。

程氏从嫁给荀彧之后，只在家里相夫教子，和曹操的夫人卞夫人有些走动，听说要去皇宫陪伴皇后，心里先有了怯意，问道："先生，是例行的朝拜吗？"

荀彧笑着道："许是皇后即将生产，身边没有个稳妥的夫人教导，心中有些慌乱。文倩是生产过的，年龄也与皇后相仿，皇后才想到夫人了吧。"

程氏还是很紧张，这一夜竟然是翻来覆去没有睡踏实，在荀彧早起要早朝的时候，也跟着起来。服侍了荀彧上朝离开之后，着人拿了自己的拜帖送到宫里去，果然过不了多久，宫里就来人，请程氏前去。程氏少不得穿了正经的礼服，跟着宫人前往。这不是程氏第一次进宫，却是第一次私下里去见皇后，总是心有惴惴。待到了后宫，通报之后，拜见皇后，见到皇后穿着宫装，很是艰难地坐着，见到她进来，脸上立刻就露出了笑容，急忙忙地喊着免礼。程氏仍然是恭恭敬敬地参见了皇后，这才坐在皇后身边，细细打量着皇后。

皇后比照新年的时候胖了，腹部也隆起了很多，皇后一只手轻轻捧着自己的肚子，脸上显出母爱的光辉。

第六十三章

为家业明哲保身　细剖析君忧臣患

　　程氏打量着伏寿的时候，伏寿也在仔细打量着程氏。程氏的脸上施了一层薄薄的粉，比上一次看到的时候还要显得有活力。跪坐在下手的位置上，脸上是端庄的微笑。伏寿先开口道："今日召夫人进宫来，实在是本宫身边没有个老成持重的人，本宫生产在即，就有些心慌起来，想要与夫人讨教一二。"

　　程氏听着伏寿这么说，心里就有些怜悯她起来。程氏跟着荀彧这些年，虽然从不主动打听宫中的事情，但也总是知道些东西的。皇上和皇后是如何被接到许县的，皇上又是如何惹怒了大将军，以至于董贵人是如何与其父亲一家惨死的，都清清楚楚。如今见皇后形单影只，有了身孕，却只能跟自己请教，忙道："是臣妾的不是，臣妾应该早些来拜见皇后，给皇后请安的。"

　　伏寿笑笑道："程夫人若是能时常来，本宫当是很开心的。夫人不知道，本宫在怀孕之初，曾想请了本宫的母亲前来照料，只是——"伏寿停顿了下才接着道，"前些日子本宫亲自给腹中的胎儿做了一件小衣。"说着招呼宫人将小衣拿来，自己亲自展开给程氏看道，"只是本宫并没有经验，不知道这小衣的大小可好。"

程氏抬头看去，见那小衣的布料很是华贵，上边还绣着些花纹，虽然不曾上手，也知道那小衣摸起来不一定服帖，便委婉说道："皇后的绣工很是仔细啊，这小衣大小看起来是合适的。"

伏寿的脸上就露出笑容来，轻轻摸着自己的腹部道："听说刚出生的娃娃就是这么小的一点。"

程氏道："是的，刚刚出生的娃只有这么小的一团，且刚刚出生的娃身上的肌肤特别的娇嫩，贴身的衣服最要柔软。"

伏寿听闻，看看手中的小衣道："要柔软的？这是丝绸，柔软是有的了。"

程氏点着头道："丝绸自然是软的，但是刺绣的花纹，未免会硌到了婴儿娇嫩的肌肤，所以，婴儿贴身的衣服，最好不要有刺绣的。"

伏寿"啊"了一声道："幸亏夫人教我。"

程氏忙欠身道："不敢说教，只是臣妾也生养了一个，有些经验而已。"

伏寿就问起程氏之前怀孕生产的事情，其中许多自然都是女子之间才可以说的私密，虽然太医们也叮嘱过注意的事情，但哪里有女人之间，还同是怀过孕的女人之间能说得清楚些。以往那太医只叮嘱要多走动，避免生产时没了力气，伏寿也只知道生产的时候要有力气，听了程氏的话才知道生产的时候，会经历那么多过程。她好奇地打听着，留了程氏在宫里进了午膳，还约定了要程氏过几天再来看她，程氏离开的时候，还站起来送到了门口。

程氏回了家里，立刻就找了最柔软的丝绸布料，亲自做了几件小衣。荀彧回家的时候，就听说了程氏白日里进了宫，看到案几上已经成型的小衣，就明白程氏在做什么了。

"辛劳夫人了。"荀彧宽下外衣，换了家里的常服，看着案几上的小衣问道，"今日进宫了？"

"是的，早晨送了请求进宫的帖子，辰时三刻宫里就派了人来接，见过皇后，说了些话，在宫里用了午膳之后回来的。"程氏放下手里的针线道，"皇后看起来很精神，就是身边没有个年长的人，好些事情都不知道。听皇后说前些时候想要接了皇后的母亲进宫，但只是提个话头，就被皇后岔过去了。"

荀彧想想道："我记得当初皇上是要召皇后的父母前来觐见，但是被皇后的父亲给委婉地拒绝了，说是皇后的母亲身体不太好，不敢进宫，怕给皇后过了病气。"

程氏摇着头道："我看着皇后一个人也很可怜，说起生产，惴惴的，全不清楚，还问了我好多孕期该注意的事情。我走的时候，还再三说要我过几天再去。对了，皇后还做了一件小衣，上边绣了刺绣。唉！皇后都不知道婴儿的肌肤柔嫩，衣服上不得有刺绣的。"

荀彧看着案几上裁剪的布料道："我的夫人就是心善。"

程氏笑着道："几件小衣，费不了多少时间。总还是再要拜见皇后的，宫中有忌讳，不得送饮食，也只好送几件亲手做的小衣了。只是我也觉得奇怪，皇后都要生产了，皇后的母亲，按说前来照顾也是应该的。毕竟宫中也没有个长辈。当年我生产的时候，母亲和卞夫人在身边我就安心了许多。"

程氏当日生产的时候，荀彧早早就遣人通知了程昱，还请人告知了曹操，当日有程昱和其夫人前来，荀彧也放心了不少，待到卞夫人也亲自进了产房，荀彧的心里更是感动。听到程氏说宫中只有皇后一个人，也是有些不妥，遂道："我今天已经吩咐了，着人寻找妥当的奶娘和稳婆，再给皇后寻几个年长有经验的女子进宫。"

程氏点头道："这些是该准备了，皇上不懂这些，皇后又是第一胎，身边没有懂这些的，皇后难免焦心。这一阵我也会多进宫几次，陪皇后说说话，也安安皇后的心。"

荀彧点头道："夫人也可以看看那些被选上来的人合不合适。夫人若是不说这些，我也忽略了。"

程氏想想道："要不要与卞夫人说说，让她也进宫看看皇后？"

荀彧点点头道："夫人可问问皇后，这还要看皇后的意思。"

荀彧留了心吩咐，果然两天之后，就有稳妥的稳婆和年长的婆子进了宫，听说是荀彧亲自着人安排的，程氏也都查验了，刘协和伏寿都很高兴，果然程氏再进了宫，皇后又留了她进午膳，还开心地收下了她亲手做的小衣。

刘协的心里有了些期盼。他知道荀彧于曹操意味着什么。荀彧虽然手里没有兵权，但是荀彧却是可以调动曹操手里大军的，甚至曹操手底下的将士，也会直接听从荀彧的调配。如果能将荀彧争取到他这边来，至少会有与曹操抗衡的一点资本了。刘协很小心地叮嘱皇后要多与荀彧的夫人打交道，一定要交好程氏，伏寿心领神会，况且她也需要程氏进宫的陪伴。程氏的大气爽朗，很让伏寿喜欢。只是对程氏说可否还要请其他大臣的夫人进宫陪伴这件事，皇后并没有言语。程氏明白了，便也不再多说。

转眼，皇后生产的日子就要到了。越是临近生产，伏寿的心里就越是担忧，几乎日日都宣程氏进宫陪伴，这一日终于与程氏说，她忧心自己的生产，想要接母亲前来。皇后接母亲前来照顾自己生产，理所应当，只是这话不该对程氏说的。程氏当时没有敢表态，当天晚上对荀彧提起道："皇后的产期就在左近，我观皇后这几天分外心焦，只是这事情别说皇上下旨了，就是不下旨，身为皇后的母亲，女儿生产的时候前来陪伴也是应该的。"

荀彧闻言道："当日皇上还在洛阳的时候，皇后父亲伏完就任辅国将军，仪制等同于三公。但皇上迁移到许县之后，伏完就上缴了辅国将军的绶印，不久之后还申请了外放。从外放之后，就一直没有回过许县，便是在两次新年都没有回来。以前我还不曾多想，只以为伏完因为大权旁落，现在看，皇后的父亲是想要明哲保身了。"

"明哲保身？"程氏跪坐在床榻上，转身看着荀彧道，"难道……"

荀彧对着程氏点点头道："皇上自幼聪慧，就有雄才大略，当日被董卓挑选着立为皇上，也是因为其小有才能。自古就没有皇上心甘情愿大权旁落的，所以才有当日衣带诏之事。现在想来，怕是衣带诏不仅是一次，也不仅只给了那董承。"

程氏低低地惊呼了声："先生，这，这，难道……"

荀彧微微摇头："想必皇后的父亲没有奉诏，所以才一直避着不肯入宫。"

程氏的心扑棱棱地跳着，她犹是没有太明白，小声问道："先生，大将军出征在外，为国为民都有大贡献，难道就因为大将军功高盖主？但若没有大将军，皇上哪里能有今天？"

荀彧叹息道："文倩你都能想明白，伏完自然也是能想明白这点的。想不明白的只有皇上。"

程氏跪坐在床榻上，好一会儿才叹息着道："难怪我提起卞夫人，皇后没有言语。"说着又叹息着摇摇头，忽然想起了什么，转身道，"先生，大将军也是知道的吧？"

荀彧坐到床边，笑着道："大将军胸怀宽广，心系天下，这些事情就是知道了，也不会放在心上，也没有时间放在心上。我倒是希望皇上有了皇子之后，能将心思多放在孩子身上。"

程氏隐约觉得这话不太对，她一向是很信服荀彧的，便问道："皇上的心思放在孩子身上，于军国大事不就会不上心了吗？这样怎么是好？"

荀彧笑着问道："夫人每天都做些什么？"

程氏没有明白荀彧这话的意思，但还是回答道："晨起侍候了先生早朝之后，陪着孩子们一起用了晨食，以前上午的时间就会看看家中的账目，有时候接夫人们的邀请做客，有时候也要宴请夫人们，但大多的时间是陪着女儿和诜儿了。现在嘛，辰时过了就会进宫陪着皇后，未时才能够回来，只觉得家里的事情好多都顾不上，都是管家在做。"

荀彧就道："夫人有夫人的外交，管家也有管家的职责，若是夫人将管家的事都做了，管家做什么呢？这就是所谓的术业有专攻。"

程氏想想明白了："先生是说，军国大事有先生和大将军在操心，皇上就不用操劳了。只是……"程氏想想，却是觉得还是有哪里不太对劲。

荀彧道："掌握权力，就要负担责任。现今皇上治下只有豫州、兖州与徐州，关中各郡国虽然也归属于皇上，但是观望者居多。大家怕的并非皇上，而是能征善战的大将军。并非大将军把持朝政，而是现今的朝政离不开大将军。皇上应当是没有忘记当日洛阳、长安之间辗转的艰辛，也是知道当今的平安喜乐来之不易。但若是现在万事都要任凭皇上做主，怕是北边的袁绍立刻就会再次杀过黄河，南边的刘表也会出兵。那大将军辛辛苦苦打下来的这三州转眼就能易主，这三州的百姓也立刻就会陷于战乱之中。"

荀彧看着程氏道："夫人以为，皇上和皇后不了解这些吗？"

程氏看着荀彧想了想，恍然道："那，皇后这些时日来几乎日日召我入宫，那是想要让先生……"

荀彧笑笑："或许只是皇后想要有个说话的人，临近生产，想要有个陪伴的人。夫人莫要多想了，让皇后安安稳稳地生产，才是现今的大事。"

程氏将被褥铺好，自己却还是跪坐在床榻上，半晌才摇着头道："先生这么说来，果然是我之前蠢笨了。"

"夫人自谦了。夫人并不蠢笨，只是夫人心胸坦荡，不肯往这些处想而已。夫人也无须多虑，这些时日太医院已经安排了，日夜都有太医值守，那稳婆也找了妥当的人，还有夫人日日过去，皇后总会无事的。"

　　正说着话，忽然听到外边传来脚步声，两人都坐直了身体，就听到门口有下人道："老爷，夫人，宫里来人传夫人进宫，说皇后不稳，怕是要生了。"

　　程氏与荀彧对视了一眼，荀彧答了声"知道了"，立刻和程氏下床，唤人来与程氏梳妆，自己也换了朝服，又命人立刻去看太医院的太医们有没有进宫，再通知几位朝廷命官的夫人一同进宫，也不忘记派人快马加鞭往伏完处送信。一边命令着一边也换了朝服。他虽然是进不了后宫，但这时候总得有大臣们陪伴着皇上。这般命令一一下达，也和程氏都换好了衣服，这才出门坐上马车。远远地，就看到大将军府上的马车也停在了宫门口，马车的门帘掀开，卞夫人也是一身进宫的服装，正看过来。

第六十四章

汉天子喜迎麟儿　程文倩伴后有功

　　皇后阵痛了，已经移动到了产房，程氏和卞夫人还有几位赶过来的命妇都进了后宫，荀彧和几位大臣就留在前殿等候。皇上刘协并不在前殿，而是等候在后宫产房外，焦躁地来回踱着步，看到程氏、卞夫人等都到来施礼，也只是挥挥手说了平身。太医过来道皇后只是才开始阵痛，距离生产还有些时间，请皇上回宫暂且休息。刘协又听说前朝来了好几位大臣，先命人请几位大臣回家休息，进宫的命妇们大都也请回了，只留下荀彧的夫人程氏进到产房陪伴。

　　程氏净了手进了产房，见到皇后脸上带着汗水，披散着头发靠在靠枕上，脸上尽是疲惫，忙上前见礼之后问了何时开始的阵痛，间隔时间有多少，皇后可用了些什么吃食。旁边的稳婆忙都一一回答了，说天擦黑的时候开始的阵痛，现在每隔一刻钟就要疼上一会儿，皇后晚膳上只用了碗鸡蛋羹。程氏知道这是还有些时间才能生产，便劝着皇后趁不痛的时候睡上一会儿，以养精蓄锐。又命令厨房温着粥、蛋羹、羊乳等好克化的东西，随时能端上来给皇后补充体力。

　　许是程氏的沉着和有条不紊安慰了皇后，让皇后有了主心骨，皇后的脸色也好了些，恰逢阵痛忽然来到，只紧紧地抓了程氏的手，待到阵痛过去才道："夫人来了，本宫的心就安稳了许多，夫人能陪着本宫，本宫也好像有了主心骨。"说着这话的时候，视线落向门口，程氏的心里忽然一阵心酸。

　　她是生产过的，女人生产的辛苦亲自体验到的，生产时候的疼痛、无助好像就在昨天，那时候她也是握着自己母亲的手，有母亲在身边才感到有了助力。而眼下皇后孤零零地躺在这里，身边竟然只有自己这样一个外臣命妇可以安慰。她不敢说荀彧已经派人通知了皇后的父亲，因为她现在也不敢确定皇后的父母会不会前来。荀彧刚刚的那些话还在耳边，然而皇后此刻就是个即将生产的可怜的女人。

　　"皇后放心，皇后吉人天相，一定会是安全顺产的。"程氏轻轻地拍着皇后的手背，亲手拧了手巾为皇后擦去脸上的汗水，又端来温水扶持着皇后喝下。这一夜开始还是每隔一刻钟，皇后就要阵痛一次，渐渐地阵痛的时间缩短了。程氏陪在皇后的身边，一夜不曾休息，只在天微微亮的时候洗漱了下，再吃了点东西。

　　早朝很快就结束了，大臣们几乎都没有回家，留在前殿里等候消息，皇上亲自坐镇在产房之外，而产房内，皇后持续不断的阵痛终于开始了。糖水、粥、羊乳不断地传进去，在程氏的劝慰下，皇后勉强用了一些。太医等在产房之外，三个稳婆围住了皇后，程氏跪坐在皇后的身边，抓着皇后的手，不断地安慰鼓励着她。

　　命妇们也又前来皇宫问安，但都是在后宫外等候着，包括卞夫人在内都安安静静地站着。对于只有程氏能陪在皇后的产房内，大家都很是心照不宣地在对视时互相笑笑。有一位夫人悄然走到卞夫人身边，抬起宽大的袖子微微遮挡了别人的视线，低声说道："夫人怎么也被挡在了外边？"

卞夫人对着那位夫人微微颔首，并没有言语，那夫人有些悻悻然地放下袖子，低声说道："大将军在外征战，劳苦功高，该当夫人陪伴皇后的。"卞夫人淡淡地看了那位夫人一眼，并未言语，那夫人只觉得没趣，嘴里嘟囔了几句，转身走开。卞夫人依然站在前方，只看着产房的方向，默不作声。

终于，后宫内传来不断的脚步奔跑起来的声音，接着是一连串的恭喜的声音，命妇们都安静地跷着脚想要往内看，唯有卞夫人还是安然地站在远处。不多时有宫人出来，大声唱报皇后诞下一位皇子，大家纷纷站在原地向后宫方向跪拜，口诵恭喜的言辞。接着就有皇上口谕传出，各位命妇暂时回宫，三日后再来觐见，为皇上、皇后道喜。

产房内，程氏还陪在皇后的身边，待皇后周身收拾利索了，这才退出来。一夜未曾休息，饶是程氏的身体不错，也有些承受不住。好在皇后顺产，母子平安，她也松了一口气。离开皇宫的时候，就看到荀彧正等在宫门口，扶着她上了马车，程氏有些脱力。这看着皇后生产，感觉比当日自己生产时还要难受。而皇后的母亲一直到现在都没有露面，也让程氏的心跟着难受。她头一次感受到天家无亲情。

程氏回了房间，洗漱了之后就睡倒了，直到天黑才醒来，就见到小女儿和儿子诜儿正坐在房间里玩着，听到声音立刻都爬起来，一溜烟地拱到她的身上，"母亲，母亲"地喊着。程氏抱起了儿子，又搂过来女儿，问道："什么时候过来的，有没有吃晚膳？"

"饿了饿了，母亲一起去吃饭吧。"女儿搂着程氏的脖子，扭着身子说道。诜儿还小，说不了完整的一大段话，也只是"饿了，母亲"地乱喊。程氏搂着一儿一女亲了下，这才喊着下人进来将两个小孩子抱出去，自己整理了衣裳之后简单洗漱了。一家人都等在外边，连荀彧都抱着小儿子逗弄着，见到程氏出来笑着道："这几天夫人累坏了。"两个儿子荀恽和荀俣也上前行礼。

程氏睡了多半天，精神上缓了过来，只觉得饿得很，赶紧招呼着大家去餐厅用餐。荀家吃饭奉行食不言，吃饭的时候连碗筷的声音都几乎没有，待晚饭过后，荀恽和荀俣先行告退，小儿子和女儿缠着程氏抱着玩了一会儿，也让下人领着休息了，程氏这才松了口气。房间里只有她和荀彧两人，她却有些在屋子里待不住了，和荀彧一起往后花园走去。

荀府面积不大，若是与大将军府比起来，连一半的面积都没有。但是从建成之后，荀彧就没有想着扩大过。程氏也觉得很好。家里人丁单薄，房子再大，就更觉得空落落的了。此时走在小小的后花园中，看着天边的月亮，深吸口气都觉得轻松。这些天来在皇后面前的紧张压抑，随着皇后的生产和这一觉全都消失了，哪怕是黑暗里的后花园，在灯笼下也觉得漂亮起来。

"我还是第一次在黑夜里来到后花园。"程氏跟在荀彧的身边，走上花园里唯一的一座小凉亭内，就着灯笼内的微光和月光，看着暗黑的花园，"原来黑夜里的树木并不可怕，先生，你看那些树影，被月亮衬托着，就像，就像……"

荀彧微微侧头，看着程氏的侧影。皎洁的月光正落在程氏的侧颜上，黝黑的眸子里映出月的光影，程氏还凝视着树影思索着，不觉眨眨眼睛，荀彧仿佛才注意到程氏的睫毛，竟然如忽闪的蝴蝶双翼。他的手忍不住举起来，轻轻地落在程氏的眼眸上。程氏惊讶了声转头看着荀彧，荀彧忽然低声吟道："睫影如扇如羽，这些年来，我才知道，我的夫人在月下是这么美。"

程氏本来还在想着形容树木，忽然被荀彧这般称赞，脸上立刻就红了，早就忘了之前在说什么，嗔怪道："都老夫老妻了，先生还这么的……"

荀彧低低地笑了一声，忽然伸手抱住了程氏，低声道："夫人，你不知道，今天我等在宫门口的时候，是有多焦虑，如果皇后今天有什么不测，夫人你……"

程氏才反应过来，反手也抱住了荀彧，身子忍不住抖了下。她这才知道荀彧等在宫门口的含义，忍不住一阵后怕。只有生产过的女子才会知道生产对女人来说意味着什么，程氏回忆起皇后生产的过程，那几次几乎喘不上气的时候，她的手心里全是汗水。她感受到荀彧怦怦的心跳，感受到荀彧心里的后怕，也感受到荀彧对她的感情、爱意。这一刻她忽然觉得自己是幸福的，特别特别的幸福。她庆幸自己嫁给了荀彧，嫁给了一个爱着自己，在意着自己的丈夫。

"夫君。"程氏低声地叫道。嫁给荀彧这些年来，她一直尊敬地称呼着荀彧为"先生"，哪怕她已经给荀彧生儿育女了，但是这一次她真真切切地感受到荀彧是她的夫君，是她的天，她可以托付一生的人。月光落在两个人的头上、肩上，两人静静地站在凉亭前，夏日的风吹拂着两人的衣衫，扬起两人的发丝，灯笼映着两人的脚下，这一刻，两人的心终于都宁静下来。

荀彧的心中，却还是在后怕中，他没有告诉程氏的，是他在前几天就将皇宫内的侍卫又更换了些人，确保如果皇后遇到难产，或者有任何差池的时候，侍卫能在第一时间将程氏带出皇宫。荀彧从不曾想过自己会有如此的想法，也从不曾想过在皇权与夫人之间他会作出这种选择，他握着程氏的手，将程氏的手紧紧地攥在手心里。他已经失去了秀娘，不能再失去程氏了。

因为皇子的诞生，皇上停了一天的早朝，但是在第二天，程氏还是在早餐之后就递了牌子，请求进宫觐见皇后，宫中自然是准了，荀彧便亲自送程氏到宫门口，自己也进宫拜见皇上。皇上刚抱了小皇子，听说荀彧觐见，急忙宣荀彧前来，这才将皇子交给了奶妈。因为程氏与皇后的关系，刘协自觉得与荀彧的关系也密切起来，荀彧叩拜之后，他笑吟吟地请荀彧坐下道："这些时日多亏了荀令君的夫人前来陪伴皇后，昨天也辛劳程夫人了，待到皇后身体好些，会传下懿旨封赏。"荀彧忙叩谢圣恩。刘协又笑道："听闻荀令君的幼子刚刚两岁，待到朕的皇子大些，能读书了，正好可以做皇子的伴读。"

刘协这话，拉拢荀彧的意思就非常明显了。荀彧向上拱手道："多谢圣上。"刘协再道："上月战报说大将军已经转战汝南，攻打刘备，不知道战况如何？"

荀彧禀报道："大将军转战汝南，刘备自知不敌，已向南投奔刘表。大将军正整顿汝南，不日即将回朝。"

刘协惊讶了下，脸上不由就露出怅然若失的表情，忍不住道："如今袁绍已经龟缩于黄河以北，大将军人已经在汝南，如何不趁此机会就平定了刘表？"

刘协心里的想法，荀彧清清楚楚。看着这个年少的皇帝，荀彧不免将刘协与年轻时候的自己和曹操对比了一二。那时候的自己还在韬光养晦之中，等待着举孝廉。而曹操，也已经在当时的京都闯了不大不小的祸，不得已离开京都。这大约就是时也命也了。如果刘协不是早早就当上了皇帝，如果离开了皇宫，也带了一队人马和忠心于自己的将士，大约也不会有今天的无奈了。

荀彧欠身道："虽然如皇上所言，但如今秋季已到，再过俩月，严冬就要来临。越往南去，气候就越是潮湿，且军马已经出征半年，颇为疲惫，需要休整。臣又听说，刘表新得了刘备，然而并不信任，只让刘备驻守在新野。臣以为，既然刘表还在往朝廷缴纳赋税，暂时先巩固了豫、兖、徐三州才是应该。"

刘协闻言，竟然找不出反驳的理由来，只得点头道："荀令君所言甚有道理。"但毕竟是听说曹操不日就将回到许县，连得了皇子而兴奋的心情都低落了，再说了几句，就举起茶杯。荀彧见刘协端茶送客，随即告退，人却还等在宫门口，一直等到程氏出来，才一同离开。

　　果然在皇后生产的第三天，宫里传来赏赐，因为程氏伴后有功，特赏赐了若干金银珠宝，又赏赐了程氏一件礼服，双面五彩刺绣，极为华丽。赏赐送到荀彧府中的时候，正是大将军班师回朝的这天，曹操人还没有回到府里，就听说了皇后刚刚诞下龙儿，接着赏赐荀彧夫人的消息。

第六十五章

军谯令百年之后　袁本初病逝冀州

　　曹操并不意外皇上对荀彧的拉拢，他也深深了解荀彧，知道荀彧是一贯以天下大局为重的。且还有谁能比他曹操给荀彧的还要多？皇上的赏赐吗？皇上放给荀彧的权力吗？那些荀彧早就得到了。荀彧现在要得到的，和他曹操想要得到的是一样的，就是平定袁绍，统一天下。

　　十里长亭外，荀彧亲自前来迎接曹操。这已经成了他们之间的习惯，只要曹操出征，荀彧就会送曹操在十里长亭处，曹操班师，荀彧也一定会在这里迎接。大军就驻扎在城外的军营，曹操与荀彧暂时坐在十里长亭处休息，荀彧早已经准备了热茶，曹操徐徐饮了一口道："这几年来，但凡是归心似箭时，就会想到先生在十里长亭的这一杯热茶，便不想辜负先生的厚爱。"

　　这次出征，曹操带了曹丕在身边，亲自指点，此时曹丕就站在曹操的身后，也细心听着。

　　荀彧笑道："主公连年亲自带兵征战，甚是辛苦，彧每一次相送主公，都知道主公必然旗开得胜，每一次迎接主公，都知道主公必然要带着胜利的消息。"

曹操哈哈大笑道："这一次将袁绍的军队赶到黄河以北，意料外的顺利，我竟然能感觉到袁绍有力不从心之意。班师前去汝南之前，我听闻袁绍在河北虽然重新招兵买马，但士气一直提升不起来。"

荀彧疑惑道："袁绍积威数年，手下无不折服，怎会有力不从心之意？"

曹操微微一笑道："这可要有你我之功劳了。官渡之前，袁绍从未经历过败仗，据闻他一路兵败到蒋义渠的营帐中时，灰心丧气，全无斗志，甚至说出'我把自己的脑袋都交给你了'的话。据闻是怒斩了田丰之后，袁绍方才回了邺城，可想而知袁绍心中是如何悔恨交加。袁绍素来心高气傲，胜能不骄，败却不能不馁，却还要维持表面的宽厚，私下里恨不得呕血。其自守冀州，其三子各守青、幽、并三州，手下能人也难免各怀心思。我已经着人往冀州，鼓动冀州各郡国叛乱，若是那袁绍还能一呼百应，冀州也难被我蛊惑，所以我以为袁绍已有力不从心之意。"

荀彧眼睛一亮道："如此，主公只需要再安心蛰伏，说不定一冬之后，冀州就会有变。"

曹操哈哈大笑道："我也正有此意。"

两人从十里长亭出来，荀彧陪着曹操一路骑马返回，说起皇上新得了皇子之事道："皇后生产之日，我派人快马加鞭送信于皇后亲父，皇后亲父只称夫人微恙，不敢入宫。好在皇后吉人天相，平安诞下皇子。"

曹操哼了声道："皇上之前颇重外戚，那伏完却是个胆小的。"

荀彧笑着，将话题岔开，二人只再聊了聊汝南之事，进入城门，荀彧还是将曹操送到将军府，见到卞夫人已经领着家小在门前迎接，便在数十米开外站下与曹操挥手告别。看着曹操一行人被迎接入府，这才转身往尚书台走去，才到尚书台，就见到宫人已经在等候，说皇上请他一见。在皇后生产前后，皇上就开始频繁召见荀彧，这再次召见，荀彧眉头不由微微蹙起。只因为刘协拉拢的意图太过明显。

荀彧只得转身先往皇宫内走去，皇上刘协却不在前殿，而是在后花园，见到荀彧前来，脸上立刻就笑容满面道："荀爱卿可接了大将军回来？"

荀彧疾步上前施礼道："臣已经接了大将军回来。"

刘协笑道："大将军回来了就好。有大将军在，荀爱卿也就不用那般劳累了。朕听闻宫人说，荀爱卿在尚书台内，日日都要掌灯很久之后才能离开，朕心惶恐，不想荀爱卿太过操劳伤及了身体。"

荀彧忙感谢道："多谢圣上关心，然为国为民辛劳，是臣之本分。"

刘协微微一笑："今日召荀爱卿前来，是想要与爱卿商议下，眼看皇子就要满月，朕想要在皇宫内摆酒庆贺，荀爱卿可有何意见？"

荀彧想想拱手诚恳道："臣以为，皇子满月，只在后宫简单操办即可。"

刘协本来笑意盈盈，闻言笑容顿住，道："此乃朕第一位皇子，还是皇后所出的嫡长子，如何只在后宫简单操办？"

荀彧看刘协神色，已知道其心中不悦，却没有让步："今大将军凯旋，皇上并不曾赐以宫宴，若只是为一皇子满月就大摆宴席，怕是要寒了为皇上出征的将士的心，以为为大汉江山社稷拼杀，在皇上心中并不占一席之地。"

刘协的神色沉下来："大将军年年出征，朕何曾不亲自送行迎接过，只这一次没有亲自迎接，没有在宫中备下宴席，便是寒了将士的心？朕也是想要封赏大将军的，但是还要以何封赏？难不成大将军也有效仿董卓之行吗？"

这话说出口，刘协立刻就后悔了，但他却是不肯收回口的，只看着荀彧。荀彧低头躬身施礼道："大将军征战沙场，只为了汉室江山，百姓安宁，并不求皇上赏赐。皇上以董贼来形容大将军，若是让那些浴血沙场的将士听闻，心中要做何想？还请圣上慎言。"

刘协这些时日时常召荀彧进宫，只以为与荀彧关系拉近了，不想荀彧于他还是和以往一样，甚至毫不留情地请他慎言。刘协的面色立时涨得通红，只觉得自己满心的热情瞬间被冷水浇得干干净净。他看着荀彧，这一刻才忽然明白，荀彧虽然于他恭恭敬敬，只是因为他坐在皇位之上，还是大汉的皇上。而荀彧的心里，敬重的怕也只是坐在这个皇位上的人。可笑他还以为荀彧会被他的真情打动，会真心辅佐他。刘协定睛看着荀彧，好半天才说道："普天之下，莫非王土；率土之滨，莫非王臣。大将军为朕出征，不是应该的吗？难道大将军出征，是为了朕的赏赐？"

刘协知道这话并不讲理，然而若曹操和荀彧真将他当皇上敬重，他又怎么会说出这等话来？这是荀彧逼他的，是曹操逼他的，他和他们一样心里清清楚楚，大将军的出征不是为了他刘协，是为了他们自己的权势。此刻，刘协的心中忽然涌出一句话来：挟天子以令诸侯。呵呵，他在心中冷笑着，挟天子以令诸侯，说的不就是现在吗？

荀彧没有抬头，仍维持着躬身施礼的状态，徐徐道："古人云：普天之下，莫非王土；率土之滨，莫非王臣。然释义臣以为应是：以天下之大，都是王需要为之负责的。"

刘协听闻荀彧这话，只气得全身都抖起来，因为他听明白了荀彧未曾完整说完的话，那就是：不要把自己的责任推卸给别人！荀彧在指责他，指责他这个皇上没有将权力抓在手中，是因为他这个皇上将自己的责任推给了别人。暗指着大将军是在替他这个皇上出征。刘协张口结舌，他这个皇上是如何成为傀儡的，难道他自己不清楚吗？不就是因为曹操那个大将军，还有眼前这位尚书令？他已经奈何不了大将军了，现在才知道，他也奈何不了这个尚书令了。或者，他早就奈何不了大将军和尚书令了。

荀彧仍然躬身道:"大将军还兵谯郡时,曾发布《军谯令》,其中说:'吾起义兵,为天下除暴乱。旧土人民,死丧略尽,国中终日行,不见所识,使吾凄怆伤怀。其举义兵已来,将士绝无后者,求其亲戚以后之。授土田,官给耕牛。置学师以教之。为存者立庙,使祀其先人。魂而有灵,吾百年之后何恨哉!'全军将士听后纷纷落泪,臣也深以为然。臣私心里盼皇上能以爱皇子之心爱百姓,能以为百姓造福而为皇子祈福。"

刘协只看着荀彧,听着这《军谯令》,面颊涨得通红。荀彧随即躬身告退。

皇上长子的满月,只是在后宫小范围内举行了个仪式,对外只说是连年征战,皇上不忍铺张,而实际原因刘协与伏寿心中明白。刘协与她,已经成为了这许县皇宫内的笼中鸟。是啊,连皇后生产,身为外戚的皇后父母都只是上表庆贺,皇上和皇后还要拿什么来庆贺皇子的满月呢?这个朝廷,只是刘协名义上的朝廷了。

而在皇长子满月的这天,曹操的《军谯令》开始实施,荀彧直接颁布法令,开始在豫、兖、徐三州内寻找战亡将士的后人及其亲属,给予土地、耕牛,建立学堂,提供其后人学习的机会。并为牺牲的将士们建立祠堂,供后人祭拜。这法令虽然是从朝廷中下达的,但是《军谯令》全文随着法令一同颁发,整个豫、兖、徐三州民众全知道《军谯令》为大将军曹操所作,《军谯令》最后那句"魂而有灵,吾百年之后何恨哉"立时广为流传。立时,将曹操的声望推到了顶点。所有听得《军谯令》之人,无不感动落泪,而军中士气也为之大振。所有将士都知道他们在前方的浴血奋战是有回报的。他们即便是阵亡了,他们的家人后代也会得到很好的抚恤,不会被人忘记。

黄河南北,难得出现了半年的和平。这半年以来,曹操治下的豫、兖、徐三州再次得以休养生息,但袁绍治下的冀州,不断出现叛乱,荀彧更是使人将郭嘉所作的《十胜十败论》广泛传播到黄河以北各处。袁绍已经无力在汝南再动手脚，听闻《十胜十败论》后，又动怒呕血，身体忽然就衰弱下来，竟然在第二年的夏季，开始卧床不起，不久病逝，袁家所在的四州随即大乱。

袁绍早年就将长子袁谭过继给亡故的哥哥袁基为子，并将青州给袁谭管理，袁谭也不负他所望，得到了辛毗、郭图的拥护，将青州管理得井井有条。然袁绍偏爱幼子袁尚，袁绍病故之后，将幼子袁尚立为继承人。袁谭千里迢迢赶往邺城奔丧，随即就被袁尚安排驻军黎阳，以逢纪为监军，袁谭恼怒，借故杀了逢纪，至此，袁谭与袁尚撕破了脸面。

消息传到许县，曹操大喜，立刻发兵渡过黄河。当初袁绍尚且无力打败曹操亲率的大军，更何况袁谭、袁尚二人。袁谭、袁尚二人且战且败，一度将战线推进到邺城附近。随军郭嘉以为一味攻击，袁谭和袁尚就会联手一致对外，一旦失去外力威胁，必然要以争权夺势而内乱。曹操接纳郭嘉建议，留贾信屯黎阳，大军且退回黄河以南，荀彧随即建议曹操整顿许县。

荀彧说：《司马法》曰'将军死绥'，故赵括之母，乞不坐括。"这句话的意思是说，《司马法》规定，将军临阵退缩的要处以死刑，所以，赵括的母亲在赵括出征之前，请求如果赵括犯法，不要牵连到自己。曹操遂颁布《败军令》：是古之将者，军破于外，而家受罪于内也。自命将征行，但赏功而不罚罪，非国典也。其令诸将出征，败军者抵罪，失利者免官爵。其大意为：古代的将军在外打了败仗，家属也要受到牵连。将领们受命带兵出征，如果只奖赏功劳而不惩罚罪过，不是国家法律规定的。之后将领出征，打败的需要依据法律治罪，失利的要免去其官爵。《败军令》颁布之后，军法得到了整顿，军队士气大增，军士的战斗力也立时得到了提高。

《败军令》的颁布，早已经暗示出曹操会在不久之后，再次发兵邺城，从而一举夺取袁绍留下的基业。然而袁绍的子侄们却并没有看到迫在眉睫的危机。袁谭与袁尚之间公然兴起了战争，袁谭不敌，竟然向曹操求救。同年十月，曹操再次引兵至黎阳，袁尚惧怕曹操，立刻领兵返回邺城。

第六十六章

请表封万岁亭侯　循古制欲复九州

　　曹操这次出兵河北之前，与荀彧商议了很长时间。袁绍已亡，袁绍的三个儿子和一个侄儿分别管理青、幽、并、冀四州，几乎是立刻就开始了内斗。从去年开始，曹操狠狠地打击了袁谭和袁尚的合兵之后就退回了河南，眼看着袁谭和袁尚内斗消耗了实力，河北的局势已经出现土崩瓦解之势，袁绍原本的手下也开始有分崩离析之态。袁谭向曹操求救，正好可以借助袁谭的兵力将袁尚打下去，之后再将青、幽、并、冀四州彻底收回，则大业可定。所以这一次曹操出兵，就已经做好了长期离开的准备，整个许县连同豫、兖、徐三州，就要全交到荀彧的手上。

　　曹操留下曹洪供荀彧调配，带领大军渡过黄河的当月，驻守在阳平的吕旷、吕翔立刻叛变率众投降。第二年正月，曹操遏住了淇水入白沟以通粮道。二月，后方的粮草源源不断地运送到曹操的大军中，袁尚却仍然带兵攻打袁谭，留苏由、审配镇守邺城。曹操进军到洹水，苏由、审配不敌曹操逃出城后投降，易阳令韩范、涉县长梁岐举县投降。自此，曹操率领大军以摧枯拉朽之势，攻打邺城。袁尚闻讯，回军来救邺城，曹操夜袭，袁尚大败，丢盔卸甲。曹操尽获得其辎重，得冀州牧印绶节钺。曹操派人拿着印绶符节示威邺城，城中斗志崩溃而降。

消息传到了许县，荀彧第一次在接到得胜的战报之后陷入了沉思。

冀州，曾经是荀彧做主离开四战之地颍川时第一个选择所在。冀州地大物博，气候适宜，不论在农业发展还是商业交通上都有极大的便利。当时荀家都已经迁入冀州定居，却因为袁绍并非良主，荀彧选择独身离开冀州投奔了曹操，才有了今天这个局面。曹操得到冀州，是荀彧与曹操早已经预料到的，然而下一步要如何做，荀彧却有些犹豫。

没有等荀彧作出决定来，曹操随即又上表，奏请封荀彧为万岁亭侯。荀彧人在尚书台，曹操所有往来许县的公文都是第一时间送到他的手上的，荀彧压下了这份公文，与曹操回信说，接连几年，他都不曾随军出征，并无战功，不该领此殊荣。曹操看到回信的时候，正逢曹丕跟在身边，曹操将荀彧回信给曹丕看后问道："你以为如何？"

曹丕随曹操出征已有多年，如今身形已经脱去了少年的模样，俊秀挺拔。他自幼天资聪颖，牙牙学语时，就开始读书识字，少年成长的阶段，广学博览，更是在十岁之后，就常常随曹操出征，深得曹操的喜爱。见曹操以荀彧回信询问自己看法，思忖片刻道："荀令君自领尚书令以来，虽不曾出兵多年，然父亲出征，荀令君必在后方鼎力支持。儿常闻父亲但有疑惑，必然要以荀令君意见为解惑，且荀令君也不负父亲期待，每每建议，都极为中肯。荀令君居中持重多年来，奉劝天子，明以举贤，其功劳举目可见。儿以为，荀令君当得起万岁亭侯。"

曹操闻言点头道："当日为父得先生的时候，手中无粮无兵，先生与我相谈良久，为我定下之后行动规划。为了助我征兵，几乎是倾尽家财。初时我领兖州牧，先生与我一同出兵，南征北战，每出计策，无不是良策。得兖州之后，为父我为报父仇，出兵徐州，犯下杀戮，兖州随即反叛，是先生果断召回夏侯惇，替我守住了鄄城、范县和东阿，让我三十万大军回来之时有了落脚之地。又一步步与我图谋，收回濮阳。那时候兖州常年战乱，民不聊生，又逢蝗灾，流民四起，先生提出屯田制一说，派枣祗实施，这才有了之后充足的粮草，赶走吕布，夺回兖州，为我根据。先生知我壮志不在兖州，便又与我分说天下大势，说服我将皇上从洛阳接来，以皇权震慑四方。"

说起过去，曹操颇为动容，他看着曹丕道："为父征战多年，只有遇到先生之后，才有了稳定的后方，为父也才从不担心带兵打仗没有归来之地。这些年来，为父将自己的后背交给先生，将自己的家人和将领的家人交给先生守护，从不曾有片刻的担忧。而为父这些年来，却从来没有替先生做过什么。这区区万岁亭侯，其实早就该送给先生的。"

曹丕是知道父亲与荀彧的深切情意的，他道："父亲与荀令君如此情意深厚，何不与荀令君结为儿女亲家？"

曹操心中也正有此意，闻言大笑道："可是我儿也有娶妻之意了？"遂提笔回信道，"与卿共事以来，卿纠谬辅政，荐举人才，提出计策，周密谋划甚多。立功并非全以作战，望卿莫要再推让。"

荀彧收到回信，这才将曹操的举荐表送到皇上刘协处，刘协此时早已经没有了拉拢荀彧的心思，也知道自己的任何反对都无济于事，当即下表，封荀彧为万岁亭侯。在荀彧领万岁亭侯的这一月，曹操攻入邺城。破城之后，亲自祭拜袁绍，并将袁绍所留的金银珠宝尽数还给袁绍夫人。自此，曹操便得到了冀州。曹操大军在冀州休整，同时平定冀州各处，曹操与荀彧的书信往来也多了起来。就如荀彧之前思虑的那样，冀州是最适合长期发展的所在之一，且冀州刚刚收复，首尾之事甚多，曹操大军一旦离开，局势便会出现不稳状态。二人沟通数次之后定下，曹操驻军冀州。

冀州不比豫州、兖州多年战乱，且在袁绍这些年的照料下，人民富足，曹操得了冀州之后，当年秋季之前就颁布了法令，免了冀州当年的赋税，此举不但收服了民心，还打击了河北的豪强。曹操人在冀州，随行将军、尚书台程昱、郭嘉等人便也都留在冀州，许县难免空虚，许多法令来往于荀彧与曹操之间，更有许多曹操得以在冀州颁布之后，许县这边才会知道。然在大事上，曹操仍然会与荀彧书信往来。

这一日荀彧收到曹操书信，信中说欲"宜复古置九州，则冀州所制者广大，以天下服矣"。按照《尚书·禹贡》，古冀州的范围，囊括了冀州、幽州、并州与少许司隶校尉部，而此时，幽州、并州还在袁谭和袁尚的手里，曹操这个想法，与其说是恢复古制，不如说是要在名义上扩大冀州的辖区，有与朝廷并立的想法。

荀彧当日深思良久，才提笔回信道：若是，则冀州当得河东、冯翊、扶风、西河、幽、并之地，所夺者众……

扩大冀州辖区，则会夺取很多人治下之地。荀彧对曹操说：主公刚刚打败了袁尚，擒住了审配，海内已经为之震撼，必然人人恐惧，护其土地，守其兵士。先将其土地分属给冀州，必将震动人心。已经有很多人在劝说关东诸将闭关自守，现在听到这个消息，一定会以为将要对他们一个个地攻夺。一旦关西发生叛乱，即使有守善之人，胁迫之下也会为非作歹。如此，则袁尚将得以宽限死期，袁谭也会心怀二意，刘表因此保守在江、汉之间，天下就不那么容易平定了。希望主公能迅速领兵先平定河北，然后修复旧都洛阳，南征荆州，斥责刘表不向朝廷进贡，则天下人便会了解主公心意，人人安心。待天下完全平定之后，再计议恢复古制，这才是国家长久的利益啊。

荀彧知道，只要自己反对，曹操是一定会听从的，然而这封信送出之后，他却心有惝惘。袁绍已逝，冀州已得，天下大势不日就会定下七分，然而他却知道，有些事情正在偏离正轨。而这偏离，是荀彧所不愿意看到的。他今日能劝得了曹操，他日呢？待到曹操统一了青、幽、并、冀四州，他又拿什么来劝说曹操呢？

是夜，荀彧失眠了。他悄然坐在自己的外书房内，回忆着与曹操相识以来的点点滴滴，他试图说服自己，让自己安心，然而，越是回忆，这些年来的一些蛛丝马迹，就越是显露倪端。诚然，曹操是一位难得的大将军，是一个极为出色的人，文治武功，无不让人折服。然而，这天下是汉家的天下，他可以容忍曹操挟天子以令诸侯，却不能容忍曹操取汉家而代之。

门外传来响动，接着是轻轻的叩门声，荀彧站起来打开房门，见到程氏托着托盘站在外边。他侧身让程氏进来，关上房门，却又推开了窗扇，望着黑暗的天空。繁星点点，似乎就如他此刻的心绪一般纷乱。

"妾不想打扰到先生的，只是久等先生不回，妾也有事情要与先生说。"程氏将托盘放在案几上，给荀彧倒了杯清茶，才道，"今日卞夫人前来做客，好一番夸赞恽儿，似乎是……"

荀彧微微惊讶地转身看着程氏的背影："你是说……"

程氏跪坐在案几前道："妾听母亲说，当日父亲将妾许配给先生之前，先请了曹公与先生暗示了，然后才是先生前来提亲。妾想着，卞夫人今日言辞虽不明朗，但其中意思还容易分辨。妾等先生不回，虽然知道先生必有军国大事烦心，然卞夫人之事，也不敢耽搁。"

荀彧缓缓走到案几后边跪坐下来，看着清茶袅袅升起的轻雾，有瞬间的失神。他在想着曹操这时候在做什么，会想什么。卞夫人白日里前来的试探，是否也是与今日大将军的信件有关。而他要如何答复。与曹操结亲，是荀彧未尝想到的，然而结亲忽然就在眼前，似乎也并不奇怪。他荀彧与曹操之间的关系早已经很深，便是不结亲也分不开了，结亲呢，似乎也并无不可。就在许县而言，他尚书令与大将军结亲，似乎也理所当然。还有一点就是，他刚刚写信驳了曹操的提议，这结亲，便不能再驳了，虽然，他也没有想到要驳回。

"如此，明日，夫人可请个媒人，与恽儿向大将军府提亲吧。"荀彧说着端起茶杯，"大将军家教甚严，不论是哪个女儿，当都配得上恽儿。"

程氏得了这话，应了声，却没有马上离开，而是再道："先生这几日日渐操劳，眉心常蹙，可是有烦心之事？"

荀彧微微点头："不过是朝廷的一些事情，需要好生思忖，让夫人担忧了。"

程氏轻声道："妾虽然在家中，也听闻了些朝堂的事情，听说大将军得到了冀州，便要在冀州长久驻扎了，如今许县里也有些人心惶惶。"

荀彧笑了下道："便是大将军不回许县，天子也还在许县，有何可担忧的？"

程氏惊讶了下道："那大将军留在冀州是确定的了？"

荀彧深深地吸了口气，点点头。

"那先生你呢？"程氏急急地问道。

荀彧道："夫人不必担心，我既为尚书令，总领尚书台，自然是要留在许县的。"

程氏侧头想想道："可是因为先生留在许县，大将军才要与先生结亲？"

荀彧笑了，从案几后站起来，也将程氏扶起来，向门口走去："大将军主外征战，我在内安定后方，彼此已经有多年了，如今我们两家的儿女都已经长大，结亲也是应该的。夫人不必多想。大概是子桓也要成亲了，大将军才想起了恽儿。"

"子桓？"程氏被吸引了，问道，"是哪家的姑娘？"

"是袁绍次子的妻子甄氏，很是貌美，且文采迥然。"荀彧说道。

程氏"啊"了一声，看着荀彧，忽然也想到了什么，荀彧也侧头看来，见程氏的眼神就明白了。他笑着拉着程氏的手道："子承父业，子桓不论在哪方面都很像大将军的。"这话说完，自己也觉得有趣，这一笑倒是让缠绕了多日的焦虑消失了。

第六十七章

荀令君表冀州牧　留许县持重居中

荀彧与大将军结为亲家，这是仅次于大将军带兵出征的大事，整个朝野都受到了震动。如今许县原本的大部分官员，都被曹操调往了冀州，一部分命令也是直接从冀州下达的。便是尚书台也只剩下不多的官员，但是只要荀彧还在，尚书台就还在许县。而从刘协诞下皇子之后，早朝也会时不时地就停上一天，即便是上朝，也不过是将大将军送过来的战报再重复一遍，大家听听而已。但这一天早朝之前，大臣们就在大殿里议论纷纷了，不少人还向荀彧恭喜着。直到刘协上殿，大家才站在各自的位置上，山呼万岁。

刘协笑盈盈地抬手让大家平身，先看着荀彧道："听闻荀令君要与大将军结为儿女亲家了，这是我大汉的一桩喜事啊。"

荀彧微弓着身子，拱手道："承蒙大将军不弃，愿意将女儿许配给臣的长子，臣很是欢喜。"

刘协凝视着荀彧，面上笑着，但眼神里并没有笑意："荀令君乃我当朝尚书，与大将军本就是门当户对。朕也听闻荀令君的几个儿子都颇为聪慧，可惜朕还没有女儿，不然也要想嫁给荀令君的儿子了。"

满朝朝臣们都笑着附和着，纷纷称赞荀彧的儿子颇有才名，与其父相似。这便是恭维了，整个朝堂之上谁不知道那颇有才名的子弟非大将军的儿子们莫属。不用说曹丕、曹植已经有聪慧外露的迹象，便是才七八岁的曹冲，其聪明才智也早传播开了。就在不久之前，孙权送来了一头大象。那大象看着足有万斤重，但究竟重多少，无人能够计量。曹操遍求称重方法，但都不得。曹冲听说后道："将大象牵到船上，在水淹没船舷痕迹的所在刻上记号，再以重物装在船上，比较之后就知道了。"这方法传开之后，听到的人无不惊奇曹冲的睿智。

大家对荀彧的恭维，荀彧例行谦虚几句，然后才向上拱手道："大将军连年征战在外，如今收复冀州，臣以为大将军当镇守冀州，以震宵小。因此替大将军请辞兖州牧，请表领冀州牧。"

这话一说，朝廷上立刻就没了声息。冀州与兖州相比，地理面积不说大了数倍，且冀州少有本土战乱，多年以来被袁绍打理得井井有条。兖州牧与冀州牧虽然平级，但是管理的郡城土地，手里的权力可大不一样。如今荀彧才与大将军结为亲家，就亲自开口替曹操求冀州牧，这不就是赤裸裸地向皇上施压？不过就是不施压，大将军的要求皇上也是拒绝不了的吧。果然，刘协听完就是一笑道："大将军平定袁绍之乱，功勋甚重，且正如荀令君所言，冀州刚刚平定，确实需要大将军震慑。朕这就下旨，允许大将军辞去兖州牧，拜大将军为冀州牧，统领冀州上下，务以百姓为先。"

刘协心里巴不得曹操离自己远点，最好就相中了冀州那地方不要回许县了。至于山高皇帝远，将在外君命有所不受，对刘协来说却全是反着来的。只要曹操不常在他面前出现，只要他还是这个皇上，曹操就是同时要领兖州牧他也会同意的。当下再问了战事如何，知道袁尚逃亡，袁谭已降，想起袁绍也曾四世三公，也曾是一方豪杰，却在与曹操对立不过几年，不但丢了自己的性命，连根基都一并被连根挖起。群臣再说了什么，就听不甚进去了，只保持着微笑，偶尔点点头。

退朝之后，转身回到后宫，看到伏寿正在逗弄着皇子，走过去抱起皇子，却仍然是心有戚戚。待到奶娘将皇子抱下去休息，房间里只有自己与伏寿之后，才一声长叹，将早朝的事情说给伏寿之后道："当日国丈不曾回应，也是幸事一桩。"

提起当日之事，伏寿的眼圈红了下，她微微侧身擦拭下眼睛，转过身来已经看不出之前酸楚的痕迹。她轻声说道："荀令君与大将军结为了亲家，这朝堂之上就不会再有第二个声音了，如今，臣妾只想着皇上与皇儿都能平平安安。"

刘协笑了下："皇后莫要担心，如今大将军领了冀州牧，还要平定袁绍留下的四州，三五年的时间内不能转回许县的。只要大将军不在许县，朕这心就安稳了许多。今日早朝之时，朕还想着，要不要下一道赐婚的旨意，可又想，大将军也未必稀罕，朕也就不多事了。"

伏寿笑道："能得到皇上的赐婚是他们的殊荣。不过大将军在冀州那边，也是要办喜事呢。臣妾听闻，当日大将军破了邺城，就急匆匆带兵去了袁绍府上，不过晚了一步，大将军看上的甄氏，被大将军的儿子抢先一步接走了。"

刘协还不曾听说这事，闻言奇道："大将军的哪个儿子如此胆大，敢抢其父看中的女人？那大将军岂不是要雷霆震怒？"

曹操喜好美人，每有杀敌破城，总是会带回一两个侍妾的。想当日与张绣的交恶，就是因为抢了张济的遗孀。这看上的甄氏，刘协还不知道是哪一位。

伏寿笑着道："是曹丕。那甄氏本来是袁绍次子袁熙的儿媳，生得不但极为貌美，据说琴棋书画，无不精通，被誉为闺中博士。不过臣妾只听说当日大将军扑个空，却很是高兴，认为其子肖父。如今被那曹丕接了去，不日就要成亲，皇上可要送一份贺礼吗？"

刘协思忖片刻，忽然就笑起来："只要大将军呈报他儿子的婚事，朕这个做皇上的，岂能差一份贺礼。朕还是当不知道的吧。朕就准备荀令君这一份贺礼就好了。"

两人相视一笑，刘协又道："当日皇子满月，未曾操办，如今已经接近百日，皇后可想想，皇儿的百日要如何操办？"

伏寿的脸上浮现出母亲才会有的温柔的笑容，道："皇上，当日臣妾诞下皇儿，是为皇上有后，如今看着皇儿，却只想着皇儿能平安喜乐。皇儿的百日，臣妾想只是在宫里简单地操办下，该有的仪式都有了就可以。至于宾客，皇儿只要有皇上的祝福就足够了。"

刘协走过去，将伏寿揽在胸前，好半天才叹息了声道："你是皇后，不必如此委屈的。"

委屈吗？有什么可委屈的呢？她生产的时候，父母都没有来到身边，只是在之后上表恭喜。皇儿满月，也不曾前来，若是操办了百日，父母仍然没有前来，才是真正失掉了脸面。伏寿知道父亲怕的是什么，可如今她唯一可以依仗的外家也不再是靠山，她还能有何求呢？伏寿伏在刘协的胸前，脸上并没有笑容。她的视线透过窗棂看向外边的天空，只看到湛蓝天空的一角。她忽然觉得这皇宫就是一座牢笼，永远也冲不出去的，只能看到一角天空的牢笼。

荀彧家中就有些忙乱了。当初建府，荀府并不如何宽大，如今儿子长大要成亲了，原本居住的院子就显得狭小了许多。不过好在荀府的周围还有可扩建的余地，且如今时日并非荀彧当时与程氏成亲时那么紧张，完全有充裕的时间完成六礼。好在这些事情都有程氏操持，不用荀彧操心，荀彧焦心的是冀州形势。

在曹操围困邺城的时候，袁谭也同时开始攻打袁尚，不但打败了袁尚，还吞并了袁尚的余众，给了曹操攻打袁谭的借口。现如今冀州并非外界想象的那般安定，大小战斗还在不时发生。冀州平定之后还有青、幽、并三州，这三州既要一鼓作气打下来，又要能分出主次来。如今他在许县坐镇，曹操人在冀州，只能书信往来，许多事情都要慎重考虑。

正在荀彧忧心之后局势的时候，远在冀州的家族终于送来一封书信，信中说查到了在冀州的铁矿山一座，那矿山曾经被私自开采过，但在袁绍兵败官渡之后，铁矿的开采也停止了。荀彧闻言大喜，直接写信给父亲，告知会将自己的三哥荀衍派到冀州，负责开采铁矿事项。有这一铁矿，后勤军备这一块将无忧了。有荀衍过去开采铁矿，无论是雇佣民工，还是开采进度，乃至铁器的烧制打造，都可以放心了。

这是继曹操打下冀州的又一个好消息，荀彧回到荀府的时候，脸上还带着笑容。饭后找人请了荀衍前来，二人在外边的大书房内细细商议了好久。战争，打的不仅仅是人力兵力，还有后勤粮草，兵卒的武器战马。如今有了这座铁矿，就保证了曹操军士的武器。荀彧要荀衍尽快赶往冀州，勘查出铁矿石的储量，尽快开工。

"三兄，袁绍已亡，其子不成气候，不足为虑。但是北边还有乌桓虎视眈眈。乌桓地处北寒之地，民风彪悍，又与袁绍通婚，很可能会收留袁谭、袁尚等人，若是那时候，大将军必然要北上。乌桓地理遥远，行兵打仗离不开战马，乌桓人凶悍高大，若是要战胜他们，就要有更加锋利与坚固的武器。三兄此去，不仅仅是开采铁矿石，还要建立起炼铁局，提炼出生铁，打造兵器。"荀彧说着，拿出一本书来，"我翻阅了皇宫的竹简藏书，誊抄了一本与炼制生铁有关的书籍，又找了几个铁匠，三兄都带着。冀州的这个铁矿就要托付给三兄了。"

荀衍接过书籍，不急着翻阅，问道："开采铁矿的钱粮，从何处调拨？"

荀彧道："大将军已经颁布法令，免除冀州今年的赋税，银子我与你从许县调拨，你带着我的信件给郭奉孝，银钱和粮草你放心，短不了。"

荀衍答应着，却又面有忧色道："如今大将军远在冀州，又将大部分官员调往冀州，只留四弟你一人在许县，日久天长……"

荀彧知道荀衍担心的是什么，他笑道："正因为大将军人在冀州，许县才需要我留下来主持，协调大将军与朝廷之间的关系。大将军往来征战，皆有圣上旨意，若是我不在这里，难免会有人误传旨意，挑拨皇上与大将军之间关系。三兄无须担心，尽管放心前去。"荀衍闻言，不再劝解，第二日就带了荀彧的书信及安排的人手前往冀州。

荀彧心中也知道，荀衍的担心不无道理。曹操人在冀州，军事行动以及一些想法，很难及时反馈到荀彧这里。且曹操身边还有郭嘉、程昱，他对曹操的影响正在减弱。但许县必须留人，没有人比他更适合了。而曹操不在身边，荀彧感觉他似乎更能洞察曹操的想法。曹操想要得到的，并非只是冀州，也并非袁绍的地盘以及打败袁绍之后的地位。

秋季的时间总是过得很快的，秋天的丰收带给人欢乐，也带给人踏实。远离战乱，战胜了袁绍，也让前来许县的名士们多了起来，几乎每天都有拜帖递到荀府，几乎每个下午，荀彧都要抽出时间来接待名士。这样的日子让人心情愉悦，与各地的名士交谈，也让荀彧了解了各州郡更多的现状，了解了更多的人。每个晚上，他都会将当天的交谈记录下来，有时候兴起了，还会将一些有名望有真才实学的人写在信上，推荐给曹操。

"今日遇到一学子，自幼拜得名师，擅观测星象，预言入冬之后，雨水会逐渐增加，恐明年夏季，大部平原会形成水涝。想兴平二年（195）大旱，田地龟裂，颗粒无收，民不聊生，历历在目。虽水涝只是片面之言，吾心下却甚恐。这几日查看舆图，看淮水、颖水走向，沿途村庄田地遍布，唯恐预言成真，以至于夜不能寐。"

荀彧停下笔墨，思虑了片刻，再饱蘸墨汁，接着写道："若水涝形成，道路泥泞，车马不良于行，则不宜远征。青、幽、并、冀四州大事，还要早做思量。"

荀彧将笔放下，从头到尾再将信件读了一遍，待纸上墨迹干透，这才折叠起来，仔细地封在了信封中。

第六十八章

观时势举荐贤才　忆往昔哭诉求助

曹操得封拜冀州牧，于礼该返回许县亲自向皇上谢恩。得到圣旨之后，曹操便只带着亲卫返回许县，当日稍作休息，第二日在早朝上亲自向皇帝刘协谢恩。退朝之后，便同荀彧一起前往尚书台。

如今尚书台内官员减半，颇为冷清，荀彧与曹操对坐，荀彧亲自为曹操煮茶，待茶香弥漫后道："主公虽拜冀州牧，然冀州眼下并未完全清平，袁谭并袁尚余众后，想起前事，心必不平，以其心性，会生事端。主公却在此时归许县，可是还有其他事情？"

曹操点头道："袁谭小儿反复无常，我已经让人遣送了他的女儿回家，等我先让他过个好年再收拾了他。"

袁谭当日归顺曹操，未必真心，为了断绝袁谭与袁尚的联手，曹操让自己的儿子娶了袁谭的女儿为媳，以安袁谭之心，甚至还封了袁谭为青州刺史。袁谭吞并袁尚余部这般所为，可是真正惹恼曹操了。

荀彧微微叹道："袁本初一世英名，其子却个个不堪，他尸骨未寒，子弟就争抢起来，甚至引外敌以攘兄弟。他泉下若是有知，不知道该做何想。"

曹操笑道："若是袁本初再多活几年，冀州哪里来得这般轻易。等我回头就将袁谭抹杀了，顺便连青州也就平定了。说来还是先生了解我，我这次回来，还真有事情要请教先生。"

荀彧道："哦？主公有何难事？"

曹操道："冀州不日则平，青、幽、并三州也很快就会收于囊中，然袁绍虽亡，手下干将未必愿意听命于我。明年年初平定袁谭之后，我欲一鼓作气拿下乌桓，恐怕幽州会生叛乱，我已打算以乐进牵制幽州，留李典预防并州，然关中河东郡若是出现叛乱，要派何人前去牵制和守卫呢？我心甚为忧虑，还请先生为我举荐贤才。"

荀彧沉吟片刻道："主公不必忧虑，我这里正有一人，乃西平太守京兆杜畿，勇足以当难，智足以应变。"

曹操眉头一挑道："杜畿？可是颍川郡人，曾以五十余人抵抗刘表一万大军于西鄂，不敌突围的那位？"

荀彧笑道："正是此人，主公可以召杜畿前来，询问其对关东看法。"

荀彧推荐的人才，曹操使用起来，莫不得心应手，当下便道："先生举荐，莫不是贤才，如此，明年我当可放心出兵。"又道，"我收到先生书信，预测今冬和明年雨水都会偏大，可我已经决定出兵乌桓，彻底断了袁家的余脉。"

荀彧微微点头："主公所断，是为了清除袁氏残余势力，也为断了三郡乌桓入塞。然定州还有高干，幽州还有袁熙，皆为需要平定之处。彧以为，乌桓、幽州、定州皆为要处，不分彼此。主公可视路途远近、攻守难易，分先后定夺。"

荀彧的意思就很明显了，他没有直接劝曹操先放弃乌桓，而是将乌桓与幽州、定州相提并论，曹操立刻就明白了。他徐徐点头道："是我操之过急了。"

荀彧道："主公为黎民百姓安宁而平定天下，愿天下早日安宁，才要不远万里跋涉乌桓。主公急切心情，彧万分理解，只恨不能为主公分忧。"

曹操笑道："先生太过自谦了。若是无先生为我守候许县，我哪里能放心一再带兵离开。"

两人相视一笑，举起茶杯来互相让了下，都浅浅地品尝了一口。放下茶杯，荀彧再道："还有一事，正要与主公商议。大皇子当日满月，宫内不曾操办，如今百日，当做庆贺。"

曹操诧异道："皇子百日当做庆贺，如何还要与我商议？"

荀彧笑道："子桓的婚事，也是在这几天吧。"

曹操恍然："我这次回来，也是要将犬子和小女的婚事一并办了，等到明年冀州安定下来，再将家小也一并迁过去。如此，这年前，许县可是会有三件喜事了。"

荀彧笑着点头。就在曹操回来之前，荀彧请示过皇上刘协，询问皇子的百日典礼有何要求。刘协却一口就推辞了，只说天下未平，皇子百日不宜操办。如果曹操不回许县，荀彧便也只会在皇子百日时送上一份贺礼。但曹操这次回来，又要嫁女，又要为儿子迎娶新媳，皇子的百日若不操办，岂不是让群臣以为天子尚不如大将军风光？且曹操不论是嫁女还是迎娶新媳，都势必要大操大办，群臣大部分要参加。若是皇子百日冷清度过，怕是要落了人言。不过这话荀彧并不想与曹操多言，曹操自然也没有想到。

果然，之后曹操嫁女、迎娶新媳的时间，便与皇子的百日错开。待到皇子百日那天，刘协在宫中大宴群臣，就连皇后伏寿的父亲这次也亲自前来参加。伏寿抱了皇子也在宴席上坐了片刻。说来也奇怪，那皇子在宴席上本来手舞足蹈的，颇为喜庆，可在曹操举酒亲自前来向皇上和皇后道喜的时候，那皇子忽然大哭起来。宴席上一时颇为尴尬。皇后伏寿只推说皇子饿了，忙唤了奶娘将皇子抱下去，可这一幕落在有心人的眼里，却生出别样的意思了。

皇子百日宴席，皇子肯定是吃饱了喝足了状态最好的时候，才会被抱上来的啊。抱上来在皇后的怀里还手舞足蹈的，发出"咿呀咿呀"的笑声，可大将军一上前敬酒，就立刻吓哭起来。往好里说是大将军常年驰骋沙场，身上杀气血气太重，皇子承受不住。可皇子是皇家血统，是未来皇位的继承者，若是说被一臣子吓哭，这皇家的脸面就不好说了。这还是往好里说，若是往坏里考虑，那皇子一见到大将军上前，就惊吓不已，岂不是说与大将军相克？这相克，又是谁克着谁？是大将军克了皇子，还是皇子克了大将军？

曹操仿佛没有听到皇子的号哭，仍然向皇上、皇后恭贺过后，饮了酒，这才退回原位，大家也立刻纷纷上前，将这一幕插曲尽快略过。曹操表面上并不在意，但是饮酒垂眸的刹那，眼神里闪过凛冽。皇子哭泣的那一刻，皇后伏寿的眼神明显惊慌，他没有看错。一个皇后，与大将军几乎是素昧平生，为何要在见到他的时候露出惊慌之色，引得才百日的皇子都被惊吓得大哭？曹操抬起头来的时候，又是面露微笑，与临近的荀彧低声交谈，接着再一举杯。却在举杯的时候，看到伏寿的目光再次看过来，眼神里的那丝仇恨，一闪而逝。

皇子的百日宴席风风光光，群臣不但都送上了丰厚的贺礼，操办得还极为热闹——除了皇子被抱上来不多时就哭闹了起来。但小孩子嘛，饿了、热了、闹了都会哭闹的，很是正常。刘协心里很是高兴，在宴席结束之后，特意将皇后的父亲伏完留下。皇后伏寿几年没有见到父亲了，在后宫与父亲相见那刻，忍不住就痛哭起来。

"从到许县来之后，女儿就不曾再见到父亲与母亲，便是女儿生产，在鬼门关上走了一圈，父亲与母亲也不肯前来，父亲与母亲好狠的心啊！"伏寿以手捂面，泪水顺着指缝流下来。

伏完愧疚地看着自己的女儿，眼圈也红了。

"当日女儿与皇上无计可施，被困于这皇宫之内，只盼着父亲能想法搭救……"伏寿的话还没有说完，伏完已经疾步上前，就差伸手掩住伏寿的口了，"皇后慎言。"

伏完低声叫道，不由往左右看看。伏寿见罢，眼泪再一次涌上来："父亲也知道女儿与皇上在这宫中身不由己了？"

伏完急切地道："皇后啊，这左右可……"说着轻轻顿了下足道，"皇后如今贵为国母，又是做母亲的人了，说话行事当要慎重，万万慎言，不可为自己惹祸。"

伏寿听了这话，心凉了一半，只是还不敢相信，忍不住上前一步道："当日，父亲可曾接到女儿的密信？"

伏完闭了下眼睛，睁开的时候长长地叹息一声："皇后，当日收到皇后的密信，你母亲就病倒了，如今在家中仍日日牵挂。皇后啊，那大将军手握兵权，为父我拿什么和大将军斗啊？"

伏寿抹掉脸上的泪水，激动地上前一步道："难道父亲就眼睁睁地看着大将军步步为营？父亲，大将军难得回到许县，如果父亲再犹豫，等到他回到冀州之后，才会鞭长莫及。父亲，你要为女儿为皇上好好想想啊，若是那大将军羽翼丰满，岂不是要取皇上而代之？"

伏完一惊，下意识左右看去，并不见皇后左右伺候的人，心却仍然怦怦直跳。

伏寿再上前一步，哀叹道："今日皇儿百日宴上，那大将军前来敬酒之时，目视皇儿，眼现杀意，皇儿惊惧不已，女儿可是看得清清楚楚。父亲，女儿和皇上在这宫中，举目无亲，再也没有旁人可以求助了。"

伏完再次长叹一声，扶着伏寿的肩膀，将她扶着坐下来道："皇后，你让为父想想，让为父好好想想。"

伏寿伸手端起茶杯，亲自奉到伏完的手中，轻声道："皇上曾经有意拉拢尚书令，荀令君与大将军关系密切，然大将军得冀州牧，带着众位心腹将军和大半尚书台官员离开，却将荀令君留在许县。女儿以为，荀令君心里怕是不大舒服。不然，大将军如何会将他的女儿许配给荀令君为儿媳？怕是有拉拢之意。"

伏完点点头，接过茶杯，之前的心慌意乱微微有些缓解，他低声说道："皇后莫要焦心，晚间，为父瞧瞧去荀府试探试探。"

伏寿得了这话，终于微微地松了口气。她从送出密信给父亲之后，就日日盼着父亲前来，斩杀大将军，解救她与皇上。如今父亲终于前来，虽然没有许下承诺，但只要答应试探，就有希望。这才唤来奶娘抱着皇子来，给父亲细细地瞧着，又询问了母亲的身体。没有见到母亲，下一次也不知道何时才能见到，让伏寿的眼泪再次流下。

伏完离开后宫，不敢与皇上见面，生怕被人看到端倪，待到天色渐黑，这才只带着一个下人慢慢悠悠地往荀府去，待到荀府递上拜帖，荀彧亲自前来相迎，在门口好一番寒暄见礼，这才请进荀府内。伏完递上贺礼——一些当地的特产，只说是好容易前来许县，自当拜见尚书令，只是一些薄礼。荀彧收下礼物，请伏完上座上茶，再次寒暄过后，就说起皇子，荀彧只夸赞皇子身体健康，哭声有力，他日定会身强体壮。

伏完笑道："皇后从有了皇子之后，一颗心都在皇子身上了，刚刚我在后宫见了皇后，皇后还因为百日宴会上皇子的哭而伤心呢。"这一边说着，一边端着茶杯，却假作无意地观察了下荀彧的神色。

荀彧也端起茶杯，也笑着道："皇后初为人母，爱子心切。"

伏完点点头，品了口茶水之后道："是啊，皇后今还与我说，等到皇子三岁得以启蒙之后，想要在满朝文武大臣中为皇子寻觅一位名师。"

说着，只殷切地看着荀彧："这满朝文武中，唯荀令君有王佐之才，莫不是应了这帝师之称？"

荀彧将茶杯放下，向皇宫的方向拱手道："我为尚书令辅佐皇上，是为王佐。小皇子年纪还幼，启蒙之日还远，这拜师之事，尚有时间从容考量。"

荀彧虽然不是一口回绝，可是言及自己的"王佐之才"，只说是辅佐圣上，并不提皇子，且以皇子年幼为借口，竟然也是有推托日后为皇子之师的打算，伏完听了，心就有些凉了。只是想到皇后的眼泪，在宫中时候的哀求，终归是自己的女儿，想想再试探道："这些年大将军驰骋疆场在外，都靠荀令君居中持重，眼下听说大将军将久居冀州……"伏完停顿了片刻才接着道，"自古有将在外君命有所不受，也幸好是荀令君留在许县，皇上和皇后一直对荀令君颇为仰仗。"

荀彧微微侧头，直视着伏完，视线里带着探究。伏完咬咬牙道："当日皇上衣带诏，董贵人一尸两命，是以这些年来，我一直不敢入京。"

荀彧心微微一动，这才恍然大悟。

第六十九章

拒试探留下隐患　闲谈中定下乾坤

伏完小心试探，话题提到了董贵人和衣带诏，荀彧这才明白伏完的来意。他借端起茶杯打断了伏完的话，微微喝了一口之后，才正视着伏完徐徐道："大将军为大汉江山，为黎民百姓出生入死，董贵人魅惑圣上，残害忠臣，阴谋被揭露，岂能被圣上容忍？皇后识大体，与皇上琴瑟和谐，以大将军为朝中肱股，校尉贵为皇亲国戚，如何会有不敢入京说法？"

荀彧的声音不疾不徐，语气平和，但话语中的用意却是明明白白的。他听懂了伏完话里也曾得到皇后伏寿密信的意思，也知道伏完这是前来试探。他毫不犹豫地将伏完的试探掐断。他怎么可能背叛曹操？且不说曹操于他有知遇之恩，以及这么多年以来共同并肩的感情，就是为了大汉江山，为了黎民百姓，他也不容许伏完再试探他了。

平心而论，荀彧对当今圣上刘协是同情的，若刘协有汉武帝之遗风，他怕是会毫不犹豫地全力支持，全力辅佐。但当今圣上不是汉武帝，也没有汉武帝的魄力。曹操如今战功显赫，是功高盖主，然而说句大逆不道的话，当今大汉可以换一位姓刘的做皇帝，却不能没有了曹大将军。袁氏残余势力还没有被消除，青、幽、并、冀四州还没有安定，北边乌桓也需要平定，往南刘表也没有消灭，大汉的江山还不曾稳固。如此形势之下，皇上不但没有笼络大将军，以慰功臣，反而要重行衣带诏之事，让人心寒。

虽然如此，荀彧的神色却依然平静，并不曾带上任何怒意，他甚至还微微一笑道："皇后如今刚刚诞下皇子不久，自然希望能得到校尉及夫人的陪伴。皇后也是极孝之人，听说校尉夫人身体微恙，当是牵挂。校尉千里前来，只留夫人在家，甚是不妥。"

伏完脸上冒出一层冷汗，并不敢多说，只得唯唯诺诺地答应着，再说了几句，急忙告辞。荀彧亲自送到大门之外，看着伏完上了马车离开，这才回身，回身的时候，眉头微蹙。皇上对曹操不满，荀彧和曹操都早就知道。衣带诏诛杀董承九族，斩杀董贵人，荀彧并未阻拦，是因为董承妄想密诛曹操，这是他所不能容忍的。且董贵人毕竟只是贵人，斩草就要除根。他没想到的是皇后也曾经对曹操动了杀心，还送信给皇后的父亲伏完。好在伏完胆小，一直不敢应承，直到今日才前来试探自己。想必这次试探之后，伏完不会再与人提起了。

荀彧并没将伏完的前来太放在心上。他知道伏完生性胆小，当日收到皇后密信，直到今日才前来自己这里试探，不得回应，必然不敢再做打算。果然第二日，伏完就以家中老妻身体不适为由，向圣上请辞，竟然没有再去后宫与皇后话别就匆匆离开，这也颇让荀彧哭笑不得。很快，荀彧就将伏完的这次拜访丢在了脑后，家里，也开始为迎娶大将军的女儿做最后的准备了。

这边，却有人将伏完夜访荀彧的事情告知到曹操的耳里，曹操只以为是正常拜访，并未放在心上，可隔了没有几天，就听说伏完在第二日就匆匆离开，就觉得奇怪了，暗暗将这件事情记在心里。不日六礼已经完成了五礼，只等着最后的迎亲，曹操这边虽然是女方，不用操办，但是嫁妆也要迎送，便也将伏完的事情抛在了脑后。

十月的颍川，秋高气爽的一天，许县内尚书令和大将军府门前，敲锣打鼓，尚书令与大将军两家缔结姻缘，百年好合，成了许县的一件大事，不但文武百官全都前来庆贺，就是当今圣上也亲自前来参加喜宴。荀家不但大宴宾客，还在街面上摆下了流水席，只要邻里邻居前来，全可以就座吃席。一时许县大街小巷里全都谈论着尚书令与大将军府的这场联姻，据看到新娘新郎的人说，这婚礼双方郎才女貌，是天作之合。

荀府的婚宴才结束没有几天，大将军府里也摆下了喜宴，大将军的儿子曹丕迎娶的是河北赫赫有名的甄家之女，素有女博士之称的甄姬。满朝文武再次庆贺，皇上也再一次纡尊降贵前来参加婚礼，一时，大将军与尚书令的风头，在许县达到了极致。丰收的秋季也随着皇子的百日、荀府与曹府的婚礼结束，初冬的第一场雪，果然在比往年早一些的时间里降临。

荀府的茶室里，荀彧正在与荀恽手谈，荀俣坐在一旁观看着。荀彧很是随意地落下一子后，抬头看看窗外。虽然下雪，然而茶室里地龙烧着，室内很是温热，所以窗户就支开了一扇，从窗口能看到外边正在扑簌簌落下的雪花。雪花看着不大，但是从半夜开始落下，到现在足有五六个时辰了，荀彧下了早朝的时候，外边的积雪就已经没过了脚踝。

"父亲，今年的雨雪比往年早一些。"荀俣开口道，"今日儿子下学的时候，还听先生说，幸亏是冬日下雪，若是夏日的雨水，城里还好说，城外怕是要有内涝形成了。"

荀恽也落了一子后道："咱们许县还好，当初皇宫落成的时候，城内的排水也新做了。但整个颍川就不好说了。我还听到民间俗语说，阴过冬至晴过年。今年天气却是反常，冬至那天是个大晴天，过了冬至，立刻就转阴，雨雪也大了起来。"

三人一起瞧向窗外，这雪已经下了大半日了，还没有停的迹象。

荀彧从窗外收回视线，审视着棋盘问道："如果今冬雨雪偏大，来年春天也不见好转，你们两个有什么想法？"

荀恽和荀俣都沉吟了一会儿，荀恽本来都捻着棋子，半天才落下后道："儿子听闻大将军将要出兵乌桓，若是雨水偏大，道路必然泥泞，军士还好，后勤粮草运输怕是不易。"

荀彧就看着荀俣，荀俣想想道："怕是来年的收成要受到影响。"

荀彧点点头："袁绍已逝，余众不成气候，不足为虑，青、幽、并、冀四州早晚必然平定，只是先后而已。乌桓远在北部，与北匈奴一旦联手，就成威胁，故必要讨伐。兵马未动，粮草先行，若是雨水天气，粮草不易于行，讨伐乌桓就要推后，恽儿的顾虑很是在理。"

荀彧甚少表扬儿子，荀恽听了这话，脸上露出喜色。

荀彧就看向荀俣道："俣儿能想到来年收成，也是不错。小麦喜旱不喜涝，若是开春以后雨水也连绵不断，小麦收成会受到影响。若如此，该如何？"

荀俣道："来年雨水若是过多，收成虽然会受到影响，却也是其次。因为今年丰收，仓库廪实，来年收成受到影响，也不至于颗粒无收。只是颍川一带河流众多，上游地区还好，中下游怕会成涝。一旦洪水上涨，泥流成形，伤及的不仅是田地，还有百姓。儿子以为，需未雨绸缪，早做打算。"

"哦？"荀彧很意外荀俣会有如此说法，问道，"俣儿可有想法？"

荀俣点点头："前一年大旱时，父亲就已经兴修水利，引颍川水入乡村田地，是以虽然天逢大旱，灾情却并不严重。但若是雨水偏重，颍川河流之水再入乡村田地，势必会形成内涝。且儿子还听闻，洪水之后，会形成堰塞湖，危及下游民生。传上古洪水，鲧以堵为主，终不能排除水患。禹以疏导为主，引洪水入海，用时一十三年终治理水患。今水患难有上古之深，故不论是堵还是疏导，只要早做打算，都不必用时良久。"

荀彧闻言生了兴趣，再问道："以你之计，若是来年雨水偏重，会如何去做？"

荀俣再想了想道："父亲之前兴修水利，以治理旱情为主，河道分流多数前往乡村农田。儿子以为，可在河道分流所在之处，兴修堤坝，同时疏通原有河道，在河道两侧巩固堤坝，以保证洪水来临之前提前泄洪。"

荀彧听了微微点头，却道："勘探水利，工程量巨大，若是来年雨水已成，时间上未必够用。"

荀俣却道："儿子听闻父亲在年轻时，为破开春冰汛，就沿颍水河走过，当日必然已留有颍水沿岸图纸。且去岁大旱，兴修水利，图纸也在。儿子以为，可趁今冬继续勘测颍水主流支流，即便明年没有水患，也可有备无患。"

荀彧微笑点头。荀俣今年不过一十二岁，就有如此头脑，他很是高兴道："未雨绸缪，便可有备无患，说得很好。今冬我也正有勘查颍水之意，你也跟着，正可看看民生。"

荀俣立刻兴奋起来。荀彧又看向荀恽道："恽儿刚刚成婚，不好将新妇抛下远行。"荀恽明白地点点头。新婚以来，他很是喜欢他的妻子，但也明白他的婚姻不仅仅是为荀府开枝散叶，也是为了尚书令与大将军之间的联姻。他与夫人的感情好坏，直接影响着父亲与大将军之间的关系。且新婚燕尔，他也确实不想离开妻子远足在外。

荀彧示意荀恽继续下棋，自己的一半心思却转到了水利上。颍川地貌熟悉，又经过前后两次勘探，前年因为大旱，也曾引颍水入分流，今年冬天再行勘探一次，开春冰冻融化之后，及早动手，赶在水涝形成之前，疏通河道，为时不晚。只是冀州若是也成水患，就有些麻烦了。曹操刚得冀州，才颁布法令，减免当年赋税，明年若是征集民夫修筑沟渠，民间可不以为是在为百姓造福，只以为劳役增加。但若是水利不修，怕是再成灾年。且明年曹操还要征袁谭，平定青州、定州。虽然下着棋，荀彧的眉头却微微皱起来。

曹操并未留在许县过年，年前一个月，便带着新婚不久的曹丕前往冀州，留下甄氏在许县服侍婆婆。荀彧替荀俣向学堂告了假，跟着荀彧的官员开始沿颍水勘查，荀恽在学堂的时间已少，也开始逐渐跟着荀彧学习政事，余下时间，不是在家里陪着妻子，就是与曹植在一起，他二人年岁本来相当，又成姑舅，关系就日渐亲密起来。

这一冬气温并不如何低，雨雪却果然多了起来，往往前一场雪才清理了，后一场大雪就再次飘飘摇摇，如此一直到了过年。

正月里，曹丕亲自领兵攻打袁谭，大胜之后诛杀其全家，至此，冀州彻底平定。曹操果然听从了荀彧的意见，暂时放下乌桓，专心平定青、幽、并、冀四州。是年四月，黑山最后的首领张燕率众十余万投降，至此，原本在袁绍统治之下的黄巾军最后力量彻底消散。不过，果然如曹操所料，幽州、并州和关东河东先后出现叛乱，乐进、李典分兵前往镇压，杜畿已为河东太守，到任上不久，就平定叛乱，接着广施仁政，大获民心。

而这一年，从开春开始，各地的雨水就重了起来，不仅仅是颍川，连同冀州，雨水也足。曹操暂时歇了攻打乌桓的心。此时，颍川颍水的勘探已经结束，更在初春时节，就征用民工，开始绘制水路地图，兴修颍水河道，沿途修建水库，以为可能出现的水患做准备。同时，荀彧也派了擅长水利的官员前往曹操处，以为后来进发乌桓，早做准备。

大战之前，不仅要考虑兵马的战斗力，还要考虑粮草的运输。自来陆地的运输，不但速度缓慢，自身骡马押运兵士就要消耗掉大半粮草，且陆运需要翻山越岭，路途艰难。荀彧与曹操都以为，应该开辟水路，确保粮草能及时运送。往乌桓一路，以幽州沿海出发最为妥当，只不过沿途的河流走向都需要一一勘探。荀彧于此颇有经验，早在冬季，就研究了幽州的地图，便对曹操提出了一个大胆的建议。将在幽州开凿运河，自呼沱水入㳏水，再从沟河口入潞河引水入海，运送粮草。

第七十章

兴水利重视海运　重情义抵足而眠

在幽州兴修水利，是荀彧早早就有的想法，只是水利毕竟有经验之谈，容易修建，然水上可以运输粮草的大船，却不易修建。荀彧广为征集水利人才，采集民间能人异士汇集一处，集思广益，又亲自前往幽州，探查河道，与沿途河工交流。

当时已经有水师，配备战船主要以楼船为主。就是在甲板上建造有多层建筑，并在船舷上设立半身高女墙，用来防范敌方的矢石。且在女墙之内，设立第二层建筑，以为庐，庐上的周边也设立女墙，庐上的兵士们可手持长矛，居高临下战斗。庐上第三层建筑称为飞庐，弓弩手藏于其内，以为远攻。最高一层为指挥所在。甲板下设立舱室，供划桨之用。还有些小型的战船，比如用于冲锋的"先登"，用来冲击敌船的"蒙冲"，速度极快的快船"赤马"，双层板的重船"槛"。

多年的战乱，朝廷空有图纸，这般战船并不多，且战船适合水战，运送粮草还要有货船。民间运输多以货船，早就有成熟的造船体系。荀家历代都有经商，船运也曾掌握在手里，荀彧兴起造船的打算，便打算在原有的基础上，改建大船。

荀彧亲自前往幽州监督，幽州官员并不敢懈怠，早早就将当地水利地图准备妥当，甚至连大约需要的劳役人数钱粮都做了预算呈报上去。并在春种之后，就开始征集劳役，最先开发幽州一段运河。且在运河入河口处，另行修建造船厂。

六月，曹操专程从冀州前往幽州看望荀彧，荀彧却不曾在幽州府邸，而是就在呼沱水下游的船厂内。曹操一路往船厂来，荀彧得到通报，出船厂迎接，就见到曹操风尘仆仆，骑骏马而来。当时正逢小雨，云雾缭绕，曹操一行人连蓑衣都不曾披，远远地曹操见到荀彧就是大笑，飞马过来，跳下战马大叫道："先生让我好找。"

荀彧也快步上前迎接道："主公如何前来？"

曹操将缰绳丢给手下，对荀彧道："我刚接收了黑山张燕的降兵，在冀州闲来无事，就想着到先生这里坐坐。听说先生亲临造船厂已经有几天了，如今天气日渐炎热，水汽又重，先生可要爱惜身体。"

荀彧笑道："多谢主公关心。主公征战沙场尚不问天气，彧在这船厂，有棚遮风挡雨，只是观望，并不曾亲自动手，哪里又辛苦了。"说着与曹操并肩往船厂走去，并不急着引曹操休息，先去了最大的船坞，就见到一艘大船足有两层楼高，外部已经完工，高高地仁立在面前。荀彧亲自带路，引曹操登上旁边的高台，从高处看去介绍道："此为货船。甲板上设风帆，以舵控制方向，下设舱室备用，既可以划桨，也可以储运。"

这时代已经有小型的帆船了，都用在海运上，运河上只是划桨的船只，是因为帆船顺风可以行驶直线，逆风的时候，就无法呈直线行走。河道不足以让帆船在逆风时走出之字形路线的宽度，是以逆流之时，都是以纤工拉纤行走更为迅速。

荀彧接着道："从呼沱水入泒水，再从沟河口入潞河，一路正好顺风下行，正可以托运粮草以到大海，入海口之后，这船便为海上运输主力。"

曹操看着这大船，心里计算了片刻，便算出这一船所运送的粮草数量，频频点头道："若有船只沿途运送粮草，路上行军则要快上许多。"

荀彧道："然。主公且看船尾。船尾处会设有悬钩，悬钩上可挂小艇各两艘，用以运送兵士及货物，也可以用于海战冲锋登船之用。"

曹操再次点头。

荀彧再道："这货船只要稍加改动，就可以为战船。"荀彧说着，引曹操从高台所搭脚手走上船去。这高台上脚手距离地面甚高，然荀彧如履平地，显然已经行走多次。曹操跟在其后，一并进入船上。荀彧指着船舷道："造船所用木料甚轻，压上重物，才可吃水，是平素以为货船。若是用作战船，只需要加固船舷。主公看这船舷内侧，已经留有加固所在，再行建造女墙，以抵挡矢石攻击。且船舱下还留有一层隔水板，不惧斧凿。"

曹操一听，就生了兴趣，随着荀彧往船舱下部行走，果然见船底修有隔离水板，只有半尺多高，不会影响船身头重脚轻。

"不过这船主要是为了海运而设计的。"荀彧与曹操沿着甲板走了一圈，重新通过脚手回到高台，"我大军擅长陆战，主公还要培养训练一批水上兵士，熟悉水性、船只，这海运，也不能都依托给劳役民夫。"

曹操点头："不错。我原以为南边孙策亡故之后，孙仲谋年幼，恐压不住老臣。但不过三年，孙仲谋就率兵消灭了反叛的李术，平息了宗室动乱，又灭山越。广招贤才，聘求名士，竟然将江南局面稳定了。去岁又进攻江夏郡，可见一统江南的决心。这几年我冷眼观望着，孙仲谋其人才智果断，待人接物只在袁本初之上，若是以时间让其成长，他日必然也是风云人物。只可惜我青、幽、并、冀四州未平，乌桓又在北边虎视眈眈，分身乏术，只能眼睁睁看着孙仲谋势力壮大。"

孙仲谋即为孙权，乃孙策的胞弟，为人性度弘朗，仁而多断，常广纳贤才，小小年纪就与父兄齐名。孙策被门客行刺而去世前，命孙权接替其位，孙权当时不过虚岁十九，却将整个江东全都扛了起来，几年时间就治理得井井有条。

荀彧沉吟道："汉室微末，天下大乱，群雄并起，主公平定黄河南北，功勋甚重。向来天下平易守难，更何况这黄河南北也未曾完全平定。北方乌桓必要讨伐，南边刘表处也不能放过。江东仲谋所在，也只能再放一放了。"

荀彧此刻内心里隐隐有些担忧。这些年来的征战，让曹操锻炼出一支所向无敌的军队，但这支军队只能陆战，并不擅长水战，且连年的战斗，士兵经验虽然充足，但是年龄也已经逐渐偏大。荀彧这次亲自前来船厂，为的也是未来可能会出现的水战。这次的货船建造完毕，就该建造战船了。

曹操道："平定四海是我的夙愿，不过先生所言有理，天下虽平易守难，但有先生在，这守就不难了。"

两人对视，都微微一笑。船厂正在建造的大船同时有三艘，旁边还建有小船厂，小船甚多。才要继续查看，从人来报，餐食已经准备妥当。荀彧便请曹操入内。这里却有一座单独的小院，很是简陋，为荀彧在此休息及办公所在，餐食就摆在这里，曹操入座后，见只有家常的几种小菜，荤腥是一块大肉，做得甚是粗糙。

荀彧笑着解释道："船工都是使大力气之人，是以日常餐食，都以船工喜好为主。"

曹操以小刀割了一块肉送到嘴里，咀嚼片刻赞道："味道不错。"

荀彧笑着，也片了一块肉。他日常节俭，餐食也以清淡为主，这肉只食用了一片，就多是素食。两人一边吃着，曹操一边将如何打下了袁谭，黑山张燕如何感觉到危机投降等详细说了，又道："袁本初将青、幽、并、冀这四州治理得真不错，若当初得到的不是兖州而是冀州，在冀州都可建立国都。说来也对不住先生，我将尚书台大半官员都迁往了冀州，得力的武将也都跟着我，只将子廉（曹洪的字）留在许县供先生调配。许县未免单薄了。"

荀彧道："许县建都已经数年，以皇上盛威和主公威望，寻常将士轻易不敢妄动。大将军坐镇冀州，平定河北，最为辛苦。彧留在许县，正可协调朝廷调度，有何对住对不住之说？更何况主公又将子廉留在许县护卫，以子廉之勇猛与忠心，许县自然安然无恙。"

说起来曹操将荀彧留在许县，也是不得已而为之。皇上身边断少不了自己的人，而除了荀彧，满朝文武中，再找不到常年离了曹操身边还能深受曹操信任的人。而离了曹操身边，还能为曹操殚精竭虑之人，怕是除了荀彧，也少有人了。荀彧也并不以此为异，反以为深受曹操信任更加操劳。就如此次幽州之行，按说以荀彧之官位，只要下派任务即可，但荀彧却仍然轻车简行，不惧操劳，亲自前往幽州沿河道视察，并亲自督建船厂。

当日天色已晚，曹操留宿在此，与荀彧抵足而眠。二人忆起当日荀彧投奔，秉烛夜谈之事，到现在不觉已经有一十四年。这一十四年里，荀彧与曹操肝胆相照，荀彧但凡对曹操进言，曹操无不采纳，而荀彧的每一次进言，曹操行之，都受益匪浅。这一十四年里，荀彧也为曹操推荐了大量的人才，每一位都在曹操的丰功伟业大计上，留下深厚的一笔。

夜已经深了，两人的声音渐渐消失，荀彧已经陷入了沉睡中，曹操却依然清醒着。他看着沉睡中的荀彧，忽然发现，这一年来，荀彧的额头已经生出了皱纹，虽然是在睡梦中，眉头也微微锁着。他的这位尚书令，这位谋略者，便是在睡梦里，也为他殚精竭虑着，在他看见或者看不见的所在，荀彧一直秉承初心，未忘初心，而他，早在多年沙场征战中，悄悄地变了。

他留荀彧在许县，并非没有私心。而这私心，是从什么时候开始的呢？是从战胜了袁绍，还是留在冀州，还是往前推杀了天子的董贵人时起，还是"挟天子以令诸侯"之后？不论是从什么时候起，曹操都知道自己变了。从从前的为兴复大汉、平定天下而征战，不知不觉中，思想里少了些许为大汉的心思。以荀彧的聪慧，不会看不出来的吧。所以在年前，荀彧以为天下并不稳定，来劝说自己不要复古置九州。

荀彧忠于汉室，其心日月可鉴，而自己……曹操在心里笑了声，慢慢看向窗外。燕雀焉知鸿鹄之志。所以荀彧知道自己的心。荀彧也看不起当今圣上的不成气候，然而荀彧是一个忠臣，忠君的思想已经刻在了骨子里。他能容许自己"挟天子以令诸侯"，断不能容许自己取汉室而代之。但以后呢？若是自己给荀彧更多的荣耀、更多的权力呢？若是荀彧能看到汉室将亡，天已经不佑汉室了呢？

曹操知道，如果没有荀彧的辅佐和陪伴，他可能会一直在袁绍的手下做一个将军。若没有荀彧面对张邈叛乱、吕布攻击而保全兖州三城，若没有坚持扼制袁绍于官渡，哪里会有今天的他。荀彧多次修正了他的战略方针，不论是深根固本以制天下、迎奉天子，还是现在的统一北方，荀彧的丰功伟绩都历历在目。而荀彧也从不因为自己的卓越而骄傲，更不会嫉妒贤能，这些年来，为他举荐的人才多不胜数，每一位都堪称肱股之才。

月光从窗口洒落在床榻的半边，这月光就好像是荀彧的一颗真心，坦荡而皎洁，就如钟繇赞其"能备九德，不贰其过"。然而这一颗真心，自己终究是要辜负的吗？天下与荀彧的情意，究竟哪个更为深重，曹操一时竟然无法分辨出来了。曹操在心内深深地叹息一声，罢了，只要文若还为了他，他必然要不负文若。然而这一刻天边飘来了一片云彩，将明月遮盖住，皎洁的月光也从眼前消失。

曹操的心微微一沉。难道这预示着什么？

第七十一章

定四州请封三公　力推辞忠义难全

　　建安十一年（206），并州平定，荀彧为曹操北上讨伐乌桓的后勤船运，也准备得差不多了。自呼沱水入泒水开凿了平虏渠，又从沟河口入潞河开凿了泉州渠将粮道通向大海。这两年雨水虽然还重，但因为及时兴修了水利，农田基本不曾受灾。

　　并州的平定，也意味着青、幽、并、冀四州彻底囊括于曹操的手中，当论功行赏。只是这次如何论功行赏，曹操心里另外有一番计较。

　　曹操自己知道，他已经不甘心位列三公，只做一个冀州牧了。而三公之上便是异姓王，可他如何才能名正言顺地做这个异姓王呢？曹操可以不在意当今皇上的意见，且只要他想做异姓王，皇上也未必敢拒绝，但荀彧的意见，曹操不能不考虑。荀彧会同意吗？曹操思虑良久，先决定试探一二。这试探，便是从对荀彧的封赏上入手。

　　荀彧劳苦功高，为平定河北之关键，理应加封。而荀彧已为尚书令，在内廷职位为最高，再加封只有三公。是以，曹操上表，请将荀彧的食邑从一千户增加到两千户，接着提出了要让荀彧做三公的意见。

荀彧收到曹操的上表，立刻就明白了曹操的意思。他与曹操，在官职上他主内为尚书令，曹操主外为大将军，官拜三公，一直以来，荀彧在官位上都是曹操的下属，一旦也位列三公，岂不是与曹操平级？平心而论，荀彧与曹操之间，很难说是真正的上下级的关系，二人之间的相处，更多的时候更像是挚友。然官场上荀彧的官位一直也必须在曹操之下，如果荀彧接受了三公之一的职位，便是与曹操平级。荀彧深深地知道，这世上曹操可以忍让官位在他之上的，只有原本的袁本初，荀彧的官位绝不能也不可能在曹操之上。

曹操上的这道请封的拜表，就是在试探荀彧的想法，荀彧若是接了这三公的职位，下一步就该要为曹操请封了。试问，三公之上还有何职位？除了王。

平心而论，荀彧于这三公，不能说是一点都不动心的。三公位极人臣，乃群臣之首，极为荣耀。但荀彧知道曹操心中自有沟壑，从他在十六年前选定曹操的时候，荀彧就知道会有这么一天。他欣赏曹操的雄才伟略，愿意辅佐曹操平定天下，但他在心里也自认为是大汉的臣属，他一直以为他所做的一切都是为了天下的百姓，也是为了大汉。荀彧沉吟良久，压下奏章，提笔给荀攸书信一封，他相信荀攸会理解他的，也会替他推辞了这本不该他得到的封赏。同时也亲自给曹操书信一封，自述他多年以来并无战功，得两千户的食邑足矣，岂敢觊觎三公之位。

曹操得到荀彧书信之后，也立刻回信一封，信中说：与君共事以来，立朝廷，君之相为匡弼，君之相为举人，君之相为建计，君之相为密谋，亦已多矣。卿位列三公，当之无愧。

荀彧收到信之后，沉默了很久。曹操言辞恳切，说到了荀彧的心里，这些年来与曹操相处的点点滴滴，也浮现在荀彧的脑海里。然自古忠义难以两全，荀彧知道他选择的是什么。

书信几乎每天都在往来，曹操为荀彧请封三公的奏章一直被压在尚书台，这些时日里，荀彧的眉头就没有舒展开过。虽然他已经尽量不将心思带出来，但是作为身边人的程氏，哪里看不出来。这几天一回到家，荀彧就将自己关在大书房中，有时候连晚餐都是在大书房里自己吃的。程氏知道荀彧心中有为难的事情，只是猜不透何事让荀彧为难。

　　荀彧刚刚增了食邑千户，家里上上下下都很是开心。程氏也知道这食邑千户是曹操替荀彧讨的封赏，这也证明曹操与荀彧之间的关系仍然密切着。且这两年荀彧为了曹操远征乌桓顺利，曾几次亲自前往幽州，勘查河道，建造船厂。这些事情连她一个妇道人家都看在眼里，曹操一个大将军也必然是记在心上。所以才会为荀彧请旨封赏，但如何荀彧还有心事呢？以往，在荀彧心事重重的时候，程氏总是会前往陪在荀彧的身边，但这一次程氏端着托盘亲自为荀彧送茶，荀彧却都没有请程氏坐下的意思。

　　大书房一向都是荀彧经办重要事情的场所，程氏甚少入内，眼见荀彧将心思压在心底，她也只是默默地退出来。程氏嫁给荀彧已经有数年，在荀彧辅佐曹操最为艰难的时候就陪伴在荀彧身边，见到过大风大浪荀彧都从容走过，无论如何她也想不明白，袁绍已灭，青、幽、并、冀四州已经平定的情况下，还有什么事情能让荀彧如此为难。

　　荀彧隔着窗户，看到程氏慢慢地离开。他站起来，从书架上取出一个盒子，盒子里是他与曹操的往来书信。他将最下边的一封书信抽出来，打开。这封书信是曹操当日发兵徐州时，从泰山郡发来的信，也是曹操与他的第一封信。他抽出信纸打开，看到上边题头：先生台鉴。荀彧慢慢地将信件从头到尾看了一遍。这信里的内容他就是不看也记得清清楚楚。信中说，他只是想要知道父亲亡故的原因，但那泰山郡竟然弃郡而逃，仿佛他会不问青红皂白就冤枉了他。信中说，他心中愤懑无法宣泄，他要尽屠徐州，为父亲陪葬。

　　荀彧清楚地记得当时他收到这封信时的心情，他知道信件往来已经无法阻挡住曹操，而随后曹操屠城的消息就传来，接着就是张邈、陈宫的背叛，然后就是他结发的妻子被拦在了陈留。荀彧将信件完整地折叠上，重新送入信封，再抽出了第二封信。这封信仍然来自徐州，是曹操得知张邈、陈宫背叛之后送来的信件。他不必打开信，也记得信的内容，曹操在信里说，他即刻带兵返回，要荀彧务必保重自己。荀彧看着信封良久，终究还是抽出信纸，再一次一字一句地读起来。

　　他不是在读这一封封信件，而是在阅读着他和曹操这些年来的情谊。就如曹操所言：和你共事以来，建立朝廷，你为我匡正辅佐、纠正补救，为我推荐人才，为我建议计划，为我秘密谋划，也是很多了。他已经为曹操做了这么多了，难道就要到此刻终止了吗？荀彧的视线落在这最近的一封信件上，他的手缓缓抚过信上的字迹，神情慢慢地专注起来。

　　这是曹操之前为他请表的奏章，名为《请增封荀彧表》，其上的一字一句，荀彧都能默诵：昔袁绍侵入郊甸，战于官渡。时兵少粮尽，图欲还许，书与彧议，彧不听臣。建宜住之便，恢进讨之规，更起臣心，易其愚虑，遂摧大逆，覆取其众。此彧睹胜败之机，略不世出也。及绍破败，臣粮亦尽，以为河北未易图也，欲南讨刘表。彧复止臣，陈其得失，臣用反旆，遂吞凶族，克平四州。向使臣退于官渡，绍必鼓行而前，有倾覆之形，无克捷之势。后若南征，委弃兖、豫，利既难要，将失本据。彧之二策，以亡为存，以祸致福，谋殊功异，臣所不及也。是以先帝贵指纵之功，薄搏获之赏；古人尚帷幄之规，下攻拔之捷。前所赏录，未副彧巍巍之勋，乞重平议，畴其户邑。

　　从与曹操共谋大事以来，名义上他是曹操的手下，可曹操常年出兵在外，内中大小事务全是他做决定。当日在兖州他孤身会郭贡之时，夏侯惇劝阻时就以"一州屏障"来确定了他的地位。这些年来，他每有决策，曹操更是无不听从。即便曹操有称王之心，也还是顾虑着他的看法。可是当忠义不能两全的时候，荀彧只能站在忠的这一边。

盒子盖上，似乎将荀彧与曹操的情意也尽数封闭在盒子中。

此刻，远在冀州的荀攸，手里捧着荀彧的书信，正在蹙眉。荀攸比荀彧年长六岁，然于家，荀彧为其叔叔，于国，荀彧为尚书令，他是尚书台官员，要以荀彧马首是瞻。荀彧书信中要求他代替荀彧请辞三公，务必尽心尽力，荀攸捧着这一封信件，却如千钧重。三公位极人臣，是无上的荣耀，当时人只要称袁家，定会带上四世三公，以为家族兴盛标志。荀彧却力求推拒，不肯承其位。这中间夹杂的是什么，荀攸清清楚楚。

当日桥玄曾与曹操亲说：天下将乱，非命世之才不能济也，能安之者，其在君乎？何颙一见曹操，当即断言：汉室将亡，安天下者，必此人也！许劭也赞曹操为：君清平之奸贼，乱世之英雄。从跟随荀彧到追随曹操以来，荀攸更是亲眼见到曹操如何为国为民驰骋疆场的。曹操为大汉建立了卓越的功勋，可以说若没有曹操，就没有今日大汉的太平江山。而曹操今日所求的，怕是也未见得只是一个异姓王吧。

荀攸缓缓将荀彧的书信收好，琢磨着还要如何替荀彧说话，正想着，就听到下人来报，大将军正等在会客厅内，荀攸大吃了一惊，急忙跑出来。

曹操身着常服，面色看起来很是平静，正负手站在会客室的壁画前，听到动静才转身道："打扰公达休息了。"

荀攸忙上前施礼道："还不曾歇下。主公可是有何要事？"

曹操笑笑道："今日见月色姣美，一时有感而发，自觉将夜不能寐，想公达也未见休息，便想要到公达这里，叨扰杯茶喝。"

荀攸放下心来也笑道："我这里正有上好的雨前茶，白日里才送过来的。"说着招呼下人送来茶具与水，亲自洗手煮茶。

会客室内暂时安静下来，只有茶水微开的"嘶嘶"的声音，荀攸和曹操的视线都在茶具上，好一会儿，茶香开始弥漫，室内的气氛也随着茶香，不由得随和起来。

"我还记得有一日与文若品尝的雀舌，片片叶子全伸展开，叶尖向上，芽头如刀剑林立，美不胜收。"曹操品了口清茶接着道，"这雨前茶滋味却更鲜些。"

荀攸道："这两年雨水都偏重，这雨前茶的叶片就更短小了些，味道也更苦涩了点，不过细细品尝，苦涩回味之后，便觉得香气扬起来，更有种欣欣向荣之向。"

曹操点头："你们叔侄二人似乎都更喜欢茶饮一些。"

荀攸笑道："小叔从小就喜欢饮茶。小叔于饮食上向来不挑剔，只是以清淡为主，偏偏在茶饮上就讲究多了。小叔曾说，茶如君子，君子如茶；茶可赏心，也可识人；以茶见静，以茶见人。我观小叔其人，就是茶中的君子，仁足以立德。"

曹操微微点头："文若于我既为良师也是益友，是以每有大事，我便想要与文若请教，文若于我，也一向知无不言。我心感激，常觉无以为报。是以向当今圣上请表，求封文若三公，无奈文若压下奏章，不与上奏。公达，你可替我劝说你小叔，文若受此殊荣，当之无愧。"

荀攸正要借茶之君子，来为荀彧请辞三公，不妨曹操先提起话头，竟然是要自己劝说荀彧。他怔了一下，然后苦笑起来："主公这可是难为我了，我小叔也写了信来，要我务必替他与主公推辞了三公之职的。我正想着如何与主公说的。"

曹操微微侧头道："难道公达以为，文若也配不上三公之职吗？"

听闻此言，荀攸放下茶杯，神色一正道："主公何出此言？钟繇曾言尚书令能备九德，不贰其过。然主公已为三公之一，尚书令若再得领三公，将置主公于何地？"

曹操闻言心中一动，不由抬头看着荀攸。荀攸向曹操拱手道："尚书令一直以为他虽为大汉臣属，却也是主公下属官员。于天子尚书令为臣，然主公却为尚书令之主。尚书令一心辅佐，不仅仅是汉室，也是主公。主公虽于尚书令为良师益友，在尚书令心中，主公却是不可逾越之人。"

第七十二章

信天命生不逢时　顺时局远征乌桓

荀攸行事一贯低调周密，身为曹操的谋士，深受曹操的信任。曹操的心思，荀彧能猜测到，荀攸自然也能想到，但荀攸却是站在荀彧的那一方，让曹操心里吃了一惊。曹操以为不论于公于私，荀攸都该站在他这一边，不想他才一开口，荀攸就立刻表明了立场。只是荀攸话里处处将曹操放在了第一位，曹操虽然心有不快，却不能表示出来。

荀攸察言观色，已经知道曹操心中不快，却只作不知，执起茶壶，为曹操续茶，借着这个举动，稍微缓和了下情绪，放下茶壶的时候，才接着缓缓道："攸以为，尚书令待主公一片赤诚之心，可鉴日月。"

曹操听到这话，神情微微一动，他瞄一眼荀攸，端起茶杯，并不急着品味，而是徐徐吹了下道："所以，我欲以赤诚之心，回报尚书令。"

荀攸在心底叹息了声，曹操这话，何尝不是一种表示呢。他站起来，微微躬身向曹操施礼道："还请主公三思。"

有些话不必说那么明白，有些劝解荀彧可以说，荀攸虽然也是曹操的谋士，却不能说。论身份，荀彧自谦在曹操之下，但曹操心里是将荀彧平等看待的。曹操明白这一点，荀攸也明白，远在许县的荀彧也明白这一点。这个夜晚，注定是无眠的夜晚。曹操离开荀攸的家里，仍然是心潮不定。他只是要一个王而已。以他现在所创下的丰功伟绩，为过吗？然而他心里也隐隐知道，人的欲望是不会得到满足的。也许，当他率领大军平定南北之后，他的愿望就会实现了。

　　这个夜晚，大约只有刘协睡得最为安稳。呈送上来的所有奏章都会先在尚书台过一遍，送到他手上的，都是他必须要批下的，所以，能让他费心的几乎没有。他不用操心国事，也不必担忧南北的不安，这些事情有人担忧着呢。天下打下来打不下来，和他已经没有多大的关系了，他只要每天上朝接受朝臣的朝拜就可以了。虽然朝臣越来越少，但那又有什么关系呢？不论少多少，所有人见到他的时候都要跪拜的。

　　"皇后莫要焦心了。"刘协翻个身，劝慰一句，拉着伏寿的胳膊，顺手拍了拍，"现在不也挺好的吗？真要将国事都拿过来了，现在这个时间，朕怕是还要在批奏章，在为派谁去攻打乌桓焦心。现在这一切都是大将军和尚书令在烦心，不好吗？胜了，是我大汉的功绩；败了，呵呵……皇后，胜败于我们都可以的，多好。"

　　"皇上，你真是这么想的吗？"伏寿看着黑暗的帷帐，轻轻地说道。从到许县来，皇上从最初受惊之后的安定，到振奋，到颓废的过程，她看得清清楚楚。正因为清清楚楚，她才在心里感到惧怕。曾经那么一个胸怀大志的皇上，如今却甘于平凡，甚至将国事抛之于脑后。伏寿侧头看着皇上，月光距离床头很远，皇上的面目在她的眼里只是一个轮廓，可这个轮廓也忽然模糊了。

　　"皇后，这些年来，朕悟出了道理，就是这人啊，不能奢望太多要求太多，就是天子也不可以。"刘协停顿了会儿，悠悠地道，"当年朕被董卓立为皇上的时候，心里暗喜过，以为是朕有天资，是上天选定的天子，才会被臣下看在眼里，忠诚侍奉。所以，朕也以真心待董卓，甚至赏他赞拜不名，入朝不趋，剑履上殿。朕这封赏也算得上是丰厚的吧，但是如何呢？董卓还是不知足啊，得了三公也不知足啊，还想要得朕的皇位。呵呵，皇后，那时候朕才多大，朕就有魄力斩杀了董卓。"

刘协的声音停下，他在心里回想着当时的情景，那时候他的胆子真大啊。

"皇上自小就有雄才伟略。"伏寿轻声道。

刘协无声地笑了下道："朕也以为是这样的。朕以为朕诛杀了董卓，就可以重振朝纲，兴复汉室。朕之后也过了几年的安生日子，那时候朕还以为自己是韬光养晦，朕振臂一呼之下，就会有天下名士尽皆投靠，一同兴复汉室。那几年，是有名士投来，只不过都投奔的是袁绍，而振臂一呼的也不是朕，而是袁绍。而那袁绍借着朕的威名，大汉赏赐于袁家的四世三公，振兴的不是大汉，而是他袁绍的盟主的名声。可惜那时候，朕只以为朕有了一个得力的臣子。"

刘协拍拍伏寿的手臂："皇后，你知道朕是什么时候知道朕只是个平凡的帝王，并非天命的天子的吗？"

"皇上不可以这么说自己，在臣妾的心里，皇上就是天命天子！"伏寿翻过身看着刘协，急切地道。

刘协微微地笑起来，接着之前的话继续道："是朕被李傕、郭汜挟持着，在洛阳、长安之间居无定所，饥饿交加，仿佛乞丐的时候。皇后，那时候你连一匹布都保不住。自古以来，还有你我这样的帝后吗？想要一顿饱食，都要乞求臣子的？"

想起往事，刘协与伏寿的神情都黯淡下来，伏寿慢慢地伏在刘协的怀里，刘协轻轻地搂住皇后，接着道："那时候，大将军的到来，在朕的心里，宛如天神派下来的战将。朕坐到了大将军的马车上，还以为是在梦中，见到面前的珍馐美食，还以为不真实，直到看到大将军跪拜在朕面前，才知道，朕还是个天子，才想起天子该有的荣光。甚至到许县，看到这给朕建造的皇宫，朕还没有想到，这会是一座牢笼，一座让朕逐渐丧失掉雄才伟略，只浑浑噩噩度日的牢笼。"

伏寿的眼睛里流下了两行清泪，她不敢抽泣出来，不敢让皇上知道她哭了。她的心已经随着刘协的话碎掉了。她知道刘协的心里苦，她多么渴望能将刘协从这苦中解脱出来。然而她无能为力，她寄托着全部希望的父亲，临别的时候竟然都不敢来招呼一声。

"朕认真想过，朕凭什么让臣下听从朕呢？朕从继位以来，没有做一件兴复大汉的事情，朕从坐在这个皇位上之后，就一直是个傀儡。而不做傀儡的那几年，朕也一事无成。朕只能眼睁睁地看着大汉的天下四分五裂却无能为力。而如今，朕有个正在为朕打天下的大将军，有个为大汉的疆土征战的将军，还有什么不甘心的？大将军打下的江山都是朕的汉室天下，大将军在外再所向无敌，呈上来的奏章里也要自称臣，见到朕也要叩拜。朕还有什么不满意的？"

刘协的声音很轻，好像从心里都甘心了，都认为这番话是心里话了，他也是这么试图劝说自己的，劝说着劝说着，自己也就相信了。

"想当年高祖建国，可是亲身征战厮杀，无数次亲临险境，才打下来这片江山。如今朕是坐享其成……"刘协轻轻地抚摸着伏寿黑缎一般的长发，"皇后，朕曾想也能如高祖般，如武帝般，但朕承认了，朕没有高祖武帝的雄才伟略，朕只是个，只是个……若朕生于太平，朕当能守住太平，但朕生不逢时。皇后，朕用了好长时间才明白这点的。皇后，我们都认命吧，只要好好活着，朕还是皇上，你还是皇后，就可以了。那些权势，那些让人操心的国事，就留给该操心的人吧。"

刘协说着，转头看向窗口："皇后你看，窗外的月亮多圆，月色多好，能安安稳稳的，衣食无忧，多好。"

这一刻，刘协也不知道他是不是后悔了，如果当日董卓没有立他为皇上，他这十几年来会不会是过着另外一种安生的日子。会是另外一种日子，但也绝对不是安生的日子。生在皇家，身不由己啊。他知道伏寿在流泪，却假装不知，他在他的皇后面前承认了自己的懦弱，也就失去了安慰他的皇后的资格。他心里只是期盼这样安定的生活会长久一些，尽量长久一些。

建安十二年（207）三月，曹操请旨远征乌桓，奏章送到尚书台，荀彧立刻向刘协请奏，刘协即刻批准，圣旨传达当日，荀彧心情并未见好转。荀恽此时已随着荀彧在尚书台历练，也看到了曹操的请旨奏章，见荀彧心情持续不佳，很是奇怪。

"父亲，"荀恽替程氏端来了茶水，亲自送到大书房，"大将军征讨乌桓，已筹备三年，如今终于可成行了，父亲为何心下不安？"

荀彧放下手里的古书，端起荀恽倒的茶水，喝了一口后才问道："恽儿既然知道为父心中不安，想必也猜出些因由了吧。"

荀恽跪坐在荀彧身前道："当日大将军请封父亲三公之一，父亲百般推拒，深恐大将军坚持，因此心中焦虑，如今大将军远征，此事自然要暂且放下。且这次远征，父亲一不随军亲临，不能随时出谋划策，二因为大将军远征路途遥远，便是从中遇到难事，书信往来时间也不足。那么当大将军凯旋之日，再次论功行赏，父亲的功劳就会大大被其他将士的军功削弱，这三公之一，便也就会放下。儿子实在不知道父亲还会有何不安。"

荀彧看着他这个长子，在心里微微叹息一声。从长子诞生之后，荀彧就投奔了曹操，直到荀恽七八岁时才接在身边。这个孩子生性纯良，他带在身边亲自教导着，然并不适合做谋士。他跟在自己身边也有一段时间了，看问题还在表面，无法深入，似乎在他以为，自己只要功劳不足，就可以推拒了三公之一的位置。

荀彧再喝了口茶，放下茶杯道："远征乌桓已经筹备多年，如今青、幽、并、冀四州已然安定，自然该要征讨，既是为了肃清袁氏的残余势力，也是为了确保北部边境的安宁。只是毕竟是远征，我们于北部，天时地利人和俱都不在，为父心中甚为担忧而已。"

荀彧这话不假。三年筹备，一朝发兵，不容有片刻闪失。然而往北路途遥远，虽然有粮草一路跟随，但是局势日夜变化，他恨不能随军，好能事事掌握其中。荀彧不是没有想过随军，但是，一旦随军，功劳愈盛，就愈难以推拒三公之职。且许县这边，也难以脱身。好在郭嘉、荀攸都在曹操身边，让他暂时能放心一二。

荀恽微微点头，却道："然大将军已经出征，父亲这边担忧也于事无补。儿子以为，大将军身边还有郭军师和荀攸跟随，父亲不必太过忧心。"

荀彧闻言，半晌才微微点头。

曹操的出兵，让许县上下都松了一口气。而曹操的心里，却是带着火气，随着兵马往北，火气越盛，然而这一路看着开凿的运河，及时运到兵营的粮草，想起当日荀彧几次离开许县，几乎是居住在船厂里，亲自督促运河的开凿、船只的建造，心里的火气也一天天地减少起来。说到底，荀彧和他现在都是大汉的臣子，一切都是为了大汉的江山。

五月，曹操亲率大军到达了无终，不想天不作美，正赶上了雨季，道路积水。这水说深不能载舟船，说浅却无法通车马，当下，大军被阻拦在无终。曹操的书信一如既往地送到了荀彧的手上，荀彧看着那句"浅不通车马，深不载舟船"的时候，神色微变。往下看却见书信上道：然崇山峻岭中尚有一条古道，有微径可循，需登徐无山，出卢龙塞，堙山堙谷五百余里，便可直指乌桓。

看到这里，荀彧忙展开舆图，顺着曹操书信里的地名，在舆图上一路看过去，不由心惊。按照曹操这说法，一路上全在崇山峻岭之内不说，且这古道既然已经废弃，就说明沿途条件一定极差，且有必须舍弃的理由。荀彧几乎立刻就要提笔劝阻曹操，但就在这时候，侍卫前来通报，大将军书信再到。却是书信往来这一路，天气极差，前一封书信被阻拦，而与这后一封书信便在同一天先后送达。

荀彧立刻展开书信，待从头到尾看完，心微微一凉。

第七十三章

郭奉孝病逝乌桓　曹孟德怒免赵温

信中说：余与诸军事商议，奉孝以为，兵贵神速。今千里袭人，辎重多，难以趣利，且彼闻之，必为备；不如留辎重，轻兵兼道以出，掩其不意。余已经采纳。先生收到此信时，余已亲率大军，舍弃辎重，奔赴古道。

荀彧的视线再次投向舆图，手指在舆图上轻轻划过，然后再看向书信，慢慢地跪坐下来，脑海里却形不成信中所叙述的地形。他无论如何也想象不到废弃的古道会是什么样子，曹操的前行，会遇到什么样的阻碍。唯一可以想象到的就是轻兵前行的行囊。轻兵前行，舍弃辎重，便是几乎没有行囊了，大约兵士们只携带了三天的粮草，还要包括战马的。而故道前行，必然有些路途战马也要难以行走了。

荀彧的猜想没有错，便是曹操自己也没有想到，这条废弃的古道如此难走，是他征战以来从没有走过的道路，更没有想到这一路走来，如此悲壮。三天的粮草很快就消耗殆尽，而迎接他们的竟然是一路二百里没有水源，除了野草，没有半点粮食的补给。大量的战马被斩杀，为了保住兵士们的补给，为了让兵士们从崇山峻岭中走出去。为了得到水源，凿地三十余丈。当一路艰难行走到距离乌桓二百里的时候，时已近八月，北方温度骤然下降。

从曹操大军进入废弃古道之后，曹操送往许县的书信就断绝了，这一断绝就是两个月之久，这漫长的时间里，荀彧每一天都在等候着曹操获胜的消息。他心底未尝没有担忧，但也相信，只要走出古道，曹操必然战无不胜。果然在九月，荀彧终于收到了曹操的再一封书信和战报，战报里曹军大捷，乌桓单于蹋顿也被临阵斩杀。

而在另一封书信里，曹操向荀彧详细描述了这一路的艰辛，以及到达乌桓之前的险峻：当日乌桓军势甚盛，而我军辎重在后，被甲者少，左右皆惧。唯张辽力战。余登高瞭望，见乌桓军多，阵势尚未摆好，遂命张辽持余麾以做先锋，趁乌桓军阵不稳，发动攻击。乌桓大败，死者被野。袁尚、袁熙投奔公孙康，众皆以为乘胜追击，余独为康必然会斩尚、熙送我。

这封书信荀彧反复看了两遍。这两遍他每读一字句，无不心跳急促，心想当日曹操行军之艰难，战斗之决然，张辽冲锋之果断，想到曹操当时必然是破釜沉舟的状态，再看舆图，脑海中就已经勾画出了这一路以来的点点滴滴。这一路，岂止是艰难险阻，简直就是九死一生。

战报送达朝廷，刘协得知曹操大获全胜，心下也是由衷地佩服。待听到荀彧讲述曹操如何率领大军从废弃的古道穿行，凿地三十余丈取水，杀战马以果腹，更是在与乌桓大军对决，披甲不足的情况下大获全胜，也不由感慨。曹操领兵如此，还有什么敌人不能战胜？刘协明白荀彧这一番前来说明的用意，明白荀彧这是在告诉他，大将军的功勋，全建立在一刀一枪的战功上，没有大将军的奋不顾身，就没有大汉如今的局面，没有许县现在的安全。

然而，刘协此时心中也生出些迷惑出来，曹操已经位列三公，已经是冀州牧，待凯旋之时，他还要拿什么来封赏他？刘协想要问问荀彧，但是沉吟良久，还是没有开口。他看着荀彧躬身告退，也知道荀彧在心里为曹操鸣不平。但朕就平吗？他想，朕是皇上，朕的臣属为朕的天下征战，不是应该的吗？

　　战报与曹操的书信停了两天，第三天送来的没有战报，只有书信一封，拿着这沉甸甸的书信，荀彧的心里生出不好的感觉，他急忙忙抽出书信，当先一句话，就让荀彧面色大变：奉孝已卒，我心甚痛。荀彧的手抖了下，急忙往下看去：奉孝自来身弱，随军入废弃古道时，忧心军士，操劳甚多，常夜不能寐，逐渐饮食不济。入乌桓后，更是水土不服，虽请医调理，仍无好转，于前日过世。余为奉孝守夜，然想起奉孝音容笑貌，犹在眼前。当日远征乌桓之前，诸将皆云袁尚如丧家之犬，不足为虑，恐远征乌桓，至许县空虚，刘备来犯。唯奉孝以为，袁绍于胡人有恩，袁尚若在，胡人必然相助。又以为胡人自恃偏远，定无防范，突然袭击，必能取胜。至于刘备，有刘表制约，无法抽身。此次伐乌桓，虽虚国远征，但·劳永逸，永无后患。今奉孝所言俱都实现，大汉将无后患，余却痛失奉孝，心痛不已，难以自持。

　　荀彧持着书信的手抖了起来，他不得不将书信放在桌面上。郭嘉去了，竟然英年早逝，客死异乡了。这位被荀彧推崇的名士，荀彧的好友，也是荀彧一手向曹操举荐的人才，就这样凋零了。这一天，荀彧坐在尚书台内，好久好久没有动一下。

　　随后战报传来，公孙康果然斩袁尚、袁熙首级奉曹操，至此，曹操于乌桓之战以大获全胜告终。然而这个大获全胜的代价之一，就是郭嘉的殒命。平定北方之后，曹操立刻返回冀州。荀彧亲自往冀州相见，如同以往一样，荀彧于邺城外十里长亭迎接曹操，二人见面，先不及相互行礼，已经拥抱在一起，泪眼婆娑。

郭嘉的棺木随军就在身后，音容笑貌依旧，却是魂归故里，荀彧扶棺，忍不住哀伤。当夜，在郭家设立灵堂，曹操与荀彧于灵堂守夜，白烛摇曳，然身边再无故人。二人一同回忆起郭嘉生前之事，只是从郭嘉随军之后，与荀彧相交渐少，与曹操日渐亲厚，后来之事，荀彧知之不多，只听得曹操徐徐道来。

　　夜色已深，曹操与荀彧二人还坐在棺木前，曹操侧头看向棺木，徐徐道："奉孝身骨孱弱，曾对我说，南方有疫，他若往南方，则不生还。然与我论计，却总是忘记了之前疫病之词，说要当先定荆州。这是在以他的生命为我出谋划策，为我立功啊。我亦记得奉孝所言，平南定以奉孝留守冀州，谁料北进之日，竟然是奉孝殒命之时。恨当日奉孝谏言兵贵神速时，没有留奉孝在当地，若此，也不必如今阴阳两隔。"

　　荀彧叹道："天下相知者甚少，然奉孝知主公，是以痛惜。"

　　曹操忍不住伸手扶住棺木道："我身边之人，皆我这一辈的，只有奉孝最为年轻。我曾以为，你我身后之事，当托付于奉孝，不想奉孝英年而逝。"曹操深深地叹息了声，"命啊！"

　　荀彧无言，随着曹操的视线看向棺木。从他将郭嘉推荐给曹操以来，曹操与郭嘉的感情日渐深厚，二人于军旅之中十余年，行同骑乘，坐共幄席。郭嘉深得曹操信任，也从不辜负曹操的信任。看着悲痛欲绝的曹操，荀彧的心里忽然出现了一个猜想，若郭嘉在他这位置上，若当日曹操推举的是郭嘉为三公之一，郭嘉可会同意？

　　会同意的吧。荀彧自认先是大汉的臣属，才是曹操的智囊，而郭嘉，怕是这一生都只认曹操为主公的。在郭嘉的心里，曹操才为最上。

　　"当日北伐之前，众人皆以刘表为威胁，唯有奉孝并不以为然，以为当北伐后南征。如今奉孝已故，我心凌乱，后事如何，还要先生教我。"

　　荀彧闻言沉吟片刻道："北方既定，华夏已平，南土知困。可使轻兵从宛、叶之间急进，以出其不意。"

到此，荀彧并不知道，这是曹操最后一次问计于他，也是他最后一次为曹操出谋划策。更不知道，郭嘉的身死，他之前于三公之位的推辞，让曹操的心里与他有了隔阂。曹操与郭嘉之间的深厚感情，除了与荀彧一言而无他人可以叙说，然而与荀彧这一言，也是曹操与荀彧最后一次的推心置腹。

荀彧心里猜想得没错，最了解曹操的并不是他荀彧，而是郭嘉，与曹操十一年的军旅生涯，让曹操与郭嘉的情意深厚，也让郭嘉对曹操的支持达到了巅峰。如果郭嘉是在荀彧之位上，郭嘉会毫不犹豫地接受三公之一的职位，之后，也会毫不犹豫地进表为曹操请命封王。因为，在郭嘉的心里，这一切都是曹操当之无愧的。然而到了这个时候，荀彧也知道，若是郭嘉坐在他这个内廷尚书令的位置上，曹操也未必要急于封赏郭嘉为三公之一的。只因为无论曹操要做什么，郭嘉都会支持到底，义无反顾。

郭嘉葬礼结束之后，荀彧即返回许县，此刻许县的国事已经逐渐减少，荀彧开始整理藏书。与曹操的书信往来中，于文学、书法上的交流也多了起来。这让曹操也想起了曾有过交流的蔡邕。曹操曾与蔡邕交流过文学、书法，于书法上，蔡邕算是他半个师长。蔡邕并无子嗣，只有一女蔡文姬，被南匈奴叛乱时劫掠。想起蔡邕，曹操便不由想到了蔡邕这唯一的女儿，便派人前往南匈奴，以金璧将文姬从南匈奴处赎回。此时，蔡文姬已经在南匈奴生活了十二年之久，并且在南匈奴育有二子，她人得以南归，然二子却只能留在南匈奴，终身不得再见。

于蔡文姬来说，南归或是留在南匈奴，都是很难抉择的，但有些事情，抉择并不需要自己来决定。命运会在你最意想不到的时候，替你将一切决定下来。蔡文姬回归当日，曹操设宴款待，谈论起蔡邕家中古籍的失落，不无遗憾。蔡文姬当下允诺，会将自己记得的四百余篇古籍一一默写下来。此番言辞于书信中传到荀彧处，荀彧也不无叹息。连番战乱，损失的古籍不计其数，而后人能记得的，微乎其微。

建安十三年（208），在冀州发生了一件不大不小的事情。起因是正月，司徒赵温征辟曹丕为幕僚，曹操以"选举不实"为名，对赵温本人进行了严厉的训诫，并对其罢官免职。

在当时，名士入仕，多是以"举孝廉"或"茂才"的方式，而赵温则是直接举荐曹丕充任"汉官僚属"，这个举措，惹恼了曹操。曹丕六岁学习射箭，八岁学习骑马，从十岁时起，就跟随曹操出征，大大小小的战役不知道经过了多少，但是在仕途上始终就是一张白纸，从没有得到过任何的官职。曹丕时年二十有二，这个年纪对寻常人来说，没有入仕不算晚，但是对早已经熟悉沙场的曹丕来说，就很晚了。赵温的推举，按理说来的正是时候，怎么能说是"选举不实"呢？赵温本人因此还受到了相当严厉的惩罚，连官职都被罢免了。

消息很快就传到了荀彧这里，荀彧闻听，半晌之后深深地叹息了声。赵温的推举让曹操如此震怒，细想起来，原因并不复杂。曹丕若是以赵温的推举，充任汉官僚属，岂不是与曹操同在汉家为臣？且还是地位不怎么高的一个官位。曹操是要称王的人啊，他的儿子，怎么可以给别人做僚属，地位上低人一等呢？曹操对曹丕很器重，当作接班人般地培养，岂能容忍他人轻贱曹丕，落在一个屈人之下的位置上？或者，曹操给曹丕的打算，已经不单单是承接自己的位置了。

这个想法让荀彧的心里生出个寒颤来，他甚至不敢往深里想。然而不论他是否深想，曾经的点点滴滴都浮现在脑海里。曹操的经纬大略，这些年来不断前进的步伐，以至于以三公之位，大将军之职，却在冀州定居下来，甚至将朝廷的大半官员都迁往冀州，架空了许县。荀彧的手心里生出冷汗来，他的手在不知不觉中攥成了拳头，甚至在不知不觉中，冷汗已经遍布全身。

不会的，绝对不会的。荀彧在心里对自己说，他想多了。

他是该要好好想想了。

第七十四章

复丞相废除三公　失权力意终难平

　　曹丕的入职风波很快就被另外一件事情所掩盖了。曹操以书信给荀彧，透露出其欲废除三公的想法。这份奏章中直说三公权力分散，且提及当今三公之位还有一位一直落空，三公形同虚设。既然形同虚设，不如不设。当时，三公之位位极人臣，但手中权力并不如尚书令。所有需要皇帝处理的事务都是要先经过尚书令的手中，再呈给皇上。但若是废除三公，势必要恢复丞相制度，以后的国家大事就要先由丞相府来处理，之后才会到达尚书台尚书令手中。如此，皇帝身边的尚书台及尚书令的权力，就大大地消减了。

　　曹操的这个建议，让荀彧感觉既在意料之外，又在情理之中。从他拒绝三公之位之后，他就在考虑曹操还会有何提议，不想竟然是要收取他尚书令处理国家大事的权力。荀彧看着眼前的奏章，之前的种种不明，忽然就明朗起来。曹操为何要罢免了赵温，为何一直迟迟不提拔曹丕，似乎都有了答案。

荀彧看着这奏章良久，终于决定下来。

许县早朝之后，很久没有大臣求见皇上了。大事上早朝就能够决定了，因为不能够决定的事情，也不会报到皇上这里。所以当听到荀彧求见的时候，刘协很是惊讶了一会儿。当看到呈上来的奏章的时候，刘协更是狐疑起来。他当然知道三公废弃之后，不会是尚书台独领大权了。曹操肯将权力放在别人手里，简直是笑话了。但荀彧不是站在曹操那一边的吗？曹操自己跑去了冀州，还不放心他这个皇帝自己在许县，特意将心腹荀彧留下来的吗？荀彧这是因为什么惹恼了曹操，竟然要被曹操夺取了权力？

刘协上上下下打量着荀彧，试探道："大将军的提议，荀令君如何看待？"

荀彧既然将曹操这份奏章奉上，自然是打算遂了曹操的意见，不然，他只要扣留在尚书台就好了。闻言立刻就道："当初武帝以为丞相权位过重，是以废除丞相，改为三公制度。数代以来，三公之位之人，无不是德高望重之辈。然时过境迁，到如今，三公的权力分散，并不利于对大汉江山的统一，臣以为，大将军废除三公的提议，可准。"

刘协微微侧头看着荀彧，脸上忽然露出笑容来："大将军的提议，一定是为了大汉江山的，一定是好的。"这时候如果荀彧仔细看着刘协，必然能看出刘协脸上的笑带着嘲讽的意味。不过荀彧不抬头，也能知道刘协心里所想。下一句，大概是要提及尚书台了。果然，刘协接着道："朕倒是不在意三公的去留，只是荀令君也不在意吗？三公若是废除了，势必要恢复丞相制度，放眼满朝文武，能担任丞相一职的，除了大将军，就只有荀令君了。大将军可是要推举荀令君为丞相吗？"

这话说完，刘协都想要放声大笑了。曹操会将丞相一职给荀彧，简直是天大的笑话。天下谁不知道大将军想要大权在握？如今挟天子以令诸侯都不够了，位列三公之一都不够了，只因为三公里有个"三"啊，是三人位列平级啊，且三公如今已经成了虚职，没有实际的权力了。曹操这是做了大将军还不够，还要将天下所有的权力都抓在手里。

不等荀彧回答，刘协就笑了声再道："是朕想多了。荀令君一直位居大将军之下，听闻荀令君私下里称大将军为主公。那荀令君如何会得丞相一职，以权位高过大将军呢。"

荀彧这才抬头，目光清澈，看着刘协道："大将军十几年来南征北战，讨伐黄巾军以解救黎民百姓，迎驾迁许以稳定皇权，征讨袁氏以收回大汉四州万里江山，北上乌桓以护卫大汉北部边境安平。如此丰功伟绩，足已经位极人臣。臣以为，皇上该颁布圣旨，以废三公，任大将军为丞相，以表彰大将军南征北战、解救黎民百姓于水火，匡扶汉室之功。"

刘协的眉头缓缓挑起，看着荀彧，他竟然没有在荀彧的神色中看到任何的不满，也没有听出荀彧言辞中的任何讥讽之意。好一会儿，刘协才道："荀令君，你可知道，朕这旨意一下，你这尚书令就……"刘协微笑了下，"荀令君，朕听闻当年，若非卿力保鄄城、东阿和范县，大将军从徐州归来，当无立足之地。朕也听说，这些年来，卿为大将军出谋划策，在军事战术上屡建奇功，且居中持重十数年。如此功劳，一朝竟然鸟尽弓藏，荀令君难道就不会意难平吗？"

意难平吗？荀彧微微思忖了下，被曹操收回了权力，他会意难平吗？荀彧微微摇了摇头："皇上言重了。大将军人在冀州，诸多军事行动都以冀州为先。大将军一贯身先士卒，臣只在后方，何来鸟尽弓藏之说？丞相之位之于大将军，名正言顺，臣又如何会意难平。"

他不会意难平的，只是会有微微的失落，微微的难受。

刘协闻言点点头："荀令君如此说，大将军这奏章，朕自然是会准的。不但准了，朕还会主动提议恢复丞相制度，任命大将军为丞相。"说着又笑了声，放低了声音，似乎并非为了说给荀彧，而是自言自语，"朕又如何敢违逆了大将军的意思。"

说着刘协亲自展开纸张，提笔落下圣旨，看着圣旨上的字迹，荀彧的心内恍惚了下，似乎随着皇上笔墨的落下，他和曹操之间的关系，也仿佛走到了一个全新的时刻。荀彧倒退着离开房间。之后，还要派遣官员去冀州颁布旨意，料想曹操会推拒几番，就如自己当初推拒了三公之位。那便还要往返几次，还要派个有分量的人，能多走几次。

废除三公的旨意在第二天的早朝上正式颁布，很快就传开了，荀彧的尚书台一时门庭若市，大家都纷纷前来打探，每一位打探，荀彧都以皇上旨意来应付，这一天来，他笑得脸都要僵硬了。待到终于能回到府中，进入书房之后，脸上的笑容才消散。皇上的话浮现在脑海里，荀彧知道，他终究，还是有那么点意难平啊。

十八年了啊！十八年来，他将他所有的智慧全贡献给了曹操，他辅佐曹操，从校尉开始，一路走到今天的大将军。他曾经以为，他与曹操之间永远不会生出罅隙，他永远都会是曹操的后盾、曹操的支持。但还是有了这么一天啊，虽然不是鸟尽弓藏，但也让荀彧的心很难过。

书房的门被轻轻地推开，程氏悄然走进来，她已经听荀恽说了朝堂上的事情。程氏很少打听政事，荀彧不说，她很少问及。但这三公的废除，丞相的任命事体太大了，她好一会儿才明白其中的含义。

"先生，"程氏跪坐在荀彧的身前，"妾身听说了今日朝堂之事，先生是为此烦心吗？"

"夫人多虑了，我只是有些事情需要静下心来好好想想。"荀彧温言道。

荀彧心中千言万语，但却无法与程氏诉说。他一贯不喜欢将朝堂政事拿到家里来说的，也不习惯将自己的委屈说出来，而之前，他又哪里来过委屈呢？就是现在，他实际上也没有什么理由委屈的。曹操并没有对不起他。曹操曾给予他三公的荣耀，是他再三婉拒了。既然连三公都婉拒了，难道他还会觊觎丞相的位置？他在意的不是丞相的权力，是从曹操那里失去的信任。他从跟随曹操以来，殚精竭虑，处处以曹操为先……荀彧忽然有些心虚了，这几年来，他也并非处处以曹操为先了，至少在曹操与汉室之间，他心在汉室身上，多于在曹操身上。他心里还秉承着为汉室臣属在先，辅佐曹操，也是为了振兴汉室。

他们都是汉臣啊！

"先生，"程氏伸手为荀彧倒了一杯茶，轻轻放在荀彧的身前，"妾身并不懂得朝堂的事情，但妾身懂得先生。跟随先生十几年来，妾身看着先生日日殚精竭虑，每有大事，心中勾画，数夜不得安眠。妾身常想，哪一日天下太平了，就可以让先生休息几日了。如今，可是天下要太平了？"

天下太平？荀彧在心里缓缓摇摇头。这天下离太平还远着呢，南边刘表除了，还有刘备，江东还有孙权，这天下短时间内如何太平了？但是，天下也算是太平了。至少大汉一十三州，已经收回了七州，至少许县已经高枕无忧了。

"夫人，我习惯了操心劳力，忽然就松懈下来，不甚习惯而已。这些时间来也积累了些事情，需要整理一番。夫人无须多虑。"荀彧压下心事，端起茶喝了几口再道，"今天圣上下了圣旨，废除三公，恢复丞相制度，任命大将军为丞相。白日里都在应付朝堂的官员，才有些时间想想事情。想明白就好了。"

程氏点点头，重新为荀彧斟上茶水，这才站起来离开书房。荀彧看着程氏的背影消失在房门之外，无声地吁了口气，缓缓伸手扶住了额头。他已经决定了将权力还给曹操，可为何心中还是如此难过呢？不过是一个丞相之位，就是真要给他，他也不会接受的。既然如此，他又为何要难过呢？终究还是对曹操生了不满，终究还是圣上的那句意难平啊！

荀彧端起案几上的茶杯，使劲喝了一口，仿佛要用这茶水将心中的烦闷送走。

此后，果然如荀彧所想那般，皇上派太常徐璆送丞相印绶给曹操，曹操果然坚辞不肯接受。几次三番之后，曹操终于于六月接受丞相之职位，并在冀州设立丞相府，公布丞相府之职责。自此，各地送往皇帝的奏章，就要先送往冀州丞相府，待丞相府筛选过后，需要呈送由皇帝定夺的，才会送往许县。

许县荀彧的尚书台一下子就冷清起来。以往各地每天送往许县尚书台的公文，堆满了整个尚书台的案几，即便是曹操身在冀州之后，尚书台的官员跟着离开了大半，尚书台的事务跟着少了许多，这各地的奏章总还是要先行送往许县的。而如今这些本来送往许县的奏章都送到了冀州，再由冀州丞相府筛选定夺之后，送到许县的，也就只剩下需要皇上御笔准奏的了。而从冀州一地送来的公文奏章，也明显地少了起来，甚至有一日下了早朝之后的一整天，荀彧的案几上都空空如也。

荀彧忽然清闲了起来。以往有那么多的公事要办，决策要定，与冀州公文往来，如今竟然连早朝都拿不出事情禀奏。想起早朝之时，皇上笑吟吟地看着站立的臣子，笑吟吟地说着"既然丞相都代为决策了，大家就都散了吧"的神情，接着宣布退朝转身离开，真是莫大的讽刺。头一次，荀彧在白日里就离开了尚书台。

好久没有在许县内走走了，荀彧挥退了侍从，换了便装，一个人走在许县的街面上。许县街面原来是这么热闹啊，一直走到最热闹的街面，才看到了几个乞讨的人。但看着也不如何面黄肌瘦，更像是因为不喜欢劳作，只为了不劳而获。再往前走，就到了城门口，白日里出城并不受限制，只有进城的时候需要查看路引。荀彧慢慢地走出城门，向入冬施粥的所在看去。

今年的天气还算不错，风调雨顺，夏粮已获丰收。家家户户多少都有些余粮，便用不得施粥了。城外不远处就有田地，新近种下的小麦才刚刚发芽，到处都绿油油的。这和平与美好中，有他的一份功劳，是他长久以来的努力换来的。荀彧沿着田地缓缓地走着，扑面而来的郁郁葱葱的气息，让他的心情慢慢地平静下来。

　　他所希望的，不就是眼前的欣欣向荣吗？这些都已经得到了，夫复何求？

第七十五章

战孙权赤壁落败　心依旧志在千里

荀彧闲了下来。他与曹操虽然还有书信往来，但好长时间之后荀彧才注意到，他们之间竟然是书法文学交流颇多，军事上好久没有提及了——也不算好久没有提及，冀州丞相府的公文还是有往来的。七月，曹操派兵南征荆州刘表也已上报，不过算算时间，出兵的公文送达的时候，正是曹操发兵的时间。这算是先斩后奏了。不过，对刘表的出兵势在必行，许县这边除了准奏，也没有什么可以回复的。只是，得到荆州之后呢？

刘表是必然守不住荆州的，荆州丢失，以刘备一贯的作风，应该会往江陵撤退。江陵为荆州重镇，荆州的重要物资都存放在江陵，所以，应该早些往江陵方向派兵。荀彧不由站在舆图之前，手指从新野地区开始，一路往江陵方向移动。荀彧对曹操的用兵是很有信心的，只要提前提点几句，战场上局势虽然瞬息万变，但曹操总是能抓住时机，从来没有放任时机在眼前溜走的时候。荀彧的视线在江陵两个字上停留很久，之后他转身坐在案几之前，提起笔才要饱蘸墨汁，却又犹豫了。

上一次曹操问计于他，还是在冀州郭嘉棺木之前，算起来距今已经有近一年了。这一年来，私下里的书信往来，曹操绝口不提任何战事，就是公文往来中，也是出兵之日，才发出公文。这般，几乎是明示他了，冀州无须他荀彧的计策，也能远驰千里之外，战无不胜。他这般还要进言，怕是此刻在曹操的心中，忌讳得很吧。郭嘉虽然不在了，但曹操身边还有荀攸、程昱，听说最近还征召了司马懿。曹操身边，如今也未必缺他不可的。或许曹操这一次出兵刘表之前，并不往他处问计，就是在以这个方式告诉他，谁于谁，也不是不可或缺的。

笔悬在砚台上良久，终于被轻轻放下。

战报开始送到许县来。不过是从冀州发出的，当荀彧看到战报的时候，战事不但早已经结束，下一场战事怕是都已经开始了。时局在某些方面也出乎荀彧的预料。比如八月刘表战死，其子刘琮接任荆州牧，在曹操大军进发至新野，即率荆州之众投降。不过刘备的行动在荀彧的预料之中，他果然舍弃了樊城直奔江陵，而曹操也不负所望，亲自率五千骑兵从襄阳疾驰三百里，在当阳长坂追上刘备，大破其军，占领了江陵。

荀彧读到这份公文的时候，先是笑着点点头，接着就站起来，走到舆图之前，渐渐地，眉头就微微蹙起。曹操已经击溃了刘备，得到了江陵，如今占领了长江以西，想必有一鼓作气吞并江东的想法。想当年在官渡，曹操已经有了水战的经验，这半年多来又一直加紧培训水兵，就是为了拿回江东。只是孙家掌管江东多年，已成气候，且江东军士以江水为依托，占据了天时地利。曹操大军将刘备赶出了江陵，如今要往江东用兵，孙权势必会与刘备军队结为联盟。

江东军士擅长水战，刘备兵马以陆战为主，且孙权是守卫家乡故土，又有人和，曹操是千里进犯，不仅是以北方军队对战南方军士，更要对抗南方潮湿的空气。士卒本就经过多次战斗，兵马疲惫，又气候不适，水土不服，一旦出现病情，就会迅速传染。如此，便是天时地利人和全在对手这边，此时，不宜马上开战。

荀彧久久地凝视着舆图，再回头看着最后一份战报公文，推算着时间，当他回神的时候，才发现他独坐在案几之后良久，而案几上的一张白纸上，仍然是空空如也。罢了！荀彧深深地叹息一声，却仍然忍不住再看向舆图。他知道曹操身边能劝住他的人不多了。他若是开口，曹操一定是能听从的。只是，现在的曹操，也未见得想要从他这里得到什么了。

江陵，从冀州来的公文一摞摞送到曹操的大帐之内，曹操略略扫视了一眼，就将这些公文丢给随军而来的幕僚手里。他占据江陵已经多日了，已经做了两手准备，若是招降孙权不成，就出兵讨伐。决定虽然下了，可实施起来困难重重。首先就是士卒水土不服，得病者众多，战力下降。其次就是此番虽然收缴了刘琮的水军，但人数毕竟不足，北方军士不耐船上战斗，上船后晕船者也众多。曹操心中对将来的战斗，并无把握。

他心里其实很想听听荀彧的建议的，多次生出寄荀彧书信一封，讨要建议的想法，但想起自己从荀彧手中将军政大权全挪到手里这事，心中就生出烦闷来，只觉得无颜开口。他怎么好意思在夺走了荀彧几乎全部权力之后，继续将荀彧留在许县，却还要荀彧为他出谋划策？他哪里来的颜面这般做啊。想起与荀彧相处时的点点滴滴，心中就更是愤懑不已。之前复九州的提议，荀彧劝阻他也听从了。给荀彧三公的位置，荀彧推拒了他也同意了。倒是废除三公，恢复丞相制度，荀彧同意得快。这是摆明在告诉他，只要他还承认自己是汉臣，是为了汉室江山尽忠，荀彧就会尽心尽力地辅佐。

呵呵。曹操在心里冷笑了声。当年高祖打天下，不也是从秦皇手中夺了天下，凭什么高祖可以，他曹操就不可以？这个念头一出，曹操的身上就是一凉，他竟然此时才明白他自己的心意。原来在他的心里，已经有对汉室江山取而代之的想法了。而这个想法是从什么时候侵入到内心的他竟然不得而知。难道，荀彧早就看出了他的心意？所以才婉拒复九州的提议，所以才推拒了三公之位，所以才毫不犹豫地同意给了他身为大汉臣属最高的丞相权力？

走出大帐，曹操深吸了口气，入腹的空气潮湿，让人浑身上下都透着不舒服。他忍不住想要问问有没有来自许县的公文，却又觉得这一问都是自取其辱。换作他是荀彧，又如何会在这时候给他送一道公文？以什么名义？况且按照规矩，许县发下来的公文首先要给到冀州的丞相府，才能转送到他这里。等到荀彧的公文送到这里，来往时间早就在半个月之后了。不过，难道没有荀彧的主意自己就打不下来江东了？

江东的战事暂时停顿，曹操还是以天子的名义招降为主，战报也按时从冀州发往许县。荀彧得到战报的时间，往往都在半个月之后，他也只能从寥寥几笔的战报中，推算江东的局势。曹操招降为主的打法是应该的，但招降，在孙权那里几乎是行不通的。孙权掌握江东，手下能人辈出，已成江东之强龙。破釜沉舟，未必没有一战之力。战胜，则依然保住江东地盘，甚至可以连同荆州一并收回。战败，也还可以退一步乞降。且战败的可能，在荀彧看来并不大。以曹操多年战场上的经验，敏锐的政治直觉，不会看不出来的，更何况还有随军的军师、幕僚。更何况这战报又是半月多之前的，战场局势早就变化了吧。荀彧将战报整整齐齐地摞到一起。这些战报没有必要报到圣上面前，圣上对这些也不感兴趣。圣上要的只有结论。胜，或者是败。

江东的局势荀彧预料得不错。曹操以天子之名义的招降，打动了孙权手下的绝大多数人，但是鲁肃"将军迎操，欲安所归"这几个字，让孙权下定了战斗到底的决心。曹操与孙权、刘备的联军最后在赤壁一战。这一战曹军大败，车船被毁，曹操从华容道撤回江陵，不久后北还。消息传回许县的时候，曹操已经安排了曹仁驻守江陵，自己返回了冀州。

曹操的这次战败，不仅在冀州，在整个江北的大地上，都掀起了轩然大波。常胜不败的曹操，竟然在大战役中打了败仗，还是关于江东归属这般重大的战役上。一时间，这场战役的前后始末被传开，但是荀彧这里，却始终没有得到冀州关于这场战役的完整汇报。似乎许县已经被冀州忘记了，或者是冀州以为，这场战役的始末，是无须往冀州汇报的。赤壁之战成了冀州与许县之间横亘的一根刺，冀州不提，许县也无法询问，甚至荀彧都无从开口。便是与曹操往来的信件，竟然也停滞了下来。

公文继续往许县送来，有关于荆州的安排，江西的部署，只是都是公文而已，多数公文并不需要皇上的批示，更多只是个通知。直到有一天，荀彧很难得地收到了曹操的一封书信，信中只有一首诗，没有其他言语：

> 神龟虽寿，犹有竟时。腾蛇乘雾，终为土灰。
> 老骥伏枥，志在千里。烈士暮年，壮心不已。
> 盈缩之期，不但在天。养怡之福，可得永年。
> 幸甚至哉，歌以咏志。

这是一首迟来的诗，但这首诗词中蕴含的诗意，放在此时，却并不迟。这诗词中的情感深深地落入荀彧的心里，虽然彼此相隔千里，荀彧也能体会到曹操此刻心中仍然存在的雄心壮志。赤壁之战虽败，然胜负乃兵家常事，曹操不会因为一场战役的失利，就耿耿于怀，更不会消极以待。他是在以诗句来对荀彧说，他是不会放弃对前途的期待的。这诗句在荀彧的心中引起了深深的共鸣，他忽然有些后悔了，后悔他没有在赤壁之战前给曹操以建议，后悔这一年以来的消极。

他竟是不如曹操啊。亏得他自诩为曹操的谋臣，为曹操主持中馈多年，被称为居中持重，但是在胸怀上，他远远不如曹操。荀彧急匆匆拿起笔来，可是忽然却不知道要如何应对曹操的这首诗句，要如何应对曹操的这番广阔的心胸。他不由得再托起面前的信件，将这一首诗再次在心中默诵了一遍。

江东未收，然而收复江东与当时攻打袁绍毕竟不同。当时袁绍气势大盛，咄咄逼人，如果曹操不出兵，就要被迫面临兵临许县的局面。且当时对袁绍出兵已经筹谋了多年。江东则不然。这些年来，曹操忙于平定北方，已经兵疲马乏，然对江东战事已开，就没有收手的余地，那么此时如何才能扩大曹操在军事上政治上的影响，将之前的赤壁一败对曹操声望的影响降到最低呢？荀彧凝神看着信件上龙马飞腾般的字迹，心里逐渐生出了一个想法。

他放下信件，铺上另外一张宣纸，饱蘸笔墨，提笔书写。虽然是心中才诞生的想法，但一旦书写出来，这想法就已经扎实得很了，就好像早已经在心中千百次地设想过。信中的内容并不多，只有一个主题，就是不拘一格，广纳贤才。荀彧相信曹操收到这封书信的时候，会明白他的心意的。他是大汉的臣属，也是曹操的谋士。他所有的聪慧才智都会用在为曹操的出谋划策上，他会以其全部力量，将曹操的声望推到这个时代的顶端。

这封信被仔细地封好，快马加鞭送到曹操的手上。当曹操展开书信之后，看着书信上熟悉的笔迹，其上虽短却意义深刻的道理，不由得怔住了。这信里半句没有提及曾经的战事，也没有提及任何许县与冀州的权力交替，更没有半分委屈，字里行间里透着的全是一片真心，以及对"老骥伏枥，志在千里"的回应。

曹操看着这回信良久。他似乎在书信中看到了荀彧奋笔疾书时的专注，眉眼间闪出的睿智火花，看到他在书写书信之时的微微凝神。在他将荀彧的权力剥夺之后，荀彧依然献给了他一道让他得以最快摆脱困境的计谋。

这是他的荀彧啊，是他曾以为的"吾之子房"，跟随了他十八年的谋士啊！

第七十六章

曹丞相下求贤令　提声望收复关中

建安十五年（210）春，曹操于冀州颁布《求贤令》，发往各地。《求贤令》一出，各地几乎沸腾。《求贤令》全文发往许县后，在当日的早朝中，大家就议论纷纷起来。就连在早朝中很少说话的皇上刘协，也指着《求贤令》上的那几行字问荀彧道："荀令君，自古以来，朕只听说'求贤若渴'，可头一次看到这'唯才是举'。朕孤陋寡闻，请问荀令君，这《求贤令》的深意，求的是'贤'，还只是'才'？莫非丞相疏忽了，将'才'写成了'贤'？"

不怪刘协会有此问，这《求贤令》上的三行大字："若必廉士而后可用，则齐桓其何以霸世！今天下得无有被褐怀玉而钓于渭滨者乎？又得无盗嫂受金而未遇无知者乎？"哪里是求贤？

众所周知，管仲辅佐齐桓公成就霸业，然管仲早年经商贪财，从军逃兵。姜子牙辅佐姬昌，建立霸业，然杀贤明高士华士。至于陈平，贪墨受贿，私通嫂子。这三人虽然都于国家社稷有大贡献，但是在德行上却都有亏。才字具备，贤却不足。曹操在《求贤令》上却是明晃晃地将三人列举出来，更是在之后说明，只要是有才能的就可举荐，能为我用的我就会任用他们。

早朝之上，所有臣子连同皇上的目光都落在荀彧身上，大家都好奇荀彧会如何解答。荀彧微微地笑了笑。这话，其实他是有答案的，毕竟出主意的就是站在这里的他这个人啊。但是这答案是不能说的。难道要他对众人说，这是曹操的一个求贤若渴的姿态？只是为了告诉江南江北所有人，他曹操为了大业，只要有才能，什么人都能用吗？必然不是如此的。这只是一个姿态，一个"唯才是举"的姿态。

"才"是什么？能为己用的才是"才"，曹操是在以一个引人注目的姿态在对天下做一个政治表态，他曹操不会苛求门第，也不会拿大汉那套四世三公的标准衡量人，高门大户的名士他需要，江南各地的才子们他也要，最重要的是，"才"的定义以后是要由他曹操指定的。

荀彧笑了笑道："道德之于人为日常的修养，以端正人的修为，却不足以以之衡量一个人的才干。臣私以为，求贤与求才并无区别，只是贤者未必有才，而德行有亏者也未必没有才。如若能不拘一格，将提拔更多可为大汉有用的人才。臣想，丞相渴求人才的心是迫切的，因此才会渴求更多的人能共同担负起为天下安危复兴的责任。"

刘协点点头，却不无嘲讽地道："丞相求贤若渴的心态，在这里昭然若揭。如果这《求贤令》是从我许县里发布的，还真应了'自古受命及中兴之君，曷尝不得贤人君子与之共治天下者乎'这话，可是从冀州发布，呵呵。"刘协的手一松，写着《求贤令》的奏章轻飘飘落在了地上。

早朝上鸦雀无声，连同荀彧都无声地低下头，视线落在那躺在地上的奏章上。《求贤令》上的第一句话，并非出自荀彧的意思，他也没有想到曹操会如此写，会如此将心思昭然展示于天下人眼中。

"'二三子其佐我明扬仄陋，唯才是举，吾得而用之'。"刘协一字字将《求贤令》最后一句复述下来，"真是与开头承接。丞相好文采。"

荀彧低着头，仍然感觉到不仅仅是皇上的视线，所有大臣的视线也都落在他的身上。皇上这话说得对极了，曹丞相文采卓然，不容否认。

"罢了。丞相所言，即为朕所言。"刘协站起来，似乎很是无聊地道，"退朝吧。"

荀彧躬身施礼，待到他抬起头来的时候，偌大的殿堂上，已经空无一人。他盯着皇上的御座好半天，才默默地后退了一步转身。

《求贤令》的颁布，让曹操因为赤壁之战失败损失的声望快速回涨起来，这不拘一格招揽人才的方式，也让曹操再一次名声大振，一时，曹丞相的称谓传遍了长江南北，不断有人才投奔到冀州而来。然《求贤令》只是提升曹操声望的第一步，接下来，曹操准备出兵关中。

关中大部分地区，在刘焉死后，就一直在刘璋的手上。关中马超、韩遂、杨秋等十部，名义上是受朝廷管制，但其实是分割一方，并不听从朝廷命令。曹操曾听从荀彧建议，以钟繇为关中刺史，协调稳定十部与朝廷的关系。现在，是用这关中十部为曹操重新立威的时候了。只是十部名义上还受朝廷管辖，对其出兵，没有任何理由。不过汉中却有个以五斗米教起家的张鲁，在汉中地区自立为王，率军讨伐，名正言顺。讨伐张鲁，必然要先经过关中十部所在，曹操借道，势必会引起马超等怀疑。关中十部心本就不在朝廷上，眼看着曹操大军接近，如何会放心？借道，便是要引曹操大军长驱直入，无异于引狼入室；不借，则反。

建安十六年（211）三月，曹操遣夏侯渊、徐晃从太原西地入关，与司隶校尉钟繇会合讨伐张鲁。果然大军还未进入关中，以马超、韩遂为首的十部兵马立刻反叛。曹操当即派大将曹仁进攻关中，韩遂、马超屯据潼关，两厢暂时形成胶着状态。

战报仍然是报到冀州丞相府之后，才从冀州丞相府发往许县，但曹操与荀彧重新恢复了书信往来，甚至书信里提到的东西比战报公文还要丰富。七月，曹操亲率大军征伐关中，入关即大败关中联军。战报还是通过冀州送往许县，但是曹操的书信却先一步送到了荀彧的手里。信中说，曹操入潼关之后，关中联军果然如先生所料开始前来增援，如此，就可以一并将主力围剿，并不需要之后分而讨伐。荀彧看着这书信微笑起来，他与曹操之间的关系仿佛又回到了之前，他还是曹操的谋士，为曹操出谋划策，曹操也事无巨细，都会与他分析。

九月，曹操书信又先一步而来，马超、韩遂多次求和，曹操采纳了贾诩的建议，伪许之以子为质，却又整集兵力，再次大败韩遂、马超，予以重创。韩遂、马超败走凉州，杨秋讨回安定，成宜、李堪阵前被斩，关中平定。信末曹操道：此番征战顺利，除先生之前为我定下策略，还因贾诩伪许之计，钟繇在关中的作用。想身边诸位谋士，皆先生为我举荐，先生于我之情深矣。

荀彧为曹操推荐的谋士，最早是荀攸、程昱，接下来就是戏志才、郭嘉，然后有钟繇、陈群、杜畿、司马懿等。这些人有的在曹操的身边立下赫赫战功，有的在各地发挥自己的聪明才智，为曹操成就的大业做出卓越的贡献。如程昱、枣祗，最早在兖州就与荀彧一起，为曹操保住了鄄城、范县和东阿，留住大量粮草。枣祗之后更是大兴屯田制，让曹操在连年的征战中粮草充足，没有后顾之忧。眼下钟繇入主关中，也是荀彧长年来埋下的伏笔，就是为了今天对关中的收复，想起这些，荀彧的脸上虽然浮现出微笑，却也是有一丝喟然。原来，这么些年来，他也做了这么多，曹操也都看在眼里的。

十月，曹操进军安定，杨秋投降后，曹操命夏侯渊督众将继续西征，自己则带兵返回。这次曹操的入关亲征，将曹操的声望再一次推到了顶端。战报送达许县的时候，荀彧没有等到早朝，而是先求见了皇上刘协。

例数曹操从军以来的若干功勋，收复汉中十部，功绩实在算不得太大，但这时机是很微妙的。之前曹操讨伐刘表、刘备，得到荆州，却又因为赤壁战败，再失掉了荆州，也让曹操的声望降到了一个低点，甚至有人以为曹操不过是一武将，武将老去，风采不再。而现在，曹操先是以《求贤令》提高了声望，引来了大批人才投奔，又以收复关中的漂亮的翻身仗，让自己的声望再次提高，到如今，只差朝廷的一个肯定了。

荀彧此番前来目的为何，荀彧知道，刘协也清清楚楚。

刘协看着冀州送来的战报，微微一笑道："我听说曹丞相从乌桓归来之时，曾作诗一首，名为《龟虽寿》，其中有一句'老骥伏枥，志在千里'。"说着停顿了下，微微侧头，好像在品味着这句话，才接着道，"曹丞相今年也五十有八了吧。"

荀彧点头道："是的。丞相二十岁举孝廉为郎，授洛阳北部尉，后任骑都尉，参与剿灭黄巾军，至今在战场上征战也有三十多年了。"

"曹丞相二十岁的时候，朕还没有出生。朕继位的时候，曹丞相已经开始征战沙场了。"刘协想想道，"荀令君也是在朕继位那一年跟随的曹丞相？"

荀彧沉默了会儿道："是隔了一年，初平二年（191）。当时臣举家迁往冀州，本来是要投奔袁绍的。"

见荀彧并没有说下去的意思，刘协就接下道："但是荀令君见袁绍并不足以成大事，所以，就改为投奔当时还只是校尉的曹丞相。荀令君真是高瞻远瞩。"

这话，刘协是实实在在的本意。只要回顾这些年来曹操所做的一切，甚至都无须与袁绍对比，就可以知道荀彧当时的选择是多么正确。他辅佐着曹操，从一个校尉做起，甚至是从一穷二白起家，一步步将曹操送到今天这个地位。刘协闲暇的时候很多，他就很是好好地了解了番曹操的一步步起家，与荀彧之间这种很难让人理解又只能佩服的相佐相成的关系。可以说没有荀彧，曹操就难以达到如今这个地位。然没有曹操，荀彧的才能或许也会被埋没。

金子是在哪里都会闪光的，但袁绍的身边不乏能人，他一步步坐在盟主的位置上，振臂一呼天下群雄响应，身边怎么能没有与荀彧同样分量的谋臣呢？但历史的走向就是如此，袁绍以四州之主的身份，最后却落败给了曹操，只能说，有谋臣的辅佐，被辅佐的人还要有一定的胸襟，容人之量，最重要的是还会听从。

刘协笑了笑，看着荀彧道："太早的事情朕都不清楚，只知道当日讨伐袁绍之时，丞相只觉力竭，无以为继，兴了退兵的心思。是荀令君力劝丞相不得回归。丞相曾为荀令君请封三公，那奏章荀令君虽然扣而不发，但丞相其中之言，朕却依然记得。"刘协说着，徐徐吟诵道："时兵少粮尽，图欲还许，书与彧议，彧不听臣。建宜住之便，恢进讨之规，更起臣心，易其愚虑，遂摧大逆，覆取其众。此彧睹胜败之机，略不世出也。及绍破败，臣粮亦尽，以为河北未易图也，欲南讨刘表。彧复止臣，陈其得失，臣用反斾，遂吞凶族，克平四州。向使臣退于官渡，绍必鼓行而前，有倾覆之形，无克捷之势。后若南征，委弃兖、豫，利既难要，将失本据。彧之二策，以亡为存，以祸致福，谋殊功异，臣所不及也。"

刘协停顿了下，再道："朕常想，朕贵为皇上，若是荀令君能以辅佐丞相之心待朕，朕之胸襟可会如丞相一般？"他伸手制止住荀彧，摇着头道，"荀令君，朕知道你忠心为汉，知道你辅佐丞相之心，也是以为曹丞相能匡扶汉室。卿之心朕明白。"

荀彧微微俯首，向刘协躬身。

刘协轻笑了声："只是啊，不是所有人都如荀令君般一颗心永远能保住高洁。荀令君心里也当明白的吧。"

荀彧不由得抬头看向刘协，他忽然才发现，这位帝王已经不是当初刚刚接过来的少年了。这位帝王的神情上，不知道何时已经少了雄心壮志赋予的朝气，多了好像暮年垂老之人才有的安和，或者说是随遇而安。

而那一双帝王的眼眸，也完全失去了锐利。此刻站在他身前的这位还可以称作年轻的帝王，一双眼睛好像看透了一切。平和的神态里，带着淡淡的忧伤和一点点的无可奈何。

"呵呵，朕只是有感而发，荀令君不必挂怀。"刘协摇摇头，自嘲地笑笑，"如今大事是如何封赏曹丞相了。"

第七十七章

得封赏赞拜不名　察神色董昭进言

刘协实在是想不起来还要如何封赏曹操了。曹操已经是汉丞相了，在文武百官中已经是一人之下万人之上了，还能封赏什么？也就剩下些虚名了，比如赞拜不名，入朝不趋，剑履上殿。

建安十七年（212），刘协下旨，准许曹操"赞拜不名，入朝不趋，剑履上殿"。曹操在冀州接到这旨意的时候，笑了起来。他人在冀州，并不准备回到许县，想来拜见皇上的时间也不多。这所谓的"赞拜不名，入朝不趋，剑履上殿"，不过是个虚名，但这个虚名所带来的荣耀却是极高的。想之前只有萧何获此殊荣，之后就是董卓那个乱臣贼子自封的了。他曹操得到的这个恩赐，就如萧何一般，是实打实以卓越功勋积累下来的。只是与董卓那位乱臣贼子并列封赏，让曹操的心里还是有一丝不快的。

曹操接旨之后，大宴冀州群臣，宴席之上，众人皆向曹操敬酒恭喜，曹操微捋长须，面带微笑，只是不言。董昭坐在曹操下首不远，见曹操只举杯饮酒，笑而不语，微微思索，已经知道曹操心中所想。只是在这庆贺酒宴上，有些话说不得。宴毕，曹操已有微醺之意，他摇摇晃晃地站起来，曹丕亲自扶着曹操转往后堂，曹操却在后堂之前站下，转而往书房走去。曹丕吩咐着备下醒酒汤与热茶，随着曹操来到书房。

冀州邺城丞相府的书房，宽敞而又明亮，曹操微微摇晃着坐在案几之后，斜着看着案几上一摞公文。曹丕亲自捧着醒酒汤到曹操面前，曹操接过来一饮而尽。

曹丕接过空杯，挥退了下人后问道："父亲得圣上封赏，赞拜不名，入朝不趋，剑履上殿，正是庆贺，如何却闷闷不乐？"

曹操的视线从案几的公文落在曹丕的身上，好一会儿才道："前年赵温推举你入仕，我却革了赵温的职，以致让他抑郁而终。"

曹丕点头道："儿子还记得父亲当时异常震怒，斥责赵温推举不实。"

曹操冷哼了声："我曹操的儿子，岂能为他人幕僚？那个赵温以为他也是三公之一，竟敢欺我，看低我？我培育你多年，三岁识字，六岁射箭，八岁骑马，十岁就带你上了战场，可不是为了让你辅佐他人的。"

曹丕将温茶捧给曹操道："父亲的栽培之恩，儿子没齿难忘。"

曹操接过茶杯，微微吹吹，喝了半盏，将茶杯放下道："只是之前，为父我虽有兵权，却还没有位极人臣。为父不想你如我一样领兵征战，若是入仕，难免会要屈居人下。好在为父隐忍多年，运筹帷幄，终于得了这丞相之位。以你为副相，只于我之下，才不辱没了我曹家子弟。"

曹丕自然明白曹操的一番苦心。他自小也有雄心壮志，一直以其父为榜样，若真是要他屈身他人麾下为幕僚，小看的就不是他，而是其父曹操了。当日他亦与曹操一般愤怒，但他自来胸有城府，故不曾表示出来。此刻曹操借着酒意说起之前，曹丕深有同感。

曹丕再将曹操的茶杯续上道："自小父亲就教导我要有大志，儿子之前虽然没有功名在身，然这些年来儿子跟随着父亲南北征战，在父亲左右受言传身教，受益匪浅。儿子一直感激父亲能将儿带在身边亲自教诲，给儿子如今的地位，让儿子也能助父亲一臂之力。”

曹操闻言，落在曹丕身上的目光深沉了些，问道："那现在，你可知道为父心中为何不痛快了？"

曹丕沉吟了会儿，试探地道："可是因为圣上这封赏？"

曹操笑了笑，没有言语。曹丕心里明白，待才要说话，忽然下人前来禀报，说是董昭前来求见。

当日迎皇上刘协归许县，董昭一直在其中斡旋，先是为曹操在刘协身前引荐，又提议封赏曹操为将军，直到曹操从许县到洛阳刘协身边。可以说若无董昭，迎接刘协回许县不会那么顺利。之后董昭就一直在曹操身边，先升任河南尹，后任魏郡太守，逐渐到千秋亭侯，转拜司空军祭酒，是曹操最为信任的重臣之一。此刻董昭求见，曹操的眉头微微一扬，酒就醒了几分。宴会才毕，若是无紧要的事情，董昭不会这时候来的。可要说是紧要的事情，曹操自知道他已有酒意，不宜商讨大事。那就是说，董昭所言之事，是趁着他有酒意时来说，最为合适的。

当下曹操只说了声请，人却还跪坐在案几之后，一手扶着额头，双目微合，只做酒意上涌之态。董昭前来，快走几步，在曹操身前俯身问安，曹操这才微睁双目，做个请坐的手势道："司徒快快请坐。"说着微微欠身。

董昭谢过之后，跪坐下来，下人送来茶水后退下，曹丕也退后半步，跪坐在曹操身后。曹操做个请喝茶的手势道："司徒前来，可有何事？"

董昭察言观色，见曹操虽微有醉意，但言辞举止与正常无异，就是说话时的语气里，比起寻常也只不过多了些随意。再看曹丕侍候在曹操身后，神情平缓，便知道曹操醉意不深，此刻实际正好——若是那醉意深了，也有曹丕在身边，之后自然还会再分说一二。因此缓缓道："今日圣上赏赐丞相，今后入朝，赞拜不名，入朝不趋，剑履上殿。此本殊荣，至高无上，然臣以为，此殊荣并不足以表彰丞相为大汉征战沙场之辛劳，且将丞相地位与那董贼相提并论，对丞相而言，简直就是侮辱。"

曹操眼皮微微一抬，看向董昭，微微叹息道："我南征北战，戎马半生，只为匡扶汉室，也是为天下黎民百姓早日免除战乱之苦。今已为大汉丞相，为大汉尽忠尽力，乃是本分，并不曾想着得此殊荣。就如司徒所言，今日想到这殊荣前身就是那董贼所得，便只觉得如鲠在喉。只是这殊荣乃圣上赐予的，我不忍违逆圣上旨意，故不曾推托。"

在曹操身后的曹丕闻言，心中微微一动。他跟随其父多年，深知曹操心理，但却一直不十分清楚，曹操要的到底是什么。丞相还不满足，那丞相之上，只有异姓王，甚至……曹丕的心里忽然生出一个大不敬的念头，他的眼睛微微睁大，不由侧头看向曹操。这般距离他看得很是清楚，曹操的鬓角竟然生出了白发，他此刻才恍然记起曹操的年龄，他的父亲，原来已经是接近六十岁的老人了。他的父亲原来已经戎马多半生了。

董昭叹息一声，微微躬身道："当年丞相知皇上在洛阳有难，则不远千里，亲自迎驾迁许。为让圣上安心，为匡扶汉室，先讨伐袁术，再平定袁氏，北上乌桓，南下汉中，历经数年，如此丰功伟绩，岂能止步于丞相之位。臣以为，唯有晋爵国公，九锡备物，才得以彰丞相为大汉尽忠之殊勋。"

此言一出，饶是曹操已经微醉，这酒也立刻就醒了。

九锡礼源于周代的九命，是帝王给大臣规格最高的一种赏赐，受"赞拜不名，入朝不趋，剑履上殿"的赏赐，还明确为臣子的地位，九锡，可就几乎脱离了臣子，几乎是至高无上的称谓了。得九锡，几乎就等同于得到了与皇权同样的待遇。

曹操的眼眸微微一转，落在董昭的身上，他似乎还是不胜酒力，因此以手扶额，半晌才微微一笑，叹息着道："九锡啊！"

曹操动心了，哪怕是微醉，他也知道他动心了。他心中清清楚楚，他虽然得了丞相之位，但心中并不甘心。他心中朝暮想念想要得到的，不仅仅是丞相，还是王，甚至是更高的位置。他甚至在这一刻构想了下，若是他一步得王会如何？若是再往上，他身边所有人是否会全都支持他？

董昭躬身施礼道："臣以为，整个大汉无人能替代丞相，也无人再能有丞相之丰功伟绩，臣请上表许县，为丞相请封。"

上表请封？曹操微微摇摇头，微微摆了下手："司徒……容我想想。"

董昭再行施礼之后，站起来退下，曹丕代曹操送到门口，看着董昭离开，回身关上书房大门，急行到曹操身前跪坐下来道："父亲！"

曹操神情已有动容之色，却看着曹丕问道："你以为如何？"

曹丕急匆匆想要开口，开口之前却停顿了下，然后才道："儿记得当日父亲得到冀州之后，曾有复九州的提议，当时荀令君以天下未定为由，劝说父亲暂缓这个提议。儿以为，以父亲今日之功勋，并不愧于九锡殊荣，但只怕是……"

曹操沉默了半晌，微微点头："怕是群臣并未全心协力。这九锡之殊荣，只要有一人不以为然，为父我即便得之，也会落得诟病，不得殊荣，反而被冠以胁迫天子之罪名，甚至是有取而代之的嫌疑。"

"是的。且这九锡的赏赐，万不能从冀州传出。"曹丕再道。

曹操看着曹丕，露出欣慰的笑容："不枉我带你在身边多年。为父要好好想想，好好想想。"

其实无须如何想的，这九锡二字一旦落入耳中，就如有魔力一般直落到了曹操的心里，一想到得到九锡殊荣之后的风光，曹操就打心里兴奋。但是曹操知道他现在是有酒意的，有酒意的时候，就不能轻易下断论。更何况如此大的事情。但是并不妨碍他想一想。

锡曾经与"赐"通用，也曾同音，便是有假借"赐"意。得九锡，就是得九赐，分别是车马、衣服、乐县、朱户、纳陛、虎贲、斧钺、弓矢、秬鬯九种赐物。这些可不是简单的赐物啊，这等规格，几乎与皇上无异。当日皇上为董卓所立，董卓也不过得了"赞拜不名，入朝不趋，剑履上殿"，不曾得到九赐之赐。他若是得到，便超过了董卓，成了大汉名副其实的权力最大、功勋最高的臣子了。

也不，也还有一人得到过九赐的赏赐，就是王莽。而王莽也在得到九赐赏赐之后不久，就建立了新朝。曹操的心忽然急促地跳动了几下，好像要从胸膛里跳出来一般，他不得不伸手按着胸膛，将那颗急剧跳动的心按捺下去。

往事，走马般地在脑海中掠过。曾经的他只是想要为一方百姓做点实事，之后他想要为百姓做得更多，然后他果然做到了。他曾经剿灭黄巾军，禁断淫祀，曾经散尽家财与袁绍一起讨伐董卓。当他完全独立之后，是他分化瓦解了黄巾军，也让黄巾军彻底从大汉的土地上消失。他还先后击败袁术、陶谦、吕布，又打败曾经不可一世的袁绍，得了青、幽、并、冀这四州。他北上平定乌桓，还大汉一个平定的边境，唯有南下对战孙权落败。但其后他就平定收复了关中。这期间他成就的不仅仅是大汉的权势，还有他曹操的大业。

可忽然，他的眼前又划过一道身影，那身影默默无言地伫立在他面前，凝神望着他。这身影的身后，是被剿灭的黄巾军，是当他在徐州屠城时为他倾尽全力保住的鄄城、东阿和范县，是迎接天子归往的许县，还有无数次为他修订的战略方针，当他退缩无奈时的坚定与鼓励，一次次的奇谋，无数次地推举人才，更有之前他赤壁落败之后，为他提高声望的谋略。可也是这个身影，曾拒绝了他复九州的设想，拒绝了他表封他三公的提议。这个身影如今可会同意授予他九赐之封赏呢？

曹操再次以手扶额，缓缓地将臂肘落在案几上。他了解荀彧，或者说他应该是了解荀彧的。多年来的赤诚相待，相互扶持，荀彧几乎是他全心全意信赖的。但正是这份信赖，才让曹操顾忌万分，让曹操不敢轻易做下决定。

这个庆功宴的夜晚，曹操虽有酒意，却久久地坐在书房内。他知道，这个"赞拜不名，入朝不趋，剑履上殿"是荀彧为他得到的，但九锡，荀彧是否也会愿意为他得到呢？荀彧于他有莫大的功勋，曹操愿意与荀彧分享这一切，甚至未来可能更高的殊荣，但荀彧可否也会愿意与他分享这一切呢？

第七十八章

拒九锡义正词严　曹丞相心不能平

远在许县的荀彧并不知道曹操此时的心事。曹操已经五十八岁了，有生之年若是能再收复江东，将大汉江山合为一体，该是何等的功勋伟绩。收复汉中之后，荀彧给曹操的谋略中最后一项就是收复江东。只是江东如何才能平定，荀彧此刻心中还没有完整的主张。

孙权执掌江东基业有十二年之久，这十二年里，孙权得张昭、周瑜、鲁肃等名将贤才悉心辅佐，广招名士，不但将江东治理得井井有条，还广招水军，擅长水战，尤其眼下又与刘备联合，势力日益扩大。想要征伐江东，在荀彧心里，竟然是比与当初袁绍一战还要为难。只因为曹操军士都以陆战为主，不善水战，而当日袁绍军队也是如此。现在却是要以己之短，战彼之长，要想拿下江东，很不容易。

荀彧再次站在舆图之前，视线先落在赤壁二字上。这两个字很是刺眼，荀彧眉头微蹙，挪开视线，只看着长江沿岸。水战是一定的了，只是在何处选择战场？荀彧的脑海里全是江东及荆州附近的地图，回到家中，还在思忖，待进了家门，却见门口迎过来的竟然是荀攸，他不禁呆了下，眨眨眼睛。

"公达？"

荀攸笑着迎上来道："小叔。是我。"

荀彧也笑起来，却是奇怪地道："你不是在丞相那边，如何回来了？回来了也不派人招呼我一声。"这话说完，荀彧心中微微一怔，不由得再端详着荀攸，压低了声音问道，"可是冀州出了什么事？"

荀攸微笑着道："哪里，侄儿只不过是做了一次信使，亲自为丞相送信来了。"

荀彧的眉头扬起，点点头道："你跟我来。"

荀彧派下人通知了程氏一声，就领着荀攸进了外书房，待下人上了茶，就关了外书房的门，这才跪坐下来。荀攸从袖口取出信件，那信件上的火漆印记完整，荀彧看了下，就拆开了信封，取出信件，看得几字，神情就凝重起来，待一字一句看完，脸上就失了笑意，看着荀攸问道："公达可知道信件上是何内容吗？"

荀攸点点头："侄儿过来之前，丞相曾与我亲谈了很久。丞相有意效仿古人，晋爵国公，九锡备物。丞相虽然没有明言，但派我前来送书信于小叔，其中意义，自然是想要侄儿好生劝说小叔。"

荀彧没有言语，再拿起书信看了一遍，然后才道："冀州成立丞相府之后，各地公文都是先上报丞相府，之后才有部分送到许县尚书台。如今我于各州郡，尤其是冀州丞相府诸人诸事了解甚少，只从公文中只言片语更是了解不足。公达可知，这晋爵国公，九锡备物，是丞相先提起来的，还是……"

荀攸道："据我所知，当日皇上封赏的圣旨送达，丞相接旨之后，立刻就大宴群臣。当日侄儿也在宴席上，群臣竞相向丞相敬酒，丞相来而不拒，只是看神情并不如何高兴。宴席之后，听说董昭曾求见丞相，在丞相书房内停留不过盏茶时间。第二日之后，就听闻董昭替丞相感叹，赞拜不名、入朝不趋、剑履上殿这赏赐，不足以与丞相卓越功勋相称。更提到前一位得此殊荣的，乃是董卓那乱臣贼子。丞相匡扶汉室，亲自打下来大片山河，却与那董贼相提并论，有辱丞相。"

荀彧闻言，神色微变。当日他替曹操向皇上请封，竟然是没有想到这一点。

荀攸微微叹息一声道："我这几日回想，当日丞相接旨之后，并未如何显出高兴的样子。当时我只是以为丞相谦和，现在想来……丞相心里怕是当时就有了芥蒂。"

荀彧怔了一会儿，再低头看着曹操的亲笔手书，那书信上不过寥寥几句，然那寥寥几句，却好像一根刺扎在了荀彧的心上。

"当日小叔使侄儿推拒三公之位，侄儿前前后后在丞相面前推了足有十几次。最后一次侄儿还记得，那天天都已经晚了，丞相忽然来到我家，和我说起与小叔之前的点点滴滴，说起小叔的功勋，那时候丞相的真心，日月可鉴。侄儿也着实被感动了。所以，侄儿想来，这一次是轮到丞相派我来做说客了。"说到这里，荀攸苦笑了下，"小叔，侄儿委实不知道该说些什么，如何说，只能据实禀来。"

荀彧微微点点头道："公达也以为我该为丞相请表吗？"

荀攸忽然语塞了。他在曹操身边良久，曹操的功勋历历在目。从汉朝开国以来，有曹操如此功勋的屈指可数，大约也只有开国功臣可以与之并列。荀攸私以为，曹操获晋爵国公，九锡备物，当之无愧。但得赞拜不名，入朝不趋，剑履上殿，就是与董卓齐名，这得封九锡，便是与王莽在同一个高度。而那王莽，在得九锡之后不久，就另立新朝。丞相得九锡，难道也有当年王莽之意？

有些事情是不能想的，因为禁不住想。有些念头是不能生的，因为一生就会扎根发芽。荀攸想着曹操这半辈子的南征北战，打下的这半壁江山，一时竟生出一身冷汗来。丞相的功勋，已经达到了一个臣子所能做的顶点。而丞相此时，也将一个臣子所能得到的权力，抓到了顶点。人一旦走到了顶点，再无路可走，还会走向哪里？

荀攸抬头看向荀彧，他不知道他的脸色已经出卖了他心里的想法。或者在荀彧面前，荀攸也从来没有想到要隐瞒过什么。他的嘴唇微微抖了下，想要开口，却又觉得用不到他开口。他的这位小叔自小聪慧，辅佐丞相多年，丞相如何想法，大概早就知道了。所以，之前推拒三公，便是为了阻止丞相生出如此想法的。可当时，谁又能想到丞相想的不仅仅是丞相，还是异姓王，甚至，将大汉江山取而代之！

这个念头荀攸只放在心里，即便是在荀彧的面前，他也不敢露出丝毫的口风。他只能看着荀彧欲言又止。

荀彧低低地再问了一声："公达也以为丞相之心，应该的吗？"

什么是应该，什么是不应该呢？荀攸不由得顺着荀彧的话想着。若当今圣上是开国高祖，或是武帝，丞相也不会生出这想法的吧。可偏偏当今圣上是刘协，除了祖上的余荫皇位和一个"刘"姓，无任何震慑之处。且当今圣上若无丞相的扶持，现在在哪里也还说不好呢。而丞相，已然功高盖主。功高盖主，要么鸟尽弓藏，要么取而代之。

荀攸的心里忽然有些茫然。

这个晚上，荀彧和荀攸面对面坐着，很久很久都没有言语。

第二天的早朝，荀彧告假了。许县的早朝本来就可有可无的。早朝上也不外乎是冀州送过来的公文，皇上统统都是一声准。而许县的事务有荀彧处理，也用不到皇上操心。皇上也有了第二个皇子，这几日正新鲜着，能上个早朝就不容易了。荀彧告假，这早朝上就几乎没有任何事情了，不多的臣属询问关心了几句皇子，皇上乐呵呵地说了几句，早朝就轻轻松松地结束了。没有人想到荀彧一夜未眠，这一夜都跪坐在书房内，看着案几上曹操的手书。

如何回答早已经明确了，只是荀彧的心里很是伤感。他尽心辅佐曹操十几年，尽心尽力。他给了曹操他所能给的一切，不但是自己的才智，还有忠诚。可这个前提是建立在他和曹操都是大汉的臣属上的。他能容忍曹操的权力大过皇上，能容忍甚至纵容曹操挟天子以令诸侯，甚至也赞同当今的皇上做一个傀儡。曹操已经得了这么多了，却还要更多，而那个更多，是他所不容的，绝对不能容的。

荀彧的面前铺上了洁白的纸张，他终于执笔，终于落笔。

"彧以为丞相本兴义兵以匡朝宁国，秉忠贞之诚，守退让之实；君子爱人以德，不宜如此。"曹操轻声念着，却似乎是不敢相信自己看到的念到的，再从头看了一遍，忍不住再低声读道："本兴义兵以匡朝宁国，秉忠贞之诚，守退让之实……不宜如此。"他忽然暴怒起来，将信使劲抓在手里，又揉成一团，重重地扔到地上。

书房内只有曹丕在身旁，他弯身拾起地上的纸团展开，从头到尾匆匆阅读了一遍，忍不住深吸了一口气。

"你看到了吗？荀令君在说我什么？"曹操简直是咬牙切齿，"他让我秉持忠贞，恪守谦虚！让我要有高尚的品德！"

曹操手在案几上一划，将案几上的公文全扫到了地上，怒目道："我南征北战，打下万里江山，是靠高尚的品德的吗？我不过是要一个与我称得上的功勋，就这么难了？复九州他荀文若不同意，我二话不说，立刻就断了那念头。表封他为三公，他拒绝我也没有坚持。现在我想要晋爵国公，加封九锡，他还要拒绝！我当他为我谋主，为我臂膀，为我最信任的人，他又当我是什么？只是为他成就理想抱负的人吗？"

曹丕放下信件，将地上的公文一本本地拾起来，一本本地放在案几上，这才轻声道："父亲重情重义，只是不是所有人都像父亲一般重情义。荀令君伴君多年，居尚书令多年，一直以自己为大汉臣属，也一直以大汉臣属来尽忠尽力，本也应该。父亲又何必如此气恼？"

曹操的眼神里浮现出一丝伤痛，他看着案几上褶皱的信件，那信件上的一行字越发刺眼，却让他越发想要再看一眼。他早就该料到荀彧的态度了，他写这封信，简直就是自取其辱！

"父亲，您打算放弃了此事吗？"曹丕又问道。

"放弃？呵呵……"曹操冷笑了声，"我曾因为荀令君放弃过了，这次，无论如何我也不会放弃！"

曹丕闻言沉吟片刻道："儿子也以为，父亲劳苦功高，不该因此就放弃。只是，当朝重臣，受荀令君之恩者甚多。荀令君如此态度，已经是明确说明不会上奏皇上，封拜父亲。如此，即便我们退一步，这奏表就是从丞相府发往许县，以荀令君的秉性，也完全会将请封的奏表扣押在尚书台，不予呈于皇上。"

曹操看着曹丕，微微点头道："依你之见呢？"

曹丕的神情缓缓地冷下来："这要看父亲了，看父亲是要这天下至高的荣耀，还是要这为大汉忠心耿耿的荀令君。"

这话说完，书房内的温度好像忽然也冷下来几度。曹丕的话，深深说中了曹操此刻的心理。曹操看着曹丕，曹丕也抬头凝视着曹操。半晌，曹操才极为缓慢地道："此事，容后再议。"

曹操心里终不能平。但越是不平，曹操却越是冷静。多年上位，他深深明白，越是重大抉择，就越是不能在激怒时作出决定。他不想盛怒之下做下悔恨之事。他将荀彧的书信仔细平整着，连纸张卷起的角都平整开。他再次看着信件上熟悉的笔迹，读着信件上让人如鲠在喉的言辞。他心中承认，这才是荀彧的风格，荀彧的秉性。但也正是这秉性让他不忿，不平。他要的不过是身为臣子至高无上的荣誉，他要的最多也不过是一个异姓王。以他的功勋，这一切并不为过。

但现在他不这么想了。国公他会得到的，九锡也会得到的，甚至异姓王也不会满足的。为此，他会建立更大的功勋，也会将阻拦在他面前的一切都抹去。

　　曹操仔细地将信件抚平，折叠，装入信封，然后站起来来到书架前，打开一个盒子。这个盒子里摆放的是荀彧写给他所有的书信，按照时间的先后顺序。

　　他想，荀彧家中的书房里，一定也有这样一个盒子的。

　　书信被轻轻地丢在盒子内，盒子的盖子重重地扣上。

第七十九章

商大计再伐江东　荀令君拜别圣上

　　封赏九锡之事，几乎没有在许县里传开，但是在冀州却没有停止。朝臣们开始向曹操进言，纷纷以丞相功勋为由，替曹操请封。所有的奏章曹操都压在冀州丞相府，曹操自己仿佛并不在意这些事情。许县里，荀彧也好像从来没有收到过曹操的私信一般，每日里正常上朝下朝，在尚书台处理不多的公文，大部分时间就在琢磨着如何收复江东。

　　不过曹操属下替曹操请赐一事，还是传到了许县刘协的耳里。这一日下了早朝，刘协破例去了书房，在书房里停留了半日，出来的时候，神色上好像找到了很有意思的东西。伏寿在后宫将午膳都准备好了，刘协才回来，伏寿服侍着刘协净手，指挥宫人摆上午膳，这才问道："皇上今天看起来有点高兴？"

　　刘协的神色上谈不上多高兴，但也不是不高兴，看起来似乎对某件事情有些费解。闻言，刘协挥手让宫人们都退下了才道："之前听到了些传闻，也不知道真假，就没有与皇后说。今日早朝听大臣们说得隐晦，朕就翻了翻史书，觉得有些对上了。"

伏寿感了兴趣道："是何传闻？"

刘协笑道："之前丞相收复了汉中，朕和荀令君商议了，赏赐丞相'赞拜不名，入朝不趋，剑履上殿'，结果听说，因为这赏赐与董贼之前为一个高度，丞相属下甚为不平，纷纷以为丞相劳苦功高，当赏赐晋爵国公，九锡备物。"

伏寿惊讶了下道："国公？我朝还有国公一说？"

刘协来了兴致，放下箸道："皇后有所不知，我大汉朝于臣子的最高殊荣，就是晋爵国公，赏赐九锡。这九锡嘛，便是在车马服饰甚至护卫上都要高于所有臣子一个规格，只比我这个皇帝降一点点。以前呢，都只有诸侯才会受到此封赏。皇后你可知道最近受到九锡封赏的人是谁？"

伏寿奇怪道："是谁？"

刘协笑道："是王莽啊。"

皇后手中的羹匙掉落在碗里，发出叮当一声，她的手不由捂在了口上，惊讶地"啊"了一声。

刘协笑吟吟地道："我特意查了，我大汉只有王莽受过九锡的殊荣，之后不久就另立了新朝。那丞相的属下们以为丞相的赏赐不该与董卓为一个高度，不过与那王莽一个高度就可以了？所以朕觉得真心好笑。"

伏寿面色微变，低低地叫道："皇上！"

刘协摆摆手，不以为意道："无妨，朕前边还有荀令君顶着呢。"

"荀令君？他……"伏寿下意识道。

刘协点点头："这事，荀令君必然是不同意的，不然，皇后以为这消息还会通过其他大臣泄露到朕这里了？一定是荀令君那边给否了，丞相才不得不通过其他方式要朕知道。丞相这是在暗示朕呢，暗示朕直接绕过荀令君封赏了他。呵呵。"刘协嘲讽地笑了声，拿起羹匙，喝了一口汤道，"不过朕只是个傀儡，丞相想让朕知道的消息，得通过荀令君，荀令君不说，朕如何知道？皇后，你说是也不是？"

伏寿急道："可是，丞相已经通过朝中大臣表示出来了。"

"那又如何？"刘协看着伏寿道，"朕没有看到奏章，没有大臣明言。再说了，荀令君不同意，他曹操虽然是丞相，难道就敢自作主张了？皇后，丞相曾将荀令君比作他的子房，不只是将荀令君当作他的左膀右臂。皇后没有看到这朝中大部分文臣都是荀令君举荐的。无妨，有荀令君挡在前边呢。"

伏寿想了想，压低了声音道："可荀令君与丞相才是一体的。"

刘协眉头慢慢挑了挑，哼笑了声："无论如何，荀令君都是大汉的臣属。这点，丞相比我了解得清楚。皇后尽管放心就好。"

伏寿微微怔然，半晌却摇摇头道："皇上，就算今日拖过去了，以后呢？丞相上次在江东惨败，回头就平定了汉中，若是再收复了江东呢？那时候还拿什么封赏丞相？"

"那时候啊！"刘协想了想，歪歪头，再想了想道，"朕也不知道了，大概就只有九锡了。"

"可……"伏寿的话没有说完，因为用不着说完。

刘协笑起来："皇后，丞相做什么，想要什么，都由不得你我的。他想要的就给他好了。"

"可万一他看上了……"伏寿不敢将话说下去，她面色有些发白，手死死地握住衣裙。

"看上了，朕难道能拒绝得了？"刘协的心里曾想过，从他查阅九锡的来历和往昔的封赏，他就想过了。他实际上只在查找，一个臣子篡位之前，能从皇上的手里都要走什么。九锡、国公、异姓王。还有的缓冲呢。刘协拿起箸道："皇后不必忧心，眼下江山还未平复，这江山也还是大汉的，丞相还不敢如何。"

伏寿拿起箸，心里却七上八下的，看着眼前丰盛的饭菜，却食之无味。刘协的心里却没有太大的负担——他早就不那么忧心了。他猜想是荀彧替他拒绝了丞相加九锡的赏赐。荀彧多次违逆丞相了，刘协心里也不得不承认，荀彧在曹操心里的地位，无人能撼动。也不得不承认，这满朝的文武中，怕是也只有这么一位尚书令，心里还有他这个皇上的。

虽然，荀彧也很愿意他这个皇上做个傀儡。

表面上，许县和冀州之间仍然维持着以往的关系，但荀彧知道，他这次是重重地惹恼曹操了。他只能将心思更倾注在如何收复江东上，期望以江东的一场战役，来修复与曹操的关系。和曹操往来书信中，他们两人都以为，对江东的一战不能再拖下去了。曹操今年已经五十有八，他所带领的青州军的原班人马，早在历年的征战中几乎消耗殆尽。身边的将领们，年龄也都日益增加。这只是其中一部分原因，另一个原因，就是在征战袁氏余党的这几年中，刘备和孙权也已经迅速成长起来，尤其是刘备，势力逐渐壮大，已成气候。

当年九月，荀彧与曹操定下征孙权计划。曹操随即上表，请皇上准许荀彧随军。奏章送到刘协手上的时候，早朝中，刘协第一次压下了奏章，没有立刻准奏。刘协的心里有种奇异的感觉，似乎只要他批准了荀彧离开许县，就再也见不到荀彧了。刘协压下了奏章，没有立刻回复，是很不寻常的。甚至在早朝之后，刘协也没有留下荀彧，而是转身就急匆匆进了后堂，留下不多的大臣面面相觑。荀彧也没有想到皇上会扣下奏章，但他只是奇怪，并不如何担心。只要他想要做的事情，还没有不成功的。征伐孙权他一定会参加的，不仅仅是为了与曹操修复关系，也是因为这将是他最后一次出现在战场上。

荀彧的心里跃跃欲试。下了早朝之后，他没有急于再拜见皇上，而是先回到尚书台。尚书台的公文都早已经整理妥当了，就是他不在这里，也不影响许县的运作。荀恽跟着荀彧来到尚书台，他的脸上带着点不安。

"父亲，"荀恽跪坐在荀彧身侧，帮着荀彧整理着公文，问道，"皇上为何会压下父亲随军的公文？"

荀彧笑道："许县已经没有多少大臣了，为父再离开，皇上大约是有些担心为父会一去不返。"

这个一去不返四个字出口，荀彧和荀恽就都是微微一怔。随军之前这话颇为不吉利，然而这话的本意，却并非他们此时忽然想到的。

荀恽急忙道："父亲即便是随军，也是在营帐内运筹帷幄。且有父亲亲自随军，能最快了解战局，才可以从容布置。收复了江东之后，父亲自然还是要回许县的。许县这边也离不开父亲。"

荀彧笑笑道："随军的事情是已经确定的了。皇上大约只是觉得突然了。晚些时间我再去觐见皇上，与皇上说明。"

荀彧的心里也微微有些异样的感觉。他们做谋士的人心里都有种叫作预感的东西，他脱口而出的"一去不返"这四个字，确实让他心里在意了。他站起来走到舆图前，专注地看着舆图上关于江东的地势，又看向荆州。曹操征战多年，陆地上的战役鲜有败绩，且军中的谋臣还有很多，这"一去不返"，大概是他多心了。

皇宫里，刘协站在台阶上，看着皇宫上的天空。临近初冬，天越发地蓝起来，白云一团一团的，到处都透着岁月宁静的感觉。然而荀彧离开许县的随军，却让刘协的心里不安起来。不安在哪里呢？荀彧为曹操最主要的谋主，不但能居中持重，而且足智多谋。想当年是荀彧追随了曹操，为曹操指定战略方针，随曹操上战场之后，曹操才逐渐战无不胜起来。就是在与袁绍官渡之战之前，曹操还要写信给荀彧，寻求荀彧的支持。江东这一块比袁绍还要难打，曹操想要荀彧随军指挥，出谋划策，也是应该的。只是他为何却心有惴惴呢？

荀彧虽然是大汉的臣属，也是曹操的谋主。荀彧与曹操之间的关系，可比与他这个皇上的关系亲近许多。为何荀彧离开，他会不情愿呢？刘协按按自己的心口，他不明白这种感觉来自什么地方。当听到荀彧求见的禀报的时候，他好一会儿才点点头。

刘协就站在台阶上，看着荀彧疾步躬身上前，远远地就叩拜施礼，他停了一会儿才抬起手来，吩咐一声免礼。荀彧仍然微低着头。这是臣子面见皇上该有的礼仪，荀彧从来都一丝不苟。初冬的阳光落在身上，暖融融的。刘协的视线迎着阳光，看到荀彧的面容隐在背光的阴暗里。两人的影子都拖得有些长。

"荀令君。"刘协先开口道，开口了，却又停顿了下，"你真要随军离开吗？"

荀彧再次躬身拱手道："是。臣与丞相商议过，征伐江东，当全力以赴。臣想要亲自参与，早日为我大汉收复江东，还大汉完整山河。"

刘协看着荀彧，荀彧微低着头，他看不清荀彧的表情，但荀彧声音里的真诚，他还是分辨得清楚的。他抬头又看看天空，只觉得阳光有些刺眼，他眯了下眼睛才接着道："朕听说，军师便是在千里之外，也可以掌控战场变化。江南气候潮湿，雨水偏多，易生疫病。荀令君年岁也快五十了，朕以为，荀令君还是不宜操劳。"

荀彧的心里微微诧异。他没有想到刘协会这么不愿意他离开许县。他忍不住抬起头来，却看到刘协的视线正看向遥远的天空。那眼神里有些许空洞，但是在视线落下的时候，刘协的眼神里重新恢复了些神采。荀彧一时有些怅然，忽然才发觉，皇上在这皇宫里好久都没有出去过了。似乎是从曹操离开许县到冀州之后，皇上就不曾离开过皇宫，连冬猎都取消了。

"皇上，"荀彧收收心情道，"征伐江东不比寻常。孙权在江东经营多年，上下已然一心。今又有刘备与之联合，势力更加强大。臣分析江东之势已有一段时日，然终究是纸上谈兵。战场局势瞬息万变，臣以为身在后方，并不能及时辨明形势。"

刘协看着荀彧，沉吟良久道："荀令君，当年你接朕来这许县，终于也要弃朕了。"

荀彧怔住了。冬日的阳光斜落在刘协的面庞上，映着他脸上的落寞，清清楚楚。一时，午时那句"一去不返"忽然再次出现在荀彧的心里，荀彧的心忽地一沉。"圣上，臣只是……"

刘协看过来，那眼神里好像带着疑问，又好像带着些深意，荀彧的声音不由顿了下，才接着道："臣待收复江东之后，就会返回许县。臣会一直在圣上身边。"

刘协看着荀彧，好久才微笑了下道："是啊。荀令君可要记得这话啊，记得回来啊。"

第八十章

程文倩依依惜别　到谯郡以为劳军

　　从皇宫离开，荀彧的心情也莫名地低落下来。皇上刘协最后几乎是真情流露的挽留，让荀彧的心里再生出些不太好的预感出来。他并没有将这种不好的预感带在脸上，回到家中，依然是和平日一般无异。这一段时间来，他在书房的时间要多些，不过这晚，荀彧却不想再去书房。因为今日无心的一句话，还因为皇上刘协的挽留，荀彧忽然想多和程氏待一会儿。

　　说起来成亲之后，他与程氏相处的时间虽长，反而不如成亲之前的交流多。这次离开许县，还不知道多久才会回来，他还要带走荀恽，一大家子就只能都扔给程氏。荀彧看着程氏替他收拾着东西，好一会儿道："虽说是军中，总也少不了我的东西，不用收拾许多。"

　　程氏笑着将手上的衣服平整地叠上道："不过是些衣物，这些都是我能做的。书房里就要恽儿帮着先生收拾了。"

　　荀彧笑道："明日再收拾吧，也不是这一两天就走的。陪我出去走走。"

程氏有些意外，将手上的东西放在一边，跟着荀彧站起来来到室外。这一夜天气晴朗，天边生出小小的月牙来，映着那一块的天雪亮，再远一点就暗黑下来。程府不大，可以游玩的地方也不多，荀彧接过下人手里的灯笼，照着程氏的脚前，两人并肩慢慢地往后花园走去。

"自己家里，我倒是好久没有走走了。"荀彧微微感叹着，"想起来就已经进冬了。"

程氏道："冬季花园里也有冬季的观赏处。去年花匠将院子里的花木弄了些景观造型，绿叶茂盛的时候，只看着郁郁葱葱，等到叶子落尽了，就看出枝条虬扎盘结，别有番景致。"

荀彧"哦"了声道："我自家里还有这等景致？"

程氏轻笑起来："先生日理万机，回家里来在书房的时间比在卧室的时间都要长，且这景观也是去年弄出来的，今年看起来才更好。我前几日还想着要邀先生来这后花园里转转的，只是看先生甚忙，不敢打扰。"

说话间两人来到了后花园内，走过了一座只有几步长的小桥，程氏接过荀彧手中的灯笼举起来，就见到小桥尽头一个大花盆中，一棵一人高的小树叶子几乎落尽，露出弯弯曲曲的枝条，在黑夜的灯笼映照下，那枝条果然如苍龙般虬扎盘结，只不过灯笼的光影黯淡，乍然看来，那苍龙般的枝条竟然有狰狞之意。荀彧的心微微跳了下。

"先生看，夏日里枝繁叶茂，就只看得葱郁，这等妙处，唯有这叶子凋谢的冬季才能观赏到。若是下了雪，枝条上落了厚厚的雪，那才更妙了呢。"说着微微嗅嗅，转身将灯笼举到别处，两人和花木的影子随着晃了下，黑夜里让人生出说不出的感觉。程氏却惊喜地道："先生你看，梅花都开了呢。"

在对面，几朵梅花悄然绽放，微风徐来，暗香也随着临近。程氏上前了几步，又回头招呼着荀彧道："先生，这梅花想必也是知道先生要远行，所以特特提前绽放了几日，就是为了让先生能看到呢。"

这话听在荀彧的心里，他的心又是一动。这话里的暗示，与白日里荀彧的"一去不返"几乎一致。荀彧的心怦然跳动了几下，却不动声色地走过去。灯笼黯淡的灯光下，果然一根枝条上盛开着四五朵娇嫩的粉色小花，花瓣颤巍巍的。

"先生身上的香气，比梅花的还要浓呢。"程氏忽然小声说道，说完似乎还有些羞意地转过身去。荀彧自小就喜欢熏香，这个习惯成家以后也没有改变，常年积累，身上的香气很是浓郁不散，只是少有人在他身前提及。程氏也是第一次提起，说完之后脸上不由就飞起一抹红晕。

荀彧不提防被程氏打趣了，之前心中升起的阴云一扫而空，他接过程氏手里的灯笼往上举举，灯笼映照着程氏绯红的面颊，荀彧也打趣道："夫人的面色也比这梅花还要红艳，你我老夫老妻，竟然也要与这梅花争奇斗艳呢。"

程氏忍不住笑起来，摸着自己发烫的面颊道："先生的身上本来就香得很，本来就比梅花的香气浓。"

荀彧哈哈笑道："这也是夫人的功劳，如今我要随军，可就少了为我天天点香的人了。"

程氏轻轻捶了荀彧的肩膀下："先生笑话我。"

荀彧就势捉住程氏的手，拉着她往前慢慢地走着："我从追随丞相开始，就随丞相攻打黑山黄巾军。那时候丞相只是一个校尉，丞相封我为司马。名为司马，其实总领全军，军队上下，丞相不在，全听我号令。打下黄巾军之后，丞相得青州兵三十万精锐，俘获妇孺流民百姓百万，全都安置在兖州。我还记得，当时丞相奔徐州，我留在鄄城，众将士都以我为一州屏障。"

程氏在荀彧身侧微微仰头，看着荀彧道："父亲曾与我说起当时之事，说郭贡来袭，点名要先生前去，先生就孤身一人前往，毫无惧意。以一人之力保全了鄄城。父亲每每提起，都佩服不已。"

荀彧微微笑笑："丞相从徐州返回之后，着实又打了几场仗，尤其是攻打濮阳的时候。"荀彧微微凝神，想起当日以为曹操战亡时的心情，那时候，他根本没有想到一路能走到今天。"之后，我就几乎没有亲临过战场，丞相每打下来一州一郡，都会交到我的手里治理。我也一直兢兢业业，竭尽全力。算起来也有二十多年了。这次前往江东，也大概是我最后一次随军了。文倩，你先生我也老了，今年都五十了。"

程氏不禁动容，她跟在荀彧的身边，听着荀彧对过去回忆的感叹，看着荀彧眼角的皱纹和头上已经生出的华发，心里轻轻地叹息一声。她其实是不想荀彧随军的。她想，她大概也是老了吧，所以才愿意丈夫儿子们都留在身边。

"先生这个年纪正当年，"程氏宽慰道，"丞相比先生大了八岁，还能征战沙场呢。"

提起这点，荀彧也不由得点头感慨着："是啊，丞相已经年近花甲，却还能披挂上阵。这让我想起战国时候的廉颇，都是老当益壮。"

"所以先生并不老。"程氏笑着道，"况且还有恽儿跟着，能时时照料先生。"

"等到这次之后，我就安稳地待在许县哪里也不走了。"荀彧转了一圈，再走回到小桥前，又看了一眼虬扎盘结的树枝，这一次大约是心情好了，看着这树枝的影子也不觉得狰狞了。微微摇摇头，在心里笑着自己。真是这么多年过得安稳了，所以才疑神疑鬼的。再看身边程氏，笑靥如花，一时心里有些激荡。他忽然加快脚步往自己的卧室处走去，左手握着程氏的手，右手的灯笼还不忘照着脚下。程氏微微笑着，也加快了脚步。

建安十七年（212）十月，曹操出兵南下，再次征伐孙权。荀彧从许县离开，身边只带着长子荀恽。离开许县的当日，荀彧并不知道皇上刘协站在皇宫的最高处目送着他离开。他是带着雄心壮志离开的，也并不知道，他一语成谶，果然是离开这许县，便一去不返。

荀彧并没有到冀州，而是直接来到谯郡劳军。曹操已经先行一步来到谯郡了，听闻荀彧前来，亲自出兵营十里外迎接。远远地荀彧看到曹操的帅旗，心内不由生出感动来，待看到曹操坐在马上眺望过来，不由得眼眶微微一酸。待到近前，二人一同下马，荀彧抢上几步拜倒："参见丞相。"

曹操早已经赶过来，不待荀彧拜下，就已经扶起来道："先生是代替皇上前来劳军，算起来我应该向先生先施礼的，先生快快请起。"

荀彧抬头，一眼就看到曹操两鬓生出的白发，再看曹操面容，威严盛重，只是额头的周围和两鬓的白发，显出他已经不再是年轻人了。荀彧一时嗓中有些干哑。

曹操笑道："以前每有出征，都是先生送我，每有归来，也是先生于十里长亭外接我。如今我来迎接先生一次，先生为何如此激动？"

荀彧深深地吸了口气道："几年未见丞相了，不由想起第一次初见丞相之时。"

曹操接道："当日我只听说先生王佐之才，头一次见到先生，就惊叹先生才华。当日先生与我长谈天下之事，我犹记得心中感叹，以先生为我子房。这些年来，是先生辅佐我，才让我从当日一个小小的校尉，成为如今大汉的丞相。"

曹操挽住荀彧的手臂，二人并肩而站："若无先生，就无今日我曹操啊。"

荀彧心中感动道："彧得丞相赏识，才得以将一身才华奉献于丞相，丞相于彧有知遇之恩。"

曹操微微一笑："先生于我，也有辅佐之情。"

两人携手，一起往前慢慢地走着，随行的人跟在身后，曹操与荀彧说道："我已经在大营内备下了宴席，说起来你我已经好久没有在一起畅快地喝一杯了。"

想起上一次与曹操相见，还是迎接曹操从乌桓得胜而回，只不过那一次曹操率军虽然大胜，郭嘉却病逝在乌桓。到现在一晃就五年了。

军营大帐内果然已经准备好宴席。曹操一贯军纪严明，军中不能饮酒，便是以茶代酒，众位将领连同程昱、荀攸都在，其中大多都是很早就跟随曹操的，与荀彧也都熟悉，便是文官军师，也多是荀彧提拔或举荐的。此刻彼此都是多年未见，见面倍感亲切。宴席中大家纷纷敬向荀彧，回忆起曾经往事，与吕布当年几次战斗，全都记忆犹新。曹操感叹道："当日吕布轻骑，战无不胜，却也在先生疑兵计谋之下，屡战屡败。可惜了一员战将，却做三姓家奴，反复无常，不得善终。"

夏侯渊在一旁大笑道："丞相战场上勇往直前，手下败将何止那吕布，便是袁绍四世三公，曾为盟主，不也落败在丞相手里，将这大好山河拱手相让于丞相。"

说到大好山河的时候，在座的各位都微微瞟了眼荀彧，只有曹操微笑着端着茶杯，似乎并没有看出什么。荀彧也笑着道："丞相乃彧见到的最为英勇之人，身先士卒，杀伐果断。想官渡之战，丞相用十分之一的军力，拖住袁氏大军半年之久。乌巢奇袭，彻底扭转了战局。又仅用了不到四年的时间，就收复了整个青、幽、并、冀四州。皇上在许县也曾赞叹过丞相的丰功伟绩。"

提到皇上，荀彧往许县的方向拱手，话毕，又举杯向曹操道："彧对丞相钦佩不已，彧请敬丞相一杯。"

曹操端起面前茶杯，与荀彧遥遥一举，接着一饮而尽。

放下茶杯，曹操才道："我已经向皇上请旨，先生在军营时，以侍中光禄大夫持节，参丞相军事。"

荀彧代表天子劳军，自然要持节。且这侍中属于丞相的下属，本是荀彧原有的官职，还予以保留。却又给荀彧多个光禄大夫的头衔。这个头衔其实不过是虚职，但俸禄比尚书令的官职高一倍。最主要的是"参丞相军事"，这才是荀彧随军的主要目的。

荀彧拱手谢恩，宴席依旧，话题逐渐说到刘备身上。程昱说道："刘备还驻守在荆州，这两年招兵买马，日益强盛，与孙权结有联盟。如果我们先攻打刘备，孙权必然会举兵相助。如果我们直接攻打江东，刘备也会相助，以使我们首尾不顾。"

大家纷纷点头，荀彧也点头道："荆州向西可以进益州，东可取江东，此为兵家必争之地。刘备投奔刘表，一直领兵在荆州，对荆州图谋已久。如果再失了荆州，益州就也不保，就失了存身之地。所以，这一次打孙权就是打刘备，打刘备就是打孙权。"

第八十一章

离别前旧事重提　空食盒恩断义绝

宴会之后，荀彧就留在了军营内，不过能见曹操的时间不多。而且从那天的宴会之后，荀彧甚至还生出一种微妙的感觉，就是曹操似乎在回避着他。好像宴会和之前的迎接，曹操已经完成了任务般。这让荀彧的心情很是不好。而这一日他竟然被告知，大军即将开拔，他却不会随军，而要留在谯郡。荀彧惊讶了。晚上，荀彧前往曹操大帐，这一次他没有受到阻拦，进入曹操军帐之内。

曹操的军帐很整洁，军帐里的案几上，公文摆放得整整齐齐，大帐内的物品也收拾了一些，在做拔营的准备。见荀彧进来，曹操笑着道："军营内一切都简陋，这几日先生劳心了。"

荀彧躬身施礼，抬头问道："丞相拔营，如何留彧在谯郡？"

曹操道："大军开拔，沿途颇为劳累，我闻先生这几日水土不服，身有不适，不宜再行随军。"

这几日荀彧身体是有微恙，但还不到不能随军的程度，曹操此言，实为推诿。荀彧自然听出来了。他很是奇怪，一时却不知道如何说，就听到曹操道：“好久没有与先生聊一聊了，今日正好有时间，先生请坐。”

二人跪坐下来，曹操使人送上茶来，自己端着茶，看着茶气袅袅，微微出神了一会儿，道：“我还记得先生有一日为我沏的雀舌，我本对茶并不讲究，不过那雀舌却让我记忆犹新。一想到那一片片茶叶如刀尖林立，心中就生出豪气来。只是之后再沏茶，纵然是雀舌，也难有先生那一次那一杯难忘了。”说着却是将手里的茶杯放下，看着荀彧道，“先生有没有那种感觉，就是回不去了。”

荀彧怔住了。回不去了？他心中生出若干种念头，却不知道哪一个才是回不去了。当然不是雀舌，可会是什么？

曹操好像自嘲地笑笑，又端起茶杯喝了一口：“先生秉承心志，自然从不挂怀。”

荀彧忽然明白了，曹操这是在表达其不满。或者是因为最早的复九州，又或者是因为他推拒三公，还因为之前的晋爵国公，九锡备物。荀彧想要张口说我们都是汉臣，怎么能背主求荣。可这话在曹操的面前他开不了口。不是他心虚，而是每一次他拒绝曹操的提议，曹操都没有再提过。就是刚刚，也只是委婉地表达了他心中的不快，却也并没有责备他什么，以至于他要辩解，都无从开口。

彼此相交甚深，彼此都太了解了。有些话是不用说的，说了只会让彼此难堪。荀彧默默地坐着，他想起曹操的迎接、宴席，如今的这一壶茶，好像真是为了做到而做到的。可为什么要同意他来劳军？为什么要给他“参丞相军事”的职位？

曹操缓缓地喝着茶，一口一口的，大帐里的气氛极其压抑。终于，曹操将一盏茶水都饮尽，放下茶杯似乎很随意地道：“前日樊普求见我。”

荀彧闻言，惊讶地看着曹操，曹操也正看着荀彧，彼此目光对视，立刻全明白对方视线里的含义。

樊普，是皇后伏寿母亲的弟弟，也是皇后的舅舅，他来，是为了……什么？

曹操看着荀彧的眼睛，他的神色在不觉中沉下来，语气也沉下来："我原以为只有董贵人那次的衣带诏，原来……"

荀彧看着曹操，无言以对。当日伏完找到了他，试探了他，他赶走了伏完，将一切都压在了心底。因为他知道伏完是没有力量对抗曹操的。而伏寿毕竟是皇后，不是贵人。但这一切此刻说起来必定是苍白的，苍白到荀彧连解释都无法解释。

曹操的视线落在空空的茶杯上，神色一点点冷下来："天色已晚，先生身体还不好，该早些歇息了。"

荀彧默默地站起来，微微躬身施礼，后退几步转身离开。他没有看到他转身的时候，曹操的眼神露出一抹犀利，一直落在他的后背上。

曹操大军开拔，荀彧和荀恽一起留在了寿春。许是因为南方气候的不适，也许是因为曹操最后的态度，荀彧真的病倒了。时间已经进入了冬季，寿春的气候却还是湿润，湿冷的空气仿佛无孔不入。室内的炭火燃烧得已经很足了，然而荀彧还是觉得很冷。不仅仅身上冷，心也冷。他一次次回想着最后一次和曹操见面，回想着曹操沉下来的神色。他不应该一言不发的，他应该解释的。

荀彧低声地咳嗽着，起身坐起来，披上了外衣，坐在了案几前。他铺上了一张信纸，却又出神地看着信纸，迟迟没有动笔。曹操真不知道他的心意吗？还是不想知道？

"父亲！"门响了下，荀恽推门进来，手里捧着个食盒，见到荀彧坐在案几前，忙上前疾走了几步，将手里的食盒放在一旁的小几上道，"父亲如何起来了？丞相知道父亲身体不适，食欲不佳，派人送了食盒给父亲。父亲要现在看看吗？"

荀彧这一日只有晨起的时候喝了碗粥，此时虽然不觉得饥饿，但是听到曹操送来的食盒，不由微微一笑道："正有些饥了。"

荀恽忙将案几上的纸张挪开，将食盒恭敬地摆放上去，接着将食盒打开。二人一起看向食盒，却都是忽然一怔。盒盖打开，食盒内却空空如也。荀彧与荀恽二人看着空空的食盒，视线缓缓抬起对视，就见荀彧面色忽然大变。

荀恽还未能明白，诧异地道："这是，装错了？儿子去问问。"

荀彧忽然一抬手，抓住荀恽的袖子，荀恽一停，就见到荀彧脸色惨白，抓着他袖子的手在微微颤抖着。

"父亲？"荀恽叫道。

"不用去了。"荀彧的声音忽然嘶哑起来，他看着空空的食盒，看着案几上刚刚要书写的纸张，视线再回到食盒上。

"不用去了。"荀彧再低低地说道，"丞相……"

荀恽的视线在食盒和荀彧之间徘徊着，他迷惑了下，忽然间恍然大悟，一把反抓住荀彧的衣袖，叫道："父亲！父亲！丞相他！他……"

荀恽的嘴唇抖了起来，他抓着荀彧的胳膊是那么用力，用力到指甲都发白，手背的青筋都暴胀起来，他不敢相信地看着荀彧，想要说是错了，可却一句话一个字都不再能说出来。

荀彧抬起手，轻轻拍拍荀恽的手背，那手势满是安慰，可他的心里却全是苦涩。他的心如晴天霹雳炸响，他没有想到，他真心没有想到，曹操竟然对他起了杀心。这次劳军之前就起了杀心。

"错了，不是，父亲，是拿错了，不是……"荀恽语无伦次道，可眼前空空的食盒那么刺眼地就在眼前，以丞相的军令，谁又敢犯下这等过错呢？

"恽儿啊，"荀彧轻声叫道，"为父我竟然没有想到啊……"

怎么竟然没有想到呢？他以为他在曹操心目中的地位是独一无二的，他从投奔曹操以来，殚精竭虑，倾尽全力，他以为他于曹操的功劳，绝无仅有，也以为曹操是一位明主，一位足可以完全托付自己的明主。他完全不曾想到，他最后于曹操也是一块绊脚石。

"恽儿啊，这不怨丞相。"荀彧再拍拍荀恽的手背，将他的手放下来，他将食盒轻轻地扣上，微微叹息了声，"是为父我……"

他什么呢？他一心匡扶汉室，以江山为大汉天下，他要做良臣忠臣，要名垂青史。他没有看到这天下是曹操一刀一枪打下来的，没有想到人心是会变的，没有想到年轻时候的正义，终究会在历史长河的变迁中改变。

"是为父我自负了。我只以为我思维缜密，能看透人心，却自傲了，以为为父我于大汉与丞相都是不可或缺的。"

"父亲，这不公平！"荀恽叫道，"父亲，您为了大汉为了丞相全心全意，丞相凭什么，凭什么要……"置父亲于死地这话却怎么也说不出口。荀恽的脸上全是愤怒，他忽地站起来，"父亲，我要追上丞相，我要去问问他！"

荀彧摇摇头，抬手招呼着荀恽："先坐下。"

荀恽站了一会儿，才慢慢地走回到荀彧身边坐下。

荀彧将案几上空空的食盒端起来，放到一边，对着空空的案几出了会儿神，问道："恽儿，我问你，你以为丞相为何要我死呢？"

荀恽的眼睛使劲地闭上，再睁开的时候，满眼里全是痛苦："儿子听闻，父亲曾几次拒绝丞相的提议。"

荀彧微微笑了下："是的，最近的一次，是拒绝了丞相的晋爵国公，九锡备物。"

荀恽抹了下脸，看着荀彧："父亲，这天下究竟是谁的我们不管还不行吗？父亲您操劳了半生，不论是对皇上还是丞相，都对得起了。父亲，我们不做尚书令了，什么也不做了，我们回家，我们只做平常老百姓还不行吗？"

荀彧扭头看着荀恽笑了："恽儿啊，你都已经成家了，还说什么傻话。这大汉天下，为父是说抛下就能抛下的？退一步说，为父就算辞了官，这满朝的文臣，丞相身边的军师，又有几个不是为父举荐的？为父我在朝堂上的分量太重了，重到只要为父拒绝，丞相从来不说二话。重到只要为父站在这里，丞相的很多事情就无法做，也做不成。"

荀彧看着荀恽痛苦地闭上眼睛，他轻轻地摇摇头道："你看，丞相想要九锡，想要成国公，想要称王。我想啊，冀州大部分官员是赞成的。凭什么丞相不得称王呢？这兖州、徐州、豫州，这青、幽、并、冀四州，哪一寸土地不是丞相亲手打下来的呢？真真是丞相亲自带兵，一刀一枪，出生入死打下来的啊。那些跟着丞相出兵的，都亲眼看到了，也都看到了越是危急的时候，丞相越是身先士卒。大家都是打心里敬佩丞相的。为父我也是深深敬佩的。

"当日，丞相想要复九州，我以天下未曾大定为由，劝阻了丞相。当时，为父我没有想到丞相的想法吗？丞相没有与为父争执，只是在日后杀了孔融以泄愤。后来，丞相想要封赏我为三公之一。这一次，我没有直接拒绝，而是让公达为我推拒。据说，公达足足推辞了十几次。啊，恽儿，你还记得丞相为我请封的奏章吗？这次我带出来了，就在……"

荀彧抬头，指着卧房一角的箱子："在那里，你拿来给我。"

荀恽站起来，从箱子里取出厚厚的一叠奏章，找到其中之一，放在案几上，荀彧翻开，看着其上熟悉的字迹，轻声念道："时兵少粮尽，图欲还许，书与彧议，彧不听臣……彧之二策，以亡为存，以祸致福，谋殊功异，臣所不及也。"

荀彧的脸上逐渐浮现出微笑，透过奏章，他好像看到之前与曹操在一起把酒言欢，共商大计，也看到曹操在书写这份奏章时神情的专注。"丞相善诗文，知兵法，文采卓然。这篇奏章写得都让人如身临其境，读起来心有澎湃。我所做的，丞相实际上都看在眼里的。"

荀恽的眼角湿润了，他微微侧头掩饰地眨眨眼睛。

荀彧将奏章轻轻合上，又道："我一直当丞相为主公，我若是为三公之一，便是与丞相平级，置丞相于何地？我的坚辞，当时已然让丞相不悦了。然丞相也不过废了三公，复丞相制度。直到不久之前九锡的提议，当时，丞相还是先派了公达来，向我小心翼翼提前说明。我却忘记了事不过三，甚至言辞凛冽。"

荀彧轻轻抚摸着奏章的封皮："丞相一直当我是他的子房，而我心里……"

他的心里，将丞相曹操放在何等地位呢？荀彧绝不承认是将曹操放在第二位的。他对曹操的忠心，日月可鉴。不然，他怎么会为曹操出谋划策，迎驾迁许，挟天子以令诸侯？然而，对曹操称王甚至改朝换代的做法，荀彧知道他是绝对不会赞成的。因为他的心里，他终究是大汉的臣属，他可以为大汉赴汤蹈火，可以容许曹操的权势大过皇上，但这是有先决条件的，就是，他和曹操，必须还是大汉的臣属，大汉的官员。

第八十二章

为家国舍生殉节　情已断人过留痕

荀彧坐在案几之前，默默地回忆着他这一生，意外的最鲜明的却是第一次新婚那天，他第一次见到何颙，何颙就执着他的手，说起那句"王佐之才"的情景。他还记得那天的新婚，于洞房花烛，秀娘看着他爱恋敬仰的眼神。他好久好久没有想起秀娘了。他接着想起永汉元年（189），被举孝廉，任守宫令，短短几个月他就弃官归乡，接着说动全族举族迁往冀州。他本来是要投奔冀州袁绍的，却在与袁绍交谈之后，改为投奔当时还是校尉的曹操。然后，就是这漫长的二十一年，直到今天。

今天之前，曹操并不曾亏待过他，然今天，曹操却要夺他性命。过往的一切，原来终是浮云啊！

"恽儿，以后荀家，就靠你了。"荀彧转头，爱怜地看着荀恽。

"父亲！"荀恽猛地抬头，满脸是不敢相信，"父亲，咱们回去，咱们回了许县去！"

荀彧微笑了下道："恽儿，为父就是能逃过这一劫，以后呢？荀家上下，那些受为父举荐的谋士，你的堂兄公达，还有我的岳父程昱，你让他们怎么办呢？你让为父在以后的日子里，又如何与丞相相处呢？"

荀恽张口结舌，一句话也说不出来。

荀彧悠悠地道："这几十年来，为父我一直站在高位。既然享受了高位者的权势与荣耀，就要承担站在这位置上面临的风险。"

"父亲！"荀恽低声叫道，眼泪终于盈于眼眶中。

荀彧停顿了会儿，才道："恽儿，为父还有几句话要与你说。"

荀恽擦拭了下眼泪，跪下来，缓缓地伏下了身子。

荀彧看着荀恽，眼眶也不由发酸。他想，皇上说得没有错，他终究是意难平啊。

"恽儿，我死之后，你要立刻向丞相报丧，只说我忧虑而亡。"

荀恽的头重重地叩在地面上。

"为父我颇有功绩，声望也高，如今能顺从丞相之意，丞相必然会有所愧疚，就会善待我荀家。恽儿你秉性纯良，又得丞相之女为妻，丞相日后会善待于你。你与俣儿多受你们母亲抚养，日后，也要善待你们母亲，不要让为父我在九泉之下不安。"

"是，父亲放心，儿子一定孝敬母亲，善待弟妹。"

荀彧笑着点点头："起来吧，为父也有些饿了，给为父整桌饭菜。"

看着荀恽退下，荀彧脸上的笑容缓缓消失，他落寞地抬头，看向冬日的窗口。窗外不知道什么时候阴下来了。寿春的气候，十天里有七八日都是阴天，见到阳光都是很难。荀彧看着窗口一会儿，慢慢地站起来，来到墙角的箱子前，打开箱子，将其内的一摞摞纸张搬了出来。每抽出一份，他都打开看看。这里有从许县带出来的奏章，有自己闲暇时候想到的时事，写下的心得，也有于每一场战役之后的想法补充，也有最近对江东局势未来战场的构想。他将这些记录自己心得的纸张都放在一边，再将奏章公文都放回到箱子内，捡起最上面的一张纸，轻飘飘扔进了火盆里。

火倏地燃烧起来，将纸张上的字迹吞噬。那是他的心血，是他为曹操呕心沥血的证明，是他智慧的结晶。然而这一切都没有用了。他不想将这些作为遗物留下来，不想任何人再看到这些，以为曹操对他不公。也不想曹操看到这些，心生悔意。

只要他死了，只要他的死讯传到曹操的耳里，他一定是会后悔的。不看到这些，也会后悔的。

他烧掉这些，只是因为这些留着也没有意义了。留给谁呢？

荀彧再扔上去一叠纸，看着其上"江东"的字迹燃烧在火舌中，看着灰烬在火舌中微微动动，然后塌落下去。

房门再次被推开，荀恽走进来，无声地跪在他的身边。

一摞纸并不厚重，很快就都变成了火盆里的灰烬，房间里因为燃起的火而温暖了些。

"我许县的外书房内，有一个盒子，里面都是丞相与我往来的书信。回去之后，你将箱子封上，使人送呈丞相。书房内除了藏书，所有我手写的文字，全都烧毁。"

"是。"

荀彧侧头，看着案几上那封奏章，荀恽忙取过来，双手奉于荀彧，荀彧道："这些奏章都属于往来公文，回去之后清点了，交予尚书台。"说着将奏章丢在箱子内，压下盖子。

仿佛一切都随着箱子盖子的合拢而尘埃落定。盖子合上的一刻，生死也就落定了。荀彧抚着胸口，低声咳嗽了几声，随着荀恽扶过来的手站立起来。

这一切其实早就有预兆的，一去不返，如今一语成谶。他想起临离开许县之前那晚后花园内虬扎盘结的树枝，提早绽放的梅花，悠悠袭来的暗香，以及文倩的惜别。想起皇上刘协扣下迟迟不发的旨意。想起临到谯郡军营里曹操的迎接、宴席，大军拔营之前曹操的旧事重提。

他怎么会吝惜这一条命，来给荀家招祸，让曹操为难呢？他毕竟半生以曹操为主，半生为曹操主谋，他这点胸襟还是有的。只是终究，意难平啊！

建安十七年（212）冬季，曹操统一大汉江山的首席功臣、谋臣，一代伟大的战略家、政治家荀彧，长辞于寿春，享年五十岁。

曹操军营，此时已经是夜幕时分，整个军营都沉寂在黑夜中，唯有守卫的士卒们每隔一段时间走过，才让军营稍微有一点活力。大帐内，曹操已经沉浸在梦乡之中。忽然，曹操从梦中惊醒，一手抚心。远处传来打更的声音，不那么清晰，他的心怦怦地跳动着。地面的炭火在这一刻忽然熄灭，青烟升起，大帐的门帘好像动了下。

曹操坐起来，凝视着门帘，但门帘好半天都没再动。

忽然，外边传来急促的脚步声，脚步声就停在大帐的门口，有人在门外急促地叫道："丞相，寿春急信！"

曹操披上外衣道："呈上来。"

大帐内的烛光被点燃，熄灭的炭火盆也换了新的。曹操站起来接过信封，见上边火漆封口，题头写着：丞相亲启。落款却是"荀恽"二字，曹操的心忽地再一跳。他将信口扯开，抽出信纸，只见其上一行字写道：家父上荀下彧，忧虑过度，于日前不禄。

好像有什么东西从心口落下，曹操的心瞬间空了下。他抓着信纸的手不由得抖了下，视线落在"不禄"二字上。时间好像在这一刻停止了。

"丞相……"

曹操的手摆了摆，说话的人躬身退后，离开大帐。

曹操缓缓坐下来，视线再落在信纸上，看着其上寥寥几行字，尤其是看到"忧虑过度"这四个字的时候，忍不住移开了眼睛。这明明是他想要得到的结果，为何得到了，他的心却空落落的？门帘一动，曹丕走了进来，一阵寒风跟着进来，随后又被门帘阻隔在外。

"父亲，"曹丕道，"儿听说寿春急信。"

曹操微微点头，将信递过去。曹丕接过，匆匆看了一遍，脸上露出喜悦的神色："父亲，如今……"曹丕抬头，看到曹操的面色，话立刻就停顿了。

曹操的神色看起来很平静，但是眼眸中却掩饰不住一丝难过。

"父亲。"曹丕轻声道。

"我与先生，相交二十二载。"曹操忽然开口道，"与先生初次见面，好像就在昨天。"

曹操看向大帐的门口，视线却好像看到了门外，看到了过去。无数与荀彧相处时的点点滴滴全涌上心头，那么多，那么多，却又如过眼烟云般，匆匆消失。他抬起手想要抓住，所有的一切却忽然从眼前消失了。

"父亲，尚书令不禄，需要上报朝廷，也要通报臣属，不宜拖延。"曹丕急促道。

曹操半晌点点头："你去办吧，要丞相府先拟定个谥号出来。"

"父亲，逝者已矣，您要宽心。"曹丕轻轻说着，躬身退下。

逝者已矣啊。曹操在心里重复了一句，可谁知道这逝者已矣的缘由呢？他看向手边，才发觉那封书信已经被曹丕带走了。

荀彧果然是明了他的意思啊，也果然是明了他不想明着撕破了脸面，果然是保存了彼此的一丝体面。曹操想要笑一下，因为之后再不会有人违逆他了，再不会有人要他"秉忠贞之诚，守退让之实"，他所有的宏图伟略都能施展，他所有的愿望都会实现。可为什么他却觉得心里空落落的？曹操的手重重地按着心口，他感受到心脏怦怦的跳动，他想要高兴起来，想要笑起来，可脸上却做不出一点表情来。

曹操慢慢地站起来，走到案几旁，打开了一个盒子，盒子内一摞摞信件整齐地摆放在一起。他拿起最上面一封，抽出信纸展开，看着上面的字迹：荆州为兵家重地，得之则与江东威胁甚重，是以若取江东，必先得荆州。余以为……

曹操默默地读完，接着捧着盒子在案几上，再拿起下边一封。他一封封地读着，荀彧所有与他的信件都在这个盒子内，所有的信件他实际上都不止读过一遍，都能默诵下来，可他还是一封封地拆着，读着。读到那封"本兴义兵以匡朝宁国，秉忠贞之诚，守退让之实；君子爱人以德，不宜如此"的时候，他多在心里读了一遍，微微摇头，在心中说：这些都是过去的了，人心是会变的啊。他将信折上，放到一边，再看向下一封。一直到最后一封。

这一封信是他在徐州收到的，他还记得，那时候他带兵离开兖州，奔泰山郡追查父亲被杀的缘由，到泰山郡后，泰山太守却人去楼空，他大怒后做下屠戮徐州举动之前，给荀彧书信一封。这最底下的一封信，就是荀彧当时的回信。信里没有那些所谓大义之言，也没有不满，只是告诉他，他荀彧会在兖州等着他，会替他守好兖州。

曹操的手落在这最后一封信上，好半天才打开，他的视线却再也无法凝聚在信纸上了。这一刻他才终于意识到，荀彧彻底地离开他了。

曾经将家产倾力相助为他征兵的挚友，为他留守住鄄城、东阿、范县的一州屏障，在吕布与徐州之间做出正确决断的谋士，力主他迎驾许县的功臣，劝阻他守住官渡以取胜、击垮袁绍收服河北，让他不论走到哪里，都放心粮草辎重、放心后方的尚书令，他每有大事都能支持他给他方针策略，都能让他取胜的人，彻底离开他了。

曹操的眼泪终于落了下来，他微抖着手，将所有的信件按照顺序一封封地放在盒子内，看着盒子良久，才轻轻地扣上，亲手写了封条，将盒子严丝合缝地封上。仿佛要将所有的记忆全收在盒子中，将所有的感情、感激、不舍尽数封闭进去。

然而，封条能封住这些信件，能封住回忆，却封不住曹操此刻心里疯狂涌出来的内疚。他并不后悔赐死了荀彧，然而并不等于他不会内疚。他的心里满是最后一次荀彧离开时脸上的落寞，他的拳头忽然重重地落在案几上，痛哭出声。

大帐外，荀攸、程昱、贾诩、司马懿都站在外边，程昱已经抬起手想要推开大门，却在听到哭声的时候停下来。他们默默地站在外边，任凭冬日里夜风的寒气侵蚀到身上、脸上，让他们的眼睛潮湿。

第八十三章

叹敬侯恪守誓言　荀令君名垂千古

　　荀彧的死讯被快马加鞭从曹操的军营中直接送到许县皇城。荀彧不在许县的这几天，早朝几乎都停止了，这一天却有一封来自谯郡的公文，送到早朝上。从来往来公文都是先送到尚书台，再由尚书台送到刘协的手中，这一封公文直接送到了皇宫内时，早朝官员们的议论都停止了。

　　刘协接过信封，一眼就认出是曹操的笔迹。他眉头微微挑起，将信封展开，却在展开的刹那，一下子从宝座上站起来，面色大变。群臣俱都惊疑，眼睛一眨不眨地看着刘协，却见到刘协将信件从头到尾匆匆看了一遍，眼圈忽然一红，眼泪扑簌簌落下。

　　"皇上！"

　　"皇上！"

　　群臣们大惊，纷纷叫道。只见到刘协抓着信纸，抬眼看向他们，哽咽了一声："荀令君，逝了！"

　　荀彧的死让刘协备受打击，他连退朝都没有说，就直接离开了大殿，只留下大殿上群臣面面相觑。刘协心中悲痛欲绝，他将自己关在了书房内，谁也不见，从早朝还没有结束一直到过午，一直到夜幕降临。

荀令君啊，这位唯一能护住他保住他皇位的人，没了。

伏寿站在书房外，即便是身为皇后，没有皇上的准许，她也不敢闯进书房的。送进去的饭菜被原封不动地端出来，再送进去，再被端出来。

"皇上。"伏寿在书房外低声叫道，"您已经将自己关在书房内一天了。"

好一会儿，书房的门被打开，伏寿走了进去。

刘协独自坐在书房内的烛光下，他的神色木然，见到伏寿进来，才转过头。

"皇上，您一天没有吃东西了。臣妾很是担心。"伏寿跪坐在刘协的面前，仰头看着他。

刘协看着皇后，眼神里的神采早已经消失，他忽然低低地道："皇后，你知道吗？能保住朕皇位的人，能保住你我的人，没了。"

伏寿神情大变，急切地道："皇上！"

刘协木然地看着伏寿，低低地道："一定是荀令君拒绝了丞相晋爵国公、九锡备物，惹恼了他。荀令君的身体一向很好，就是南方潮湿，水土不服，也不至于一病不起。皇后，你知道吗？丞相的奏报上说，荀令君是因病和忧虑而亡的。不过是打一个江东，连河北都平定了，袁绍都灭掉了，江东如何值得荀令君忧虑到人还没有到，仗还没有打，就亡故？朕不该放荀令君离开，他若是不离开许县就好了。"

"皇上。"伏寿只低声叫了声。

刘协闭了下眼睛："当初，朕直接将九锡赏赐了就好了。是朕的错啊。"

都是他的错。他以为有荀彧顶在前边，就有他的高枕无忧。丞相的心真狠啊！荀彧对于丞相多么重要啊，他为了丞相付出了那么多，最后竟然被……刘协不相信荀彧是病死的。世上哪里有那么巧合的事情，荀彧在许县待着好好的，离开许县就会病故呢。

是啊，荀彧活着，就拦了丞相的路呢，丞相现在只要求一个区区的国公、九锡都得不到，若是荀彧活着，丞相如何能称王？如何能谋逆？如何能夺了汉家的万里江山？所以，荀彧必须死的啊。可荀彧不是谋士吗？不是运筹帷幄于千里之外吗？不是能谋定天下吗？他算定了天下，如何就没算定丞相的心？没算定自己的命？

刘协缓缓站起来，他的身体有些摇晃，伏寿想要扶他，却被他摆手拦住了："朕没有事，朕只是有点……"他只是有点难过，有点伤心，为大汉，也为自己。

刘协摇摇晃晃地走出书房，走到大门外台阶上的时候站下。他抬起头看向天空。天上满是阴云，不见明月，亦不见一颗星辰，让他想要找到天空缺失的是哪一颗星辰都做不到。

刘协的眼泪终于夺眶而出。在这个冬日的夜晚，他站在台阶上哭得不能自己。他哭的是他终于失去了一个忠于大汉的臣子，他失去了能护佑大汉的人，大汉天下百年基业将要毁于他的手中。

荀彧已逝，谥号拟定了若干，送于曹操手中，曹操均都不取，最后亲自拟定谥号为"敬"，以"敬侯"谥号，命荀恽扶棺，随军大臣并曹操皆送出寿春数十里外，返回冀州祖家安葬。曹操返回军中，立刻率大军开始南征孙权，仿佛要将一腔怒火全宣泄在江东的战局上。

建安十九年（214）正月，曹操率大军至濡须口，攻入江北，孙权亲自率军七万前来抵御。双方相持，曹军水战失利。恰逢春雨瓢泼，江水上涨，曹操遂撤军北还。兵至寿春，正赶上荀彧百日，思及荀彧过往及最后一面，曹操心中怒恨交加。如若不是那一日之前，樊普求见提及伏完曾游说荀彧，他如何能下了杀心。想及此事，更是怒从心头起，当下立刻亲自动笔，替刘协写下废后诏书，派御史大夫郗虑同尚书令华歆一起带兵，前往许县。

在荀彧病故的消息传来之后，许县的一切歌舞和宴会就全都停止了，除了每日的早朝，刘协就都待在后宫内，想起荀彧的往事，就会痛哭不已。荀彧的百日这天，他忌了一日的荤腥，只食用了些白粥，第二日心情还是怏怏。曹操军事不利，从江东返回的消息传来之后，刘协忽然不安起来。他感觉到一定会发生些让他无法预料的事情。

几天的早朝，他都盼望着有军报过来，或者冀州再发生什么大事，江东也最好发生点什么。可是这几天没有任何战报传来，这几天的早朝也都平平安安地过去了，刘协的心稍稍放下了一点。可就在这一日早朝刚过，曹操手下御史大夫郗虑同尚书令华歆忽然带兵闯进皇宫，手里持着曹操代替刘协写下的废后诏书，以"阴怀妒害，包藏祸心，弗可以承天命，奉祖宗"的罪名，搜捕皇后。

刘协大惊，眼看着兵士们闯进后宫，他竟然阻拦不住。后宫中宫人都被驱赶到一起，兵士们一间屋子一间屋子地搜找皇后，皇后的两个皇子哇哇大哭着被抱了出来，刘协站在后宫门口，心冰冷冷一片。他面色青白，看着皇子们被兵士们抓着，看着皇子们哭喊着"父皇"，看着皇后伏寿也被士兵从后宫中拖出来。可怜平日里高贵无比的皇后，如今却披头散发，大冬日里赤着双脚，见到刘协，忽然挣脱开抓着她的兵士的手，扑倒在刘协身前叫道："皇上，救救臣妾！求皇上救救臣妾！"

皇后伏寿虽然不是他的结发妻子，却也是陪伴着刘协走过最艰难岁月的身边人，是他在许县里唯一剩下的安慰，也是他两个皇子的母亲。刘协想要伸手扶起皇后，可华歆早了一步，一把就将伏寿从刘协身上拉开，喝道："皇上已经写下了废后的诏书，来人，将伏寿拉出去！"

刘协的手伸在半空中，他甚至都来不及触碰到伏寿的衣袖，他看着哀求地看着他的皇后，无奈地垂下了手，道："皇后不过是先走一步，朕也不知道朕的命，什么时候会结束。"眼看着皇后从他的眼前被拖走，连同两个皇子也被抱走，刘协终于忍不住问郗虑道："郗公！这还是朕的天下吗？"

这天下大约不久就不是他刘协的了，也不是他大汉的了。他身为皇上，身份地位至高无上，可却连皇后和自己的亲子都保不住。刘协浑浑噩噩地站着，直到军士们全都退出了皇宫，才摇摇晃晃地坐在了门口的台阶上。

春季的阳光明晃晃地落在他的面颊上，刘协仰望着阳光。那阳光分明是刺眼的，他的眼前却全是黑暗。他看不到未来，看不到任何希望，他的生命里，没有剩下什么了。

"来人，拟旨！"

建安十九年（214），刘协下旨，复《禹贡》九州，册封曹操为魏公，加九锡，建魏国，定都邺城。圣旨送到冀州的时候，曹操才刚刚率领大军返回。这复九州、封国公、加九锡、建魏国，明明是他心心念念很久的了，可奇怪的是，曹操的心里并不如何高兴。他只带了几个从人，换了便装，来到郊外荀氏的祖坟处，站在新修建起来的坟茔前。

坟茔前的墓碑上刻的是荀彧的谥号"敬侯"。这"敬"还是曹操亲自为荀彧选定的。他亲手将祭祀的物品一一摆放在荀彧的墓前，看着这墓碑说道："文若，你看，你所阻拦的，皇上都给了我。复九州，封国公，加九锡，建魏国。你用命来保护的，都没有护住。文若啊，你也好狠的心啊。你人走了，就什么都带走了，除了你给我的信件，竟然连一个字都没有留给我。若不是我还留着那些信件，就连个念想都没有了。"

曹操抬手，在敬字上缓缓地勾画着："但我还是敬你。敬你忠心至死不渝，敬你以死明志。"

曹操的手抚在墓碑上，好像他以前托着荀彧的手臂一般，他低沉地道："文若，人心都会变的，可你怎么一直都没有变呢？你早就看出我志不在丞相，你为什么还会辅佐我呢？你若是听伏完一言，以你的谋略，想要断我性命，也很轻易的。毕竟，我是最信任你的，从来不对你设防的。"

曹操停顿了下，深深地吸口气，在墓碑上轻轻拍拍，好像拍着荀彧的臂膀般："因为你也知道，这大汉的天下若是要维持住，也离不开我曹操的吧。所以啊，你只能把你自己当作最后的武器，用你自己来阻拦我。你知道的，我一定会后悔的，不是后悔失去了一个谋臣，而是后悔失去了你这位挚友啊！"

风轻轻地吹过来，将曹操的一缕胡须吹起来，也将他的话吹得有些破碎了。

"文若啊，我真的后悔了。"曹操叹息着，"我后悔失去了你啊！"

然而这话被风吹走，吹散，曹操并不知道躺在坟茔内的荀彧可会听到。

他再站了会儿才继续道："你放心吧，我曹操答应你，我这一生都是大汉的臣属，我会为这大汉的万里江山，征战到生命的最后一刻。"

曹操的视线落在墓碑的"敬"字上，他最后再看着那个字，仿佛要将那个"敬"字刻在心底。

曹操信守了他在荀彧墓前的承诺，建安二十年（215）三月，率十万大军亲征汉中，十一月，夺得汉中。建安二十二年（217）春，曹操再次南征，在濡须口击败孙权。建安二十三年（218），刘备发兵夺取汉中，曹操亲自带兵坐镇长安，指挥汉中战局。建安二十四年（219），曹操手下大将夏侯渊被黄忠斩杀，曹操与刘备相持数月，无奈放弃汉中。

建安二十五年（220）正月，曹操还军洛阳，当月于洛阳病逝，享年六十六岁，谥曰武王。

曹操恪守了他在荀彧墓前的誓言，在其余下的岁月里，继续为大汉江山的统一征战沙场，当他六十六岁高龄的时候，还亲自领兵作战。荀彧以死为大汉换来了安平，曹操终其一生，没有改朝换代。

纵观曹操的一生，是戎马生涯的一生，他在大汉大厦将倾之际，与荀彧携手，力挽狂澜。荀彧的一生贡献都归于了大汉，曹操这一生，也做到了汉廷柱石，却也是将大汉大厦倾倒的枭雄。

　　然而不论是荀彧还是曹操，都在历史的长河中完成了他们该完成的使命。一位王佐之才，一位乱世之枭雄，都以他们的雄才大略和满腔热血，将他们的名字镌刻在历史的丰碑上。